足　迹

〔印尼〕普拉姆迪亚·阿南达·杜尔 著

张玉安　居三元 译
黄琛芳 校
罗　杰 重校

四川文艺出版社

图书在版编目（CIP）数据

足迹 /(印尼) 普拉姆迪亚·阿南达·杜尔著；张玉安，居三元译. -- 成都：四川文艺出版社，2025.1.
ISBN 978-7-5411-6411-8

Ⅰ.I342.45

中国国家版本馆CIP数据核字第202480001A号

著作权合同登记号　图进字21-2020-139号

© Pramoedya Ananta Toer

ZU JI

足迹

[印尼] 普拉姆迪亚·阿南达·杜尔　著
张玉安　居三元　译
黄琛芳　校
罗杰　重校

出 品 人　冯　静
策划编辑　曾嘉慧　冯俊华
出版统筹　周　轶
责任编辑　周　轶
视觉统筹　李　俊
装帧设计　子　杰　欧飞鸿　陈逸飞
特邀绘画　Ugeng T. Moetidjo
内文设计　史小燕
责任校对　段　敏
责任印制　桑　蓉

出版发行　四川文艺出版社（成都市锦江区三色路238号）
网　　址　www.scwys.com
电　　话　028-86361802（发行部）　028-86361781（编辑部）

印　　刷　成都东江印务有限公司
成品尺寸　149mm×210mm　　　开　本　32开
印　　张　17.625　　　　　　　字　数　450千
版　　次　2025年1月第一版　　印　次　2025年1月第一次印刷
书　　号　ISBN 978-7-5411-6411-8
定　　价　88.00元

版权所有·侵权必究。如有质量问题，请与出版社联系更换。028-86361795

生成之年

[印尼] 希尔玛·法里德[①]

曾嘉慧 译注

后殖民小说几乎总是某种民族主义寓言，故事主角的成长和发展象征着即将独立的民族国家的成长和发展。"布鲁岛四部曲"（*Tetralogi Pulau Buru*）的第三部《足迹》就是一个这样生动的寓言，一幅广阔的画布。其中的背景、人物和事件，不仅从到荷属东印度首府学习医学开始，讲述了主人公明克的故事，也反映了印度尼西亚人民在寻找和确定其民族认同方面的集体斗争。明克不仅是个体，同时是寻求理解和驾驭转型时代社会、政治和文化复杂性的本土知识分子的象征。通过明克的叙述、思考，普拉姆迪亚邀请读者去了解殖民列强是如何影响荷属东印度的社会和政治结构，以及对殖民者的抵抗又如何塑造着民族意识。因此，这部小说作为寓言的一面，可以概括为印度尼西亚

[①] 希尔玛·法里德（Hilmar Farid）是著名的历史学家、社会活动家和学者，印度尼西亚社会史研究所（Institute of Indonesian Social History）的联合创始人兼主席，同时是《亚洲地区新选择交流》（*ARENA*）和《亚洲文化研究学会期刊》（*IACS*）的活跃编辑。他以论文《重写国家：普拉姆迪亚和去殖民政治》（*Rewriting the Nation: Pramoedya and the Politics of Decolonization*）获得新加坡国立大学亚洲文化研究博士学位，曾在印度尼西亚大学和雅加达艺术学院任教。2015年底开始，希尔玛·法里德担任印度尼西亚共和国教育与文化部文化总局（Ditjenbud）总干事，在他的任期内，印尼的当代文化、艺术、电影、教育等场景空前活跃。

民族的形成过程和争取自治、维护独立的斗争过程。

为了理解这个民族国家的寓言，我们需要知道小说的历史背景：印尼民族主义意识出现之前的一段时间。

19世纪末，随着资本主义的渗透，荷属东印度群岛经历了重大的社会变革，共同特征包括：大种植园涌现、劳动方式变化、大量向农民租用土地，这些变革不仅在经济领域，也影响了社会生活的各个方面。大宗商品经济成为主导，资本逻辑首先植入殖民地，改变了人们的经济活动，大基建则紧随其后，包括道路、港口、商行、铁路网和用来培养劳动力的教育机构。资本主义的渗透不仅带来了基础设施的发展，也激发了深层次的社会问题：农民失去土地，生产资料集中在少数人手中，雇佣劳动的出现加剧社会张力，农民起义频发，这是受到社会经济冲击直接影响的人们的自发反应。

20世纪初，受过教育的土著民（bumiputra）积极响应社会变革。越来越多较高阶层的土著民接受教育，这是提高社会和政治意识的重要手段。受过教育的土著民开始通过文学、报纸和知识分子聚会接触现代思想，这有助于他们了解自身的社会政治状况，并且鼓励变革的愿望。如至善社（Budi Utomo）[1]、伊斯兰商业联合会（Sarekat Dagang

---

[1] 至善社由瓦希丁·苏迪罗胡索多（Wahidin Soedirohoesodo，1852—1917）和索托莫（Soetomo，1888—1938）等推动，巴达维亚土著民医科学校（STOVIA）的学生创立于1908年5月20日，这一天后来被定为印度尼西亚的"民族觉醒日"。至善社虽然被誉为印尼民族主义的先驱，独立运动的很多重要人物早期也曾加入，但至善社本身的身份认同是爪哇，正式场合使用荷兰语，并不宣扬民族主义，殖民当局视其为道义政策的成果，很快给予合法地位；据1909年统计，至善社设有四十个支部，会员超过一万人，之后因为立场保守而衰落，至1932年，至善社才修改章程，奉行民族主义和准许不同的族群加入，1935年合并为大印度尼西亚党（Parindra）。

Islam）[1]等组织应运而生，成为受教育者组织并制定斗争策略的容器。这些组织不仅关注改善土著民的社会和经济状况，也注重培养和传播民族主义意识。在文化和族群多元的荷属东印度，建立统一国家认同的想法开始流行。

在民族主义运动的背景下，语言成为重要工具。马来语被选为通用语，用作团结荷属东印度各族群和社会团体的手段。通过印刷媒介和出版社，马来语成为现代思想和民族主义的载体，使斗争意识得以广泛、有效地传播[2]。大量涌现的出版物是知识分子们此时的反应。受过教育的土著民组织和个人出版、发行马来语的报纸、杂志和书籍，其内容不仅提供信息，也质疑和挑战殖民权力结构、呼吁变革，在建立新的政治和社会意识方面发挥着关键作用。

社会变革引发了意义危机和思想变革，弥赛亚主义（比如"正义

---

[1] 伊斯兰商业联合会有由沙曼胡迪（Samanhudi，1868—1956）1905年底创立于梭罗，或由蒂尔托·阿迪·苏里约（Tirto Adhi Soerjo，1880—1918）1909年初创立于茂物两种说法，后者是"布鲁岛四部曲"主人公明克的历史原型。现普遍认为作为现代组织的伊商联（SDI）系两人合作，在1909和1910年相继成立了巴达维亚和茂物支部，随后几年，经奥马尔·赛义德·佐克罗阿米诺托（Oemar Said Tjokroaminoto，1882—1934）的领导，伊商联迅速发展为民族主义政治组织，1912年更名为伊斯兰联盟（Sarekat Islam），据1916年统计，设有八十个支部，会员超过三十五万人，动员能力空前，是印尼民族主义的真实先驱。1920年代，伊斯兰联盟分裂成支持伊斯兰主义的"白色联盟"（总部日惹）和支持共产主义的"红色联盟"（总部三宝垄），前者改组为不同的伊斯兰政党，至1973年并入联合发展党（PPP），后者遭到驱逐，更名为人民联盟（Sarekat Rakjat），追随印尼共产党（PKI）。

[2] 马来语被视为群岛通用语，但其本身十分多元，并非铁板一块，至少分为市场马来语和宫廷马来语。关于马来语的变迁、普拉姆迪亚和不同语言的关系，可参见希尔玛·法里德博士论文的第一章，《在地图上找到普拉姆迪亚》（*Locating Pramoedya on the Map*）。

之王"[Ratu Adil]①)和对黄金时代的缅怀等传统观念转向了对民族主义、民主和平等的思想,这表明荷属东印度的人民开始为未来寻找替代方案。政治组织作为抗争手段,得到了蓬勃发展,为什么政治组织出现在 20 世纪而非更早,也体现着社会政治条件的复杂性和大众的反应。面对殖民者的镇压,政治组织在动员群众和提出变革要求方面愈发讲究策略,强化了印尼的民族独立运动,此类运动除回应社会和经济的不公,更是拒绝殖民压迫、渴望独立的呼声。这一过程中,荷属东印度群岛的人民经历了社会经济条件的变化,在政治上和文化上均发生转变,逐步形成了民族认同并争取独立。

以上就是我们要读的《足迹》的背景。从这个角度来看,几件有趣的事情需要注意。

首先,小说中的冲突不仅来自直接的殖民主义,也来自在印尼多元文化中寻找民族认同的内部斗争。《足迹》开篇是明克离开泗水,抵达巴达维亚,自此,普拉姆迪亚开始描绘殖民地身份的复杂性。他将(明克)进入巴达维亚的过程描绘为进入 20 世纪的过程,仿佛现代性是一个与过去各种文化表现形式分离的地理。在巴达维亚,明克遭遇了多种身份:巴达维人、荷兰人、巽他人、土生阿拉伯人、印欧混血儿、华人,(他最熟悉的)爪哇社会逐渐退去,反而成为殖民首都的一种外部群体。身份的多元令他困惑:谁/什么是印度尼西亚?

回答这个天问的尝试形成了整部小说的框架。起初,明克在爪哇

---

① 正义之王是爪哇神话中的救世主,亦作公平之王或明智之王,出自 12 世纪东爪哇谏义里(Kediri)王国的国王贾亚巴亚(Jayabaya)预言。根据该预言,在大混乱、悲惨和艰难时代,将出现一位叫正义之王的群岛领袖,拯救并带领人民开创公正与繁荣的未来,预言未指出正义之王的性别,其出身是不起眼的。

士绅（priyayi）①中寻求答案，这些贵族家庭有特权接受高等教育。然而他很快对爪哇士绅阶层失去了信心，因为本质上，他们是殖民政府的仆人，享受政府佣金和土地租金，毫不在乎国家独立。至善社作为荷属东印度最早的土著民协会之一，没有摆脱爪哇至上、士绅中心的世界观，更没有与殖民地更广泛的社会生活圈层有所联结。

发现封建制不是民族意识的磐石后，明克决意离开至善社，去寻找宗教中的民族意识线索。他出版马来语报纸《士绅论坛》（*Medan Priyayi*）②，参与创办了伊斯兰商业联合会。当发现宗教已然成为民族团结的障碍后，明克再一次失望。他亲眼看到土生阿拉伯人如何利用伊斯兰身份来压制土著民的经济利益，以及一部分土著民商人如何利用这种身份来对抗在荷属东印度同样遭受殖民统治的土生华人。

因此，《足迹》可以解读为试图追溯印度尼西亚如何发现"印度尼西亚性"。从明克在巴达维亚的经历能看出，利用各种原始标记来定义民族国家的努力是怎样失败的。民族国家无法被锚定在特定社会阶层、爪哇文化或宗教身份上，那该如何找到共同之处呢？

---

① 士绅是爪哇社会最重要的阶层之一，priyayi 来自爪哇语单词 para 和 yayi，意为"（国王的）弟弟"，包括了统治贵族、官员、宫廷行政人员和地方首领等，到殖民时期则包括了为当局服务的各级公务员。士绅是精致的、高尚的、注重内在体验的（区别于农民和商人阶层），其理想模板是出身名门的爪哇人，在政府担任高级职务，精通宫廷贵族文化，掌握礼仪、言谈和着装的微妙差别，同时是古典艺术形式的赞助人和实践者，比如文学、甘美兰和舞蹈、皮影、蜡染等；士绅应当对自身有道德要求，并能深刻认识到对统治者、人民和精英阶层的义务。随着殖民统治需要更多公务员，非贵族出身的普通人（一般来自城市）也有机会通过接受教育、担任行政职务成为地位较低的士绅。

② 《士绅论坛》的出版人是明克的历史原型蒂尔托·阿迪·苏里约，《足迹》中，明克出版的报纸叫《广场》（*Medan*）。

这就与小说中第二件有趣的事情有关：引导明克实现民族主义意识的精神气质（etos），这种精神就是比较（perbandingan）。《足迹》一开始即出现了比较，当明克与英语教师、年轻的中国革命者洪山梅熟稔并结婚时，洪山梅希望将中国从封建帝国主义的束缚中解放出来。梅的政治活动导致她的死亡，这激励了明克投身于把人民组织起来的活动。比较的精神也体现在明克和荷兰记者特·哈尔之间的通信，特·哈尔报道了荷兰人入侵巴厘岛的过程。通过这些信，明克才知晓殖民政治是如何利用一部分土著族群来征服另一部分土著族群。他与马鲁古巴占苏丹国（Bacan）的卡西鲁塔公主的婚姻可以理解为这种比较精神的延续。明克抓住每一个机会，自我开放，以接触到比他土生土长的爪哇文化圈更加广阔的生活。

通过这种比较精神，明克获得了将殖民地所有居民联结、组成民族国家的共同之处。这就涉及第三件有趣的事情：明克的方法。我们将在《足迹》中读到组织（organisasi）的百花齐放。"如何组织"是这部小说的母题。组织成为一个重要的关键词，它标志着与常见的社团模式的决裂。在荷属东印度殖民主义历史上，每个社会都为以血缘和土地为基础的封建关系所束缚，但资本主义使殖民社会与这两者脱离了关系，出现了一个逐步摆脱原始联系的社会。在这样情况下，（现代）组织发挥着重要作用。

通过（现代）组织，新的身份浮现。社会认同不再植根于自然事实，而是基于共同的契约：比如一个组织的章程、细则。因此，想象一个克服种族和宗教隔离的国家的基础已经具备。从这个角度，可以把（民族）国家想象成一个集会（rakitan）、一个组织，通过被殖民者之间的契约协议而产生，无论他们各自的族群、宗教和社会阶层为何。（民族）国家是由其所有成员共同约束和驱动的一个组织。在这里，关于民族国家的寓言最终是关于团体集会（collective assemblage）的寓言，"印度尼西亚人"（的政治身份）是这个集会的结果。

普拉姆迪亚·阿南达·杜尔不只用《足迹》讲了一个历史浪漫主义小说，他在过去和现在之间架起了一座桥梁，让我们看到明克和他那一代人面临的挑战与我们今天并没有太多不同——想象一种没有歧视、没有剥削的新的联结。面对压迫、不义和不平等，这本书提醒着我们，争取正义和独立的抗争是一场为创造共同未来的集体抗争。

2024年5月

献给
被遗忘者和
已忘记者

untuk
yang dilupakan dan
yang terlupakan

目 录

第一章	001
第二章	024
第三章	048
第四章	069
第五章	120
第六章	146
第七章	178
第八章	217
第九章	255
第十章	283
第十一章	315
第十二章	336
第十三章	385
第十四章	418
第十五章	442
第十六章	467

第十七章 509

重校后记（罗杰） 539

附　录

中译本初版前言（梁立基） 547

第一章

我终于踏上了巴达维亚（Batavia）[①]的土地。我深深地吸了一口岸上的空气。再见，轮船。再见，大海。再见，所有过往。昔日的悲欢离合，你也不例外，再见了。

进入巴达维亚的世界——跨进20世纪。19世纪，你也一样！再见了！

我来是为寻求繁荣、伟大和成功。所有障碍，你们闪开！"我来，我看，我征服"[②]的战旗不适合我。我来不是要一决胜负。我从未梦想胜过同类。号召挥舞恺撒战旗的人——他从没获胜，如今甚至和战旗一

---

① 今雅加达。这里原是芝利翁河口名为巽他格拉巴（Sunda Kelapa）的港口，以香料著称，1527年6月22日建城，命名为查雅加达（Jayakarta，源自梵语，意为胜利与荣耀之城），由万丹苏丹国（Kasultanan Banten）统治；荷属东印度公司于1619年摧毁了查雅加达并控制了该地区，在废墟上重新建城，命名为巴达维亚（Batavia系拉丁语，罗马人对巴达维人［Batavi］生活地区的称呼，大致在今荷兰中部，后来该日耳曼部落被认为是荷兰人的祖先）；至1920年代，印度尼西亚独立运动开始把巴达维亚称为雅加达（Jakarta）。

② 这是恺撒大帝写给罗马元老院的著名捷报，参见《人世间》第二章。

起坠落，沦为阶下囚——只因要一夜间出人头地，就像班东·邦多沃梭建造普兰班南（Prambanan）神庙。①

没有人来接我。何必在乎？人们说：在这个时代，人类的命运仅仅掌握在现代人手中。你拒绝现代？在当今的世界上，人们将能征服自身以外的一切力量。我是一位现代人，已经摆脱了禁锢身心的所有繁文缛节。

现代，实乃孤独者的安宁。孤独者受非议，所作所为皆是从一切不必要的束缚中解放自己，譬如：习俗、血统、甚至土地，如果有必要，也不受制于同类。

没有必要让别人来接我。我无需帮助，各种事自己动手！因为一直需要帮助的人将永远依附于他人，就像奴隶一般。自由，我彻底自由了！只在将来利害攸关时，才和别人结合在一起。

我的心灵、身体、精神，全都是自由的。我独自一人，坐在公共蒸汽车角落里。在泗水，还没有这么舒适、在铁轨上运行的交通工具。叮叮当当的铜铃声驱赶着我的困倦。绿色车厢里，人们挤得水泄不通；而白色车厢是一等车厢，也就是我坐的车厢，里面乘客寥寥无几。我随身携带的行李不多：一只多处凹凸不平的旧铁皮箱子、一个背包和

---

① 普兰班南是印尼及东南亚规模最大的印度教寺庙群，亦作普兰巴南、普罗巴南，位于中爪哇日惹市附近，大约修建于公元9世纪前后。此处的典故出自印尼神话：普兰班南王国遭敌国击败，国王被杀，强大的敌国王子班东·邦多沃梭（Bandung Bondowoso）却爱上了普兰班南公主珞珞·荣格朗（Roro Jonggrang），希望她嫁给自己。公主不愿嫁给杀父仇人，提出刁难的条件：班东·邦多沃梭须在一夜之间挖出一口井，并建成一千座寺庙。班东·邦多沃梭有神灵暗中出手相助，顺利地挖了井和建好九百九十九座寺庙，此时珞珞·荣格朗吩咐女用人点起大火，火光映红了天空，犹如黎明将要到来，神灵们只好匆忙遁走，剩下一座寺庙来不及建完。意识到珞珞·荣格朗欺骗了自己，愤怒的班东·邦多沃梭将她变成第一千座寺庙里的石像，然后带着悔恨离去。

一幅女士画像，画像装在酒红色绒布套里，外面还用粗白布包裹着。

公共蒸汽车平稳地行驶着。乘坐轮船带来的眩晕使我依然犹如置身于颠簸的千顷波涛之上。人们传说，不久之后，公共蒸汽车将用电力来发动。电，怎么可能拉动车子呢？

离开码头区，车子仿佛迷路在沼泽地里，到处都是灌木丛生、枝繁叶茂。空气充满落叶的腐殖质臭味。一只只猴子攀缘在树枝上，并不害怕响亮的汽车铜铃声。几只猴子欢快地跳跃着，甚至有的猴子还用折断的树枝对我们的车厢指指点点。也许它们早已商量好，要看看我的模样。它们用自己的语言大呼小叫：瞧，那就是明克，他以为自己是现代人！看见了吗？对，那就是他，一个人坐在角落里！他上嘴唇已长出了毛茸茸的胡子，下巴却仍光秃秃的。没错，就是他，一个土著民，却更喜欢穿西装，把自己打扮得像欧洲少爷，坐车也要选白色车厢，坐一等车厢！

嚯——

哈，那边看来就是金星别墅（Villa Bintang Mas）！很有名的地方，和东印度公司时代奴隶们的悲惨命运分不开。将来如果有机会，我想写写这方面的故事。

在这片沼泽地区，只有金星别墅吸引人，其他都无聊，无聊的东西没有吸引力。不过正是这片沼泽地，在东印度公司军队最初占领这里时，吞没了百分之三十的雇佣兵。这片沼泽很长一段时期是站在土著民一边的。反过来说，在建设巴达维亚城的时候，这片沼泽吞噬了六万土著民的生命，其中大部分是战俘。著名的船长邦特库[①]也差一

[①] 威·伊·邦特库（Willem Ysbrandtszoon Bontekoe，1587—1657），荷属东印度公司的船长，其著名的航海日志在1646年出版，姚楠先生译为《东印度航海记》（中华书局，1982）。

点儿就在这里感染沼泽热症而丧生。他之所以平步青云,是把沙石从唐格朗(Tangerang)① 运到巴达维亚来用于建城。

"这地区叫什么名字?"售票员是一位印欧混血儿,我用马来语问他。

他瞪大了眼睛,显然懒得回答我的问话:

"安佐尔(Ancol)。"

"船能直接开到巴达维亚市区吗?"我用荷兰语问他。

"当然能,先生,可以通过芝利翁河进来。"他一边走,一边卖票。

不久,公共蒸汽车驶进了巴达维亚老城区,街道和泗水市街道一样狭窄,路面也是用黄里透白的岩石铺成,路两旁是东印度公司时期和 19 世纪遗留下来的老建筑。路灯照明看来依然用的是煤气灯。谣传巴达维亚开始用沥青铺马路了,显然是无稽之谈。在当今世界上,谣言比比皆是。

巴达维亚老城区!这是荷属东印度首府,延·皮得松·昆总督② 以大约六万名土著民的生命为代价建立起来的。这个数字是谁统计的呢?1629 年,苏丹·阿贡③ 曾率兵包围和进攻过这个城市。从前上关于东印度的历史课时,我的荷兰同学经常取笑地问我:阿贡率领的

---

① 西爪哇城市,亦作坦格朗。
② 延·皮得松·昆(Jan Pieterszoon Coen,1587—1629),又译简·皮特斯佐恩·科恩、扬·彼得生·库恩等,荷属东印度第四任(1618—1623)、第六任(1627—1629)总督,奉行高压统治和种族灭绝政策。他在任期内实施了对班达群岛原住民的大屠杀,打败前来抢夺贸易利益的英国人舰队,把巴达维亚规划、建设为荷属东印度的贸易和行政中心,派遣军队进攻澳门并在失败后转向澎湖。1629 年 9 月,马打兰王国第二次围攻巴达维亚时破坏了水源,延·皮得松·昆感染霍乱而突然去世。
③ 苏丹·阿贡(Sultan Agung,1593—1645),马打兰王国的第三任(1613—1645)统治者,对后世有深远的文化影响。在他的统治下,王国达到全盛,版图包括爪哇岛大部分地区并延伸至邻近岛屿。

军队有多少人？是二十万吗？守卫巴达维亚的东印度公司军队是多少人？五百人！荷兰用了大炮。阿贡也用了大炮！为什么你们国王的军队仍失败了呢？是的，失败了！事实本来如此，一切尽在荷兰人掌握之中，直到现在。不过，昆本人在守卫他自己建立起来的城市中染病故去，就连回去再看一眼他的祖国都没来得及。

按照我同学的话说：阿贡调遣了二十万军队，也动用了大炮。我相信阿贡用了大炮，但真的调遣了二十万军队吗？我不信，可是谁又能为我提供否认的证据呢？其实他们也提不出确凿的证据来。争论又有何用？到头来只能空留余恨。

巴达维亚，别名巴城（Betawi），确实不像泗水那样热闹。街道非常干净，木制垃圾箱放在特定地方，供人们丢弃污物。这一点和泗水不同。这里到处都有精心打理的小公园，万紫千红的花朵令人们生活愉悦。

这种景象在泗水几乎是看不到的。那里的竹房子一间挨一间，容易发生火灾，垃圾遍地。

1901年。

我上岸时，在港口买了一张报纸。报上消息说：有人从勃良安（Priangan）往新加坡市、香港和曼谷贩卖妇女。刹那间，我想起吴姬在法庭上说的买卖妇女的价格，正如我在《人世间》提过的，我马上摆脱了与此有关的那段记忆。往事何必再提？如果不愿去帮别人解决问题，就不必把往事当作负担。

有篇评论十分有趣：华人马来文报纸不重视官方的建议，即采用查·范·奥普赫逊（Ch. Van Ophuyzen）的新马来文拼写方案。他们说，我们不用学校式马来语，那是高级马来语。我们的读者没进过官办学校。我们可不想面对报纸倒闭的风险。

这篇评论对于邮政局规定也抱怨了一番。规定要求凡是用马来语写信，必须使用新拼写法。根本无人理睬邮局的规定。邮局威胁说，凡不遵守新规定的邮件，他们一律不负责投递。这和赤手空拳拦海水是一回事。

什么？为什么我刚注意到头条新闻？不是印成了这么硕大的字体么？日本要求租借沙璜（Sabang）岛及上面的运煤站。这是真的吗？天哪，日本搞起了震撼世界的飞跃。这条新闻有根据吗？报纸评论说：日本小丑（badut）越来越耀武扬威了。可是，报纸也登载着小道消息：海军界召开了紧急会议。

公共蒸汽车摇晃着铜铃，叮叮当当，平稳地向前行驶着。巴达维亚！啊，巴达维亚！我已经认识你了。芝利翁河，你的模样已跟荷兰的人工运河（gracht）差不多了，河面船舶穿梭，装载着建筑材料的筏子从内地顺流而下。这一点与泗水市相差无几。在你这里，建筑物高大雄伟，而我的精神更加宏大磅礴。

听人说，从前芝利翁河两岸是一排排豪华的住宅，如今一部分已成了店铺和龌龊的小作坊，其中大多数归华人所有。在这样的环境之中，我看起来太不同了。我足蹬革履，而大部分人光着脚；我头戴呢帽，而大部分人顶着斗笠或裹着头巾；我穿一身西服，而别人却光着膀子、穿肥大的裤子或穿一身睡衣睡裤。

景色确实五彩缤纷。我的心更多姿彩——欢欣。听说勃良安姑娘随和、美丽，皮肤细嫩。你们在哪里呢？我一位也没看见。来啊，赶快从你们家里出来。我来了。弗兰西斯笔下的达西玛姨娘（Nyai Dasima）[①]那种美女，你们究竟在哪里？

我睁大眼睛四处寻找，一无所获。在一等车厢里，差不多全都是

[①] G·弗兰西斯（G. Francis，1860—1915）以1813年西爪哇一桩社会惨案为蓝本的同名长篇小说的主人公，参见《人世间》第五章和第十六章。

印欧混血儿，皮肤枯黄，傲慢地装腔作势。坐在我身旁的一位老太太也是印欧混血儿，一个劲儿挠她的头皮，也许是忘了篦头上的虱子。我对面坐着一位中年男子，消瘦，胡子长长的。他旁边坐着一个荷兰人，正聚精会神地在读报。我瞥了报纸一眼，不经意间看到消息说，一位荷兰朗诵家（deklamator）即将抵达，几天后将在新巴刹（Pasar Baru）的戏院里朗诵荷兰诗歌和莎士比亚的作品。据报道，他在欧洲和南非等地各大城市的表演都非常成功。

不，别胡思乱想了！我应该好好利用这点时间，饱览巴达维亚的城市风光。哦，巴达维亚，我早就了解你！

各种各样的马车：双轮车、四轮车、折篷车、不折篷车、轻便车、载客车、载货车①……一辆接一辆，在大街上行驶着。这些车子连同马车夫穿着的各式民族服装，都是外来者对文明的贡献。还有自行车！现在已屡见不鲜。我也想买一辆，不知要花多少钱？这种两个轮子的车子真灵巧，人不慌不忙地踩着脚蹬子，沿路美景尽收眼底。

公共蒸汽车驶过了巴达维亚老城区，进入森林和沼泽地带，继续向甘蜜（Gambir）前进。汽车时不时在各站停靠，吞吐着上下车的乘客们。还没有哪一张面孔吸引到我的注意力。

"还没到呢，"我旁边的一位华人对我说，"甘蜜还远着呢，大约还需要再过一刻钟。"

绿色的二等车厢里，人们持续不停地熙熙攘攘。

"还有什么？"爱絮叨的华人解说着，"您是说赌马？先生第一次来巴达维亚？难怪呢。这里的人，无论男人女人，都沉迷赌博。先生，

---

① 荷兰语 deeleman, grootbak, dos-a-dos, bendy, landau, victoria, dogcart。——原注（对应原文为 delman, grobak, sado, bendi, landau, victoria, dokar；马车样式系意译。——重校注）

五花八门：斗鸡、斗羊、掷骰子、抓纸牌，甚至斗蜥蜴。甘蜜夜市一开张，各地赌棍来相会。哎，您必须去看一看甘蜜夜市。"

"城里各区有些什么表演值得一看？"

"先生，哪一个城市的戏迷也比不上巴达维亚的男人。梭罗城戏迷有名吧？差远了！您是问城里各区的演出吗？佐克舞（cokek）、多克尔舞（dogar）、勒农戏（lenong）、甘邦克罗梦音乐（gambang kromong）。先生爱听克朗章音乐（kroncong）？哇！龙索尔（Longsor）先生是克朗章歌曲大王。他的胡子漂亮，歌声动听。有人说，他祖先是葡萄牙人，他家也离葡萄牙教堂不远。"

我这位邻座下车了。再也听不到他的絮叨和演说了。我连自己都感到诧异：我的马来语讲得已经蛮不错，别人能听懂我的意思，我也能听懂别人的话了。

在我身边的那位印欧混血老太太留意着我的举止，她用马来语问："少爷从哪里来？"

"泗水。"

"第一次来巴达维亚？"

"是的，老奶奶（Oma）。"

"瞧！"她一边说，一边用手指窗外，"那是协和（De Harmonie）弹子房，大人物们玩乐的地方，包括那一整座老楼，少爷。不是随便什么人都可以进去的。至少要月入四百荷盾以上的人才有资格。就算把这辈子和下辈子的钱攒在一起，咱们这普通人也玩不起的。"

四百个荷盾！我现有全部财产加起来才值一百七十个荷盾多几分。这是我几年来辛辛苦苦的积蓄。每个月挣四百荷盾意味着什么？就是说，一个月的工资可以买三辆自行车！剩下的钱还足够你花一个月！

巍峨坚固的建筑，精巧别致的马车，令景色美不胜收。相比之下，我从前那辆马车不过是一堆旧木头！这里道路宽广得同球场一样。那座协和桥光滑得仿佛象牙石砌成,桥头还装饰着两座塑像,也许是丘比特和维纳斯?

"咱们到了,少爷,这就是如意站(Weltevreden),巴达维亚人叫它甘蜜站,它是终点站。少爷,你要去哪里?看,那是皇家广场(Koningsplein),巴达维亚人叫它甘蜜广场,甘蜜夜市就在那里举办。这辆车稍后就停在火车站前面。如果你还要继续赶路,可以转乘干冬墟(Meester Cornelis)大区的公共蒸汽车,或者坐马车。"

我将皇家广场扫视了一遍——这处公园是东印度的骄傲,面积约为一平方公里。广场草坪修剪得十分整齐,没有花。无论有没有甘蜜夜市,无论有没有钱,巴达维亚城居民在这里欢聚。当然,闷在家里会烦心。

"如意站!终点站!"售票员先用荷兰语喊着,然后又用马来语重复一遍。

嚯!嚯!嚯!真没想到,甘蜜火车站这样大,大得像个镇子,处在一个大屋顶之下。火车从这里运输些什么货物?当然与泗水火车站大同小异:把农村的繁荣与幸福运去出口;也从国外进口数不清的各种物件作为其补偿品。你必须始终牢记现代大城市的特点:它立足于集散,运输繁荣与幸福。

我叫了一辆马车,向目的地进发。

不管怎么说,我仍把自己归入现代人(orang modern)阶层,这是当今时代最先进的阶层。不愿跟随时代前进的步伐?那么就要被别人踩在脚下。

在我上衣的贴身口袋里,放着两张叠得整整齐齐的证件:一张是高中文凭,另一张是医科学校的录取通知书。芝麻开门(Sesam)!不仅巴达维亚城,这医科学校也该向我敞开大门。

芝麻开门!芝麻开门!

我已穿过了巴达维亚的城墙。

学校的工友帮我把皮箱、书包和那幅画从马车上卸下来，全部整整齐齐地放在办公室里。

我拿出录取通知书。

"午安！先生，我们已经等你很久了。你去年就该来报到，是吧？即使今年入学，你也迟到一个星期。希望先生明白：只因为你毕业文凭上成绩优秀，你的迟到才被原谅。"

这说法有点伤我的感情。我心里开始感到别扭。我刚来，就对我说这种话。学习尚未开始，心里犹如刀割一样难受。

"爪哇人，是吧？"

这更伤我的心。我没有回答，瞪大两只眼睛看着他，他不再往下问。他递给我一张纸，叫我好好看一看。

"已经明白了吧？"他问道，"从你被接收为学生（éléve）[1]第一天起，校规开始对你生效。你一跨进校园，一走进这些楼房，你就必须遵守这些规定。"

我对视着荷兰人的那对黄眼珠。他看起来理解到了我对他和那些校规不满，马上补充说：

"我仅是告知，先生。你是否愿意继续在这里当学生，悉听尊便。"

我坐在椅子上，不吭声，手里把玩着放在膝盖上的那顶呢帽子。我来这里只有一个目的地，我只知道这一个地址：土著民医科学校（STOVIA）[2]，你太伤我的心了！

---

[1] 法语。

[2] STOVIA 全称为荷兰语 School tot Opleiding van Inlandsche Artsen（印尼语 Sekolah untuk Pendidikan Dokter Pribumi）。——原注

那人看似不耐烦了,想继续做手头的工作。

"房间在这一边。在协议上签字之前,就必须服从这些规定。"

规定处处有,可为什么这里的规定如此令人难受?身为爪哇学生,在读期间必须穿爪哇服饰:裹头巾,穿爪哇式高领上衣、蜡染布筒裙,还有——光着脚!不可以穿鞋子。

"你有没有爪哇衣服?"他问。

我有爪哇服装,除了头巾。可如果我承认没有头巾,多么丢脸啊。

"没有。"我答道。

"先生有钱么?"

他越问越不像话。或许,他的薪水每月不到七十荷盾。

"如果没有,我们可以给你预付,购买必需品。"

好吧,我接受,当医科学校的学员,成为学生。我告辞了,去买我的必需品。

"你的行李放在这里好了。我们等你。"他说,"离这里大约三百米远,有一个大市场,名叫老巴刹(Pasar Senen),那里应有尽有,你可以在那里买到你需要的任何东西。"

我带着几分不满,出发了,找到买东西的地方并不难。小贩是一位饶舌的阿拉伯人。他眼眶深陷,一对小眼睛,头戴穆斯林黑色无檐帽,已脏得不成样子。他开价太高了,我还掉一半价格买到头巾,即便如此,也还是买贵了。

我觉得这些都是折磨。为了当上一名医生,或者像我先前在船上认识的新朋友所说的那样,是为了成为制糖机器上的一颗螺丝钉,我在无足轻重的小事上必须忍受侮辱。我怀疑自己将来是否能受得了?说来也奇怪,这些鸡毛蒜皮的琐碎事,我都照办了。

回到学校办公室之后,带着几分不悦和委屈,我走进了专门的房间。我把西装一扔,对它说再见!我先甩掉皮鞋,再脱下长裤和袜子,摘下呢帽子，开始裹爪哇式头巾，近年已不习惯了。穿惯了袜子和皮鞋的高贵双脚，如今像鸡爪子一样光着，踩在地板上感到透心凉。

就像遭雨淋的鸟儿，我作为一名学生，在医科学校的协议书上签了字。我得到政府补助金，每月十荷盾，含住宿费在内。毕业后将为政府服务，服务时间与学习年限相等，工作地点尚不知在海上或陆上。

学校办公室的一名土著工作人员送我来到宿舍里。新鲜空气中含有酒精和石碳酸水味道。旁边是安汶（Ambon）医院，专为服务于从安汶岛招募来的雇佣兵及其家属。

我和那名工作人员刚把行李放在床下，同宿舍的人就围了过来。在我床铺对面的床上，有一只箱子上贴着包含恼人画面的剪报。

我还没来得及摆出态度，一位大个头就直盯着我那凹凸不平的棕色旧铁皮箱，用印欧混血儿说的荷兰语（Belanda Indo）高喊道：

"瞧这小子！乡巴佬之子，比乡巴佬的箱子更臭！"

在这间宿舍里，似乎只有他一个人是脚上穿着鞋的。他肯定不是巽他人、爪哇人、马都拉人或巴厘人，也并非马来人。说不定他真是一位印欧混血儿。

我没想到，他用沉重的鞋踢我的箱子，就像踢我的自尊心，我的面子，我的身体。箱子被踢得移动了位置。那位办公室工作人员试图阻止他第二次和第三次踢，可宿舍里其他人显然也争先恐后地跟着踢起来了。

唉，明克！今后你会一直被这样对待么？

"先生们！"我愤怒地喊道，"不要踢箱子。它主人在这里。有种的来较量，一个对一个，一齐上也行！"

我在生活里没跟人打过架，也没经历过此类粗鲁行为。我自己摆开架势，做好迎战的准备。摸爬滚打随便来。我站稳马步，蜡染布筒裙并不妨碍着大腿。我左手开始把上衣的纽扣解开，两只眼睛瞪着他们。

他们不理睬这一套，甚至开心地笑起来了。我，被他们嘲笑！我！

唯一穿西装的那位大个子不慌不忙走过来，暴击我的鼻子，感觉仿佛瓜子直戳鼻尖。无礼！我挥起左手，给他一记耳光，已准备好的右拳直击他胸口。那位青年往后一闪身。我迈开了脚，右拳又落空，全身失去平衡，摔在地板上……大家不停哄笑着。

我腾空跃起，准备反击。显然做不到，做——不——到！我身上仿佛压了几座大山，很多人踩住我的双脚。蜡染布筒裙已扯开，内裤露出一片白。我这么快就被打垮了。

这还没有完。不到一分钟之内，他们把我全身衣服剥得精光，只剩下腰间一条皮带和脑袋上的头巾。我活像一匹没拉车但仍戴着套的马一样。

"喂，有种的，好样儿的，你嘴巴子还硬？"那个印欧混血儿挑衅地说。

他们放开了我，欢呼他们的胜利。我就像刚从伊甸园被赶出来的亚当，赶紧往床上钻，把赤裸的身躯藏起来。

"不许给他衣服！"有人用马来语大叫，阻止那位想帮我一把的办公室工作人员，"让他像水牛一样，在草地上蹦跶。"

人们得意忘形地大笑。

"喂，好样儿的，你学几声羊咩咩！"

别指望我给你们学羊叫！

人们七手八脚把我拖到房间中央。在众人面前光着身子，我力量全无。拔光了羽毛的雄鸡可能也会如此。赤身裸体，我只能用双手紧紧捂住下身。

"爪哇勇士（Satria Jawa），只剩了皮带和头巾！"

"好斗的公鸡不叫了？"

"就让他这样待着,直到明天,等校长查房时再说。同意?"

"同意!同意!"人们大呼小叫。

唯一穿西装的那家伙又走过来,想拽开我的手。已经太过分。我似乎听到了无声的命令。我俯下身,冷不防向上飞起一脚。脚踢中了他的嘴。那人打了个趔趄,向地上吐了一口血,血里还有两颗门牙。

看热闹的人们欢呼得更加起劲。

"亚当拼命了!"

我突然横下一条心,打架顾不得害臊。我放开两手,开始进攻。

"行了,先生们,够了!"那位工作人员反复呼喊,"闹到这就收场吧,否则我叫校长。"

"去报告!去报告吧!这家伙可野了!"

"对,快去报告!"

他们开始对我进行围攻。

"来吧,一齐上!"我喊道。

他们没有一齐上。看来他们确实并无恶意,只想作弄我一下。他们笑哈哈,谁也不动手。撒起野的反倒是我自己,我大声吼着:

"这就是你们知识分子阶层的文明方式?"他们开始沉默了,"你们祖先这样教的?"

"住口!别把祖先也扯上!"

"你们觉得自己比你们祖先更文明?"

一个人把我的蜡染布筒裙扔过来。我慢慢地把筒裙围好,眼神仍警惕着。

"在乡下人面前装作是知识分子。乡下人都不会这么野蛮!"我继续吼。

我继续提防那个失掉两颗牙的混血儿。我向床边走去。没人拦我。他们的欢呼停止了。

"该死的魔鬼也不会这么混账！"我不停吼叫，他们的沉默给了我勇气。"你们闪开！"我呵斥道。

他们没有作声，注视着我的一举一动。也许他们没料到我会不顾一切。他们不肯散去。

我摆出一副大人物的派头，把衣服穿回来，把行李放到床下。我将那幅画立在枕头边，它装在酒红色绒布套子里，外边裹着粗白布。

那位办公室工作人员不见了。对他来说，或许这已是司空见惯的场面。他决不会向任何人报告，除了讲给自己的同乡和妻子。

我坐在褥子上，向他们投去挑衅的目光。他们反倒和气地微笑着，噘嘴巴互相示意。这一架到此结束，不会再打下去了。看来，这都是一种粗俗的惯例"玩新生"（perploncoan），他们后悔玩过头了。

休想对我如此无礼！我心里说。表面看起来一只土里土气的旧箱子，别想随便踢它，箱子里装的东西比你们这些未来的混蛋医生更宝贵。你们必须先了解我，正如我必须了解你们。箱子里存放的全是我最珍视的思想：日记、证书、亲朋的信札、情书、剪报，还有我的小说初稿。全部重量可能超过两公斤。你们可有同等分量的财富？别人也给你们写过那么多有价值的信？你们怎么可能获得并拥有这些东西？我母亲的来信尚未计算在内。我不相信你们会和我一样，拥有慈母情深。我不相信你们会有我这样的人生经历，并把感受摘录在笔记本里。你们不过是将来拿政府的工资生活，想成为未来的士绅……

看到他们之中没有一个人再来跟我捣乱，我倒觉得自己有义务应该跟他们和睦相处。

"抱歉，我打掉了两颗牙。"

他们发出一阵哄笑。我不再留意他们，开始把箱子里的衣服放进床柜里。他们盯着我拿出一件接一件，好像在看我给他们表演魔术。

"他只有身上穿着的这一套爪哇衣服。"一个人注意到了这件事。

"说不定是个假洋鬼子（Londo Godong）[1]。"另一人评论道。

"全是西装！"

我假装没听见，接着把书和信件放进柜子里。我把空箱子和背包放在床柜上面。

"啊哈！"有人高声惊呼。

我连忙回转身，红绒套里的画像被他们展示了出来，一个人传给另一个人，传到了远处。

"世纪末之花（Bunga Akhir Abad）！"有人读着画像下方的字样。

看到我最珍惜的那幅画像，未经我允许就被人触摸，我火冒三丈。我从柜子里取出匕首，拔出了鞘，喊道：

"放回原处！"

房间远处那一头，人们继续你一言、我一语地议论着那幅画。

"或者我把这匕首掷向你们？"

"安静，伙计们，把画放回原处吧！"某人发出了命令。

忽然，喧闹平息了，所有人都望向我，看着我手里明晃晃的匕首。

我威胁说："我数到三，如果没有人把画完好还给我，这匕首飞出去，伤到谁算谁。"

一位身材瘦小的学生走过来，把画像放回到红绒布套里，口中嘀咕道："老兄（Mas），他们闹得确实太过分了。我本人早在这里受不了啦。"

我知道，从那一秒开始，我们两人就成了好伙伴。我望着他，一面把匕首放回鞘里。他整理好绒布套，然后用手指掸掉套子上的尘土。

---

[1] 印尼语意为 Belanda Daun，指根据官方刊物（Staatsblad）或政府公报（Lembaran Negara），与荷兰人具有同等法律地位的爪哇人。荷兰语 Staatsblad 中 blad 意同印尼语 lembaran、爪哇语 godong，亦可作印尼语 daun（叶；片状物）。——原注（"假洋鬼子"系意译。——重校注）

"老兄,初次相识,我叫帕托特诺约(Partotenojo),现在他们开始称呼我是'怕得直哆嗦'(Partokleoooo)。规矩叫法:帕托特诺约先生。"他说的荷兰语带有浓重的爪哇腔。

"他们常跟你过不去吗?"我问道。

"要我说,忍无可忍。"

"你睡在哪一张床上?"

"尽头那一张。"

"睡哪个床位有规定吗?"

"没有规定。"

"好的,你搬到我旁边来睡吧。"我向他建议。

"可是,你旁边这张床已经有人了。"

"他得搬走,跟他说一声。"

外号"怕得直哆嗦"的帕托特诺约走过去,找到床的主人。那人来到我跟前,眼中露出怀疑的神色,他问:"你叫我和'怕得直哆嗦'换床位?"

"是的。"

"你要在这里当老大(jadi jago)?"

"如果你想这样,大家也愿意的话,我可以当你们的老大。你有意见吗?我可以帮你把铺盖搬过去。你也经常跟'怕得直哆嗦'过不去?从现在开始,不该再欺负他了。"

其他人开始又围了过来。那人在伙伴面前诉苦。人们议论着我的命令。穿西装那位印欧混血儿没有露面,也许他去看牙科大夫了。

"瞧,我叫你换床位,不是因为我想当老大,除非你们逼着我当。不管你是谁,我不喜欢那些作弄别人的人。"

他们互相商量了一下,接着七手八脚地把两人的床铺和物品换了位置。午饭铃响了。人们争先恐后地跑了。宿舍里只剩我和"怕得直哆嗦"两人。

"老兄,你说得对,他们算什么知识分子,只在乡下人面前装。一伙野蛮人(gladak)!"帕托特诺约咒骂道。他的荷兰语讲得很糟,一口地道爪哇腔,重音错误,发音太夸张。

"你是哪个中学的毕业生?"我说。

"师范学校,老兄。"他睁大眼睛望着我,希望能得到更多保护。

"我们吃饭去吧!"他说,看我还没准备动身,他又问:"那幅画你是从哪里弄来的?"

"我请人画的。"

"画得真好看。你见过她本人吗?"

"见过。"

"你认识?"

"非常好的朋友。"

我不明白为什么他看上去如此感动。他的视线仿佛望向远方,嗫嚅着嘴唇,接着慢慢地、断断续续地说:

"我曾留意过关于这个女人的报道,尽管不全面,足够叫人心里不好受了。"

"是的。"

"老兄,你还没告诉我你叫什么名字呢。"

"我叫明克。我们吃饭去吧。"

他依旧好奇地望着那幅画。当我迈开脚步向外走时,他才从后边跟出来。

我对他说:"关于那幅画的事,没必要和其他人说。"

"她现在有什么消息?"

"她过世了,帕托(Parto)。"

"我们来自于真主,也将归于真主!"[1] 他祈祷着,不再往下问了。

饭厅里挤满了各年级的学生。大家都穿着各自的民族服装。只有万鸦老(Menado)人和印欧混血儿穿西装。巽他人和爪哇人仅是裹头巾方式有区别。马来人头戴穆斯林帽,筒裙只裹到膝盖,只有一位学生。大多数学生都裹头巾。

看来刚才在宿舍里发生的事不胫而走,成了传播速度最快的大新闻。我刚进饭厅,人们就向我投过来好奇的目光。人们交头接耳议论着。我不去理睬他们,和帕托一起找位置吃饭。我刚坐下,就听到一位工作人员在用马来语叫喊:

"明克先生?"

帕托特诺约招招手,那人走近了,对他彬彬有礼地说:

"有位客人问,今天是否有从泗水乘船来这里的学生。"说着,他把一张用铅笔写的纸条拿给大家看。

我很快把那张纸条抢了过来,就连帕托也没看到上面写的内容。

"是的,那就是我,"我说,"哪位客人是谁?"

那位工作人员和帕托注视着我。那位工作人员客气地回答:

"是一位荷兰先生,纯血统,现在正跟校长说着话呢。"

"知道了,我吃完饭就来。"

帕托一面吃饭,一面不停地看着我。他似乎是想要对画像中的那位女士了解更多。可我对此置若罔闻。

我只吃了一点,刚才打架破坏了食欲。我走出饭厅,径直向会客室走去。那位来客不是别人,正是大约一年前,我在轮船上认识的三宝垄《火车头》(*De Locomotief*)报记者。

"很高兴再次见到您,先生!"他伸出手,微笑着向我问候。他解

---

[1] 原文为 Inna Lillahi wa inna ilaihi roji'un(阿拉伯语的拉丁转写)。

释说，他昨天刚从三宝垄乘坐火车来到这里。此前，他已经收到了我的信。今天早晨他去码头迎接我，而我已坐公共蒸汽车直奔如意站了。

他十分健谈，热情洋溢，一直谈到校长也来加入我们的会面。校长首先向我作自我介绍，好像他并非我的校长。他问道："你用过多少个笔名？"

我笑了。

"有你这样擅长写作的学生，我感到骄傲。不过你在这里的任务是学习。如果写作的灵感上来了，难道你的学习不会受影响吗？"

"他擅长写作，拥有那么丰富的经验，内外兼修，"我的朋友正在为我说话，"先生，他会成为您的好学生。"

"倒也是，但医科学校不一样哦，先生……我应该怎么称呼你？"

"叫我明克就可以了，校长。"

"那么，明克先生，作为我们的学生，不管你有多么聪明，不管你的人生阅历有多么丰富，这里的功课不可小觑（disambillalukan）。一切都必须认真，就像钟表的秒针一样，有一秒钟不走，整个时间会失去准确性。你已经迟到了这么长时间，你还须奋起直追。"

"校长先生，"我的朋友插话道，"即使再晚来一两天，我想也不成问题。我今天来是特地为他向您请假的。请允许我带他走。明克先生不该错过这个良机。校长先生，您说呢？"

"良机？"

"就是为了不错过这个机会，我才特地从三宝垄赶到此地，校长先生，为的是能够和下议院议员、尊敬的范·柯勒威恩工程师（Ir. H. van Kollewijn）先生见面。"

"带我的学生去和下议院议员见面？"

"今天下午，自由派之神，自由派的这位激进主义权威，将在协和弹子房专门约请几位人士座谈。明克不能错过这样的机会。"我的朋友继续说。

"喏，我没说错吧？你的学习还没开始，你个人的各种活动就纷至沓来。不知你将来的学习如何进行？"

"校长先生，尊敬的议员先生五年之中不见得能来这里一次，而学习可以每天进行。"

"好吧，就这一次，下不为例，假期除外。"校长让步了，他问我："明克先生，是否从旅途的疲劳里恢复过来了？"

"疲劳可以通过八小时睡眠来弥补，明克先生，你说呢？"我的朋友正在征求我的意见。

第二章

这一天的各种感想和经历，我还没来得及反思，更谈不到使之沉淀，中午打个盹也没顾得上。同宿舍的人们已开始忙着谈论那幅装在套子里的画像以及画中人究竟是谁。那位往我箱子上贴女人广告画的学生问这问那最起劲。帕托可能把我说过的话都告诉了他。

人们开始围在我四周，小心翼翼地寻找机会问这问那。那位印欧混血儿也不例外，他叫威兰（Wilam）——这是正式的名字，非正式名威廉·梅里惠特（William Merrywheater），他是一位英国乡绅的儿子。他父亲在茂物（Buitenzorg）郊外被毕冬团伙[1]杀死了。他的母亲是芝珠鹿（Cicurug）[2]的一位漂亮姑娘，说不定是达西玛姨娘亲戚的后代，被那帮草寇掳走了，直到东印度公司的雇佣军消灭那些强盗，她才获救。她带回来一个刚生的男孩。

他们向我提了许多问题，我一个都没有回答，不过一笑置之。我

---

[1] 毕冬（Si Pitung）是19世纪末巴达维亚的知名盗匪、民间传奇，被视为荷属东印度的罗宾汉；这里作为盗匪的代指。

[2] 位于西爪哇的苏加武眉（Sukabumi，又译苏甲巫眉）。

至少开始领会到，土著民知识分子阶层显然已开始能接受欧洲姑娘的美了。

据说，学校的教师委员会决定：我可以免掉两年预科，因此必须对我严格要求。

下午四点四十五分，我这位朋友特·哈尔来接我了。同学们跟着把我送到学校的前院。早前的不愉快全部忘到了脑后。

坐上马车，我的朋友特·哈尔一路上不断向我讲述范·柯勒威恩是如何伟大。他说，这个人已经对东印度做出了很大的贡献，给土著民开辟了新的生活领域。即使，是的，即使享受到其好处最多的是糖业资本家们。

对于这位"大神"，我是只闻其名，不知其事。我试着反复想象：一人扭转乾坤！其价值和威力是怎样的？若非神通广大，人们怎么可能崇拜他，简直把他捧成了能决定生死的太上皇。他只是一位下议院的议员而已，他的任务不过是演讲、游说罢了。他当然有三寸不烂之舌。凭借想象力，我无法在脑海中构筑起他的形象。我必须先与他见面，亲耳听听他说话。

协和弹子房令人着迷，宽敞而奢华。地板由大块的黑色大理石铺成，反射出天花板上枝形水晶吊灯（kandil-kandil prastika）[①]的光芒。室内空气清新、流通。大件家具有雕饰。每一套都代表特定时代的风尚。在一个房间里放着三张台球桌，旁边架子上插着像长矛似的台球杆儿。荷兰女王的画像镶在金色雕花的镜框里。陛下孑然独立，身着曳地长裙，佩戴白底黑点毛披肩。我身高一米五五，女王的画像比我还要高。

[①] kandil 即英语 chandelier（荷兰语 kandelaar）；prastika 意为 kristal（水晶）。——原注

我崇拜过的这位少女不久就要和亨德利王子结婚了。依照荷兰时间，庆祝日期是1901年2月1日，而根据东印度的时间安排，庆祝是在1901年2月6日，正逢礼拜五集市日（Jumat Kliwon）。这个弹子房还没有装饰起来。女王的婚礼肯定又是个大喜庆，和上次1898年9月6日登基一样隆重。

"瞧你爱看女王画像，不过你心里想的是另一个人。"我的朋友打趣道，"也难怪，她们两人长得确实相似。我看，你不必再想她了。你还来日方长呢。"

他话锋一转，马上换了话题，故意开始发表演说：

"就在这间弹子房里，曾举行过自由派的第一次活动，先生。杜明·巴隆·范·胡弗尔（Domine Baron van Hoëvell）发表演说，要求在东印度兴办中学。那是半个世纪以前！时间过得真快。那时是总督亲自下命令抓他的。仅仅因为有人要建立中学，总督就调来部队包围了这个弹子房，还架起一尊尊大炮瞄准这里。范·胡弗尔被逮捕了，被关在你刚才路过的宫殿里，后来他被直接转移到船上，遣返回荷兰，不许他再次踏上东印度的土地。明克，你听说过这个人的名字吗？"

我记不清了，也许听说过，但忘了。我摇摇头。

"至少可以这么说，你有机会享受中等教育，这是他的功绩。也许再过十年之后，读过中学就不再是什么了不起的事情。在现代，一切都比过去更快。你还记得吗？由于资本的胜利，大宗利润唾手可得。杜明·巴隆·范·胡弗尔所从事的那些活动……那也仅仅算个开端而已，它使得东印度变成今天这样子。如今，自由派已经有相当大的势力，尤其是今晚这位客人领导下的该派激进分支出现之后。到处都可以感受到他们的影响力。这位客人的意见很有分量，无论在荷兰，在东印度，甚至在苏里南，他都有一定的威望。"

我的这位朋友似乎也洞悉我知识贫乏。虽然我对穆尔塔图里和鲁达·范·埃辛卡[①]已多少有所了解，但他还是耐心地把全部内容简要重复了一遍。当谈到范·胡弗尔在下议院里狮吼般的演说，直到后来范·德芬特（Van Deventer）出现时，他变得劲头十足、兴致勃勃，就仿佛自由派一夜之间将东印度变成了天堂，似乎他们就是而今建造普兰班南神庙的班东·邦多沃梭。抵制国营种植园！取消强迫劳役制！开辟私人种植园！劳动自由！通过自由劳动发展人格！自由竞争！以道义政策（politik Ethiek）形式回报东印度土著民：移民、教育、兴修水利！

"是的，年轻人，"他用缓慢、清晰的声音说道，"只有自由劳动能够提高土著民的尊严和价值。自由劳动会把淡忘已久的科学和知识归还给他们，那些科学和知识受到命令、命令和命令的排挤，他们未必明了。科学和知识被遗忘得太久，已被遗忘了好几个世纪。科学和知识会担负起责任。自由劳动将使他们摆脱对迷信（takyul）的恐惧，不畏鬼神，不怕警察，也不怕东印度公司的雇佣兵。只有这样，才能产生出真正的土著民来。"

那么，土著民的贡献是什么呢？我想问他，但没说出口。本该我来说出那些贡献的，而不是他来说。从我嘴里脱口而出一个人名：

[①] 穆尔塔图里（Multatuli，1820—1887），荷兰小说家、散文家，原名爱德华·道维斯·戴克尔（Eduard Douwes Dekker），他曾在荷属东印度政府长期供职，1860年发表了根据亲身见闻完成的长篇小说《马格斯·哈弗拉尔，或荷兰贸易公司的咖啡拍卖》（*Max Havelaar, of de koffiveilingen der Nederlandsche Handelsmaatschappy*），以对殖民地现实的揭露和独特的叙事结构著称，笔名 Multatuli 是拉丁语，意为"我承受了太多（痛苦）"；鲁达·范·埃辛卡（Roorda van Eysinga，1825—1887），荷兰工程师、社会主义者，出生于巴达维亚，1860年以笔名森托特（Sentot）发表了诗作《荷兰人在爪哇的末日》（*Hari Terakhir Ollanda di Jawa*）。他们属于最早批判荷属东印度群岛上残酷的殖民剥削的一些荷兰人，其作品影响了荷兰及其他殖民国家的殖民政策，两人有长期通信，后期也都倾向无政府主义（Anarchism）。

"拉登·萨利赫·夏里夫·布斯塔曼[①]……"

"你是说那位有名的画家吗？"

"他不也表现出了土著民的才能吗？"

"不错。遗憾的是，他游荡欧洲。他出入法国、荷兰和比利时社会精英阶层的沙龙，只为了个人成名，并没有改善本民族的状况。人们说，他回东印度，已不是土著民了，也对同族没有表率作用。他已经变了，忘本了，没成为本民族的先觉。"

他没说错，太可惜了。

他滔滔不绝地讲着，我愈听愈糊涂，挠头皮的次数也越来越多。他讲的一件事和另一件事之间并没有内在逻辑线索，好像巫师念咒。他讲了东印度的种种问题和下议院的相关争论。

看到我只是不住地深深点头，无力应对，他说：

"啊，也许你不太理解，下次我寄一本书给你，是专门谈东印度问题的，荷兰出版，都是典型的自由派人士写的文章。你可以静下心来研读。"

弹子房里的自鸣钟打了一下点，下午五点半，范·柯勒威恩工程师还没有到。路上的马车铃声和公共蒸汽车的铜铃声不时传到这座大房子里来。

"再过一会儿，肯定就到，看来是迟到了。一句话，自由的人是当今时代的骄子，是资本获胜时代的佼佼者——在这个时代，资本将要且已经造就了一切，每个人只要拥有资本，就可以拥有一切，不再仅限于国王们。为了获得资本，条件就一个，先生：自由劳动，拼命干。"

[①] 拉登·萨利赫（Raden Saleh Sjarif Boestaman, 1807 或 1811—1880），爪哇画家，他的创作结合了欧洲浪漫主义和自身的爪哇背景，被视为印度尼西亚现代艺术的先驱，其历史画《蒂博尼哥罗王子被捕》（*The Arrest of Pangeran Diponegoro*, 1857）是 19 世纪民族主义初潮的标志。

这一点我能够理解，尽管我有点不耐烦，他不该在错误的时间对我当场进行说教。

几个纯血统欧洲人已经规规矩矩地在一张大桌子边上就座了，我们没留意他们的到来。

在弹子房的走廊前面，停着几辆马车，有两匹马拉的，也有一匹马拉的。两个欧洲人走上前，把最前面一辆马车的门打开了。从车上下来的那个人……是不是范·赫乌茨将军？他身穿军装，没戴军衔和勋章，也没带武器和警卫员。他没有马上进屋，而是转身对着车门，把另一个肥胖的欧洲人搀扶下来，那人体重也许有一百二十多公斤。他就是激进派代表范·柯勒威恩工程师？长得好像大神仙那罗陀（Narada）[①]？因为飞黄腾达，所以心宽体胖？

我的那位《火车头》记者朋友特·哈尔甩下了我，一溜小跑赶出去迎接。我想，哎，管它呢，反正他们也不认识我。特·哈尔尊敬地对那位大块头讲了几句话，接着尾随他们两人和其他刚来的人，一起走进了弹子房。

范·赫乌茨将军走过我身边时，用疑惑的眼光看着我，此刻，我的心扑通扑通地跳不停。他的目光似乎在命令我应该向他致敬，这似乎已成了他的权利。我向他表示了尊敬之意。

"还有一位少爷（sinyo）也来参与活动？"他一边问，一边仍然看着我，然后才望向我朋友特·哈尔。

特·哈尔陪同他们走到我跟前，说：

"请原谅，将军先生，柯勒威恩先生，这就是那位用荷兰语写文章的土著青年。"

[①] 印度神话的著名仙人，诞生于梵天的腿部，是永不停歇的信使、音乐家和启迪者。

"啊（A）！"将军惊呼，"这就是他，亨克（Henk）[1]！"他对范·柯勒威恩说道，"他嘴唇上方似乎已经开始长小胡子啦。很高兴读到你的文章，先生。"他向我伸出了手。

我握着他的手，不禁想起我的朋友、法国画家冉·马芮给我讲的亚齐战争中的故事，我的手颤抖起来。正是这只手，杀害了数千名亚齐勇士，在他们自己的国土上，在他们出生的地方。此时此刻，我无法形容自己的心情。他的胡子，他军服上的铜纽扣……这一切指引我认出了这个刽子手的面孔，尊贵而受人敬仰。

他礼节性的握手如此用力并且带来痛楚。他握住我的手，使劲地摇晃了几次。他放手时，我的手已无力地垂在大腿边，下意识在裤子上擦着，想把他在我手上留下的痕迹擦掉。

特·哈尔看见我的动作，把脸扭了过去。范·柯勒威恩急忙伸出手，久久地握住我的手。他那柔软肥大的左手摩挲着我的右手，我的手沉入他的掌握之中。

"先生写了些什么？"他关切地问。

"短篇小说（Cerpen）！"范·赫乌茨将军替我回答，"亨克，他是用当今欧洲风格写作。连我都没想到，他还这么年轻。"

"短篇小说？您的意思肯定不是说欧洲风格，而是美国风格。"范·柯勒威恩企图纠正，又调过头来问我："先生，你自己怎么看？"

"我觉得是我自己的风格，先生们。"我回答。

他们两人哈哈大笑起来。我不明白他们为什么笑。

"他是对的，先生们。"特·哈尔马上接过我的话，"他用的是自己的风格。"

---

[1] 范·柯勒威恩的全称系 Ir. H. van Kollewijn，其中 Ir. 是印尼语 Insinyur（工程师；工学士）的缩写，H. 似来自人名 Henk（亨克）。

"这可真是对你的一种称赞。"范·柯勒威恩望着我说,晃晃脑袋。他把我的手放开,又把他的手搭在我肩膀上,拍了拍。"一起来吧,先生!"他说。

"请叫我明克。"

"爪哇人?"

"是的,先生。"

"哪位县长家的公子?"

"B 县。"

"靠近扎巴拉县(Jepara),没错。那里有一位了不起的女子。你认识她吗?"

"听说过她的名字,先生。"

我、特·哈尔和其他人跟随他们步入会场。早已在桌边就座的人们全都站起来表示致意。

那是一张很大的椭圆形长桌,铺着绿色桌布,跟法庭的桌布或台球桌面的颜色差不多,也是呢绒布质地。银色烟灰缸在绿呢桌布上闪着光。大家刚一坐下,惊异的目光就马上向我撒过来。而我自己故意装作没察觉。

司仪(protokol)向与会者介绍了范·赫乌茨将军和范·柯勒威恩议员先生,然后向大家介绍受邀请的每一位来宾。有两位记者列席会议,其中一位名叫玛丽·范·塞赫仑[1]。

---

[1] 玛丽·范·塞赫仑后来写过几本书,同情土著民争取解放的斗争,包括:《卡尔蒂妮传》(*Biografi Kartini*);关于布吉斯(Bugis)人民斗争的《被征服者》(*De Onderworpenen*);《金短剑》(*Gouden Kris*)和《以往的盛世》(*Oude Glorie*),后者是描写16至17世纪亚齐王朝鼎盛时期的一本书,到1935年才得以出版。——原注(玛丽·范·塞赫仑[Marie van Zeggelen,1870—1957],荷兰作家、教育家、画家,印度尼西亚妇女权利的倡导者。——重校注)

"小姐（Juffrouw），好久没读到你写的文章了。你还会写很多土著民的英勇传奇吧？"

"我估计是这样的，将军先生。"

没有人介绍我的名字。将军和议员两人望着我，后来范·赫乌茨将军发话了：

"我来向各位来宾介绍一位青年作家，他叫明克。"他边说边向我做手势，把我引向大家。

所有人都惊异地注视着我。

"或者，更准确地说，他是一位短篇小说家。"范·柯勒威恩纠正了自己的说法，"他采用自己的风格、荷兰风格进行写作。"

这些重要人物们的目光向雨点一样落在我身上，可能因为我的肤色、我的年龄以及我的出现这件事本身，我似乎成了一只进错窝的猴子。我这是置身何方？

正坐在我对面的那位老头儿不住地点头，缓慢地说道：

"喏，先生们，咱们的座谈会正式开始！"他是会议主持人，所以他第一个发言。

范·柯勒威恩工程师到爪哇来，想亲眼看一下东印度所取得的成绩，这些是通过自由民主党（Vrijzinning Demokratische Partij）在议会内外的活动而实现的。接着，答非所问的对话开始了。我真像一只进错窝的猴子，而讨论进行了很长时间。已经上了两次饮料。人们轮流去洗手间，但问答继续进行。八点钟的军队晚炮早已鸣过，兵营里已听不见军号声。当然，只有我一个人没提问，而是把头转来转去，看着每一位发言的人。

"除此以外，您一定还有其他安排？"我前面的老头儿问议员。

"当然，我离开挚爱的东印度太久了。重返故地，如果只为处理党务，那当然不对！"范·柯勒威恩说。

"大概还有什么安排,尊敬的议员先生?"

"其中一个安排就是会见土著民知识分子,那些有识之士。面对这个新时代的开端,了解他们的态度很重要。他们能否适应新形势?他们的态度是立马欢迎还是反对?"

"尊敬的议员先生,土著民知识分子与自由民主党的活动之间有什么关系?"有人问。

"荷兰与东印度之间的连接日渐密切。现代化条件缩短了两片相隔甚远的国土之间的距离。劳动的条件越来越好,越来越高级。东印度也是如此。一个新形势对我们的要求是,使土著民知识分子做好进入新时代的准备。否则,不管运来多少新机器,不管在这里开设多少新工厂,如果土著民不会使用它,那不是徒劳无功吗?"

"那些机器由欧洲人操作不行么?"

"行是行,那是老办法,不符合当今时代的要求。先生们,你们瞧,火车司机至今仍然全是欧洲人,还没有一个土著民司机。甚至开压路机的驾驶员里也没一个土著民,至多是印欧混血儿。然而,火车到了东印度,不只是催生出新条件和新规章制度,也迫使欧洲人和土著民都应该一样去服从和遵守。既然土著民也同样要背负起新条件和新规章制度,那为什么他们必须只承担义务而不享受权利呢?"

这种你问我答的讨论进行了很久,我越听越糊涂,越听越摸不着头脑。我努力想理解对话内容。范·柯勒威恩这位大名鼎鼎的雄辩家,有能说会道的三寸不烂之舌,我必须聚精会神聆听他说出的每句话、每个词。

我曾读过一本作者未署名的小册子(risalah)[①],他重复了其中一

[①] 指《人世间》第十八章马赫达·皮特斯老师送给明克的政论小册子,《万国之子》第十四章提到其名字《我们殖民主义政治的泥潭》(*Onze Koloniale Modderpoel*)。

部分观点：定植制度（Cultuurstelsel），又名强迫种植制（Tanampaksa），在最初执行的几十年间，已经帮助荷兰拆除了高筑的债台。这些债务是荷兰在欧洲连绵不断的战争中所欠下的。强迫种植制所获利润也为荷兰进行建设提供了经费和有效的资本。强迫种植制不仅让东印度贡献了巨额利润，还令它献出了几万农民的生命。没有东印度的贡献，荷兰早就从地球上被消灭了。①

"作为欧洲人，作为基督徒，我们对东印度负有道义债（berhutang budi），欠了一笔很大的债。我们必须为土著民做些好事，以此来偿还这笔债。我们不仅要为土著民制订有利的规章制度，而且要用新的条件和装备来完善他们，使得他们能够进入这新的时代。最好的桥梁就是土著民知识分子。"

"请问阁下，您要联系哪些土著民知识分子？"

"在这里，刚才我已认识了一位，他就是明克先生。"他向我点了点头，"一位青年，已经能写短篇小说。特·哈尔先生评论说，他不是欧美风格，而是有自己的特色。这真是一种称赞。先生们，我非常欢迎你们提这样的问题。甚至我还想反过来问你们：土著民知识分子，就是现代土著民，产生出自己的特性（kepribadian）了吗？喏，这也是个问题，或许大家从未注意到。特性的产生本身就是时代和人结合的产物。"

"您对明克先生有何期望？"玛丽·范·塞赫仑问。

---

① 1830年，总督范登博斯（Johannes van den Bosch, 1780—1844）在荷属东印度地区引入强迫种植制，要求爪哇农民必须至少用五分之一土地种植咖啡、糖、香料等殖民政府规定的经济作物，并由政府代表（尼德兰贸易公司 [Nederlandsche Handel-Maatschappij]）廉价收购、运到欧洲市场出售。该制度为荷兰带来丰厚利润，却极大地在荷属东印度造成了严重贫困和饥荒。1870年，强迫种植制部分终结，但已形成的剥削机制继续运作，影响深远。

"先生们,科学知识水平再高,它也没有个性(berpribadi)。机器无论多先进,无论其制造者多么精明,都没有个性。但被写出来的小说即使再简单,也是个人、甚至民族特点的反映。您说是这样吧,将军阁下?"

范·赫乌茨将军点了点头,没有说话。

"小姐,您本人不就是作家吗?"范·柯勒威恩反问她,"您读过明克先生写的作品吗?"

"还没有,非常遗憾。不过,将军阁下已经读过。我想在座的各位大部分也读过了。特·哈尔先生,您说呢?"

"有才华,有特点。如果不是像这样见到作者本人,人们可能以为那是从欧美作品翻译成荷兰语的译作,带点东印度本地色彩罢了。"

"您又在夸奖他了。"范·柯勒威恩继续说。

"请问阁下,您想要会见哪一位土著民知识分子?"

"我一直聆听教育和宗教局局长范·阿伯仑(Van Aberon)先生教导,当然要去见扎巴拉县的那位姑娘。"

"这么说来,尊敬的下议院议员先生,您也像范·阿伯仑先生一样,要到访扎巴拉县?"

"那会更有意思。不仅可以见到本人,还可以看一看她的生活环境。"

"非同凡响的安排!"范·塞赫仑感叹道,"但我可否问一下,您为什么对于扎巴拉县的那位姑娘这么感兴趣?"

"她不只是在写作,不只是在讲故事,她把她的生活献给了某种东西。她写作,不是为自己成名。作为穆尔塔图里的精神之子,她用自己的方式,已经取得了人道主义的胜利,减轻了人类的痛苦。"

范·赫乌茨将军轻咳了一声。

"任何一种无知都是繁荣的障碍,无论在欧洲、美洲、东印度,还是在其他什么地方。"范·柯勒威恩继续说,"人类需要繁荣,目的是要提高自己的地位,这符合人的天性。"他瞟了范·赫乌茨一眼,"土著民知识分子的重要性便在于此。"

"尊敬的下议员先生,您崇尚自由劳动。您对徭役(rodi)有何看法?是否应该被消灭?"

"徭役是一种传统的集体劳动制度,被东印度政府用来实现国家利益和地方利益。它是国家赋税的一种替代形式,干一天活只给七分半钱报酬。徭役还需要很长一段时间才能取消,因为货币流通在乡村地区还比较有限。城市是货币流通的场所。现在关键是合理安排徭役制度的使用,以免再次出现穆尔塔图里时代的状况——每个国家官员都可以向老百姓任意摊派徭役。"

"议员先生,如果徭役被认为是税收的一种替代形式的话,"特·哈尔问道,"那么,这是否就意味着,荷属东印度政府的年收入实际上远远超过已公布的数字很多呢?若是这样,那么年收入的数字就不准确,公布的只是一个缩小了的数字。"

范·柯勒威恩工程师沉默了,汗湿眉头。他连忙掏出手帕揩拭着。范·赫乌茨将军用手指轻轻敲着桌子。玛丽·范·塞赫仑咬着嘴唇。所有与会者,除那位军人外,都在等待答案。然而,范·柯勒威恩仍不回答。

特·哈尔继续说:

"议员先生,打个比方说,一千万名土著民服徭役,一年服二十天,荷属东印度政府的收入里没被记下来或无法证实的,便是一千万乘二十再乘七分五,一年等于一千五百万荷盾。那么,这些钱去哪儿了?尊敬的议员先生,这还不是问题的全部。我在农村听说,农民必须自己维护各自村子的安全,这其实是警察的任务。我还没说公益劳役(gugurgunung)制度,因此,真正年收入应为一千五百万荷盾的两倍。瞧，一年要从农民身上榨取三千万荷盾。在缺乏货币的情况下，政府曾想出卖小巽他群岛（Sunda Kecil）的一个岛，一位阿拉伯人愿出十八万荷盾的高价买下。用这些没有记账的钱，也就是一年里从农民身上榨取的钱，尊敬的议员先生，十个阿拉伯人就能把整个小巽他群岛全包了。您个人作为下议院的议员，或者作为自由民主党的党员，是否对这样的问题给予了关注？"

"在未来一段时间内，随着自由劳动的发展，渐渐地，人们就不必用劳动来缴纳赋税了。"范·柯勒威恩回答。

"对，尊敬的议员先生，假如咱们计算徭役是从东印度成为荷兰王国属地时算起，就从1870年算起吧，在定植制度或强迫种植制之外，那么，东印度和荷兰政府已共同欠下土著民一笔如此之大的债：三十（年）乘三千万荷盾，也就是九亿荷盾。倘若再加上多宗越来越隐蔽的掠夺，那总数可能要超过十亿荷盾。尊敬的议员先生，仅以强迫种植制这一项作为根据，荷兰欠下东印度人民的债就已经还不起了，何况再加上那些人们不明真相的暗中盘剥呢。"

我似乎明白了。目之所及，真正的大神不是范·柯勒威恩，而是特·哈尔。这位年轻荷兰人，躯干像运动员一样结实，头脑敏锐，毫不留情揭露了我们民族所遭到的巨额盘剥。我深受震撼，无法形容我此时此刻的心情。我微不足道，我无足轻重。

"太可惜，那件事没有包括进我这次旅行的活动日程表里。即便如此，我会把它记下来。"范·柯勒威恩的胖身躯似乎变得更加肥硕，白白的，像白衣服包裹的大蛆。

"是啊，太可惜了。"特·哈尔重复道，"从前东印度公司鼎盛时期的贪污跟现在一样猛烈，尊敬的议员先生是否同意我的观点呢？"

"贪污在东印度屡见不鲜，尤其在土著民官员之中。"范·柯勒威恩不得已回答说，又看了看范·赫乌茨，"是不是这样，将军阁下？"

"回答这个问题不是我的责任,很遗憾。"范·赫乌茨答道。

"三十年间贪腐十亿荷盾,完全和土著民没任何关连。作为合格的基督徒,人欠了债,不是总要偿还吗?实行强迫种植制三十年来,荷兰人欠下的这笔债,加上利息以及利息的利息,大概何时能够偿还?"

范·赫乌茨将军坐在那里,垂下头,认真听着所有的谈话,然而,他似乎也有一点不耐烦。我则自由移动着视线,观察眼前的一切。

范·柯勒威恩工程师对特·哈尔的问题依旧不回答,并竭力想避开他的问题。范·赫乌茨将军看到了他这位朋友的尴尬处境,利用发言空隙替他解围,问玛丽·范·塞赫仑道:

"看样子,玛丽·范·塞赫仑小姐还有别的事情要问。"

那位女记者微微一笑,点点头,然后说:

"假如会议司仪不反对的话。"

司仪看了看范·柯勒威恩的脸色。议员先生点头表示赞同。

"好的,我就把机会交给塞赫仑小姐以及想对将军阁下提问的各位先生,尽管按照原计划,我们没有安排这样的内容。"

"诸位先生,根据规定,"范·柯勒威恩紧接着说,"咱们这个范围很小的座谈会,不能以任何形式公开发表出去。"

"关于亚齐战争将结束的问题,将军阁下。"那位女士开始提问了。

"作为军事行动,亚齐战争已经宣布结束了。"将军当即说。

"对不起,作为军事行动的亚齐战争已经结束了,是否能看到光明的前景?土著民已经可以满怀希望了么?或者恰恰相反?"

"那确实是荷属东印度政府的事,不该由我回答。"范·赫乌茨说。

"谢谢,但我问的是将军阁下您的个人意见。"

"这是一种荣幸。"范·赫乌茨频频点头,高兴地说,"发言并不是一名战士的工作,更不用说下命令了。"

"准确。"范·柯勒威恩助威道。

"我的意思是,您个人的意见。"玛丽·范·塞赫仑紧逼道。

"我个人的意见?当然有,不说也罢。"

"当然了。但说得更准确些,这不是分享给老相识和新朋友吗?只要并非军事秘密,将军阁下,您说是不是这样?"

"好吧,跟新老朋友聊聊也好。大家从报上看到,亚齐战争的费用实在太多了。荷属东印度几乎全部力量,人力和财力,差不多都投进这场征服战争了。亚齐战争结束以后,东印度政府肯定将会开始加强管理、整顿治安及民间秩序,使东印度领土完整起来。"

"您的意思肯定不是维护领土完整(mengutuhkan),而是进一步扩大领土(memperluas)。"

"维护领土完整。"

"将军阁下,您似乎从前就喜欢使用同义的新术语。"玛丽·范·塞赫仑追问。

"瞧,我刚才说的对吧?一名战士不该成为发言人。"

"您说得很对,将军阁下。证据是,您用不同的词,也可以最清楚地表达相同意思。"

范·赫乌茨哈哈大笑,眼神向范·柯勒威恩探询意见。后者微笑着看朋友受窘,说道:

"将军阁下,发言一旦开始,您就必须讲下去。有什么法子呢。"

众人目光转向这位因征服亚齐而闻名遐迩的将军。我自己一开始就留意他的面容和举止。我想从他的身上寻找出一个刽子手究竟有些什么特点。

"这不难理解:从前用于亚齐战争的费用,如今可以用于其他需要……"

他的举动,他说话的方式,使人们能够觉察到,新的战争又将爆发。不知会在什么地方,手执长矛和弓箭的土著民又将在他的命令之下尸骨如山。为了领土完整,换句话说是东印度大资本的安全。他手一指,随着发生的便是:流血、生命、奴役、迫害、掠夺和侮辱。我面前这位发言者,只要用指挥棒在地图上一指,在东印度的某个地方,灾难将从天而降,土著民的生活会遭到毁灭。幸存者将被强迫服徭役,为政府进一步增加不记账、不上报的收入。

"请诸位不要误解,"范·赫乌茨继续说,"使东印度的领土完整不是要扩大领土的意思。确实,还存在着权力真空区(kantong-kantong kekuasaan),政治飞地,这种地区在东印度有十几处,搅扰周围那些已经承认荷兰女王的其他地区。"

"那些都是独立王国,"玛丽·范·塞赫仑说,"跟未被征服前的亚齐完全一样。"

"它们不是国家,而是无主地区。它们没有财政和经济制度。它们与别国没有外交关系。"范·柯勒威恩说。

"它们是独立的国家。"特·哈尔反驳,"无论它们是多么弱小。"

"它们不使用自己的货币,而用中国的铜钱。譬如说,在巴达克(Batak),他们用的是西班牙银币。"范·赫乌茨将军答道。

"那不能算作衡量的标准。它们有自己的外交关系。它们有自己的防御体系。它们有自己的行政系统。尊敬的范·柯勒威恩议员先生,您说是否如此?"

范·柯勒威恩工程师只笑了笑,没有吱声。

"它们是不安定的根源。"将军毫不犹豫地说。

"将军阁下,或许那些真空地区的国家(negara-negara kantong)[①]认为我们才是不安定的根源呢!"

范·赫乌茨笑了,迅速点着头,俨然是正在思索着面前的某个问题。

---

① 印尼语 kantong 意为口袋、袋型物,参见上文的"权力真空区"。

须臾片刻，他说：

"造武器、买武器、用武器，功能就是那样的。"

那么，到底是谁没能力造武器、买武器、用武器……我一听就明白了：它们便是目标。

"请问，巴布亚（Papua）东北部是否也在维护领土完整的计划名单里？还有巴布亚东南部呢？"

"哈哈哈！"将军再次大笑起来，"我可从未制订过计划，那种计划不存在，没有人制订这样的计划。"

特·哈尔又补充说："无论如何，巴布亚东北部已经成为了德国的沉重负担，巴布亚东南部也成了澳大利亚的沉重负担。"

座谈会越来越脱离了问答性质，近似于某种辩论。范·柯勒威恩机灵地避免被卷入其中。除脑袋以外，他那肥胖的身躯几乎一动不动。即使晃动一下脑袋，对他来说亦相当费事。

"巴布亚西部也成了东印度的沉重负担。不过大家都知道，无论西部、东北部还是东南部，仅仅是荷兰王国的名誉问题，而非战略问题，不是殖民地福利问题，也不属于领土问题。"特·哈尔追问着范·赫乌茨："将军阁下，那些权力真空地带的独立王国是否也属于名誉问题，或确实成了权力范围（wilayah kekuasaan）问题？"

"名誉、领土和权力，三者在一起。"

"尊敬的议员阁下，范·柯勒威恩先生，贵党宣扬荷兰必须偿还东印度'道义债'，别说在付诸行动了，连实现可能都没有，只是些空想，搞政治运动的材料！"

特·哈尔的这些话开始刺伤了范·赫乌茨的心。他的笑容消失了，和蔼面色也毫无踪影，两片胡子上下翕动。

"倘若权力掌握在我的手里，自由民主党就能够实现它的纲领，条件是不再存在殖民战争，也就是说，先要结束那些战争。"

显然,殖民战争还要持续下去。在我面前的这个刽子手依然嗜血成性,土著民的血,我自己同胞的血。

"对不起,先生们,"会议司仪老爷子开口说,"最好咱们还是回到原来议题。尊敬的范·赫乌茨将军阁下是不会轻易就离开东印度的。即使很难,我们也还能够设法再见到他。而尊敬的范·柯勒威恩议员先生却不同了,在十年之间,咱们最多不过有两次机会能与他如此亲切交谈。"

问答被引向了范·柯勒威恩,进展很迅速。范·赫乌茨气呼呼的,人们故意不再去惹他。每个人都拣重要的事提问,只剩我尚未发言。人们可能以为我置身于这些上层欧洲人中间感到自卑。突然,范·赫乌茨转过头来问我:

"明克先生……你的名字很好记,你的问题肯定也挺重要的。"说完,他装出一副笑容可掬的样子,也许是要掩饰内心的愠怒。

我没张口结舌(menggeragap)。感谢真主!我在这里是唯一的土著民,还数我最年轻。尊重来自于这位征服亚齐的将军,人们说,那也是一种荣幸。我感觉到特·哈尔在桌子底下用他的鞋子踢着我的脚。

我开口道:"谢谢,尊敬的将军阁下。关于自由劳动,尊敬的议员先生,是否也意味着可以自由地驱赶农民,假如他们不愿意把土地出租给糖厂?"

"你的问题不够清晰。"范·柯勒威恩一边说话,一边把与会者一个个地依次看了一遍。显然,他正在准备答案,或许他认为我的问题很愚蠢。

我重复了我的问题。他仍然没有回答。我的神经开始紧张,他对我的藐视使我难受。我不该提问?或者,问题真的很愚蠢?会场气氛一片静寂,这种静寂折磨着人。只不过几秒钟而已,感觉起来似乎无休无止。就这一瞬间,我还看到玛丽·范·塞赫仑在掏她的包。特·哈尔歪着身子，斜靠在椅子上。为什么不回答我的问题呀？

"发生过那种事？"范·柯勒威恩问，他把目光投向范·赫乌茨。

"没听说过，议员先生！"一位记者回答。

"我们也从未听说过这样的消息。"另一个人说。

真要命！我在心中说道。我必须准备还击。

"明克先生，你也来自县长家庭吧？"范·柯勒威恩问。

"没错，议员先生。"

"真奇怪，你会提出这样的问题。难道你也和农民交往吗？"

"不，议员先生，只是碰巧，我亲眼见到过这种事情。"

"那是在哪里发生的，先生？"范·柯勒威恩语气柔和。

"西多阿乔（Sidoarjo），尊敬的议员先生。"

"西多阿乔！"一位记者惊叫了起来。

"你的意思是，你亲眼看到了去年西多阿乔农民们的行动？"突然，范·赫乌茨将军用过度夸张的恭敬语气问道。

这是一种刺激，使我变得勇敢，把藏在心底的问题全都提出来。特·哈尔几次故意用他的鞋碰我的鞋。我知道他在提醒我言语须谨慎。我心中所想的并非他的警告，而是农户及其家属，还有他们的朋友。我曾经给过他们允诺。我把那次起义从头讲到尾，以及导致了多少农民丧命，全部都讲了出来。

我刚讲完，特·哈尔马上抢过话头说：

"恕我补充一句，明克先生是医科学校的学生。"

"您的意思是说，明克先生还没学过法律？"

"是的，议员先生。"

我不禁回记起幽暗岁月的经历，关于法律上的那些圈套，我变得有些担心。在我面前的这位神一级人物也会用法律来找我麻烦。由于我是部分事实真相的目击证人，我将受到株连。

气氛重又变得紧张起来。我自己也惶惶不安。

"看来明克先生确实还不太懂法律。实际上,你会因此招来麻烦。在那事件发生之前,你应该向有关当局报告,以便有关当局采取措施,避免事件发生。"

"我并不是要把这次起义作为一个孤立的事件来说。"我大声道,克服了自己内心的恐慌,"我的问题是:自由劳动是否也意味着——自由地把农民从他们耕种的土地上赶走?"

与会者共十几人,似乎只有特·哈尔和玛丽·范·塞赫仑两人觉得我这个问题不算冒犯。

范·柯勒威恩回答说:"你的那个问题及事情本身倒没什么。即便如此,你的讲述可能导致你跟警察打交道,被指控是知情不报。"

"对不起,尊敬的议员先生,我没跟警察打过交道。"

"瞧,明克先生,很难说一个人会不会跟警察打交道。警察负责全国安全。因此,每个人,无论老少,都与警察打交道。其次,你在暴动发生前已知情,而你却不报告。"

"的确没向警察报告。不过在暴动发生前,我写了报道以便大家都知道。"我回答。讲出最后一句话时,我的胆怯完全消失了。"可是,报纸拒绝发表它,甚至编辑还对我大发雷霆。"

范·柯勒威恩点点头,摆出了一副无所不知、无所不晓的神态。

"另外,"我又说道,"就我所知——但愿我的消息是有误的吧——糖厂把农民从自己的土地上赶走这事,警察从来就没有进行过调查。"

"我可以读一下你的那份稿子么?"范·赫乌茨将军问。

"将军阁下,由于我太沮丧,"我回答,"在回家的路上,我把稿子撕得粉碎了。"

无可避免地,所有目光都投向那个小捣蛋鬼,刚巧这家伙就是我。范·柯勒威恩不曾回答我的问题,范·赫乌茨也没回答。自以为高明的会议司仪瞪着我，眼中充满了指责：你，不请自来的家伙，是否有正式参会资格；你，臭土著民，破坏了本该美好的议程……他向大家宣布：

"这个座谈会进行得很好，谢谢尊敬的议员先生范·柯勒威恩工程师，谢谢范·赫乌茨将军阁下，谢谢各位来宾……晚安！"

大家从椅子上站起身来，等待那两位要人离开会场。司仪跟随在他们后面。但他们没有马上动身。无论范·赫乌茨还是范·柯勒威恩，都向我伸出了手。

"很高兴听到了你的发言。"范·柯勒威恩说。

"响亮（kelantangan）、勇敢（keberanian）、正直（kejujuran），这些你都拥有。"范·赫乌茨说。

"你怎么能来这里参加会议的？"司仪老爷子问。

"或许咱们可以深入再谈谈，说一说心里话？"范·柯勒威恩问。

"很可惜，我已经向校长保证，需要抓紧时间补功课，议员先生。"

"明克先生，从你说话的方式和态度来看，我感到其中含有生活的苦涩和失落。你愿意将来我再约请你一次吗？"

"如果校长先生允许的话，将军阁下。"

"好的，如果腾得出时间来，我将努力做出安排。"

他们离开了弹子房。会议刚散场，司仪老爷子就开始指责特·哈尔，说他是捣乱分子。

"我作为弹子房的管理者，以全体成员的名义，谴责你把土著民带到这里来：您自己知道我们这里的规定。"

"您向我大发雷霆。不过将军阁下和议员先生很高兴见到他，结识他，甚至想再见他呢！"

"在这个弹子房里可不行。"

"那就由那两位要人自己安排了。"

"滚！"

"在这里呆久了又有什么用？为了当守护神（danyang）？喂，明克，我们走。谢谢这位好心的管理者和主持者。这是土著民第一次踏足于此，不是以仆人或苦力身份，走进了这座建立在他自己祖先土地上的建筑物。晚安！"

老爷子依然在嘟嘟囔囔，我们离开他走了。

在马车里，特·哈尔开始说道：

"下次，你必须小心，说到涉及权力的问题时，那意思也就是糖业问题。先生，上战场之前先要把自己全部武装好。幸亏，那位老司仪挺会随机应变打圆场。"

"所以你不生他的气？"

"没必要生他的气。他本人试探着违反自己的规定。你确实没有权利走进那座楼。也许是他眼神不好；也许是他想获得更多的夸奖和褒扬，没留意到你出席；也许就因为咱们安排巧妙，大获成功！"

"那么说，刚才是你的主意，把我带进了协和弹子房？"

"忘掉这件事吧。"

"我的发言果真具有危险性吗？"

"令人担心。你还不知道战场，就要弄起战争之矛了。不要害怕。随便他们胡乱猜测去吧：或许以为你是那次农民暴动的同谋者，或许以为你就是头目（biang keladi）。一句话，要是你出了事情，我这个朋友不会默不吭声。"

我认真地听着，牢记他的话。正如我曾向某人做出过承诺，而今特·哈尔也向我保证。他是一位好朋友。母亲说，人必须拥有朋友。是的，友谊比敌意更加强大。特·哈尔已用行动证明，他是一位自由主义者，不为糖业资本效劳，而只献身于人道主义。他的灵魂多么美好啊，仿佛是这片贫瘠之地上的一株兰花（anggrek）。

"明克,进入这些大人物的交际圈就好比进入龙潭虎穴。它们互相争斗,对牺牲品不知餍足,嗜血成性。他们的心灵像撒哈拉沙漠,干涸枯竭,就算把海洋倾注进去,也会被吸干。希望你不要忘记今天我在马车里叮嘱你的这些话。赤手空拳地进入龙潭虎穴,太蠢了。"

路上往来车辆稀少,已是晚上十一点多钟。只有盏盏煤气灯沿路屹立,与星月同辉。

你,雷穆斯,罗慕路斯,尽情地吮吸狼乳,尽快成长为罗马的建造者吧![1] 听说,在东印度的所有欧洲人都是狼。如果不为寻找猎物,特·哈尔为什么要到东印度来?你,要小心提防!还要提防范·赫乌茨……范·柯勒威恩。也要提防同情土著民的玛丽·范·塞赫仑。试想,假如爪哇人都像从前时代的苏丹·阿贡一样,敢于反抗荷兰人,有可能我与特·哈尔面对面时就不是朋友,而是不共戴天的对手!

我在巴达维亚的第一天已消逝了,各种经历变幻莫测,毕生难忘。

回到宿舍里,所有的灯均已熄灭。我找不到充饥的食物……

---

[1] 罗马神话中,雷穆斯(Remus,约前771—约前753)与罗慕路斯(Romulus,约前771—约前717)是双胞胎兄弟,由母狼哺养长大;他们建造了罗马城,过程中罗慕路斯杀死雷穆斯,成为罗马城的名祖、古罗马王政时代的第一位国王。

第三章

　　帕托特诺约外号"怕得直哆嗦",他毫无私心,努力帮助我补课。他受过师范学校教育,善于重新讲解我落下各种内容。作为介绍,他重复了校长在上学年开学典礼上的演讲:每个爪哇土著民,预期寿命仅有不到二十五年光阴。

　　他背靠墙,身体横在褥子上,用耳语般的声音对我揭示这一点。我听后吓了一大跳。

　　"你没记错吗?"我问。

　　"没记错。我接着往下讲?好,我继续:绝大部分爪哇土著民由于各种各样寄生虫病而夭折。爪哇人真短命。长期不安之中,他们失落了祖传的医药知识……"

　　"'不安'(*gelisah*)是什么意思?"

　　"自然灾难,校长说。在荷兰人统治不太巩固的地区,土著民犯罪一直猖獗……所以,他们缺乏医药专家,没有可替代者……因此,爪哇人只好听天由命,任凭寄生虫摆布。赤道地区的寄生虫有数百种!政府出于好意,提供机会让学生们学医,以便日后为人道主义而工作,消除和减轻他们的苦难。……"

"嚯,说得真好听!"

"每一个学生,假如不能从这所学校毕业,"他继续重复校长的话说,"无异于放任自己的民族死亡于疾病,不具备人道主义精神,对学习漫不经心应该受罚。一位医生的功德是很高的。所有人都为他祝福……"

如此一来,我落下的功课慢慢赶了上去。另一个经常帮我补课的学生是"丘比特弓唇"(Cupido's Boog)[①]。从他这个绰号看,人们也许以为他是印欧混血儿或纯血统欧洲人。不,他是爪哇人,地道的爪哇人,波诺罗戈(Ponorogo)地区一位兽医的儿子。除老师外,同学们从来都不记得他本人的名字。我们一向都只叫他"丘比特"或"弓唇"。起初,他对这个外号非常生气,然而,所有同学都坚持这样叫他,他没法子,也就只得接受。

"为啥这么奇怪呢?"帕托抱怨道,"我这样子也没什么啊,只不过因为个头矮一点,就把我叫成'直哆嗦'。除了这一点,我不也挺帅气、挺有魅力么?瞧'丘比特弓唇'那模样,翘太高了,比欧洲人和犹太人还要高。"

"翘太高?"我问,"哪里翘太高?更确切地说,那叫塌鼻子!"

"塌鼻子?是的,就他的鼻子而言,咱们一点没说错。"

"嘘——,别说了。"我有点不高兴。我明白了,他说的并非鼻子翘太高,而是上嘴唇。

他们也差点儿给我起了外号。特·哈尔用马车接我走时,他们就已经商量好,给我取外号叫"痴呆"(Gemblung)。第二天早晨我起床时,宿舍里只剩下我一人。由于昨晚太累,我连鞋都没脱,倒头便睡,今晨起床时,发现鞋子已不知去向。我在镜子前照了照,他们用椰子

[①] 荷兰语 Cupido's Boog,印尼语 Busur Cupido,是嘴唇顶部的名称。——原注

油调的颜料抹了我一脸,黑白条纹大花脸,把眉毛和胡子画成连在一起。他们还在我脖子上挂了一块硬纸板,上面写着给我起的新外号。

我的外号没有被马上传播,因为他们知道,我昨天见了赫赫有名的大人物[1]。他们不得不对我另眼相看,尊敬我;实际上,我也只不过是一个不起眼的小人物[2]。

已经发生的事还不止于此。我一起床就发现,那幅画又被从绒布套里取了出来。画像下方贴了一张纸,不知有多少人在上面写满乌七八糟的评论。我威胁说,非要跟这种缺德勾当算账不可。他们不得不道歉,这才算了事。我说:有教养的人,无论走到哪里,决不侵犯个人权利,只有野蛮人才侵犯他人的权利,即便他们上过学、能读会写,他们仍是野蛮人。我再次对他们说,如果他们不懂得人的权利的话,我准备为维护自己的权利而斗争。

那些年轻人很顽劣,我无意在他们身上多浪费笔墨。我也无意记述宿舍里的日常琐事,那些事令人厌烦,我甚至屡次觉得作呕。在这样不愉快的环境之中,友谊成了我心头的慰藉。我跟"丘比特弓唇"、"怕得直哆嗦",甚至跟威兰,关系都不错。

最后提到的这位威兰,显然不是爱记仇的人。他心地好,乐于助人。我打掉了他两颗牙,他说话漏风,但从他嘴里讲出来的故事倒蛮有趣的,尤其是关于英国土乡绅生活的滑稽笑话。

我第一次听说以下这件事,也是他告诉我的:

"你们知道是什么原因吗?为什么我们的宿舍里不准放抱枕(guling)[3]?"他笑着问,看来是被自己的问题逗乐了。

---

[1] 此处为意译,原文系 pembesar–pembesar yang kedudukannya setinggi pohon cemara。
[2] 此处为意译,原文系 pupuk bawang。
[3] 抱枕全称 bantal guling,印尼语 guling 也有"滚动、翻滚"的意思。

"喏，好好听着，我来讲给你们！抱枕，你们在床上喜欢的那东西，你们到世界上其他国家是找不到的，至少我妈这样跟我讲过。不知道未来十年情况会如何。东印度土著民学会用抱枕的时间也不长。他们只不过是在模仿荷兰人而已。荷兰人爱搂着抱枕睡觉，据说很舒服，土著民马上有样学样，尤其死脑袋瓜（berkepala kapuk）的士绅们。英国人取笑使用抱枕的习惯。"

他继续说："绝大多数荷兰人到东印度来时不带女人。其他欧洲人也一样。他们在这里就不得不纳妾。可是荷兰人以吝啬而闻名。他们想要衣锦还乡。因此，许多人并不愿意花钱找妍妇。他们制作了抱枕，作为妍妇的替代品——不放屁的小妾。喂，'直哆嗦'，你看古爪哇文学时读到过有抱枕吗？不可能有的。喂，苏坦（Sutan），你翻遍了马来文学，有这词吗？本来无一物！确实是没有。这纯粹是荷兰人的天才创造——不放屁的妍妇。我们今天叫它'荷兰夫人'（Dutch Wife）①……"

每当想要结束自己讲的笑话时，他总像公山羊似的扬起鼻子，噘起嘴唇。

"你们知道么，是谁最先给抱枕起名叫'荷兰夫人'？莱佛士，东印度总督莱佛士中尉②！"

"而且，东印度的英国人，""直哆嗦"补充说，"只要来到东印度这边，他们要的第一样东西就是'荷兰夫人'——不放屁的妍妇。荷兰人

---

① 英语 Dutch Wife，印尼语 Bini Belanda。——原注
② 斯坦福·莱佛士（Stamford Raffles，1781—1826），英国政治家、东方学家，新加坡殖民地及港口的奠基者，著有《爪哇史》（A History of Java）。拿破仑战争期间，经莱佛士策动，英国远征军在1811年登陆并夺取了爪哇岛，莱佛士被英属印度总督明托伯爵任命为荷属东印度副总督（最高行政长官），直到1816年爪哇归还给荷兰人。其任内，英国人入侵了中爪哇（日惹）和苏门答腊（巨港），改革殖民地制度，对爪哇古迹进行编目（婆罗浮屠的重见天日被认为是莱佛士的贡献）。

认为全世界数英国人最小气、最贪婪吝啬，因此他们把抱枕叫作'英国玩偶'……"

"'直哆嗦'，你可真会添油加醋！"大伙儿评论说。

"一点也没有，我爸给那些荷兰人工作了二十年。"帕托为他的吹牛皮辩解。

帕托和我结下了友谊。无力自卫的他有了庇护，不再受别人欺负，开始找回自己的个性。

我自己又如何呢？在这乏味的生活里，我和几位伙伴的友谊成了赖以寄托的安慰。

刚过四个月，我由于晚入学而落下的功课全都补上了。对我来说，确实并不存在太难学的课程。尽管如此，我却愈来愈强烈感觉到，当医生不是适合我的工作。从第一课起，人便必须屈服于物：活的或死的。背诵规律和特点，把自我消失在所学的全部功课里。我学的科学知识使我感到自己是那么无意义，磨灭了我的个性。也许人们对我的评论是正确的：我不适合当医生。

荷兰语是大多数学生的必修课。我和另外两人免修。相反，学校要求我们必须选学一门本民族方言课程。我选了马来语。英语、德语和法语，对我来说也是免修课。

我暂时没机会写作，所有时间都用来学习了。我无暇享受生活。买辆自行车？没时间。何况还要学会骑它呢。

到自行车店铺去练习？如果能腾出时间来，那太美好了！因此，我依然在默默攒着钱。

进入第六个月，对一年级学生的要求开始有些松动，星期六下午和整个星期天可以外出。两个预科班的学生们没得到这种特权。每个人都想充分利用这点课余时间。我们大家到处游逛，只有西昆（Sikun）例外。跟他们逛游几次之后，我觉得厌倦，更愿意呆在图书馆里。直到同伴们一个接一个回来，我才离开图书馆返回宿舍。

就这样，久而久之，我意识到自己成了性格孤僻者（penyendiri）。功课是这样多，而周围的人总是打闹、嬉戏、讲笑话、恶作剧和捣乱，还有吹牛、嘲讽以及谩骂。

医科学校，不是我的久留之地！

在爪哇学生里，名字冠以贵族头衔"拉丹·玛斯"（Raden Mas）的仅有两人；而冠以头衔"拉丹"的有四人；大部只有"玛斯"头衔。没有头衔的，仅西昆一人。

不久之前，他在直葛（Tegal）县政府当实习生，每月工资仅一盾七十五分。他工作五年，没涨过薪。一位宰牛的屠夫招他做了女婿，现在他已是两个孩子的父亲了。屠夫岳父以他为荣，毕竟有他这位县政府实习生当女婿。他要什么，岳父就给他什么。西昆利用岳父的慷慨资助，向一位破产的荷兰人求学。他不仅学习荷兰语，还学习荷兰高中其他课程，参加了三宝垄的同等学力国家考试，以最后一名的成绩成功过关。现在他是医科学校的学生，每个月有了十盾生活费。他立即把自己的妻儿接到了巴达维亚，在丹那望（Tanah Abang）安了家。只要一有机会，他就往家里跑，和妻儿团聚，以此来维护自己的尊严，避开拥有贵族头衔的同学们的贬损。

政府官员（Pangreh Praja）[①] 的子弟不愿当医生，不愿从事这种服务于人道主义的工作。他们更倾向于选择为政府工作，统治别人，溜须拍马，主要是被溜须拍马。我哥哥来探望过我一次，对于我不选择仕途，他公开表达了惋惜之情。他的态度反倒从另一方面促进了我的学习。他升为村镇警长以后，态度愈发令人不适。啊，再见吧！你走

---

① 原文系爪哇语，指殖民时期的地方官吏。

你的阳关道，我过我的独木桥！

我的大部分同学也为我感到惋惜：白白放弃当县长的机会，这是土著民的最高行政职位！六年学医，毕业后工资多少钱？最初工薪是十八荷盾，每天工作十一个小时以上。在职工作三十年以后，最高工资也才不过八十四荷盾，做不出一定的贡献还拿不到这个数目呢。

现在，是的，如今一个月的生活费是十个盾。去掉食宿费，一个青年已经能够拿剩余的钱随心所欲了，可以分期付款买一辆最漂亮的自行车，或者寄五盾钱回家资助弟弟妹妹上学，或者也可以结婚，凑合建立一个小家庭。甚至即使不花钱，你也能吸引姑娘作为未来妻子人选——你是医科学校的学生。职位已经眼巴巴在等着你：房子、家具、马车、用人。不必东奔西跑找工作，也不必当实习生！将来都是人中龙凤。学习长达六年呢！如果加上两年预科，总共八年。并不是每一个人都能毕业，在学习过程中，岁月催人老。只有天选之子才能经受得住这漫长的时间考验。整八个年头！

总是难免有些学生还没到月底就花光了钱。他们——有时也包括我——到了星期六下午就去滑铁卢广场①游荡，听一听军乐团演奏铜管乐，不安分的眼睛打量着那些带小孩散步的姨娘们。

医科学校的学生对那些外国人的姘妇都有基本了解，她们的特点是：很容易哄上手，很愿意倒贴钱，爱卖弄风情勾引人，只要她们的洋主人不在，很乐意把你请到家里去。这些人置身于非我族类的文明中，何等孤寂！她们需要本民族的小伙子来解闷，就像需要辣椒酱和凉拌蔬菜。

而且，人们各自吹嘘和这位或那位姨娘交往的经历，以及从她们那里得到了一些什么东西。

---

① 滑铁卢广场（荷兰语 Waterloo Plein）现为雄牛广场（Lapangan Banteng）。——原注

他们讲的那些事令我不安，这与我母亲的教诲完全背道而驰。母亲告诫我说：除你妻子外，不要相信其他女人，她们不过是想要接受你的赠予。如今在我生活的环境里，这些神气活现的男子，佯装成文化人，放荡不羁，口袋里每月有十盾生活费，他们竟然追着那些姨娘索取财物！如果用我母亲的标准来衡量，他们是否算作不可信的男子呢？母亲说：那种女人本质上是娼妓（pelacur）。那么，这种男人可能也算是娼妓。

我对母亲的尊敬日益增加。我不知道母亲是否曾面临过考验，却仍旧秉信自己所言？我对一位姨娘的尊敬也日益增加——她经受住了种种打击，如今依然在接受考验。

我是否比我那些同学们更有节操？我是否有自己坚定的道德规范？回顾往昔的情爱经历，记忆犹新，纯洁的回忆，不带有贪图物欲的杂念，如今，这些记忆成了我的思想财富和内在支柱。可是，在B县的时候，你也曾用过你情人的钱啊，十五盾！噗（Puh）！那不是为了给她发电报的钱么？后来我也如数还给了她。

我的同学们和那些姨娘之间算是爱情交易（berjual-beli cinta）。或许他们仅是逢场作戏罢了，既找乐子，又得钱。尽管口是心非，行为却毫不含糊。不用心？真能把心收进柜子里？

我从没感觉自己比他们更好，不可以那样做，也算不上高尚之人。每一个人生而平等，这是卢梭的话吧？那位法国大革命之父？问题在于：怎样领导和被领导，如何率领以及做表率。

我自问：既然你承认每个人生而平等，为什么你要使用你的最高级爪哇贵族头衔"拉丹·玛斯"？噗！这是一个法律问题。只要用了这个贵族头衔，人们随意把我拉到土著民法庭不就没那么容易啦？！

唉，一切都使我的心愈发孤寂，就好像周围环境与我无关。

每到星期六下午，我们从校园走出去的时候，会看到一些年长者努力要记住我们的面容。吉打拜（Ketapang）、科威唐（Kwitang）、阿邦·布瓦萨（Abang Puasa）等地区的居民，都想捕获一个医科学校的学生当女婿！杀害达西玛姨娘的凶手也是那一带的人。因此，科威唐便成为学生们追逐女人的地区。在我看来，原因并不仅在于许多老人想找医科学校的学生当女婿，不在于那些姑娘们不稳重，也不在于所有人器重医科学校里未来的大夫；根本原因在于：每一个学生都需要有个家。回到家里，他可以脱下爪哇民族服装，换上西装，化身少爷。穿上西装，学生们就可以到处游逛，具有不受约束的中立身份，更何况勾搭那些姨娘也方便。

过后，再回来这个家里，换上爪哇民族服装，回到宿舍去。

科威唐的居民们都了解学生们的这一套把戏。家家户户争着抢着请学生们吃饭，各自让家里待嫁的姑娘去招待他们。爪哇传统风俗是待嫁女儿必须在闺房幽禁（pingitan）①，这被医科学校的学生们败坏到不可收拾了。

一位医科学校的学生仅需点点头，表示同意就行。明天或后天，他就会有一名妻子。她可能是他唯一的妻子，也可能只是新娶的妻子之一。

呜呼，未来的医生们啊！

我亦不例外。我常来到巴德仑大妈（Ibu Badrun）家里。她是位老寡妇，靠已故丈夫的退休金过活，领养了两个男孩。我选择了这样一家人当亲戚，同学们感到不可思议。

假如我想漫无目的地出去游逛，我就先到这家来换衣服。穿着爪

---

① 爪哇风俗要求女孩从十二三岁起守在闺房，不许与外界接触，直到有人求婚并举行婚礼后才解除这一处境。

哇民族服装游逛不方便，尤其是毒太阳的大热天，裹着头巾的脑袋像一座有一千个泉眼的小山，汗流不止，简直要把头皮都冲掉了。更何况头皮发起痒来，那更受不了。不管你指甲有多么尖，怎么挠都不解痒。光着脚走在石头铺面的大街上，不小心就会踩上拉车牲畜的马粪或牛屎……呃，太恶心！

"少爷（Denmas）①，"巴德仑大妈说道，"我不明白，你为什么要到我家来？我家又没有你泡的妞（gadis cemekel）②，是需要我帮你找一个酒友么？"

她说我该娶妻成家了。我说注定将要成为我的妻子的人，还能跑到哪里去呢？她笑了笑，以后再也不问这事了。

我把我的西装放在了她家，也把自行车寄存在那里。对了，该补充交代一下，我在诺德韦克（Noordwijk）街的范希恩（Van Hien）自行车行用分期付款方式买了一辆自行车。我学骑自行车的时候，科威唐的孩子们围观我，可热闹啦。是的，我学了三天之后，终于能驯服这神奇的车子。我在前面骑车，我的同学们在后面疯了似的追我。

巴德仑大妈家显然适合成为我的安身之地。我的来往书信都寄到她家的地址。我母亲还到那里去看过我一次。这发生在我入学七个月之后。上完早晨的课以后，塔拉姆（Taram）——巴德仑大妈领养的大儿子，跑到我的宿舍来叫我，说有远道而来的客人找我。就这样，我见到了我尊敬的母亲。她凝望我这身打扮，惊诧不已。我向她叩拜。她那种惊奇的目光仍未消失。她的眼睛从我的脚一直上移到我头巾的顶端，舒了口气，说道：

---

① Denmas 来自明克的贵族头衔"拉丹·玛斯"（Raden Mas）的缩写，此处系意译。
② 爪哇语 cemekel 意为"大小合适，可抓握在手里"。——原注（按照印尼语语法，被修饰语在修饰语之前，印尼语 gadis 意为"姑娘、少女"。——重校注）

"我没想到，孩子。"

"没想到什么，母亲？"

"你又自愿成为爪哇人，这样？"

"母亲大人，请原谅，这不是出于我的自愿，而是由于学校的规定。您的儿子如今不得不像这样光着脚走路。"

"我是从你说话腔调听出来的，你越来越不喜欢当爪哇人了，孩子。"

"当个爪哇人确实那样重要么，母亲？"

我的话还没说完，只见母亲的眼泪扑簌簌滚落下来。她掉过头去，视线越过窗户，望向窗外的天空。我立即跪在地上，吻她的脚，再次请求母亲宽恕。

幸好巴德仑大妈听不懂我们讲的爪哇语。

"孩子，我现在明白了为什么你的生活不幸福。这是你自己的过错、你自己的行为所导致。荷兰人的教育使你忘了本。你不乐意穿这一身衣服，你对母亲不满，因为我不是荷兰人。"

"息怒，母亲。"我阻止她继续说下去。

"你不喜欢你喝的水，你不喜欢你吃的饭。"

"恕罪，母亲，恕罪，恕罪。"

"说不定你也不喜欢你自己的出身了？"

我无法阻止母亲说话。她的话直刺我心窝，使我的每根神经直到末梢都战栗不止。

"只要你懂，此时此刻，我正面对着你；只要你懂，是什么使你落到这般田地，让你受苦。啊，我的孩子，我已经跟你反复讲过：你要学会感谢他人，要学会感谢真主，我的儿。你呀你，从现在开始练习吧，孩子，感谢并感恩，对于你所拥有的一切，你的获得和施予。梦想是没有尽头的。学会感谢他人和感谢真主，来日方长！"

母亲温柔的话语在我耳边回响，比众神的雷电更猛烈，比所有巫师的咒语更灵验。那是来自慈母的肺腑之言。

"如果你已经听见了我说的这些话，你就站起来吧。要是你没听见，就继续跪在我的脚下，就让我再给你重复一遍。"

"我全都听见了，母亲，一个字都没落下——永志不忘。"

"站起来吧！"

我站起身。她依然半张着嘴，用惊奇的目光望着我。

"你已经开始长胡子了……"她突然说。

"您已经原谅我了么？"

"一位母亲始终会原谅自己的孩子，即使像你这样，总是自讨苦吃的孩子。你的苦难呼唤我来到这里，孩子。我给你写了那么多封信，你一封也不回我。我想从报纸上知道你的消息，他们已不愿把报纸上的内容讲给我听了。他们已经学会把你忘记了。他们说你天生就是吃官司的命。可你是我的血肉。我到泗水去看你，你父亲阻拦我，但我还是去了。孩子，我才不管你父亲高不高兴呢。是我生下了你，不是别人。从前的几个地址找不到，而你后来给我的地址杳无音讯。"

"母亲，请您原谅。"

"不用你请求，我也会一直原谅你。孩子，你总是需要别人的包容。"

"是的，母亲，我的母亲大人！"

"孩子，你离我这么近，不停地叫着我。你在远方时，孩子，没听到过我的召唤吗？"

"请母亲恕罪！"

"人们说，沃诺克罗莫那座漂亮而豪华的住宅已经不属于原来的主人了。在熟人帮助下，我才找到了沃诺佐罗（Wonocolo）的地址。我去到那里。她住在竹屋里①。我在那借宿了一晚。我没见到我的儿媳妇。我听说她已经离开（pergi）。唉，孩子，你不觉得羞辱么？作为丈夫，就那么被妻子抛弃了。我呀，已经这把年纪，在她面前掉了泪。我的儿子身为女婿就这么低下？现在你已经长起胡子来了。你的眼睛为什么泪汪汪？你小时候可不像现在这样动不动就哭。"

我意识到自己正在抽泣，眼睛湿湿的。我用手帕擦了擦眼。

"你呀你，你从来就没把真实的情况告诉过我……"

我最好还是不吭声，就让所有感动都沉淀下来，这些情绪令我心如刀割。我尊敬的母亲，孩儿实在对不起您！

巴德仑大妈端来饮料时，母亲停止了说话。气氛变得轻松了。此刻我当起了她们的翻译。女人们之间的聊天，没意思。

将近下午四点钟，我的心情更加轻松，因为我要去上课，这是不得不向母亲告辞的理由。我承诺今晚将获得准许，不睡在校内的宿舍里。

要求在校外住宿，并不是那么容易就能获得批准。你跟他磨破了嘴皮也没用，那位纯血统的办公室工作人员执意禁止，根本不理会来的是母亲、父亲、未婚妻。就算把尸首抬来也不行，他蛮不讲理地说。

"早知如此，我本来就不必来请假。"我说。

七点过十分，我又来到了巴德仑大妈家。她们一见我回来了，非常高兴，因为没有翻译帮忙，宾主两人言语不通，互相听不懂对方的说话。现在，翻译来了。

我看到有人在房间里给母亲按摩，于是到厨房里去找巴德仑大妈。

---

① 明克母亲未直接提及温托索罗姨娘，但据她的叙述可推断，姨娘已经从逸乐农场搬去了名叫沃诺佐罗的地方。在《万国之子》最后一章，毛里茨·梅莱玛许诺会延迟接管农场，当时是1899年，而《足迹》开篇在1901年。母亲显然不知道安娜丽丝已经去世，以为是她"离开"了明克。

她的两个养子也正在那里吃饭。吃完了饭，他们又洗碟子和碗。

"少爷怎么也跑到厨房里来了？"大妈责怪我说。

"这也没什么不好呀？大妈。"

"习惯了就不好，少爷，会把你妻子累坏的。"

"唷，这又怎么讲，大妈？"

"连厨房里的事也插手，妻子会累成皮包骨头。"

第二天一早，我匆匆赶回学校。校长马上把我叫去了。

"土著民政官员学校（Sekolah Pangreh Praja）为什么拒绝收你？什么原因？"他问。

"品行未达标，校长先生。"

"你自己签的字，向校方作过保证，要遵守校规，是不是？"

"没错，校长先生。尊敬母亲是一条老规矩，这不会因为医科学校的存在而取消了。"

"自从和那些大人物见面后，你头脑膨胀，变得目中无人了。"他愤愤地说，"记住，所有的学生循规蹈矩，日后履行职责才会有保证。"

"我被迫在两种规范之间进行选择：一种是校规，另一种是尊敬母亲，我选择了后者。如果这样就被认为是目中无人、漠视校规，我只能说：多谢了。这意味着，我在这个学校里学不到什么公序良俗。"

校长先生瞪大了两只眼睛盯着我，一时语塞。

"该怎么处置，由您决定好了，"我接着说。

"太可惜了，你脑子这么聪明，否则……"

"我母亲在巴达维亚的这段时间里，我不住学校宿舍。"

"你真是个不听话的人。将来你也许能成为大人物，也许成为无法适应环境的疯子。"

校长先生把我训够了，便放我去教室上课。后来，我没再次请假，住在校外陪伴母亲。

住在科威唐期间，母亲对我讲了许多事情，其实我早已知道，因此只需点点头就可以了。她还讲到：在沃诺佐罗建起了一个新农场，已经盖起一排排又长又宽的牲口棚。那房子的女主人（nyonya）① 亲自操办一切，她东跑西颠，有时去看仓库盖得如何，有时去检查牛的饲养情况。负责砍树盖房的是两个男工头（mandor），由他们带领一班人锯木头以及做各种木工活。

"她是一个了不起的女人！"母亲后来称赞说，"我亲眼见到一位纯血统荷兰人来到那里，他们用荷兰语争吵，不知是为了什么问题。她还在从前的老房子对面用石头盖起了一座房屋。"母亲啧啧赞叹，沉浸在她的回忆之中。

"我在那里住了一个星期。她总不让我回B县去。孩子，说真的，我很愿意住在她那里。爪哇的男人没一个干活比得上她：又多又快，许多工作是同时进行的。她是一位了不起的土著妇女！下午，她在竹屋里，又写又算。有时城里来人向她请示，她打理着一切！真是不同凡响！别看她那么忙，她还忘不了周到地照顾我这个客人。"

母亲仍然不提及我的父亲和兄弟们。看来我哥哥也没跟她讲起过他来探望我的事。

有一次，她这样说道：

"孩子，你不像从前那样活跃了。你常一阵阵发呆，不注意听我说话。找一个妻子吧！娶一位地道的爪哇姑娘，减轻一些你的痛苦。不要想过去的事了。你还担心娶不到妻子？记不记得你上次当新郎时，我跟你说过的那些话？"

"记得，记得很清楚，母亲。"

"今年学校放假时，你回家吧，选一个你喜欢的姑娘作妻子。"她停

---

① 即温托索罗姨娘。

下来，咂咂嘴，把包好配料的蒌叶放在嘴里。① "你觉得只有荷兰姑娘或荷兰人后代才适合当你的妻子？"

"不是的，母亲。"

"你今年假期回家么？要不要我来接你？"

"母亲，不需要来接我，我自己会想办法的。"

"你千万别瞒着我结婚了。不要让我丢脸。这么久以来，我可从来没阻拦过你，是吧？"

"是的，母亲。"

"为什么到巴达维亚来，你也不告诉我呢？不要总对我说请求原谅，我永远都原谅你。我知道你不幸福。你为自己考虑太多了，就像你的荷兰老师们一样。"

我在学校考场上身经百战，母亲的这个问题却令我束手无策：

"你心疼不心疼你的母亲？"

"母亲，其实孩儿比谁都心疼您啊！"

"你说这话，心口如一？"

"口应心，心应口！母亲。"

"为什么你一直想方设法，要变成不是我的孩子呢？"

她的声音柔和婉转，饱含深切关爱，动摇着我内心已经成型的欧洲标准（acuan-acuan Eropa）。确实是这样，我感觉自己成了"现代孤儿"，没有绝对利益，在古老的理解方式之中，绝对利益关乎血缘关系。为了寻找自我，我离开了东爪哇。此刻，满怀慈爱的母亲立于面前，就像一位无情的法官。

"孩子，你为什么不说话？你再也不跟我讲心里话了。你已经成了穿爪哇衣服的黑荷兰人。如果这就是你的愿望，好自为之。为娘不阻

---

① 即嚼槟榔，一般用蒌叶包裹着槟榔、甘密、熟石灰一起嚼。

拦你。可是，我该做些什么才能疼爱你呢？"

"啊，母亲，疼爱是不讲条件的。母亲始终像从前那样、像现在这样疼爱我，将来也永远如此。在我追逐自己的理想时，为我祝福吧！"

"继续说，你现在开始跟我说话了。从前你有很多故事，甚至想成为文豪（pujangga）。现在你是多么萎靡不振。讲吧，孩子，把你的心事都告诉你的母亲，让我能重新感到我是你的合格的母亲。别管我爱不爱听你讲的话。我知道，你的世界和我的世界已经相距很遥远了。也许，就算似懂非懂，我能够隐约明白你的意思。"

"我曾跟您讲过法国大革命。"

"我还记得。如果人人平等，像你讲的那样，母亲对孩子有什么权利呢？"

"母亲，权利就是爱护、抚养和教育孩子。"

"就只有这权利吗？"

慈母之爱充当了检察官和法官，二者集于一身！我该如何作答？

"你呀，真可怜，我的孩子，母亲的问题把你难住了。你瞧，我对你无所求。只要我能看到你幸福，我会感到更幸福。看到你没精打采，那么痛苦，我更是不好受。你想做什么就去做吧，你想当荷兰人，我也不反对。"

"请原谅，母亲，别再那么说了！"我感动地恳求道，"您把我送进学校读书，为的是要我成为具有欧洲知识和科学的爪哇人。欧洲的知识和科学，两者确实都改造了人，母亲。"

"我懂，孩子，改造人是为了变得更好，而不是相反。"

"托母亲的福，托母亲的福。"

"但你不要那样折磨你自己。"

"我没有折磨自己。"

"你以为我不了解自己的孩子？我从怀胎时就了解你。你发出第一次哭声时，我就听出是你的声音。孩子，我不用收到你的信，也不用看你的脸，不管你离我多远，母亲的心能感受到孩子的脉搏。为了实现你自己的夙愿，你已不知受了多少磨难。甚至，让我分担一部分你的痛苦，你也不愿意。欧洲人确实要自己承担一切。你还有母亲可以帮你承担一部分，何必呢？"

"母亲，您有什么嘱咐，就对我讲吧。"我请求道。

"孩子，你已经染上了欧洲病，一切全都是为了自己，就像你自己的故事一样。"

"母亲！"

"这是欧洲病。你也学着想到别人，不更好么？我已跟你讲过，学会感谢真主，学会感谢别人。你听着，先别开口。从前，你自己曾讲过，对欧洲人来说，致谢是嘴皮子上的东西，并非出自内心。孩子，你已经变成这样了。我永远不会忘记你讲的那些事：能人想变得更能干，富人想变得更富有。他们心中没有感恩，生活忙碌为了追求更多。这不就是你本人从前讲给我的吗？他们所有人都饱受煎熬：欲望、个人理想，成为巨子、王中王！你还记得？"

"记得，母亲。"

"法国大革命的教导后来有什么用处？"她的声音仍像从前一样柔和婉转，自从我第一次记事起就是如此，"你说，为了人的解放，脱离其他人为的重负。孩子，你还记得吧？那不是爪哇方式（cara-cara Jawa），[①] 爪哇人做任何事情，不过是执行真主、神灵、帝王的命令。

---

① 重校主要依据的印尼 Lentera Dipantara 出版社 2015 年 8 月第 11 版中，此句为 "Itu bukan sekedar hanya menjalani."；经查印尼 Hasta Mitra 出版社 1985 年初版、马来西亚 Wira Karya 出版社 1986 年马来西亚版，及参考英译本和中译本初版，可知完整原句应为 "Itu bukan cara-cara Jawa. Orang Jawa melakukan segala karena sekedar hanya menjalani."。

执行命令之后，人们感到幸福，成就了自我，直到命令再一次来临。因此，他们感恩真主，懂得去感谢别人。他们不被自己内心的魔鬼追赶。"

"母亲，这些年来，我已学到不少东西。我懂得了，生活显然并不简单。"

"我的孩子，哪一位老师这样说的？从前，我们的祖先始终教给后代的是，再也没有比生活更简单的了：出生，吃喝，长大成人，生儿育女，为他人造福。"

"可是，有一种强大的力量在吞噬善行，却不愿与人分享。"

"孩子，我们的祖先知道这些的。他们把这种人叫恶魔（buto）[1]。恶魔分了好多种：绿眼魔（buto ijo）、紫皮魔（buto terong）、滚地魔（buto glundung），[2] 等等。这些恶魔在和我们祖先的武士争斗中从未获胜过。"

"如今，它们一再获胜。"

"那是导演（dalang）[3]的错。"

"母亲，我想要成为不犯那种错的导演。"

"孩子，你已经是作家了，现在又想当皮影戏的导演。不知道你以后还想当什么？当医生，你即将如愿以偿。你的抱负太多了，因而招来的痛苦也更多。你将会失去欢乐，变得更消沉。你怎么还会有心思去照管他人，神灵和真主？我们的祖先从来都朴实简单，并以此来教育我们。你的老师们却教你关于人类的无限性，就像你自己讲的那样。尽管我们的祖先不把感谢的话挂在嘴上，然而非常懂得感恩。而你所受的教育，不知一天内要说多少声'谢谢'呢。"

---

[1] 爪哇语 buto 意为"巨人、巨魔（raksasa）"。——原注
[2] 此三处均系意译。爪哇语 ijo 意为"绿色的"；terong 也作 terung，意为"茄子"；glundung 也作 gelundung，意为"翻滚、打滚"。
[3] 印尼语 dalang 原指爪哇皮影戏艺人，后引申为幕后操纵者、主使者。

"母亲不愿意我成为导演？"

"尽管我不愿意，可你的老师们已把你引向说不清、道不明的目标，进入无边无际的远处。你小时候爱看皮影戏，甚至对皮影戏故事如痴如醉，长大以后就把那些事全忘了。你想做什么，由你自己来决定吧，但是不要折磨你自己，因为折磨是一种惩罚。"

母亲和儿子之间，隔阂如此之大！这不是历史的差距，那又该叫什么呢？

"我的孩子，每个人在生活规则之中无法正确地处置自己，惩罚就是这种后果的一部分。如果它是一颗星，那是流星；如果它是片森林，那是禁林；如果它是石头，那是块肾结石；如果它是牙齿，那是颗龅牙。唉，你听我说话已经烦啦。休息吧，孩子，你休息去吧，好好睡一觉。"

的确，我已听腻了母亲的教诲之词。那如同繁重的考试，向我袭来，再次袭来。

"你知道，孩子，"她又补充说，"现在我对你讲这些道理，你已经长大成人了，不再是我怀里的婴儿。用不了多久，你将要抱着自己的孩子。如果你长此以往下去，你的孩子也会这样来对待你的。而你除了知道他们的名字外，已经再也不能了解自己的孩子……"

显而易见，母亲还没有讲够，她继续说：

"不要那么相信法国大革命。从前你说它的口号是什么？平等、博爱、自由？如果那一切都是真的，孩子，今后在爪哇的荷兰人处于什么位置上呢？"

我辗转反侧，难以入眠。地上点了一堆蚊香，巴德仑大妈的两个养子在席子上酣然大睡。我应该感到庆幸。我母亲内心坚定，思想毫不动摇。她是一位爪哇妇女，具有一种贤淑的特质。正因为如此，我才不敢向爪哇女子提亲。母亲，请您原谅我。我有其他的路和其他的选择。我将会用爪哇语给您写一封长信，因为我说不出口。您没说错，母亲,与您面对面的儿子,除了名字以外,您已经不甚了解……

不是惩罚,母亲,不是的。并非如此。

第四章

果然，范·柯勒威恩工程师离开三宝垄，特意乘火车去了马永（Mayong）。扎巴拉县的县长派来一辆马车，把他接到了县城。

马车进入城区，徐徐向前行驶，欢迎的学生们挥动三色荷兰国旗，高呼女王万岁（lepe-lepe）[①]。大腹便便的议员先生和扎巴拉—南望（Rembang）地区副州长向欢迎群众频频点头、不断招手。驶入扎巴拉县以后，免去了繁文缛礼。

有一家报刊撰文报道：

> 史上首次，一位爪哇妇女引发广泛轰动，就连尊敬的议员先生也来拜访她。在范·柯勒威恩议员先生抵达县府大院之前，县长的各位千金早已在前厅（pendopo）摇椅上落座恭候。这位贵客乘坐的马车一进入县府大院，身穿黑色长袖上衣的各位小姐，井然有序地步下前厅台阶，和她们的父亲一起去迎接贵宾。
>
> 研究民俗学的人将把这次历史上独一无二的事件载入史册：土

[①] 荷兰语 lepe 即 leve，"万岁（hidup）"的欢呼声。——原注

著妇女迎接一位素昧平生的外国男宾。对政治感兴趣的人,亦把这次访问看作是一次绝无仅有的事件:一位下议院的议员特意拜访一位素不相识的土著少女。他不是来向她求婚,而是要讨论问题。至于讨论什么问题,没有人知道,因为不允许记者列席采访。

世纪初的大轰动。我认为,在很长一段时期内,爪哇人会始终记得这次事件。它将成为人们幻想、评论和揣测不休的来源。如今其确切内容已人尽皆知:那位下议院议员主动提出请她到荷兰去深造。知晓此事的每个爪哇人不禁深思,也不过是跟着深思而已。

对于我本人来说,荷兰人主动提出的建议不值得大惊小怪。真正引起我兴趣的是这位少女的大胆主动风格。也许她是要对自己的身世环境做出反抗,正如我已经做的那样。那么,这又是一种怎样的大胆主动呢?

这位少女生活在县衙的高墙深院之内,传统习俗把她幽禁在闺房,当她听闻荷兰的威廉明娜女王将要举行婚礼时,她通过扎巴拉—南望地区的副州长给女王陛下赠送了一份结婚礼物。这份礼物不知要经过多少道手才能抵达目的地,从扎巴拉到巴达维亚,通过副州长转给罗斯鲍姆(Rooseboom)总督。这是一个扎巴拉柚木雕盒,是扎巴拉县的雕刻大师辛格大伯(Pak Singo)的作品。

通过总督的安排,这个柚木雕盒漂洋过海,来到荷兰殖民大臣手里。再由殖民大臣亲手把它送到女王的婚礼上。对于这件事,范·柯勒威恩派系人士多次发文盛赞,目的是让人们去认识它。如今,人们已经理解:荷兰雕刻也好,欧洲雕刻也好,与扎巴拉县辛格大伯的手艺相比,可谓相形见绌。人们开始设想,如果女王宝座及女王宫殿里的全部家具都换成扎巴拉的雕刻品,何其美哉!是的,我感受到了爪哇人的自豪,受人奉承,被人赞扬,飘飘然,甚至得意忘形。

瞬间，来自荷兰和巴达维亚的扎巴拉雕刻品订货单便飞向了这位少女。瞬间，扎巴拉县的穷困、卑贱、有气无力的雕刻匠们身价百倍，变成了体面富足、受人尊敬、有存在感、被人探访的人士。这位少女使不景气的生计有了出路，改变了现状，消除了这一方面的贫困疲弱。然而，记录所有这一切并不是我的意图。还有其他内容——范·柯勒威恩议员先生。这位意欲向东印度报恩的权威人士，他品德高尚、主持正义，他的言行令人们肃然起敬。他用激烈的言辞抨击东印度政府，谴责其把芝比农（Cibinong）的一位华人处以绞刑。其实这位不幸的囚犯早已入土，腐烂得只剩下一堆尸骨。范·柯勒威恩说：他是无辜的！

这位议员先生简直被有些人捧上了天。不过，他获得这种好名声为时不久。他去哥打拉贾（Kutaraja）见范·赫乌茨将军时，特意在巴东（Padang）稍作停留，只为亲眼见证在广场上绞死几个人的情况。很显然，绞死这些人和他本人的利害有关。人们说：坏人？难道他不就是国王屁股缝里的另一张脸？

谁第一个开始这样说的？我怎么记得？范·柯勒威恩先生的犀利言辞和神圣权威，仅留下芝比农那位华人的一堆尸骨……

在医科学校当了九个月学生。我再也无法忍受那种乏味的生活。

有一天下午，我在图书馆里看书看腻了，拿起一本政府公报合订本随便翻翻。若非学到无心再学，这类书何人问津？书皮挺漂亮，尚能闻到糨糊的气味。一排字从眼前掠过：1900年，正式批准成立东印度属民的华人组织"中华会馆"（Tiong Hoa Hwee Koan）……噻，在政府公报发布这种消息有什么用呢？思量再思量，我无意间记起另一件事：一位中国朋友。他确实已然过世。而今出现的问题：他是否与这个中华会馆存在什么联系？不止于此——他的遗嘱：信……唉，那封信交给谁？收信人姓甚名谁？

我意识到对朋友的许诺尚未兑现。一想到这里，我离开了图书馆。我把能买到的各种华人马来语报纸都买了下来，绝非偶然，我从中找到一些有关的线索。中华会馆被认为是政府批准成立的东印度第一个现代组织，它已经建起了小学，不采用政府课本，教育孩子们要成为了解民族文化的现代中国人，准备到中国和全世界去继续求学，不教荷兰文，学习中文和英文。各位老师的姓名在此均有提及，英语老师：洪山梅（Ang San Mei）。

幸运之神在护佑着我，洪山梅，这正是我需要寻找的名字！

等到星期天，我特意去寻找此人。一大早，我骑着自行车出发了，口袋里装有我那位朋友的信。这必定是一次非常有意思的会面。说不定此人也是一位新客（Singkeh）①，不会讲马来语或荷兰语，更不用说爪哇语了。

我经过一条肮脏污秽的小巷子时，刚巧从巷口走出一位华人姑娘，她苗条到近乎瘦弱，苍白秀丽，一双细长的凤眼。她步履轻快，目不斜视，毫无左顾右盼。我脖颈发直，怔住了。

我回头一瞥，她美得惊人。我下了自行车，站在原地。她经过我身边，我转过头看她的背影，我的脖子显然还能转动自如。主宰世间万物的真主似乎正在对我低语：美得不可思议，她的眼神，走路的姿态，引人遐思。我，一位从前的女性崇拜者，旧病复发：她的嘴唇为什么如此苍白？她的皮肤多么柔细洁净，仿佛可以透过皮肤看到血肉一般。

我想追上去，跟她搭讪几句，互相认识一下。然而我没这样做，我知道，一般来说，华人看不起土著民。我们只是在路上遇到罢了。

我推着自行车走，感觉自己仿佛是一匹马，忽然之间必须负重而行。那位女子确实美丽动人，别具风韵，一双看似不寻常的细目反而

---

① 当时人们把刚从中国移民到印度尼西亚群岛的华侨叫"新客"，亦作 singkek。

令她分外迷人。

我找到了要找的那个地址,位于两座竹木小屋之间。她就是从这座房子走出来的么?病态之美(kecantikan morbid)[①]。这糟糕的环境产生出那般美色?哎呀,为什么这位穿白裙的华人姑娘的形象总在我心里挥之不去呢?

一位华人妇女,穿一身黑衣裤,脚踏一双小黑鞋,迈着碎步,跟跟跄跄走出屋来迎接我。她讲的马来语调子那么古怪,又不清楚,声音却响得刺耳。

"您找洪山梅先生(Tuan)?"她反问,"这里没有洪山梅先生。"

"您是否知道,这位先生住在哪里?"

"不知道。这里的而且确住着一位洪山梅,不是先生,而是洪姑娘(Gadis)。"她用怀疑的目光看着我。我显然是位不速之客,她不愿与我多费口舌。

原来洪山梅是一位姑娘,洪姑娘!

那位妇女没请我进门,更没让我落座。她也不再进一步问我。我试图找几句话跟她攀谈,可是她听不懂。她讲话,我也听不懂。因为我从不相信自己会成为哑巴,所以未曾学用过手势来表示自己的意思。她也一样。因此,我们两人只能四目对视。我的天啊(Masha Allah)!不知她在东印度已待了多少年,可她仍然不会讲马来语?

我从口袋里掏出写着汉字的信封。那是写给洪山梅的。她不认得字,是个地道的文盲。她从我手中接过信,走进屋里去,再也不出来。真倒霉!我该怎么办?连句再见也不说就此离开?

我扶着心爱的自行车,目瞪口呆地站着。从阴沟里冒出一股股臭气,实在难闻。门前地方很窄,我抬起自行车,把车调过头来,车尾

[①] 英语 morbid 意为印尼语 berpenyakitan(多病的;经常患病)。——原注

碰到了一段尚算完好的门前篱笆。我刚转身要走，哈，那位细眼美女迎面走了过来。这次不是我，而是她，挺起脖子看着我。我向她点了点头，继续往外走。我回过头来想再看她一眼，可她已经走进了屋子。没错，她就是洪山梅姑娘。我想回过头来找她，似乎没有充分的理由。于是，我推着自行车，故意放慢脚步。有些事必定会发生。

果真如此。我听到有人在后面叫，只对我一个人喊话：

"先生，先生！回来！请回来！"①

我停住脚步。没错，是她在用英语喊我。我回头一看，只见她边喊边向我招手。我仿佛被施了催眠术一般，当即调过车头，向她奔去。我一步接一步靠近她。她伸出纤细的胳膊，声音优美，用英语说道：

"洪山梅就是我。我已经等您很久了！"

"小姐（Miss），你等我很久了？"我问。

"您就是信中提到的明克先生吧？"

我仍握着她的手不放，她也不往回缩。

"是的，洪小姐，我好不容易有时间来找你。"

她很有礼貌地把手慢慢抽了回去，邀请我进屋。

前面的小房间只有一米半进深。里面放一张竹榻，榻上连床单都没有。她拿出一把小笤帚，扫了扫竹榻。我们两人在竹榻上坐下。

"刚才在巷子口，我就有这种感觉，您就是我长久以来所盼望见到的人，因此我取消原来的计划，马上回家来了。为什么您过这么久才来找我呢，而我又不知道您的地址？"她的英语很流利，显然是在正规学校里习得。

我告诉她这段时间以来自己都在忙些什么，她毫不怀疑。

---

① 原文为"Miste, Miste, kam bek, pliiiiis!"，根据上下文，应为带口音的英语："Mister, Mister, come back, please!"

"谢谢你们家对我朋友的照顾。他在世时,我相信,他本人肯定已向你们表达过谢意。"

我望着她那苍白的薄嘴唇,牙齿洁白闪亮。我还注意到她的脚,没有裹小脚。

"先生,您为什么看我的脚?"

"哦,没有,没什么!"

"只是出于一种偶然,或许我这双脚幸免于难。"

"对不起,小姐,我听说,有您这种脚的中国女性不再受传统教育了。"

"我在修道院里长大并且受教育,先生,是在上海(Syanghai)的天主教修道院。"

这位姑娘的坦率令我吃惊。

"小姐,你也曾把这告诉过别人吗?"

她慢慢垂下眼,微微一笑,那双神采飞扬的眼睛望着我,说:"难道我该对我朋友的好朋友隐瞒自己吗?"

"谢谢,小姐!"

她还没有谈及她那位已过世的朋友,也就是给她写信的那位朋友。

"既然你是我朋友的朋友,为什么称呼我'小姐'呢?就叫我'梅'好了。现在没人那样叫我了。我朋友是不轻易相信别人的。他对人有一种非常敏锐的直觉。凡他信得过的人,必定也是我可以信赖的人。"

"谢谢你,梅,你确实很特别。"我说,非常欣赏她的率真。

"谢谢你的夸奖。"

"当然,那封信不必回复了。"我说。

"是的,"她沉默片刻,"的确不必回复了,甚至我还没把它看完。"

"他的情况你都知道了?"

"知道了。"她无力地摇摇头。我不懂她摇头的意思。稍后,只见她两手颤抖,伸出去想抓住什么东西似的,"我在报纸上读到的。"

"你怎么知道,他会留给你一封绝笔信?"

"长久以来,人们总说存在第六感。我也相信。他是一位不平凡的青年。"她说话的语调饱含赞美之情,只不过听起来满是忧伤,"我从未遇见过像他这样的人。"

"他选择来到泗水,因为这个地区的工作最难做,他说。"

"这么说来,他信任你?"

我点了点头。

"得到他的信任绝非易事。他离开时对我说,他要去最困难的地方。他要我听他的消息,但还不知用什么方式传递给我。如果我长久听不到他的消息,就会有人来找我。他不知那人是谁,但也许捎来的已经是他的遗书了。"

她继续谈论着他。她越是夸他,语调里越是充满哀思。她热泪盈眶,低头望着我的鞋子,或者转过脸去,站起来,似乎要转身离去。她不愿让我看到她内心的痛苦。

我也扭过脸去,不看她的脸。我一下子就能明白她和我那位朋友之间的关系——两位知心朋友,一对青年男女——并不仅仅是处于同一阵线的战友。一种亲密情谊把他俩联系在一起。我也为她失去他而感到难过。

"梅,因为那件事,我悲痛极了,实在悲痛极了!"我说。

"谢谢你。至今,只有你一人和我一起为他悲痛。没有人知道我和他之间的关系。"

我们越谈越投机,仿佛我早已认识她,像是自己的老同学,同窗共读了多年。幸好,她很快就能控制住自己的悲伤,平静地坐在原地,把她的辫子握在手里,放在膝盖上拨弄着。

"他跟你说过些什么?能让我知道吗?"她问。

我把自己记在日记本里的事全都告诉了她。她一字一句地听着，并不试图纠正我英语的语法错误。我告诉她，他离开我们时我一直把他送到郊外。他给我留下这最后一封信，后来他被泗水唐帮（Thong）抓走，直至被害。

她再一次垂下了头。她的声音听起来仿若叹息：

"我没料到形势竟如此残酷。他从未告诉过我。"

我告诉她，我对他十分钦佩。

"他跟你讲过关于泗水唐帮的情况吗？"

"没有。"

"讲过义和团的情况么？"

"没有。"

我庇护过她的朋友，她为此握住我的手表示感谢。这次是她紧紧握住我的手，不愿放开。我感到她的手发冷。

"你病了，梅？"

"我有可能病了，我不知道。"

"要不要我带你去看病？"

她放开我的手，笑了笑，皓齿莹莹，她慢慢摇着头。

"别给你添麻烦了。你自己不是在学医吗？"

"刚读一年级，还没学到什么呢。"我说，"你以前上过什么学？"

"天主教中学。"

"在哪里？"

"我说过了，上海。"

"为什么你是在修道院里长大的呢？"

"从我记事起，我就在那里了。"

"你是怎么认识我那位朋友的？"

"你不要再反复提起他了，好吗？"她的声音又蕴含哀戚，然后强打起精神说,"让我祝你学习顺利,可不可以?"

"当然可以。不过,那些功课真烦人。"

"为什么你还要继续学下去呢?"

"我不知道自己该干什么。况且,东印度已没有更高的学府了。"

"不知道自己该干什么?在东印度有许多事情可做!"她觉得不可思议,此时,她又恢复了常态,撒娇似的语调令我心跳加速。

我望着她,只见她眼中秋波闪闪。我知道,我是爪哇人,她是中国人,我们两人间存在着文明和民族的藩篱,这些只可意会而不可言传的隔阂,顿时像变魔术般消失殆尽了,我俩简直就像从同一个工厂里生产出来的产品,这座工厂名为新时代(jaman baru)。

"我在报上看到了你的名字。"我说。

"写出我名字的人从不认识我。我觉得此人只是知道各位老师的名单而已。没有人认识我,因为我没必要、也不喜欢被人认识。"

"不过我可认识你。"

"你是绝笔信的信使。"

"我理解,梅,"我忽然产生了一种感觉,她和我已故的朋友一样,进入东印度并非通过合法手续,"看来你更成功。"

"你说的成功是什么意思?"

"建立中华会馆。"

"噢,你指这个?非常不稳固,明后天恐怕就容不下我了。旧势力似乎想要更大的控制权。我还没有如愿在那里教课。旧势力依然只想教中文。"突然,她自己感到吃惊,说:"请原谅,我有好几次不对,把你当作了他。你们两人的声音太像了,除了你的英语比他更好一些。我常认错人,也许我的思想意识方面不那么健全。"

"你太累了,梅,从你的脸色看得出来。"

"如果你真的不想当医生,那你想干什么?"她突然改变了话题。

"自由人（manusia bebas）。"

她高兴得笑了起来。我不知道她为什么要笑。

"这可笑么，梅？"

"可笑？你所想象的自由人是什么样子？是没有任何义务的人吗？你肯定不是这个意思。你只不过开开玩笑而已。你是我朋友的朋友，不可能那样想。你只不过是用词不当罢了。"

她那么认真，我感到不安。我的不安使她觉得好笑。她微笑着，眼睛眯成了两条线，在脸上似有若无。此时，再也看不到她病恹恹的样子，苍白的嘴唇也变得红润了。

"不要错误地理解法国大革命中关于自由的口号。"她忽如老师一般说道。我不知她为什么突然跟我谈起了法国大革命。"法国人自己也经常曲解这个口号，误认为可以肆意抢劫，对任何人都毫无义务，因此可以为所欲为，无拘无束。自由，只是为了自己，只限于自己国家的范围！其实在争取自由的斗争中，为了各自民族的觉醒，我们亚洲所有的本土知识分子都负有超出国界的义务。否则，欧洲人就会在这里称王称霸。你同意我的看法吗？"

从她讲的这些话里，我依稀看到了我已故朋友的影子。这些年轻人从谁那里学到了这些？他们的老师是否比我的老师更高明？

"如果我们对于当今时代采取错误的态度，我以为，那就等于承认欧洲是统治全世界的专制君主。"

"咱们怎么一下子就卷进这些问题里了呢？"我说。

"我们不是应该互相信任么？好久没有人跟我讲话了。我可以稍稍离开一会儿吗？"她站起身，点点头，面带微笑，姿态优美地走进了里屋。

这位美丽而面带病容的姑娘，与我已故的朋友存在诸多共同点：容颜俊秀、貌似柔弱，然而敢于离乡背井，在异乡漂泊，为实现自己的理想而奋斗；不但行动上敢于冒险，而且敢于思索，敢于实践，敢于结交朋友。

我猜测，她进里屋去，是为了读完我已故朋友留给她的信。

从里面传来了她清脆的声音：

"朋友，到里面来坐吧！"

一走进里屋，我就觉得憋闷。宽度和整个屋子相同：三米，进深才二米半。旁边一间屋比这间更加狭小。竹编的隔墙上，石灰已经剥落。屋内只有两件家具：一张桌子和一个凳子，都是用榴梿木制成的。桌上摊开着两本中文书。这张桌子本身已经刻上了一道道算术题。竹编隔墙（dinding gedek-cetak）空空如也，连一幅画都没挂。我们可以听到两边邻居的声音，然而，在她家里听不到旁人言语。

这位姑娘又从里屋走了出来。她穿一身淡蓝色的丝绸衣裤，上衣无袖且胸前绣着一条龙。她穿这一身淡蓝色丝绸衣服把她的皮肤衬得更显白皙。她双眼红红的，刚哭过。她手上拎着一个书包，走来坐在我身边。她不声不响，从书包里掏出一本中文书来，又从书里抽出一页纸。

"一位土著姑娘已经给我寄来了两封信。"她说道，"可惜，我看不懂她写的文字。也许你认识那位写信的人。你愿意帮我翻译一下吗？"

写信人是那位扎巴拉县的姑娘。信中写道：从报上看到两位思想先进的中国姑娘，想和她们结识，到处寻找她们的地址。她请求在巴达维亚的朋友帮她寻找洪山梅的地址。刚拿到地址，她马上就写了信。她想和洪山梅建立联系，交流思想，了解妇女解放运动的情况，无论中国还是东印度的情况，都可以。她想知道，中国女性的命运是否也和她本民族的女性一样悲惨？一夫多妻制在中国是否盛行？中国男性是否也只顾忙着寻欢作乐，对女性为所欲为？

我从信中得知，坐在我身边的这位姑娘毕业于上海的师范学校，精通两种欧洲语言：英语和法语。扎巴拉姑娘表示遗憾，她只懂荷兰语，由于没有老师和阅读材料，她的英语已经半途而废。

"依我看，"信中写道，"如果一个民族的女性受到男性的压迫，就像我的民族那样，那么这个民族是不可能受到别人尊敬的。如果人们仅仅把爱倾注在婴儿身上，每个人都喜欢听婴儿落地的第一声啼哭。此后，父亲便认为万事大吉，而繁重的抚养任务全部落在母亲身上。等到孩子会爬能走时，妻子又成了丈夫的奴仆。有时我实在想不通，男性的道德观念究竟为什么会是这样的？他们把女性放在什么位置上？这样的民族能因此而受到别人的尊敬吗？"

"这位姑娘很有见识，"她评论道，"朋友，土著民男性真是这样的吗？"

"我想，的确是这样的。"

"是呀，在中国，情况也大体如此。"

"你自己可能与众不同。"

"这是受修道院教育的结果，使我脱离了常规。"

"你是天主教徒吗？"

"是的。我也许确实是受本民族社会排挤的人。"

"可是你在为你的民族工作。你的民族把你排挤出来，你能宽宏大量地接受这一切吗？"

"我们年轻一代是在为中国工作。我们忠于祖国。西方殖民主义者支持慈禧太后[1]，年轻一代要推翻她的政权。那位姑娘似乎想从改革本民族内部的陈规陋习做起。太可惜了！"

---

[1] 原文系 Kaisarina Ye Si，Ye Si 疑为"叶赫那拉氏"略写；此处与前文"义和团"（原文系 Yi Me Tuan）均为译者根据《足迹》中的故事时间而做的意译，后文多处如此，不再标注。

"推翻旧政权和改革陈规陋习，这两件事都很重要，"我说，"可以双管齐下！"

"这种工作太艰巨了。信上接着还说了些什么？"

我望着她，她已不再眼圈发红。我给她读了第二封信。那位扎巴拉姑娘讲到欧洲的妇女解放运动。她不太同意那种意图和目标。她认为那样做实在太过分了。她说女性和男性需要拥有平等的权利，但不能太过分。每一种过分的权利都是压迫。

写信人问是否自己不该写信，所以一直没有收到回信？她说，有人将准备翻译她的信，大概是要译成英语。她还说，她有一位兄长懂英语，不过明年要去欧洲学习，因为东印度没有更高的学府，他并不是她的同胞兄弟。她的亲哥哥已经先去欧洲了，明年就可以上大学了。

"这是一个进步的家庭。"洪姑娘评论道。

信中继续写道，她只读过小学，毕业后就被幽禁在闺房。能作为她朋友的，只有书本和来往信件。会讲话的朋友，即真正能用嘴说话的朋友，只有她的几个妹妹。她的个人生活很寂寞。而她——洪姑娘，离开了自己的国家，不再受家人限制，敢迈出如此巨大一步，实在令人钦佩。

"你太幸福了，简直是太阳公主（Putri Matahari）。"她又在信中写道，"我们这里的姑娘们何时才能摆脱这种禁锢？只有等一位男子来把她娶走，作为他唯一的妻子或不知是第几房小老婆，腻烦了便离婚。朋友，我们的命运是多么悲惨！只有离婚是我们获得自由的敲门砖。"

她问洪山梅对婚姻的看法。婚姻应该是男女间最亲密关系的出发点，而今成为一种短暂的正式结合，并且为了能够离婚，双方各自出丑揭短。这种婚姻，难道不会使人变得更加不光彩和没有尊严吗？在中国也是这样吗？

"更糟糕，"洪山梅回答说，"我的姐妹结婚时，人们总是恭贺子孙满堂,用你们的话说是:真主赐给你一百个儿子和一千个孙子。不知道有多少女人和男人结婚时,人们千篇一律地这样恭贺,只不过娶小老婆时就不这么说了,可她们生下的儿女并不比大老婆少!"

"今天你有什么安排?"我突然问她,"你不出去了?"

"我今天的安排是接待我的客人,"她回答,"给我写信的姑娘真好,从不为自己着想。"

"你喜欢她吗?"

"我要给她回信。你愿意帮我把回信翻译成她懂的语言吗?"

"当然愿意。你说吧,我写。"

"现在?"

"是的,其他时间也许我就没空了。"

只见她为难起来。我猜她没有信纸。

"或者你自己先用英文写。我出去一下,买几张信纸。"不等她回答,我转身便走。

近处找不到文具店。我半个小时之后才回来。她已在一张不太干净的包装纸上写完回信。我假装没在意,直接把它译成了荷兰语。她又走进里屋去,端出鳄梨水(minuman adpokat)[①]给我喝,好像她了解我的口味。两只玻璃杯并排放着,宛如一对默默无言的情侣。

"桌上放这两只杯子,你写起来太不方便了。"她提议,"咱们还是先把它喝了吧。"

我不好意思地端起杯子。她手头不宽裕,拿出这么高级的饮料来招待我,使我过意不去。鳄梨的价钱很贵,土著民很少有人买得起。这种水果是专供欧洲人享用的。在巴达维亚,只有一位欧洲人开辟了鳄梨种植园。土著民还没有开始种植这种水果。我们两人像祝酒似的碰

---

① 鳄梨即牛油果,可加糖水、冰块或加炼乳做成饮料,清爽可口。

了碰杯。她笑了，皓齿莹莹，眼睛笑成一条线，又黑又长的睫毛更显浓密。她举杯的风度、扬起下巴的神态，全都令我心跳加速！

这是来自另一个地域的另一种美，美的来源殊异。究竟何谓之美？为什么我刚刚遇到的这位女子如何迷人？为什么她给我留下如此深刻的印象——她很美？美不是空洞的，需要以人格和知识来支撑。难道不正是这样吗？

更出乎意料的是，她举起杯，不是贴近自己的嘴，而是送到我的唇边。而我像是接到命令似的，马上也把我的杯子递到了她的唇边。我们俩情不自禁地哈哈大笑。

"你为什么笑？"我问。

"跟他的习惯一模一样。"

当然，她是指那位故去的朋友。我不太喜欢她这话。她若有所思。我把杯子贴到她唇边，她默默喝着。我也喝着她杯子里的水。她又笑了，我不知她眼里有无笑意，我没法看她。

她把杯子放在我身边的长凳上。我也照做，接着翻译回信。

"好像有很多马来语报纸报道过关于你的消息。"我说。

"有可能，我完全不知道。"

我继续写着。

"为什么你不跟她通信呢？"她问。

"你可以通过这封信把我介绍给她。"我说。

"好吧，把这加上去。"

那封信讲的是中国女性的情况。在农村，她们和男人们一样干繁重的活，还料理家务和照管孩子，外加生育和月事，负担比男子更重。男子能做的工作，除了读书写字外，她们都做。还有不少女性从戎参战，成了巾帼英雄。一般来说，除了上层女性外，她们受过劳动锻炼，不畏艰苦，善于应对困难。因此，她们在任何地方都能生活。

"我的朋友,这世界上几乎没听说过我们国家的女性会自寻死路,或饿死在异国他乡。"这是她的回信即将结束时的句子,"我独自一人离乡背井,流落异国,你可不必为此吃惊。假如你是一位中国姑娘,你也会和我一样。我想,朋友,依赖性比较强的女性都来自社会中上阶层。我估计在爪哇的情况也同样如此。农村妇女享受着更多的权利,因为她们担负着种地、饲养家畜和料理家务等更多义务。一个人尽的义务越少,其享受的权利也就越少。我还没有机会深入内地探访,去了解你们这个美丽的绿色国度的女性。"

这是她回信的最后一句话。写完后,我说:

"稍后我亲手替你寄出去。"

"你太好了!"

"怎么可能有人对你不好呢?他们只是不了解你。梅,报纸上谈论你,看来你习以为常。"

"我不知道。我只记得,有一次,我们学校开学的时候,有一位欧洲妇女来找过我。我记不清她的名字了。她用英语跟我讲话。我只简单谈了几句,没谈到自己,也没讲学历和活动……"

我注视着她的一举一动,她意识到我正在端详她。尽管她身材消瘦、面色苍白,我却愈看愈感觉她美得惊人。难道果真如我的一位朋友所说:我是好色的登徒子(mata keranjang)?这不仅是崇拜女性的问题。美人美色吸引我,我有何过错?我有爱美之心,体内生有各种腺体,这又有什么错呢?

"你为什么一直那样看我?"

"不能怪我。"我说。

"难道怪我?"

"是的,这是你的错。你太迷人了!"

"已经有多少女人听过你说这种话?"

"你已经多少次像这样抨击（tetak）男人？对多少个男人说过这类刻薄话？"我反问。

她笑了，笑眼迷离。我也许发现了她迷人魅力的秘密：她脸颊有个酒窝。她没再说那些让我内心不安的话，很快聊起了其他话题，越来越开朗。后来，她请我和她共进午餐。我们离开了那个小房间，再往里走。显然，里面并不存在我所想象的房间，而是个小厨房，只能放下一张竹榻和简单的灶具。再没有其他的房间了。

她把席子从竹榻上卷起来，枕头也卷在里面，显得鼓鼓囊囊。我们就在竹榻上吃饭。除了炊具和餐具，她没有其他用具。小厨房紧挨着后门，出去是三米宽二米深的一个小后院。再往后面是一堵高墙，高墙围着一座楼。

吃饭时只有我们俩。我生来第一次吃面条（mie），面条里加了香菌（champignon）、红蘑菇（jamur merang）和一点肉。味道鲜极了，跟这座竹木小屋极不相称。置身于这种贫困的环境之中，怎会有如此奢华美味？我看到她在胸前划了个十字，然后用筷子吃起来。没有叉，我只能用汤匙吃面。面汤里的油沾在她的嘴唇上，红润发亮，显得更加诱人。从她吃饭的样子来看，她没吃早饭，一直忍着饿。

我没见到刚来时迎接我的那位小脚妇女。不知她到哪里去了。在吃饭过程中，我想试着揭开这位姑娘的谜底。她有学识，却生活在如此贫困的环境中。她穷得连信纸都买不起，却这样大方地接待一位素不相识的男宾。我吃完了我盘子里的面，她也吃完了她的那一份。我再干掉两盘也不成问题。不过我意识到为了招待我，面前这位瘦弱的姑娘不得不省下自己的一顿饭。

我禁不住回想起那位撑筏子的摆渡人，那个鳏夫用白薯养活了特鲁诺东索一家人。

她收起盘子，到厨房后面去洗。

这房子真是家徒四壁。只有墙上挂着一个半瘪的书包。那大概就是她的全部财产。

她又回来了，邀我到前面去坐。她似乎还没烦，希望我多陪她一会儿。跟我的朋友许阿仕一样，每当谈到日本的年轻一代和他们自己国家的年轻一代时，她总会精神抖擞起来。

"梅，"我叫她，"你认识许阿仕很久了么？"

她脸上阴云密布。我没有催问她。我听到她长长地叹了口气。

"他是一位有为的青年，我们的光辉榜样！"她赞叹道，"我一直在为他的平安而祈祷。"这时她的语调深沉，"最终，他牺牲了。他最亲密的朋友没能和他见最后一面。"

"他的兄弟姐妹也不知道？"我说。

"他和我一样，也是孤儿。只有一点不同：我信天主教，他是新教教徒。"

可以推断，我的朋友是梅的未婚夫。说不定他俩是一起偷渡到爪哇来的。她在未婚夫死于泗水唐帮之手后，也许不得不寻找工作，或者接受当教师这份工作。

我后悔了，我不该让她想起那位英俊的青年。我当时只是想了解他们之间的关系。我立即把话题岔开。年轻人一聊起来，不知不觉间，太阳已经要落山了。

告别时，她说："你舍得花时间来看我，我很高兴。能和我朋友的朋友认识，更是高兴事。希望你常来。如果我有看不懂并难以回复的信件，我非常想得到你的帮助。"

报时钟响了，我必须回去了，尽管我恋恋不舍。

在回去路上，我想了又想，说不定她今晚没饭吃了。明天早晨，她又像今天一样不吃早餐。她太瘦了，脸色太苍白。她是真的高兴我去造访么？或者只因为我是她已故未婚夫信任的朋友？她被爱人留在人世，如今不得不孤苦伶仃，艰难地谋生。然而，她不因为贫困而自卑。她在我面前表现出了她的这种品质。

过了一星期，我又去了，给她带去一些生食：大米、肉、蔬菜和佐料。

我看到她正坐在前面小屋的竹榻上若有所思。她见我来了，高兴得从竹榻上跳起来，走出门迎接我。

"梅，今天咱们好好吃一顿！"我对她提议说。我把带来的食品举起给她看："我俩一起做饭，好吗？"

"你是从什么时候开始做饭的？"

"从现在，和你一起。今天，你不是没事吗？"

"我估计你会来，所以我没有出去。"

"待会儿还有其他客人来么？"

"只有你才会来这里。"

"上次我看见的那个小脚女人到哪里去了？"

"噢，她是我邻居。"

"这么说，你是一个人住在这里？"

"我觉得这样才最好。"

"你吃饭怎么解决？"

"邻居帮我做了送过来。"

我们两人开始做饭。在我们周围，只有欢乐和赤贫。

"在一位像你这样有学识的青年身边，我感到安全。"她继续说道，"在我们国家，几乎所有没文化的男人都只把女性看作是发泄欲望的玩物。有时那些读过书的男人也不比他们好多少。有文化的女子，别说在他们身边，就算隔很远看到他们的眼神，心里便会产生反感。"

这分明是在给我敲警钟。她保护自己的方式是多么独特，为自己构筑的堡垒又何其温柔。

"受过教育的人不会都像你说的那样。"我说。

"因为读过书,所有知识分子都那样。否则,他们受的教育就只剩下欲望了。"

我还没有怎么样呢,她就惩罚起我来了。梅,你真有办法,你迫使我循规蹈矩。她说话细声细气,语气柔和,使我想起了母亲。

"我觉得自己并不是你所想象的那种读书人。"

"那好吧,咱们就停止做饭,"她笑着说,"再说,我看你只是聊天,不动手干活。"

我无可奈何地苦笑了一下,对她真是别无他法,说:

"你为什么不学习马来语?"

"已经开始学了。"

"我们去散散步,怎么样?"

"不做饭啦?"

"我的意思是,我们下午出去。"我用马来语说。

她嫣然一笑,咕哝着做出了回答,听起来很奇怪,我一点也没听懂。

"稍后,"她又用英语跟我说,"如果有空的话。"

"梅,你为什么不找一个更好的住处?"

"这挺好的。我只需在东印度住五年,没有其他要求了。"

"看来你不喜欢住在东印度?"

她没回答。

"如果有空的话,我们不妨到内地旅游一下,呼吸些新鲜空气,怎么样?"

"非常愿意。咱们只能在放假时去。"

下一个星期天,我又带着生食去找她。梅不在家。门上用图钉固定了一张便签，说她很抱歉，在另一处地方有工作要做。我把带来的食品放在前面小屋的竹榻上，扫兴地回来了。我十分想念她。如果每个星期天都见不到她，我不只白跑一趟，不只会破产，对她的思念也分外难熬。

第四个星期天，我故意不去找她。第五个星期天，我也没去。她给我来了一封信，写道：

你已经学会把我忘记了。其实你自己知道，除了你，我一个朋友也没有。第三个星期天，你来找我时，我一时间犹豫该不该接待你。有几个中国人已经在威胁我，要是我胆敢再次把土著男人当来宾接待，那么，我就不得不另找住处。我成功了，现在已找到了另一个住处。可是同样的问题又开始出现，仅仅因为我是一个姑娘，没有庇护人（pelindung），也不和家人一起住，似乎谁都可以打我的主意。于是，我又搬了家，寄住在一个安静的中国人家里。我的房东，看到我是个孤苦伶仃的姑娘，就开始认为我有意和他姘居。

假如我那位朋友还在世，就在我身边，事情必定会完全不一样。

我必须像往常那样坚强。最近以来，我经常担心和犹豫，对自己几乎完全失去了信心。咱们能见一次面吗？星期天上午九点，旧城区火车站。我非常想见到你，一定会在那里等你。

我来到旧城区火车站的时候，她还没有出现。我在月台上走来走去，以便她容易看到我。真的，我开始不安起来了，她千万不要骗我并耍弄我。不会，我自言自语，她没有理由那么做。

十分钟以后，一个华人小孩向我跑来，怯生生地用马来语问我：

"先生，您是在等我们的洪老师吗？"他细长眼睛，眼珠圆圆的，手里把玩着一个有点脏的小网球。

我心生疑虑。这小孩会不会是威胁她的那些人派来的呢？让他们来！我不怕他们围攻我。也许，梅确实需要我来帮助她。

"是的。"我说。

"洪老师病了。"他递给我一张纸条。

"你怎么知道我是在等她？"我问。

"她说你穿西服，很可能骑自行车：土著青年，戴棕色帽子，名字叫明克。"

"聪明孩子。"我对他说，轻轻捏了一下他的脸蛋。

我读完她写的纸条，果然，她真的病倒了。我用自行车捎着那孩子，去往她的住处。快到时，那孩子要求从自行车上下来，给我指明了地点。

看到一位土著民走进了他家院子，房子主人有点不高兴，向我投来几分怀疑的目光。管它呢！我又不是来找他们的。我说明了来意，房子主人道：

"洪山梅老师的确是住在这里，但她正病着呢。"

"我是想要探望她。"

一个陌生人进入他们的家，他们似乎很有意见。看我不肯离开，一位抱孩子的中年妇女，板着脸，勉强把我引到里面。我听见她叽里咕噜地埋怨着。谁在乎呢？我来这里，他们不会损失什么。

梅躺在床上。她睡着了。一见到这种情况，那位中年妇女更加犹疑起来。

"她是我在上海时的校友。"我说。

紧张的气氛开始有所缓和。也许那位妇女从未去过她的祖国，说到过去经历，自己感觉没什么优势，便陪我走进了梅的房间。

床边桌子上搁着一束凋谢的花和一杯水。这种气氛使我想起了刚才送纸条的孩子。他没有跟进来。容易猜到他是这位中年妇女的孩子,不过他似乎不愿妈妈知道她和梅的朋友关系。

我径直走到她床边,摸摸她的体温,她正在发烧。多么可怜!桌上什么药都没有。她置身于同胞之中,而且是住在本族人家庭里,为何如此?难道她是得了传染病?或者她太难相处?

我在她的床边坐下。我摸摸她的手,烫极了。她的嘴唇不只发白,几乎没有血色,微微张着,可以看到她的漂亮牙齿,宛如两排珍珠。

她睁开眼望着我。然后,她不说也不笑,把一只手放进我的手里。

"抱歉,我病了。我真盼望你肯来这里,一个奢望!可惜你还没当上医生。"

"你的病情,医生怎么说?"

"没医生,也没药。"

"你在发高烧。你觉得嘴里苦吗?"

她点一点头。

"你等着,我替你去买药。"

我上街去买了药品和食物回来,看到那位中年妇女站在梅的房间里,她仍像刚才那样怀疑地看着我。我向她致礼,可她似乎不懂别人对她的尊敬。好吧,我跟她原本也没什么可说……

梅正坐在床上,用两只手按摩着她的脑袋。我拿出两片裹着红糖衣的奎宁丸,放进她嘴里,然后把水递到她唇边。

"行了!够了!把这女人从这里带走吧!"妇女用马来语对我说。

"可是,她还病着呢!让她在这里多住一个星期,我下星期就带她走。"我又调过头说:"你说行吗,梅?"

她点点头。显然,她开始听懂我们讲的马来语了。这样允诺之后,我连自己都感到吃惊:我怎么去养活她呢?我将把她安置在何处?我不明白她为什么点头表示同意。为什么我突然变得如此神气,想当她的保护人?按殖民政府规定,她只能住在指定的华人村社(kampung)内。

"今天我要照顾她,"我对那妇女说,"你别不高兴。你为什么希望她马上离开这里?"

她板起面孔,走了。

梅正巧不住在主屋,而是住在旁边的厨房,因为她还在这里当厨娘。更巧的是,我从泗水带来的盘缠余款正放在裤子口袋里。我无意假装阔佬。看了她写给我的条子,我能想象得出来,她和我从前的朋友一样,身处于敌视她的本族人中间,遇到了难以克服的困难。在她的房间里,我找不到一点吃的东西。

"你太好了!"她似有若无地在我耳边说。

"躺下吧,梅。"我一面说着,一面让她在竹榻上躺好,"你的毯子呢?"

她闭上眼睛,只当没听见我的话。

"你放衣服的箱子在哪里?"未等她回答,我就把她枕头上的皮包拽了过来。

她听到我在抓她的皮包,无力地抬起头,想阻止我。我不理她的阻拦,打开那个皮包。包里只有几件内衣和她前些日子穿过的白旗袍。我把里面的衣服都翻了出来,盖在她身上。

"梅,你没有毯子?"她没回答。"盖上这些衣服会暖和些。你的头肯定一阵阵痛得难受。你必须强迫自己吃些东西,梅。"

"我不想吃东西。"

"疟疾总让人失去食欲,可你一定要强迫自己吃"我鼓励她说,"我给你买了点吃的东西。让你别再这样瘦下去。"

"你对他也这么好吗?"她闭着眼睛问。

我把吃的东西往她嘴里喂,像照顾一个婴儿。

"吞下去吧,如果你不愿意嚼。"

她摇摇头,不想吃了。我继续勉强她吃完。她嚼也不嚼,直接吞进肚里。

"在这里等我,嗯,我出去一下。"

我走出屋子,骑上自行车,就像一位骑在马背上的欧洲骑士,去保护受坏人威胁的公主。我感到自豪,今天也许要把我的钱花光,不过为无助者倾囊而出,也是一种幸福。我豪迈地走进一家商店,买了苏打饼干、熟食干货、饮料、鱼罐头、肉罐头以及起子,还有毛巾和毯子。我估计,这些现成的食品够她吃一个星期。我又买了罐装牛奶和今天吃的新鲜食品。还给她买了一些滋补类药品。

采购完这些东西以后,我的钱还绰绰有余。

我回来时,她并没睡着。我用毯子替换下盖在她身上的一件件衣服,叠好放回皮包里。

"你为什么哭了,梅?"

"你对他也这样好吗?"她重复着刚才的问话。

"什么,梅?"我假装没听见。

她捂住脸,我听到了她的抽泣。她在缅怀已经殉职的情人。我应该尊重她的感情。

"别哭了,梅,不要再想过去的事。"我在她耳畔低语,"他已尽到了自己的职责。他从来没背叛自己的诺言和使命。他是一位有为青年,光彩夺目。他勇敢地接受了全部挑战。"

她缄默不语。

"你一定要把身体养好。你一定要坚强。"

那位中年妇女抱着孩子又来了。我买了这些东西,显然她已经看在眼里。她对我说:

"先生,如果你一星期后才带她走,你得把房钱付清。"

"当然了。一天多少钱?"我问。

"二十五分(Setali)。"

"太贵了!跟住客栈一样价钱。客栈这价钱包括饭费和其他一切费用。"

"随你的便。如果不肯付,我更愿意让这房间空着。"

"好吧。七天总共一盾七十五分!"我拿出了她要的数目。

"再加三天的钱,因为她已经病了三天。"

七个二十五分的硬币还没递给她,我取而代之,从口袋里掏出一个闪闪发亮的林吉特[①]。

"我去给你找零钱。"那妇女说。

"不用找了。都拿去吧,二十五分乘十天,和一个林吉特等值。"

"可您一次结清,我该给您一天折扣,稍等。"她走了,回来时带着二十五分找零,这才把币值二盾半的林吉特取走。她离开时没再说什么。

梅沉默良久。为了让她能安静地睡觉,我离她远远的。我拿出纸和笔,开始给母亲写信。我早就想给母亲写信了。再过几天,学校就要放假。看到洪山梅这样子,我打消了回家的念头。

"母亲,请您原谅,今年假期我是真的回不了家,因为我的一位朋友生病了,我必须陪护。母亲想必不会生孩儿的气。如果我那位朋友很快痊愈了,我将设法即刻回家。"

"明克!"梅在呼唤我。

我走到她跟前,劝道:"梅,你必须睡个好觉了。"

"我给那位姑娘的信,你寄了没有?"

---

① 林吉特(ringgit)是旧时在印尼群岛地区流通的银币,每枚币值两盾五十分。

"已经寄出了。"

"我可以知道她是怎么回复的吗？"

"还没收到回信。看来是她未回信。"

"她的年龄大概多少岁？"

"比我年长一岁。"

"她结婚了吗？"

"我不知道。也许结婚了，也许还没结婚。"我不得不这样回答，心里暗笑：洪山梅很快就会痊愈的，说不定她是吃醋了。

她不再问了。我继续写信。旁边厨房里传来那位妇女炒菜的声音，屋里飘溢着焦熘肉片气味。我从来没吃过猪肉，那股浓烈的味道熏得我头晕脑涨。这使我想起了母亲的话，那是我第一次去泗水时，她对我说过的话："你现在要到大城市去了，将会和各种各样不同民族的人打交道。你有自己民族的特点。你要让别人看出来，你是一位合格的、良好的爪哇人。你的祖先信奉伊斯兰教。你的父母也是穆斯林。你千万不要吃猪肉。孩子，这是最轻的禁忌了，你不要违犯。遵守这种教规不会有什么困难。"迄今为止，我没有辜负母亲的希望。

洪山梅睡着了。高烧引起的打摆子已经停止，汗珠在她的额头上冒出来。

我写完了给母亲的长信。我向她讲述了我的情况：我的学业、同学们、老师们，但一句也没提我们母子间的意见分歧。我想表明自己是一位孝顺的好儿子，正像母亲自己想做我的好母亲一样。我们之间的不同观点是由于所受教育不同、生活方式和目标不同而引起，这是时代变迁问题。母亲的看法，没有任何一点是值得坚持的。爪哇一次又一次地败给了欧洲，爪哇的人、爪哇的土地、爪哇人的思想均不如欧洲。爪哇胜人一筹的东西不过是对大千世界的无知。爪哇人本来就自绝于世。

下午，她醒了。我赶紧走过去。

"我现在好多了，"她用英语平静地说，"你应该成为一名医生。明克，你会成为一名好医生。"

"一定。"

"你不必犹豫，当医生吧。"她又说，"学习方面不要敷衍。你们民族像我这样的病人太多了。"

"我将会把你和他们都治好，梅。"

她笑了，笑得那么甜。我也笑了，说不定笑得比她更甜。

"你这样精心护理，所有病人都会在你手里康复。"

"那当然。你知道吗？假如你刚才不愿吃东西，我会嚼给你吃，像鸟一样，嘴对嘴喂你。"

"这种医生太过分了！"她两眼闪着光，说道，"你怎么给我找个住处呀？坦白说，我在这种情况下，已经没能力自己找一处栖身之地。"

"不用你操心。"我说，脑海中浮现出了巴德仑大妈。

"哦，已经接近四点钟了，梅。我该走了，嗯？你好好吃饭，别忘记吃药。如果你自己不想吃药，那就为我吃，吃得越多越好。你愿意牢记我的话，并照着我的嘱咐去做，梅，是吗？"

"非常乐意，明克。你太好了！"

离开之前，我亲了亲她的脸颊，她无任何不情愿的表示。走到门口，我又回过头来看她。只见她用双手捂住自己的脸，肩膀在瑟瑟抖动着。

我走了。

我飞快地蹬着自行车，直接回到科威唐去找巴德仑大妈。

"她跟咱们吃的肯定不一样。"巴德仑大妈表示异议。

"一样的，大妈。"我劝道。

"习惯肯定不同。"

"她非常懂礼貌，乐于助人，好帮手。"我说。

"她一定爱咳痰，恶心人。"

"不，她和我一样，不咳痰。"

"四邻八家一定会不高兴。"

"稍后，我会跟邻居们讲。"

"新客？说话必定怪里怪气。"巴德仑大妈还是不同意。

"她是有教养的人，大妈，她学马来语很认真，现在还不行，可用点功就学好了。"

"她可别是那种品行不端的女人，孩子？"

"别担心，大妈，我敢向您担保。如果她品行不端，我就毫不客气地赶走她！"

"不过，少爷，她又不是你的妻子。"

"不是妻子，大妈，是我的朋友。"

"为什么她不跟本民族的人住在一起？必定是她行为不端，别人不喜欢她。"

"她是无依无靠的孤儿，没有别的原因，大妈。"

"少爷，你将来会娶她为妻吗？"

"谁知道呢，大妈，真主的意志无法预知。"

"搞不好，每天在这里被围观？"

"过一个星期之后，大家就不会看了，大妈。"

"要是村社负责人（mandor）[①]知道了，怎么办？"

我假装没听见。

---

① Mandor 来自荷兰语 Kommandeur，在巴达维亚地区，意为"村社负责人"（Kepala Kampung）；在私有土地上，意为"村长"（Kepala Desa）。——原注（英译本译作 The hamlet chief。——重校注）

在六天时间里，我一直没离开校园。休息时，我独自一人呆在图书馆，随便读点什么，仅在睡觉时和洗完澡换衣服时才回到宿舍去。我知道，由于心中的这份感情，我主动担负起帮助一位孤苦伶仃少女的义务。我已经做出承诺，就该履行自己的诺言。

星期六晚上，我突然在心中自问：为什么洪姑娘得不到她所在学校的帮助呢？也得不到来自教师委员会或中华会馆的帮助？她不是已经跟他们签定了五年合同么？

她是我那位已故朋友的未婚妻，这点再清楚不过了。那位故友用的是假名字。有人说，从名字上看，他是南方人，而她是北方人。洪山梅，不用说，这也是个化名。她的真实姓名到底叫什么？这会否也是南方姓名？哎呀，我为什么纠缠于名字呢？十几年来，我自己不也被人把外号当名字么？没什么要紧的。反正我认识了她，她叫洪山梅。为什么非得对名字刨根问底？

星期天凌晨，我直到四点钟才入睡，小睡一刻钟，又醒了，由于自己内心太焦虑。与其不停地胡思乱想，还不如写出来。于是，我开始把来自大洋彼岸的这位姑娘的身世记载下来。

我写道：身为教师，她的这份工作可能只是为了谋求一个合法身份（我没提她的名字）。她的未婚夫在泗水遇害。她同时失去了未婚夫和领导。她孤身一人，漂泊在巴达维亚。不管能否真正做到，她始终想尽办法与本民族的人和睦相处。听说，定居在爪哇的华人对刚从祖国来的新客很不友好。据说他们认为，新客和土著民、欧洲人一样，都不是自己人。因此，她也不得不与他们保持着一定距离。她孑然一身，日渐消瘦，茫然不知所措……

起床铃响之前，我已将我们相识的过程写成一个片段。笔下生花，不比以往文章逊色。这是我到巴达维亚以后的第一篇作品。稍后，等上午九点钟，我要到邮局去，把它寄往东印度最有名的一家杂志的编辑部，这份杂志的出版地在巴达维亚。已经成文了，只待邮寄。以后，我接下去还要用英文写一写我那位已故朋友的故事。

早晨七点钟，我去到她那里。她看起来已经好了，不过仍面色苍白，身形瘦弱。房间里没有其他人，只有上次送纸条的那个孩子和梅。

那孩子对我毫无戒心，甚至很亲近，告诉我说：他们都到唐格朗去了。

"今天，梅老师就要离开这里了。这段时间，只有我来照顾和帮助她。"他向我报告说，"如果梅老师走了，当然没有人需要我的照顾和帮助了。"

"你可以帮助其他人。"我说，"那些生病而且需要帮助的人。你叫什么名字？"

"彭基（Pengki）。"

"彭基，你是个好孩子！"我说。

"这孩子乐于助人，有礼貌。"梅一边说，一边捏了下那孩子的脸颊。"彭基，我不会忘记你的！"她用马来语对那孩子说，然后又用英语对我说："他是我以前的学生。"

看到我们准备要离开了，那孩子撇起嘴想哭。

"你有哥哥和妹妹，你可以去帮他们。"我说，轻抚着他的头，"你想去看望梅老师吗？"

他点点头。

"你认得拉丁字母吗？"

他点点头。

我在一张纸上写了个地址，交给他。

"但是，那个地方离这里很远，需要乘坐公共蒸汽车。你有钱买票吗？"我问。

他摇摇头。我掏出一个二十五分的硬币给他。他不肯要。

"你可以去那里，不过要小心，先征求你父母的同意。"

"梅老师不再教书了么？"

他讲马来语，我翻译给梅听。梅蹲下身子，搂着孩子的腰，用我听不懂的中文作出回答，然后亲了亲他的脸，站起身，把他领回房子里去。我们两人对他说了声"谢谢"。我们出发了，我们知道他哭了。

"不久以后，他会忘掉的。"我说。

"他一辈子都会记得。"梅说。

我骑着车，梅坐在后面车架子上。她的行李太少了，往膝盖上一搁就行，体重也很轻。我们直奔科威唐方向而去。

原来，她已被解雇，不再当老师了。原先签的合同被单方面废除，理由是她不遵守华校规定，与一位土著男青年来往。

此时此刻，我明白，她的生活应该由我全部负责，而我很乐意承担。

"别担心，"我说，同时也是给我自己鼓劲，"你不是孤身一人。"

"可你该成为医生。"

"那不太重要。"我说。

"不要这样想。你要为你的家族、你的父母、你自己和你的民族着想。他们需要你。"

我的民族需要我，她说。我们坐在巴德仑大妈家的长凳上，屋里一片黑魆魆，我凝望着她那依然苍白的面色。我的民族需要我？

夜幕降临，我们坐在屋子前面。她抓住我的手，仿佛怕我跑掉。

"别担心，我会继续学习。别为我操心。把你的身体养好。"

"我也许需要一个月时间，等我的身体强壮些，我再想办法。"

"先不必多虑，"我说，"你的健康比什么都重要。把身体养好，其他事不要多想。"

从理论上讲，我确实养得起她。每月膳宿费三盾五十分，医药费一盾五十分,即使付完这些后,我每个月还能剩余五盾呢,何况我还有一点原来的积蓄。

"为了我,你会受苦的。"

"你还把我当作你的朋友吗?梅,你不信任我?"

黑暗中,我看不到她脸上的表情。我向她告辞,可她依旧抓住我的手不放。

"我该回宿舍去了。明天下午我再来看你。"

"你的功课不会受影响吗?"

"不要想其他事,行吗?"

她吻了我的手,然后放开我的手,站起来。

"进去吧,梅,你还没有恢复好呢。"

我送她到屋里,把她交给了巴德仑大妈。然后,我回宿舍去了。我感觉很放心:自从梅第一天来到,巴德仑大妈就显得非常疼爱她。回到宿舍,同学们还给我留了一点吃的东西,可我并没有食欲。我忙着思忖下一步该做什么?有办法了:首先,我应当像从前那样努力地赚钱;学业是第二位的事。我会再次积极写作。

我回到图书馆,立即拿起笔,把我已故朋友的悲剧经历写出来,未提及姓名。文章不长。写完之后,接着看了一会儿报纸,我才返回宿舍睡觉。

翌日,在探望梅之前,我先去了克拉玛特(Kramat)大街,到一家拍卖行小报编辑部毛遂自荐。卡尔森先生(Tuan Kaarsen)接待了我,对我的能力表示怀疑。我拿出写好的文章给他看。他读着——是的,他读了,只是扫了一眼,点点头。他立即买下了我的文章——七十五分钱,相当于一个最能干的甘蔗园苦力一天的工钱。

"对不起,先生,我从没拿过这么低的稿酬。"

"你别难过了,我们的报纸是免费赠送的。你要取得高稿酬,最好投稿给日报。我们能自己撰文填补报上的空栏。可如果你能编写广告,价码是:马来语广告每条二十五分,荷兰语广告每条七十五分,英语广告每条一盾。不过,我们几乎没有英语广告。"

我把稿子要了回来。我接受了他们的一份工作,每天在他们的办公室值班一小时,接待顾客来访,跟我从前做的工作一样。尽管收入微薄,但我需要钱。

显然,洪山梅从未受过实际工作的训练,也就是说,她并不会运用自己的工作能力赚钱。从孩提起,她似乎想要把自己培养成一名教师。后来,她跟随未婚夫来到这里,成了一名宣传员(propagandis),也许是基层的组织工作人员,可能并不太成功。如今她在异国受挫,伙伴们死的死,逃的逃,她就好像一只折断翅膀的鸟,已无力飞翔。

"没关系的,梅,至少我又找回从前的那股劲头了。"我经常这样安慰她,"只要你健康,一切都好办。看到你那么用心学习马来语,我很高兴。"

我写的两篇文章发表了,所得稿费远多于过去给我的数目。更重要的是:在巴达维亚,人们对我愈来愈重视,至少我自己这么认为。一旦作品开始发表了,便意味着不断写呀写,竭尽余力。我知道,我已经越来越瘦了,梅却并没变得丰腴起来。我的眼眶凹陷了,而梅的嘴唇依旧苍白。

学年结束,假期开始了。我将升入二年级。听到这消息,梅比任何人都高兴。宿舍里一片沉寂。假期里没有一个学生留在学校。放假回家之前,同学们对我与这位华人姑娘的关系总要开玩笑说上几句,说什么我不可能休假之类。

我原来以为,受过教育的人不爱管别人的闲事。我错了。仅凭这一丁点教育和知识,并不能消除他们喜好戏弄人的旧习气。有人已私下企图勾搭梅,把她看作是路边拉客的那种女人。有的人行为更不像话,又重演从前写匿名信的鬼把戏。甚至有人威胁要告发我,说我和她沆瀣一气(bersekongkol),破坏政府为华人规定居住范围的法令。

学年结束之前,校长把我叫去。谈话如下:

"你最好放弃这种关系,不应该影响到你的学业。政府如此宽宏大量,赋予你学习的机会,你本该充分意识到这一点。"

"校长先生,"我回答,"我确实是有一位女朋友,和其他男青年一样,他们无论在校内还是校外也都有这种关系,这就和我认识您一样,没有什么区别。它根本不会影响到我在学校的学习。我的成绩全部优良。"

"你的成绩会下降的。"

"成绩下降的不只我,谁都有可能。反过来,说不定我的成绩还会上升呢。"

"你看起来很瘦,你的健康受到了影响。"

"人不仅会变瘦,校长先生,说不定某个时候还会死呢。"

在村社负责人的帮助下,我和梅的关系顺利地发展着。接踵而来的一个个障碍均已排除。更令我高兴的是,我发表的作品越来越多,校长先生也为有像我这样出名的学生而感到自豪。

我带着梅回 B 县度假去了。

"这里的土地和我国土地一样贫瘠,"她评论说,"区别只在于这里花卉少,没有花园。"

她很高兴来到内陆地区。

我把她安置在一家华人经营的旅店里,然后离开她回家去见我的双亲。

我的父亲到泗水拜见州长去了,只有母亲和妹妹们在家。每次见到母亲,她总向我提出一连串问题,不可能反驳,也不需要反驳,我仅需洗耳恭听即可。

"孩子,你到底还是回家了!"她欢迎我,说道,"你怎么瘦成这样子?比从前还瘦?"

我担心起来,连珠炮似的问题又要开始了?提问倒没什么,可那些问题深深印在我心里,造成了一片混乱,迫使我更加怜悯和疼惜她。而她没有提问,只是要求、祈望和开导:

"行了,小宝贝(Gus)[1]!哎,你已经长大成人,我为什么还总叫你小宝贝?你说吧,孩子,你有什么地方不如意呢?"

我把了解到的关于梅的一切都告诉了她。我不敢直视她的脸。听完我讲述后,她几秒钟不开口说话。

"母亲,我和她的关系是否罪过?"

"孩子,你会娶她么?"她伤心地问。

"有无其他办法,我能够做到的,母亲?"

"很多县长家的千金小姐在等你提亲,你肯定不喜欢她们。你总是喜欢不一样的人。"

"请母亲不要为此生孩儿的气。"

"我不生气,孩子。我感到幸福。如果你幸福,我就会更幸福。我们祖先的国王一直梦想娶一名中国公主或占婆(Campa)公主,以此为荣,可她们从来都不是正宫(Paramesywari)。"

"母亲,我只需要娶一位正室妻子。"

"但是,她信仰的宗教不同于你信仰的宗教。"

"我们祖先的国王也是不同的宗教吧,母亲?"

"也许。如果你中意,就不必为此争吵了。你想要什么时候跟她结婚?"

---

[1] 此处系意译,爪哇语 gus 是对男性偏亲昵的称呼。

"由您决定。"

"你可以结婚,随时随地。"

"感谢恩准,慈母万福!她可以来这里跟您见个面吗?"

"我的孩子,你已经把她带来了?"

"我安排她住在旅店里了。"

"让我去接那位中国公主来吧。"

我和母亲出发去接她。

梅穿着她最漂亮的衣服,独自一人,坐在客厅里。她气质清新,看似一尊白玉雕像,身着白裙,脖颈围着红巾。

"梅!梅!这是我母亲,她来接你了。"

那姑娘嫣然一笑,连忙上前迎接,向母亲问安。她两手在胸前合十,低头行礼。

"这就是我的孩子吗?"母亲用爪哇语问。

梅瞟了我一眼,要我替她翻译。我把意思告诉了她。

"我就是您的孩子,母亲,我的名字是洪山梅。"梅说。

"你为什么不直接回家?为什么先住这种客栈?好像你在这里没有我这样一位母亲似的?"

"谁知道呢?母亲,我只是一个外国人。"

"谁教你这样见外的?快跟我回家吧,孩子!"她把手搭在梅的肩膀上,和梅一起走出旅馆,直接上了马车。

我吩咐旅馆的人把梅的行李和账单一齐送到县府。

母亲对待梅像自己的亲生女儿一样,甚至可以说,比亲生女儿还亲。母亲这样做,是为弥补她亏待了上一个儿媳妇。她亲自张罗着为这位新来的女儿安排房间。母亲叫我的妹妹们陪她,教梅如何穿爪哇衣服。尽管当天并非星期一,母亲仍叫那些乐师们在晚上为梅演奏加美兰音乐。

梅在我们家生活得很愉快。我在心里向真主祈祷,父亲可别马上回家。只要他一回家,气氛就会骤变。我读医科学校,他对我发过一通脾气,更别说再带着个外国姑娘到家里来了。

我们在县里度了三天假,生活得像王子和公主一样幸福。人们不再像从前那样,给我送来一份份请帖,约我赴宴,意在抢我去当他们家的姑爷。我将会成为医生,属于服务型工作,并不施命于人,身份低微。

离家前一晚,母亲在梅的脖子上戴了一条宝石项链,又往她手上戴了一只宝石戒指。

洪山梅不肯收。我建议说,拒绝是不礼貌的。她只好勉强收下。母亲还送给梅她自己亲手制作的蜡染花裙,还有妇女专用的草药。母亲问她:

"你们什么时候成亲?"

梅瞥着我,我瞥着梅。我们俩从来没商量过什么时候结婚,连求婚这样的事,我们从来也没有谈论过。

我对着梅说话,实际上是回答母亲刚才的问话:"母亲,依您看什么时候合适?"

然而,梅先开口,回答了我母亲的问话:"我配不配成为您的儿媳妇呢?"

"你完全配得上做一位好丈夫的好妻子,"母亲说,"你们什么时候结婚呀?"

"我自己也还不知道,母亲。"梅回答说。

我给梅当翻译说:"也许,稍后就结婚,母亲。"梅又瞥了我一眼,问:"我信不过你的翻译,你同时在咧着嘴。"

我用英文告诉梅:"我说,我们马上就会结婚。这也算作我正式向你求婚(lamaran)。我知道你是不会拒绝的。"

"你为什么到现在才说？如果不是在你母亲面前，你就没这个胆量？"

"梅，你自己也在咧嘴，"我打趣说，"不独我一个。我就不信你没在等我求婚。"

"你们俩在吵什么呢？"母亲问。

"母亲，她说想要九个孩子。"我先用爪哇语对母亲说，然后又用英语重复一遍给梅听。

梅满脸绯红，低下头，在我耳边低声说：

"你在你妈面前，胆子可真大。"

"啊，我忘了！"母亲惊呼起来。她叫我妹妹过来。她对梅说："这么漂亮的姑娘，不戴一副耳坠，可太不合适了！"我妹妹走到跟前，母亲对我妹说："我把你的耳坠取下来，给你这位新姐姐戴上作个留念，好吗？稍后，妈会赔一对新耳坠给你。"母亲把妹妹的耳坠摘了下来，准备往梅的耳朵上戴，可是戴不上，她犹豫起来。

"天哪！"母亲感叹道，"你的耳朵没有扎眼儿？"

我自己从没留意过。显然，的确如此。

"我怎么给她戴耳坠呀？"

"不必了，母亲。"我说。

"怎能不戴呢？女孩不戴耳坠，像什么样子？这是哪里的规矩？除非是买不起！"母亲嗔怪了我几句。然后，她把梅的手拉过来，把耳坠塞在梅的手里，继续说："为什么这样瘦？你们两个人全都瘦成这个样子？"

"人长到一定时期，胖不起来了，母亲。"我回答。

"确实跟年龄有关，但也还有别的原因。"母亲立即说，"我从没听过母亲对儿子这样说：希望你们两人都瘦瘦的。"

"你母亲在说些什么？"梅问道。

"母亲说，假如你稍微再胖一点点，会更加好看。"我说。

"母亲，等生活安定一些，我会胖起来的。"梅说。

"瘦一点好，母亲，"我翻译给母亲说，"瘦了身体轻盈，更灵巧。长多了肉，无论去哪里都沉重，有什么用？"

"你总有话说。是啊，你好好努力吧，将来成为高尚的人。孩子们，妈为你们祝福，祝你们万事如意，梦想成真！"

就这样，我们通过了面见母亲这一道难关，没有令她感到不愉快。

我们的下一步计划是去扎巴拉县。

扎巴拉是历史上多次提及的一座城市，沉寂安宁，仿佛在往昔岁月之中从未发挥过作用。这座县城甚至看起来有点像一处虎穴，不过猛虎已弃之而去，并没有什么吸引人的地方。可我们知道，在一座座恬静的小屋里，人们从事着生产美的工作：用柚木、玳瑁和牛角进行雕刻，与孔雀羽一起串成各色各样、小巧玲珑的珍贵艺术品。我们所看到的古迹只是碉堡，当地人称之为"葡萄牙碉堡"（*Benteng Portugis*）。

我早就听说过，这里有一个村子，村民有葡萄牙血统，姑娘美丽，小伙子英俊，可惜他们没一个人能读会写。据说，他们全都是文盲，包括村长在内。

我们去拜访那位扎巴拉姑娘。"是的，"她表示遗憾说，"扎巴拉的光辉过去，一去不返。如今，它成了偏远的寂寥之处，被人遗忘了。"

她和一个妹妹接待了我们，她的妹妹只是听我们聊天，不说话。

我们讲的是荷兰语，这次又是我当翻译。

"你的荷兰语讲得非常好。"她夸奖我。不等我回应，她继续说道："我对所有尊重女性的土著青年表示尊敬和感谢。你必定也是这种青年。遗憾的是，我还没来得及给你回信。"

她动作洒脱，口齿伶俐。随后，她转过身来对梅说：

"小姐（Juffrouw）很幸福，成为了一个自由的年轻女子。"

"朋友，这种自由不是别的什么东西，而是某种努力的结果，也是内心激烈斗争的成果。"

那位扎巴拉姑娘说，这可以理解，不难懂：所有人确实都能够获得这种自由。为了赢得这种自由而去抗争，也并不意味着就要拒绝父母的疼爱。如果让疼爱儿女的父母忍受内心的痛苦，这种自由有什么意义？这种自由只不过意味着把自己的痛苦全部转嫁给父母而已。

她更多谈及了她自己的情况，给我留下深刻印象。为了抑制她自己的这种正确思想，她内心正在激烈斗争着。她留给我的另一个深刻印象是：她很孤独，一种现代人的孤独（kesepian manusia modern）、个体的孤独（kesepian seorang individu）。孤独压抑着她的心灵，也惟其个人才能够摆脱它。其他人不可能做到，至多是帮助提点建议。

梅告诉扎巴拉姑娘，她自幼便是孤儿，从未见过她的父母。扎巴拉姑娘听说之后，咬住自己嘴唇，直到把嘴唇都咬得发白了，她伤心得调过脸去。所有人都知道，她非常敬爱自己的父亲，而她的父亲更疼她，在几个兄弟姐妹里最疼爱她。她是父亲的掌上明珠（mutiara），正是她为父母争得了名声，光宗耀祖，给家族增添荣誉。她触手所及，为扎巴拉木雕赋予生命活力。而她也是一位土著民中的现代人。这类人在东印度有十几位，她便是其中之一。他们必须独立思考，摒弃诸多陈规陋习。周围人总是无法理解他们的思想，甚至反对他们。她也是这种人，思想是自由的，身体却成为环境的人质，自由思想受困于自己父亲的爱之疆界。她本人没有力量解放自己。她代表着时代变迁的悲剧。她内心遭受的痛苦，并不亚于那些被男子压迫的妇女。

"朋友，如果你获得了自由，你准备干些什么？"梅又开始问。

她说，在她周围，全都是由于愚昧和无知而产生的痛苦；在她之上，技能、科学和强权互争高下，正是这些东西在造成和维护着这种人为的苦难。

"朋友，你好像一位佛教徒。"

她笑了，继续说：苦难不是作为概念，而是作为后果。这不等于说就没有欢乐。有苦难的地方也会有欢乐的存在。然而，在这里，苦难就是生活的轮廓和框架。的确，人们不知便不觉。一旦知之，而又无能为力，人们将会更加痛苦。所以，荷兰人私下常说：傻人有傻福，因为少受罪。尚无需求学以获得理解能力的小孩也是幸福的。

"并不是所有的小孩都这样。"梅说。她讲述她的过去，小时候的生活亦相当艰难，只因她没有享受过父母的疼爱，而应该履行的义务太多了，还有课业，尤其是伦理规矩。她说："我认为一个人一生中最好的时光，就是他能够享受自己亲手夺回的自由时期。"

这位远近闻名的姑娘注视着梅，怀疑地端详着梅那病弱的身体。她自己身段敦实，大概比梅矮四厘米多。她的脸蛋圆圆的，而梅是瘦削的瓜子脸型。

这位扎巴拉姑娘表示，梅说的话也许是对的。有了自由，人们才能够用这份自由去为失败而哀叹；没有自由，人们为爱而发出的哀叹甚至不会被他们所爱的人听到。

她的声调越发令人心如刀割。她比我大一岁，是位出类拔萃的女性。我已经受不了，不能再和她继续谈下去了。我能够领会，她的身上像是压了一座苦难的山峦，而她是一位现代人，学会了认识事物，并以此去体会个体、与她一样的妇女以及同一民族所受的苦难。她的妹妹们已先她结婚了。她亲眼看到她的妹妹们通过结婚而获得了自由，从闺房中得到解放，那也可视为女王婚礼的赠予。而她依然受困于闺房，受制于习俗和父母之爱以及自身作为老处女的境况。

"早前来过的那位贵客，他不是曾邀你赴荷兰求学吗？"我问。

她说，这已经不是什么秘密了。但到荷兰去又能获得些什么呢？

将来岂不是距离现实更遥远、也越发不被自己的环境所了解么?

她转过身,对梅说:在她和梅之间,起点(titiktolak)存在不同之处。她的孩提时代很幸福,而梅却不是这样。她已经设计了一个基本思想,使她所属民族的每个孩子都能幸福地度过童年。她想要教他们,培养他们……讲到这里,她声音听起来在颤抖,焦虑在她内心引起了激烈的斗争,这是一种现代人的不安。她要给那些孩子们打下生活基础,创造客观条件,使得男性务必要尊重女性。

为了实现她的设想,她已开始制订一些准则。后来,她补充道:没有自由,也就意味着一切都将落空。她又说,在勃良安,一位名叫黛维·萨尔蒂卡[①]年轻女性已经创办了她梦寐以求的教育园区(Taman Pendidikan)。她会试着写信给那位女士。她问梅:中国在这方面的情况如何?是否也已经开始了?

"我想还没有开始,"梅答道,"不过,中国的确已经开始有了许多女教师。"

"为什么还没开始呢?"她问。

"我们民族的知识分子认为,还有更重要的事情必须做:使整个中国获得解放。"

那位扎巴拉姑娘似乎感到不可思议。我能理解她的惊异之情。东印度的知识分子通常都不太了解中国和中华民族。他们所学到的地理知识仅限于中国几个重要省份和大城市的名字,还有几条大河以及疆域。至多还了解,中国除割让几块租界(konsesi)外,仍然是一个独立国家。我自己也是在认识梅以后才比较了解这个国家和民族。如果

---

① 黛维·萨尔蒂卡(Raden Dewi Sartika, 1884—1947),印尼妇女解放运动及女性教育的先驱之一,印度尼西亚民族英雄,1904年在万隆创办了荷属东印度第一所女子学校,其后发展至各个城市。

梅所说属实，她所掌握的知识确切无误的话，扎巴拉姑娘所向往的儿童教育被认为是全局之中尚且欠缺重要性的一个组成部分。

"情况不是这样的。儿童的幸福也好，成人的幸福也好，在不幸福的汪洋大海之中，感觉上都将成为某种怪事。那些幸福的人实际上是假装幸福，或者他们的幸福是源于其他人的不幸福。"

"不道德（Immoril）？"扎巴拉姑娘问。

"我也不知道该怎么说。"梅回答。

扎巴拉姑娘沉思起来，不置可否点了点头。她看上去是一位爱思考的姑娘，喜欢跟别人讨论问题。她具有民主精神，不轻易生别人的气，因为别人也有持不同意见的权利。她说出这一切似乎是由于惶惑所致。我不知道为什么，这也许是她不安的心声。

她又说话了：凡事总有个开端，而开端不外乎是让儿童受到正确的教育。母亲教育孩子是诉诸本能，或者已经成为生活的规律，只是人们没太意识到而已。老年人如果无力帮忙，也不必碍手碍脚。她说完之后，先看看我，又看看梅，期待着反驳或认可，抑或兼而有之。

"朋友，这不是唯一的事，"梅说，"只是多条路径之一。成年人和老人也需要受教育。筹集资金也很重要。没有资金，一个人只能教五六个人，那样教一千年也完不成！"梅脸上焕发出神采，苍白之色消失了，"我们有自己的路。"

我把扎巴拉姑娘的提问翻译给梅听，梅立即回答说：

"朋友，组织起来（berorganisasi），联合起来（berserikat），团结更多人，从几十人到几百人，甚至几万人，变成一位神奇的巨人，它拥有更大力量，比全体成员的总和还要多……"

我不停地给她们翻译着。

"……巨人的手、巨人的脚、巨人的目光、巨人的财力和抵抗力……"

她们两人越谈越投机，我这位翻译忙得不可开交。

"如果不从教育着手，开端始于何处？要当老师，也要当学生。当学生，同时也要当老师。只有爱别人，别人才会爱你。别人爱你时，你也要爱别人。一切都是斗争的成果，而且往往不是短期内就能得到的。传统的爱之话语不考虑更复杂和多样化的未来，这是必须予以纠正的谬误。为了纠正这种爱，也需要斗争，需要勇气，需要正确的行动。爱无处不有，也存在于动物之间。没有爱，人们是否能活下去？"

扎巴拉姑娘再次给我留下了深刻的印象，她正在跟自身情感和思想做斗争——被自己的思想束缚而找不到出路，这便是现代人的悲剧。我读过的一篇文章里说：只有自己能够解放自己，一千位神仙也无能为力。从前，在我们祖先生活的古代，神仙们慈悲为怀。现代使人们自己掌握自己的命运，从各位神仙手中抢过了这份责任。那篇文章还说，再也不会像祖先传说里那样了，救场之神（Deux ex machina）[①]已不复存在。现代人受自己思想的鞭挞，再也逃避不了对自己的责任，这责任是从神仙手中夺取而来。

爱（kasih-sayang），尽管抽象且无法触摸，但归根结底仍是物，物从于人……取决于人如何去支配它。

"欧洲朋友从没这样跟我讲过，"扎巴拉姑娘听了后，说道，"朋友，你有坚定的意念。"

"不是坚定，朋友。只是忠于必然：世间一切事物从属于人，无论具体或抽象，都一样。"

---

① 机械降神（Tuhan dari mekanisme）：在最困难的时刻，出现了意料之外的力量或事件而化险为夷。——原注（Deus ex Machina 是拉丁语，也译作机关送神、解围之神或天外救星等，最初指古希腊戏剧的一种处理手法，当剧情陷入胶着时，机关将扮演神灵的演员送入舞台，制造逆转兼收拾残局。——重校注）

"就像征服自然规律那样。"

"那只是来自其中的一部分。"

她们俩你一言、我一语,愈谈愈投机。我替她们来回翻译。无论如何,我十分敬佩这位仅受过小学教育的扎巴拉姑娘。她思想开阔,周围无人能及,可她依然受到束缚,无法摆脱内心矛盾和父母之爱;也正是这种对别人的爱成为了她思想的源泉。她认为没有出路,找不到出路。这的确是一个悲剧。她还如此年轻,思想锋芒锐不可当。假如有一位男子向她求婚,也许她会当机立断,同意或是拒绝。她不允许自己越出爱的界域(lingkaran),只为了进入无爱界域。她替爪哇女性的命运鸣不平,她们的地位并不高于丈夫的财产。面对这样的重围,她非常抗拒。她渴望新的基础。她了解所需要的条件,但她没有足够的勇气去争取。

尽管她们讨论的问题非常吸引我,甚至成为了现代总体问题的一部分,但我最好还是不要参与她们的争论。

扎巴拉姑娘突然问梅,这些日子以来她都干了些什么。梅的回答方式略显奇怪,她反问扎巴拉姑娘这些日子干了些什么。扎巴拉姑娘回答,她只是在现实可能的条件下做了一些工作,而这些可能就是为公众和个人撰写文章。后来,扎巴拉姑娘邀请梅作为客人住在她家。

"我将非常愿意在你家做客,只是条件不允许。"梅回答。

扎巴拉姑娘问我在哪里工作。我说,我还在医科学校上学。她听了非常高兴,并告诉我,她的哥哥在欧洲学习,并表示愿意经常和我通信。

"我在《东印度之星》(*Bintang Hindia*)和《荷兰百合花》(*De Hollandsche Lelie*)杂志上读过你写的文章,非常有意思!"我说。她闻听此言,神采奕奕。

梅告诉她，我也写文章。

"噢，是吗？发表在哪？"

她再次跟我握手表示祝贺。她给一位朋友的信中曾谈到我的早年经历，这次她并没说起。对此，我亦只字未提。

"时间会不会太晚了？"梅突然问。

话题一旦涉及到写文章，扎巴拉姑娘谈兴正浓。可时间确实不允许我们再谈下去了。告别时，两位姑娘亲切握手，依依不舍。我听到她们之间的低声细语：

"祝你幸福，朋友。希望你能成为自己想要成为的样子，为了你自己，也为了你的民族，可以做也能够去做，你认为好的一切事情。"

"是的，一切都是斗争的结果！"梅答道。

"是的。"

她也跟我握手道别。我故意看了看她的眼睛。她是父母之爱的囚徒。此刻，她眼睛里闪烁着另一种爱的光芒，这是她未曾了解过的。

我们的马车离开扎巴拉，向马永车站进发。当我坐上开往三宝垄的火车，不禁脱口哀叹：

"悲剧！"

"她很能干，一定会取得很大的成绩，比她想象的还要大。"梅在一旁说。

"太可惜了！"我低声叹息道。

我们到万隆（Bandung）去度假。

在这次旅行中，梅非常高兴，但她依旧苍白瘦弱。她有贫血症，脸色呈病态的苍白。去万隆的一路上，她不停赞叹风景的优美。直到现在，她依然羞于讲马来语，即使我尝试诱导她使用这种语言。她一直在低声地啧啧赞叹。我只在一旁留意着她，不打扰她。

她是一位来自遥远异国的姑娘,跟随未婚夫一起参加斗争。她自小失去亲人,在天主教孤儿院里长大。我发疯似的热恋着她。也许她仍然难忘她以前的情人,依恋着他的灵魂。也许她等我正式求婚时,就会当即拒绝我。我是个男人,爱美色,崇拜美,从未不由自主狂恋一位姑娘,而她美得如此独具特色。无论口头或是书面,世人已然多次描述过这种迷恋。

有时候,我揣度自己对她而言具有什么意义,我琢磨不出来。我向往能成为一个自由人。她从一开始就纠正着我的错误。反过来,我看她倒是一位淳朴的少女,满脑子是理想主义。她自己又怎么看待自己呢?我也不知道。毫无疑问,她认为自己很美,跟每个姑娘站在镜子前一样,无视自身的各种缺点。可能她只将我视作美的奴仆?

她原本望着窗外,突然转过脸,羞涩地对我说:

"你为什么总看着我?你在想什么?"

"我在想,假如你现在已经成了我的妻子。"

"你不是还没向我求婚么?"她问,"在你的母亲面前……"

"梅,如果现在这样,在火车上,我向你求婚,你不会笑话我吧?"

她低下头,反复拨弄放在膝盖上的手指。我闭上眼睛也能知道,她在掩饰着自己的感情。我已经注意到了,此类谈话总会把她抛向往昔的回忆,怀恋我那位已经故去的挚友。

"你喜欢住在东印度,并且喜欢东印度了,不是么?"

"对我来说,哪里都一样。哪里有朋友,那里就是我的国度。如果没有朋友,我就无法忍受这一切。在我自己的国家,若没有朋友,我也……"

"梅,你愿意做我的妻子吗?"

"我这么瘦,身体不好。所有人都说我瘦。"

"我会成为你的好医生。"

"再过六七年？"她望着我，然后坐到了我的身旁。在火车行驶的轰隆声之中，她在我耳边低声说："明克，你娶我做你的妻子，你会后悔的。你会有很多麻烦。如果我恢复了健康，我当然非常愿意，并且可以帮助你。不过，宝贵的健康还会再次属于我么？"

"你已经比六个月之前健康多了。"

"明克，我会非常愿意接受你的求婚。我将感到幸福。但那是否可能呢？"

"你自己知道，我和你不喜欢拖下去（berlarut）。"

"更宽、更远、更深地考虑一下。我对你来说有什么意义？你的民族比我更需要你。你看那些森林。"

"现在，世界上任何一棵树都跟我们没关系。"

我抓住了她的手，她纤弱的手在颤抖。她的心已接受了我的求婚，或许理智还没有接受。

见我沉默不语，她开始像母亲对自己的孩子那般说话，充满着爱和忧虑：

"六七年后，你将成为一名医生。你们民族的病人会来找你。他们全都很穷，付不起钱，毕竟你无意寻求财富，是吧？因此，你将会成为你们民族贫穷大众的一部分。我加重你的负担，这合适么？不，我不忍心。将来你会进一步理解的，你们民族不仅由于贫困而导致身体有病，而且精神也有病，那是另一种贫困引起的，那是科学和知识的贫困。而且你也要从精神上医治你的民族，使它成为一个强大的民族，因为有你。什么是我能帮你做到的呢？我知道，你明白这一种可能性。"她深深地吸了一口气，继续说，"现在，你也许会问你自己：那么，如果不为将来，又有什么东西能把我们两人联结在一起呢？"

"梅，这么说，你同意了？我们结婚？"

"你的母亲非常好，明克。"她回答。

就这样，我们在一位神职人员（lebai）面前结了婚。这发生在万隆的郊外，上午九点钟……

以下消息真是一份太过厚重的结婚礼物：

南非的布尔人（Boer）最后失败。他们反抗了十年，终于被举世无敌的英国军队打败。布尔人是荷兰农民，建立了两个小小的共和国：德兰士瓦共和国（Republik Transvaal）和奥兰治自由邦（Republik Oranje Vrijstaat），均已投降。

英国扩大了势力范围，完成又一次征服。

荷兰农民为了寻求更好的新生活，来到南非。随后，英国人来了。荷兰农民逃跑，渡过法尔河（Vaal），建立起这两个小共和国。他们在德兰士瓦地区发现了金矿，使得英国人卷土重来，一场战争无可避免。

金子！希望！弱小者失败，强大者获胜。

"全世界都受到英国人的侵扰，我的国家也不例外。慈禧太后对付不了他们，甚至跟他们合作。从本世纪初开始，欧洲人统治有色人种的日子屈指可数了。"

有生以来，我第一次听到这样的见解。

"欧洲，不知给世界带来了多少深重的灾难！"接着，她跟我讲到约翰·霍金斯（John Hawkins）爵士，第一个往美洲贩卖黑奴的英国人，他令四千万非洲人丧生或沦为奴隶。

我从不知道这些事，无论在校内还是校外，没听人讲过，也从未读过相关文章……

第五章

回到巴达维亚以后，梅开始恢复健康。苍白的面色日渐红润。身为土著民的妻子，她在居留规定方面不再遇到麻烦了。

巴德仑大妈越来越喜欢梅，尽管她们之间还有种族、信仰、风俗和语言的差异。梅自己也在试着尽最大努力适应环境。

巴德仑大妈一点也不让梅干厨房里的重活。梅只需料理一般的家务。巴德仑大妈希望我的妻子健康、丰满、满面红光。梅几乎成了她自己的孩子。

梅似乎不太注意自己的健康。她孜孜不倦地学习马来语，还学讲巴达维亚方言。她的马来语进步很快。不久，她又囿于旧习，不愿依赖他人生活，连依靠自己的丈夫也不愿意。在某些特定日子，上午她经常出去当家庭教师，教授汉语和英语，学生是克拉玛特（Kramat）一带的富裕华人子弟。每当下午，我从拍卖行小报办公室回来，她已经坐在家里，边读书边等我，手里捧着我一字不识的中文。我们坐在一起，谈论每天的新闻，或者议论她刚读完的内容。在那些下午的时光里，我学到了许多有关中国的知识。

尽管她讲述时从不谈及她自身情况，但我还是了解到她离乡背井来到东印度漂泊的背景。据我估计，她和她的未婚夫是在前几年义和团起义失败后逃离了中国。在占据中国的西方势力支持下，慈禧太后对叛乱者实行残酷镇压。尽管举事失败了，但起来造反的各种组织还依然存在，而且反抗满清权贵的斗争精神有增无减。她是参加起义的一个秘密组织的成员。我不知道她属于哪个组织。她曾经提起过几个组织的名称，中文发音太难，我记不住，又怕她有顾虑，从没问过她怎么拼写，假如写出来，大致是：白莲教（Pai Lian Chiao atau Teratai Putih）、小刀会（Siao Tao Hui atau Serikat Pisau Kecil）、哥老会（Ke Lao Hui atau Serikat Saudara Tua），还有很多名称，我记不得了。在以上组织之中，最符合她身份的有可能会是白莲教。

她也隐晦地讲到，在爪哇，最有势力的秘密组织确实是唐帮，这是上世纪中期太平天国运动（gerakan Tai Ping）反抗清王朝失败后，由其中部分逃亡者领导的一个组织。似乎唐帮并不喜欢新来的义和团逃亡者，尤其反对白莲教，因为白莲教不仅打算推翻清王朝，而且想对中国进行全面革新，将其改造成为一个共和国。①

通过间接的，或更准确地说，从她无意谈出的事情中，我大致得出如下结论：而今的中国沸腾起来了，已打破死气沉沉的局面，将会像日本那样变得繁荣富强。回头再看看自己的国家，东印度一片平静，荷兰人稳坐着他们铁打的江山。

梅总爱议论那些大事。所以有时当她问我读了些什么，或者学校里发生了什么新鲜事时，我就觉得有点难为情。可是，只听她讲，自己不讲点大新闻，也说不过去。我曾给她讲过一个自认为是最精彩的

---

① 以上内容均基于明克的主观记忆，并非确切的历史事实。白莲教、小刀会、哥老会的印尼语在atau（意为"或者"）前是中文方言发音，之后是字面意思解释；"唐帮"系意译，在《万国之子》第四章出场；"太平天国"采用了"太平"的发音，gerakan意为"运动"。

故事，说的是一个名叫迪万（Diwan）的家伙，他始终在我们医院里住着，既是患者又是囚犯。他生活在牢笼里，被认为是社会危害。他同时患有色情狂、淋病、梅毒等疾病。他实施强奸共一百一十九次，其中五十一次是对人类，其余则是兽奸。

梅听得毛骨悚然。我以为她会问我究竟什么叫色情狂，但她并没打听这个问题，而是问：

"他的职业是什么？"

"卖破烂。"

"他的受教育程度？"

"文盲。"

"如果他受过教育，危险性就更大。你还记得那位扎巴拉姑娘关于生活体制的谈话吗？这方面的故事一定会比色情狂和性病更有趣。"

"这可是一名见习医生讲的。迪万现在又得了痔疮。"

"那有什么要紧的？"

"重要，梅。他关系到我们考试的成败，让我们是否能升班。"

"唉，你呀！"

"所以，你需要听听这个与生活体制无关的故事。在症状学考试里，总是会用到他。如果哪个学生事先不给他送些钱或吃的，和他搞不好关系，那就非考砸了不可呢。他会装病，说这里不舒服，那里不好受，你的结论就会是错误的。"

"他这几种病不都诊断清楚了吗？"

"他能装出一大堆其他的病。"

"我更喜欢听健全的人在理智情况下的故事，请原谅，即使他像我一样体弱多病。"

"可是，在这个世界上，很多人都有病。梅，你不能忘记这一点。"

"对不起，有病当然必须要治疗。但我们不必去治愈那些破坏社会和生活的人，让他恢复破坏能力。医治和改变一种不合理的生活体制，可能要比拯救一个病人更为重要。"

"那么患者的命运会如何？谁来给他们治病呢？"

她笑了。

"你为什么笑，梅？"

"那是其他医生的事。我的丈夫不仅仅要给患者治病，而且还要医治那腐朽的生活体制。你必定会永远牢记扎巴拉姑娘说过的那些话。"

我这才意识到，她讲述太平天国、义和团、白莲教、小刀会、哥老会、唐帮等组织的事情，目的是要引导我观察现今的生活体制……

晚上九点钟，我要回学校宿舍去。她总是把我送出篱墙门外，长久伫立在那里，直到听见巴德仑大妈反复呼唤："别待在外面太久。"

她这才进屋去。

回头看不见她的身影时，我才会加快自己的脚步。

1904，这是我们生活中非常重要的一年。

怎么会说它重要呢？简直如晴天霹雳一般，我收到一封写着我在学校地址的信。办公室全体职员和学生都为之震惊：总督秘书处[①]发来请柬，邀请我参加一个招待会，会上将宣布范·赫乌茨将军荣任荷属东印度总督，接替罗斯鲍姆总督的职务。

只是因为这一封请柬，所有人都对我刮目相看，尊敬、羡慕、惊诧不已！校长先生和各位教授督促我理当去参加这个会，为我们学校在社会上赢得更多荣誉。

那天晚上，我和妻子一起去莱斯威克（Rijswijk）总督府出席招待会。巴德仑大妈为我的妻子打扮一番，让她穿一身爪哇服装。按照我

---

① 荷兰语 Algemeene Secretarie，印尼语 Sekretariat Gubernur Jenderal。——原注

们民族外出赴宴的风俗，我也穿上了爪哇礼服。

我的妻子穿上爪哇服装，显得格外标致。出发前，巴德仑大妈称赞不已。当她看到梅的耳垂未戴耳坠，便不停咂着嘴，表示美中不足。

在总督府前面的院子里，所有与会者清一色身穿黑礼服，一排排站立着：政府要员、州长或副州长、苏丹、县长、部门长官、种植园管理层头面人物、进出口大商人，各国领事……他们显然都是社会名流，我和我的妻子置身其中，谁能不为之惊异？我……也成了社会名流？

开始点名入厅了。总督助理不停地叫着人名，被点到的人离开庭院，走上台阶，进入到厅内。只有外国领事和州长先生们不需要点名，第一批进去了。轮到叫县长们的名字，我寻觅多时的人——我的父亲，终于露面。他从人群中走出，趾高气扬，仿若步行在云端之上，从他衣服后襟开口处可以看到克利斯短剑和镶嵌宝石的腰带。他左手托起筒裙边缘，腰间克利斯短剑上镶嵌的钻石闪闪发光，令其他县长的格利斯短剑黯然失色。他那镶着九种贵重宝石的腰带也放射出奇光异彩。他如此大幅度地摆动着手臂，以至于那条路只能容下他一人。他踏上大理石台阶，目视前方，径直步入客厅。

"他是我父亲。"我在梅耳边悄悄说。

"要是我和他碰个照面，该怎么办？"

"但愿不要碰上他。"

"这态度不太好。"

"我不喜欢大家长式做派，不论他是谁。"

"可他是你的父亲。"

"你从小没有过父亲，梅。"

已经叫到我和我夫人的名字。

我们一起登上台阶。我作为最年轻的宾客，协同一位细眼白肤、全身青衣的妻子，立即成为众人瞩目的中心。谁能想到，我的伴侣竟是一位潜入东印度的非法居民！

我们周围的大人物们，无论男女，全都一色青装。女士们手持檀香木骨扇，扇面各式各样，有的是孔雀毛，有的是日制金银粉画，有的镶银嵌宝，也有的是丝绸扇面。所有女性都珠光宝气，我的妻子也不例外。大厅里灯火通明，白昼一般，光可鉴人。空气中充斥着世界各地的香水味，而巴黎香氛占尽了优势。平日珍藏的首饰全部在此展示出来，在黑色礼服陪衬之下，更显耀眼夺目。

在东印度的这些要员和显赫人物里，有一个人神情不安，环目四顾，那便是我的父亲。很显然，他是不会从县长行列里走出来的。

今晚，总督助理呼唤宾客入厅时，他听到了儿子之名。他的儿子也在受邀之列？他想亲自证实一下是否听错了。他的不肖之子……居然也和他本人以及王公显贵们一样，享有同等荣誉？

他不理解，我自己更不理解。

跨进大厅之前，我对妻子低声说："我们要进龙潭虎穴了。"

当她知道我们收到了最高级别的邀请时，笑着说：

"出席一个长期侮辱你们民族的人举行的招待会，倒也没坏处。咱们去见识一下。"

现在，我们置身于龙潭虎穴中了。所有身着黑色正装的人都是这个猛兽群的成员。我们不过是观众而已，是活生生的见证人。

"你参加过如此壮观的招待会吗？"

她摇摇头，看起来如此标致，清新得仿若一朵初绽的鲜花。许多人向她投去称羡的目光，我为之感到骄傲。对于男人们的注目礼，她早就习以为常，既不拘束，也不夸张做作。

没必要描述正式宴会的规模大小，反正到处都是千篇一律：讲演、祝词、握手、照相、喝彩欢呼、烈性饮料、说说笑笑、比阔气。

然而，此次宴会的确有所不同。我和新总督大人握手时，他显然还认得我。

"啊，明克先生，"他说，仿佛他并非荷属东印度最高长官，也不是女王陛下的全权代表，"你留起了胡子，显得更英俊了。很遗憾，咱们一直来不及见面。如果你愿意的话，咱们不妨再找个机会谈一谈，随便聊聊。"

"当然愿意，阁下，"我回答，"这位是我的妻子。"

他先将手伸出。

"你很会挑选伴侣。祝你们幸福。"他又说。

"祝贺阁下荣升。"梅用英语说。

"谢谢，谢谢！"

总督跟我们说这么多话，导致后面的队伍停下了脚步。我发现父亲在对面仔细观察我们。也许他要对我和梅发火，因为我们不懂礼貌，在总督大人即亚齐战争的将军和凯旋者面前竟不鞠躬行礼，甚至胆敢说说笑笑，好像对待一个老朋友那样。

祝贺礼节完毕，与会者自动散开，可以自由走动了。父亲才得以找到我们。

我们坐在一根缠有三色彩带的柱子附近。梅在举目四望。在那些大人物里并没有我们的熟人。也难怪，我们不是或还没有加入这个猛兽群。我预料中的事终于发生了。父亲走了过来。

我向他合掌一拜。见我对他如此有礼，他满心欢喜。

"这位是孩儿的妻子，您的儿媳。"我介绍梅说。

我的妻子梅向他拱手作揖（soja）。

"你们为什么不去 B 县探望母亲？"他问梅。

"我只是唯夫命是从。"我翻译了梅的话。

"这是什么语言，孩子？"

"英语，父亲。"

"伟大的真主啊，说英语的儿媳妇！"他对我说，"你找老婆总是这么奇怪。"

最后，招待会结束，我们同乘一辆车来到父亲的住处：印地斯酒店（Hotel Des Indes）。他那么和蔼可亲，向儿媳问这问那。他吩咐随行人员把我们送回家，嘱咐我们第二天再来看他，还许诺会派车去接我们。他没再对我摆出掌控者的架势，仿佛他从前没对我发过脾气，没在我心中留下任何痕迹。

我明白，这一切不过是由于总督秘书处对我们的邀请。

第二天，只有梅自己去了。我在拍卖行小报办公室上班时，想象他们两人见面的情景：你说他不懂，他说你不懂，谁也说不通。我一边想，一边笑，乐在其中。说不定两人只能无可奈何地咂嘴、摇头和苦笑。也许父亲很明智，会在旅馆里雇佣一名翻译人员。他还没有这种深谋远虑的提议（prakarsa），甚至连想都想不到。

回到巴德仑大妈家，另一番景象出现在我的眼前：父亲已穿着老百姓衣服坐在那里，巴德仑大妈正忙着在厨房准备饭菜，为款待这位县太爷，至少宰了三只鸡。梅在那里陪着父亲，佩戴了数量过多的首饰。显然是父亲在旅馆的首饰商店为她买来的。他可不只是买首饰！哎呀，慷慨恩赐是爪哇贵族的行事风格。他不管将来要分期还债，还是日后含辛茹苦，声望试比天高（Pokok prestise naik setinggi langit）。

父亲和我平起平坐，对我就如同接待一位县长。他不要求我席地而坐（menggelesot）。我们仨坐的是同一套椅子。他异常和气，可能是出于自豪的缘故，因为儿子和儿媳有幸获得了总督大人邀请。他将会到处宣扬：还没当县长呢，就得到那么高的荣誉！范·赫乌茨总督和他谈笑风生。别说儿媳了，连其他的儿子也从没有获得过这样崇高的荣誉。

如今，他和儿子、儿媳平起平坐，已不再感到羞辱。梅是第一个得到这样荣幸的人。父亲也是第一次在别人免拜时没感到颜面受损。可能他已经意识到，等到他孙子那个时代，叩拜（sembah）将会从地球上、从爪哇人中消失，仅剩下甘心为奴的人做那种事。

父亲向我询问了一些关于梅的身世。

"她一来到这个世界上，就不知道自己的生身父母是谁。"他侧耳倾听，仿佛在接受神的启示。"她在上海的一家孤儿院里长大，师范学校毕业后，就来到爪哇找我了。"

"这么说，你们早就通过写信认识啰？"

"是这样的，父亲。"

"看来，现在的情侣根本不在乎海洋和陆地了，唯一障碍只是时代差异而已。"他说，然后又面向梅，"你们何时回 B 县？我和你母亲要给你们举行一次盛大的婚礼。"

"我看不必了，父亲。"

"要比县长就职庆典的规模更大。"

他从前对我太不公正了，现在分明是要以过度慷慨来挽回他的面子，这将令他债台高筑。唉，谁不晓得这些爪哇贵族的做派呢？

"万分感谢，父亲。"

"没庆祝一番，你们不感到遗憾吗？"

"不是遗憾的问题。父亲，的确是情况不允许。我功课太重，工作又忙。我妻子也是如此。她不能扔下学生们不管呀！"

"两个人都工作、都学习！女人既然已为人妻，工作和学习是为什么？老婆跟着吃苦受累，做丈夫的不觉得降低身份了吗？"

现在，棘手的问题来了。我们默不作答。

"只有乡下人、种地的，或者小商贩，才会两口子都干活呢。乡下人和小商贩决不会收到总督大人的邀请。你们没有把荣耀放在正确的位置。"

看到势头不妙，梅便借口离开了，到厨房帮巴德仑大妈干活。这样一来，父亲这位大家长（patriark）就得到了机会，表现好似我的国王一般。

"父亲，您的话伤害了您的儿媳妇。"我威胁他道。

看样子他开始克制自己，沉思内省，然后正了正头巾，低声说：

"这可难了，如果妻子不是爪哇人。"

"您的话也伤到了我。"

"你？"

他左顾右盼，然而没有一件东西，更没有一个人，能助他一臂之力。在这里，他是外人。

"你们结婚不给家里消息，可能就是这个原因吧？"

"我们两人结婚是为了我们自己。"我简短地说，"至于后果好坏，完全由我们自己承担。我们不插手别人的事，也不希望任何人来干涉我们的事。"

他竭力按捺心头的恼怒，和蔼态度消失了。看我一直不讲话，他才慢慢地说：

"如果那就是你们想要的，好吧，那确实是你们的意愿。父母只能祈祷，祝愿喜乐安康。"

吃晚饭时，大家沉默不语，饭后也没人开口说话。父亲带着他的情绪返回了旅馆。这是第一次，我没有承认他的大家长权威……

1904年，发生的重要事件还不止这些。

范·赫乌茨总督的平步青云令荷属东印度袋形地带里的独立王国们焦虑不安。不难预料，战火将蔓延到整个袋形地带。甚至那些地区的居民早就开始逃离自己独立的国家，进入荷属东印度管辖区域避难，臣服于荷兰统治者，只为逃避卫护自己国家的责任，摆脱枪炮战火的威胁。

范·赫乌茨和东印度的当权者们深知，袋形地带的诸小王国害怕洋枪大炮。故此，总督大人不采取或者尚未采取暴力行动。当然，这决不是因为那里的大炮只有七十二门。相反，他表现出了慷慨大方和仁慈为怀：他下令禁止巴厘岛焚烧寡妇陪葬，因而不再有妇女被烧成灰烬去追随亡夫的魂灵。人们对此一片赞扬声，把他捧上了天，尤其是在他们欧洲人自己族群内部。以示范性的方式，范·赫乌茨在能力所及的范围内公开废除了奴隶制。

来源不明的小道消息传说，这一切只是为了掩盖他们即将采取的流血军事行动而已。人们在等待着，并且断言：战争终将爆发。擢升一位将军担任总督，即荷属东印度的最高统治者和大荷兰王国的全权代表，大有用场。在南非，虱子般大小的共和国——德兰士瓦共和国和奥兰治自由邦都已被大英帝国并吞了，荷兰怎么可能不萧规曹随呢？

显然，什么也没有发生。日本和俄国的威胁尤其使荷属东印度胆战心惊。德国、法国、英国、俄国和日本都在觊觎着沙璜（Sabang）煤矿。有人说，互相争夺的欧洲各国开来一艘艘炮舰，战火随时会在东印度点燃，而范·赫乌茨是决不会开一枪的。据说这就是沙璜政策，因此，将军才当上了总督。沙璜作为捞取外汇的摇钱树，决不可以成为吞并整个东印度的入口。

确实没出现什么军事行动。但发生了另外一种事情：实施自由派鼓吹已久的一项政策——道义政策：移民①。

所有流言都来自拍卖行小报。那天下午，来了一位身穿白色法衣

---

① 移民（emigrasi）后来变成殖民（kolonisasi），在印度尼西亚共和国时期变成了移居（transmigrasi）。——原注

的牧师，同行还有一位赤红脸膛的先生。牧师胸前挂着的十字架几乎要托住他那长长的胡须。两人都是纯欧洲血统。他们没等邀请就在接待客人的椅子上落座了，谁也不看，用德语继续争论着：

"不可能，先生，"牧师反驳道，"范·赫乌茨是当兵出身，满脑子都是枪炮，可如何用它们来杀人，他却心术不多。"

那位先生穿件白色短袖衫，没系扣子，下身穿条白裤子。他捏着烟灰缸里的雪茄，说：

"正因为心术不多，他才惧怕更强的屠杀者。东印度才几艘战舰？破旧到螺钉都松动了。荷兰的战舰有多少艘？就算再增加一百艘，也挽救不了远隔万里的东印度！"

"他和英国是同盟！英国是海上霸王（Raja lautan）！"

"一旦范·赫乌茨在袋形地带开火，他的殖民地竞争对手之一佩特（Pater）先生便会前来援助小王国。俄日战争爆发前他不会轻举妄动的。屠杀者们总是凌弱怕强。"

我的上司向我使眼色。我走近他们，结结巴巴地用德语说，我能为他们做些什么。他们沉默了，不告而别。

上司听完我翻译他们之间的讲话要点，再次重复他惯常的吩咐：

"要让所有订阅者明白：战争打不起来！不管德国人、比利时人、瑞士人、英国人，不管他们这些人是卖种植园，还是卖矿井。战争不会发生。自由派的支持及其道义政策也不会让范·赫乌茨将东印度孤注一掷。"

对每一位来客，他都不断唱诵着这种口信。

不会有战争。战争打不起来。每周报道的是：移民，移民，还是移民！移民的是爪哇农民——已经沦为食草阶层。对于食肉阶层而言，他们已经毫无用处。食草动物固然被食肉动物吞噬，人类世界又如何？它尚且存在着文明，不能一口吞尽。人们还可以赎回自己，或分期奉献。范·赫乌茨也许诺过：为所有移民保障运输工具、劳动工具、炊具，甚至半年口粮，费用可分期偿还，这是忠于人类文明之举。乡村机构卖力宣传，可愿意迁移的爪哇农民并不多。那本没有署名的小册子里说过：土地对于爪哇农民而言，具有一种束缚性质的神秘吸引力，即使土地已不再属于他们了。迁移者不过是食草阶层中无草可食的人们，他们在自己生活的土地上无计可施。

"糖业！"特·哈尔在信中透露说，"糖业需要土地。糖业联合起来去楠榜（Lampung）是为了保护巽他海峡，使那里居民数量增加，免于物质匮乏。别以为这是范·赫乌茨一人的主意。将糖业和针对北方的防务力量联合起来，因为所有更强大的敌人都来自北方。"

卡尔森先生一再向我灌输说：

"除了范·赫乌茨，没有其他的将军能够征服亚齐。此人铁石心肠，想做什么都能办到。老虎在他面前也会打颤。看一下移民这件事，他曾经强迫过别人么？另一方面，他又有绵羊般的软心肠。看到农民没有土地，没有固定收入，他深感同情。现在如何？他们可以尽力开垦荒林，开垦土地变成自己的土地，还会给他们发放补助。"

"真是慷慨之士。先生，森林属于谁？"

"国家的森林。是啊，明克先生，如今决定一切的确实不是武器，不是湿婆赠予阿周那的箭（Pasopati）也不是怖军的锤（Rujakpolo）[①]，而是善于运用法宝的天才。你若有武器又会用它，也能主宰这世界。谁都可以，先生，猫也行。"

"猫？"

"巨蜥也可以。而且武器也不必是自己的，可以赊购。"

也在那一年，卡尔森先生告诉我，范·赫乌茨可能要开始实行自

[①] 此处系意译，原文写的是古印度神话中这两件法宝的名字。

由派道义政策的第二个口号：教育，为村民子弟办小学。他说，看来范·赫乌茨在竭力赢得自由民主党支持。

俄日危机爆发。对马海峡（Selat Tsushima）见证了俄国舰队被打得落花流水。日本在海上占据优势；亚洲处于上风。双方的盟友和支持者没有直接交手。沙璜煤矿摆脱来自各方的威胁，又重新开始捞取外汇。

上述问题尚未来得及进行思索，更没有很好地总结，便又发生了一件前所未闻的新鲜事。学校组织了新活动：外面来的一个人，讲一次"公开课"，校外感兴趣者也可以参加，而且同样有权发表见解、提出建议和批评。

"一次民主展示（demonstrasi demokrasi），"我对梅说道。对民主含义有所了解之后，我邀梅一起去参加，"肯定会很精彩。不妨去体会一下，什么是发表见解、提出建议和批评的同等权利。好像神话传说。你肯定感兴趣吧，梅？"

那次"公开课"的主讲人是一位几十年前毕业的老校友——日惹爪哇宫廷的退休医生。

他身材瘦小，略微驼背，穿爪哇式外套，头戴日惹风头巾，长长的胡须在嘴角两侧蜿蜒着，眼睛凹陷却矍铄有神。他步入大厅，同时朝几个方向接连鞠躬行礼。他后面跟着几位老师，全是欧洲人。他一副老派士绅的样子，举止温文，腔调用词亦是如此。

他和各位陪同者一起，在最前排椅子上就座。经一位老师引介后，他站起身，低头朝事先备好的讲台走去。他向各位老师和学生们鞠躬行礼，正了正头巾，双手交替拂过外套袖子，又将手放在讲台桌面上，轻咳两声，露出慈父般的微笑，说：

"愿真主保佑诸位师生以及所有与会者，"他的荷兰语带有浓重的爪哇口音,"感谢真主恩赐良机,使我今日有幸与诸位相见,感谢诸位百忙之中抽暇莅临,听我发表浅见。尽管本人学浅才疏,仍愿诸位不仅用耳朵听,而且用心去领会。"

我为我的妻子做些简要的翻译。

"他讲话这么慢。"她耳语道。

"面对受过纯正(tulen)爪哇上层教育的高级人物,你必须要有耐心,无论听他讲话,还是读他的文章。"我低声说。

"这样气无力的,他会发表什么高见?"

"我怎么知道呢?咱们亲耳听一听、亲眼看一看这次民主展示吧。"

这位已退休的爪哇宫廷医生继续发表他的演讲。

"今天的医科学校与三十年前相比,已经很先进了。医学知识也已经取得了长足的进步。得益于先进的繁殖或培育方法,新病菌——细菌和杆菌——各种特性也愈来愈多为人类所知悉。此外,各位同学看来都比从前更神气、更活泼、更帅气和更富于魅力。"

学生们愉快的笑声在大厅里回荡。

"真会说场面话。"梅评论道。

"当然,各位老师也更有本事、更有学识、更有远见,所以,现在学生数量也多起来了。"

他讲的荷兰语带有浓重爪哇口音,令非爪哇人的学生们不得不拼命忍住笑。我自己也有些怀疑,从这个瘦小无力、口音很重的退休爪哇医生身上能学到什么呢?开场白啰里啰唆,使人腻烦,没有吸引力。更讨厌的是,必须把那些烦人话翻译出来。我几乎后悔邀梅一起来了。

作为一名爪哇宫廷医生,他已行医三十余年。他继续说:"现在这里还没有年满四十岁的学生,而四十岁正是最佳年龄。人到了这年纪,不妨回首往事,反躬自问:喂,文化人(manusia terpelajar),你究竟为生活奉献了什么?只给病人开过药方,还是也为患病的生活开药方?

想象一下这种可能性,各位同学在一生中必定会面临诸如此类的问题。原因很简单。你们都属于知识界,属于比其他同胞受到更多教育的幸运阶层。对于知识分子、有才智的人而言,不只是具有科学知识而已,而且不可避免会留意生活中各类问题,尤其是重大的社会问题。他们会思考它、解决它,并为它贡献自己的思想。"他接着说,"重大社会问题是纷繁复杂的:幸福、苦难、安乐、幸运、痛苦、爱情、奉献、真理、正义、权势……未来几年后,同学们便会作为医生去开业行医,身临其境,体会这些重大社会问题的一个方面:苦难(penderitaan),无比深重的苦难,与贫穷和无能为力错综交缠在一起的苦难。"

他讲话速度加快了,变得越发深沉有力,愈来愈引人入胜。

开业行医以来,这位退休医生节衣缩食,把积攒起来的钱存入银行。说不定有朝一日这些钱会派上用场呢?他靠退休金生活,存款仍然分文未动。而今,他已桑榆之年,财力微薄(他举起手,掐着手指尖示意),重大问题正开始接踵而至,时而纷至沓来,时而出人意料,尚未觉察的那些人根本意识不到这些问题。他不晓得,这些学生之中是否有人已经觉察到,也就是说……也就是说什么呢?

听到他这种讲话风格,人们发出了一阵笑声,显然这笑声又给他壮了胆。

也就是说(yaitu)……根本也没有什么好笑的东西。

全场哄然大笑,梅也不例外。

因为他那句"也就是说"所包含的意思不外乎是:民族意识觉醒,而非全民族的昏睡。

哄笑戛然而止。

他指向北方,又说:"在那边,有一个亚洲民族已经庄严地站起来了。它已被全世界各文明民族承认具有平等地位。哪个亚洲民族能够赢得如此崇高的尊严?非日本莫属。我们和日本远隔重洋,但它的充沛活力为我们这些觉醒的人所感知,尤其对知识分子(intelligen)来说,更是如此。知识分子,正是由于他们的出现,才使世界面貌为之一新。唯有觉醒之人方能领悟。如果同学们之中还有尚未觉悟的人,那就太令人遗憾了。请问,你们这些同学里有谁,或者在东印度有谁,已经真正从中领会到真谛呢?"

他先扫视前排的人——各位老师,然后又望向全体听众。他没有得到回应。

无人反应令他不悦:"领悟者恰恰不是土著民,不是欧裔混血儿或与荷兰人处于同等地位的原住民,而是华人族群(golongan Tionghoa)居民最先领悟了。面对日本崛起,他们的回答是成立组织,通过办教育来唤醒自己的同胞。这个组织名叫中华会馆,这是东印度第一个现代组织——社会组织。"

他又问现代组织的含义是什么,仍旧无人应答。

"所谓现代组织,意思是除了按民主规则组成,还应得到现政权即荷属东印度政府的承认。此外,更重要的是,这个东印度的现代组织在法律面前享受与欧洲人平等的权利。所以,这个组织也可以被称为法人团体。

"中华会馆成立于1900年,此时土著民尚处于朦胧沉睡状态,酣甜而美妙——他们一直酣睡到今天。"他说,如果他的话欠妥,请大家原谅,"华人社会觉醒三年之后,东印度的阿拉伯居民意识到与日本的差距,也随之而起,成立了自己的组织苏门答腊巴达维亚协会(Sumatra Batavia Alkhairah)。与此同时,土著民仍在酣睡。"

学校礼堂里一片沉寂,人们不再在意他那爪哇口音浓重的荷兰语和有点古怪的讲话风格。

"这个阿拉伯人组织诞生于两年前,1902年。现在是1904年,继苏门答腊巴达维亚协会之后,阿拉伯人又建立了一个更先进的组织:

乐善社（Jamiatul Khair）。它的职能与中华会馆相似。这也是一个法人团体，也就是说，在法律面前享受同欧洲人一样的权利。不论是华人组织，还是阿拉伯人组织，其目的都是为了教育本族同胞，使之适应当今时代的潮流。它们聘请了现代教师，前者来自中国和日本，后者来自突尼斯和阿尔及利亚。如果采用足球比赛的计分方法来表示，那么这两个民族与土著民在觉醒时间上的差距应该是：中国—土著民：4－0；阿拉伯—土著民：4－2。也能打成4－4，前提是土著民今年就开始建立自己的组织。"

他又抛出了问题，希望听众能以医校学生、受过最高等教育的民族之子身份来回答。他从外套衣兜里掏出白手帕，擦了擦嘴。讲台上没有预备饮料，他愈渴愈是不时地揩嘴。然后，他继续向学生们提问："即使土著民从今年开始成立自己的法人团体，依旧比华人落后五年，比阿拉伯人落后两年。否则，我们就连同法律打交道的土著民代表都不能产生，哪里还谈得上维护全民族的利益！同学们，你们是受过教育的土著民精英，如果连你们都觉得没有什么可为本民族去维护的，那太可悲啦！当医生、当公仆、为人类服务，这不够啊！"他呼吁立即组建社会组织，启迪民族儿女，为他们跨入现代、先进时代、他们自己的时代而准备一切条件。

他说，他这种觉悟产生于暮年，当他看到华人迅速进步，成立了中华会馆，生生把土著民抛在后面，他才认识到了这一点。而后，阿拉伯人也意识到自己落后，奋起直追。咱们土著民，难道还要昏睡吗？倘若还不开始觉醒，这个民族会成为什么样子？

他接着讲道：某个晴朗的早晨，他正在散步，思索着这一切，一件意外事故突然打断了他的思路。离他不远处，有个人被马车撞倒，身负重伤。若不及时抢救，便会失血身亡。他前去抢救，并把那人送入医院。此时，他才意识到：土著民只有在无能为力时，才会由别人送进医院。假如他每一天医治一位患者,那么他行医十年就会医治三千多名患者。在这些患者之中,自愿前来就医的不到百分之一。如果没大病,他们不会主动上门求医,更何况轻微的小伤呢。患者们几乎全都是文盲。他们来看医生,完全是因为身不由己,在公共场合身遭不幸,国家或地方的大人物吩咐之下,才被送进医院。他们之中一部分人,由于耽搁或伤势过重,在他的手中死去了。大部分患者已经重返社会。原来的强盗依旧抢劫,原来的书记员依旧伏案书写,原来的绑匪(为爪哇以外的欧洲大种植园搜罗劳力)又重操旧业。

从那家医院回来的路上,他得出了结论:行医几十年,作为一名爪哇医生,他并没为民族做出什么有意义的贡献。的确,医生是社会工作者。若仅此而已太可惜了,他的服务不能为民族增添价值。这个民族依然酣睡着,沉迷于荒唐的美梦。从那一天起,他便开始主张土著民不能再这样下去了。医生不仅要医治患者的病体,还要唤醒处于蒙昧之中的民族精神。所以,他没有直接回家。他向右边拐去,直奔银行,取出他积攒三十年的全部存款。爪哇医生终究不是欧洲医生,他的存款数目自然也远远不及欧洲医生。爪哇医生也尚且不能像欧洲医生那样自由收取费用。他的收入只能靠工资,别无其他。

他把存款取出来作路费,走访爪哇各地,拜见土著民之中顶尖的各位重要人物,动员他们成立消除民族蒙昧的组织。

"今天,我置身于诸位先生面前,回到了医校各位同学之中,回到了我从前学医时的母校。现在,我以一个退休爪哇医生的名义,以一个长者的身份,用我余生尚存的微弱之力,向各位先生呼吁:看到我们的差距吧,先生们!走出病房,到外面去看一看,观察得更敏锐!社会现实会使你的头脑更清醒。行动起来吧,先生们!落后得越远,就越难追赶。与日本差距愈大,我们的民族未来将会倍感羞辱。到头来,我们只能成为所有外来民族的奴仆。"

他停歇片刻，显然是讲太累了。

"在我们青年一代的运动中，年轻医生至少也应该持这种态度，"梅悄声说，"最先觉醒的是医生，我认为这并非偶然。"

这位退休的爪哇医生又继续说："如果一名医生治好一个杀人犯的病，使他又去杀人，那么，这医生就负有参与杀人的道义责任……"

平日惯于作梗捣乱的那些学生也规规矩矩在聆听。大厅里阒然无声。讲演者迸发出的每一个荷兰语词汇都是那样沉重而缓慢，如同滚动的安山石（andezit），成群结队滚入听众心怀。

"然而，一位医生没有权力去阻止病人里的杀人犯再次行凶，他只能治好病人，并没有合法的权威去组织犯罪。其实，如果医生结果了那杀人犯的性命，很显然，被杀的仅是一个杀人犯。假如医生由于自己没有合法的权力而放虎归山，就会有更多人惨遭毒手。不提倡大家都去做坦扎（Tanca）大夫。同学们，你们知道坦扎大夫是谁么？"

没一个人知道。

"这也是你们应该知道的人物。坦扎大夫是大约七百年前的人，麻喏巴歇（Majapahit）王朝时代的一名主杀派医生。据说，有一次，卡拉·格默特·贾亚尼加拉（Kala Gemet Jayanegara）大王患病，有人说是皮肤病，有人说是腹腔病。于是，坦扎大夫便给大王做了手术。大家不要以为古代人不会做手术！仅有一千多人口的时候，那时人们就开始动手术了。大王被开肠破肚。也许有人下令，也许无人指使，他就把自己的患者杀害了，为的是消除国内的动乱。从此，始终有些医生愿意成为'坦扎派'。他绝非唯一。现在，咱们的世界已进入现代阶段，每个人都不像坦扎时代那样对一切事情承担责任了，咱们只能负责自己工作范围之内的一个小方面……"

"离题太远了。"我对梅耳语。

在他几十年的行医生涯中，他又说，若是为一个心灵高尚的患者解除了病痛,并且知道那颗高尚的心灵会重放光彩,他就感觉有权分享一部分喜乐。

"现代世界将把我们的生活、科学的各个分支和门类进一步细化,生活将令人们互不相识。人们见面仅因为处理公务,或纯属邂逅。医生很难识别自己的患者是好人还是坏人。然而,咱们可以猜测咱们的病人不是好人或者品行不算太好。高尚的品德来自于良好的教养,是高尚行为的基础。东印度各民族尚未教育好自己的儿女。我们的民族还生活在蒙昧状态,因此我们民族的人也就蒙昧无知,不能为自己在心灵里唤起一种崇高的东西,更何谈唤醒自己的民族呢。"

"不能这样了(Stop)[①]!"他突然大喊一声,听众为之一惊。他说他无意贬低东印度各民族的优良品德。"问题在于,进入现代的门槛后,过去的一切价值观念都发生了变化。从前的高尚品德将改变它的形式。形式变了,内容也必然随之变化。没有脱离形式的内容,也不存在脱离内容的形式。

"土著民医生的任务,不仅要治愈患者受伤染病的躯体,还要拯治他们的灵魂、关心他们的前途。除了各位受过教育的人以外,还有谁能承担这一重任?现代人的一个特征不就是基于个人成就的人定胜天吗?强者们应当联合起来,提携弱者,给蒙昧者以启迪,为迷途者指明方向。

"即使最先进、成就最为卓著的个人也会半途而废,也会落后,被不良的保守势力所吞噬,其原因有两个:时运不佳和缺乏发展经费。东印度各民族已到了赤贫程度。生活略微宽裕的人有义务资助土著民子弟去接受现代教育,有义务去资助那些有才华、有思想的穷苦人,为使他们将来能适应新时代的生活而做好充分准备,免遭淘汰。

---

① 原文系英语。

"为此，必须要建立组织，建立一个既有资金又善于管理的大型组织。受资助者不分士绅之子、木匠之子或者农家子弟。"

他接着说，他已去过爪哇许多大城市奔走呼吁，拜见了不少受良好教育的土著民大人物。然而，无人响应。他感觉自己仿佛是一个在荒漠中声嘶力竭的流浪者。现在，他向医校学生们呼吁：建立组织，立即行动，团结起来！若今日仍无动于衷，东印度民族势必愚昧至死。

他精疲力竭地走下讲台，和老师们坐到一起。这时，他才得到了清水一杯，一饮而尽。

接着是问答环节。然而，允许在大庭广众之下提问发难，这是新风俗。包括我在内的土著民们还不习惯这样做。在座学生没一个发言。

看到自己的"民主表演"无人赏识，这位退休爪哇医生大失所望。他再次要求大家提问。但是，对听众们来说，现代组织如同麻风菌一样陌生。

突然，梅低声向我提出了许多问题，于是我便发问：

"先生，我首先要为自己的孤陋寡闻表示抱歉。以先生之见，此种组织如何才能建立起来？在日本，爱国爱民的有识之士可以得到天皇的资助。而中国的学联组织在国境内外以及全世界范围到处筹集资金。那么，东印度的组织应该怎样办呢？"

我不用看也知道，医校每个学生的目光都投向了我们，不是看我，而是看我的妻子。当然他们无人知道，我们已结婚几年了。同学们的目光咄咄逼人，尤其我刚才所讲内容均由梅提供。我可以想象，梅的那双细眼正闪烁着喜悦的光芒，因为她知道一个新理念将在东印度付诸实现。我们结婚以后，她曾几次说服我建立一个组织，可我至今不知如何着手。她催促我去找几个知心朋友谈一谈。可我没有知心朋友。我整天忙忙碌碌，为我自己或者我俩的事不停奔波。

这位退休爪哇医生再次登上讲台。他从佩里（Perry）海军准将强行进入横滨港①讲起,逐一列举日本帝国为实现国民现代化而采取的办法。

他所讲述的那些事件我都知道,只是不了解互相之间的联系,它们导致后来汇成了一个为世界瞩目的伟大之举。

他承认,他对中国学联组织的情况了解不多,但他介绍了一些组织的名称和情况,这些名字我从未听说过。我翻译给梅听。不止于此,他还介绍说,这些组织通过合法或非法手段向世界各地派驻了许多代表,哪里有华人社会,就把代表派到哪里。

梅紧抓着我的手臂。

他还说,几年前,一位中国青年在泗水遇害,他就是组织派来的代表。据猜测,他是被反对各种形式革新、反对现代化的顽固保守派们杀害的。那些代表之中不仅有男青年,还有年轻姑娘。很显然,尽管保守派竭力阻挠,但中华会馆的诞生无疑标志着革新派的胜利。

梅用胳膊肘碰了我一下,对我耳语几句。她在我耳边激动地提醒,说出了黛维·萨尔蒂卡的名字。我接着提问:

"先生,您怎么看待芝查伦卡(Cicalengka)的黛维·萨尔蒂卡女士所作出的努力?"

他频频颔首,赞扬这位勃良安女性。他希望全国各地,无论男女都以她为榜样。他未能亲自登门向这位女士表达钦佩之情,因此而感到遗憾。然而,他说,个人努力至多能得到亲友支持,或者至少她会得到自己丈夫的帮助,这难成大事。成立组织,只有大型组织才会有所建树。

"您对那位扎巴拉姑娘有何评价?"

"她是一位能够移山填海、能力非凡的女性。可惜她没太意识到自

---

① 指1853年的黑船事件。

己的力量。"他深深垂下头，嗫嚅道，"可是……可是不久之前，这位出色的女性已离开了人世。"

梅惊叫了一声，她急忙用手帕捂住自己的嘴巴。

"那么年轻？"

啊，在这个世界上，有什么事不可能发生呢？这位爪哇医生也去过南望县，想拜访扎巴拉姑娘，宣传一下自己的主张，然而，南望县的县府大厅里满是前来吊唁的人。他们席地而坐。他认识那位姑娘的主治医生拉芬斯滕（Ravenstein）大夫。看见他坐在地板上，从帕蒂（Pati）来的这位欧洲医生向他点头致意后就走开了。他再也见不到扎巴拉姑娘了。这位聪慧高尚的女性在全县一片接连不断的悲哀祈祷声中告别了人间：愿真主保佑她升入天堂……她光彩照人的灵魂已经回到真主面前。她是一位非凡的女性，至今还没有哪一名男子能够与之相比。

讲到扎巴拉姑娘的去世，这位老医生觉得无法再热情地继续号召了，气氛一落千丈，再也恢复不起来。问答环节至此完全中止，无人继续发言。最后，老人试着再次呼吁：组织起来，以此为开端，通过直接实践，学习以现代的方式组织起来。

这位老人，荒漠上的奔走呼号者，应允在旅馆接待我和梅。时间定在下午六时。我们请求见面似乎使他感到慰藉。

我们步行回到巴德仑大妈家。我对梅说：

"或许他也知道你们的名字，梅。"

"知道名字，但不见得认识人。"她自信地回答。

我知道，即使万一被移民警察抓住，她也毫无惧色。

"不要生气。你看，我也从来没想打听你的真名实姓。"

"谢谢。我们的日子不是过得挺好吗？"

在我们俩之间，仿佛已经签订了一个秘密协议：不谈名字问题，在我们自己也不知道会有多长的一段时间内，不要孩子。她好像十分自信，人们不会真正了解她的身份。

我还记得我以前给她翻译的那封回信。信是写给扎巴拉姑娘的，时间在那位姑娘要和一位县长结婚之前。那时候，浮言四起，传说总督大人已给中爪哇州的州长下令，让他向姑娘的父亲示意：他的女儿已到婚嫁年龄，请不要再拖延婚期。当时，可能只有扎巴拉姑娘本人对这些传言一无所知。医科学校的学生却无人不晓。我也对梅说起这消息，她评论道：

"我信。这种事情在东印度是可能发生的，而且在任何一个非常落后的国家都可能发生。"

据说，中爪哇州的州长已为这位现代姑娘拟定了未婚夫预选名单。她深居闺房，思想在国内外却有深远的影响。必须让她结婚，把她掐灭在洞房里。

传言甚嚣尘上之时，梅收到了扎巴拉姑娘的来信。信中说，为了不让双亲伤心和失望，她决定采取折中态度，先结婚，然后过独身生活。这是她实现理想的唯一途径，别无他法。

她已经完全自由了。

当天下午，我们与那位退休爪哇医生会面时，梅首先提出一连串问题：中国的一些组织派青年男女到东印度来，这个消息源自什么人？华人青年在泗水遇害，这个消息又从何而来？这一些组织之间究竟有什么关系？

退休爪哇医生没有说出确定的消息来源。他只提到几个保守派华人青年的名字。现在新青会已掀起复仇的怒涛，要为那个遇害青年报仇雪恨。泗水发生了流血事件，处于骚乱之中。这一切都只发生在华人社会内部，警察也无从插手，双方领导人均为非法进入东印度。

骚乱的最初起因只在于：赞成剪辫子或继续留辫子。一伙华人青年拦住另一伙华人青年，要剪掉他们的辫子。有时被围攻的人辫子上一根头发也没剪掉，而围攻他们的人却被打得鼻青脸肿。拳头说了算（Silat telah bicara）。

他们中有没有人被警察抓走？老医生不知道。

第六章

范·斯塔弗伦博士（Dr. van Staveren）宣布，德国动物学家弗里茨·肖丁（Fritz Schaudinn）的研究进一步加深了对梅毒病菌的认识，这项研究由德国波恩的梅毒学专家埃里克·霍夫曼博士（Dr. Eric Hoffmann）协助进行。从此，可以把梅毒螺旋体和梅毒菌准确地同淋球菌区别开来了。通常，梅毒病患者也患有淋病，长期以来，人们一直无法区分这两种病。

这种可恶的病菌已经有相当长的历史了。哥伦布从他刚发现的美洲新大陆返回不久，梅毒菌便逐渐繁殖，袭扰一个又一个欧洲国家，最后在欧洲大陆成为一种"瘟疫"。最初，它在西班牙和意大利四处传播，因此人们猜测：梅毒菌是由哥伦布的船员从美洲带来的。接着蔓延到了法国、德国，几年后又侵袭荷兰、希腊、英格兰、苏格兰，以至俄国和匈牙利。

后来：迪万被从囚笼里放了出来，成为研究梅毒螺旋体和淋病的对象。

一天午后，在房前闲坐时，我对梅讲起弗里茨·肖丁和埃里克·霍夫曼，还谈到迪万的近况。

她不再像从前那样惊恐（gemang）了。她长时间凝视我，像在等我讲出更有趣的故事。可我没有其他故事了。

"这么说，你还没有听到消息？"

"什么消息？"

"今天中午，我在学生家读到一份华人报纸……"

战争已在北方爆发。俄国派出大批军队，运送士兵的火车络绎不绝，穿过西伯利亚林和雪原，驶向满洲里。欧洲以外的世界被分割成为欧洲列强的殖民地，甚至大洋中的小小孤岛也被瓜分完毕。俄国感觉落下了。

俄国人深信不疑，完全可以通过武力将日本人迅速赶走。于是他们把一车车勋章运到前线，准备把它们佩戴在即将胜利的英雄们胸前。黄皮肤亚洲军队算得了什么？一次扫荡就屈膝投降。庞大的俄国舰队驶出北方港口，巡游了地球大半周。它们被拒绝供应燃料，四处奔波，穿过马六甲海峡，驶往海参崴，为了切断日本的海上后勤供应。

日本也不甘心自己没有殖民地可以压榨，它认为一个国家如果不参与奴役其他民族、不参与掠夺其他国家，就会显得"不够体面"。

巴达维亚的日本店铺、理发馆、酒吧、妓院、杂货店，都挑起了太阳旗[①]。日本之名口耳相传。

"我没看到这个消息。"我说。

"我读到的消息不可能是谣传。"

我不太相信，学校阅览室的荷兰文报纸没有这条消息。

一星期后，荷兰语报纸透露了一点梅讲的内容，马来文各报也紧跟着报道，消息像流水一样迅速渗透各个角落。人们都想知道，这场婴儿和巨人之争的胜负结果。受爪哇皮影戏故事熏陶的人更喜欢夸耀

---

① 日语 Hinomaru，即太阳旗（Bendera Matari Terbit），日本国旗。——原注

日本人,他们的祖宗教导说:没有试炼,长不成英雄;不经考验,显不出豪杰。

我也受到刺激。在学校,人们没完没了地议论报上的消息,交流思想。终年积雪的富士山在我们心目中傲然屹立。

那天下午,我觉得自己已掌握了相当丰富的材料,便对梅讲起在对马水域发生的海战。那些老水手和老将军们向天皇发誓:如不凯旋,便血洒沙场……

她很喜欢听我讲故事,她那双细眼瞪得大大的,目不转睛,显得格外迷人。可这一次她却毫无反应。

"有什么值得赞叹的?"她冷冷地说,"俄国胜也好,日本胜也好,都不是人道主义的胜利。如果俄国战败了,那也不是人道主义的失败。双方都是争抢牺牲品的饿狼。"

她简要地讲述了瓦特发明蒸汽机,开辟了英国工业革命的新纪元,随之产生英帝国主义、原始资本积累、劳动和资本分离导致有色人种后来变成了英国资本的牛马。

"明克,我认为你讲的梅毒螺旋体——这个术语我没说错吧?——如淋病,并不是偶然的巧合。这就是英国帝国主义和日帝国主义。它们二者想把这个世界变成迪万那样的病体。怎么了?为什么你的脸色变了?"

"听我说,梅,或许我能明白你的意思。不过还有一个事实,你没有注意到:你怎么能不钦佩这样一个亚洲民族呢?一个区区小国,竟敢同人口众多、幅员广阔的强大欧洲民族相抗争?"

"日本国并不比英国小多少。人只能吃比自己嘴小的东西,但病菌却恰恰相反,英国和日本也跟病菌一样。"她的声音听起来缓慢有力,燃烧着火焰一般的仇恨,"你一定还记得扎巴拉姑娘讲的'生活体制'吧?那些病菌能把人连骨头带肉全部吞噬掉!你比我更清楚,不是么?"她的话变得尖刻起来,"三百年来,被欧洲列强征服的国家不是远远比列强本身大很多吗?小国不一定总失败,而庞然大物却常输给对方,对不对?小病菌也能令大象丧命!"

我后悔刚才兴致勃勃地讲这条新闻给她听。她的出发点和看问题的方法与我截然不同。

"对不起,咱们在这方面还没相互适应。你看,你说的那两种病菌其实并不具有民族界限。它们二者只知吃人。不吃人,就无法活下去。不必夸耀日本。没有牺牲品,它们本身也会死亡。不需要夸赞日本。你也知道,尽管清朝王公贵族和我们属于同一个民族,我们还是起来反抗它。因为它不仅与别的'病菌'相勾结,而它自己就是另一种类型的坏'病菌'。请原谅我的直率。我这样说你能理解吗?"

日本对俄国的胜利引起了洪山梅的不安,也曾使我的那位已故朋友忧虑不已。可能这是有道理的。假如日本能够战胜俄国并侵吞中国东北,那么中国将首当其冲成为它的牺牲品。

"不只是我们整个国家将来会被日本吞并,而且所有亚洲的弱国都会遭此厄运,甚至已叼在欧洲列强嘴里的肉也会被日本夺走。"

谈话还没有结束便来了一位同学。他匆忙带我出去,来到马路边。

一辆豪华马车等在那里。一位身着便服的欧洲人递过一封信,又是总督秘书处送来的。我匆匆看了一遍,然后,这位欧洲人请我上车。

几分钟之后,暮色渐沉,我已经身处总督大人的花园,跟范·赫乌茨总督面对面坐着。

"啊,明克先生,"他先开口说,"见到你很高兴。你学得怎么样?你如何安排时间?你的夫人也能分享一点你的宝贵光阴么?最近,你写的东西那么多。啊,你自己看看,我也是你的读者之一,或许可以说……是你的仰慕者。"

"阁下您……"

在这次非正式会面中，我没料到他向我提出了两个问题：作为一个土著民知识分子，对日本的胜利——假如日本将会取胜——抱有何种看法？土著民知识分子对这个先进的时代有何愿望，将为这个先进的时代做出何种努力？

这两个问题令我无语，仿佛一个在家忘背功课的孩童，偏偏被老师在全班面前提问。

范·赫乌茨理解我的尴尬处境。他说：

"不必现在回答。如果你愿意，就把回答写成一篇漂亮的文章吧。你在任何报纸上发表，我都会看得到。可别不写呀，这个月就写。当然，这会影响一点你的学业，但你很善于分配时间，是不是？况且，一般来说，作家目光敏锐，能看到普通人所看不到的许多方面。"

会面没超过一刻钟。结束后，他赠给我几本穆尔塔图里的书，那些书早就放在他旁边了。

我没回宿舍，直接回到了科威唐。显然，梅不在家——咄咄怪事。巴德仑大妈反复解释，这是我的妻子第一次夜里外出，而且是向她请求之后才出去的，将在午夜时分或稍晚一些返回。她把前门的钥匙带走了。

"起初，我没准许她。"巴德仑大妈请求我的原谅，说道，"可是她说，'我丈夫一定会理解，也会允许我这样做'，我这才同意她出去了。如果我做错了，请原谅我，少爷。"

巴德仑大妈不知梅去哪里了，我就更不知道。我走进屋，躺在床上翻来覆去，焦躁不安。霎时间，我妒火中烧。我们长期以来的安稳小日子如今危险了，有了这一次，永远会如此。

如果心生妒忌，就不会有什么明智之言，也没有正确的托词能够治愈它。

"我想，她不会有什么事，那么好的孩子。"

巴德仑大妈自己也跟着不安起来了。

妒忌伸出利爪，愈加狠毒地抓着我的心。今晚，我正需要她帮我回答范·赫乌茨的问题呢。好吧，计划全部落空。就这么定了，我不回学校去了。总督的问题如烟云般骤然消散，我对妻子行为的猜疑将其取而代之。

我关上灯，放下了蚊帐。在辗转反侧之中，我竭力安慰自己：梅决不会干坏事，她是一个头脑冷静的女性。然而，妒忌确实拥有自身的规律。它就好比谷糠中燃烧的暗火，表面看不出，内心却十分恼火。尽管如此，久而久之，我还是无意中睡着了。

凌晨三点钟，我醒了，听见梅在嘟囔什么，不知她说的是哪种语言。大概是自言自语谁放下了蚊帐。她想要摸黑上床，发现有人躺在床上，吓了她一跳。

"梅！"我责备道，"你去哪儿了？"

她吓得没敢上床。

"我知道你会生气。对不起。"她点亮了灯。

"你去哪儿了？"我下了床。

"息怒。吵架没用。"

我抓住她的双肩，摇晃着。

"回答我，到哪儿去了？"

她平静地望着我，好像什么都没有发生过。

"我明白，你并不想知道我这次去过哪里，往后也一样。你很清楚我做了什么，以后会继续做什么。"

此时，我才意识到，我面对的是我已故朋友的未婚妻——一个已不再属于她本人的姑娘，一位已经把个人青春奉献给集体憧憬（angan-angan kelompok）的年青女性。她那柔弱哀戚的面容，看上去如同磐石，被焦虑打磨着，因为世界舆论将同情日本在地球的北边同俄国对抗。她担忧着一件抽象却在她头脑中十分具体的愿景——祖国和民族的命运。

我缄默不语，不声不响地又爬上床。她熄了灯，也跟着上了床。大概从下午到现在，她一直没吃什么东西。

突然，她抱住我，说道：

"我的丈夫，原谅我吧。我不会做其他事。我流着中国人的血，还有谁为那个国家出力呢？你不也是这样为自己的国家和民族奔忙么？"

啊，这话语，这腔调！我心中燃烧的妒火顿时熄灭了。暂时？永远？

"你还没吃饭吧，梅。"

"我累了，困了！"她睡着了，搂着我直到天明。

我却始终不能合眼，思绪万千，飘忽不定。啊，我的妻子，多么令人敬佩的女性！她已经和我骨肉相连、休戚相关。从今天起，是啊，我知道从今天起，她将更忠于另一个事业，另一个在遥远北方的目标——她日夜思念的祖国和同胞。而我却无法与之相随。人心多么变化莫测！她仍然抱着我，我不忍心把她的手臂拿开。她累了，她那单薄的身体，也许还有她的心，整个身心，或者一半，已不再属于我了。梅，你呀你，梅！

从那天早晨开始，我意识到，我们的美满姻缘已进入了终章，她将逐渐离我远去，直至无法再次邂逅，永远分离。她和本民族青年一代争取斗争胜利，她会消失于这种精神感召之中。

下床以前，我吻了她一下。她还在睡。我第一次这样吻她。我感到这是离别之吻。慢慢地，她睁开了眼睛。

"我的丈夫，"她叫我，还处于半梦半醒之间。就在几小时前，她才开始这样叫我。她的声音平和，没什么感情色彩，仍躺在床上。"将近五年——咱们的婚姻生活一直幸福美满。哪个女人做你的妻子不感到幸福呢？我的丈夫，你是个胸怀宽广、体贴入微的人。你从没伤过我的心。明年，你将会成为一名医生。我担心不能一直陪伴你。我必须工作，更努力地工作。"

她这话音分明是告别致辞。永别之语。

"我懂了，梅。洗澡去吧。"

"你先洗吧，你还得学习呢。"

于是，我先去洗澡。从浴室出来时，梅为我端出早点：炸香蕉和咖啡，然后她去洗澡了。

她刚一坐到我的身旁，我立即说：

"下午，我想和你谈谈关于日本获胜的可能性。"

"很对不起，我没必要谈它的胜利了，我们必须立即工作。我们面对着日本这个'病菌'。如果下午你找不到我，别发火，我永远忠于你，我的丈夫。不要从坏处胡思乱想，那样会玷污咱们夫妻俩的思想。"

我听到她这样说，感觉仿佛我们下午不会再见面，永远也见不到了。从昨晚到今晨，最近几个小时之间，这种感觉多次向我袭来。我变得如此多愁善感。

我默默凝望她，她在梳妆打扮。她站在我面前，恍若来自其他世界的生灵，刚与我相识。她脸色憔悴，嘴唇苍白，就像我在巴达维亚老城区第一次见到她时的样子。昨夜过度劳累已影响到了她的健康，但她并没有意识到。

我迈着迟疑惶惑的步子，走了几百米，向学校走去……

关于总督秘书处来信的消息在学校里又引起一次新的轰动，校长先生召见了我。

"听说你谒见了总督大人，女王陛下在东印度的全权代表！看来你日渐成为重要的人物了。我们可以打听一下所谈的重要内容吗？说不定跟咱们学校也有关系呢？"

我的回答不仅令校长先生来了精神，他还主动提出帮我准备尽可能多的材料，以便我能尽善尽美作答。他建议召集学生座谈，集思广益。我很同意，但不愿让别人知道我写文章这件事。因此，校长先生准备列出一份调查问卷，让学生书面回答。我又一次表示赞同，并且请假一周，不在学校内住宿。他欣然批准了。

调查问卷立即在油印机上印制好了，分发出去，供学生们第二天回答。

我在办公室写完十份广告文案后，径直回到了科威唐。梅正忙着用中文写东西，桌上大约有五页纸已经写好。我悄悄站在她背后，抚弄着她的头发。

"你？"她头也不抬地问，"已经快写完了。"

我把两只手交叉在她胸口，她还在写，仿佛不存在任何干扰。

"显然你很善于写作。"我说。

"这只是为应急时刻写的材料，不像你的大作呢。"她答道。

完成工作后，她走到房间的角落，没再管我，便开始用油印机印了起来，每张印五十份。

"快一点啊，我想和你谈谈。"

"昨天我已经回答你了：行动起来！我早就督促过你，响应那位爪哇老医生的呼吁。你和你的同伴们还不想建立组织。如今怎样？你什么事也没做。你看这篇文章，五十份！稍后分发到五十处地方，明天就会传开，变成五十乘五。那是从理论上计算，必定会更少，或者相反，更多。接着就会无限制地经过口头传播。公共舆论将会形成了。这也是细菌，但不是有害的原生动物，而是对抗淋球菌和梅毒螺旋体的有益菌种。"

"这种做法早就众所周知了。"

"是的，"她回答道，"的确很简单，小孩子都懂得，也会模仿。但是，如果没有组织，就连一张纸也无法送达既定地址，更何况广为传播呢。"

"通过报纸更容易些，这样做太费工夫了，梅。"

"报纸不属于所有人。老一派办的各种报纸一定会反对。对不起，现在我该走了。"

她把印好的纸装进一直用来放衣服的袋子里，起身走到穿衣镜前，擦粉和梳头。

"我想今晚和你在一起。"我说。

"我尽量争取。"说完，她走了。

"从早晨到中午，她除了写，就是读。"巴德仑大妈告状说，从语气听出她对我表示同情。

"她在赶任务，大妈，是我让她去做的。"

于是，我便开始回答范·赫乌茨先生的问题。来自同学们的答案至多只能当作补充。况且那些材料明天才能集中上来。从这些一心追求高官厚禄的人身上能指望些什么呢？

应范·赫乌茨总督之邀写文章，不像自己想写文章的那样得心应手，每个句子一碰上我无法掌握之处就时常卡壳，因此停停写写、写写停停。与此相反，我最关爱的面孔在脑中纷纷出现。他们的价值观纷至沓来，清白而未受偏见玷污，相互碰撞，相互拥抱，并肩而立或鱼贯而行。

而这篇文章还没有写完。

我正在为琢磨一个句子发愣，梅的两只手从后抱住了我。我抓住她的手，那手感觉冰凉。

"梅，你回来了？"我站起来，抱她，吻她。

怀表放在桌上，表针指向半夜十二点。

"你在外面待得太久了，梅，回来得太晚。保重身体，梅。"

"我给你带来了中餐。"

"让我吃猪肉？"

"不，我说过猪肉吗？近些天来，你多疑又火气大。半夜十二点还不睡觉。来，快吃吧！"

我们吃着饭，谁也不作声。我们不时地互相注视对方，她揣摩我想法，我猜度她心思。

"你不嫉妒吧？"她单刀直入地问我，继续说，"嫉妒，我从来没法想象，成为我丈夫的人会因为我而嫉妒。"

饭吃完了，梅还是说个不停：

"我从小就受品德教育，知道应该品行端正，坐得正，立得正，在幼小的心灵里刻下的座右铭是：端正乃处世之道，待人为人之本。"

我不喜欢今晚的谈话方式。她一心只想为自己的行为辩护。

第二天，我带着一沓同学们写好的答案，到拍卖行小报办公室去工作。有二十三篇文案需要我立即审阅，我指的是广告文案。我的老板已把他的业务扩大成广告办公室，也为各大报纸提供广告文案。修改完这二十三份文案，我们一个月的生活费就有了着落。深夜两点，我才刚改完，然后直接回科威唐。

那天晚上，到处一片漆黑。听人说，煤气管道出了故障，路灯坏了。在我前面，相隔几米远的距离，走着两个穿黑色绸裤的人，可能是坏人。我放慢脚步，他们进入我正要穿过的小巷，两人之一朝另一条小巷拐去。很清楚，其中一人在巴德仑大妈家的篱笆门前停了好一会儿。

从走路姿势和体形来判断，此人一定是梅。于是，我快步走上前去。

"你走得太慢了。"她抢先埋怨我说。

"你才回来呀,梅?"

"我在你办公室前等了好久。"

我们走进屋子。我没时间再研究同学们的答案了。我已筋疲力尽。那天晚上,梅又带回了饭菜,我们还是不声不响地吃着。

"我希望,你不要再嫉妒我了。"

这一次,我仍不欣赏她这谈话方式,尽管我明白,她这是有意鼓励我与嫉妒心作斗争。

第二天晚上,我才开始研究同学们的答案。梅不在家,房间里只有我一个人。我一页接一页翻阅着,不出所料,没有一份能够吸引我,更不值得去探讨。我又一页页翻着,有一篇颇有意思——噢,原来是瓦尔迪(Wardi)写的,他的外号叫小牧师(Putut),因为他身材瘦小,喜欢唱歌,装模作样。我没发现威兰写的文章,他只在学校里学习了一年,就离开东印度到印度定居了。帕托特诺约,即外号叫"怕得直哆嗦"的那位同学,写的东西根本不值一读,他对目前和未来都没有见解。瓦尔迪和吉普多(Tjipto)写得饶有兴味,但涉及个人太多,没有普遍意义,结果这些问卷一篇也用不上。

次日夜晚,我从拍卖行小报及广告办公室出来,在我面前又闪过了梅的身影。因此我没回科威唐,有意尾随着她。半路上,她停下来,好像故意让我仔细观察她。她穿一套男人服装,黑绸裤子,黑色宽松上衣,看起来像一位剑士(pendekar),只是太清瘦了些。从前,我听爷爷说过:碰到干瘦的剑士,千万要小心,越瘦武艺越高强!不知爷爷的话是真是假,至少我认为还没有必要防范自己的妻子。我看到她同一个身体更高壮的人碰面后,进入了一家饭馆。

我也走进那家饭馆,并且叫了饭菜。

梅,我的妻子,和一个我素不相识的人坐在角落里,也是个中国人。他们俩有说有笑,挤眉弄眼,不知道他们在谈些什么。我无法遏制内心的妒火,故意把脸藏在柱子背后。此刻我感到揪心般难受,仿佛有只大手,张开五个手指,伸进了我的胸膛,要把我的心揉碎。

从远处看,梅显得更美更苍白,像个稻草娃娃,随时有可能被一只粗大的手捏得粉碎。她旁边的那个男人,魁梧壮实,可能是个力大无比的运动健将。

我点的饭菜端上来了,我一口没吃。我知道,全是猪肉做的。我强忍着恶心。梅和她的伙伴已经吃完饭,那位青年在向饭馆老板付款。梅不愿他为自己花钱,两人大声争起来。我听不懂他们的话。他们讲的那种语言,对我来说,简直和人的命运一样未可知。看到这种场面,我的嫉妒心缓和了一些。她仍是我的妻子,忠贞的妻子。我这样想,也这样祈祷着。不过,我担忧,她对我的忠诚到底能坚持多久?

他们走出饭馆。我急忙付完我的账单。

"我们做的饭菜不可口么,先生?"饭馆老板问。

"挑不出任何毛病!"我答道。

"可您一口没吃呀。"

我匆忙跑出饭馆,只见他们并肩走着,距离不算很近。突然,我看到那人去拉梅的手。梅把那只手推开了。梅,你这样还能坚持多久?你愿意坚持下去吗,梅?是的,我的确是在嫉妒。爱情和嫉妒,本是事物的两面。有人说,如果爱情是正脸,嫉妒就是爱情的后脖颈。另一些人的说法则恰恰相反,认为先有嫉妒,然后才有真正的爱情。我真的爱梅吗?我为什么这样痛苦呢?难道不仅仅是因为我的权利遭到了别人的侵犯吗?

他们登上一辆马车,驶往老城区,在我的视野中消失了。我被抛在路旁,无法继续追踪,因为附近没有空车可租。我信步而行,回到科威唐。写完范·赫乌茨的答卷,我反复读了几遍,然后把文章装入信封,准备明天投寄。

那天早上,我醒来后没有看见梅。显然,自从结婚以来,这是她第一次夜出不归。

巴德仑大妈面带愁容,向我询问梅的去向。我回答,我叫她去城外疗养了。她不信。她表示,不愿意她的家因房客行为不轨而背负污名。我竭力使她相信,梅从来没有过不轨行为。

"从前,她的确不错,很听话,总是待在家里。可最近很少看见她,总好出去游逛。"

我听完她这伤人的话,脸色都变了。她视而不见,毫不理会我的表情,反而加重语气说:

"甚至她的丈夫本人都不知道她去哪儿了!少爷,好好管一管,别弄到没法收拾的地步!"

是啊,我们幸福、和睦、快乐的婚姻真的到此结束了。我在心里警告自己:你必须意识到这一点。这个从前软弱无力的女子,当了几年家庭教师,如今又找到了自己的天地,不知已和多少人来往过,那些人你一个也不认识,甚至连名字都不知道——只是名字而已!说不定她从来没当过什么家庭教师。不要再梦想什么美满婚姻,你被炉火炙烤。你失去了一切,你的希望已成泡影。你还在等什么,明克?

我返回学校宿舍,不再到科威唐去了。

从此,假如梅想要见我,她就到克拉玛特大街的拍卖行小报办公室来找我。她的面容依然洁净,却越发憔悴了,眼珠看上去有些发黄,很可能是睡眠不足的缘故。

她每次来,我都把当天的全部收入交给她。她总是数完钱,把数目记到本子上。然后,她总会把这数目的四分之一交回给我,当作零用开销。

光阴荏苒,月复一月,转眼快到一年了。

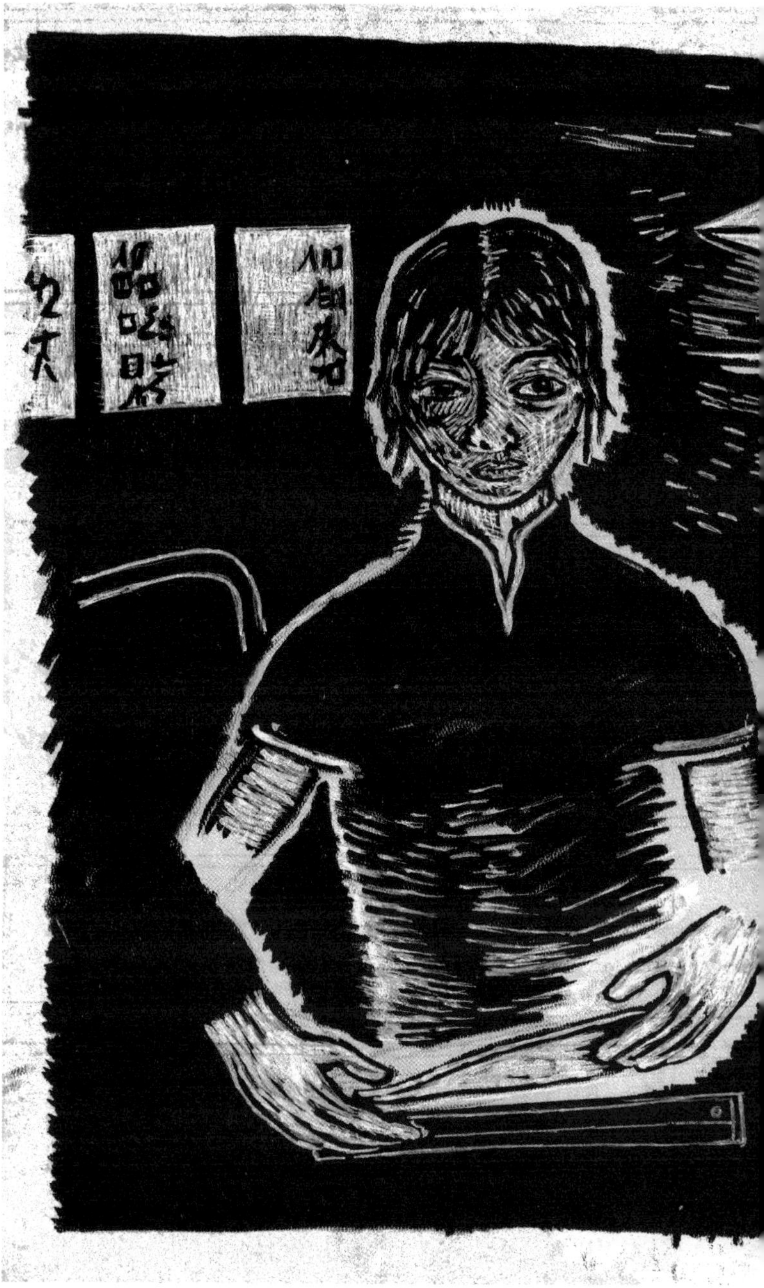

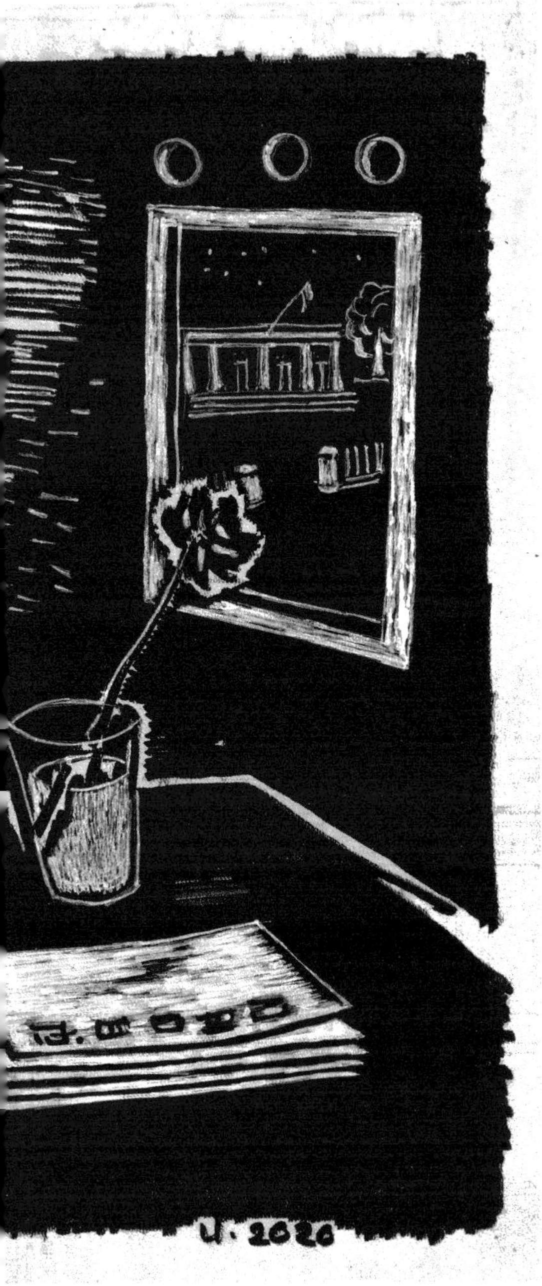

某一天，她问我：

"为什么你不回家？"

"我回家去见谁呀？瞧，你骨瘦如柴了，梅。你的眼球越来越黄，我担心……休息一段时间，梅，不要总出去了，待在家里吧。可这由你自己决定。"

"对不起，再给我三个月的自由。以后，我会一心一意照顾你。最近，我没能好好照顾你，没尽到一个中国女性对丈夫应有的职责。可我相信，你知道我感谢我的丈夫，非常感谢我的丈夫。他从未阻拦过妻子去为自己的国家和民族献出一份力量。"

她又走了，不知去向，我便回到学校宿舍。

我们两人衣带渐宽，身体越来越消瘦。我是多虑的人（pelamun）。每次见到梅，就发现她的眼珠一天比一天更黄，黄疸病症状愈加明显。我敬重她对自己国家和民族的赤胆忠心，可谁晓得有几个男人触摸过她？未经我的允许，更不会让我知道。这种事不可能不发生。我曾经想过停止给她生活费，但这不是一个有知识的人应有的做法。我应该比我的双亲、比我的祖宗更道德些，我应该尽到丈夫对妻子的责任。

"梅，你去看医生吧。"

"我看起来有病？"

"看样子是有病，不要耽误了。这次你就听我的话，按照我说的去做吧。"

这样谈过后，她有一周没露面。我想，她一定累垮了。现在她会需要我了。

我慢慢走到科威唐去。她仰卧在床上，几乎全身的皮肤都变黄了。

"梅！"我边喊边抱住她，"你病了，梅！"

梅哭了。她知道，我已发现她病入膏肓。该死的病菌正侵吞她的肝脏，已出现了浮肿症状。腹腔积水会把她送入坟墓的，这就如同时针所指一样肯定无疑。目前的医学水平和我的能力尚不能治愈她的病。

"我以为你不会再来看我了,我的丈夫。我是个不尽其忠(berbagi kesetiaan)的妻子。"

她悄声地哭泣着。

"不要说了,梅。我一向钦佩你,你能做我做不到的事情。"

"我知道,你来不是为了骂我。"

"不会的,为什么你不给我捎个信?"

"不久之后,你就该当医生了,你的时间很紧。你来是为了给我治病吗?"

"当然,梅。你看过病了吗?"

我给她做了全身检查:眼睛、心脏、血压以及腹水状况。

"不,我不去看医生。我知道,你会治好我的病。你是我的丈夫,我更相信你。"

"当然,梅,我要把你治好的。你的伙伴们呢?为什么没有人来关心你?"

"没人知道我住在哪里,"她回答,"他们也没必要知道。"

她必须住院治疗。梅啊梅,我的中国姑娘,细眼柔肤的你,如今竟变成这样子!

"让我替你流泪吧,"她沙哑地说,"千万不要为我流一滴眼泪,你要成为一名医生,不要因为眼泪就半途而废。"

看得出,巴德仑大妈已经不理睬梅了。知道我在房间里,她也不过来。我出去见她时,她还对我板着面孔,一脸不高兴。我意识到了自己的过错。

"对不起,大妈,这段时间给您添了不少麻烦。"

"是啊,我有什么地方对不住少爷的,到头来这样对待我?"

"万分抱歉,大妈,一切都是我的错。"

"那么现在该怎么办？"

"我知道您已经不喜欢我的妻子了。请相信，大妈，她从来没做过任何不检点的事。"

"少爷自己这段时间也不登我家门啦。"

"我功课太重，工作太忙，大妈。"

"就为这个，你不可能不回来。"

"明天我就送我的妻子去住院。"我把声音压得很低。

我的妻子在屋里叫我。

我回到房间里。梅招手叫我，让我立即到她的跟前：

"没必要送我去医院，我想留在你的身边，千万不要离开我，只有你能治好我的病。"

她信任我胜过任何人。

"你亲自给我治疗吧！我不要让别人治。"

梅向我提出了一个我无力办到的要求。

"我知道你还不是医生，我想亲眼看你成为一名医生。你听见我的话了吗？"

"我给你开药方，梅。放心吧，我是你的好医生。"

她想看我成为一名真正的医生。这大概是她的最后一个愿望。

我开了一个处方，请巴德仑大妈的养子帮忙，到药房去买药。

我看护她。她的身躯软弱无力，看起来显得更美了。

"明天我到医院去护理你，梅，我亲自护理你。"

"只要你能在我身边。"她点点头，回答说，"你一定要成为一名医生，我的丈夫，你要成为一名优秀的医生。"

两个小时了，买药的孩子还没回来。如果处方混不过去，可能我就要倒霉，这是非法处方。最后，那孩子终于回来了，显然后面还跟着一个警察。

"这个处方是您开的吗?"警察问。

"不错,先生。"

"患者是谁?"

"我的妻子。"

"您是医生吗?"

"见习医生。"

"这么说来,还不是医生?"

"明年,现在见习。"我说着,恼怒起来。

"那好,跟我走吧。"警察命令道。

"我妻子正患重病。"我低声说。

"您必须先去说明情况。"

"好,你去吧。"梅说,"不要为我担心。"

我不想当着梅的面被警察抓走,尽管我知道,她会因此失掉或减少对我的信心。我确实还没有权力开处方,我写下处方也并非由于无知。我只想使我的妻子产生信心,该发生什么就让它发生吧。她将会知道,我已为她竭尽全力。就让这张处方改变我们死气沉沉的生活气氛吧。

我被关在拘留室里,审查在当夜便开始了,时间不长。知道我的确是一名见习医生,他们给了我一个更好的铺位,对我也客气起来。

翌日清晨,校长先生前来接我,把我带到学校办公室。他要求我把事情从头至尾给他讲一遍,包括我为什么要亲自护理我的妻子。

校长说:"你违反校规的次数最多,想必你已经知道!"

"我早就知道,校长先生。"

"现在你打算如何花钱治好你妻子的病?"

"校长先生,您也一定清楚,我妻子活下去的希望渺茫,除非真主另有其他意愿。校长先生,您也一定知道,我是她的丈夫,必须尽到自己的责任。"

"你怎么能筹到医疗费?"

"我自有办法。"

"你给自己的学业带来了危险,此外,你已经开了假处方。"

"我那处方一点都不假,我知道她该用什么药。我的确违反了规定,但并没造假。"

"好吧,你好好照看你的妻子吧!你可以随意不来上课。"

我的妻子已经在医院住了两个月,抽腹内积水引起了炎症,使她的病情更加恶化。每天上午和下午,我来医院探望时,都发现她明显地更加衰弱,说话越来越慢,声音也越来越低。

最后,她又添了一种新病——尿毒症。

"我的丈夫,你对我说,你真心要成为一名医生。"每当我们见面,她都说这句话,"原谅我,给你添了这么多麻烦。我的丈夫,答应我,你一定要为你们苦难深重的民族当一名好医生。医治他们的身体,健全他们的灵魂,为他们构建生活体制,把他们从沉睡中唤醒。"

她开始不能进食蛋白了,只能吸收葡萄糖。

"安静一下,梅,你会好起来,总有一天会恢复健康。"

与此同时,我落下太多功课,赶不上,尤其是实践课。现在,我每夜整晚都守在她身旁。

凌晨三点钟,当时我坐在她面前的椅子上,她嗫嚅着双唇,声音十分微弱。我握住她那瘦得皮包骨头的手,她与世长辞,没有留下任何遗言。

我返回了学校,宛如平常。我知道,我将不会升级。我的心已经破碎,行动犹如机器——这大概就是人们说的忍耐(sabar)、听天由命（tawakal），或者还有一堆其他说法。至少所发生的一切都是由于责任，作为一个人、作为一位丈夫、作为见习医生、作为知识分子的责任。我感觉头脑健全的人不会再责怪我，没毕业就结婚？谁还想冒失地评判人们之间的关系呢？梅遇见了我，我也遇见了她，天各一方，半生相逢，这完全不能由我，也不能由她来决定。

同学们见到我，经常问起我妻子的身体情况。无需我回答，一看到我深陷的眼睛和面颊，他们就会明白一切。他们还诚心地表示哀悼。人们接连来访，向我伸出手表示慰问。我握过一只又一只手，这些手都像我的心一样冷冷的。

我双目无神，一切东西都显得黯淡无光，窗、门、床，挂在衣架上的旧衣服都一样。

梅患病住院期间，我常在她的头发上擦依兰香和茉莉花混合头油。如今，每一次呼吸，我总感觉花香犹在。她缠绵病榻的无力身躯，时刻在我心中浮现。她气若游丝的微弱声音，不断在我耳边萦绕：答应我，你一定要做一名真正的好医生！

啊，梅，甚至我连你的真名实姓都不知道，你就离我而去了，你说我从未伤害过你的心，更没伤害过你的身体。梅，我工作，我学习，没毕业就开处方，一切都是为了你。你已经先走了，我从没有对不起你，梅！

耽误了功课并非你的错，也不是我的错，只是时运不济而已。

风云莫测，我心中毫无准备，想不到的事又发生了。

校长先生把我叫了去，他坐在桌子后面。桌上的墨水瓶和尺子压着几张纸。

"明克先生，"他开口道，"我以个人名义，并代表全体工作人员、教师和学生，对你夫人的不幸去世表示哀悼。"

"谢谢您，校长先生。"

"然而,还有一个不可回避的麻烦。我本人很了解你的学业成绩以及你的表现,你是一位有特殊才能的人。我已经努力向校委会作过解释,总督大人对你十分赏识。"

冗长的开场白是灾难前奏。

"校委会认为,你两次严重违反校规,无法确保你能够成为一名可信赖的政府医生,你被开除学籍了。在学年结束的放假前,你必须离开学校及宿舍。"

我当不成医生了,梅!我心里喊叫着,宽恕我吧,梅!我的诺言已无法兑现。

"为什么你不说话?你感到悔恨么?"

"我妻子去世前曾多次嘱咐我,要我努力学习,争取毕业,成为一名医生。"

"遗憾,你已失去了这样的机会。"

"没法子,校长先生。"

"等一等,明克先生,这是你的《开除通知书》。"

我接过通知书,塞进衣兜里,看都没看一眼。

"还有一张单子,需要你签字。"

我看了这张单子。我需要偿还学费和住宿费"4(年)×11(月)×40盾"及其他费用,总计两千九百七十盾——足够买下两栋家具齐全的豪华大厦!单子下方写着:准备以现金偿付,将分……月全部还清。

"如果你去拜见总督大人,结果必定会有所改变。试一下吧,明克先生。"

"我将还清所有债款,校长先生。"

"你打算向父亲求援?"

"不。"

"求前副州长帮忙……"

"不。"

"去找总督大人?"

"不。"

"你自己偿还?不可能。你当医生的工资也不过十几盾。如果分期付款,至少也要十年。"

我在账单上签字,保证从签字之日起三个月内还清全部债款。

校长先生为之瞠目,他难以置信地惊呼:

"一个月还一千盾!这怎么可能?即使你的老师也办不到。明克先生,你可要记住,不要制造麻烦了。这是有法律后果的。"

"随便好了,校长先生。请允许我告辞。"

"明克先生,你当真还得起吗?"

我站起身,向门口走去。他匆匆追上来,抓住我的双肩,两只褐色的眼睛盯着我。然后,他低下头,一句话也没说。

我回到宿舍,默默地收拾东西。正是上课时段,宿舍空无一人。一位工友帮忙把我的东西运到马车上。

"您不是唯一经历过这些的人。"工友安慰我说。

马车驶向科威唐。我进入梅的房间,房里依然如故,我的心变得异常沉重。梅的形象又浮现在我眼前,她的人品、她的笑靥、她的牙齿、她的声音……梅,梅呀梅!我不由得回忆起在老城区一个竹屋里初次与她见面的情景:一位外国姑娘,在她的同胞之中感到疏离。那时,她正患病,我帮她搬到了这个房间……

忽然间,我的胸口一阵憋闷,独自忍不住啜泣起来。梅,没有你,我的生活多么孤寂!

"算了吧,少爷,"巴德仑大妈安慰道,"不要想太多了!"

这句安慰话反倒使我更加痛心。我不想她,还有谁会去想她呢?

梅,一辈子无依无靠,甚至连自己的父母和兄弟姐妹也不认识。

"别去多想了,别把自己身体搞坏了,少爷。"她又说,"听从造物主安排吧,人类只能服从他的安排。"

逢人亡故时,这句老生常谈的惯用语,如今拥有了含义,使我更加肝肠寸断。梅,你短暂的一生所为何来?你矢志不移地为你那抽象的民族和国家而工作,你的民族和国家并不了解你!你在病中,与我相遇;你在病中,又与我永别。我们结婚已经将近五年,梅,你的确是一个值得爱的女人。你是宝石,曾令我的生命焕发异彩,也让我备受嫉妒折磨。这一切都随着死神的到来而消逝,只留下我心中一片烦乱(kebalauan)。

在服丧期第二周,母亲出乎意料地赶来了。她径直跨入我的房间,把我抱住:

"你的命太苦了,孩子!这些年你干了什么?两次结婚,两次丧妻!"

我俯身跪拜,吻着母亲的脚。

"你做什么错事了,孩子,怎会到了这般田地?孩子也没留下。病了不通知我,结婚不通知我,死了人也不报丧,咱们之间越来越疏远。你父亲到巴达维亚来,你也不把他放在眼里。"

她把我拉起来,让我坐在床边:

"你也不愿意回家了。"

"我们不必再谈了,母亲。"

母亲凝视着我,眼里噙满了泪水。

"我祈求真主保佑你平安、幸福、成功,还有什么我没做到的?你何以至此?"

"母亲,咱们不要再说了,孩儿能够承受所有这一切。"

她久久沉默着,两眼依然在注视着我。

"你脸色比从前更苍白了，"她又开口道，"我不愿让你这样受苦，孩子。难道你自己不知道？看到你痛苦，我比你更难受！比当年生你的时候还要疼痛难熬！"

为了不让母亲唠叨下去，我把她领出了我的房间，她在巴德仑大妈面前会节制自己的。于是，我们坐在饭桌旁，桌面没有台布，也没放别的东西。

母亲向巴德仑大妈询问我们婚后生活的情况。她们两人言语不通，一个说南，一个道北，谈得很热闹。我从母亲的眼神中看出，母亲为我的命运感到不安，为我的不幸感到难过。看我迟迟不肯翻译，这两位妇女不说话了。

我又回到我的房间，母亲在后面紧跟而来。

"母亲，请您不要为我难过。"后来，我说道，"我和您的儿媳生活得很幸福。这是真话，母亲。她和我生活在一起，开心地来，又满意地离开。我不后悔，我从来没伤害过她的心，也没伤害过她的身体。我一直照护着她，直到最后一秒钟。"

"可你瘦成了这副模样，孩子！"

"别说这些了，母亲，不必再提我的身体太瘦。我刚刚摆脱痛苦，正在和过去告别。"

大清早我离开了家。昨夜我已决定出去寻找弄钱的门路，偿还那将近三千盾的债款。为此，我还需要十几盾作资本。拍卖行小报办公室的老板，如今也是广告公司的老板，得知我被学校开除了，便要求我做办公室的固定工作人员。我不得不拒绝他，但他提出先给我二十盾预付金，我立即接受了。看来办公室的大家都对我非常好，都对我夫人的不幸离世表示哀悼，他们主动要求帮助我。梅，这里的所有人对我都这样好，这也因为你的缘故。我在心里发誓，许下诺言，我将以我的行动报答每一个好人。

我从邮局向泗水、沃诺佐罗发去了电报,告知我在学校遇到的麻烦、被开除学籍以及经济困难。关于我结婚和梅的去世,我没有提及。

母亲还是没完没了地催我回家,我千方百计地拒绝了她。我绝不离开巴达维亚,我要重建已然崩塌的一切,我甚至没有做出回家的承诺。母亲催我再次结婚,我没有听她的话。我知道,我的冷漠态度使母亲很伤心。为了终止母亲各种催促和提议,我不得不说:

"再给我五年时间吧,母亲。"

"再过五年!五年里会发生很多事呀,孩子。说不定老娘我早就被万能的主召回去了。"

"我为母亲日夜祈祷,愿母亲长命百岁。"

母亲住到巴德仑大妈家的第八天,我收到从泗水寄来的三千五百盾银行汇款单。我在银行办完手续,直接去地区财政局交付债款,然后去见校长先生。我将偿清债款的单据展示给他。

他目瞪口呆,惊诧不已,然后露出了懊悔的神情,似乎觉得不该对我做出那种处罚决定。他慢腾腾地说:

"那么大的罚金数字,处罚真是太重了,而你却丝毫没有表示抗议。如果我做些努力,争取减少你的债款,你是否同意?"

我没有回答。

"离校以后,你打算做什么呢?"

"只想做自由人,校长先生。我将把开除视为恩赐。"我从他手里接过还债保证书,撕成碎片,扔进了垃圾篓。

从前的同学们纷纷聚拢到院子里,我故意表现出明朗的表情和欢欣的神态。他们都为我辍学而惋惜:只剩一年就能毕业了!

"同学们,对于我来说,做一个自由人,要比当一名政府的医生更合适,先生们,咱们将来在更广阔的社会里相逢。"

母亲怀着失望的心情回 B 县去了,她不知晓我今后的计划。她知道我不会满足她的要求。当医生失败了，但千百条大路展开在我面前。那笔超额赔偿将激励我去加倍努力地奋斗。争取你要得到的一切吧！

我特意在学校附近的吉打邦（Ketapang）村租了一幢房子，许多土著民知识分子在这里寄居。我趁大拍卖时买了一套豪华家私，用来布置和装饰我的住处。我还要有意显示一下，我不但不为自己的辍学而惋惜，甚至为不当政府医生而深感骄傲。

那幅珍藏在酒红色天鹅绒布套里的画像我已经取出，如今堂堂正正地悬挂在客厅里。她宛如一位正在向满朝文武发号施令的女王，甚至比威廉明娜女王更威严、更神气。我又把洪山梅的画像挂在卧室。这幅像画得不太好，也许算拙劣作品，出自一位民间画匠之手。它是我先前住科威唐时的一个邻居所画，他曾见过我妻子几面。他画那幅像用了一周时间，每天我都陪他几个小时。颜色用得不太协调，但他尽了最大努力，轮廓实属逼真。

这几周里，我要尽情享受一番美好的自由生活：无职责，无拘束，不为销售业绩劳神。卡尔森先生曾带着工作稿件三次来访，我三次向他宣布，我要长期休息。每一次他来时，总会对那幅从泗水带来的画像《世纪末之花》（*Bunga Akhir Abad*）赞叹不已。

第四次来访时，他问：

"我可以借这幅画像么，明克先生？大约一周左右。"

"很遗憾，不可以。"

"租用，也许可以？"

"也不行，先生。"

"如果我请一位画家到这里来临摹，您看如何？"

"很遗憾，不行。"

"如果复制一下，您要价是多少？"

"这幅画像只属于我个人所有，请原谅。"

"太遗憾了，这幅画像挂在剧院（Gedung Komisi）里做剧场广告多好啊！为什么您不同意呢？这不就是一张画吗？"

"它的历史是用金钱买不来的，先生。"

"好吧，您对工作是如何考虑的？"

这使我想起了我已接受过的预付金。

"我打算把预付金还给您。"

"我不是这个意思，你离开这么久，这让我们的生意大受损失。您拒绝当固定职员，可我们公司的名声已经相当不错了。现在从英国来了一个马戏团，令我们的工作量将会大为增加。最近，我已经考虑成熟——是这样的，明克先生——现在我有个建议，假如您愿意，您可以在公司里当第二把手，不必出分文股金。您是一定会同意的。"

我不必多加思索，便表示欣然同意，并当即起草合同，办好了签约手续。我的工资是每月七十五盾，不包括完成每份广告文案所应得的报酬。

他刚一离去，我便觉得这份待遇比有十年工龄的政府医生更优越。我凝望着墙上的画像，随后躺在床上。

洪山梅的画像总是吸引着我的目光。每当我端详她，总被她带回刚刚逝去的往昔岁月。她对我的期望犹在耳边回响：当一名医生！我摇摇头。不行啦，梅，你的期望已落空了。

在土著知识分子看来，医生确实属于最有本事的职业。倘若不是头脑聪明，意志坚定，是不可能如愿以偿的。只有出类拔萃的人才能完成医校的学业。可是，梅，医生并不是唯一光荣和体面的职业。广告人即使不荣耀，也并非卑微的工作。梅似乎会反驳我。梅，的确不算荣耀，但收入可观，起码比服务十年的政府医生待遇高。工作舒服、干净，不受制于政府。自由自在，梅，这比什么都重要。

我凝望着她的画像。如今，她那双美丽的凤眼永远都不会再眨动了。即便如此，我心里依然能感觉到那双眼的光彩，她第一次叫我去成立组织，就是用这副眼神启发我的。

难道你就眼睁睁地看着你的同胞们卑躬屈膝，生活在愚昧之中吗？如果不从你开始，还有谁去开启这项事业呢？

我重新回忆起她的立场、她的事业和她的献身精神。她从来不讲她所取得的成绩。她只谈及新青会的饱满热情，谈他们的目标和各种利弊权衡。他们反对英帝国主义这类病菌，反对日本帝国主义的恣意横行，也反对另一类病菌——慈禧太后。我还想起了那位退休爪哇医生的呼吁，扎巴拉姑娘的生活体制论……那位老先生正在知识界心中的荒漠上奔走呼号，你不可置若罔闻！他已花光自己三十年的积蓄。但愿你的心灵不是荒芜的沙漠，不是撒哈拉，不是戈壁滩，也不是卡拉库姆沙漠。

我在卡尔森先生的公司里坐上了第二把交椅，是否就可以这样悠哉游哉地混日子了呢？不能！为拍卖行小报工作也能了解许多趣闻逸事：资本家与官场相互勾结，串通一气。一切均以损害弱者和弱势群体的利益为代价。我真没想到，拍卖东西也成了暗中行贿的一种手段！政府官员调往外地，在搬走之前通常要寄卖所有的家庭用具。欧洲企业家、华人企业家以及大种植园主们便要首先估量一下这位官员在商业和种植园事务中所处地位的重要性。他的地位越重要，那么他寄卖的东西越值钱。东苏门答腊州的州长在这类所谓拍卖中竟然能入袋四万三千多盾！一个墨水瓶卖了五百盾，一个装饰书房的地球仪卖了六百五十盾，一把写字台上的直尺卖了一百二十盾。买主是谁呢？正是与这位官员利害攸关的大企业家。那些拍卖品竞价甚至还能提升至更高，假如他们得知这位官员是一铁腕人物，对土著民从不手软，也许能使他们在今后的活动中有利可图。然而，对于被拆迁而失掉土地的人，对于沦为包身工（kuli kontrak）而丧失自由的人，只剩下了两个选择：狂性大发（mengamuk mata gelap），或世代祈祷（berdoa sampai tujuh turunan）。

往事纷至沓来，一幕一幕在我眼前闪过。有什么事我还没经历过呢？我遇见过的人，无论布衣百姓，还是知识分子，他们都有意无意地把我纳入他们的生活方式之中。一想起那些教导、那些解说、那些理论，还有特·哈尔先生的期望，我不禁羞愧得无地自容。我还想到了人们在愤愤不平地谴责亚齐战争……玛丽·范·塞赫仑高度赞扬亚齐、布吉斯等地土著民争取自由的斗争。那本未署名的小册子里谈到强迫种植制，披露了数万人因之成为牺牲品。亚齐族为抗击荷兰人整整奋战了四分之一世纪——妇女和儿童也参加战斗！穆尔塔图里、鲁达·范·埃辛卡、范·胡弗尔，一个个人物先后出现在我脑海里。糖业大王们贪得无厌，行政官员们残暴野蛮。爪哇农民对于糖厂主的反抗屡屡失败，卡罗（Karo）的巴达克族（Batak）农民为烟草和橡胶而进行的斗争惨遭镇压！一位曾经在东苏门答腊工作的律师范·登·勃兰德（J. van den Brand）先生写了一本小册子，名为《德利的百万富翁》①。他揭露了种植园企业对那里的烟草工人所实施的各种暴行。作者是一位善良的欧洲人和基督教徒，他是出于不忍心看自己同族人对土著民残酷压榨，还是因为激进派的道义政策传播触及了他的良心？为了证实他对地方的严厉指控是否属实，荷兰政府甚至感到有必要派出一名调查官——伦勒弗（J. L. T. Rhemrev）检察官，去当地展开调查。伦勒弗的调查结果表明：东苏门答腊的种植园里的工人状况甚至比范·登·勃兰德报告的情况更为严重。大概正是由于这个原因，伦

---

① 荷兰语 *De Millioemen uit Deli*，印尼语 *Jutaan dari Deli*，这本小册子1902年写于阿姆斯特丹，两年以后才得以传播。——原注

勒弗的调查结果至今尚未公布。[①] 殖民大臣克莱墨尔（J.T. Cremer）过去曾在德利商行担任行政长官，他只好说：他在东苏门答腊工作期间，从来没有发生过范·登·勃兰德报告里的事件。他说，也许炎热的热带气候影响到了那里白种人的道德。

轻而易举，克莱墨尔大臣找到了理由，似乎他离开那个岛以后，苏门答腊的气候就已经发生了变化。为了种植烟草，土著高级官员们把土地廉价卖给经营种植园的资本家，破坏了苏门答腊世代相传的习惯法（adat）和东苏门答腊祖传地产制。三十多年来，东苏门答腊已有几千公顷世袭土地被贪婪的苏丹们廉价出卖给烟草种植园资本家，变成了租界（tanah konsesi）。现在又以同样的方式向橡胶种植园资本家出售土地了。

《苏门答腊邮报》（*Sumatra Post*）登出了令人毛骨悚然的消息：贪婪的欧洲种植园主们在东苏门答腊没完没了地寻找肥沃的土地……

地方长官们对同族人实行了镇压……

我起身跳下床，走近洪山梅的画像，仿佛这是我的神像（berhala）。

特·哈尔最近的来信写道：是的，范·赫乌茨的动向值得注意，他是殖民地的大人物。但不要忘记：他并不是赢得国际战争的将军，他是对土著民的获胜者，亚齐也并未在他脚下屈服，其反抗凭借着日本胜利之风，甚至会愈发凶猛。

"梅，我要重新研究这一切！"

[①] 这份遭到殖民者刻意隐瞒的调查报告至1980年代才公诸于众，现由莱顿大学图书馆数字化，阅读和下载地址为 http://hdl.handle.net/1887.1/item:941257 。

第七章

我重新研读了这段时间以来的日记。我还翻出了信件,其中一部分未能领会,我把它们单独归置)。我把工作间里堆放的旧报纸也找出来,开始反复翻阅在各专栏里做过的红色眉批。

渐渐地,关于昔日往事,我开始寻回了较为清晰的概貌。

最吸引人的依旧是特·哈尔的全部来信。我将按自己的想法,把他信中的内容整理如下:

明克先生:

我已抵达三宝垄。范·柯勒威恩工程师先生不允许我随他前往扎巴拉,至今尚未得知他在那里谈了些什么,他一回到三宝垄,就守口如瓶。

如若以为他和扎巴拉姑娘的会见毫无意义,那是不对的。作为一位下议院议员,他的任何举动,即便只是和一个家庭用人随意闲聊,也都会与工作相关。

看来这位姑娘成了各派争夺的对象,因此,他的光临只不过是众多派别的多次来访之一。或许你还记得,这位姑娘第一次面临逼婚（kawin paksa）的情景吧？或者，可能你尚未得知此事，但这在新闻界早已不再是什么秘密。当她遭受巨大感情危机时——这后来导致她身患重病，人们就已经猜测：她将与家庭一刀两断，并将悔改，当一名新教教徒。阿德里亚尼（N. Andriani）博士拜访过她，那位在莫佐瓦尔诺（Mojowarno）创办教会医院的勃尔佛茨（Bervoets）博士也访问了她。他们的到访都代表着来自一定派别力量的关系。

很遗憾，事情的真相至今未公布，只好请你自己密切关注了。

说到你本人，不知你是否已与"巴达维亚自由派小组"（Grup Liberal Betawi）取得了密切联系？你参加的讨论一定很有趣吧。的确可惜，在东印度至今还没有自由派的报纸。《火车头报》（De Locomotief）也显得过于谨慎自律，唯恐与糖业辛迪加[1]或农业辛迪加[2]发生纠葛。我们应该学会绕过政府和大企业这类海礁，还必须学会避开一切藏在海面下的暗礁，它们来自我们自己的各种欲望。

尽管如此，我们的报纸仍然在整个东印度首屈一指，订户最多，而且被认为消息来源可信。

明克先生，你不想到三宝垄去看一看吗？我可以带你去参观一个印欧混血儿的组织，名叫"红日协会"（Soerja Soemirat），这是东印度最大规模也最成功的社会团体。你会从红日协会的经验中吸取很多有益的东西。这个协会已经拥有工作坊、技校、孤儿院，还有几个手工业工厂。你一定会钦佩这些穷苦的印欧混血儿，他们相互帮助、齐心协力，通过生产劳动和商业活动共同自救。

---

[1] Suiker Syndicaat，糖厂企业家商业联合会。——原注
[2] Algemeene Landbouw Syndicaat，农场企业家商业联合会。——原注

他们不单纯依赖政府或大企业。他们学习自力更生,也教别人自力更生。……

以后的几封来信内容可以合在一起,大致如下:

> 你还记得我们在协和弹子房见面后坐在马车上的谈话吧?范·赫乌茨似乎已经获得了自由派的支持,可能与范·柯勒威恩工程师已达成默契。大概在不久的将来,他便会荣升总督。倘若如此,东印度就会出现一个魔鬼联盟,自由民主党和军界人物的联盟。

后来,特·哈尔返回荷兰,来信只谈健康问题和个人活动。1904年初,他重返东印度。到我宿舍来坐时,他说:很清楚,范·赫乌茨已经成了总督的候选人。这是军事紧急状态的需要,他确实成了将军之争里独一无二的佼佼者。他把最高司令的诱饵抛出去,任其他将军们抢夺,如此一来,他就在没有竞争对手的情况下轻易取得了总督宝座,实在聪明啊!这是东印度最高职位,还能捞到至死享用不尽的贡品。试想,他所提拔的州长,哪个不去向他纳贡?

几个月后,范·赫乌茨果真接任了荷属东印度总督。他又写道:

> 我们只能祈祷,但愿他所说的领土完整的概念并不意味着战争。亚齐战争结束后,东印度已经具有完整的军事实力,他可以用来为所欲为。倘若他真要动用武力,但愿袋形地区不再出现新的人间地狱。听说三宝垄的军界预言,亚齐之后就该轮到巴厘了。对此我深感不安。
>
> 三宝垄的军界人物纷纷预测:巴厘族和亚齐族尽管宗教不同,

但都是宗教狂。土著民有史以来摩擦不断，争斗不已。殖民政权只要插手鹬蚌之争，便可永远坐收渔翁之利。"分而治之"，不过是空谈而已。十二年来，荷兰人同布莱伦（Buleleng）王国、新加拉惹（Singaraja）王国一直搞友好结盟，为的就是要征服整个巴厘……

这封信使我想起了有关巴厘的两则消息：第一条是关于禁止焚烧寡妇陪葬；第二条是瑟利·库玛拉（Sri Kumala）号商船在古米季（Gumicik）海岸遭到抢劫，那地方靠近登巴萨（Den Pasar）的沙努尔村（Sanur）。

他在回信中说：

荷属东印度政府在巴厘根本无法行使权力。禁止焚烧寡妇的命令只不过是欧洲人为了炫耀法律而进行的人道主义宣传。荷兰人并无有效的权力，即使在其友好王国布莱伦也是如此。巴厘这个民族很自矜，根本不听这些话，全然不理会他们的禁令。

报上的消息的确没错：荷属东印度已经宣布，居住在沙努尔村附近的巴厘居民抢劫了瑟利·库玛拉号商船，并杀害了所有船员。荷属东印度政府已从巴达维亚和泗水派代表来到登巴萨，要求赔款一万林吉特[①]。

明克先生，我认为这一切不过是范·赫乌茨操纵的军界人物所玩弄的花招，目的是要开始新战事，征服巴厘。他们在寻找借口。为了对别人采取行动，他们需要寻找借口或理由，这是欧洲人的思维方式。这可不像亚洲的国王们，进攻邻国无须任何理由，

---

① 约两万五千荷盾。

只要比别国强大，便可恣意妄为。然而，欧洲人必须得有理由，尽管实际上理由并不存在，需要胡编乱造，但毕竟还是造出来了。为了知识分子的良心，明克先生，而不是道德。以上二者，土著民都没有。以一敌十，先生，范·赫乌茨必定实现他的美梦，一统东印度天下。

你还记得范·塞赫仑是如何嘲讽范·赫乌茨的么？这位女记者的讽刺一针见血。假如在荷属东印度和巴厘之间爆发了战争，我想她一定会去巴厘，对巴厘的英雄们表示同情，就像她对战败的布吉斯人和亚齐人那样。

也许你还相信巴厘人会取胜吧？

如果这几年不疏忽大意，巴厘人本应取胜。不知你是否知道，大约二十年前，新加坡的武器黑市交易由于巴厘人和亚齐人竞争曾一度变得热闹非凡。亚齐人用胡椒换取美元购买武器，而巴厘人通过出口奴隶来换取。新加坡华商手里掌握了一大批奴隶，更不缺侍妾（gundik）。巴厘竞争失败，武器源源运往亚齐。荷兰人陷入了亚齐战争，巴厘人放松警惕，感到平安无事，不必再武装自己。现在机会已经错过，巴厘要失败了。说巴厘会取胜的观点是没有任何根据的。这样一来，我们只能祈祷：不要发生战争！

收到一封米丽娅姆[①]从荷兰的来信，告诉我她已和一位律师结婚，他是位三十八岁的鳏夫。

如果你给我写信，别用我的家族姓氏，就写：米丽娅姆·弗利斯保登（Mir Frishboten）。我的丈夫出生在万隆，他的巽他语和

---

① 她和姐姐萨拉是明克的泗水荷兰高级中学校友，在《人世间》第七章出场。

马来语都讲得不错，可惜不会说爪哇语。他很想回爪哇去，并打算在万隆执业。

我对他讲了很多关于你的情况，他非常想认识你。

我听说现在巴厘的形势很紧张，是真的么？这边的报纸上没有这方面的消息，只有人们在传说，尤其在证券交易所，这种传闻更多。假如果真如此，你的意见如何？

哎呀，我忘记告诉你了，那位东印度的女作家玛丽·范·塞赫仑正在荷兰。她到处做关于亚齐战争的报告，我还去听过呢。她高度赞扬亚齐妇女奔赴战场，和男子并肩作战，不怕流血，不怕牺牲。而这些在欧洲，在高喊要求平等权利运动已达到高潮的欧洲，是前所未有的。

她说，亚齐战士对国家、对民族、对宗教忠贞不移。他们在忍受失败的痛苦时没有眼泪，从不呻吟——这与南非的布尔战争以及欧洲的战争绝对无法相比——这是一种亚齐式的特殊战争。它不分昼夜地进行。它是东印度三百年来以独立为目标的一场史无前例的战争。

人们说，我爸爸也这样讲，巴厘人已从爪哇的失败中吸取了很多教训，他们不会轻而易举地被征服。听说东印度要进攻巴厘，是真的吗？给我讲一点巴厘的情况吧，听说那里的男人勇猛强悍，女人多才多艺。

我给米丽娅姆·弗利斯保登回信，把特·哈尔介绍的情况转告了她。我只能这样做，因为这类材料我从未得到过，报纸上几乎没有这种消息。

特·哈尔的信这样写道：

我将向你介绍一点巴厘的情况,当然,只是就我所知的一星半点。

这方面的材料少得可怜。将来如果有机会去那里,可能会得到更多值得介绍的东西。

荷属东印度派往登巴萨的代表已经会见科龙贡(Klungkung)王国的宰相古斯提·阿贡·杰兰迪(I Goesti Agoeng Djelantik),范·赫乌茨所希望发生的事果然发生了。他估计,杰兰迪准会拒绝赔款要求。人们说,杰兰迪的做法代表官方态度,根据是科龙贡国王戴瓦·阿贡·姜贝(I Dewa Agoeng Djambe)在阿斯马拉布拉宫(Puri Asmarapura)里传出的圣旨。杰兰迪说:

"我们将以长矛来赔偿他们的损失。"

这样,范·赫乌茨便找到了进攻巴厘的借口。

荷兰殖民军兵分两路:一连兵力在沙努尔登陆,另外两个连在库塔(Kuta)上岸,一齐攻打登巴萨。

如果你有机会读到即将出版的军事杂志,便可能会了解得更清楚一些。当然要留心,不要全盘接收,盲目信任那些出版物。

的确令人同情,这些尚未接触到现代精神的小王国。他们是不会胜利的,不论人民怎样勇敢顽强。看一看巴厘,明克,科龙贡王国连像样的商业都没有,这就意味着没有足够的经费来供养大批正规军队。仅仅靠人民的忠君思想已不符合现代的道德标准,更何况长期以来人民本来就是奢侈的王公贵族们所搜刮的对象。尽管,是的,尽管文人墨客和婆罗门僧侣已按照宗教教义和神化君主的原则(kedewataan)把忠君思想灌进了人们的头脑,但他们仍旧摆脱不了失败的命运。

可能你对此持不同意见。倘若如此,你是否也可以跟我简单讲讲你自己的看法呢?

我在回信中说,我学习太忙,无暇考虑此事;再说,我手头也没有什么材料可供讨论。

他接下来的一封信责怪我,言辞如下:

> 明克先生,您对正遭不幸的东印度同胞怎能如此漠不关心呢?难道你就不能对他们的苦难感同身受?是的,他们是巴厘人,但你们同属东印度一个民族。你们的肤色相同,你们有同样的饮食习惯,功课忙也丝毫不能成为你的理由。漠不关心的态度意味着帮助荷兰殖民军征服巴厘人,我想,你总还可以在百忙中抽出几分钟来同情他们一下,和你的同学们谈谈这件事吧?

不错,巴厘人无论如何总是我的本民族同胞。可找同学讨论问题,实在是没机会,他们都在忙于自己的事情,许多人连报纸都不喜欢读。报纸比香烟还贵,而多数人宁愿抽烟也不买报纸。对他们来说,将来能捞个政府医生当当就心满意足了。最后,我真的和谁都没谈,也没对妻子提起过此事。

米丽娅姆·弗利斯保登又提出了另一个问题:

> 我的丈夫听上议院的人们说,东印度政府对马鲁古(Maluku)的一位苏丹及其家属已采取行动,把他们流放到爪哇,据说是流放到苏加武眉。果真如此吗?假如不错的话,究竟发生了什么事?

这封信使我想起了那位扎巴拉姑娘。米丽娅姆提出这些问题,大概已有意无意地成了下议院议员范·柯勒威恩工程师的消息来源。总督罗斯鲍姆认为,必须让扎巴拉姑娘结婚,对她采取噤声。他们会怎样对付米丽娅姆？米丽娅姆跟我谈这些事，我会否不知不觉被那边的荷兰人利用，成为他们的消息来源？至少，通过特·哈尔来利用我？

米丽娅姆·弗利斯保登究竟是干什么的？她除了我以外，还对谁提出过上面这些问题？

就我自己一方而言，为什么就不能通过学识来自己回答这些问题呢？他们对东印度的了解为什么比我还要多呢？

如同往常一样，所有这些问题都被我的学习和工作挤到一边去了。我没有给米丽娅姆·弗利斯保登回信，也没把她的问题转告特·哈尔。因此，米丽娅姆很长一段时间没再给我写信，可是特·哈尔的信却一直不断。

这位新闻记者在后来的信中不再指责我了：

> 的确不该错怪你，明克先生。你对东印度了解不多，这不足为奇。记者的工作本来就是打听消息、了解情况；而学生的任务，只是从老师那里和书本中寻求答案。
>
> 一周前，两个排殖民军从三宝垄开到巴厘，不知从其他地方还要派多少兵。战斗在巴厘打响了。殖民军穷于应付，狼狈不堪。实际上，从沙努尔到登巴萨才六公里，而从库塔到登巴萨也只有十一公里。他们已攻打了二十天，可还没拿下登巴萨。明克，你明白这其中的意义吗？长矛对步枪，坚守二十天！你值得以此为豪。坚持了二十天哪，明克先生！

收到这封信后一个星期，报纸上登出：登巴萨陷落。我算了一下，从荷兰殖民军进攻之日到登巴萨失守，共战斗了三十天。

特·哈尔又进一步谈到问题的实质：

这就是伟大的巴厘战争,在人类历史上也实属罕见,或许独一无二。科龙贡国王戴瓦·阿贡·姜贝命令他在登巴萨的所有王族成员和全体将士,无论男女老少,统统上前线,打一场背水之战(Perang Puputan),战斗到最后一个人。

先生,你的男女同胞,那些英勇的巴厘人,向前奔赴战场。妇女们背负婴儿,手执长矛或短剑冲杀,犹如飞蛾扑火。她们回不去各自的家了,长眠战场,躺在自己和婴儿的血泊之中。

明克先生,我听到这消息时,肃然起立,低头向英雄们默哀,向我素昧平生的英雄致敬。我对这个英勇民族的敬爱之情油然而生。很遗憾,你不能抛下功课,我打算去巴厘一次,我真心希望你能和我一起去。你将会写出无与伦比的英雄故事。可惜我不是一位作家。

登巴萨失陷,但巴厘并未投降。科龙贡政权的心脏没有投降,没有被打垮,没有被征服。战争还将继续下去……

如果玛丽·范·塞赫仑写信给我,可能会这样说:巴厘战争的起因不同于亚齐战争是为了争取独立。它是一场旧式战争,和东印度历史上历次反荷斗争没什么两样。

我反复阅读特·哈尔的来信。日以继夜,我盼望着他的下一封来信。读过多次来信后,我越来越敬仰巴厘这个英勇的民族。他们还不懂欧洲的科学知识,但为了不在荷兰人面前低头,他们准备牺牲自己最宝贵的生命。然而,在我已经离开的学校,人们想到将来几年后当上政府医生便沾沾自喜了——殊不知,他们的政府目前正在对我们的巴厘同胞下毒手!还借口说什么是为了实现东印度的领土完整!

我绝不为政府卖命!不为刽子手政权效劳!我离开写字台,步入卧室,站在梅的画像前。

"真遗憾，我从没跟你讨论过这个问题。你离去时还不知道：有一个民族奋起反抗欧洲人，男女老幼，全都战死沙场……"

画像保持着沉默，不作一声。

现在我该做什么？现代斗争——我突然想起特·哈尔在船上对我讲过的话——需要有现代的手段：组织。把个人结合在一起，组成一个巨人，它比任何个人都要强健有力。那位退休的爪哇老医生如是说，梅也这样讲。开始吧，成立组织！这样，你的心才不会成为荒漠！

假如本民族的每一位同胞，都能像巴厘保卫战那样去殊死战斗，加之以现代手段……用什么办法来实现呢？组织起来！组织起来，立即行动！梅、爪哇退休老医生、特·哈尔都在呼吁。怎样组织起来？怎么办？怎样去做呢？

万事开头难。做起来，你就会有办法。梅在几年前的声音又在轰然回响。

我低垂着头，回到写字台前，取出日记本，写下了这样的话：

"今天我要开始行动。"

那天下午，几个医校的学生来找我，坐在我的"世纪末之花"下方闲聊。大厅里烟雾缭绕，我的女仆跑前跑后帮我招待客人。客人中也有远比我年轻的学生，年龄都在十六岁以上。

他们热烈地议论起女人这个永恒的主题。一个初次来访的学生，一面不声不响地听大家议论，一面悄悄地端详着"世纪末之花"。

"看来你真被这幅画像迷住了。"一个学生逗趣地说。

这位青年扭过头，没理睬他，然后默默地陷入了沉思。

"平常你活蹦乱跳的。"另一个人接着说。

"现在我们来谈一个大问题，好不好？"我提议。不待有人反对，我又接下去说："各位同学，你们中有哪一位了解目前巴厘的情况？"

无人了解，就连一个人也没有。

吵嚷气氛停止，客厅顿时安静下来。我给他们介绍了巴厘，关于不断升级的登巴萨战斗，还有那殊死的背水之战。

"这样英勇的战争在爪哇还从来没发生过，在欧洲也没有过。"

"可他们失败了。"此时"直哆嗦"插进来说。

"他们失败只是因为条件不足，作为人和英雄，他们远比荷兰殖民军值得敬佩。"

"也许吧。可他们到底还是吃了败仗，"从不读报的"直哆嗦"固执己见，"条件只是借口而已。无论是谁，胆敢和殖民军对抗，他已经感到具备了一定的条件。"

"我明白你的意思，"吉普多插嘴，"你是想讨论条件的问题。"

那位艳羡"世纪末之花"的学生有一张圆脸，他微笑着，用一双炯炯发光的眼睛望着我，但依然没开口说话。

"说吧！"吉普多鼓励道。

接着，我便谈起了现代的条件（pesyaratan modern），对像我们这样软弱、落后，甚至可以说非常落后的民族而言，现代条件是什么。

"恰恰是现代的条件，令一个人或一个民族可被称为现代。首先一个条件是现代科学知识，其次是现代组织，最后是现代装备。"

"现代科学知识我们已经开始具备了。"一个人说。

"现代组织还没有。"我迅速补充。

"那么，你把现代装备摆到后面去了？"另一个人提出了异议。

"说得对，现在我们需要的是现代组织。"

"那位退休老医生所做的努力已经失败了。""直哆嗦"抢过去说。

"没完全失败，他的声音还留在一些人心里。只是没有人去开这个头。"瓦尔迪支持说。

"至少我心里没有漠视他的呼吁。"我说，"咱们在座也有多人和我一样，我估计。"

"这样说得倒轻巧，"不再是兔子胆的"直哆嗦"反驳道，"你现在不上学，没有老师们追着要管你，从前你怎么不说这话？"

"迄今为止，人们还只是空谈组织罢了，"那位圆脸青年终于开口说话，"可还没谁敢于去尝试一下。"

女仆走进客厅，躬身跪坐在地板上，说："少爷（Juragan），配钥匙的人来了。"

我起立告辞，向屋后走去。

这位配钥匙的人是一位年轻新客。我把他领进卧室，让他把衣柜打开，照着锁配制钥匙。

"喏，就是那个柜子。"我漫不经心地说。

他没有马上向衣柜走去，而是在梅的画像前伫立良久，仿佛着了迷一般。他看看我，又看看梅的画像，然后才脚步迟疑地走向衣柜。他从衣服里取出一大串钥匙，试了几把，没有合适的。他接着又用一把上面有很多齿的测量钥匙去试，衣柜门这才被打开。他仔细琢磨了一会儿这把测量钥匙，用它在一块软蜡上制作模子，然后用铁皮做一把钥匙样子，又试开了一下。

"成了，先生，"他随后说，"明天您就可以拿到新钥匙了。"

他没有立即离去，特意在画像前停住了脚步，再一次睨视着我，明知故问：

"先生，这里有一幅中国女人的画像？"

"大哥（Engkoh），您认识她吗？"

他那锐利的目光又瞟了我一眼，像是谴责，同时又像是怀疑。他既不点头，也不摇头。这位锁匠可能是梅在新青会的同伴，也可能是来自保守派的人。如果是后者，说不定他想杀害或绑架我的妻子。看他那关注的表情，不会存在第三种可能。无论来自新青会还是保守派，他的目的都是一样：寻找梅。

"她已经去世了，大哥（Koh）①。"我说。

他一愣，咬住了嘴唇。

"她叫洪山梅，大哥，您在找她，是吗？她是我的妻子。"

他惊慌起来。我猜测，他一定是梅的伙伴。

"她生病时，她的朋友都没来探望过。"我看他低垂下了头，"大哥您也没来过。她走得很安详，在我的怀抱里，死在医院。"

他没说什么，装作不懂我的话。他向我告辞时，仍低着头。我陪他出去，走下台阶，穿过院子，来到大街上。

我又回到了客人们中间。从我坐的位置可以看到，那位锁匠正彷徨地走着，他几次停住脚步，朝我家方向再次张望。大概他也是来自那遥远的国度，就像梅和她的未婚夫那样，偷渡进入爪哇。也许他是新派来的人，也许是个学生，现在装扮成配钥匙的锁匠，穿一身普通衣服，在巴达维亚走街串巷。不管他是不是锁匠，他都可能在为他的国家和民族做着重要工作，而他的国家和民族未必会了解他。他的英语大概也很流利，就和梅以及我那位已故的朋友许阿仕一样。而且，他的外表也是那样朴实无华！

"我的民族没有被外族统治，这和你们现在的状况不同。"梅的声音又在我耳边萦回，"你们的任务将会比我们更重，工作方法也不同，可你至今还没有行动起来。"

那位锁匠从我的视野里消失了。

"同学们，"我继续说，"两年前，那位退休老医生曾到处呼吁，花光了他的全部积蓄。他说，我们已经比华人落后四年，即比中华会馆

---

① Koh 是 Engkoh 的缩略形式，该称呼来自中国方言，明克应是和洪山梅一起生活时学到。

落后四年，比阿拉伯人落后两年。如今，这落后时间应该再加两年。那么，同学们，我们现在应该怎么办？"

在我去接待锁匠时，他们一直各持己见，最后他们建议我先行动起来。因为他们不能耽误学校功课。倘若被开除了，他们也无力赔偿。

"非常对不起，我的确无意让你们荒废学业。尽管如此，大家试着稍微思考一下，华人已经从中国和日本请来了先生，阿拉伯人也从突尼斯和阿尔及利亚聘请了教师。他们坚持要教英语，不教荷兰语，毕业生将会到新加坡和讲英语的国家继续深造。再回东印度时，他们将成为一流的饱学之士。到那时，我们将会被抛得更远。我们至今无动于衷，无所事事！"

我这一席话破坏了他们的欢快气氛，活跃场面不见了。圆脸青年又默默凝视着画像。

"不就是一幅画嘛。"一位学生捉弄他。

还不到晚上九点，他们已陆续溜回宿舍。营房喇叭声传来时，客厅里便已空无一人。我估计错了，他们还没有组织起来的需要。

次日下午，那位锁匠如约而至。他把新钥匙交给我时，有点勉强地问：

"先生，请不要见怪，我可以打听一下，您的夫人安葬在何处？"

如果他知道了，或许他的伙伴们会纷纷前来，要求把她从伊斯兰墓地迁走。不可以，埋葬她的那块墓地是我为她买的，也是为我自己将来用的。我决不能告诉他地点。

他没再催问。

"她有文字遗物吗？"

"有。"

"我可以看一看吗，先生？"

我知道，他们比我更有权得到梅的遗稿。我进入卧室，试用几次新钥匙，显然很合适。我把梅生前写的东西带出来，交给了他。

这位年轻的新客站在门边，耐心地读了起来。我不知道上面写的是什么内容。此时，我突然看清了这位年轻锁匠的真实形象：他是一个自由人，出卖廉价劳力，却关注着梅的遗稿，全心全意服务于他的国家和民族。梅说过的话又回荡在我耳旁："如果一个人不了解他的国家和民族的历史，不懂有关的文章，尤其是未曾做出过奉献，他不可能会热爱自己的国家和民族。"

这位青年新客坐在厨房桌子旁，我用咖啡和炸香蕉招待他，我仍然站在他面前。他的斜纹布袋曾经是洁白的，搁在脚边。读完后，他沉思了一会，又瞥了我一眼。

"她写了些什么？"我用英语问道。

"不是写给您的。"他用马来语回答。

这样看来，他确实懂英语。

"当然，"我用马来语说，"可她写的是什么？"

"不是写给您的。"他坚持说。

"好吧，您就把这些手稿全部拿去吧。"

他拱手告辞，带着梅的手稿和他的斜纹布袋走了。我目送他离去，他的衣服已经旧了，洗得那样干净，仿佛从来没弄脏过。多么朴素的外表！他懂一种现代语言，是受过教育的人。什么样的力量鼓舞着他，以如此微薄的收入去为遥远的国家和民族而工作呢？

我暗自思索、揣度着自己的能力。"我也必定能做到！"我在心中喊道。

我要行动起来。从医校学生开始，显然失败了。别无他法，只能沿用退休老医生的办法：呼吁、号召、解释，同时给予启发。可向谁呼吁呢？公众集会？一对一？如果从单个人开始，他们是谁，去找谁？

我选择了后者。

我走出家门，思考着应该去与谁会面，信步来到科威唐。想起我那位画家朋友的话，我开始注意观察这个区人民的生活。显然不能找居民去谈现代组织问题，他们不了解自己的国家，连走出这个区的次数都很少，从未读过书，是文盲，祖祖辈辈只听过一些传奇故事，知道其中人物神通广大——然而他们依旧输了，成为荷兰殖民军的手下败将。

孩子们像平常一样在路上玩耍，只穿小兜肚遮住胸脯，头上留一撮头发，拖着长鼻涕。几年后，他们就要长大，变成青年文盲，仅有少数一两人能读会写，当上伙伴们的工头。他们大部分人将因为患寄生虫病而死去，能活下去的人可以活到四十岁吗？假如他们能战胜寄生虫病，还会活着，他们那时的状况会否比童年更好些？他们还将生活在天命的椰壳碗下，没有过比较，一无所知，反倒幸福？知识和比较会使人了解自己所处的地方，也了解他人，在比较的世界里焦虑不安。

在小巷旁边，有一间达伊姆大哥（Bang Da'im）的皮革用具作坊，工人们每天从早九点一直干到晚九点，整天光着膀子制作马具和拖鞋。我常经过这个作坊，他们没一个人认识我，尽管都听说过我的名字。此时，一个念头倏地在我脑海中掠过：如果这些养家糊口的人在作坊里爬不起来了，他们家里的老婆孩子该怎么办？

经营马车的老板身穿中式服装，裹着纱笼，一边打招呼，一边满脸堆笑地向我鞠躬。他嘴唇青紫，两眼凹陷，大概正要去大烟馆。那边的一家小店门旁，站着玛·佐勒（Mat Colek）。谁都怕他，人们说他的工作就是抢、偷、受雇当杀人凶手！他可能就是弗兰西斯写的《达西玛姨娘》里"吃斋佬"（Abang Puasa）[1]那号人物。他把人看作可以随便宰杀的牲口，而这个世界不过是牲口的饲养场，这一点也和英国、

---

[1]《达西玛姨娘》里的流氓，受雇杀死了达西玛。

欧洲、日本等帝国主义"病菌"们看法一样。他在向我打招呼，也许记起了我为他做过好事，在他下巴脱臼、嘴巴无法动弹时，我曾帮过他的忙。倘若那次我不为他整复下巴，说不定他就不能再去屠杀别人，那些被他当作牲口的人了。喏，那边还有罗姆拉大妈（Mak Romlah）一边走，一边嚼蒌叶，不时往地上吐红口水。她是个整天手忙脚乱的妓院鸨母。

身穿宽松衣裤的小伙子们正离家外出，想去找口饭吃，头戴围巾的姑娘们不知要去哪里。这些姑娘和小伙子都在想些什么？结婚，生孩子，繁殖那种拖鼻涕、兜肚盖胸的光屁股娃娃？然后离婚，离婚以后再结婚？

在遥远的北方，日本已经击败了俄国的大军和舰队。

我还是没有找到志同道合的人。

我回顾往昔岁月，并非一切都像铁轨上的火车那样运行顺利。我周围的人未曾了解我所知晓的，他们大概连学校的板凳都没坐过，除了填饱肚子和生儿育女，其他的事情一概不知。啊，像牲口一样活着的人们！他们甚至都不晓得自己的生活是那么低下。外面的巨人日益扩张，正在贪得无厌地妄想吞噬一切，这些他们就更不知道了，即使知道，他们也不会理睬的。

在周围这些人当中，我感到自己仿佛是位无所不知的大神，我知道他们将来的命运也令人哀叹，他们将成为恶棍和帝国主义者的待宰羔羊。我当有所作为，一定要为他们做点什么！难道成立组织是唯一的途径吗？我没有找到答案，我不知该怎么做，如果成立了组织，下一步该做什么呢？

在荷兰将魔爪伸向东印度的土地和人民之前，他们的状况是否更好一些呢？学校老师说，不是更好，而是更坏。王公贵族们从来不顾臣民的死活，为了自己享乐，他们只知道横征暴敛、巧取豪夺。令人失望的是，老师所说的话我挑不出有半点毛病。

巴德仑大妈催我再次结婚，列出一连串姑娘们的名字。她说："娶一个、两个，甚至一下子娶三个，对少爷来说，也比找姘妇合适。"

我走出家门，漫步街头。现在又冒出一个姘妇问题。哪里都一样，人们看到那些与人姘居的妇女，斜眼相觑，觉得她们比妓女名声稍好一点罢了。外国人的姘妇另当别论，泗水的姨娘本身就是证明，社会地位高，甚至比合法结婚的妇女地位更高。母亲在姨娘身边就不会觉得不光彩，甚至还当了她的亲家。外国人的姘妇生养的孩子显然也比纯土著民后代更开化，他们可以受欧洲教育，从父母那里吸收最好或最坏的东西。当他们长大成人后，总会得到社会承认。与人姘居和当娼妓有什么不同？唯一资本就是：肉体。东苏门答腊州的州长与娼妓何异？他出卖的是权力。即使他还有许多其他选择？还有一大堆土著君王，他们岂非也在出卖自己的权力，给荷兰人当娼妓，给欧洲的大种植园主当娼妓？他们甚至把许多村子连同村民一起出租，目的是钱，钱，不劳而获的钱。有风险！什么没风险？生活也有风险，牙龈上的每颗牙齿也要承担风险。

哎呀，为什么在我脑子里，姘妇以及她们的孩子和娼妓一连串冒出来？对，这是个问题！我那已故的华人朋友、我的妻子洪山梅、那位配钥匙的锁匠及其伙伴，他们碰到过姘妇和娼妓问题吗？他们所推崇的组织回答过这种问题吗？他们是如何解决的呢？用什么办法？采取什么措施？有一次，梅对我说：我们所反对的一切都来自一个根源：我们自身的落后、愚蠢、过度、毫无根据的自负感。而这种落后以我们的慈禧太后为象征，包括太后和整个政权及其工具。必须推翻王朝，代之以共和国。

这就能保证一切了吗？

"必须迈出第一步！"她反复说过。

在小巷那头，一位妻子正在和丈夫吵架，几个小孩在一旁观战。妻子号啕大哭，抗议丈夫挣钱太少，孩子却越来越多，可他还要再娶一个小老婆！

女人的生活好似地狱一般，生活何以至此？如果只能这样过下去，生活还有什么意思？

回到家，我吩咐仆人关上所有房门和前窗，谢绝客人来访，不论是谁。一切都需要思考。笔尖在纸上飞舞，退休老医生、梅和特·哈尔的声音交替传来，我从日本觉醒写到日本获胜，从我们初次见面一直写到永别。最终，先进的民族也得为自己行善积德，尽管其人口不多，幅员甚小。荷属东印度政府有意向土著民"高价零售"（mengeteng mahal）科学知识，土著民须努力自强。

我猛然从椅子上站起身，对这一逻辑正确与否感到惊异。我冥思苦想。

此时，一位邮差走过来，要我在挂号信收据上签字。信是校长寄来的，叫我返校继续读书？现在回校学习还有什么意思呢？

显然我猜错了，信的内容是：校长向我表示歉意，因为赔款数额被认为太多了。另一张单据授权给我，让我到地区财政局取回多的赔偿金：八百六十五盾。

我将把这笔退款还给姨娘。

好预兆，好预兆！

没有一家报纸愿意刊登我的文章，他们都冷淡地拒绝了我，几个已是老相识的编辑把我的稿子退回了，不予置评。最后，我来到一家小报，这家小报不登广告，版面也很小。编辑读完我的稿件，问：

"依您之见，土著民应该怎样？也要当白种人吗？"

"与您的民族地位平等，决不低人一等。"我回答。

"我们的报纸不是登您这类文章的地方,愿意接收您文章的报纸还没诞生呢。"

高墨尔的提醒显然是对的,为土著民谋利益的现成道路是没有的,土著民必须自己起来为自己奋斗。这一见解(dalil)必须接受。

我雇用了一周的抄写员已经完成他的工作:抄写我翻译的中华会馆章程及细则,其内容按我的想法作了改动,还抄写了前言部分,这同时也是成立组织的呼吁书。共抄了二十三份。

我重新核对了一遍抄写稿,写好收信人地址,由抄写员装入信封,贴上邮票。

"马上就寄走,"我说,"然后你再回来。"

十分钟后,他回到我的面前。这意味着他的工作结束了,只等着拿工钱回家。

"先生,"桑狄曼(Sandiman)说,"如果您对我的工作感到满意……"他没继续说下去。

"怎么了,桑狄曼?"

"我的工作令您失望吗,先生?"

"不,一个词都没抄错。"

"让我留下为您工作吧。"

"我还没能力付给你整月的工资。"

"我还没有家小,先生,工资多少我都不在乎。"

"十盾?"

"我很满意,先生。"

"如果我正巧手头没钱,你怎么办?"

"那就随您的便,先生。"

"假如无活儿可干,你怎么办?"

"活总是会有的,先生,我还可以扫地。"

"还有,要是我连米也买不起了,怎么办?"

"感觉那么严重不大可能,先生。"

就这样,我开始拥有了一名助手。

桑狄曼在梭罗出生并长大。他的哥哥是莽古尼加兰(Mangkunegaran)①军团的士兵,曾经几次劝他也加入这个军团,可他不喜欢军队生活,便离开哥哥到巴达维亚来闯荡谋生。

"你为什么不到糖厂去找工作?"

"不想去,先生。"他总是说马来语。

"这样为我工作,对你的前途有什么好处?"

"我现在考虑的不是前途问题。"

"好吧,这是你自己的事。"

显然,他还没有住处,便和我住在一起,安排在后面一个房间里。我发现他只有身上穿的一身衣服,那是他见得到、摸得到的唯一资产。他不像其他爪哇人那样,走过你面前时,总要弯腰而过;请别人进屋时,他也不伸出大拇指来指示方向。他说的马来语并不是市场马来语,而是正规学校用的马来语。

没过几天,他便以自己的行动证明了他是个好帮手。我刚起床,前厅就已摆好了咖啡、早点,旁边放着报纸。收到和发出的信件他全部记录下来。他还拖地板、打扫院子、整理庭院里的石头、擦窗户框、摆齐桌椅,仿佛我是大老板,能指望从我这里赚钱。

中午回家时,他交给我一沓回信,有一封是特·哈尔寄来的。寄出的信没有全部收到回音,只有四人表示支持,其中一位引人注意的是西冷县(Serang)县长。

西冷县县长在知识界颇有名望,是史努克·许尔格龙涅(Snouck

---

① 梭罗苏丹国下辖的小型世袭公国。

Hurgronje）博士的弟子。他就是米丽娅姆从前有意提到的那位青年，当过那位荷兰学者的"实验兔子"①。无论是否当过"实验兔子"，土著民和欧洲的知识分子都尊敬他。人们说他不仅法语学得棒，总能得九分，而且勤奋自学，敢于对任何人发表意见。

假如公众心悦诚服的人赞同成立一个土著民组织，并且身体力行加入其中，那么其他土著民知识分子就没理由对它持有偏见，或采取漠不关心的态度。人们将成群结队来参加这样的组织。他将成为第一个我有望争取到的人，不妨一试。

第二天，我把家交给了桑狄曼，启程去西冷县。

火车缓慢地行驶着。天降大雨，司炉不时搅动着炉火。车头喷吐出滚滚浓烟，火花四溅。日暮时分，我才抵达西冷，不得不投宿在一家十分简陋的客栈。

我相信，这位受过西方教育的县长是现代人，必定将会和勒巴县（Lebak）的卡塔威查亚（Kartawidjaja）县长截然不同。勒巴县县长与《马格斯·哈弗拉尔》②中的督察官埃杜瓦德·杜威斯·德克（Eduard Douwes Dekker）先生是同时代人。据说，西冷县县长是第一个使用家族姓氏的爪哇土著人。他一定很平易近人，可以和他谈论许多问题。

一位差役把我带到县衙大厅。哎呀，我的真主！我还不得不爬向他落座的地方，接着当然是一连串合掌跪拜。两个现代人之间怎么还会发生这类事？我接受不了这愚昧规矩！差役向我合掌一拜，便离我而去。

要取消这次拜访么？那容易得很。可是，我需要这个人物帮助。

---

① 指许尔格龙涅曾选送三名土著青年去欧洲学校接受教育，以了解土著民能否掌握欧洲的"科学"，见《人世间》第七章。
② 参见第27页注释，普拉姆迪亚曾评价说："这个故事杀死了殖民主义。"

假如他应允我，愿意成为组织一员，那就更荣幸了，我的组织便能博得公众的信任。这一策略不可放弃，组织必须成立，而且只许成功，不许失败。

我脱掉鞋子，裹好头巾，整整纱笼和上衣，向着指示的座位爬去。我爬行着，就算不像蜗牛那样子，但终究是在爬行！

这个大厅和爪哇的其他县衙大厅没什么不同，装饰也完全一样。最后，我停止爬行，躬身跪坐在一把椅子前。这情景演的哪场戏？

为了组织的成功，不可以恼恨埋怨。当县长走过来并落座时，我不由自主举手朝拜。两手刚一落下，便传来一句语速很快的荷兰语：

"拉丹·玛斯拜见我？"

"没错，领主大人（Gusti Kanjeng）[①]。"

"欢迎你，拉丹·玛斯！"

"多谢领主大人！"我一面回答，一面又一次合掌朝拜，"愿领主大人福如东海。"

"你的信我已收到，详情尽知，拉丹·玛斯。"

"领主大人关照，我感恩不尽。如果领主大人有时间并且愿意，我想进一步细谈。"

"很有意思。这种组织大概何时成立？打算起个什么名字？"

"这将交由以后举行的会议作决定。如果领主大人愿意屈尊前往参加……"

我的话被这位县长一阵哈哈大笑打断了，我看见他穿的纱笼正随着笑声而有节奏地抖动。

---

① 县长以贵族头衔称呼明克，爪哇语 Gusti Kanjeng 是县长的爵衔，地位高于拉丹·玛斯，属于高级贵族之列。马克斯·莱恩（Max Lane）在英译本中认为 Gusti Kanjeng 近于英语 Exalted Lord（尊贵的领主）。

"西冷县的县长去参加那种会议？喂，拉丹·玛斯，你把我当成什么人？跟你们平起平坐？"

噢，遐迩闻名的大人物原来如此！难道这就是一个所谓法语从未低于九分、善于勤奋自学的人？一个有学问、有威望、为人敬佩的现代人？

"恕罪，请多恕罪，领主大人！"

"告诉你，拉丹·玛斯，两年前，一个退休爪哇大夫也来拜见我，他就在你现在跪坐的地方。他只有'玛斯'称号，他提出了和你如今一样的问题。我这样回答他：你把我这个西冷县的县长看成是什么人？尽管你有'拉丹·玛斯'这样比他更高的称号，但我仍这样回答你。"

千真万确，我的血在沸腾。我抬起头，盯着他，不再向他朝拜了。

"我来这里拜访，为的是会见一位知识分子、和地位与我相当的学者交谈，为了交流见解，不是为了评定一个人的地位高低。我本以为您能对我提出的问题给予应有的关注，像您信中所写的那样。难道您认为我远道而来，是为表示对您的崇敬吗？"

我站了起来，依然凝视着他的脸。他看到我这样一个土著民竟敢直立在他面前，气得两眼喷射着怒火。

"那位爪哇退休医生不敢违背礼仪，忍气吞声接受您的侮辱，我却不能。从没有任何明文规定，非要人们跪坐在您的面前，像奴仆那样对您顶礼膜拜。再见！"

"拉登·玛斯！"他叫我回去。

我停住脚步，回过头。我见他已从椅子上站起，又走回到他面前，说："先生，若您怒不可遏，可以向法庭提出控告，就说我违反了贵衙的礼节（protokol）。"

"哦，这非常容易。不过，我们好意的会见也应该有个好结尾。"他向我伸出了手。

我握了一下他的手。这时我才发现,我气得手在发抖,他也气得手不停颤抖。

"作为一个问题,你的倡议确实不错,然而……"

"我来找西冷县县长,是把他看成一位土著民学者,而不是荷兰人的县官。"

"你忘了,人并非什么学者不学者,而在于做着什么、担任何种职务。你忘了我是县长。"

我离开县衙大厅。因为他的傲慢,我满怀恼怒。我将立即离开西冷县。两年前,或许那位爪哇退休医生比我现在更恼火。好吧,这就是我的初战成果。

需要几天时间,受到伤害的内心才能恢复。幸好,特·哈尔又给我来了信,重新使我的精神振奋起来。这封信寄自巴厘:

明克先生,登巴萨陷落了,荷兰人将继续攻打科龙贡王国,这意味着要征服整个巴厘。

来到巴厘的土地上,我处处感受到巴厘人的英雄气概。我住在登巴萨,想随荷兰殖民军进行采访。他们禁止我这样做。后来得到了考莱恩(Colijn)中尉帮忙,才允许我跟随即将向科龙贡进发的军队。从这里出发到科龙贡,大约有五十公里。

试想,从沙努尔村到登巴萨市仅有六公里,从库塔村到登巴萨也仅有十一公里,尽管路程不长,荷兰殖民军踏着巴厘男女老少的尸体走完这两段路,却用了足足两个月,夺取登巴萨城又花了三十三天。那么,他们再前进约五十公里,并攻克科龙贡,还需要再踏过多少巴厘男女老少的尸体?

登巴萨一片死寂。死者已不能再动,活着的居民离开了村落。

男女老少去到城东约四公里半的地方,在高地上修建堡垒,并在堡垒四周挖上壕沟。他们称之为"拼死战术"(Gelar Toh Pati)[1]。

明克先生,攻打登巴萨的殖民军几乎全营覆没,援兵源源不断地派来。殖民军士气低落,考莱恩中尉不停给部下打气:能抢就抢,能夺就夺,你们把巴厘人的东西统统弄来!生命、财产、女人!缴获一切可以缴获的东西!

目睹巴厘人的反抗是非常值得的,我无法给你介绍很多,因为这场战争与我熟悉的亚齐战争又有不同。殖民军排着队在无人区活动,除了树木和昆虫,这里没任何有生命的东西。突然,殖民军士兵横躺竖卧,满身鲜血,格利斯短剑和长矛已经刺入了他们的躯体。谁也不知道巴厘人是从哪里进攻的,他们真像变色龙一样,善于把自己隐蔽在周围环境中。

为了对付这种"拼死战术",殖民军从三面发起进攻。他们几乎全部"报销",上尉指挥官也送了命,荷兰人不得不暂停行动。从巴厘人叛徒口里得知,科龙贡人的防御异常坚固,层层设防,战线足有四公里长。荷兰人企图从殖民军以外调遣援军,想要得到芬古尼加兰军团的帮助。

征服科龙贡王国必须越过"拼死"防线,而越过"拼死"防线不知要多少年。面对现代化的军队而毫不畏惧,这是多么了不起的民族,多么值得你骄傲的民族……

他对巴厘族赞不绝口,像一曲激越的颂歌在耳边回响。他的文笔真好,令我对范·赫乌茨企图征服的民族产生了强烈同情。假如整个东印度过去都像亚齐和巴厘这样奋起抵抗,再加上好运气,说不定东

---

[1] Gelar 指圆圈布阵和传统战术,Toh Pati 意为赌命(Taruhan Nyawa)。——原注

印度如今已经可以和日本比肩。爪哇岛上的男人全被君王和荷兰殖民军抓去当兵了,正在各个战场上充当炮灰。

"桑狄曼!"

桑狄曼正在擦自行车。从窗子可以看见,他把抹布放车把上,在井边洗了洗手,然后来到我面前,点点头,好像军人那般模样。

"大概你在军团里当过兵吧。"我试探性地问。

"什么军团,先生?"他猛然反问。

"莽古尼加兰军团,还有哪个?"

"实际上,我真当过兵,先生,五年。"

"过去是什么军衔?"

"只当过下士,先生。"

他的态度缺乏爪哇人的特点,这使我怀疑他不只当过下士,他能讲出军团的不少情况。

"巴厘正在打仗,你听说过吗?"

"听说了,先生。"

"你们家里有没有人与这个战争有牵连?"

"多少有一点,先生,您说得不错。"

"你离开军队是合法退伍,还是逃出来的?"

他以犀利的目光盯了我一眼,我顿时起了疑心。他是个逃兵。

"我绝不会对任何人讲,"我鼓励他讲实话,"你对我太诚实,换成别人,你要遭殃了。"

"谢谢,先生。"

"那么,莽古尼加兰军团要调往巴厘的传言,你听说了?"

"他们全都知道了。"

"这么说来,你不赞成?"

"岂止不赞成,先生!不只我一个人这样,我们的义务是保卫莽古尼加兰。巴厘战争跟莽古尼加兰毫不相干,我们加入军团不是为了去巴厘送死。我们常常谈论这件事,人们说,巴厘和爪哇是同一个祖宗,我们何必要自相残杀呢?"

"如果让你自己选择,荷兰人或巴厘人,你站在哪一边?"

"我不站在任何一边。可让我去打巴厘人,我不干。"

"很好。现在你把自行车准备好,你会骑吗?"

"还不会,先生。"

"那就学一学吧。"

我把赞同成立组织的几封信装进口袋,便出发去往第一个寄信地址,我认为最有把握的对象是干冬墟(Meester Cornelis)的副县长。西冷县县长名字已被我从名单上勾销,其他三位县长也被除名。县太爷们都会像西冷县县长那样摆谱儿,不如把宣传的对象降低一级。

果然不出所料,干冬墟的副县长对人很客气,他请我在他办公桌旁的椅子坐下。"你是拉丹·玛斯少爷(Bendoro)[1]?"他用马来语问道,"少爷的来信我已经和各位区长(wedana)一起拜读,他们还同其他地区的同僚们谈论过此事。欢迎你,明克少爷,一部分人已经表示赞同。如果一位区长表示赞同,那么他的属下必然也会随之响应。"

"太感谢您啦,副县长先生,请问您本人有何高见?"

"我本人?我早听说少爷在办报方面有丰富经验,肯定胜人一筹,你见多识广,了解东印度的国内外大事,想必深知我们应采取何种良策。确实如此,应该有人把我们的臣民组织起来,研究一下如何促进他们进步,改善他们的物质生活和文化生活。这是个好主意,拉丹·玛斯,兴办学堂、盖学生宿舍、向土著民阐明各种现行规定。你一定也

---

[1] 此处系意译。爪哇语 bendoro 用于称呼贵族阶层人士,在梭罗和日惹,该称呼所指的爵位仅次于亲王。

想自己办报，是不是？"

"这将在以后的会议上共同做决定，副县长先生。"

"太好了。拉丹·玛斯，有一件事，不知你是否愿意听……有一位富人，职位并不算高，但他早就有志于此事，只是由于地位不高，所以才不敢首倡。他是一位乐善好施的慈善家……你不妨联系一下他。虽然他的职位不如我高，但威望胜过一百个我这样的人。"

他所说的那个人，就是孟加勿刹（Mangga Besar）地区的区长坦林·穆罕默德·塔勃里（Thamrin Mohammad Thabrie）。一位区长！我不禁估量起他的文化程度来，肯定不过是个小学毕业生罢了，不懂荷兰语，也不了解纷纭复杂的世界，所以我没太当回事。

"副县长先生，您本人想必同意一起筹办我们即将成立的组织吧？"

"烦请你和孟加勿刹区的区长先联系一下，如果他同意，一切问题将迎刃而解。"

他已经不太愿意进一步深谈了。我起身告辞，他送我到屋外。

我骑着自行车转了几个地方，了解有关穆罕默德·塔勃里的情况。显然，在干冬墟一带各位区长眼里，他是一位有巨大影响力的人，而且名声好。

"孟加勿刹的区长？他是一个大地主。"某人提供消息说。

"坦林·穆罕默德·塔勃里？他是一位很虔诚的穆斯林。"另一个人补充。

"对，"又一个人补充道，"他捐款修建了两座清真寺。"

"他是一位很慷慨的人。"我到另一个地址时，一个人这样介绍说。他还讲了自己如何在困难时得到了这位区长的帮助，使他至今依然保持着现有职务。

看来这位区长在士绅阶层中颇有名气，他不仅是位区长，也是个很有人情味的人。

我又在他家附近的一个小店停下,继续了解情况。

"他到处都有家产,"店主说,"有人说超过一百处,不包括他的马车行。听说,他还有一家船务公司,现在由别人代理经营……"

大概他是温托索罗姨娘那类人,肯定有意思。按照干冬墟副县长的思路,他是对我未来建立组织有帮助的一位关键人物。

我的情绪愈加高涨。这位区长家的大厅很宽敞,两个人正坐着等候接见。

"您好(Assalamu)……"

一个仆人从屋子旁边走了出来,手里还拿着一把扫帚。

"坦林先生在家吗?"我问。

"在,先生,请里边坐。"

我进入大厅,坐在椅子上,观察正在等候区长接见的客人。区长的事务可真不少,我有足够时间观察一下大厅的情况。

大厅殊为不同。进门上方除了悬挂女王画像,还挂着另一张人像,其样貌很像从前英国驻爪哇副总督托马斯·斯坦福·莱佛士爵士。我的目光无论扫到哪里,最后总会落在像莱佛士模样的画像上。这房子的主人与他有什么关系呢?别人家里可没挂过这样的人像作装饰。或者,这并非莱佛士?

此时,我反复掂量:这房子的主人为什么会有那么大的影响力?因为他富有?因为他乐善好施?还是因为才能出众?显然,他具有其中一个特点,或三者兼备。

一小时后,终于轮到了我。前面的一位客人出来传话,请我进入他刚离开的房间。

这是一间位于大厅里面的办公室,我刚一进门,便不由自主地停住了脚步。站在我面前的是一位印欧混血儿,头戴伊斯兰无檐帽,穿着一件白色中式上装,裹一条三马林达(Samarinda)① 纱笼,鼻梁上托着个夹鼻眼镜。他笑脸相迎,和颜悦色地说了一句带有巴达维亚口音的马来语:

"来(Ayoh),请进吧,先生。"

我走到他面前,他向我伸出了手。

"先生来这里,必是因为有要紧事吧?您这是第一次到这里来。"

我注意到他那深棕色头发已夹杂着几缕银丝,微笑仍未消失。他伸手示意,请我坐下。

"您是塔勃里先生吗?"

"不错,有何贵干,先生?"

我开始用荷兰语阐明来意。他抱歉道,他不会讲荷兰语。接下来的对话改用马来语。

"这么说来,干冬墟的副县长建议您来这里,"他仿佛在自言自语,"他的确常来这里,但没谈过什么重要的事情,我可以听听您的问题是什么吗?"

接着,我说明了成立组织的宗旨以及组织的原则和目的。他不置可否,随手递过来一盒古巴雪茄,使我想起欧洲大人物们的待客习惯。

"副县长先生认为是好事,对我来说也是好事。"他谦虚地说。

从他的眼镜下边,可以清楚地看见那一对浅褐色的眼珠,似乎人们经常对他这双眼睛感到惊奇。他摘下眼镜,用手帕擦了擦,然后重新戴上。

"这么说,您是想成立一个联盟(syarikat)?"

"联盟?联盟是什么意思,先生?"

"您信伊斯兰教吗?"

---

① 位于加里曼丹岛东部,现为印尼东加里曼丹省省会。

"当然,坦林先生。"

"您也做祈祷吗?"

"请原谅,坦林先生,我不做祈祷。"

他又微笑着点头,然后熟练地引用了"他没有伴侣"(Laa syariika Lahuu)①并解释说:"对真主来说,是没有联盟的。先生,'联盟'就是共同利益的'协会'(persekutuan)或'团体'(perkumpulan)。"

"哪个词更合适?'联盟'、'协会'或'团体'?"

"当然'联盟'好。首先,它来自阿拉伯语词汇,那是《古兰经》的语言;其次,它能提醒人们'联合';第三,它比'团体'这个词更简明扼要;第四,它不像'协会'那个词在拼写里包含另一个词'蛀虫'(kutu)。建立联盟不比聚在一起更有深意?'协会'这个词容易使人联想到这个组织是由一群蛀虫组成的'团体'吧?"他高兴地笑了,为自己讲的这个笑话而感到得意。

"一会儿工夫,您就提出那么多好词来。"我称赞他说。

他看起来也乐于接受别人的赞美。

会见令人满意,愉悦的气氛里充斥着古巴雪茄的缭绕烟雾,还备有异常丰盛的招待食品。他时不时引用《古兰经》里的掌故,竭力给人留下身为穆斯林的印象,这当然是他的权利,既是他擅长施展本领的天地,也是其个人特点。

谈话间歇,我故意问他:"如果我没认错,先生,门上边挂的是爪哇副总督托马斯·斯坦福·莱佛士爵士的画像吧?"

"你一点没看错。"

我突然意识到,托马斯(Thomas)这个名字和坦林(Thamrin)有一点相似之处。然后,我说:"您的面容和莱佛士爵士很相像。"

---

① 出自穆斯林礼拜时的祈祷词。

"所以我才挂他的像,先生。"

"莱佛士以他的才干和睿智而闻名,也许因为您和他长得像,所以您也和他一样睿智。"

"感谢真主。"

"您名字前两个字母也和莱佛士相同:托(Tho)和坦(Tham)都是'Th'开头。"

他笑了。然后,话题又转回到原来的议题。

"我准备为联盟出力,努力做善事。先生,我也准备给联盟提供帮助,只要,只要,只要与现行法律没有什么相违背之处。"

同一天,我又去拜访干冬墟的副县长。

"如果他已经同意,问题就解决了,拉丹·玛斯。很多人欠他人情,只要他说一声'好',别人就会说两声'好',你可以准备请帖了,尽量多写几份,印制一些组织章程和细则。不要用荷兰语,要用马来语,先生,很少土著懂荷兰语。请准备大约一百份请帖给我。"

"应该先考虑一下,什么地方能容纳那么多人。"

"这个大厅可以容纳两百多人。"

我表示同意,他也感到高兴,他的地方得到了这样的荣幸。

"先生,您是对的。这个大厅会获得巨大的荣耀,因为联盟即将在这里建成,这是土著民的第一个现代组织。咱们是最初的倡导者。"

他听了我的这番话,感到很满意,话题又转到坦林·穆罕默德·塔勃里身上。

"是的,他确实像欧洲人,但他的心灵属于一位地道的土著民。他在巴达维亚长大并且受教育,是的,他的文化水平比他童年的朋友略高一些。"

"他为什么要挂莱佛士的画像呢?"

"莱佛士住在巴达维亚期间,失去了妻子,她死了……"他犹豫了片刻，但仍接着讲下去，"他的妻子埋葬在贾蒂·珀坦布兰（Jati Petamburan）……"他又停下来，这次真不再讲了，过了一会儿才说，"哎，那只是碰巧。他的父亲长相非常像莱佛士，至少是面容……你在巴达维亚交往的人越多，你会对这件事了解得越清楚。"

我蹬着自行车，回想起一个传闻：克都（Kedu）地区的县长都是丹德尔斯总督后代。嗨，管他谁是谁的后代？衡量一个人的标准，归根到底还要看他的待人接物。

到家后，我马上叫桑狄曼用油印机印出二百份请帖。他一直干到深夜两点，看起来他干得很起劲。

"先生，这正是我在莽古尼加兰时盼望发生的事。"

"为什么你不开始做呢？"

"没人知道该怎么干。"

"现在你知道了。"

"现在我知道了，先生。可谁先去倡议？如果只是像我这样的人，谁会相信呢？邀请哪些人参加这件事就能烦死人。要是稍有差错，坏人也收到了请帖来参加会议，表示同意并准备加入组织……那该怎么办，先生？所以在莽古尼加兰那边，人们只是空谈。"他忽然问道，"我也可以参会吗，先生？"

"当然可以，咱们一起去。"

在我人生中，这是美好的一天。受到真主指引，我在干冬墟官府大厅主持了一次会议。

参会人数超过了请帖总数，三个县的士绅贵胄云集一堂。有的人领着孩子来，也有小学生参会；有的带着妻子，现场婴儿也不少。孩子们欢笑着，婴儿热得哭——母亲赶紧喂奶。

干冬墟的副县长坐在前排显要位置上，他没讲话。坦林·穆罕默德·塔勃里谦恭地坐在中排，和其他与会者一起。

美味可口的食品依次呈上，从未间断过。我成了唯一的发言人，没有一个人肯出来讲话。没想到，我滔滔不绝地讲了那么多，都是我的熟人们说过的，读过的东西也用上了，但有两件事我故意没提：亚齐战争和巴厘战争。

"我们想给这组织起个名字叫'贵人社'（Syarikat Priyayi）[①]。因为在土著民中，最进步、最有知识的是贵人阶层。士绅贵胄都有文化，能读会写。我们起这个名字，大家同意吗？"

我问了多少遍，始终没人回答。大家反而把目光转向干冬墟的副县长身上。

"我们的组织将使用马来语，因为士绅都懂马来语。各位先生，各位来宾，你们同意吗？"

依旧没反应。或许我在重蹈那位爪哇退休医生的覆辙，对与会者的心灵荒漠大声疾呼。

干冬墟副县长理解我的尴尬处境。他站起身，在我的旁边就座，征得我同意后，他说：

"诸位先生及诸位来宾，今天你们来这里，不是拜见一位副县长，也不是来朝拜一位国王，即使会议场地就在我的县衙大厅。这一次见面，我们这些人里没有国王，也不论其他任何职位，什么副县长、区长、医士（mantri），大家全都一律平等。因此，如果你们同意，就说同意；要是不同意，就说不同意。现在，我问你们：谁同意成立贵人社？"

无人回应。坦林·穆罕默德·塔勃里一言不发地坐在位子上。

"孟加勿刹区长坦林·穆罕默德·塔勃里先生，说不定您赞同？"

[①] Priyayi 常译作"士绅"，参见序言第5页注释，"贵人"系意译。

坦林霍地站起身来，他身躯高大，众人目光一齐向他投过去。

"我不只赞同而已，我报名登记，当这个组织的第一位成员。"

"好，刚才有人表态了，现在，还有谁同意？"

全体与会者纷纷站起，包括小孩子们，只剩下正在睡觉的婴儿还偎在母亲怀里。

"我本人也同意，并报名当一名会员，当第……全体一致同意，对吗？好，那我大概就是第二百九十名会员了。"

这才听到了与会者之间发出宽慰的笑声。

"同意马来语作为贵人社的通用语吗？"

与会者纷纷表示同意，大厅里一片喧哗（gegap gempita）。

"那么，咱们成立贵人社的决定就此通过？"

"对！通过！通过了！"

"你看，现在大家都抢着表态。"副县长耳语道。

"没关系，先生。"我也小声对他说。

"好，"副县长又说，"明天就向政府官员（Kenjeng Gubermen）请示批准咱们的组织。现在，愿意入会的先生们，请把你们的名字和地址留下，还有你们的年龄和职业。"

桑狄曼把已经准备好的笔记本分发下去，每排与会者发一个。

半小时内，气氛踊跃，共统计出四百八十二个名字，包括那些还在母亲怀抱里酣睡的四岁孩童。这样也好，不过其中一个女人的名字也没有。

不难猜测，谁在那天晚上被推选为领导者：坦林·穆罕默德·塔勃里。我当书记。会议在轻松愉快的气氛中结束了。漆黑的夜空阴云密布，滚滚闷雷接连炸响，游蛇般的闪电不时划破天空，大雨瓢泼而下。桑狄曼赶忙去印制材料，油墨一干，他立即写好了地址，当夜投递出去，寄往苏门答腊、婆罗洲、马鲁古等地，尤其是爪哇各大城市。

几天内，自愿申请入会的信件纷至沓来，有的来自爪哇，有的来自马都拉，也有来自其他地方。可是，桑狄曼却闷闷不乐。

"你一定在想什么，"我说，"有什么困难吗？"

"没有，先生。只是……哎呀，该怎么说呢？先生，这个贵人社其实我没权利参加。"

"你已经是会员了，你不也报名了吗？"

"我从来没觉得自己是'贵人'。"

他的话令人吃惊，也使人生气。

"为什么开会时你一言不发？"

"我该说什么，先生？我只是个当过兵的，当兵的也算'贵人'[①]么？"

"那么，当兵的应该算什么人？"

"我怎么知道呢，先生！这样一来，莽古尼加兰的士兵们肯定不敢加入了。"

"哎呀，你呀，多好的想法！为什么不早点在大会上讲呢？"

"我自己也不明白'贵人'是什么意思，先生。"

其实，我本人也不十分清楚这个词的确切含义。

"那么我这个会员应该算什么，先生？是不是'贵人'？"

"如果批准了，成为正式会员，你是否就会明白它的确切含义呢？"

"不批准为正式成员，我也不明白，先生。"

"如果不批准，问题也一样，那你还是个会员。"

"可我心里总觉得有点不是滋味儿，先生。"

"如果再给你加点佐料，你就会感到有滋味了，是吧？"

[①] 贵人（Priyayi）的准确界限仍模糊不清，通常被理解为：贵族（menak）；靠工薪生活的人（pemakan gaji）；政府职员（pegawai Gubermen）。——原注

他心里感到不踏实，我更是如此。这个组织名为贵人社，将把低下阶层拒之门外，甚至商人阶层也会望而生畏。还说什么呢，生米已经煮成熟饭，大会都一致通过了，政府已经批准并在《政府公报》上公布了。贵人社作为受法律保护的组织而被承认——其地位就像一个欧洲人那样。

就这样，1906年过去了，它填补了一个新的空白。

第八章

　　一个组织的书记工作，功能像织布机，将来自八方的思想归纳至中间的方向，也就是第九方向，书记自身的方向。其产品是五花八门的思想织成的纺织品——社会生活的再造物。作为法人团体的书记——价值等同一位欧洲公民——交往和活动空间迅即变得如此开阔，仿佛迈出的每个脚步不再是踏在殖民地的土地，俨然化身为这土地的合法持有者。经验、学识、贤能，尤其是生活激情，令我成长为一个巨人。我拥有超越其他成员总和的力，自信直抵地心。然而，与此相反，我的收入每况愈下，愈加依赖日渐减少的存款了。只有没志气的软骨头才总想得到免费赠予。什么不需要付钱？一切都必须买单或赎当。

　　我建议办一份出版物，在社会上产生十分广泛的影响，这主意得到贵人社领导人的赞同。资金怎么来？订户预付一两个季度乃至一年的订阅费，直接当成股份。一家股份公司就成立了。公证人很快从司法机关得到批准，《广场》（Medan）周报出版了。它属于土著民自己，不是荷兰人的，也不归华人或其他外来者拥有。土著民自己的报纸！应该办的事终于办成了，只要人心齐，没有办不到的事！

　　独自一人在卧室时，我情不自禁落泪了。我找到一个新大陆：用土著民的钱筹集资金。这些土著民都是小户人家,他们的钱有一部分是从嘴上省下来的,但他们心甘情愿这样做。资金已备齐。新大陆,新生活。

我在日记里写道:谁能预料新生儿的前途?他将成为圣人还是恶棍?或者不过在世界上徒增活口罢了,可有可无,庸碌无为?

老办法还是可行的:从士绅下手。正如那位扎巴拉姑娘所说:一旦县长做什么,黎民百姓便会跟着模仿。而县长只会模仿他们的荷兰人州长。模仿上司成为德行模式。无论上司是人还是鬼,来自何处,反正只要步其后尘,个人便可以少负责任。其实也怪不得这些人,他们收入越来越少,仅够糊口(pas-pasan)。

四位县长订阅了《广场》,这比已得到的实际资本的全部价值还要多。仅三个月时间,便招来一千五百位长期订户,他们分布在整个爪哇以及苏门答腊和西里伯斯(Celebes)①两岛上的几个大城市,印刷了两千多份依然供不应求。

收到头几期杂志后,姨娘从沃诺佐罗写信给我,她已预付了两年订阅费,还帮我寻找更多的订户,但没拉到几个。她写道:

尽管还处于初创阶段,孩子,至少你已经成了引路人。没当成医生,用不着后悔。第一个这样做的土著民就是你。你们的周报更多是解释法规的内容,许多有身份的士绅需要它,正是为了有效地对付它。你自己成了法律的牺牲品。法律起码可以分为两种:正义的和欺压人的。而具体的规定只是为了巩固和加强法律。你还记得吃过法律的亏吗?千万要小心,孩子,不要用你的讲解去参与欺压别人。

---

① 今苏拉威西。

她在另一封信中说：

什么？谁不相信你是以纯洁的心地和良好的愿望创办报纸呢？你以为这些就够了？纯洁的心地、良好的愿望以及实现它的能力，正是坏蛋们求之不得的。孩子，光有这些是不够的，远远不够。在现实里，到目前为止，利用耶稣名义欺压人的事还少吗？你要警惕！

我们周报的多数订户都想通过遵规守法以达到平安无事，或者有助于飞黄腾达，姨娘则持相反观点。每天都有读者来信，要求解释各种规定。姨娘仍对此发起挑战。

姨娘又来信说：

无法避免？就不能换成别的内容？有很多重要的事，可能比只解释法规更加重要。

订户要求解释法律的呼声越来越高，干冬墟的副县长已经应接不暇。为此，不得不雇用一位欧洲法律专家，每周为我们工作两小时。桑狄曼累得半死，每次法学士马勒（D. Mahler）先生答复提问者时，他负责做记录。还好，这位法学士人很热情，也乐意帮忙。

米丽娅姆·弗利斯保登写信来了：

我丈夫对你们解释法律问题所遇到的困难很关心，假如我们此时在巴达维亚，他一定会很高兴去帮你、献爱心（con amor）。而且不只是一周两个小时，只要有时间，他准会欣然前往。

马勒法学士的酬金很高，办报所得利润的三分之一都付给了他。姨娘在信中写道：

你们收入的三分之一都付给他？太过分了，政府希望官员们正确执法，自己也能好好地遵规守法，怎么反而你要把利润的三分之一付给他？我觉得这真是笑话，虽然我并不了解这一问题本身。也许是你自己把事情弄到如今这样荒唐可笑的地步？这本来是政府的事，应该由政府付报酬给他，而不是你。

这时，《广场》已发行到了苏门答腊、婆罗洲、西里伯斯和马鲁古的几个沿海城市。爪哇以外的订阅者也给我们添了不少麻烦，他们希望周报使用他们在学校里学过的马来语，规范讲究的马来语，而不是随心所欲的市场马来语。

印刷厂费了九牛二虎之力，才完成我们想要增加的印数。印数提高到二千多份，新需求量达三千份，印刷厂对此无能为力。新订户显然不是来自贵族士绅，因为他们的需求已经饱和。土著民和非土著民商人、小业主在经商时学会了市场马来语，新订户来自这些人。

鉴于贵族士绅阶层的需求已经满足，坦林和副县长坚持不用学校马来语，于是我们仍采用市场马来语。接着，许多村长、私营种植园的印欧混血儿阶层开始相继成为了新订户。最后，欧洲人也不得不购买我们的周报。

不久，又有人提出了诉讼案件，要求我们帮助解决。这时，马勒法学士的工作时间由每周两小时增加到四小时，付给他的酬金也随之增加。

我收到姨娘从泗水寄来的信：

我已经向我们在阿姆斯特丹的企业发了电报。想了解一下有关弗利斯保登法学士的情况，也许他可以替代马勒法学士。不过，我想，你们的出版机构应该再扩大一些，你打算出版一份日报吗？

自己办日报，好像是异想天开！每天都要出版啊！办一份周报已经狼狈不堪了。

姨娘在信中说道：

工作量会越来越大？这是好现象，再雇些人嘛，你还想指望办报发财？服务于一切要求公正的诉讼案，他们只敢把案件托付给你，只相信你，这是你的荣誉，孩子。可是，如果你继续搞什么解释法律那一套，实际上不过是在自掏腰包，为政府效劳。对像你这样的人来说，如今这已经不是荒唐可笑了，而是可悲可怜。你一定要办一份日报！生活不仅限于法律和规定！

在各种援助请求之中，胡作非为遍布铁路公司、种植园、政府机关，地方土豪劣绅利用权力抢夺他人妻女，等等。马勒法学士的工作时长已增加至一周六小时，《广场》周报成了东印度土著民的"救赎之神"。

应该增加新的工作人员。我的一位老朋友瓦尔迪（Wardi），又名库图（Kutut），来这里帮忙。尽管如此，工作依然堆积如山。

坦林先生曾几次来找我，催问建学校、盖宿舍计划的执行情况。领导人开会，做出决定：成立两个专门机构，负责执行上述计划；再增设一个基金会，资助学业优秀但生活拮据的学生。以上三个新机构由前进基金会（Badan Fonds Kemajuan）统一管理。一周后，此基金会在公证人威尔海姆森（Wilhelmsen）先生面前得到批准成立了，坦林先生慷慨解囊，贡献出自己的两公顷农田和一笔足够去麦加朝圣两次的捐款。一个月后，基金会的管理人员被警察逮捕，因为他在甘蜜市集（Pasar Gambir）①的赌桌上把委托给他的全部捐款输得一干二净。

我仍在做我原来的工作，从读者来信中，我逐渐了解到，人面对不公正时多么需要帮助。那些大权在握的政府官员也给我们写信，与半个世纪前的穆尔塔图里所处时代大致相仿。我逐渐懂得，土著民之所以受欺压，既源于政府及其官员，也有政府之外的恶人和惯于诈骗的奸商。

如果你还活着，该多好啊，梅……

若不发生令人难以忘怀的事件，似乎 1907 年很快就要过去了。

一天下午，我躺在一把藤编安乐椅上歇乏，身边放着一张小桌。桑狄曼正摇着留声机，播放威尔第歌剧《弄臣》（*Rigoletto*）里的歌曲。过去三个月来，我常抽时间欣赏欧洲音乐，模仿姨娘和她的孩子们的生活习惯。

不知是否由于从前在泗水的习惯，威尔第的曲子总使我回忆起往事，回忆起姨娘和她的孩子们，回忆起农场，还有以悲剧告终的一切欢乐。

当然，我还不能像听加美兰那样完全领略欧洲乐曲。然而音乐可以给我带来许多遐想，加美兰使我陶醉于美妙和安闲中，宛然超脱了尘俗，那种氛围把纷乱的思绪带入长眠。

留声机在播放《夏日的最后一朵玫瑰》（*Bunga Ros Terakhir Musim*

---

① 巴达维亚市政府为庆祝威廉明娜女王生日而举办的大型游乐市集，是雅加达博览会的前身。

Panas），我碰巧睁开眼，看见外面有一辆两匹马拉着的马车停在我家门前。先下车的是一位印欧混血姑娘，接着她转身扶下一个小男孩。然后出现了一位土著女性，轮到她搀扶一位欧洲先生下车。那位先生拄着拐杖。

马芮！冉·马芮！他从泗水来此造访！那位土著女性——那不是姨娘吗？我一跃而起。姨娘！没错，就是她，我急忙出去迎接他们。

"妈妈！哎呀呀，冉！谁想到你们会来？也不捎个信儿，通知我一声！"

有人在捅我的脊背，我回过头去。

"叔叔（Oom），"那位印欧混血姑娘用法语向我问候，"你把我忘了么？"

"哎呀，梅萨洛（Maysaroh）？噢，是你呀，梅（May）！"我惊喜地叫起来，"现在已经成大姑娘啦？"她按照欧洲人的惯例，吻了一下我的脸颊。

"这是罗诺。你一定忘了。罗诺·梅莱玛（Rono Mellema）。"

我想了一下，回忆着罗诺是谁。

"罗诺！"我喊道，"我现在想起来了。"我把他高高地举起，然后端详着他的眼睛，那双眼睛带有微微的蓝色，跟罗伯特的眼睛一样。

"你怎么样，孩子？看样子，你还不错。"姨娘说。

"托您的福，妈妈，托您的福。"

姨娘的声音如此甜美温柔，我不明缘由地感动了。她是一位高尚的女性，我人生中遇到的女神。每当我身处逆境时，她总会伸出援手，给我智慧和力量，她是一位天外救星（deus ex machina）[①]……

---

① 参见114页注释。

冉·马芮一瘸一拐地走着，用法语倾吐着友谊的话语：

"你现在变成了不起的人物啦。"

"好了，快进屋吧。"我一边放下罗诺，一边请他们进屋。

桑狄曼急忙卸下他们的行李。此时，我还不太明白，为什么这两家人一起到巴达维亚来？姨娘莫非是来向我要账的？可冉·马芮呢？他是否想回他的祖国？

"住在我这里，嗯？"我问。

"不住在你这里，还能住到哪里去？"像往日一样，姨娘用荷兰语回答。

我们都进屋了，在客厅里不由自主地停住脚步，只有罗诺·梅莱玛径直坐到一把椅子上。他们伫立在《世纪末之花》前面。我也默默站在一旁，感情与他们交融在一起。

"可惜，她不能陪伴你，孩子。"姨娘声音嘶哑了，不忍再看女儿的画像。

"别说啦，妈妈。"

"你还挂着她的画像，这不会让你难受么？"

冉·马芮走过来，把手搭在我的肩上，深沉地说：

"我们过得很幸福，可你……为什么你不把这幅《世纪末之花》收起来呢？"

"我也幸福，冉，真的。快来，这些房间你们可以住，请你们自己选择吧。"

桑狄曼把他们的行李搬进房间。姨娘打量着房子、家具及墙壁上的装饰，然后走进厨房，和我的仆人聊起天来。我不知道她们聊了些什么。

她从厨房回来，直接向我：

"那么，你还过着独身生活，是吗？这怎么能行？你的境况已经蛮不错了。你也该成家要孩子啦。至少要上两三个孩子。说不定,你在什么地方有情妇?"

"没有,妈妈。"

"算了,忘记画中人,结婚吧!人不结伴成双,日子不好过。"接着,她又进到我的卧室里去察看。

我的心怦怦直跳,她会看到洪山梅的画像。果然如此。

"到这儿来,孩子!"她的声音从卧室传来。

我急忙走进去,姨娘正面对着梅的画像。

"这位华人女子是谁?"

"她是我的妻子,妈妈。"

"我没见过她。你从来没对我讲过。"

"她已经去世了,妈妈。"

"孩子!"她惊呼道,"你的命太苦了,你必须马上再结婚。多么漂亮的姑娘啊,就是瘦了点,细眼睛。"

"她没给我留下孩子,妈妈。"

"为什么你不早点告诉我呀?她是去世了,还是把你甩了?不要瞒我,孩子。"

"我有什么可瞒你的,妈妈?她去世了,连孩子都没给我留下。"

她那亲切的目光和声音仍和从前一样,慈爱的面容重又展现在我面前。七年过去了,她略显老态,但她的干练和热忱依旧不减当年。

"坦白说,孩子,不要瞒我,是她抛弃了你?"

"不是,妈妈,真的没有,她去世了。"

"她对你不忠?"

"不,她非常爱我,妈妈。"

"你一定有什么事瞒着我。"

"什么事非得瞒着您呢,妈妈?"

225

"一定有的。你在客厅挂你的《世纪末之花》，又在这个房间挂她的像，你和她之间一定有什么秘密。"

我不明白姨娘的意思，更不知道该怎么回答她的问题。姨娘那双锐利的眼睛盯住什么，就决不肯轻易放过。因此，我不得不把有关的一切讲给她听。她一边细心地听我的每一句话，一边凝视着洪山梅的画像。然后，她说道：

"原来，她是那位已故新客的未婚妻？多么令人敬佩的姑娘啊，离乡背井，客死异国，而且是自己心甘情愿的。可是，什么原因让你变得这样忧伤呢？孩子，你已经为她竭尽全力了。"

"我丝毫不感到忧伤，妈妈，况且，我已经找到了新寄托。"

"这么说，你很快又要结婚了？"

"不，妈妈，我的新寄托就是工作，工作令我非常幸福。"

像母亲面对自己的孩子一般，她温柔地用她的头贴了一下我的头。

"你的意思是要学我？像我那样工作，没完没了地不停工作？你以为我在工作中幸福吗？你错了，孩子，你看得很不全面。我已经有了两个孩子，尽管他们都已故去，现在我还有孙子，谁都承认我的工作没少干。即便如此，孩子，一个女人没有丈夫，没有守在身边的生活伴侣，感觉生活会一天比一天寂寞。"

此时，我忽然明白了，她是在借我的事来说她自己。原来，她要以此作为引子，告诉我一件事：她和冉·马芮已结为终身伴侣。

"恭喜你，妈妈！"我把手伸给她。

她的眼睛闪烁着光芒，握住我的手。

"这么说，你明白了，孩子？不要误解我的意思。"

我走出屋，去向冉·马芮贺喜。他坐在客厅里，正欣赏自己几年前的作品《世纪末之花》。

"我觉得，这幅画像至今也不必作任何增改。"看见我出来，他这样说。

"你们没给我消息呀。"我嗔怪地说,"恭喜你,冉。"

姨娘也随后跟出来,在椅子上坐下,把她丈夫靠在椅子扶手上的拐杖摆好。

梅萨洛把她的东西安放好后,也从房间走出来,和我们坐在一起。

"叔叔,现在你已经长成大胡子了。"梅用法语逗趣地说。

"是啊,梅,如今我已经老了。"

"老了?这胡子很威武,叔叔,谁说你老了?"

"那么,是否我该向你求婚呢?"我问。

她大声叫起来,捎了我的腿一下。她的脸羞得绯红。姨娘满面春风地笑着,冉·马芮不好意思地低下了头。

"没什么错啊,要是你真的愿意?"姨娘紧接着说。

梅萨洛的父亲冉·马芮听完,转过头去。

"我想回家,叔叔,"梅继续用法语说,"回巴黎去。"

"所以,你不爱说爪哇语,也不愿说荷兰语或马来语?"姨娘逼问。

"你要回法国,梅?"我瞪着眼睛,来回望着姨娘和冉。

"是啊,孩子,我们已经结婚,准备离开这里。"

"妈妈,这么说,你们是要去巴黎度蜜月?"

"不是度蜜月,孩子。是这样的,我早就听说过,也在书上读到过:有这样一个国家,法律面前人人平等,跟东印度完全不同。还神乎其神地说,这个国家发扬、尊重和崇尚自由、平等、博爱,并以此闻名天下,这你也知道。我想看一看这个现实中的传奇国度。是否在人世间真有这样的美事?"

姨娘当然知道,法兰西帝国主义和其他帝国主义都是一丘之貉,法国人也一再背叛自己的革命。然而,我无意说扫兴的话。

"妈妈!"我大声叫着。

"是的，孩子，我们四个人将一起去法国。"

"瞧，叔叔，你亲耳听到了。"

罗诺·梅莱玛注视着我，一声不吭，或许是留意到我的胡子很独特，他就像观看夜市上的怪人一样盯着我不放。他也可能正在思索着什么。

"为什么你不说话呢，罗诺？"我用爪哇语问。

"我也去。"罗诺用马都拉语回答。

这个新家庭看起来多么幸福和睦！他们到法国去，显然是以姨娘的企业财运亨通为基础。

"你不也想去法国么，孩子？去那里和梅成婚怎么样？"姨娘问。

"哎呀，妈妈您！"梅萨洛叫起来，又去掐姨娘。

"瞧你的孩子，冉，她在情人身边，心里简直乐开了花！"

"谁说他是我的情人？"梅反驳道，掐了姨娘一把又一把，脸上浮起羞涩的红云。

冉·马芮一言不发，仿佛正在走神。我看到可爱的梅萨洛瞥了我一眼，也突然害羞起来。

这位姑娘的皮肤不太白皙，大概是她妈妈的遗传。长长的秀发蓬松鬈曲，别着一把嵌有翡翠的金梳子。耳坠和项链都是镶金嵌玉，光彩夺目。望着这些首饰，我想起了另一位混血姑娘，她也……哎呀，回忆往昔又有何用？梅萨洛用的香水也和安娜丽丝的香水一样。可能是姨娘的精心安排，目的是要唤起我对以往的怀念。

我明白了，一定是在下船以前，姨娘特意为梅萨洛打扮的，好让我把她当成……

"你说话呀，冉！"姨娘用马来语说，然后又用蹩脚的法语重复了一遍。

姨娘已经开始说法语啦！

冉·马芮没有响应。

"我们可没少谈起你,孩子,"姨娘又说,"谈你和梅萨洛的事情。"

"当事人自己还没发表意见,"马芮说,"只有你一个人在嚷嚷!"

听她父亲这么说,梅萨洛顿时站起身,跑进自己的房间,把门砰一声关上了,仿佛她要逃离这个世界,到别处去隐居。

"别去管她,她会在门后偷听的。"姨娘说。

姨娘希望我和梅萨洛成婚,梅萨洛已经明白了她的意图,而冉·马芮抱着听之任之的态度。

当我望向马芮时,他正转脸望着窗外。

"我工作太忙,妈妈,还没时间考虑过再婚的事。"

"你听着,孩子,我们就要走了,不知道什么时候再回来呢。如果你确实没有这个念头,那就算了。可假如你真有此心,就当着冉面前坦率讲出来,千万不要错过这个机会。"

"给我个机会,让我考虑一下吧,妈妈。"

姨娘显得很失望,她是好意,我本人也不反对和梅萨洛结婚,梅萨洛会顺从父亲的心意。一切都取决于我,可我此时心不在焉,反而担心姨娘会向我讨债。只有我自己心里清楚,我的经济状况几乎到了揭不开锅的地步。

"我还没还清妈妈的钱呢。"

"听我说,孩子,人们很喜欢你的刊物。他们说,内容不够丰富,还有片面性。你也持这样的看法,对吧,冉?"

"是的。"回答之后,冉又沉默了。

"我已经建议你出版自己的日报,你还没考虑这个问题吗?"

"还没有土著民尝试过出版日报!"

"你不妨开这个先例,这是件光荣的事。"

"办日报耗资太大了,妈妈。"

"有我做你的后盾！需要多少钱？"她挑战似的问，"还没有还的那些钱，一笔勾销算了，再给你三千盾怎么样？够么？"

我静静思忖着，有冉在场，我羞于启齿。

"够了。那么，你是同意了，这项工作就开始做起来吧。"

"是的，我相信你能做好，"冉鼓励我说，"你有能力、也有经验了。无论在哪一个领域，你都会成功的。"

"最起码，当医生就已经失败了。"我说。

"那只是时运不济罢了。"姨娘说，"如果你学医成功，就会被派到婆罗洲内地去，或者去船上工作，正如你自己说过的那样。你当然就不能领导《广场》，贵人社也不复存在了。"

我开始感到轻松愉快，大家终于不讨论婚姻了。转眼间，姨娘又重新提起：

"明天下午两点钟，我们就要乘船去欧洲。我们会在阿姆斯特丹登陆，专门去一趟赫镇（Huizen）①，然后才坐火车到巴黎。明天上午九点，我们就从这里出发。"

"如果去到了赫镇，妈妈，"我请求道，"请帮我献上一束最美的鲜花，在红色绸带上用显眼的银色墨水写几个字：来自巴达维亚（Dari Betawi）。就这些，妈妈。"

"我一定做到，孩子。你看，我们谈话的时间不多了，如果你感到我在催你、逼你，这只是由于时间紧迫的缘故。现在，你就当着冉的面说吧，好让我放心，不再让你受苦，或者，由我来向冉转达你的意见，你一旁听着？"

现在，这位女性咄咄逼人！莫非这是她的真实性格？因长期事业发达，她成了"女族长"（matriark）？或者，她真心实意地希望看到

---

① 安娜丽丝在此地病故，见《万国之子》第二章。

我幸福？还是她想立刻摆脱一位继女？难道这真的机不可失，迫在眉睫？就我本人而言，尽管我是写文章的人，我的笔已经为社会写下了洋洋几十万言，可为什么到被迫向别人求婚时，脑子里就蹦不出一个词呢？

"好吧，"姨娘最后说，"冉，你亲眼看见了，他确实愿意娶梅萨洛做妻子，可羞于开口，不好意思向你提出。他一定会使你的女儿幸福，你就把我看成他的生身母亲吧。况且，你还十分了解他，不是吗？"姨娘这个人，越发步步紧逼。

"让他自己说吧。"冉用法语道，"你说吧，孩子。难道你还像过去那样说不出口吗？"

全世界所有的善意似乎一下子泼到我头上。我从梅萨洛小时候就认识她，送她去上学，牵着她的手带她到学校去；她放学时，我们又同乘马车一起回家。连那些并不耽于美色的非女性崇拜者们都承认，梅萨洛是一个康健、敏捷、体态优美的迷人姑娘。现在，她芳龄几何？十七岁，天真烂漫、娇憨、独生女，她深爱自己的父亲。

她得到了冉全部的疼爱，冉是她心中唯一的靠山。他心地纯洁、胸怀坦荡、无错综情结（komplex yang ruwet），他把满腔的爱都倾注在爱女身上了。然而，对一位老朋友，突然又将成为我岳父的人，我该说些什么呢？为什么姨娘的愿望我未经深思熟虑就认可了呢？

"请先原谅我，冉，咱们已是多年莫逆之交，我向你提出这要求，实在难为情。假如你能为我的生活增添光彩，愿意将女儿许配给我，我一定感谢不尽，请不要因为我说这些而发火。"

冉·马芮转过脸，长叹一口气。这时，他看起来已经年迈，确实无能为力。他的老本行没什么出路，只能完全依赖姨娘。我很后悔，不该顺从姨娘的主意，一旦遭到拒绝，多么令人难堪？也许还会导致冉和姨娘的关系产生不和。我太鲁莽从事了，毫无主见。我怎么变成这样？像影子一样对这位出色的女性亦步亦趋？为什么非得俯首听命于她？为什么加重冉·马芮的思想负担？难道我本质上是个机会主义者？或者因为我欠她的债？

"我只有这一个孩子，"突然，冉用法语说，"梅萨洛自幼失去母亲，从小就跟惯了我，这你也是知道的。"

"你不打算再回东印度了么？"我问。

"不知道，为什么我必须为自己考虑呢？"他责怪自己说。然后，他摇摇晃晃地站起来，喊道："梅！梅！出来，到这里来，亲爱的。"

然而，梅萨洛不出来，也不回答。

姨娘站起来，走到梅的房门前，敲了几下，用荷兰语说：

"出来吧，亲爱的，你爸爸叫你呢。"

门慢慢地打开了。我没朝那边看，而在留意着冉。大概他此时此刻心情沉重，眼睁睁等着那一秒钟到来：他最心爱的女儿即将落入别人手中。他双眼直勾勾地望向房门，只见他的额头上布满了皱纹。

"你怎么不出来，梅？你有什么可怕的？快过来，亲爱的！"姨娘迎上前去，拥着那姑娘肩膀走过来，让她坐在我旁边的椅子上。

"你不后悔自己说的话？"冉问。

"如果你不后悔，我也不后悔，冉。"

"梅！"冉用爱怜的语气叫着女儿，"你从小就认识他，为什么低着头？把头抬起来，让爸爸看看你的脸和你的眼睛。"

我避开了梅的视线。在我印象中，她还是天真烂漫的小孩子。那次我和她爸爸刚吵完架，正要起身回家，她急忙跑过来，一边伤心地哭着，一边苦苦哀求我去和她爸爸重归于好。

"梅，你自己也听到了，刚才明克向我提出，要你当他的妻子。我还没有回答，一切由你来决定。你同意也好，不同意也好，回答或不回答，我都不强迫你，一切由你自己作主。"

梅萨洛不作声。她想拒绝吗？要让我蒙受耻辱？可有什么理由一定要人家同意呢？

"你可以现在回答，也可以明天或到法国以后再回答。"冉接着说。

气氛沉闷紧张，没有人说话。姨娘站起身，向里屋走去。

"冉，我的请求不是出于妈妈的压力。"我说，企图改变这种气氛。

"当然不是，你的确需要一位好妻子。我们明天就要出发了，我有一种感觉，不会再回到东印度了，当然应该利用这点宝贵的时间。"

"我明白，冉。"

"你的意见呢，梅？"冉问。

"我还想到巴黎去学习。"

"那么，你对明克的求婚不想回应？"

"还不想，爸爸，别生我的气，爸爸。不要失望，叔叔，我不是还能学习吗？"梅缓慢地、小心翼翼地说。

我眼前一片漆黑。冉也许会看出，我的脸色白一阵、红一阵，羞愤难当。

"你不后悔吗，梅？"冉又问。

"爸爸，我亲爱的爸爸，"我看见梅萨洛站起来，扑向她父亲，然后抱住他，说道，"我愿意当叔叔的妻子，我愿意，爸爸，只是不要现在。"

"你自己对他说吧。"

"听见了吗，叔叔？"

太阳在我的生活领域又重新放射出光芒。不，我不必蒙受羞辱了。我平静地望着梅，她将会成为我的妻子。她向我走来，像爪哇人那样跪下，用两只手握住了我的右手。

"我愿意成为你的妻子，叔叔，只是不要现在。请原谅我。"

我站起身，也把梅搀起来，让她坐在椅子上。

233

"冉，梅，谢谢你们的回答。请你们俩不要怀疑，我的请求完全出自我本人意愿，而并非由于别人的建议或压力。梅，明天或者后天，也许你会改变主意，直言不讳告诉我好了。如果你到了法国，结识其他人，你的立场（pendirian）改变了，请记住，有个人在等你的音信。"

那天晚上，由于个人问题已经了结，谈话气氛又变得热烈起来。罗诺·梅莱玛早早睡着了，姨娘也来加入我们的聊天。

我们谈话尽量不涉及过去，不论姨娘、冉，还是我，都只谈将来。梅坐在一旁，更是寡言少语。

姨娘的话成了这次聊天的结束语：

"因此，你不必担心，孩子，我早就盼着读到你编的报纸——维护咱们土著民利益的报纸。那份周报确实不能随意就停刊，对那些想了解法规的人们，周报已经具有了很好的声誉，可我总认为这不是你的正当职业。办报，孩子，办日报更好，稍后我为你物色一位法律专家，不是两面派的法律专家。我得到的有关弗利斯保登的情况比较令人鼓舞，大概他愿意帮你的忙。孩子，如果三千盾不够，就给我往法国发电报。"

午夜，我满怀幸福走进卧室，好事接踵而来。原因在于我已经开始行动，而其他也将唾手可得。一切都需要有开端，开端已通过。

尽管如此，我依然自感羞愧：在那样一个女人身边，我又变回成她的影子，没有了自我。从前，梅莱玛先生说不定也这样俯首贴耳，依附她那颗坚强的心。或许他和我现在一样，如同她个人意愿的影子，任其摆布，无力反抗。说实在的，姨娘本应是个男子汉，我也完全能预料冉·马芮的命运：他会沦为姨娘掌中一块可以捏来捏去的粘土。

按平日的习惯，我每当上床前都要看一眼洪山梅的画像。可是，今天画像不翼而飞了。我在床下和柜子下搜寻，没有找到。最后在衣柜上找到了它，被一块布包裹着。必定是姨娘干的，不放在下面，却放在柜子上面！

洪山梅，你已经取代了"世纪末之花"的位置，如今你又将为梅萨洛·马芮所取代。请不要恨恼……你从来不是那种多愁善感的人，对吧？

我将洪山梅的画像挂回到原来的位置。我仔细端详着她的面容，仿佛她不是世间凡人。那淡淡的笑靥是我要求画家添加上去的？细长眼皮下的那双眼睛，目光犀利敏锐，仿佛她一向不从正面去审视世界，而总是漫不经心地窥探着其间奥秘。整幅画面笼罩在惨白苍凉的气氛之中。

每次剖析我的内心世界，我便感到羞愧不已：我真心爱过她吗？我对她有过像人们所称颂、小说中所描写的那种爱情吗？文人墨客不知作过多少描写，但至今仍然模糊不清，难道人们都应该去学着用那种方式相爱吗？按照一般人的常识和理解，一位妻子是否会因为缺少爱情以至郁郁而终呢？而后，她只能像我的"世纪末之花"和像洪山梅那样，变成画像悬挂起来，供人崇拜敬仰呢？梅萨洛，她是否亦将落得同样的下场，变成一幅画像，挂在我的卧室里呢？

真主，启迪我认识爱情，就像深知爱情的人们那样！因为，据说，爱情是一切的源泉……

他们走了。冉·马芮、萨尼庚·马芮、梅萨洛·马芮和罗诺·梅莱玛，他们已经启程去法国了。

房子里一片冷清，我心里也一样。

桑狄曼和瓦尔迪赞成我办一份报纸。坦林·穆罕默德·塔勃里和干冬墟的副县长已一蹶不振，前进基金会出的事把他们搞得心灰意冷。

前进基金会的财务丑闻使缴纳会费的会员们丧失了对贵人社的信任，会员中已传出这样的风言风语：哼！成立这个组织，还不是为那些人揩油提供方便！《广场》需要出版一期增刊，单独发行，专门公布经费使用情况。当然不是全部数字，因为马勒法学士的那部分酬金不能公开。但读者对此并不在意，他们只需要有意思的读物而不是流水账目，他们收到增刊后也无动于衷。

我曾建议召开一次会议，但从来没有令人满意的答复。会费无法再收取，为数不少的人停止了支付股金，费用支出开始由我个人自掏腰包。组织生活已经失灵，各位士绅更热衷于观看塔尤舞（tayub）、浪迎舞（ronggeng）、佐克舞（cokek）等表演[1]，或者忙于赌博。最后，会费的来源完全枯竭，士绅们纷纷拂袖而去，恢复旧习。

与之相反的是《广场》周报却日益兴旺，显示出强大生命力。读者提出的问题越来越多，要求也越来越高。读者要求为他们的切身利益而努力，与此同时，还希望了解更多东西。他们不再通过组织，而是理智地通过向公众揭示真相，以求问题得到解决。面对本族上层人士和不同肤色殖民当权者的凌辱和欺压，人们希望受到公众舆论的保护，他们知道公之于世的白纸黑字无法否认、不能改口。

人们已经开始需要一份土著民的日报。

"创办日报的时机已经到来了，"我对瓦尔迪和桑狄曼说，"可惜，现在组织不能发声了，无法行动，所以我决定自己来出版日报。"

瓦尔迪表示同意，只是不太相信我有办这事的能力，他总是微微一笑，不作正面回应。

"甚至我为周报帮忙，大概也帮不了多少日子了。"瓦尔迪说。

"我明白，办周报不会有好日子过，到头来是献爱心，空忙一场。"

瓦尔迪决定留下来帮我，尽管他并非全心全意。

---

[1] 均系爪哇民间舞蹈，通常以加美兰伴奏。

形势在不断地变化,东印度社会各阶层的日报读者正密切注视着当前发生的大事。

范·赫乌茨总督已将他的想法公之于世,要求在亚齐、西里伯斯、马鲁古和小巽他(Sunda Kecil)群岛上的袋形地区王国签署一个《简要声明》(Korte Verklaring)①,表示愿意接受荷属东印度政府的庇护。这些独立的袋形地区王国被他称为"独立王公国"(land-schap)②。

各报纷纷登载:愚昧现象、犯罪事件、野蛮行为在"独立王公国"层出不穷,荷属东印度政府对此不能再置之不理,因其自身代表欧洲和基督教文明。荷属东印度的法规也必须成为"独立王公国"的法规,以便当地居民和领袖都与荷属东印度结为一体。

《简要声明》的弦外之音可以简单用这样几句话概括:荷兰殖民军已准备好作战用的火枪、大炮和刺刀,即将攻取尚未向荷兰人屈服的那些袋形地区独立王国。亚齐的科塔拉贾(Kotaraja)荷兰殖民军墓地已经成为展示残酷殖民战争的历史遗迹,这类墓地必将扩展至西里伯斯、马鲁古和小巽他群岛。

范·赫乌茨在明年结束其任期之前,将要实现他一统荷属东印度的美梦。然而,他就职的1904年开始的巴厘战争,至今尚未结束!是啊,尽管科龙贡王国已有四分五裂的危险,但科龙贡国王却依旧稳住脚跟,屹立不动。

当荷兰殖民军进攻一座巴厘人拼死固守的堡垒,特·哈尔先生也跟随前往,不幸重伤身亡。离世前他还给我寄来大约五封信。我不知道是什么武器导致了他的死,至少也是巴厘人常用的那类尖利兵器吧?

---

① 荷兰语,对应的印尼语是 *Keterangan Pendek* 或 *Maklumat Pendek*。——原注
② 荷兰语,印尼语意为 negeri merdeka yang diperintahkan oleh raja atau oleh adat(由国王统治或受习惯法支配的独立国家)。——原注(参见英译本释义:A territory ruled by a king or under the sway of customary law. ——重校注)

他很同情巴厘人，可惜无法接近他们，只能跟殖民军队一起行动。对他的死很难做出正确的评价，他显然算不上英雄，当然也不算压迫者。他的死只是出于好奇心，想知道坚持抗战、保卫家园的巴厘人最后的结局。是啊，他仅仅是死于想知道！

特·哈尔在一封信中谈到一点关于巴厘战争的背景：

在满者伯夷（Majapahit）王朝的鼎盛时期，卡查·玛达宰相（Mahapatih Gajah Mada）分封了四位土邦国王：第一位是瑟利·朱鲁（Sri Juru），被封为布兰邦岸（Blambangan）王；第二位是瑟利·比玛吉利（Sri Bhimacili），被封为巴苏鲁安（Pasuruan）王；第三位是瑟利·科里斯纳·克帕吉山（Sri Krisna Kepakisan），被封为巴厘王；第四位是普特丽·卡尼查（Putri Kaneja），被封为松巴哇（Sumbawa）女王。

巴厘王瑟利·科里斯纳·克帕吉山原来是卡查·玛达的首席军师，加冕后，他率领一百一十四名爪哇武将前往巴厘上任。其中有名的两位是阿尔亚·旺·邦（Arya Wang Bang）和阿尔亚·库塔瓦灵茵（Arya Kutawaringin）。

巴厘王国定都于戈尔戈尔（Gelgel）城，并建立了斯威扎布拉（Swecapura）宫。于是，这个古早的王国一直存在，最后由其后裔戴瓦·阿贡·姜贝继位，即如今在科龙贡城的阿斯马拉布拉宫执政的国王。这个王国已有四百五十年历史！从1710年直到眼下1908年，阿斯马拉布拉宫始终是巴厘王国的中心，统治着下属八个小王国。

然而，从1892年起，小王国布莱伦（Buleleng）在荷兰人煽动下，摆脱了巴厘王的统治，甚至与巴厘王势不两立。1908年的今天，荷兰人又成功唆使吉阿尼亚尔（Gianyar）王把军队开到拼死防线，分几路包抄，最后攻克了防线，这就为荷兰人进攻科龙贡城扫清了道路。接着，殖民军从库桑巴（Kusamba）海岸登陆，三面夹击科龙贡。背叛巴厘中心王国的吉阿尼亚尔王也参与了这次进攻。

荷兰殖民军和吉阿尼亚尔军队必须前进七公里才能攻打科龙贡城。相反，科龙贡王可以就地命令全城男女老少握紧手中的武器去阻击敌人。他们准备浴血战斗，坚持至最后一个人。名为世盖儿·散达特乡老（Ki Sekar Sandat）的宝锣已经敲响，珀扎朗（I Pecalang）和坦·卡当（I Tan Kdang）王国的传世宝剑已经出鞘，这预示着王国上下已做好准备，决一死战……

特·哈尔在接下来的信中写道：

似乎这位铁石心肠的将军看到巴厘人仍奋力抵抗，已经失去耐心了。倘若巴厘有一个像亚齐这样的邻国，这场战争可以坚持几十年之久，荷兰人也不见得取胜。这个英雄的民族始终孤军奋战，毫无外援。我还在怀疑，范·赫乌茨能否实现他的美梦，因为居住在龙目岛（Lombak）的巴厘人依然效忠自己的国王，他们可不像爪哇的兄弟们那样，轻易就缴械投降。

战争仍将继续。我的同胞在荷兰殖民军的枪林弹雨中一个个倒下了。与其他的殖民主义名将军们比，范·赫乌茨实在是大不相同。举例来说，范·德·威克（Van der Wijck），他统治北西里伯斯（Celebes Utara）时采用挑拨离间（pengadudombaan）的手腕。他在每个村子安插十五到四十个乡村卫兵。通过用雪茄贿赂各村的头目，范·德·威克趁机煽动各村之间互相敌对，挑拨离间。他仅需动用几十个殖民军士兵去从事分化瓦解,便使那些村子一个接一个地落入自己的手心。从此,范·德·威克以北西里伯斯的征服者扬名于世。

范·赫乌茨用枪弹和《简要声明》,而范·德·威克用的是雪茄。掠夺他国的手段可谓花样繁多,目的只有一个:为了欧洲民族各自的尊严,为了攫取、吞噬、蚕食自然资源和人力资源,在全球范围内展开一场争夺殖民地的竞争。

令人作呕!

"东印度统一(Keutuhan Hindia)当然是件很理想的事情,"一位记者谈到东印度1908年初的形势时说,"然而,这会不会加重政府的负担?"

范·赫乌茨没有做出回答。相反,人们听到的恰是答非所问:"顽抗者将会为顽抗付出高昂代价。"

"请问,'高昂代价'是什么意思?"

"我们要像帕德里战争和爪哇战争那样,战争一结束,就在西苏门答腊和爪哇实行强迫种植制。"

"可是,小巽他、马鲁古、中西里伯斯(Celebs Tengah)的各民族以及桑吉尔(Sangir)和塔劳(Talaud)群岛上的农民,他们跟西苏门答腊和爪哇大不相同,他们都不太会种地。"

"他们能学会的。"

又一个惊人的新主意,相比他的头一招毫不逊色。"假使《简要声明》兼具欧洲文明和基督教精神,为什么非要动用武力手段不可呢?为什么不能通过派教师、牧师、工程师,和经济援助等手段来帮助他们呢?"

然而东印度政府采用的手段自踏上东印度的土地就了然于胸。于是,将军答道:

"只有采用这种手段,他们才能了解政府的美好意愿。一些小国尚未受到女王陛下的保护，犯罪、作恶等乌七八糟的勾当泛滥成灾，这断然不可以持续下去！经济援助？东印度各民族从来就没停止过贪污，贪污已成为其劣根性，从巫医到商人，从农民到国王。他们不懂钱的价值，他们只知道自己欲望的价值。只有荷属东印度政权能教育他们，只有殖民军了解他们的本性。"

无论正式谈话，还是在公众场合，这些狂言满天飞；无论以公开形式，还是私下传言，它们到处传播。一次记者招待会上，我是唯一的棕色皮肤记者，未向范·赫乌茨提出任何问题，直到招待会快要结束时，我仍在低头忙着记录。

后来，总督先生转过脸，对我说："啊，明克先生。太好了，这次你没向我开火，真令人担心呢！"他笑着说："通常，最后一个问题也是最难回答的问题。"

他见我仍不提问，便一边向我伸出手，一边扫视各路白人记者，又说："先生们，这是小说家、记者明克先生。他没当成医生，现在通过办报来协助政府，他的《广场》周报解释并进一步强化了我们的法律。谢谢你，明克先生。瞧你如今满脸胡子，我几乎认不出你了。"

他亲切而不过分地笑了两声，但我却感到他的笑声宛如惊雷霹雳一般迅猛出击。范·赫乌茨的话证明了姨娘的提醒是正确的，此时我内心感到莫大的羞辱。

"谢谢阁下。"

"我知道，你一定有重要的问题。"

"我的问题很简单，将军阁下，"我回答。不知为什么，我的问题脱口而出："政府要在袋形地区消灭愚昧和罪恶现象，这确实难能可贵，上述地区的居民将会因此得到保护和取得进步，同时也将失去独立和自由……"

"不要忘记，明克先生，他们从来没有独立过，更何谈自由呢。独立和自由只属于几个头面人物,其余人不过是他们的奴隶。"范·赫乌茨猝然下了断语。

"那是毫无疑问的,阁下。荷兰王国和神圣三色国旗保护爪哇已有三百年之久,而爪哇人目前仍旧处于愚昧和黑暗中,他们也失去了独立和自由。假如把袋形地区与爪哇的这种情况相比较,不知阁下将做如何评论?"

总督哈哈大笑,以至他的双肩随之不停颤动,但笑得很不自然,显然并非发自内心。

"诸位先生,爪哇和苏门答腊不可以拿来比较,这两个岛属于特别地区,构成东印度的主要领土。如果要做比较的话,以北西里伯斯(Celebes Utara)和安汶为例,以上两个地区的居民已经如此进步,人们几乎难以辨别他们是土著民或欧洲人。诸位不妨亲自去看看,他们是那样神气,而且忠心耿耿。苏门答腊和爪哇,情况怎样呢?在这两个岛上,贵族们一向相互勾结,为非作歹。经过了整顿治理,贵族们已安分守己,可是接下来,大地主们又串通一气,为所欲为。把他们收拾好以后,如今伊斯兰教长老和小农们又开始同流合污。哎呀,明克先生,你本人不也谈论过西多阿乔的暴乱吗?假如爪哇和苏门答腊不经常出乱子了,不出五年,两地居民便能达到安汶和北西里伯斯的水平。"

主持人已经想宣布招待会结束,可范·赫乌茨似乎对自己的解释仍不满意,他又向记者们问道:

"诸位先生，有人听说过关于自称'萨敏派'（kaum Samin）①的农民起来造反的事么？"

无人回应。

"亚齐战争才开始，他们就乘机起来捣乱了。已经折腾了四分之一个世纪！不久的将来，也要教训他们一下。"

问答到此结束。

我蹬着车，缓缓行驶在微凉的夜色之中。在我头顶，繁星满天；在我周围，夜幕下的巴达维亚城一片静谧。灯光遍布，一路上都是煤气路灯和商贩们的油灯。可在我心中，既没有灯光，也没有星光，漆黑一团。我羞愧，我对不起天，对不起地，对不起周围所有人。姨娘警告过我，现在总督亲口说：我已经用《广场》周报帮了政府的忙。而在东边，我的同胞，我的巴厘兄弟们正在死亡中挣扎，直面荷兰殖民军的炮火，命令就是来自这个人：范·赫乌茨。

我的脸面、我的羞耻心该往哪里搁呀？长久以来的含辛茹苦，究竟有什么意义？

我感到自己是那么渺小，微不足道。一个农民特鲁诺东索，被荷兰殖民军砍伤后逃出来，可能也比我这个知识分子更明白。他反抗过，负了伤，失败了，但他从来不帮政府的忙，而我这两年来一直在帮助

---

① 19世纪末20世纪初活跃于中爪哇北部的本土精神和社会运动，由布洛拉地区一位贫困的农民苏兰蒂卡·萨敏（Surantika Samin, 1859—1914）发起，追随他的也主要是当地农民。萨敏主义者强调过有道德的生活，尊重自然、拒绝资本主义，信奉先知亚当学说（elmu nabi Adam），平等地看待不同宗教，建设自己的社区并鼓励农民以非暴力形式反对殖民者，不向荷兰人纳税。在吸引了超过五千名追随者后，萨敏派遭到殖民当局的猜忌和镇压，1907年，萨敏及八名同伴被流放到苏门答腊。到1920年代，萨敏主义者的活动转入沉寂但并未消失，至今在中爪哇和东爪哇仍有萨敏派社区。

政府。姨娘不愿为政府做事，班吉·达尔曼也如此，冉·马芮为涉入亚齐战争而感到惭愧，我却已然帮助了范·赫乌茨这个军国主义者。

莫非我只不过是一条狗？

你说话呀！为什么总不吭声？你的良心，你怎么自己不说呢？

好吧，我并不是一条狗，我永远也不会当狗，我就是我自己，不是狗，不是的！相信我吧。我不是狗！

喂，骑自行车的人，独自一人在街上！你对总督先生不满，只因为他是荷兰人。瞧那些荷兰殖民军，其中的大部分人不也是你自己的同胞吗？假如那位总督也是你的同族人，殖民军中多数都是荷兰人或者欧洲人，你会怎么样呢？那将会有什么区别？你的看法如何？你的立场如何？或者，殖民军中全是你的本族同胞，你又该怎样？如果总督也是你的同族人，也同样野心勃勃：统一东印度！现在，你说些什么呢？你这个独自骑自行车的人！如果你本人当上总督，你就不想统一东印度吗？要是你认为范·赫乌茨残暴，那么你对苏丹·阿贡又怎么评价？他不是也干过范·赫乌茨在干的事吗？难道他的统一抱负就少了吗？

这些想法令我难受，我更快地蹬着自行车。胡思乱想，我就把你留在路上吧！别再纠缠我。

那天晚上，到了印刷厂，我心里依然感到羞愧。桑狄曼和瓦尔迪正坐着等我。

"印刷厂拒绝为咱们印报纸。"桑狄曼报告道。

让报纸见鬼去吧，我心里呼喊着，却脱口而出："算了，我们无权强迫，我们与他们之间并没有权力和法律关系。我们毫无办法，我们必须另寻印刷厂，我们回去吧。"

我们三个迈着无力的步子，离开了印刷厂。

在我身后，传来一阵装腔作势的冷笑。

"不要回头。"我在心中说。

可是，笑声越来越响，越来越做作，似乎故意强迫我们回头。只有我回头了，那笑声戛然而止。在我后面，站着一个印欧混血儿，身高体壮，胡子浓密，他正用双手反复折弯他的藤手杖。鸭舌帽低低地遮住他的额头。他两眼圆瞪，龇牙咧嘴。

"庞贝的末日已经到了。"他咕噜了一句荷兰语。

"庞贝"这个词使我想起了我的一本书，书名叫做《庞贝城的末日》(*Hari-hari Terakhir Pompeii*)，我曾把它借给罗伯特·苏霍夫，可他至今仍没有还我。那叽里咕噜的声音……我毛骨悚然，莫非就是他……我又转过头，这个混血儿正跟着我们，没错，他就是罗伯特·苏霍夫。

我急匆匆地走着，去找我的自行车。瓦尔迪和桑狄曼感到不对头，在后面跟着我。我发现我的自行车已被扔在地上，摔成了一团，前轮和后轮的辐条全部压弯，没有一根是直的。

这就是我为范·赫乌茨总督帮忙的结果，我的心在怒吼。

姨娘，你要是知道了今天晚上发生的事，肯定不会再帮助我。你甚至要骂我三天三夜呢。班吉·达尔曼早就提醒过我，要对罗伯特·苏霍夫多加小心。而今，他已经出现在我的背后。

那天夜里我无法入睡。《世纪末之花》和洪山梅的画像不能给我启示，二者依旧如故。我已经吩咐桑狄曼第二天去报案，有人毁坏了我的自行车。我还指派瓦尔迪去另找其他印刷厂，这是他的日常工作。

《广场》周报的内容怎么样？这种不体面的工作还要继续干下去？特·哈尔从未谈及我的报纸，只是没完没了地赞叹巴厘人的英雄事迹。也许他一直以来并不欣赏我出版的东西。为什么直到他被巴厘人杀死后，我才意识到这点呢？

那天早上醒来时，桑狄曼和瓦尔迪已经出去了，各自执行自己的任务。我开始重新考虑报纸的内容，这份报纸的出版受到了威胁，其内容正处于变动之中。为什么罗伯特·苏霍夫与印刷厂扯上了关系？为什么他非要阻拦周报出版？范·赫乌茨不也认为我办的周报帮助了政府吗？

瓦尔迪回来时，我还没找到问题的症结。他报告说，所有欧洲人办的印刷厂都拒接我们的活儿，中国人开的印刷厂也如此。有一家阿拉伯人的印刷厂愿意接受，但需要签两年合同。

"我们需不需要办一个自己的印刷厂？"我问。

"那家阿拉伯人的印刷厂说，不签合同也愿意接活儿，只不过收费很高。"

我无论如何也不愿周报停刊，已惨淡经营了两年，不知为它花费了多少心血。

"就接受阿拉伯人的要求吧。"我说。瓦尔迪接着便出去办理此事。

瓦尔迪走后一小时，桑狄曼赶了回来。刚才，警察把他带到自行车遭破坏的现场，同时让他亲眼看着他们逮捕了肇事者。

"过一会儿，一位警察要来，把你的自行车取走作为物证。"

"桑狄曼！"我没理会他的报告，叫他道，"你敢回梭罗吗？去见我从前的老朋友，还有你在莽古尼加兰军团任下级军官的哥哥？"

"如果把任务交代明确，当然敢去。"

"是这样的，之前你也听到过风声，说莽古尼加兰军团将被派往巴厘战场。现在，这个消息越传越多，荷兰人这样做不是不可能，他们会把战争扩大到龙目岛，因为龙目人声称决心效忠科龙贡。这样，荷兰人就需要大批兵力。"

"是的，是的，我明白，先生。我马上就动身。"

"那么，你到那里去干什么呢？"

"按照您的意愿办事？"

"我的意愿是什么？"

"劝阻他们不要去巴厘。"

"好的，明天你就出发。"

一阵可疑的"轰隆隆"声传来，打断了我们的谈话。声音越来越大，越来越近，我们两人转过身，朝马路上看，只见一个带有四只轮子的大箱子跑过来，停在我家房前。

"汽车！"我激动地大声喊着。

我们不由自主地从屋子里跑出来，走近这不用马拉的车子。还没等我们出大门，人们已经围拢过来。汽车的形状好像普通马车一样，只是不用套马，轮子用木头制成，布蓬折叠在后面。车轮过处，油烟滚滚，尘土飞扬。

这大概就是从英国运到东印度来的第一辆汽车吧？又是哪一位拥有它呢？

一位欧洲人，身穿着黄绿色民用制服，头戴同款鸭舌帽，足蹬一双便鞋，从车上跳了下来。另一个欧洲人则坐在方向盘后面，没有离开座位。下车的那位走进了我家的院子。

"明克先生住在这里吗？"他用荷兰语问，"啊，就是您？真巧。"他递给我一封信，来自总督秘书处。范·赫乌茨总督召唤我立即去见他，这次是去茂物（Buitenzorg）[①]，同时体验一下乘坐汽车的感觉。

各种烦恼都暂时消失，取而代之是乘坐东印度第一辆（大概是第一辆）汽车的雀跃之情。在我乘坐的汽车后面，尘土夹着黑烟在半空中飞扬，沿路行人驻足观看。在我前面，两个欧洲人吃力地对话，一个说英语，另一个讲荷兰语。说英语的人把握着方向盘，教另一个人如何驾驶这辆二十世纪的交通工具。汽车在奔驰，驶向茂物，如特·哈尔所说，那里是猛兽的巢穴。

---

① 这是荷兰语，今作 Bogor。——原注

汽车跑得比火车更快，给人印象仿佛是风神（Sang Hyang Bayu）从天上抛下来的一只大盒子，车厢里的一切都随着它的颠簸而震颤。它能轻而易举地爬上陡坡，下坡时更是疾驰如飞。它毫不费力地承载重物，用不着担心它像马那样折断大腿。沿途景物变得与坐火车时大不相同，简直如同风驰电掣一般！

汽车飞驰过来，人们远远地就躲开了，给它让路。马车、货车、自行车、行人，全都停下来惊叹着，甚至拉车的牛和马也不例外。只有一匹马受了惊，跑进水田里，东奔西逃。汽车驶入茂物城，惊叹的人越来越多，他们每个人都将成为这条新闻的第一个传播者，而且逢人便讲。

汽车停在花园里，总督身穿便服，独自坐在一把白漆藤椅里。我下了车，向他行礼。我是在向一头猛兽行礼，在它的巢穴之中。他主动伸出手，与我握手。

"哈，明克先生！初次乘坐汽车感觉如何？心里有没什么体会？"

"无与伦比的享受，总督阁下，不愧是现代的成果！"

"不久之后，巴达维亚和茂物的马路上会跑遍这样的汽车，而你也将会拥有一辆。"

"那怎么可能呢，阁下？"

"怎么可能？！为什么不可能？每个人都可以订购，运过来而已，毫无例外。"

"嗬！"

"来，请坐，为什么总是站着呢？"

我刚一落座，便说出感谢之词，因为他愿意在百忙中接待我，于我而言何等荣幸。

"是啊，趁天色还早，我们可以从容不迫地聊聊天。你喜欢怎么称呼，是用笔名还是本名？"

"就叫我的真名吧，阁下。"

"哈哈，咱们这不是正式会见的场合，就不必称我'阁下'啦！"

"好的，总督先生。"

"我想和你推心置腹地谈一谈，明克先生。政府很希望土著民知识分子能协助政府实施道义政策理念，这一理念就是荷兰向东印度报恩（balasbudi）。你不是亲眼所见么？为了减轻爪哇的贫困，已经把大批移民迁到楠榜去了。爪哇的公路和铁路，已经属于世界上最先进的行列。先生，此事理当铭记，更不用说我们的森林了，简直可以称之为世界上最美的巨型种植园。这不是吹牛。以后紧接着还要开始扩大灌溉网，以进一步增加农田的单位面积产量。至于教育问题，当然还需要等待深入研究，尤其是资金问题。如果办教育的结果只是开设许多'问题工厂'（pabrik pertanyaan），教育出像你这样爱提问题的人才，政府必定不太希望如此。"

"似乎您有点忘记了，我有生以来，总共只向您提过两个问题，第一个问题是您当将军时提出的，第二个问题是您当总督时提出的。"

"对，可在大庭广众前提问，而且问得那样尖刻……"他微笑着，咂了一下嘴，"当然，也许你没意识到这一点。政府教育土著民的这项事业，到头来若是招致一大堆这类尖刻问题，那么教育也就没什么用处了，先生。这对土著民自己也是不利的。"

他不想在一统东印度的过程中受到干扰，他决意成为不受指控的杀人犯，他意欲自己的行为得到每个人认可，即使英雄们尸横遍野，他仍要被认可。他一再夸奖我，说我为政府帮了忙。现在，他由于我提过问题而表达不满。任性而为的猛兽，只图自己痛快。他跟土著国王们一样，他诟病我的先辈，而他自己也没什么不同。

"你明白我的意思吧？"

"我正尝试理解呢，总督先生。"

"啊，你其实够聪明，不难理解这些。"他和颜悦色，笑着说，"可我确实由衷地感谢你，《广场》周报的法规解读很有帮助。为什么你看起来吃惊呢？不必，明克先生，我相信咱们会成为好朋友，难道不会这样么？"

"当然，总督先生，为什么不会呢？"

他站起身，向我伸出手。我也起立，与他握手。他向我表示友好，这仪式又有何用？一位总督大人要和一个无权无势的土著民交朋友？我想起母亲的嘱咐：警惕！特·哈尔的声音也在耳边回荡：你离猛兽的利爪越来越近了，你就在它的窝里。当心，利爪攫取食物常出其不意，软硬兼施，也许就像现在这般友好。内容仍是置人于死地。凶手思维方式仅有一条路径：逆我者亡。

"明克先生，你的事业越来越兴旺，你对公众也越来越有影响力，士绅阶层，工商界，掌权者，概莫能外。我在公众面前向你表示过感谢，对吧？我现在想提醒你小心。小心行事并不难，每一个人都能做到。作为有影响力的人物，小心使用这种影响力。"

"谢谢，总督先生。不过，说实在的，我从未感觉到自己有什么影响力。"

"喏，你不能评估自己的力量，奇怪。这正是你的危险之处。你会误用和不当使用它。"

"谢谢您，总督先生，我将永远记着您的话。"

"你近期打算做些什么呀？"

一想到派桑狄曼出去的事，我不禁惊慌起来，便说：

"我不太明白您的这个问题。"

"你必定有更宏伟的计划。"

"如果您的意思指这个，要是政府没有异议的话，我打算出版一份日报。"

"说中啦（Tepat）！"他欣喜地笑起来，"意料之中。你办周报已获佳绩，办日报势必取得更大的成功。"

"我要学着相信这一点，总督先生。"

"太好了。你可能不太相信，如果我说：我特意抽时间阅读你出版的马来语周报，以及你写的荷兰语小说。你能不能用更易懂的马来语写作呢？"

"承蒙夸奖，总督先生。既然如此，您愿意提出您的意见么？"

"我已反复提过多次，如果我表扬你把周报升级成日报，这不也是一种夸赞吗？你已是土著民出版界的先驱，积累了经验。你创办土著民的第一份日报也不会太困难。你在这方面是否需要什么帮助呢？"

"太感谢了，先行致谢，总督先生！"

"总之，你知道，政府会坚定不移地做出努力，搞移民、修水利、办教育，提高土著民的物质和文化生活，促使他们不断进步。后续发展情况将取决于政府现在采取的举措。与政府作对是自讨苦吃的旧思想，反对者不可能获胜。百万愚人不能让一列火车行驶起来，但一个现代人就能办到。"

这位总督先生赐教（menggurui）起我来，真是没完没了。

"我完全能理解和接受您说的这些，总督先生。"我回应道。

"如果你去农村，你会看到，通知一件事需要鸣锣人挑着锣，到处敲，到处喊。现代有报纸就够了。消息不用走街串巷去找听众，它悄无声息地进入千家万户。"

"说得对，总督先生。"

"把要说的话写成文章，在报纸一角登出来，几小时后，你就可以把要传播的内容灌进成千上万人的脑子里。所有这一切只可能靠现代科学知识和技术……"

"还有组织，总督先生。"

"对,需要有办事的组织。你是土著民中独一无二的进步知识分子,站在土著民的最前列,别人都听你的话,学你的样,你必定明白自己所处的地位,你的影响会随之决定你们民族将来的进步。你正筹备一份日报,不知你还需要些什么?"

"还在考虑阶段,总督先生。"

"经费问题如何解决?"

"这是第二位的问题,总督先生。"

范·赫乌茨和蔼地笑了。

"看来你十分能干。通常其他人先为经费花费脑筋,然后才考虑如何去办。如果你需要资金,政府愿意出资,可以承担一部分,也可以全部承担。"

"万分感谢,总督先生。"

姨娘的声音在提醒我:他要让你自愿当他的代言人,他将会不付分文地利用你的影响力。当心,不要用你的才干、你的影响力、你的经验去为他人作嫁衣裳。

"贵人社的情况现在如何?"

"不太令人满意,总督先生。"

"万事开头难。俗话说,良好的开端等于成功一半。你一定见识过士绅们的僵化保守,他们这些人已经满足于自己的地位,他们志在升官发财。你需要再接再厉。你觉得穆尔塔图里的文章怎么样?很了不起吧?"

"至少他有自己的观察方式、思考方式和独特风格。"

"你很喜欢他的文章,是吧?看来人们不研究他的作品,就不能真正了解东印度,而不了解东印度,就意味着不知道该为东印度做什么。过去,很多人不读他的著作就嘲讽他,这些人都是保守的殖民主义者。穆尔塔图里非常了解东印度和当时的荷兰,也十分了解它们的精神。

不过,明克先生,此一时,彼一时,现在东印度已经与穆尔图塔里时代不同了,荷兰也是如此。"

他好像在给我上课,两个小时不知不觉过去了,听得有些疲倦。大人物需要听众捧场,每个大人物均是如此。他们一讲起话来,就感觉有分量,如果讲到别人插不上嘴,那就更有分量了。

"时代变了,明克先生,殖民主义观点也应该改变。现在的殖民主义观点是有义务让土著民受益,先生,这些益处也理当惠及独立王公国,其人民长期以来深受自己首领欺压和愚弄。历史上的满者伯夷王朝曾经统一过东印度,此后便分崩离析,各自为政。现在的政府有能力重新统一它,而且要比过去更具体,疆域比满者伯夷更大,更加稳健。统一后,在同一个法律体系庇护下,土著民的生命与财产安全可以得到切实保障。"

"谁都相信,您会做到,而且会取得更大的成功。"

"谢谢你,明克先生,这不是总督的个人作为,而是时代潮流。无论如何,嗯,你刚才讲的这话和你在招待会上提的问题,意思可真不一样啊。"

"问题只在于,当时置身于什么立场。"

"那么,当时你站在什么立场?置身于独立王公国的立场?"

"大致如此,总督先生。"

他又笑了,然后说:"你是住在旅馆么?"

"当然了,总督先生。"

"最好你能住在茂物。"

"您觉得有这个必要么,总督先生?"

"哎呀,我不过提个建议而已。明克先生,如果你住在茂物,我就更容易见到你了。"

这头猛兽邀请我住在其巢穴附近,让我自由出入巢穴。让我做帮凶（peserta kebuasan）还是诱饵（umpan）？或许还有第三种可能：让我当他的见证人。我用特·哈尔的腔调答复他，当然只在心里说：将军先生，总督阁下，我从不需要牺牲品，也从来无意变成猛兽。

这次会面的结束语相当令人懊恼。他重复说，我假装听：他要求我使用更易懂的马来语，不要为难读者，尤其是他。

范·赫乌茨对我的召见激起了殖民地新闻界的强烈忌恨。他们断然拒绝在他们的出版物上发表我的一切文章，欧洲人的印刷厂对我们紧闭大门，其中有一位老冤家：罗伯特·苏霍夫。

没其他出路了，必须出版自己的日报。

殖民地新闻界，再见！

第九章

姨娘已经和弗利斯保登法学士谈妥了,他将在爪哇开业,同时为我们的报纸帮忙。他的酬金将由姨娘的公司在荷兰支付,后来他同意在爪哇领取,我们的报社直接支付给他。

一天,米丽娅姆[①]和她的丈夫来到我在茂物的家。他们事先没通知我何时抵达巴达维亚。突如其来,他们就出现在门口了。

米丽娅姆穿一件丝绸连衣裙,裙上盛放着番石榴花。她的皮肤比我从前印象里更白净,两颊微微泛起红晕,头发不像过去那样披散着,而是梳着发髻,发髻上系着红绸带。

"很高兴回到东印度。"她向我伸出手,说道,"尤其是见到你。这位是我的丈夫。"

"欢迎,弗利斯保登法学士?欢迎,欢迎!快请坐!"

"重返东印度,我也很高兴。"她丈夫用低沉的语调说,但并不像纯血统欧洲人那样说得含糊不清。

从此,我们一见如故,成为了好朋友。

---

① 原文为 Mir(米尔),是 Miriam(米丽娅姆)的简写或昵称,后文不再标注。

"明克，你的妻子在哪里？"米丽娅姆问。

"我没有妻子，米丽娅姆。"

我和米丽娅姆热烈地谈起了往昔，她的丈夫亨德利·弗利斯保登坐在一旁，一会看看我，一会瞧瞧她，不想插话。这时我才得知，米丽娅姆的姐姐已经和一位加拿大人结婚，跟丈夫走了。她的父亲去到法属圭亚那，成了种植园主管。欧洲人如鸟儿一般，想飞去哪里，就飞去哪里，不管落在哪里，就在那里当权。

"先生，您出生在勃良安，是吗？"我问亨德利。

他像懒汉那样，缓缓点了点头。确实如此，他外表给人印象好像不勤快，浑身是肉，圆乎乎的脸，两腮圆鼓鼓地耷拉着，像是上了年纪的人。与此不相称的是，他下巴很尖，嘴角的皱纹往下斜，乌黑发亮的眼睛倒像是土著民的眼睛，眼皮下垂，似乎难以睁开眼。

真倒霉，看来是一个懒人，我想。说不定姨娘选错了人。

"很对不起，你们来之前没通知我，所以我还没给你们找好房子呢。如果你们不介意，就先住在我这里吧，等我们找到房子再搬走，而且……"

我介绍说，不久之后，我们的报纸就要出版了，印刷地点在万隆市的纳里潘（Naripan）街一号。

"我们在这边有一个亲戚，如果在万隆，那就更方便了，那边还有我们自己的一座房子。"亨德利说。

"不要谈关于工作的事情，"米丽娅姆阻止他说，"我们今天到这里来，不是谈工作的。"

"你们今天就住在我这里，好吗？"

"很棒的邀请，亨德利，你不反对吧？那么，我们可以马上休息一下。"

"完全没意见，"亨德利懒懒地答道，"只要不给人家添麻烦。"

此时此刻,我心中顿生疑窦:像米丽娅姆如此精明泼辣的女人,怎么会找了这样一个慢吞吞(lamban)的男人做丈夫呢?

他们会一直住在我家,直到万隆的事情安排停当。当天下午,总督先生召见我,我不待在家。他们把全部行李都搬来了,东西不多,仅仅两只皮箱和一箱书。我从只有几十米远的总督府回到家时,看见米丽娅姆正独自一人坐在大厅里,亨德利·弗利斯保登不知到哪里散步去了。

米丽娅姆见我回来,显得很兴奋,没等我进房间换衣服,便问:

"你看来很孤独,明克,为什么不找位妻子呢?"

"时机自然会来的,米丽娅姆,你为什么要问这个?"

她目不转睛地盯着我,说:"我也想让我丈夫留你这样的胡子。"

"现在的你和从前不一样了,米丽娅姆,还记得从前谈论加美兰音乐么?关于锣的事?"我问。

"记得。一切已成追忆。我听马芮夫人[①]讲过很多……啊,那女人……尽讲关于协同理论、加美兰音乐,全都空洞无物,尽是那些谎话和胡扯。[②] 如今在这里,见到你像这样生活着,我感到更幸福,连总督都需要和你交朋友,谁能料到呢?"

"你在说些什么啊?"

"那位土著妇女,就是你从前的岳母,说服我丈夫来和你合作。我的丈夫是一位律师,接受了她的建议!这对我本人而言可是天大的好事,明克。"她停顿片刻,又很快地讲下去,"她的事业非常成功,根本不在乎从前遭逢的不幸。她的公司可不是小买卖!"

她谈论起姨娘,谈论她的丈夫,也谈论她自己。不管她讲得多么

[①] 即温托索罗姨娘。
[②] 见《人世间》第七章、第八章、第十一章和第十三章。

有声有色，可我听起来总觉得有点奇怪。她越说越语无伦次，前言后语缺乏连贯性，似乎注意力涣散。我想，她一定有什么心病。

"你还没有孩子，米丽娅姆？"

她摇摇头，顾左右而言他：

"真怪，这世界天翻地覆了。"她说，似乎在绞尽脑汁思索着什么，"从前我们见面时，你是低年级学生，我是高班生。现在我们在此重逢，你成了我的老板（majikan），我们的老板。"

"咱们并不是老板和雇员，米丽娅姆，咱们是合作。"

"还不是一样，明克，说法不同而已。"

"你在埋怨自己？"

"不，恰恰相反，我很开心，因为又回到了东印度。尤其让我高兴的是，见到了你，这是我从前盼望的事情，甚至可以说大喜过望。你飞得这样高了，明克，凭借你自己的本事，不用别人帮助，多么令人羡慕啊！"

"你错了，米丽娅姆，这不是我一个人能做到的。所有好人都帮助过我，包括你。现在你和你丈夫不也是来帮助我吗？一个人若没有别人扶助，怎么会成长起来呢？"

她凝视着我，一双眼睛在恳求我也长时间回望她。米丽娅姆的确不是我从前认识的那位姑娘了。她已成为一位别有所梦的有夫之妇。

"为什么你看我时的眼神那么怪，米丽娅姆？"

"如今我有点怀疑，你刚从总督府回来，显然你和他关系很密切。"

"你没猜对，难道我不是荷属东印度的臣民吗？"

"你还记得爸爸和我们对你的期望么？我们希望你将来成为你们民族的先锋。而你和范·赫乌茨交朋友……我们来是跟你合作的，像你刚才说的那样，我们不是当雇员，你也不是老板。"

"我不明白你什么意思，米丽娅姆。"

"如果到头来，我们在这里还是为政府效力，而不是帮助你……"

"如果你是这个意思，米丽娅姆，就请你相信我，不要疑虑。范·赫乌茨和我交朋友，是想了解我的思想，大概他把我当成土著民知识分子的代表。他的做法就像史努克·许尔格龙涅博士从前对待阿赫马德·查亚迪宁拉特（Achmad Djajadiningrat）一样。"

"这么说，你确实在走自己的路？"

"为什么不？"

"你有什么话瞒着我们吧？"

"确实有，米丽娅姆，你们远离欧洲，来同我合作，我从心底里十分感佩。"

"你说的是心里话？不是场面话（basa-basi）？"

"请握住我这只手，米丽娅姆，你的老朋友决不骗你。"

她拉住我的手，坐回原位。但我看得出，她正在拼命集中注意力，把思想专注起来。

"我想和你谈些别的问题，可时间和地点都不允许。"她的声音听来有些微弱，仿佛来自沙漠深处的一声孤鸣。

她一定有心事，也许是婚姻中的烦恼。

"为什么你不带着孩子来呢，米丽娅姆？"

"我们还没有孩子。"

"也没有继子女么？"

她摇了摇头。在电灯光映衬下，她那欧洲人的细长脸型更显分明，头部曲线优美，五官各部分都那样匀称和谐，仿佛是真主的特意安排。她高高的鼻梁反射着灯光，如此挺拔，就像真主有意为各民族塑造了固定的线条。年岁日长，生活无拘无束，她变得比从前更迷人了。她要比我年长三四岁，也可能只大两岁，或许与我同龄。她的皮肤略微发红，这是从亚丁湾至巴达维亚一路上赤道骄阳暴晒的结果。欧洲人全身长满棕色毛发,我不太喜欢。

"你为什么那样看着我?我太胖了吧?"

"不,米丽娅姆,你和过去一样苗条。"

"撒谎。已经增加了三公斤。"

"结实的三公斤,你还像从前一样苗条,长高了,体重就会增加,就是这原因。"

她说话确实和从前不同。过去,她试图猜我的内心世界;现在,她自己却要引人注意。

无缘无故地,她大笑了一阵,出于礼节我只好陪笑了两声。就在此时,亨德利拄着手杖从外面散步回来了。

他向我们点点头。米丽娅姆站起来,走到她丈夫跟前,拍了拍他那汗津津的胸脯。

"换件衬衣吧,亲爱的,你还需要点时间,才能让自己适应东印度的气候。"

亨德利向我点了点头,在妻子陪同下,走进屋里去了。

只剩我一人坐在大厅里。我很羡慕欧洲夫妻之间的和睦融洽,那样情投意合,不像我们民族的某些阶层人士,丈夫把妻子当奴仆使唤,妻子对丈夫低声下气。欧洲人的这种婚姻多么美满。我不可能在我的同族中找到这样理想的女人。

"你的工作还没干完吗?"米丽娅姆问丈夫。这时,她已坐在刚刚换完衬衣的丈夫身旁。

"我并没有在工作,只是考虑些事情。"

"明克读过医科学校,"米丽娅姆对丈夫说,"关于你的健康问题,你可以问问他。"

"我是一个半途而废的医生,弗利斯保登先生,"我急忙抢过话头,解释道,"这段时间以来,没有继续研究医学。"

这位律师既没回应他的妻子,也没理会我的话,只是莫名其妙地点着头。

"你好像很喜欢散步。"我又接着说。

"是的。"

"医生嘱咐说,亨德利必须多散步,走路越快越好。"米丽娅姆补充道。

"病了?"

"不,先生,只是需要多活动罢了。"

我开始对这个家庭的内情略有觉察。凭初步了解,我猜到他们之间的关系存在着问题,和睦融洽与情投意合可能只是表面现象,源于一种缺失。

"起码东印度的环境对你很有利,亲爱的,你说是吗?亨德利出生在东印度……"

但愿不是精神疾病,我在心里祈祷着。否则,就无法合作共事了。可姨娘决不会给我介绍来一个精神不健全的人。根据那下垂的两腮,我暗自揣度,他可能是身心过度疲劳。他的年岁不会很大,最多四十,这种疲劳从眼神里流露得分外明显。

"着手工作之前,您还是先在茂物好好休息几天吧。"我说,"不必着急,如果您觉得有必要,休息一两个月也没关系的,反正由您根据情况而定。"

"谢谢您,先生,工作前先休息,能有这种好机会在欧洲是不可想象的。"

晚间的谈话结束了,我还得等他们向我道一声"晚安"。我目送他们一前一后地走进房间。琴瑟和鸣,说不定内里千疮百孔……

桑狄曼回来时,还带来一位医科学校的学生。这位学生从前来过我家几次。他长着张圆脸，总好欣赏那幅《世纪末之花》。

"您一定还记得我，"那位学生小心地说着荷兰语。

"当然记得，不过你的名字……真的，我忘了，请原谅。"

"我叫托莫，先生，拉丹·托莫（Raden Tomo）。"

"对，对，拉丹·托莫。"我说，尽管我从不知道他的名字。

"我来找您，有一点小事，也顺便看一看您的新居。"

"谢谢你，先生，就是这个样子，请看吧。"

"这比您在巴达维亚的房子大多了，也更漂亮了。"

"一个巧合，正好这栋房子空着。"

"有消息说，这座房子是总督先生赠予您的礼物？"

什么？！这种谣言居然不胫而走，传到那么远。

"总督先生并不欠我人情，他不会无缘无故送给我礼物。"

"人们说，总督先生曾经公开在众人面前对您表示感谢，那是真的么？"

"的确有过，在一次记者招待会上，但那和我的新房子毫不相干。"

"可您跟他交了朋友，不是么？"

"总督先生想要这种友谊。我只不过是一个土著民，荷属东印度的臣民。"

"听您回答的语气，他对您的友好和感谢反倒使您不安起来了。"

"随你怎么看吧。"

拉丹·托莫不再发问，沉思片刻，把视线投向各处，搜寻着。

"从前的那张画呢？您不再挂了么？"

"你喜欢那幅画像？"

"只是问问，先生，我来这里是为了别的事情。"

"但愿我能帮你的忙。"

此时，桑狄曼用怀疑的眼光注视着他。

"先生，关于贵人社有什么消息吗？"

"不太妙，托莫先生，这个组织已无法如预期一样活动。我找错了对象，那些会员都是岁月静好（statis）的贵族士绅，没有积极性，没有活力，只想在政府公职里安度余生。不该是这样，可没有办法。已经发生的错误正在于此。"

"从那样的错误中，或许您拥有了更好的新想法。"

"我已经重新思考过那个错误，的确有些新想法。"

"可以冒昧问一下么，您的新想法是怎样？"

"如果贵人社变得像现在这样僵化（beku），原因不外乎会员本就是僵化之人。吸收会员应该是血气方刚、富于理想的青年，自由人，而不该是显然僵化在政府公职里的贵族士绅……"

"那么，贵人社的命运将会如何？"

"看来你对组织很感兴趣。"

"两年前，自从您号召我们成立组织，我就开始有意识地关注您的倡议和贵人社。甚至我也思考过，为什么这个组织不能按自己的章程而活动起来呢？"

"或者，可能由于我个人的错误：我不擅长担任组织者，你说是这样么，桑狄曼？"

"先生，没有石头，建不成石屋；如果没有木头，也建不成木屋。"他的回答令人费解。

"没有石头，石屋可以建成，但人们必须先制造那些石头。"我回答道，"需要一名天才工程师，那石屋就会盖起来。即使我努力过，我却并非工程师，甚至当医生也没当成。"

"咱们不说泄气话，好么？"桑狄曼提议，"托莫先生想探讨一下各种新的可能性。"

"是啊，先生，您本人似乎对贵人社已经不抱什么希望了。我想说新的可能性：召集有志青年成立组织。我这样说，大概不会得罪您和贵人社吧？"

"贵人社已被视作名存实亡，该不该顺其自然呢，这无关紧要，无须为它惋惜。先天不足的婴儿活不下去很正常。人不能对事物的发展横加干预。"我说。

"谢谢您，先生，假如我往成立新组织的方向做点努力，不知您是否愿意助我一臂之力？"

"作为有理想的人，理当尽责帮助。"

"如果先生答应帮忙，"桑狄曼加重语气说，"你肯定会得到他帮助。一言为定，言信行果（Sabda Pandita Ratu）①。"

"毫无疑问，我必须相信。"拉丹·托莫低声道，"关于您和总督之间关系的传闻，可能被人们过分地夸大了。"

"你希望这种无稽之谈（cerita burung）是真的？"

"至少，因势利导，顺乎潮流，办事会更方便些。"

桑狄曼瞪大了双眼。

"看来，桑狄曼先生心里不太赞成，这在我的意料。"拉丹·托莫尝试解释自己的观点，"一切事物的生长都要适应环境，环境是令其生长的必要条件。"

"对不起。"桑狄曼说完，便从椅子上站起身，走进里屋去了，不再露面。

"桑狄曼先生似乎不太同意我的意见。我认为，我的观点已经够科学了，符合生活规律。"

"至少你有观点。"

"我的观点决不是一闪而过，正是从贵人社的教训中总结出来的。

---

① 爪哇语，意为 sekali diucapkan takkan ditarik dan dilaksanakan。——原注

先生仍然愿意帮我？"

"一言为定，言信行果。"

他满意地返回了巴达维亚。桑狄曼沮丧地走出房间，径直坐在我面前。

"我在日惹和梭罗也听人说过您和总督的友谊，他们说总督赠予您这栋阔气的大房子，还给您派来一对欧洲夫妇帮您料理家务。这是真的吗，先生？"

"你开始怀疑我了，桑狄曼。咱们的合作是建立在互相信任的基础上，也一直是这样做的。派你去日惹和梭罗，也基于对你的信任，你怎么竟怀疑起我来了呢？"

"因为我也有权利考虑我自身的安全，先生。"

"我像是会起意背叛你的那种人吗？"

"至少我可能因为执行您的命令而遭不幸，您和总督的友谊却会使您自己安然无恙。"

"无论是对我的想法和做法，还是对其他任何人，你都可以并可能持有自己的不同意见。你对我的说法表示异议，是不是因为我没有反驳托莫的意见？托莫说，对政府要因势利导，顺乎潮流，我认为他没说错。他期冀生存和发展，全关乎组织的长远未来。如果它将来能成长为根深叶茂的参天大树，那么就经得起狂风暴雨的锤炼。"

"我不同意这种观点，先生。"

"你当然有权不同意，但不能强加于人。托莫也无权逼你同意，但他的观点起码经过深思熟虑，是从过往经验中总结出来的。"

桑狄曼仍不满意。"那么，咱们在梭罗的工作前景会如何？"

"那是咱们自己的事，与托莫毫不相干。"

"我还没想好，是否向您汇报我的工作。"

"既然如此，那就先不要汇报了。"

桑狄曼看起来气呼呼，他告辞回巴达维亚去了，住在我原来的老房子里。

在我的生活环境之外，重大事件接连出现。范·赫乌茨任期将满，东印度政府杀气腾腾。在中爪哇地区，一批自称萨敏派的农民起义者，以布洛拉（Blora）城南小村克洛波杜乌尔（Klopoduwur）为中心聚集在一起，正面临被武力镇压。这支为数仅五万人的淳朴的农民队伍已奋力抗争了二十五年，现在他们知道：失败了。他们扔掉手中的利刀钝器，拿起更钝的新武器：对政府一切规定和命令进行社会抵制（pembangkangan sosial）。他们抗租抗税，拒绝服各种名目的劳役；他们甘愿大批大批地进出牢狱；他们无须请示便大砍森林，修建房屋。政府招架不住，最后不得不采取对策，只要他们不动武，不对各级政府及其机构的安全和正常秩序构成威胁，则不去理睬他们这种新的生活方式。

在巴厘的科龙贡，荷兰殖民军正大举进攻，村庄接连陷落：库桑巴（Kusamban）、阿萨（Asah）、达万（Dawan）、萨特拉（Satera）、图里库（Tulikup）、塔蒙（Takmung）、布吉金布（Bukit Jimbul）……科龙贡国王戴瓦·阿贡·姜贝及其所有妻子儿女、全体王室及臣民，身穿白衣（nyikep），决心与敌人同归于尽。他们从王宫和家门走出，隐蔽在半径六公里的地区内，等待殖民军的到来。

在米南加保（Minangkabau）地区，爆发了新的起义：拒服劳役、抗捐抗税。

松巴（Sumba）、松巴哇（Sumbawa）、帝汶（Timor）内陆、中西里伯斯（Celebes Tengah）、婆罗洲（Borneo）等地的一众独立王国、飞地、政府称为"自治区"的权力真空地区，相继落入范·赫乌茨手中，没有开战进行打击，亦无反抗。

打板努里（Tapanuli）的反抗以新加芒阿拉查（Si Singamangaraja）牺牲而宣告结束，荷兰人在那里的统治权自1876年开始得到巩固。新加芒阿拉查死后，殖民者散布了大堆恶毒之词，所有土著青年均面上无光。这是殖民地老传统：贬损失败者、无力还击者，尤其是亡魂。最恶毒的话是：新加芒阿拉查和东印度其他土著民头目一样，任何情况也不放弃抢女人的癖好。他们还说他临死前抢走了纳婷卡（Natingka）姑娘，帕多普尔国王（Radja Pardopor）之女、纳瓦欧鲁国王（Radja Nawaolu）的未婚妻。仇恨莫过于贬损，喜爱莫过于赞扬[①]。

在我的生活环境之中，《广场》日报已经开始在万隆出版了。人们又风传这是范·赫乌茨的赏赐。既然是谣言，在私下传播，就无法公开地予以澄清。要想通过报纸来辟谣，指名道姓说作为女王代表的总督先生如何如何，也是不可能的事。

姨娘从巴黎写信来，说道：

> 这就是东印度的现实。报纸不敢讲真话，怕倒闭，怕被查封。正如你自己所说的那样，士绅贵族既贪婪又僵化，而当权的高官只知道惩罚别人。生活里充斥着谣言，每个人都有可能成为它的牺牲品，无法为自己辩护。孩子，结束这种状况，把你的《广场》办成东印度独一无二的日报，完全为真理、为正义、为全民族同胞而工作。弗利斯保登是位正直的律师，他会全心全意地帮助你。初次见面，你可能会不太喜欢他，但不要只看外表。他真正了解东印度，他也说过：东印度是一个生产士绅和官宦的工厂，除了那些人自我繁衍之外，尚未诞生政府以外的一个领袖人物。

[①] 此处系意译，原文为 benci tak kurang cela, suka tak kurang puji。

不必再怀疑，弗利斯保登值得信赖。我们已和他一起解决了国内的消息来源问题。原来，新闻办公室（Kantor Berita）拒绝向我们提供国内重要消息电文，我们只能租用国外的电文。土著民读者对自身圈层之外的消息不感兴趣。我们还没有财力雇用新闻记者。为了获得国内的消息，我们不得不采取即使有点别出心裁的唯一路径：建立自己的新闻办公室。《广场》日报为每一个土著民提供平台机会，他们无论是否在职，都可以向我们提出他们所面临的困难。弗利斯保登准备全力以赴，处理读者们提出的案件，人们可以免费前来咨询。在日报首页的报头下方，我印上说明：本报面向每一位土著民，欢迎各抒己见，提出问题。

创刊后的头三个月，我们位于万隆市纳里潘街一号的编辑部办公室终日人来人往，外地来人络绎不绝。他们控诉白色皮肤和棕色皮肤的政府官员及大人物们如何欺压他们、迫害他们、剥夺他们的所有权，甚至有时白色和棕色人种的官员沆瀣一气、朋比为奸。茂物的行政办公室也忙于接待寻求正义的乡民们。来访者不仅遵循法律，而且主要依凭理智，他们成为了《广场》的消息源。仅仅三个月，我们便博得了公众的信任。就在这三个月里，桑狄曼又出现了。

"是啊，我不得不承认，我已经成功地不再怀疑您了，明克先生。"他说。从此，他和瓦尔迪一起在万隆工作。

他已经完成了我委派他去梭罗和日惹的任务。此期间，他一直在怀疑我。报纸的成功恢复了他对我的信任。他联系了在军团中担任下级军官的哥哥。那时，军团正准备向龙目岛进发。下级军官们一致同意，拒绝和爪哇岛对岸的同胞兄弟们互相残杀。

时值多变之年，如果不是梅萨洛常常来信，我几乎把她忘掉了。有一次，她写信说：

妈妈怀孕已很久了，新孩子即将诞生。她希望能在产前看到您的报纸最新一期。

姨娘似乎没有收到过我最近一次的邮件，也许因为鹿特丹·劳埃德（Rotterdamsche Lloyd）轮船公司拥有的一艘荷兰轮船沉没了。

梅萨洛在另一封信里写道：

　　罗诺·梅莱玛已经开始上学啦，我本人必须读完为期一年的实用法语班，为升大学预科做准备。我可烦上这种语言课了，于是我又退班了，改学音乐，小提琴。

她的第四封来信成为一个单独事件（peristiwa tersendiri）：

　　叔叔，我开始喜欢巴黎了。东印度和这里相比，感觉上简直是漫无边际的原始森林。我们喜欢在协和广场和老区散步，据说这是巴黎的心脏。巴黎到处是宫殿和花园，到处是音乐和欢笑，到处是汽车和电车。
　　叔叔，我想我不会再返回东印度了。妈妈说，这里更安宁，没有愚昧无知。咱们的关系该怎么办呢，叔叔？

咱们的关系该怎么办？咱们的关系还算什么呀？我全部身心都已扑在《广场》日报和《广场》周报这两个心肝宝贝上了。尽管如此，这两份报纸仍不能满足读者的要求，于是我们又增加了周日版（edisi minggu）。这在东印度是头一份，开创了殖民地新闻界的先例。无论白种人、棕种人还是黄种人，都还未曾做过这样的尝试。

对土著民而言，这份报纸应鼓舞他们，成为他们的精神食粮，用真理和正义精神照亮他们。仅在三个月内，它的发行量就超过了《勃良安使者报》(Preanger Bode)和巴达维亚的《每日新闻》(Nieuws van den Dag)。

我常常满怀自豪地暗自呼喊：土著民同胞们，现在你们有了自己的报纸！有了讲理的地方！不要犹豫了，世界上的一切坏事都羞于面对世人的眼光！如今，你们有了《广场》，这是你们表达见解和思想的地方，你们每个人都可以在这里得到同情和支持。明克会在公众面前给你们伸张正义！

我回信给梅萨洛：

> 关于咱们的关系，梅，就由你来决定吧。我不能离开东印度民族，不能离开东印度的人和土地。我的事业在东印度。只有在东印度，我才能有所建树。在异国他乡，我只可能是一片干枯的树叶，随风飘荡。梅，请你来做出决定吧！

特·哈尔又来信了。原来他没死，只是受了重伤，倒在考莱恩中尉的脚边。他写道：

> 在最近几周内，先生，我将永远离开东印度。出发前，我想到万隆去看一看你的办公室。我一直在注意你办的报纸，只不过遗憾的是，我还不能欣赏你所使用的马来语。至于印刷技术，先生，如果按照东印度的标准，已经足够好了，何况并不是在首都印刷。作为日报，只可惜字号显得过大，浪费了许多版面。如果用小一点的字号怎么样？看起来一定更舒服些。

他建议采用更小字号，他真是地道的荷兰人，不是土著。他不了解东印度，或者不想知道，土著民还买不起眼镜呢！爪哇士绅们到四十五岁便退休了，哪里会买得起眼镜！

冉·马芮也写信给我：

你第一年出版的几期报纸我们已经收到了，碰巧我有一位当记者的朋友，他真的很惊讶，荷属东印度的土著民能够自己办报纸出版。他原以为你们民族还处在同类相食的时代。听说你在医科学校读过书，他更为惊奇。他问，东印度有大学或大学预科吗？我回答说，没有。他只能表示惊愕。说老实话，我何尝不是如此。他要我把几则地方消息和你写的评论译成法文，我愉快地满足了他的要求。他是这样说的，请你听了不要介意：在欧洲人看来，这不是消息（berita），而是短文（karangan pendek）。我说，这类消息正符合东印度人的心愿，有时间，有地点，有事件，有当事人，也有原因，来龙去脉一清二楚，再加上评论。至于评论是否正确，那无关紧要。东印度的土著民读者将会一直谅解，他们需要这种评论充当场面话，何况还能加入谴责者行列。他说，可怜哪！但他仍然使用《广场》的材料。他甚至还参考你们的几期报纸，介绍了菲律宾的民族觉醒情况。他们的情况与荷属东印度相似，正当处于高潮时，菲律宾革命遭到美国镇压。而在亚洲、非洲和美洲的法国殖民地，至今还毫无动静。你的工作决不仅仅是出版了几份报纸，而是在为你们民族觉醒创造条件。否则，你就会失去读者，你的报纸就无法生存。你已经开辟了道路，尽管尚未走远。你是幸福的，我也为有你这样的朋友而感到骄傲。

啊，我心花怒放，激动不已。我的心肝宝贝竟然闯入了法国新闻界——且不说它的内容和形式有什么问题，回应别人的赞扬，我总是感到不好意思。然而，面对侮辱和挑衅，我总能随机应变，自然而然地做出各种反应和行动，话语如同连珠炮一样脱口而出。对于赞扬，我的准备之中只有一种回复：谢谢。我确实感激马芮长期以来给予我的一切帮助：教我法语，启发我认识自己的民族和周围环境、认识到知识分子的使命和立场。也正是他教会我如何把"殖民主义欧洲"与"自由欧洲"区分开来。此外，"自由"缔造出了"殖民主义"，但无损"自由"的伟大。殖民主义备受谴责，依旧冥顽不化。

姨娘来信说：

我的孩子，我以十分欣喜的心情告诉你两件事情。第一件事，你现在又有了一个漂亮小妹妹，冉给她起名叫冉妮蒂（Jeannette）。确实不该给她起爪哇名字，因为她长得和纯血统欧洲人一模一样。冉有了第二个孩子，也感到很幸福。对了，我还要告诉你，我们全家都加入了法国籍。第二件事，孩子，读到了你的报纸，我感到很自豪，虽然内容编辑方面还不够紧凑，但它为我了解和思考同胞们的情况提供了足够的资料，而这些资料从殖民主义报刊上是无法得到的。祝贺你，孩子，我以你为荣，我的孩子！现在，你已经开始成为自己理想中的人，你已经获得了表达心声、自由驰骋的天地。尽管如此，我开始为你的安全担心，东印度社会确实像野兽出没的大森林。你还记得达萨姆那个人么？如果没有他，我们的农场从前就会寸步难行。那些坏蛋们，无论是白种人、棕种人，还是黄种人，他们总要无时无刻地捣乱破坏，挖你的墙脚。孩子，你已经考虑过这问题了么？可不能疏忽大意！有许多人，白种人、棕种人还有黄种人，他们都不喜欢你，不喜欢你的事业。弗利斯保登将会成为你可靠的朋友，遇事要多和他商量。不要相信你和范·赫乌茨总督之间的友谊，这一次他对你好，下一次就未必会如此。你一旦触犯了他的利益，他仍会让你吃亏倒霉。一定要牢记在心呀，孩子，不要掉以轻心。

至于那些白皮肤和棕皮肤的士绅们，也和范·赫乌茨是一丘之貉，他们口蜜腹剑，言行不一，不知葫芦里卖的是什么药。

如果你与弗利斯保登合作得不好，立即发电报给我，我们在巴黎结识了一位很好的荷兰律师，他打算去东印度开业。他母亲是法国人，他从小家境贫寒，因而深知贫穷的含义。

"叔叔，"梅来信说，"我可以学唱歌吗？"

"当然可以，梅。"我回信说，"不要让我束缚了你的手脚，有妈妈在你身旁，你尽管张开理想的翅膀，自由飞翔吧！我把妈妈视作一位女神，她对人心了如指掌。你就听她的话吧，你将永远不会后悔。"

特·哈尔在来信中写道：

明克先生，请原谅，我不能在万隆或茂物停留，没人陪我到那里去，所以我不可能去了。我只好乘船直接返回欧洲。离开东印度之前，请允许我对您说：日报已经办得相当好，别让它变成实现个人野心的工具。明克先生，您的报纸，还有您自己，都属于您的民族，属于东印度的所有人。

我已经属于东印度各民族所有！这既给了我荣誉，也给了我使命。我和其他人一样，喜欢荣誉，而我也将接受这种荣誉。但我也俯首甘为孺子牛，做一名东印度各族人民忠实的公仆。

我、桑狄曼，还有瓦尔迪，全都一心扑在《广场》日报和周报的出版。我们终日忙碌着，像飞驰列车的车轮，一刻不停地向前滚动。

梅萨洛又来信了，说：

叔叔，在这安闲的夜晚，请允许我向您表示诚挚的感谢。过去，在泗水的艰难岁月里，您为我爸爸和我做了那么多好事。假如没有您来我们家……爸爸常这样谈论起您的善行和美德。我听着，低下了头，心里十分感动。爸爸所讲的一切将成为我们无比美好的回忆，我们今生今世永远也不会忘记。我们如何才能报答您的恩情呢？妈妈常说到无私之心，她说，您的心就是无私的。在我的眼里，您是个崇高的人，我祝您长命百岁，愿真主永远赐给您健康、平安和成功……"

读到这里，我把信放在一边。一个姑娘给自己的未婚夫写信，为什么开头就这样夸个没完？说不定信的结尾像魟鱼尾巴那样扎人。

"尊敬的编辑大人阁下，"另一封信的开头这样写道。

怎么又称呼我"尊敬的大人阁下"来了呢？简直令人哭笑不得。这封信的结尾虽不像魟鱼尾巴那样扎人，但我似乎听到了一位力不从心者在伤心地呼救。我接着读下去：

不才是无名之辈，今有要事打扰尊敬的大人阁下，万望大人明察秋毫，拯救小人于水深火热之中。不才有一小女，名唤玛娅姆（Marjam），年方九岁，就读第一小学三年级。一日，小女看来是在课堂上打瞌睡了，老师便恼羞成怒，将她痛打，以致四天四夜昏迷不醒，最后一命呜呼。我和妻子悲痛万分，然而，当我们还在伤心之时，学校老师又登门威胁要将我夫妻俩流放，罪名：我的孩子品行不佳，政府好意从荷兰请来了教师，教学活动却全被她扰乱……

此时，我周身血液骤然沸腾起来。这封信发自万隆，我立即乘马车赶到那位不幸的受害者家里。他家气氛沉闷，主人是一名政府职员，在林业局工作。他一听说我的名字，便立即伏地合掌膜拜，我不许他这么做，赶紧扶起。他说，学校的老师过一会儿就要到他家来。

不久，果然来了一位老师，他粗鲁地说着马来语，没等主人邀请，就一屁股坐在我面前。

这位老师是一个纯血统荷兰人，身材高大，手上长着浓密的赤褐色汗毛。

"这就是你说的那位老师吗？"我用巽他话向房子主人问道。

"这个人是谁？"那位老师用马来语问房子主人。

房子主人不敢作答。我用荷兰语答："我要把你送交法庭，我要控告你。你不是教师，你是杀人犯！"我指着他的鼻子，说道："恶棍！骗子！你走吧！快滚！"

这位大个子畏缩了，只见他转过身，弯腰捡起他的大皮包，动作呆板得像个大木偶，然后他站起身，朝门外走去。离开前，他又回过头来看我一眼，然后从我的视线里消失了。

"我们得去告状，站起来，不要向我跪拜。法庭没什么可怕的，快跟我走！"我对主人说。

"大人阁下，您要去哪里？"

"别叫我大人阁下。走，到我办公室去。我来替你安排！"

他不愿意跟我去，怕丢掉工作和退休金。

"那你不准备到法庭去告他？"

"我实在怕死了，大人阁下。"

"既然如此，我将会为你写信起诉，到头来法庭还是要传讯你。"

"不要把我牵连进去。"

我找到亨德利·弗利斯保登,他正在接待一位客人。我将这位受害者家属的信交给了他。

"弗利斯保登先生,请您向法庭起诉这个案件。我已亲眼见过受害者家属和那位老师。"说完,我回到自己的座位,继续读梅萨洛的信:

> 叔叔,我的提琴老师建议我学声乐。他说,我的嗓子比提琴声更美妙。这样,在学拉提琴的同时,我又兼学起声乐来了。现在我才知道,声乐还是一门很值得研究的学问呢!
>
> 我谈到这里的生活,想必您不会觉得厌烦。如果您不爱看,请多原谅。爸爸经常告诉我要永远记住,永远尊敬任何为我们做过好事的人,尊敬那些为我们当地人和为全人类做过好事的人,比如老师、思想家、文学家,等等。在这些人中,有一个名字我会永生难忘,您知道是谁吗?他就是您,我的未婚夫。

梅萨洛为什么要没完没了地吹捧我呢?巴黎能给她一切,东印度只是个原始森林,而我不过是这原始森林里的千百万毛猴之一罢了。她为什么这样吹捧我呢?

> 叔叔,正因为如此,我才拿定主意告诉您,我已经决定当一名歌手。我知道,当歌手对您是没有什么用的,对东印度也毫无益处。相反,叔叔,如果我能成功,至少会对法国有所贡献。
>
> 妈妈说,您是幸福的,因为您的民族需要您。如果将来法国需要我,那我会感到多么幸福!您一定会为我祝福的,对不对,叔叔?您不会阻拦我吧?
>
> 您如此成熟干练,深谙人心所愿,咱们曾共同有过一点美好幻梦,说不定您会同意忘掉它。叔叔,请您宽恕梅萨洛。请宽恕她

吧。她绝不会忘记您,您的人品、您的善行。为了写这封信,我不知哭泣了多少天,最后才下定决心,但我并不后悔为您流那么多眼泪。

每天我都在您的画像旁摆上鲜花,我总是把您和鲜花看成一体,在我眼里,这正是您和您的嘉言懿行的完美结合。宽宥我吧,叔叔,宽宥我本人已经另有所梦……

她竟然因为我而受了那么大的精神折磨。多日以来,她思想反复斗争,最后才鼓足勇气写了这封信。梅,你是法兰西之女,就让法兰西来安排你的命运和前途吧。我心中现在只有一件事:《广场》,出版各种形式的《广场》,要生存,要发展,像迦楼罗[①]那样勇猛翱翔。整个东印度的土著民将会在它的巨翅下得到庇护,免遭威胁。而今《广场》的发行量已由两千份猛增至四千份、五千份。殖民地所有报纸都望尘莫及。

殖民地报界对此纷纷置喙,并且怨天怨地(bersungut-sungut)。攻击连续不断袭来。纸张进口商雅各布逊·范·登·勃尔赫(Jacobson van der Berg)是我们的供应商,突然拒绝供应纸张给我们。好吧,我们不得不以较高价格向华人进口商购买。后来,我们被迫从斯德哥尔摩直接进口,这样就必须同时开一家文具商店,顺带成了我们出版物的代理商。后来,新闻办公室仅为我们提供一般新闻,幸亏我们的读者对国外消息需求不大,他们也能耐心等待《广场》从国外报纸转载消息。人手越来越紧,解决了纸张进口问题后,荷兰外贸公司"婆苏

---

① 古印度神话中的巨型神鸟,以龙蛇(那伽)为食,是毗湿奴的坐骑,在佛教中位列天龙八部,传入中国后与鲲鹏的形象混淆,即大鹏金翅鸟。

公司"（Borsumij）① 主动前来推销纸张，我们便婉言拒绝了。

控诉信件从四面八方纷至沓来，《广场》的存在已成为不争的事实，作为土著民护佑者而得到了社会公认。由于土著民社会现状和需要，《广场》肩负传播消息和伸张正义的双重任务。我们还收到过许多古里古怪的信，例如：

> 编辑先生，请您不要插手此事，因为您可能会自身难保。

这封信和一个可可种植园的工人协会相关，这个种植园在扎巴拉县境内，工人们联合控告种植园经理梅耶（Meyer）先生对他们各家所做的坏事，此人比从前图朗安的弗莱肯巴伊（Vlekkenbaaij）② 还要更过分。梅耶先生怎么会知道工人们已经联合起来控告他呢？这显然说明他与审理案件的地方检察官暗中勾结，地方检察官已经宣布冻结此案。工人们后来向我们求援，于是弗利斯保登开始受理此案。

> 梅耶先生，如果您不愿上正式法庭去评理，我们会很高兴把您的所作所为向《广场》读者公布，读者之中存在无数的法官和检察官，有欧洲人，也有土著民。

地方检察官被迫开庭审理上述案子，梅耶先生出庭了。

好的，我们愉快地接受了这种双重任务。这并非我的主观愿望，而是东印度的社会现实强迫我们不得不这样做。

---

① 全名婆罗洲和苏门答腊贸易公司（Borneo Sumatra Handel Maatschappij），是荷属东印度后强迫种植时代的五大外贸公司之一，总部设在三宝垄。
② 见《万国之子》第七章。

我们处理的另一封控告信，其反映的情况显然是假的，我落入了圈套，被迫与法律打交道。当我拒绝土著民法庭传讯时，立即引发一场风波。身为贵族，我拥有拉丹·玛斯头衔，享有受法律保护的特权，土著民检察官和法官无权随意处置我。

亨德利·弗利斯保登迅速调查我的案子。这个案子审理的重点转向查找给我写诬告信的人，真相大白，我从案件中解脱出来了。据写诬告信的人交代，他是受人唆使，这位唆使者就是罗伯特·苏霍夫。

姨娘来信说：

> 别拖下去了，雇一个像达萨姆那样的人，若疏忽大意，你将来会后悔的。

前来求助的人日渐增多，弗利斯保登分别使用巽他语、马来语和荷兰语接待来访者。此人初看起来软弱无力、懒洋洋的，似乎没什么自信心，可为真理和正义而辩护时，他就变成一个慷慨激昂的人。

"不要担心，"弗利斯保登说，"土著民的所有案件全都交给我，我一肩挑。这世界上任何一个殖民地国家，恶行都存在，殖民者一方正是这万恶之源。一般说来，欧洲殖民者比巴布亚丛林里最原始的土著民更坏。您不要太相信学校教育。一位优秀的教师尚且能教出穷凶极恶之徒，更何况如果有的教师从本质上已经是歹徒了。"

事实证明，他的话是正确的。从我们受理的案件来看，在一般情况下，欧洲人的犯罪情节比土著民更严重，犯罪率也比土著民高。

"所有这些都源于殖民地社会生活，它维持着五百年前的政策风格不变，强权仅是推动者：强制、镇压、杀戮、掠夺、毁灭。全都以当权者的'和平与秩序'之名进行。已现代化的欧洲各国不再奉信野蛮的匪帮暴力[1],不像这样极端。"

梅萨洛又写来回信:

叔叔,我收到了您的来信。一天晚上,爸爸和妈妈正坐着读报。我说我要打扰他们一下,请他们原谅。爸爸和妈妈放下报纸和眼镜,冉妮蒂还睡在妈妈怀里。起初,我犹豫不决,一时不好开口,后来还是妈妈先问我:"有什么事,梅?说吧!"

妈妈的问话使我解脱了窘境,我回答说:没有,妈妈,我给万隆的叔叔写了封信,您们想要听一听信的内容么?接着,我先读了我写给您的信,然后又读了您给我的回信。您回信中最后一句话是:"梅,你是法兰西之女,就让法兰西来安排你的命运和前途吧。"

妈妈问:你的意思是,你们的婚事告吹了?我用一句反问回答她:如果我和他吹了,那我对他有罪吗,妈妈?

妈妈没有马上回答我。我们都很清楚,不是叔叔您,而是妈妈自己最希望看到我们俩能生活在一起,共同去迎接美好的明天。在妈妈看来,我们携手共进,将来会更好。

好心的妈妈总是把我们的事情记挂在心上,她最关心我们的幸福。她说,让我先把孩子放下,你先找爸爸谈一谈吧。然后,她走进房间,没有再出来。爸爸说:亲爱的梅,一切都取决于你们两人,我无权干预你们两人的事情。

我十分担心,我会伤妈妈的心。我便马上去到她的房间,她正躺在床上搂着冉妮蒂睡觉。我走上前去,面对着她坐在床边。"妈妈,您对我感到失望吗?"我小心翼翼地这样问。

---

[1] 荷兰语 horden-plitiek,印尼语意为 politik gerombolan liar。——原注

妈妈慢条斯理地说:"可能是我错了,梅,我从小被父母卖给一个素不相识的男人,这人的一切对我来说都是陌生的,他的人品、语言、族群以及他的生活习惯和风俗,我毫无所知。我以为,我为你们促成的婚事已经远远好于我自己的经历。所以,我原先觉得你们的婚事最美满。今天我才知道,我所做的努力,对于你、对于你们双方,都没有什么好处。请你原谅我这个不识时务的老妇人,梅!"

听了妈妈的自我责备,我哽咽了,一时说不出话来。像她这样睿智的人竟向我道歉!而我这个人算得了什么呀!我断断续续地说:妈妈,梅算什么呀,您还向我道歉?妈妈坐起来,抚摸着我的头,仿佛我还是一个小婴孩似的。她说:梅,就算你是我的亲生女儿,我仍要向你道歉。你跟爸爸讲过了吗?我点点头。妈妈又说,你自己认为好的,对你生活有益的事情,你爸爸和你在万隆的叔叔也一定会觉得好。

我没有给她这一封信写回信,也不打算再给她写信了。
姨娘来信说:

我知道,你不会灰心丧气,唯有枯老干枝才会容易折断,青枝在暴风雨中仍一直摇曳。因为只有傻子(sipandir)才会跟暴风雨对着干。

啊,姨娘,并没有暴风雨来袭。没有,也许还没来到?或许它终将来到,但如今尚未有。我正处于兴盛状态……尽管我也知道,繁华终有尽头。而今,时候未到。

在科龙贡,荷兰殖民军进入半径六公里的地区内。巴厘的英雄们正严阵以待,他们身着素衣,准备决一死战。人民纷纷奋起抵抗,没有一个人束手待毙。殖民军攻占科龙贡,直至灭掉巴厘岛最后一个王国,总计耗时四十多天。东印度全体读者都心惊肉跳地关注这一事态的发展。

科龙贡陷落了,龙目却奋起抵抗。

第十章

拉丹·托莫已派代表来到万隆,希望我履行诺言。他和校友们成立了一个组织,响应从前那位退休爪哇老医生的呼吁,同时也是由于我倡议。该组织名叫"至善社"(Boedi Oetomo),意思接近"乐善社"(Jamiatul Khair)的译名,而这确实并非巧合。托莫先生的来信中还附有组织章程和细则的抄件,全都用标准的荷兰语写成。他恳请我们在《广场》上提供版面,向普罗大众宣传这个新组织。

"我们在这方面毫无异议,把材料寄来吧。唉,先生,为什么这个组织的名称用的是爪哇语?它是否仅为爪哇人而成立呢?"

"是的,明克先生,我们的组织仅面向爪哇人。因为我们都是爪哇人,各自都懂爪哇语,熟悉爪哇风俗,同宗同源,文化相同,感情相通。"

"为什么组织章程和细则要用荷兰语写呢?"

"翻译成爪哇语,很容易呀。"

"如果这是爪哇人的组织,为什么不先用爪哇语写,然后再译成荷兰语给别人看呢?"

"哦,这很简单,只是技术问题。"

"为什么您跟我说荷兰语,而不说爪哇语?"他闭口不答。"您是医科学校的学生,对吧?几年级了?"

"三年级。"

"不是爪哇人,就不能成为这个组织的成员?"

"不能,先生。"

"如果爪哇人不会讲爪哇语呢?"

"估计可以,先生。"

"为什么还要估计?为什么不在章程细则中列明出来?那么,会说爪哇语的非爪哇人怎样?大概也可以?另外,有些非爪哇人,连续几代居住在爪哇,已经和爪哇人差不多了,可以么?再有,若父母双方仅有一方是爪哇人,这样的爪哇人可以参加吗?还有,怎样去证实一个人是不是爪哇人?"

他似乎不知所措。我这些问题不过是桑狄曼谈论贵人社那番话的新版本。

"至善社对于'爪哇'一词如何解释?"

他仍不作声。

"依至善社或先生本人的看法,我算不算爪哇人呢?"

"当然,您当然是爪哇人,而且,我们期待您能成为至善社的成员。"

"可我更喜欢用马来语或荷兰语发表意见,或者全用荷兰语。我很少说爪哇语,怎么样?"

"您是爪哇人,这没问题,肯定可以参加我们的组织。我们不仅希望您参加,而且希望您成为至善社的一名积极分子。"

"请原谅,我只是问问而已。无论如何,我们愿意帮助发表至善社的材料。"

他刚离开,我便发现桑狄曼和瓦尔迪方才一直在旁边,听着我们的谈话。

"桑狄曼,你已经思考过巴厘族和龙目岛上的居民啦。"

"是的,先生。他们正着手准备使自己成为爪哇人,谁也不知道成为什么样的爪哇人。爪哇人被派往亚齐、巴厘,调到东印度各地,去和那里的人民打仗。安汶人、万鸦佬人、帝汶人和小巽他人等又被派到爪哇来打爪哇人。巴达维亚的爪哇人正为此惶恐不安。"他抱怨说,"他们是在互相残杀(berbenah diri)。"

瓦尔迪没发表自己的观点。

"他们可都是些受过教育的人。"我说。

桑狄曼立即打断我的话:"正因为如此,他们到底想要干什么呢?"

"先生(Mas),"瓦尔迪插言道,"我认为桑狄曼先生说得很有道理。最近,我收到一封从海牙寄来的信,信里说几个东印度学生已经在那边成立了一个组织,名叫'东印度学生联合会'[①]。"

"说不定'东印度'这个词更合适,对,用'东印度'确实恰当。如果用'爪哇'这个词,就会把自己孤立起来。不过,很可惜,至今还没有人提出把马来语作为东印度的共同语言。"

"据说,组织的发起人是卡尔蒂妮的哥哥,他叫梭斯罗·卡尔托诺(Sosro Kartono)。荷兰语是这个组织的通用语。"

"他对'东印度民族'(bangsa-bangsa Hindia)这个概念的理解是正确的。我认为,他将来有希望当领袖,当东印度各民族的领袖。"

接着,我朗读了至善社领导的来信,信上有拉丹·托莫本人的亲笔签字:

[①] 荷兰语 Indische Studenten Vereeniging,印尼语 Perhimpunan Mahasiswa Hindia。——原注

我们创办至善社，成员属于同一文化（sekebudayaan）。我们认为这比吸收多民族成员的组织更符合现实。我们看到从创办贵人社以来，您便抛弃了单一民族（bangsa-tunggal）思想，直接进入了多民族（bangsa-ganda）思想。我担心您不履行"一言为定，言信行果"的诺言。

听闻此种担心，我和桑狄曼不禁哈哈大笑。我们三人一同加入至善社，成为正式成员。

从此，我们的《广场》也就成了至善社的天地。没过多久，在全爪哇及其他各岛沿海城市，至善社这个名字便为众人所熟悉了。

至善社的迅速发展完全出乎我们意料之外。

学校放假期间，医科学校的一部分至善社成员纷纷出动，到处进行宣传。在梭罗和日惹一带的莽古尼加兰以及帕库阿拉曼（Paku Alaman）①地区，他们成绩辉煌。在莽古尼加兰这块已被桑狄曼开垦的土地上，如今至善社撒下了种子。军团的士兵们奔走相告，犹如燎原星火，四处蔓燃，甚至随风直入各位亲王的宫殿。于是，一位亲王宣布自己成为了至善社的成员，他的家族亲眷、臣下随从、亲朋好友也会随之加入。消息传到其他城市和乡村，听闻莽古尼加兰和帕库阿拉曼的亲王们加入至善社，人们也都毫不犹豫地追随这份荣耀，效仿亲王们的行动。

在我看来，这情形简直就是不可思议的奇事。从村长到村公所办事员，尤以小学教员为甚，都心甘情愿地付出两盾半的入社费，这笔钱相当于一位见习人员一个半月工资！甚至许多见习人员至死也未必

---

① 日惹苏丹国下辖的小型世袭公国。

能被提升为文书。为了凑够这笔钱,他们需要变卖自己的贵重物品。

贵人社从来没有那么多宣传员,它也确实无法起死回生了。与之相反,至善社的宣传员却在各个村落里大叫大嚷,到处许愿:"加入至善社吧,只有加入至善社,你们的孩子才能接受欧洲教育,不接受这种教育,他们就没有可能成为士绅老爷!"

这种宣传真是荒唐可笑,容易使人上当。我和瓦尔迪,还有其他许多人,都受过欧洲教育,可能比至善社的学校学得还要多,可我们拒绝当贵族老爷,拒绝做政府职员,不愿拿工资去当奴仆。

"现在这个时代,谁不受欧洲教育,谁就要下地扛锄头,没有更好的出路。所以,我们号召你们捐一些钱出来,用于开办荷兰语学校!至善社包办一切!"

在其他不同城市,他们的宣传却是另一个腔调:"加入至善社,至善社能使咱们爪哇人共同改善命运,提高文明程度和文化水平,提高我们民族的荣誉和地位。你们的孩子不可能全部进初小,更不用说进欧式荷兰语小学。我们至善社将自力更生,为你们的孩子开办学校。"

至善社的宣传收到了成效,在中爪哇各城市以及东爪哇几个城市,至善社的基层委员会如雨后春笋一般冒出来。同时,医科学校里没去内地宣传的学生社员,正忙于筹备他们所谓的"至善社第一次代表大会"。在匆忙之间组建的基层组织,派出了他们的代表,前往巴达维亚参加代表大会。

慷慨激昂的报告在会场中回响:至善社将立即成立用荷兰语教学的学校,课程设置按政府的教学计划进行!

所谓的"代表大会"结束了。校长先生向托莫及其伙伴们发出了警告:你们选择要什么,是要你们的组织,还是要学业?

校长的警告显得软弱无力,医校的学生宣传说,知识分子的高贵身份足以令人信服地说明,将来势必会出现政府官职的竞争。公子王孙和县太爷们听后,深感官职竞争对其子女的威胁,于是纷纷加入至善社。他们的目标是:夺取至善社最高领导权,确保他们子女的缙绅地位。在巴达维亚,医科学校的学生不断在校外开辟宣传阵地。消息证明,王公贵族和县长们展开了激烈的争斗,凌驾于县长之上的州长们却坐山观虎斗。

无论至善社,还是贵人社,先前都受到过那位爪哇老医生演讲的启发。贵人社是士绅贵族们成立的,也葬送在他们手中;至善社诞生在医科学校的校园宿舍,旨在培养新的士绅老爷。而且甫一出世,便在崇尚贵族老爷地位的社会中左右逢源,迅速发展起来。

贵人社夭折了,但《广场》周报却得以幸存,并且蓬勃地发展着。我估计用不了几年时间,它便会发展成一个大型出版机构,敢于同殖民地的欧洲出版机构相抗衡。至善社正在巴达维亚筹办第一所学校,孩子们报名比应征入伍更踊跃。可是,贵人社连一所学校也没办成!

这种新发展还需时间来加以理解。道义政策的鼓吹者范·德芬特先生下结论说:至善社是爪哇青年觉醒的象征。东印度的上层人物听闻此言,表示至善社可以继续存在下去。奇怪的是,道维斯·戴克尔(Douwes Dekker)和范·德芬特一样,也在东印度和荷兰积极发文章,支持和宣传至善社。贵人社却已死无葬身之地。

至善社将难免经历同样的命运:诞生第一年兴旺发达,成绩显著,为人们所向往。然而,只要不摆脱士绅精神,那种士绅生活本身的僵化特点就会迅速侵蚀它,速度之快不容其抽身而退。

我尝试这样分析形势决不是出于嫉妒。我承认,贵人社的确已经失败了。托莫有意使自己顺应潮流,与现实生活的规律协调一致,也确实成功地迈出了第一步。可我表示怀疑,在今后大约五年左右的时间里,他是否能够继续获得成功。除非,是的,除非他愿意接受贵族阶层之外的新成员,汲取来自非士绅阶层的各种思想。因为士绅贵族阶层是种姓色彩的社会等级，从其思想状态来看，始终企图获得政府的保护。

莽古尼加兰和帕库阿拉曼的王孙及其他地位显赫的贵族们、县长们纷纷加入了至善社。我认为，这将会使爪哇青年一代意志消沉、丧失理想。

第一个成功了，就好比日本的觉醒影响到华人，华人影响到阿拉伯人，阿拉伯人又影响到土著民；爪哇青年一代成立了本民族的组织，以此类推，又将逐渐影响到东印度的其他各民族。如果每一个民族都成立一个组织，那东印度可热闹了，其后果就是多民族组织越来越遥不可及。成立这样的多民族组织是我无意中萌生的一个理想，这种理想日后会被人们淡忘。倘若并非同族，人们不会在乎，无论巴厘族、松巴族或米南加保族，不管来犯者是殖民军还是相邻的其他民族，只要无损自己，便泰然处之，不闻不问。如此一来，范·赫乌茨便可以使用洋枪大炮，轻而易举地征服整个东印度。鉴于目前形势发展，难道东印度受奴役各民族不应该自己团结起来吗？

不难理解，至善社为什么会拒绝成为多民族组织。文化沙文主义（sovinisme budaya）和语言使他们感到自己远比东印度其他民族优越得多。爪哇岛之外的其他受奴役各民族也有自己的沙文主义，甚至巴达维亚的马来人，他们就连自己的身世起源都弄不清楚，也觉得自己比爪哇族更高人一等。如此下去，东印度将会出现什么样的局面呢？

像我一样抱持多元民族思想的人们，他们该加入什么组织？具有整个东印度性质的组织！这才是我们所需要的。

我得出了结论，至少是暂时的结论：至善社使自身脱离了东印度其他受奴役民族之外，它已然画地为牢，东印度并不等于爪哇，东印度是多民族国家，它的组织自然也应具有多民族性质。作为一个岛而言，爪哇已多民族化了。而东印度多民族化是这个殖民地国家无可否认的现实。范·赫乌茨意欲一统东印度，其实只是最终巩固一下罢了。

至善社的问题尚未思考成熟，我便收到了这个组织领导的来信。信中问我是否愿意参加他们的领导委员会，以此来进一步加强他们的组织。

他们的意图不难猜测，托莫及其医校同学们对组织工作已力不从心，他们也离不开我出版的《广场》报。

我来到巴达维亚，会见了至善社领导，首先对他们的邀约表达谢忱。然后，我提出成立一个最理想的东印度组织。他们不失礼貌地笑了笑。我禁不住回忆起前车之鉴：贵人社的挫败。但他们仍然诚恳地邀请我参与至善社的领导工作。

我同样报之以礼貌一笑，不失礼节地笑着告辞了，对他们的盛情未置可否。这些先生们终将学会正视现实：东印度民族众多，决非仅有一个爪哇族，任何人也无法改变我这一观点。范·赫乌茨要一统东印度的梦想可能并不只是个人抱负，他正将东印度的疆界之梦转化为事实，也许他只是无意识地充当了历史的工具。若说他曾多次提到满者伯夷王朝统一东印度群岛的历史事实，恐怕这也绝非偶然。

带着这些想法，我走访了《广场》的几个销售网点，它们坐落于巴达维亚老城、沙哇帕沙（Sawah Besar）、甘蜜和干冬墟。

坦林·穆罕默德·塔勃里不在家，我也没见到干冬墟的副县长，据说他正在拜见县长，为了处理拉瓦滕巴加（Rawa Tembaga）的一个民事纠纷案子。

当晚，我又特地去拜访了坦林先生，他似乎对我的来访感到很高兴。他没像往常那样请我到办公室去，而是在大厅里会见了我。他穿一件白色的中式上衣，围的是布吉斯（Bugis）纱笼，帽子前沿高高翘起，一看便知，他刚刚祈祷完毕。

"无论如何,贵人社还是留下了一份遗产,我和你一样感到幸运。"刚才他一直避而不谈组织问题,现在他说,"《广场》周报一直活着,如今你又接着创办了一份日报。"

大厅里灯火通明,电灯的光不似油灯那般暗红。他像平时一样微笑着,容颜整洁,将所有的尘世烦忧都托付给了真主,哪怕是微小的喜事,也要感谢真主的恩赐。

"我总觉得贵人社这个组织有什么未尽之事,"我说,"不知您对此有何高见?"

"如果会员本身就有问题,组织怎么能没问题呢?"他答道。

"看起来咱们确实找错了对象。"

"这是咱们共同的教训,很宝贵呀。"

"是的,非常宝贵,您一定听说过至善社这个组织吧?"

"从你的报纸上看到的。"

"至善社的活动范围也仅局限于士绅和未来的士绅阶层,而且只面向一个民族,爪哇族。"

坦林先生得出了和我同样的结论:至善社将会经历与贵人社相同的命运。

"略有不同,明克先生,莽古尼加兰和帕库阿拉曼的王族子孙和县长们会帮忙。"

说到这里,坦林笑了,我没打断他的谈话,想让他继续发表意见。桑狄曼曾向我报告说,至善社别有用心(pamrih),我故意没把这件事告诉他。消息是否属实,让时间去作答。桑狄曼和他的哥哥已成功地说服了军团士兵,如今他们悄悄地在进行地下活动。他们不仅拒绝去巴厘和龙目打仗,甚至已发展到要把莽古尼加兰和帕库阿拉曼变成爪哇岛的灯塔,军团会成为其值得骄傲的坚强后盾。

"在咱们贵人社里,地位最高的士绅不过是一位副县长。"

"我们不谈这个了，怎么样，明克先生？"

"同意，坦林先生。在我的想法里，贵人社夭折的原因尚不清楚。我可否冒昧地问一问您：如果会员不是来自士绅阶层，我们的组织就能健康顺利发展吗？"

"你还没有死心（jera）。"

"因为从至善社刚开始，我便发现它有两个错误：第一，其成员均为士绅阶层人士；第二，他们违背（menyalahi）东印度的多民族特性。坦林先生，我可以听一听您的见解吗？"

"我认为关键问题不在多民族或单一民族，而是必须找到确实把东印度团结起来的因素。"

"非常正确，把东印度团结起来的因素就存在于多民族的肌体之内，先生。"

他不说话了，直到有人给我们送来待客食品。他请我用饮料和点心，依然不愿接着谈下去。

"依您之见，这一因素究竟是什么？"我追问。

"宗教，伊斯兰教。"

他的回答令我感到惊讶。他根本没考虑学养（keterpelajaran）。我又向他提出几个问题，他已然失去兴趣。我不太愿意再度失望，便告辞了。我从他这里得到一个新见解：宗教——伊斯兰教是决定因素。

回到茂物，我便冥思苦想，先知已经团结了他的信徒，而东印度绝大多数人都是穆斯林。可在今天这样先进的时代，世界上不信奉基督教的民族之所以被欧洲人所征服，不就是因为缺乏先进因素吗？没有先进性，团结起来之后有什么意义？结果还不是成为发肤相同的乌合之众吗？如果他们成功构建了某种势力，必会变成一块巨型安山岩，撬不动，搬不走，留在原处纹丝不动，岂不非要炸药才能将它粉碎？

学养，进步，也应成为其中因素：引领性因素。伊斯兰教和学养！

唯有学养才能成为明灯。

作为单一民族组织，至善社在其成立第一年，就把自己孤立于东印度其他被压迫民族之外，它忽视了东印度是个多民族国家这一现实。假如按宗教因素成立组织……东印度民族众多，宗教五花八门，有的民族还没有宗教，只信奉自己的祖宗。到底什么因素才能把东印度团结起来？

我再次在黑暗中探路，摸索着前进。

泗水市出了一件大事，谁能想到，仅仅由于原则问题，小事情发展成了燎原之势。

一位华商来到一家欧洲人的大商行批购货物，彼此发生误会，这位华商受辱并被赶出商行。谁也没有料到，自从1900年中华会馆成立后，华人市民中孕育着一股强大的力量，他们在商业方面已取得突出成就，在其他一切方面都超过了土著民，也超过阿拉伯人和所有的东方外国人。他们团结一致，互相声援，这使得他们之间关系更加密切，同时与其他民族的关系逐渐疏远。

事隔不久——也就几周以后，华人便采取了令人钦佩的行动。泗水所有的华商联合起来，拒绝从欧洲大商行批发商品。随后，其他城市的华商也积极响应，采取同样行动。在几个月内，这家欧洲大商行宣布倒闭，其他三家欧洲大公司也随之垮台。接着，银行界也引起了震动，整个商界一片混乱。这次事件波及到大小村镇，城市里更是街谈巷议。

"这就是联合抵制（boycott），明克先生。"弗利斯保登说。然后，他介绍了有关杯葛上尉（Kapten Boycott）[①]的教训，力量不仅存在于强者手中，只要组织起来，弱者也会变得强大无敌。"弱者只有组织起来，才能显示出自己真正的力量。联合抵制，先生，这种行动正是弱势群体力量的真实表现。"

他的介绍炽烈暖人，像燃烧的火。似乎组织起弱者，什么事都能办成，而且不费吹灰之力。好像我也能这么干，明天，后天，甚至马上就能付诸行动。

"其中最重要的只有一条：心齐[②]。"弗利斯保登补充说。他没有提到其他条件。他没谈宗教，也没讲学养，更没说到官职。弱者只需要立场一致，同心协力。弱势群体正是由于势单力薄，反而在很多共同利益上可以联合起来。

于是，我写了一篇论联合抵制的社论，立即送去排印。

这次华人运动值得研究，应该探讨。他们可当师者，他们的经验值得记取。不止于研究，还要使东印度各个被奴役的民族联合起来，也形成如此巨大的力量。我需要搜集足够的资料，写一本有关这次运动的指导性论著。我认为，只要弱者拿起这一新型武器，不要说荷兰人的大公司，就连政府也一样可以对付。萨敏派农民也行动起来了，政府没从他们手中得到一分钱，他们狂热的反抗运动令政府黔驴技穷。东印度所有受奴役的民族团结起来，对政府开展全面抵制，荷兰人怎能不卷铺盖走人呢？

社论发表三天后，关于另一件大事的消息在特定范围内传开了：莽

[①] "杯葛"是英语 boycott 的音译。1880 年，在爱尔兰担任土地经纪的英国退役上尉查尔斯·博伊科特（Charles Cunningham Boycott）拒绝给遭饥荒的佃农减租减息，并暴力驱逐佃农，爱尔兰土地联盟成功地组织了对他的联合抵制；之后，boycott（杯葛）成为动词，用于描述这一类行动策略。

[②] 原文系英语 unity of mind。

古尼加兰军团被政府用火车运到泗水，准备乘船前往巴厘和龙目。军团士兵们拒绝上船，不愿去和自己的兄弟打仗，荷兰人的计划因而受挫。我还得到另一条抵制行动的消息：萨敏派农民反抗了。

在同一天的同一时刻，我收到两封有关反抗运动（pembangkangan）的信件。其中一封写道：

> 尊敬的编辑先生，我们知道，在巴厘，女人比男人多。男人在巴厘受宠，他们时刻准备诀别妻子和情人，奔赴战场，英勇杀敌。巴厘人犹如善斗的公鸡，甚至女人也随时准备冒枪林弹雨。尊敬的编辑先生，因为荷兰殖民军的枪炮一响，就连土地爷都四处躲藏，魔鬼也争不过殖民军。大炮震撼每一颗心脏，哈奴曼[①]听了也心颤。
>
> 编辑先生，我有三个女儿。假如我们不得不对阵巴厘兄弟，尤其是巴厘妇女，那不就等于和自己的孩子开战吗？无论在巴厘还是在爪哇，女孩子们不都是对生活怀有同样的梦想吗？巴厘女性将会反抗我们，不屈不挠，就像她们的丈夫或情人、父亲或兄弟一样。
>
> 假如真的与她们刀兵相见，并能活着回到家里，我该如何面对我自己的孩子们？我怎么能讲给他们听呢？就算只讲个开头都太难了。所以，我们断然拒绝上船，不到巴厘和龙目去充当被人耍弄的斗鸡。
>
> 我们准备接受惩罚。我们决不上船，或者留在泗水，或者返回梭罗。

[①] 《罗摩衍那》中的猴神，帮助罗摩救回了妻子悉多。

敬请先生公开发表此信,不要署名。

第二封信的内容是这样的:

编辑阁下,请允许我们——莽古尼加兰军团的全体士兵,在此说几句心里话。我们坚决抵制上战场,拒绝和我们的兄弟同胞自相残杀。如果我们现在还不采取行动的话,编辑阁下,我们爪哇人将永无休止地被利用去征服爪哇之外的兄弟同胞。我们去过亚齐、苏门答腊的米南加保、苏门答腊的巴达克地区,去过布吉斯,去过巴厘。现在,我们又要去龙目……在我们的兄弟同胞之中,已有太多人阵亡。在整个东印度,到处都可以看见爪哇人开垦荒林、耕种田地、采矿修路、开辟种植园。在爪哇以外,几乎没有一座铁桥不是经由爪哇人的双手而建造起来的。可是,让爪哇人去打仗……

上面这两封信,与其说是写给我的,倒不如说,更是写给东印度各个受奴役的民族。

华商群体的联合抵制运动、莽古尼加兰军团的造反、萨敏派农民的反抗……此三者无一不是通过组织进行。甚至可以说,萨敏派农民也通过自己的方式组织起来了。农民!他们一向被认为是殖民地社会的最低阶层!他们也组织起来,并且……反抗了!知识分子才刚学习组织起来,尚未或未必能够成功。我本人已经失败过一次。那么,将他们团结起来的决定因素是什么?

自从那位退休的爪哇老医生呼吁成立组织,至今已经四年过去了。可惜,他没谈到联合起来的决定因素、没有触及多民族问题。至善社选择成为单一民族性的组织。如今,唯独我仍在不断摸索、在黑暗中蹒跚前进……

至善社领导派一位代表来到编辑部办公室,邀请我去参加在日惹召开的至善社第二次代表大会。

"一年内要举行两次代表大会?"我问。

"这是为形势所迫,明克先生。至善社的发展速度实在惊人,不是一年内,是在七个月内,举行两次代表大会!"他答道,自豪之情溢于言表,"如果没有您来出席,大会将失去光彩。更何况至善社之所以能够取得这些成就,与您给予的帮助密不可分,其价值难以估量。"

"先生,您是作为爪哇组织至善社的代表而来。恕我直言相问:您为什么说荷兰语呢?"

"只是为了实用,先生。"

"这么说,按照至善社的观点,爪哇语就不实用了?"

"看来您又想要重提上次的问题。"

"上次的问题还没有得到答复。"

"咱们都不想进行争论,对吧?"

"我丝毫不想,问题在于至善社是爪哇人的组织,爪哇之所以被称为爪哇,不仅因为它是一个岛屿的名称,还因为它有历史悠久的文化。事实上,我很想知道,按照爪哇人的标准,一位报社的总编辑和一位医生或见习医生,究竟谁的地位高些?如果我的地位更高,您理应对我讲爪哇敬语(kromo),使用爪哇语的规矩不就是这样吗?我不愿和您争论,只想问清楚,因为爪哇人对社会等级是异常敏感的。"

"上次,我们的确答应,将您提出的问题拿到至善社领导会议上去讨论,请您原谅,还没有讨论结果可以转告您。"他依然说着荷兰语。

"好吧,第二次代表大会将用爪哇语作为正式语言吗?"

"当您提出这一建议时,我们将会讨论。"

"好吧，我接受您的邀请。"

"非常感谢，明克先生，至善社将承担您的全部交通费、住宿费和日常生活开销。"

"不必了，先生，那笔钱当额外资助用于在日惹办学，那里不是还没有至善社学校吗？"

他返回巴达维亚。几天后，我启程前往日惹，这是1908年12月。

我乘坐的这列火车在爪哇已经运行了十四年。我坐在车厢里，对于至善社取得的成就惊叹不已：刚成立不久，就聚集了那么多资金，七个月内召开了两次代表大会。谁不知道梭罗和日惹的贵族及商人们历来是一毛不拔的铁公鸡，贪得无厌，然而至善社竟能讨得他们的欢心，使他们慷慨解囊，心甘情愿地资助自己的组织。说真的，他们什么时候为别人掏过腰包？我还惊叹于桑狄曼的进展，他在军团的士兵、王公贵族和商人们中间开展工作，把他们争取了过来。很可惜，我和他之间却隔着爪哇族社会等级差别的魔障（iblis）。这魔障在爪哇人身上到处可见，它无形地控制着这些真空地带，把爪哇社会按等级分开，把人与人彼此互相隔离起来。

桑狄曼本应该是我的朋友，并非下属。而爪哇社会等级的魔障掌控一切，让它见鬼去吧！

气喘吁吁的火车跑累了，在克罗亚（Kroya）停下来，所有乘客全部下车。我换乘去往日惹的火车，继续我的旅程。坐我旁边的一位旅伴是刚从克罗亚上车的人，他一身爪哇打扮，上衣是洁白的礼服，头巾别具一格，褶儿打得很宽，脚穿一双黑色皮拖鞋，拄着一根带有螺旋形雕饰的黑色木手杖。

火车刚一开动，他便从口袋里掏出一份《广场》报，漫不经心地浏览着。

"先生，您是要去日惹吗？"我用马来语问。

他看我身着西装，热情地向我点头。从他的外表及乘坐此等车厢来看，我猜他是个大人物。

突然，他的笑容消失了，双眼瞪得很大，犹犹豫豫地问："请原谅，如果我没记错的话，"他用荷兰语说，"您从前在医科学校读过书吧？"

"是的，先生。"我也用荷兰语回答。

"啊，对了。早把我忘记了吧？"

"哎呀，是你呀？"我呼叫起来，"我怎么能忘记你呢？"我边说边回忆这人到底是谁。"那么，你是在克罗亚当医生？"我猜道。

"已经有两年了。"

一位爪哇医生，仅仅行医两年，怎么可能坐上一等车厢呢？

"你是去参加至善社代表大会吧？"

"你也是吗？"

我从后来的谈话中得知，他是比我高两年级的校友，在卡朗安雅（Karanganyar）拥有大片地产。我准备开完大会，专门去拜访他。向他索取地址时，我才得知他名叫玛斯·萨迪坤（Mas Sadikoen），是至善社克罗亚支部的领导人之一，在政府医院里当医生。他兴致勃勃地讲起至善社是多么了不起，还说，明年如果顺利的话，将建成一所使用荷兰语授课的小学。

"不过，难就难在找到一位称职的教师，如果你能帮我们物色到这样的人选，我们愿意以公职教师一点五倍的薪俸招聘。"

"你们可以登广告。"

"我估计确实会那样做。嘿，碰巧现在我们在这里遇见了。谢谢你为我们做的一切，感觉我这么说恰如其分。"

"我何德何能接受这种感谢呢？"

"你的报纸在克罗亚令很多人受益匪浅。此外我不得不向你致歉，因为我没能挽救你妻子的生命。你妻子患病住院时,我正在那里实习。你没有很多时间去看护她。你当时怎么啦?自己就快要当医生了,怎么能让你的妻子染上那么严重的综合征呢?你是学医的,这种病的所有症状不是都应该知道吗?"

"我们两人都太忙了。"

"有谁不忙呢?"

"我们不谈过去的事了,好吗?"我建议。

一段辛酸的往事又闯入我的记忆。我身边这个人说,他曾护理我的妻子,谁知道他护理过几个小时!他的话里话外分明带有责备的口气。他把我推到被告席上,说我这个做丈夫的对妻子照顾不周,甚至把我看成是一个不道德的知识分子,对自己最亲爱的人缺乏关心。

"好吧,我们最好不谈令人不快的往事,不过你妻子说过几句话,我至今难以忘怀。她用流利的马来语对我说:'我不会重新好起来了,安慰我有什么用呢?我活在这个世界上,想看到的都看到了,想做的也都做过了。'"

"她的确是死而无憾。面对死神,她泰然自若。她自言自语,像是在为自己一生做总结。"

他越讲,越勾起我对往事的回忆,我并不愿意那样做。自从真主把洪山梅召回去之后,我和她的事就算结束了,而且死亡并不是我能左右的。

"你已故的妻子是色盲,你知道吗?"

色盲?天哪,我一点也不知道。她是色盲!这么说来,她从没享受到世界上五颜六色的美!生活给予她的东西是多么的少,色盲!她在这个世界上,没有健康,寿命不长,颜色也看不出。然而,她却把自己所有的一切都献给了这个世界。我低头向她的灵魂致敬,向我一直不甚了解的妻子致敬。梅怎么可能是色盲呢?医科学校开除我的前几天，同学们曾讨论一个问题：为什么那些要当化验员的姑娘们可以不参加辨色测试呢？大家猜测：女人有色盲症的为数甚少。后来他们又说了什么，我没有去听。

我的旅伴还在继续讲着，喋喋不休，全然不顾我心中的感受。我们将一直这样并排坐着，直到日落。我想，他这套话说不定已对别人讲过几百遍了。他接着说："你办的报纸真叫人佩服。你知道，克罗亚人怎么威胁大人物么？他们说到《广场》报的总编辑先生那里去告发！于是，他们免于大人物欺凌了。"

"幸亏东印度有了土著民报纸，"我回答，"因此，至少情况不会变得更糟。"

"我对你那篇关于联合抵制的文章还是百思不得其解，从常识的角度看都无法理解！文章把一直以来知识分子的观点，尤其是士绅贵族阶层的观点，弄颠倒了。把这种观点公之于众，这样做合适吗？虽然现在不清楚抵制的对象是谁，但写文章的目的不就是教人们用它吗？"

"至善社不是很崇尚民主吗？"

"我们尚未讨论过这个问题。"

"你本人同意这种观点吗？"我催问道，"现代组织诞生于民主选择和自觉自愿基础之上，难道不是吗？"

"当然，可咱们要知道，民主并不需要抵制。"

"民主，意在人人都有权了解一切为咱们所知的事情，你担心别人了解你知道的东西吗？"

"不是那样的。你把武器送给了不需要武器的人。"

"如果那个人不需要，他会先保存起来，需要时就会拿来使用。"

"使用它干什么？反对政府？"他打断我的话，"难道你不是范·乌茨总督的宠儿（anak kesayangan）吗？"说完，他把头伸出车窗外。

谈话一停，我立刻又听到火车的哐哐声，马上又感到火车在颠簸，人在座位上来回摇晃。当他把头从窗外缩回来时,我问道:"你还记得坦扎大夫吗?"他点点头,没看我,"医学知识也常被一些不三不四的人所掌握,他们当医生不是为了治病救人,而是为了害人。"

他猛然间摆起士绅老爷的架势,双目圆睁,看我就好像在怒视着下属。他认为士绅的地位要远高于自由职业者,我的话似乎触碰到了他的敏感神经。

"对一位政府医生讲这种话,合适吗?"

"再合适不过了,坤(Koen)①。医科学校的老师们曾对全体实习医生介绍过坦扎大夫,而且也可以证实。难道你从前的老师比那些没被政府雇用的爪哇医生更低等吗?我是说就一般情况而言,你听了生气吗?"

"你忘了,我是政府职员。你作为总督的宠儿,更应该知道如何对一位政府职员讲话。"

"好吧,这么说,即将举行的代表大会应该被看成是政府的士绅集会?"

"小心说话,与会者包括王公贵族,政府也有代表参加。"他越发摆出了士绅说话的腔调,"幸好,你不是组织领导层的成员。你的民主观会毁损我们的国民子弟教育。再有二十年,至善社就会把我们的民族彻底改观,但愿真主能为我们提供足够的时间,达成这一目标。"

这个多嘴多舌的家伙,开始用盛气凌人的士绅派头为自己筑起围城。我对于这号人不陌生,我也曾经尝试以他们为基础成立组织,而今他们又以单一民族形式聚集在至善社的旗帜之下。我闭上双眼,装作已经睡着了,正在奔赴梦境。可转念一想,我不该放弃这场争辩,不能让这场公开的争辩不了了之。于是,我又睁开双眼,补充说:"政

---

① 萨迪坤(Sadikoen)的简称。

府的士绅老爷们和各位王公贵族也没什么了不起,他们并不比非士绅或非王族出身的普通人更高明。"

"真缺乏教养,不识荣光。你不也出生于县长之家?难道没人教过你分辨大街上的二流子和在读学子?学子们之所以读书受教,不就是为了赞颂各位士绅、各位官员、各位王公及其家族吗?"由于气愤,他脸色已经开始发红了。

"非王公贵族和士绅的人们荣光何在?难道他们一点也不尊贵,只配去臭水沟?"

"如果人人都尊贵,那份尊贵很可能就不复存在了。"

"如果一些人尊贵,而另一些人不尊贵,很可能是尊贵的人已经剥夺了另一些人的尊贵。"

"不存在谁剥夺谁的问题,"他紧张地回答,"咱们本来就出生在这样一个世界,既有国王及其王室,又有政府连同士绅官员。有人尊贵,有人不尊贵,有人可鄙,因为世界原来就是这样子。男女有别,高低各异,天地同在,贫富参差。你在学校里不也学过,每一个物体的动能都是从大到小、由强到弱……"

"可在人类社会中,不是还有一种运动由弱到强,被称为'斗争'运动?坤,你忘了?或者就是你们至善社忘记了?至善社无意维护现存的一切?难道让贫者永远贫困,愚者永远愚昧,病患躺着等待死神降临么?"由于最近开始系统地研究伊斯兰教,因此我又补充说,"如果祷告不是一种使弱者变成强者的行为,那么祷告还有什么意义呢?你知道祷告的本意是什么吗?祷告就是向真主祈求,要让自身从最弱小变成为最强大。"

说完我故意眯起了双眼,装着打哈欠。透过眼睫毛,我看见他紧咬嘴唇,重又从包里掏出《广场》报,开始读起来。

我内心仍感意难平,难道土著民知识分子就是这副模样?再说,一个组织若不是为了变得强大而有力，成立它又有什么用呢？如果这位爪哇医生萨迪坤的思想代表了至善社的精神面貌，那么，至善社这个组织就好比一个没有台球的台球俱乐部，有名无实。

我听见萨迪坤在干咳，一声，又一声，似乎他有了什么想法，故意要把我吵醒。我没理他，专心欣赏着火车行驶中发出的隆隆响声，体会着随车颠簸摇晃的滋味。他哪里知道，要不是桑狄曼帮忙，至善社很快就会经历和贵人社相同的厄运。组织成分都相同，命运怎可能两样呢？如果说存在着区别，不过是至善社的领导层由更年轻的士绅组成？至善社也在推行"示范效应"①的精神，即效法大人物的举止。大人物一言一行，甚至生活方式，都成为下级模仿的样板。一位大人物加入了至善社，他的下属们便一哄而起追随加入。从前的宗教不就是通过这种方式在爪哇传播开来的吗？不也正是经由这种精神，王公贵族们将自己的国家和民族拱手让给了荷兰人？

我暗自庆幸，这次与萨迪坤见面收获不小，为我认识过去的错误打开了思路，使我看清了通往未来的道路。我坚信，没有改正不了的错误。

像平时一样，火车车厢总是不满员，尤其是巴达维亚开往泗水的快车，并非所有人都能支付这样的票价，除非拥有官阶和大生意。平民百姓们根本坐不起，更不用说坐这种一等车厢了。车厢里的欧洲人也寥寥无几。

我从睫毛缝里看见萨迪坤站起身来，往前走去，大概他要去厕所。少顷，他带着一个穿工作服的人返回来。这个穿工作服的人站在萨迪坤身旁，躬身合掌，不敢在他旁边就座。因为，按照士绅贵族等级，他算是个下等人。

---

① 原文系英语 demonstration effect。

萨迪坤干咳两声,想把我叫醒。我睁开眼睛,一边装模作样地揉着睡眼,一边说:"我刚才好像是睡着了。"

"你已经睡得够久了。"他说得显然不对,"喏,这位是扳闸工,他想要跟你说话,他也是我们至善社克罗亚支部的成员。"

"小人名叫嘉银(Ja'in),老爷(Bendoro)。"他用爪哇语对我说。

我睨视着萨迪坤,他听到这个工人对我讲爪哇敬语,并没表现出有什么不快。

"我们都讲马来语,好吗?"我问。

"好的,老爷。"

"坐下吧,坐在我身边。"我邀请他。

"承蒙抬举,老爷,这样站着更自在,小人平时就是这样站着干活的。我冒昧前来拜见您,请您不要动怒。老爷,小人也是《广场》的一个订户,刚巧听这位医官老爷(Ndoro Dokter)说,您乘坐这列火车外出旅行,我想,如果错过这次见面机会,那将会是终生遗憾。"

"你有什么话要跟我说吗?"说着,我也站起身来。

"老爷,请您安坐。"他恳求道。

我依然站立着,萨迪坤轮番看着我们两人。

"在小人的朋友们之中,很多人订阅了《广场》报,有的是自己订的,有的是大伙合订的,我们都非常喜欢读这份报纸。小人说的句句是实话,老爷,《广场》不仅是我们心爱的读物,而且也成了我们思想上的指导者。老爷,您已经不止三次成功解救了我们铁路工友。那些有关法律的文章,还有星期日增刊,我们非常爱读,可真是帮了我们的大忙。"

这类恭维话我实在听腻了,可还得硬着头皮听下去。一般来说,恭维话之后紧接着就是尖刻的批评,或是可怜巴巴的请求,程度之甚取决于什么样的开场白。开始把你捧得越高,以后对你的责备就越发严厉。而我必须认真听着,满足他的愿望,就像穆尔塔图里笔下的"干燥塞"(Droogstoppel)[1]那样。因为,谁晓得在将来的某一个时机,人们就会需要他的声音呢?还有他的业绩?他的赞同意见?

"老爷,《广场》日报和周报的出版普及了法律知识。我恳请您,能否为我们铁路职工们也出版一份专刊?"

"专刊?"

"当然了,老爷,就像国营铁路工会(S. S. Bond)[2]出版的那种刊物。"

"但是,你可以一直读国营铁路工会出版的那份啊。"

"那是荷兰语刊物,老爷,我们看不懂。况且,那种杂志是其会员们的专刊,像我们这些土著民不被允许加入那个组织。"

此时,我才刚知道,国营铁路工会是一个带有种族主义性质的组织,只接收欧洲人和印欧混血儿成为会员。

"给我时间考虑一下这件事吧,嘉银。"我回答。

"《广场》不会亏本的,老爷,因为铁路工人的生活都还不错。他们也想进步。老爷,如果您不主动伸出手来,还有谁能帮忙呢?"

除了《广场》以外,再也没有别人能够帮他们。这又是一个请求,希望我再开辟新领域。只要着手干一件新的工作,被看成是对民族的一个贡献,随之而来,便是那些受益的同胞接二连三提出更高的要求、更大的希望。他们给你的任务更多,你肩负的担子更重,满足了一个要求,新要求又接踵而至。如果从前生活得比较简单,当一名政府医生,也许在医院,也许在轮船上,或在兵营里工作,便会一身轻松,至少不会像现在这样忙乱不堪。你已经做出选择。你的每一句话,不

---

[1] 《马格斯·哈弗拉尔》中的人物。
[2] 全称 Staats-Spoorwegen Bond,是荷属东印度最早的工人组织,1905 年成立。

论口头书面，都是对你能力的考验，都会把你推向危险边缘，随时面对法律裁判。

嘉银不停地讲述铁路工人的生活状况，倾诉他们的甘苦。他们没有什么晋级奢望，因为好位置都只为欧洲人准备着。唯一的慰藉就是进步的可能性，更多地了解这个复杂多变的世界。他们无法获得机会，越过已划定的框框。

这位扳闸工讲完后，匆忙向我鞠躬告辞，快步离开了这节车厢。稍后，出现了一位乘务员检查车票。

萨迪坤把车票递给乘务员，看也不看他一眼，乘务员躬身接过。

"噢，医官老爷，您正奔赴日惹。"乘务员问道。

"是的，嗯，照顾一下我夫人。"

"好的，老爷，祝您一路平安，医官老爷！"

那个乘务员朝向嘉银刚才经过的车厢门走去。

萨迪坤依然在注视着我。

"你对我刚才的回答很恼火吧？"我问，没理会他那一副士绅做派（kepriyayiannya）。

"也许是吧。至少，我对你的奇谈怪论还需要进一步理解。"

"你看我，就像是在看一只在夜市上迷路的猴子，是吧？"

"也许是。我一直感到奇怪，你为什么如此遐迩闻名？人们纷纷来找你，希望得到你帮助，想要赢得你关心。"他猝然转换了话题，"在克罗亚，有一位印欧混血儿，他早就想和你认识。我的意思是，他在克罗亚有房子，但很少住在当地。他是荷兰驻沙特阿拉伯领事馆的职员，最近从吉达（Jeddah）回国来休假。他是个地道的印欧混血儿，可以说，已彻底东印度化了。我想为你们引见一下，你愿意吗？"

"他也会对我提出要求么？"

"可能，和其他人一样。"

"为什么不去向至善社提出要求呢？"

"他是混血儿，曾要求加入至善社，当一名克罗亚支部的成员，被拒绝了。后来，他向至善社在巴达维亚的领导委员会提出过申请，又遭拒绝。他也正前往日惹，但不是去出席代表大会，而是去抗议。"

"那么，他与我有何相干？"

"他想和你谈谈，提些建议。这个人很有趣，一点不讨人嫌。人们叫他汉斯（Hans），可我不知道他姓什么，我们是打牌时认识的。"

萨迪坤仍然盯着我，好像在监视罪犯。火车继续哐当作响，颠簸摇晃。田野和村庄竞相朝后方急速退去。近处的电线杆退得最快。

"这位混血儿真的是与众不同，他更愿意人们叫他哈吉大叔（Pak Hadji）。他无论去哪里，我总看他头戴着一顶白色哈吉①帽，他为自己取名叫哈吉·穆鲁克（Hadji Moeloek）。"

"伊斯兰教徒会对他感到恼火。"

"他已经两次去麦加朝圣过了，我说的是这位荷兰驻吉达领事馆职员。别忘了，他说一口流利的阿拉伯语，如果只与当地小清真寺培养出来的穆斯林相比，毫不逊色。他下个月休假期满，将要返回吉达的工作岗位。"

"他一定是个见多识广的人。"我说。

"他的故事总是那么吸引人。"

"好吧，我愿意和他认识一下。"

扳闸工始终没再次露面。火车抵达日惹站时，我才看见他在车门外站着等候："老爷，祝您开会期间平安顺利。"他边说边鞠躬，然后回自己的工作岗位去了……

---

① 哈吉（Haji）意为"朝觐者"，源自阿拉伯语，是对曾经前往麦加的天房朝觐、并按规定完成朝觐功课的穆斯林的尊称。

至善社的第二次代表大会在日惹召开，我平生第一次参加规模这样大的会议。那间师范学校的大厅里挤满了人，一切都是新的：至善社在巴达维亚的拼写是 Boedi Oetomo，到日惹后突然变成了 Boedyatama。至善社在巴达维亚的主席拉丹·托莫用荷兰语做演讲，因为他从未受过爪哇的教育，当然不会使用爪哇语表达思想。真要命！各位县长和王公贵族忍俊不禁，六位莽古尼加兰军团的军官面面相觑，一言不发。从前那位退休的爪哇老医生如今当上了代表大会主席，正是他本人把至善社的名字改了新拼写。会场仍不够大，大厅前部和两旁的房檐又加长了好几米。这次会议规模之宏大堪称重大的历史事件，值得永生回忆。

　　坐在最前排的当然都是达官显贵，有的是荷属东印度政府官员，有的来自苏丹王国，也有的来自日惹州府。日惹州的州长也出席了，其他人员均依照名望地位和官职高低就座。参加大会的还有已退休的卡朗安雅县的县长提尔塔宁拉（Tirtaningrat），至圣社（Tirtayasa）[①] 终身主席，他亲自发起并成立了上述传统组织，也是创办学校的第一个爪哇人。淡满光县（Temanggung）县长、布洛拉县县长、玛格朗县（Magelang）县长、日惹市市长，还有一些县的副县长、大量教师以及一排中学和技校学生，这些青年即将成为士绅新贵。除了几个人，而且其中多数不是来自爪哇，其他人几乎都穿着考究的士绅礼服。日惹贵族们身着本地织布加工而来的衣服，日惹之外的各地士绅穿着白色高领制服。不是所有人都佩戴着格利斯短剑，这和地方上的招待会并不一样。除了穿西装的人之外，很多人都大胆地穿上了黑色或棕色的

[①] 卡朗安雅县的一个地方组织，始建于 19 世纪末，后来与其他几个团体合并为印度尼西亚民族联盟（PBI），1935 年底和至善社合并为大印度尼西亚党。——原注

皮拖鞋，而且每人都拎着一个公文包，宛若正在政府办公室任职。

大厅的柱子上缠绕着三色彩纸和榕树叶子，大厅的四周则以象牙色的嫩椰子叶作为装饰。

大厅一侧备有三排椅子，专门给来自爪哇各地的新闻记者，包括土著民、荷兰人、马来人，也有华人。高墨尔以记者身份出席了大会。我也坐在记者席间，道瓦赫尔（Douwager）也是大会的一名记者。

置身于这些志同道合的人们之中，我感到已和他们融为一体，心情愉快。会场里回声轰鸣，此起彼伏，使你的心也随之颤动。室内五彩缤纷的布置象征着人们饱满热烈的精神，空气律动实为自身的共鸣。盛况空前！一切都是那么庄重和新奇，令人惊叹：席地而坐（gelesot）、匍匐而行（rangkak）、合掌膜拜（sembah）仿佛已被爪哇人忘得一干二净。真是不可思议！

代表大会主席，即那位退休的爪哇老医生，向代表们致开幕词。他的言谈举止宛如哇扬戏里刚刚下山的修行者，他解释了至善社名称新拼写的含义，号召大家掌握荷兰语，因为它是斗争的武器。他提醒大家：过去东印度社会只分成两个阶层，士绅贵族和下层农民，而现在又出现了第三个阶层——中间阶层（golongan menengah），当然以后还会有更多阶层出现。

办学校，创办学校！土著民公务员学校（sekolah pangrehpraja）的一个学生这样呼吁。他使用正规学校使用的马来语讲话，与会者听得糊里糊涂。他说，外国人来到咱们爪哇岛，已经发财致富。这不是由于他们聪明，而是因为咱们的人民愚昧无知。我们必须发展教育，办学校！

效法欧洲，向欧洲看齐！一位梭罗宫廷医生呼吁。于是，争论开始了。争论的问题：爪哇人已普遍感到满足，不需要欧洲；欧洲需要爪哇，所以欧洲人来到爪哇。

拉丹·托莫说：政府已建立了许多小学和职业技术学校。我们感谢政府，但这些还不够。对政府而言，如果全部满足我们的办学需求，负担太重了。在等待政府垂怜、为我们增设新课和新建学校的同时，我们还需自己想方设法，使得我们自己的子女进步。

代表大会的开幕词全发表完了。来自克罗亚的那位医生没有发言。他坐在第九排。

回到旅馆里，我在笔记本上写下这样几句话：全部围绕各位士绅的角色而动。这与我当初创建贵人社时的见解相同，把士绅阶层看作是进步的关键，此见解导致贵人社的全面崩盘。

谁能想到，那天夜里竟有一位县长登门拜访我这个无官无职的小人物？来访者是特芒贡县的县长！他既不让我席地而坐，也不要我合掌膜拜。他开门见山，说他也成立了一个组织，只不过是个地方性的传统组织，名叫望月社（Sasangka Purnama）。这个组织没章程，也没有规定什么细则。该组织无法发展至特芒贡县这个小范围之外，他对此感到不满意。难能可贵，这位县长竟能礼贤下士，前来倾听并非士绅的他人之见。更令人惊讶的是，他能理解和接受如下观点：除了爪哇族，在东印度还有一些其他受奴役的民族，华人和阿拉伯人也属于东印度受奴役的民族。而且他还赞同，有必要成立一个兼容多民族的组织。

代表大会很快通过了组织章程及细则草案，提出十三位中央主席候选人：五位县长、两位爪哇医生、四位教师、帕库阿拉曼地区的一位少校，还有一位建筑设计师。在这些候选人中，我认识的只有两位：爪哇医生吉普多·莽坤库苏莫（Tjipto Mangoenkoesoemo）和西冷县的县长查亚迪宁拉。

人们都坐在师范学校大厅的走廊里，等待选举主席的结果，并趁此机会不停地自我介绍。一位年轻人走了过来，他光着脚，上身穿着高领制服，可以看见在不显眼地方有几处缝补痕迹。筒裙上打着整整齐齐的宽褶，褶子上还别着夹子。从他的年龄和头巾扎法可以判断，他大概是个见习职员。他邀我到一家小咖啡馆去坐坐，说有要事相告。在咖啡馆里，油炸木薯香味扑鼻，今年刚收获的榴莲也清香诱人。这位青年喝了几口咖啡，便从没有挂怀表链的上衣胸兜里掏出一片纸来，而后，像下级士绅面对上级士绅时一样，一直低头不语，目不斜视。他喝完咖啡就付了款，说声抱歉，走出了咖啡馆，不知去向。

我打开那张纸一看，吓得双手直发抖。这是总督秘书处的一封秘信抄件。范·赫乌茨总督建议，力争让卡朗安雅县的县长当选为至善社主席，以此确保该组织落入适当的人手中。

没想到，这位铁腕人物居然把手伸得这么远。

我点燃吕宋烟的时候，顺手将这封秘信抄件烧了。这位年轻人懂荷兰语，但还写不出这样用意深刻的句子来。他不是那种别有用心编造假信的人，其目的并非通过新闻界来引发社会轰动。可以设想，这封信一传到新闻界，资深编辑必定会把它提至头条位置上发表。这位年轻人也许是州政府的一位见习职员，他刚能用荷兰语阅读文件。即将发生的事显然是在光天化日之下：卡朗安雅县的县长提尔托·库苏莫（Tirtokoesoemo）① 会击败其他所有的候选人，其中包括托莫先生，还有那位退休的爪哇老医生。接着发生的事果真如此：卡朗安雅县县长当选为主席，师范学校的一位爪哇语教师玛斯·贾伯夷·德威乔瑟沃约（Mas Ngabehi Dwidjosewojo）任书记，范·赫乌茨总督在此又一次以赢家而胜出。淡目县（Demak）的一位爪哇医生吉普多·莽坤库苏莫成为了财务主管。这次"代表大会"的爪哇特色（ciri jawa）得以延续：他们为自己文质彬彬的习俗和高超的皮影戏表演艺术而扬扬得意。

---

① 即至圣社创始人提尔塔宁拉（Tirtaningrat），爪哇语 ningrat 意为贵族。

总之，大会做出的结论使所有人感到：爪哇族是东印度最优秀的民族。

大会发言中包含为数不少的方案和建议，听众却愈来愈少。巽他和马都拉也属于爪哇吗？是的，应该属于爪哇。既然如此，爪哇语就不应再作为组织用语了。大会对此没有做出明确决定。后来，大会宣布不懂爪哇语的会员可以使用马来语。爪哇和马都拉以外地方的爪哇人怎么办？他们可以成为会员么？没有答复。已经获得与欧洲人同等地位的爪哇人（Londo Godong）能加入组织吗？也没有答复。父母双方有一方是爪哇人，比如说印欧混血儿，他们是否可以当会员？还是不见答复。有些已经爪哇化的华人，就像居住在王公国区域内外的人一样，他们是否有权参加至善社？依然没有答复。已经掌握爪哇语言文化的欧洲人，譬如参会者威肯斯（Wilkens）先生，是否也能加入至善社呢？对此的唯一反应：众人齐刷刷地向被提及名字的人投去好奇的目光。这情景就像桑狄曼本人正在通过多人之口发言，可能开口说话的就是身穿便服的莽古尼加兰军团的军官们。

新闻已经成为了人们生活中不可或缺的内容。一位教师以爪哇相声（dagelan Jawa）呈现出教师工作的重要性。他说，没有教师，所有人将重回原始丛林之中去生活。唯一指导者就是"教学园地（Taman Pengajaran）"，它也仅在教学中起指导作用而已，教学内容依然是老一套。而世界在持续不停地前进，时刻不停地前进，在这里是白昼，在美国则是黑夜。人类从来没有睡大觉，一直在永无休止地前进着。至善社成立了，现在又要出版机关报，有人提名道瓦赫尔先生阁下担任主编。

"我提名《广场》报的总编辑阁下，他也出席了这里的会议……"

会场响起赞同的掌声，这是我的光荣，也是土著民新闻界的光荣，这是对我筚路蓝缕、辛劳付出的肯定。我禁不住泪眼模糊，几颗泪珠滚过脸颊滴落下来。美妙的时刻，至高荣誉……忽然，道瓦赫尔用荷兰语大声说：土著民还没有能力主办报纸、杂志、期刊等出版物。

全体与会者顿时沉默，一个接一个相继离开大厅，我也退出了会场。代表大会没能以投票方式来把胜利赋予我。高墨尔来到我的旅店，对我表示同情。

"是您多次教导我使用马来语写作。"我对高墨尔说。

"您现在已经很出色了。"他夸奖我。

"高墨尔先生，您现在做什么工作呢？"

"还跟从前一样。"从他的声音里听得出有几分失意。也许他最近碰上了不少倒霉事，谁知道是工作方面，还是由于别的原因。

札记结束语，当晚关键词：至善社在巴达维亚诞生了，而时隔不到一年，年轻一辈便被排挤在外，总部迁移至日惹，领导权从此落入了老一辈手中……所有一切，冠冕堂皇。

第十一章

鲍戈万多（Bogowonto）旅馆客满，我的房间本来就窄小，又塞进了三位参加会议的人，无论鼻子转到哪个方向，那股发霉气味都刺激难闻。找不到更好的住处了，各家旅店均客满，无法再接纳房客。甚至就连可以舒服落座的椅子也缺乏，没有人想法子去多租借几把备用椅子。这种小客栈根本不能令人舒适，也就只不过是一个能躺下的地方罢了。臭虫多，蚊帐似未洗过，床垫和褥子沾满抹不掉的斑斑污渍，至于枕头……谁知道有几百种口水渗进去呢。

人们称为"汉斯"的哈吉·穆鲁克和萨迪坤医生一同来看我，我只好把他们带到附近一家小饭馆去。果然，哈吉·穆鲁克一露面就引人注目。他头戴哈吉帽，身穿西装，黑皮鞋油光锃亮，显然不是国内产品。他的怀表链过大，使人一看便联想起船缆。从脸型和肤色来看，他是一个标准的混血儿。他身材不高，比我高两三厘米，只是比我更魁伟。

"萨迪坤先生已经向我介绍过您了。"我先开口。

他愉快地笑了，这是一个人或许对自身实力不太自信的笑。

"认识您很高兴。"他说,"假如您愿意听,我确实有事情想和您谈一谈。"

"您一定有要事相商,"我说,"否则,萨迪坤先生就不必为这次会面开路了。"

"是这样的,先生。我先介绍一下自己的情况,我出生在帕拉坎(Parakan),也在那里长大成人并接受教育。我在沙拉蒂加(Salatiga)读小学和初中,但更喜欢帕拉坎。我在三宝垄读荷兰高中,后来又去荷兰继续读五年职业高中,在农业学校学习种植园技术,毕业后回到爪哇,奔忙于各种植园之间整十个年头,久而久之也感到厌烦了。于是,我又去当海员,跟着三囱轮船公司(Kongsi *Semprong Tiga*)的船只到处航行。有时从东印度出发,运送那些到麦加朝圣并成为哈吉的人,有时从南非出发……是的,先生,在南非有一些被东印度流放的穆斯林后代,还有不少印度人。"

"您本人也是穆斯林吗?"

"我是新皈依者(muallaf),仅此而已。"他笑着瞟了萨迪坤医生一眼,"我说的没错吧,萨迪坤医生?"

"新皈依者是什么意思?"萨迪坤反问他。

这位别名叫汉斯的哈吉·穆鲁克并没有回答他,继续讲道:"是这样的,主编先生,长期以来,我一直冥思苦想,反复斟酌,可能是搞错了,也可能我搜集到的资料本身就有误……如果有出入,或者有错误的话,请您原谅并予以纠正。"

"您说的是什么意思?什么搞错了?什么有出入?"我疑惑不解。

"先生,我认为'错误'(salah)是指思想本来就不对,而'出入'(keliru)则指略有区别,它指的是想对了却没有做对,这就产生了误差。我说得对吧,先生?"他依然兴致勃勃。

"假如您是这个意思,也许您是对的。"

"是这样，先生。欧洲对东印度土著民并没有产生什么直接影响，对吧？欧洲和东印度在内容和形式上是截然不同的两个世界。由于欧洲占优势，所以东印度土著民必须使自己适应它这个新赢家。我说的对么，先生？"

"您讲得没错。"

"这样吧，先生，或者，咱们更爱说荷兰语？"

"说马来语也很好呀。"

"那好，萨迪坤医生，您也没有异议，对吧？"

"我为什么就得有异议呢？"萨迪坤反问。

"各位老爷，我该给你们准备些什么？"餐馆的老板娘走过来问。

"炖羊肉，如果你们同意？"我提议。

"抱歉，羊肉我吃腻了，先生。"哈吉·穆鲁克，也就是汉斯，这样回答说。

"我血压高，羊肉太肥了。"

"烧鸡有吗？"我问老板娘，"好，酱烧鸡三份！"我转向哈吉·穆鲁克说："请继续。"

"是这样，先生，东印度土著民接受欧洲的影响，是通过印欧混血儿这个人数不多的阶层。我没说错吧？哪里没有混血儿阶层，欧洲人在那里的影响就会停滞。依我之见，未必对，这个为数不多的混血儿阶层把欧洲文明带进了土著民的生活。我这样说，不算有出入吧？"

"如果您是这样想的，也是这样说，可能并没有什么出入。"我说。

他开心地笑了。

"是这样，先生，如果您对我的见解不置可否，我就不敢继续说，萨迪坤医生，您说呢？"

"您的观点我岂敢妄加评论！"萨迪坤打断他的话，说道，"我从没思考过那个问题，这是您自己的见解，请继续讲下去吧。"

"您自己也是混血儿,您更了解混血儿阶层的生活,这是不言而喻的。"萨迪坤说。

"是的,先生,欧洲人把乐器带到东印度来,混血儿学习使用它,演奏混血儿的歌曲,然后土著民向混血儿学习,再传播给自己的同胞。我说错了么?"

"您说得对。"我鼓励他说。

"在其他那些问题上,情形也是如此,先生。比如说,衣服和手艺,甚至在服装问题方面,土著民对于服装的知识非常贫乏,把混血儿的旧衣服(lungsuran)及其名字全盘接受下来了。缝纫方面的术语,嗬,全都是来自荷兰语。土著民裁缝向我们混血儿裁缝学习,包括'前开门儿'(pisak)这类词也是那样学去的。"

"'前开门儿'是什么呀?"

"'前开门儿'就是裤子的左右裤管相联结的下面那一部分。"

突然,萨迪坤爆发出一阵哈哈大笑,我不知道有哪里好笑的。

"'方便之门'(Pieszak)。"哈吉·穆鲁克解释,"盖房子最先使用窗户的也是混血儿,后来土著民进行了模仿。我这样说,不会伤害你们的自尊心吧?"

坦白说,这些话确实不怎么令人愉快,似乎土著民一无长处,没什么事项可以处于前列。可又有什么法子?我确实没掌握什么材料可以来反驳他。

"是这样,先生们,土著民梳分头也是来源于混血儿阶层。当然,混血儿最先只是在模仿纯血统的欧洲人。"

这个人真缺德!就连梳分头也不是土著民自己的了。

"留额发(jambul)也一样。"他越来越得寸进尺。

"可许多相当重要的事情上,混血儿阶层是有功的,他们在欧洲人和东印度土著民之间无私地充当媒介。也许在将来,如果东印度已经和欧洲一样进步，人们便会为混血儿阶层的功绩建立一座纪念碑，作为文明的中介，他们从不计较报酬。或许他们也充当了那些土著民自己的启迪者（pengadab）。"他欣喜地笑着问，"二位先生，你们的意见如何？"

"坦率地说，我还没有什么意见可谈。"我有点不开心地说，"您没讲完吧？"

"当然还没讲完，先生。是这样，现在许多土著民开始学习绘画，而那些教绘画的义务教师也全都是混血儿。原来土著民不是只知道五种颜色么？至多也就懂加配一点这种或那种颜料吧？现在，土著民已至少认识了二十种颜色，基色与混合色。社会基金会的成立也是混血儿最先倡导的。哇！将来总会有一天，我们这个阶层将要失去桥梁作用，但还不知道需要再过几十年之后。也就是说，到那时，土著民已能够直接和欧洲进行全面交往，因为欧洲教育已经普及到土著民中。呵呵，您知道，人类这两片嘴唇也可以用来做其他事，土著民从来没有干过的事，您知道么？"

用这两片闲着的嘴唇还能干什么呢？

"是这样，先生。在东印度社会里尚未出现混血儿之前，土著民从来不吹口哨，他们也确实不会吹口哨。"

萨迪坤先生笑了，带点恼恨。我也似笑非笑，咧了咧嘴。他成功地逗弄了我们的情绪，笑得起劲。

"是这样，先生，"他越发刺激起人来了，说道，"其实我想谈关于这个时代，仍然需要混血儿阶层充当启迪力量。他们既不强加于人，也从未得到任何报酬，他们的学生和追随者自愿前来向他们求教。二位先生已经听烦了吧？"

"哦，二位先生想喝点什么？请原谅。老板娘！老板娘！咖啡？柠檬水？茶？"

"我只喝茶，主编先生，浓茶。"哈吉·穆鲁克说。

"我想，我也喝茶吧。"萨迪坤接着说。

"三杯浓茶，老板娘！烧鸡还要等多久？"他问老板娘。

"大约一个钟头，先生。"

"老板娘，有雪茄吗？"

"当然有啊，老爷。"那女人一边说，一边递过来三盒不同牌子的雪茄。

萨迪坤不抽雪茄，他要香烟。

"接着讲下去如何，哈吉先生？"

"好的，先生。现在，土著民充实了词汇量，包括土著民过去完全不知道的劳动工具名称，这些都是通过混血儿阶层获得的。尤其重要的是马来语的书面语，先生，最早用拉丁字母来拼写的也是混血儿。首先用马来语出版报纸杂志的也是混血儿。确实，曾经有些马来语杂志不是混血儿经办，可那并不是在东印度，而是新加坡出版的，先生，主编是一位阿拉伯人，用的也是阿拉伯字母。马来人和东印度人自己实际上尚未有所建树。您开始出版自己的刊物，它来自土著民并且服务于土著民，采用马来语！这是您的光荣，当然值得向您祝贺。"他把手伸过来，我立即开心地握住了他的手。

"正因为如此，您才十分引人注目。您是爪哇人，带头用马来语创办报纸。马来语是混血儿阶层的交际语言，在他们自己内部使用，并且也用它与外界交往。我是否能冒昧相问：您为什么不用爪哇语出版报纸呢？您选择巴达维亚和万隆作为出版地点，难道是偶然的吗？"

于是，我向他讲述了东印度的多民族特质。他认真听讲，频频颔首，沉思着，仿佛是一位出色的话剧演员。

"我讲的这些观点，您肯定不会认为也是来自混血儿吧？"我问。

"我确实猜错了，这些与我的猜测恰恰相反，您有远见卓识。您选择马来语不是偶然的巧合,也并非效法我们混血儿。既然如此,您对至善社一定另有高见。"

我向他阐述了我对刚刚开过代表大会的至善社的看法。

"我已尝试把我的意见向大会领导小组提出来了,他们回复:会考虑。听了您的意见,哇,我感到使用马来语好处很多,我非常赞同和支持您的观点和立场。"

他又一次主动和我握手。

"怎么样,您刚才开始谈到的主要问题还没有讲完吧?"

"噢,是这样,先生。东印度第一份马来语报纸是在泗水出版的,它开创了马来语报史的先河。那份报纸的名字叫《东星报》(*Bientang Timoer*),对吧?它也是由混血儿创办的。要知道,先生,这可是三十年前的事!那时候,土著民还根本不能读拉丁字母呢!混血儿用马来语办报,完全是出于对马来语的热爱。先生,就拿我来说吧,我感到马来语比我熟悉并能运用的任何其他语言都更有味。马来语十分灵活,无论何时何地,在何种情况下,都可以使用,而且使用这种语言不会感到有失体面。

"是这样,先生,写小说方面也一样,还是混血儿人群最先开始使用马来语进行写作,而马来人自己还没做过这方面的尝试呢,混血儿们已经一马当先!他们堪称东印度的先驱者,这样说不算吹牛皮吧,先生?他们用马来语写小说,不辞辛劳,不计报酬,不求名利,只是出于对马来语的热爱。迄今为止,还没有任何一个土著民使用马来语写小说。最近,有些华人也因为热爱马来语,开始用马来语写起小说来了,可是土著民仍未用马来语写作。据说,您也写过小说,只不过是用荷兰语写而已。如果我说得不错的话,那么您一定对写小说这种劳动有切身体会,作者搜索枯肠、呕心沥血!您说是那样吧?"

"大概差不多。"

"对不起，萨迪坤医生，我对医学是一窍不通。"

"您讲得很有趣，哈吉先生。"

"谢谢。是啊，我在你们面前大讲我们混血儿的功劳，我想你们是会谅解的。您看，纯血统的欧洲人对用马来语写作漠不关心，土著民对此也不感兴趣。二位先生，依我之见，到目前为止，谁的作品也比不上弗兰西斯。确实，他至今一直是任何人望尘莫及。请问，你们的看法如何？"

"大概是这样。我记得，我最后一次阅读弗兰西斯的作品是《达西玛姨娘》出版那一年，1898年。我不太记得自己读过些什么了。"

"他值得研究，先生，不限于混血儿群体。1898年出版的那部书的确是《达西玛姨娘》，但还不能说是他的最佳作品。我这样反复地提及您竞争对手的名字，您不感到恼火吧？"他没等我做出反应，又继续说，"现在，愿意写书的人越来越少了，没有报酬，只是有点名气罢了；人们喜欢看小说，却不愿了解辛辛苦苦写书的作者是何许人也。的确，所有这些都是混血儿阶层的先锋们所作所为。是这样，先生，假如弗兰西斯还健在的话，您愿意将他的作品出版成书，或者以连载小说（Feuilleton）①的形式发表吗？"

他看我没有立即做出答复，又很快接着说下去："这个问题的确难回答，因为贵刊版面很小，我至少可以把这作为一个问题向您提出来。这不仅是出版印刷问题，先生，更主要是道德问题：混血儿阶层向来不受人重视。您作为土著民中具远见卓识的先驱，或许与我所见略同：文明人就是知恩图报的人。"

谈了这么久，这家小饭馆里只有我们三位顾客。现在又进来两位顾客，看似商人模样，在我们旁边坐下来，也跟着聆听汉斯·哈吉·穆

---

① 法语，印尼语为 cerita bersambung（缩略词 cersam）。——原注

鲁克的讲话。

烧鸡快要熟了,阵阵香气从饭店后厨飘过来。我们面前的浓茶已经喝得一干二净,萨迪坤先生开始抓起油炸白薯片吃着,忘记了自己的医官老爷身份。也许,在克罗亚,他从来没进过这么小的普通饭馆吃东西。

"您紧锁眉头了。"他继续说,"我就这样跟您明说吧,我们也许会以印欧混血儿群体的名义,希望您能偶尔帮我们发表一些混血儿写的马来语小说。如果可能的话,就发表弗兰西斯的小说。弗兰西斯已经去世了,其他作家比如马卡莱纳(Makarena)、莫拉蒂·范·查哇(Melati van Java)、顿·拉蒙(Don Ramon)、亨德利森·德·巴斯(Hendriksen de Baas)和巴勒里诺(Berellino)······"

他又提到了几个我从未听说过的名字。我全神贯注凝望着挚爱混血儿一切的这个人,说不定那些人名只是他道听途说,或是一时兴起,并不见得真有其人。

"······如果您弄不到他们的稿件,也许您会同意发表我的作品吧?哎呀,您看,我这人简直像商人一样了。"他自我解嘲地说。

"您为什么不把自己的作品编辑成书呢?"

"如果编辑成书,大概至少要卖掉一两栋房子才行。而我现在只有一栋房子,这栋房子还是我长期积蓄而来的。"

"对您来说,名望不是比房产更重要吗?"

"并非如此,先生。房产对我本人来说的确无关紧要,可我的孩子却更需要它。在一公顷的宅院里,他可以经营一个小小的企业。这也是为我的孙子着想啊。"

"您还没跟我谈起您写什么作品呢。"

"现在就告诉您,先生。我的小说写的是甘蔗种植园和糖厂周边的生活,描写印欧混血儿阶层在这种生活背景下的来龙去脉,他们如何同纯血统的欧洲人和土著民交往,他们怎样创造了自己的天地……他们如何相爱……"

忽然之间,特鲁诺东索的形象浮现在我的记忆里。

"以及农民们的反抗斗争……"

"对,其中也有这方面内容。"

"还有侍妾(gundik-gundik)……"

"那当然(Nou en of)[①]!"他放声大笑。萨迪坤医生不再嚼炸薯片了,他一边捂着嘴,一边跟着大声笑起来。

"您也用阿拉伯语写作吗?"

"阅读、聊天和写作。"

"为什么您不把小说翻译成阿拉伯语,发表在吉达当地呢?"

"阿拉伯人只读关于他们自己人生活的小说。"他频频颔首。

"为什么您不把它译成荷兰语呢?"

"可以这样做,先生,不过只要在东印度出版,也就意味着要倾家荡产。"

"让我仔细拜读一下您的作品,如果很不错,我将尽力为您发表。"

"您可以用连载小说的形式陆续发表两年以上。"他竭力在说服我。

"如果那么说,篇幅不会小!"

"这部小说名叫《西蒂·爱妮传》(*Hikayat Siti Aini*)。我无论去哪里都带着小说手稿,先生,以便随时进行完善。我把这部小说手稿评价为我们印欧混血儿的成就,绝不仅是个人功劳,我哈吉·穆鲁克是无足轻重的。"

接着,他把话题转向了印欧混血儿群体的生活。他们的生活与姨娘的家庭毫无相似之处,表面上热闹喧哗,但并没什么内涵,不外乎

---

① 荷兰语,相当于印尼语 ya, pasti(是的,当然)!——原注

是那些尔虞我诈、明争暗斗的无聊琐事。

他说："让我先去把稿子拿来。"

"可烧鸡马上好了。"我阻止他。

"只需十分钟，"他固执地说，"我就能带着稿子回来。"

他刚一出去，烧鸡便被端上餐桌来。酱黄色的烧鸡，涂抹着酱油和鸡油，从叉子扎过的洞里冒出扑鼻的香味，这种香味比安息香的气味更纯正。

"与烧鸡比起来，当然是稿子更重要。"我低低地哼了一声。

"我觉得礼貌更重要，请原谅我这位朋友。"萨迪坤说，"很遗憾，你得先等他，一直要等到你的烧鸡凉了。"

热气腾腾的白米饭摆到了桌上，更令我饥肠辘辘，馋涎欲滴。看着满桌饭菜而不能开吃，我的肠胃显然在咕噜咕噜地抗议。

"你为什么不参加你们的这次代表大会呢？"我问萨迪坤。

"我想了又想，已经理解了你的观点，关于运动是从弱到强的过程。一切趋向完善的运动都是由小到大、从弱到强，祷告也是如此，一项事业亦然。但是，联合抵制运动……"

"啊——你想谈那个问题吗？"

"你还是先不必发表那个观点，不太清楚范·赫乌茨对此将抱持什么态度。最近，你见过他吗？"他迫不及待地问。看到我摇着头，他又继续说，"我想，他是决不会高兴的，他会认为你走得太远了，至少你会受到他的指责。"

"的确，我正等着他指责我呢，这是他自己的过错，人们的步伐总是越走越远，而且很多人永远不会再返回他们原来的起点了。范·赫乌茨也必须明白这个道理。"

"你将会遇到麻烦。"

老实说，经他这样一提醒，我倒真担心起来。那个问题确实已开始成为公众谈论的话题，我收到了好几封信，要求我进一步解释。甚至还有一位小姐，在她的女仆护送之下，亲自前来见我。她一开始就用荷兰语讲到相关问题，讲完后还要求我安排一个专门时段和她谈谈。她没提及自己的姓名，而是自称卡西鲁塔王公国的公主（Prinses van Kasiruta）。一位公主，而且美得别具风采！"公主，关于联合抵制问题，"我对她说，"将来我还要写文章进行更全面阐述。假如我在文章中这样写：敬献给卡西鲁塔王公国的公主，您不会介意吧？"她嫣然一笑，如此甜美，显然为我的殷勤所打动——她的言谈举止落落大方，不太像是爪哇姑娘。现在，这位爪哇医生玛斯·萨迪坤已向我提出警告说，麻烦将找上门来。

"现在，说一说关于至善社。我是故意一直不参加至善社活动。一切都将按计划顺利进行。至善社并非要维持那些腐朽的东西，它肯定是在维护好的东西。我们办事得根据现有的条件，不越雷池之外，不会好高骛远，想入非非。"

"您的意思是至善社在施行务实策略？"

"大体如此。"

"但人类也能够努力准备新条件，创造新现实，不应该永远只在既定事实之内游泳。"

"我们不是梦想家（pemimpi），不是空想者（pengkhayal）。"

"在人类的生活中，一切有意义的东西不仅起源于此，而且也在想象和梦幻诱导下发生……难道你以为汽车和火车是来自于既定现实吗？不，也源自梦幻，源自空想。"

这时，汉斯·哈吉·穆鲁克回来了，带着一大包稿件。他的面色微微泛红，一望便知，他是跑着来跑着去。

"我希望烧鸡还没有凉透。"他抱歉地说。

"请，有请，我们先吃起来吧。"我提议。

桌上的三只鸡前两个小时还在奔走觅食，梳理蓬乱的羽毛，还在与自己同类争斗，此刻已拌上了酱汁，被我们咀嚼到细碎，和口水一起吞进肚子里去了。

我品尝着美味的烧鸡，不禁想起医科学校学生们从前的说法：人类感官不超过十五厘米，尝烧鸡的美味亦如此。嚼细的鸡肉一过嗓子眼儿，可口的味道便随之消失，不知去向了。

"味道没让你们失望吧，先生们？"饭馆的老板娘问道。

哈吉·穆鲁克翘起大拇指表示称赞，萨迪坤一面吞咽嘴里剩的鸡肉，一面缓缓地点头。而我很是恼火，像一只被竞争者监视着的猫。

此刻，哈吉·穆克鲁打开"货品"，把一大摞笔记本摊在我面前。他的字又大又漂亮，用黑墨水书写，褐色的墨迹向四面洇开，给每行字增添了一圈自然的轮廓。我看见稿子上找不到任何涂抹的痕迹，说不定他曾当过一级抄写员。

"请您仔细阅读这份手稿吧！我相信，您是不会失望的。"

"我一定认真拜读。"

"这是我一生的宝贵财产，明克先生。下星期我将再次出航了，请给我写个收条吧。如果您能发表它，请把报纸寄给我，寄到荷兰驻吉达领事馆的地址。"

无论他的开场白多么絮叨，后来事实证明他显然不是那种难相处的人，甚至挺讨人喜欢。他直言不讳，大概是被交际磨练成熟了。我接过他的手稿，并给他开了收条。

"明克先生，说不定将来会有一天，人们回首往事的时候愿意这样说：印欧混血儿阶层确实对土著民做出了贡献。"

"可在这份手稿里，您并没有使用混血儿的名字，您将会被认为是土著民。"

"总有一天，人们会知道作者是混血儿的，不仅是一位哈吉，还想葬在距离穆罕默德先知长眠之地不远处。至善社拒绝吸收我,仅仅由于我是混血儿,我对此并不感到遗憾。然而,至善社的人绝对没能力写出我已经写出的这种作品。"

"似乎您已经习惯写作了。"

他笑了。他那开始有皱纹的脸上容光焕发。

"是的,我用过很多化名。"

"您早就该闻名遐迩了,如果您不使用多种化名。"

"很遗憾,我有种偏好(kesukaan),愿意把自己融入万物,泯息自我(melenyapkan diri),明克先生。不,这不是偏好,更确切说,可能该称为一种倾向(kecenderungan)。"他彬彬有礼地笑起来,"看着人们能幸福地享受我的劳动成果,对我而言,这也是一种幸福。够了,这就够了,明克先生。"

"可您有意愿成为至善社一员呢。"萨迪坤说。

"为了与至善社融为一体,泯息自我,这样说更恰当。"他回答。

"如果给人们留下一个谜题,那您就会更开心了。"我紧接着说。

"也可以这样认为。只有这本《西蒂·爱妮传》会让人们知道它的作者是谁:哈吉·穆鲁克。医官先生和总编先生,您两位是见证者。其他人是不会知道的。"

会面结束了。它给我留下深刻的印象,关于这样一位怪人:他想给世界留下些什么,又不愿为别人所知……

直到代表大会闭幕,我再也没有见到高墨尔。代表大会结束,我未能当选为至善社机关报的总编辑,道瓦赫尔也落选了。我对此愈加迷惑不解。

会后,我从日惹专程去了一趟梭罗,想打听下有关莽古尼加兰军团官兵们的命运。显然,有几个军官已被关押,其他人平安无事,相反，至善社却日渐兴旺起来。在这里资助至善社的也是那些土著民企业家们。

我从梭罗回到B县，一路上尘土飞扬，真叫人厌烦。一件奇异的事情发生了：拜见父亲时，他没让我在地板上跪坐，而是破例地让我和他一样，坐在椅子上。

父亲看上去比以前老多了，显得更加心平气和，失去了不少大家长的精气神。

"我可能要被调派到一个更加棘手的地区去。"他抱怨说，"他们要把我派到萨敏派闹事严重的那个地方去。"

"可是，萨敏派的乱局不已经平息了么，父亲？"

"是的，结果还不是一样，孩子。乱局平息之后，国库收入非但没有增加，反而日益减少。他们向政府不停挑衅，就为了被关进监狱，在各地引发骚乱。监狱意味着经费支出，关进去的人分文不掏，反倒要政府去养活他们。"

"他们不是群龙无首了吗，父亲？"

"是的，据说他们的头目已经流放到邦加胡鲁（Bangkahulu）去了，可根本不管用，他们的理论依然存在，引领着各位追随者的行动。"

"父亲何苦为这件事忧心忡忡呢？"

"因为要我去解决的正是这些问题！"

"他们不是坏人，不是盗贼，也不是劫匪，放任他们违抗，何错之有？"

"这正是叫人苦恼的地方，他们从来没有、也从来不想去坑害别人，他们只想按照自己的意愿去生活。"

"那就让他们这样吧，父亲。"

"但是，不服从政府就是犯罪。"他缄默片刻，注视着我说，"人们都说，总督大人经常召见你，你能不能向他提一下这问题呢？"

"他们只想按照自己的意愿去生活。我认为没必要向总督提出这问题，父亲。"

"那就跟我当不成县长了是同样的意思。"

"我不是那个意思，父亲。让萨敏派按照他们的意愿去生活；而您仍然担任县长。"

父亲挺直身体，不再倚靠着椅子的靠背。他说："你知道么，你这样说法等于和违抗政府的人成为同党。"他提高了嗓门。

"我倒不这样看。只要不闹乱子，就没必要报告他们的情况吧？"

"你不懂事理，对他们听之任之就意味着我将得到的是一块世界上最贫穷的土地。"

"父亲想要荣获总督大人颁发的勋章？"

"哪一位县长不梦寐以求呢？"

"说不定您也梦想着获赐亲王头衔吧？"

"这是每位县长的至高理想。"

"还想获得金色阳伞（payung mas）① 呢。"

"你是在嘲弄你的父亲！"

"总督自身不需要所有这一切。"我缓慢而谨慎地说。

"所有这些都是好县长的标准，如果你将来也被提拔成县长，这些对你同样适用。你看，在整个爪哇，有几位县长获赐过亲王头衔？至多也不会超过五名！"

"正因为如此，我才没有当县长的奢望。"

"当县长完全是由于真主的旨意，假如真主降旨于你，你就非当不可，届时你将无力推辞，因为推辞就是忤逆。奇怪，不想当县长——向

---

① 此处 mas 等同于 emas（金子；金质；金黄色），根据传统，贵族所使用的阳伞颜色代表着其品级高低，举金黄色阳伞的最高级。

千万黎民百姓发号施令，受尊敬、受朝拜……"

蓦然之间，穆尔塔图里在勒巴克县（Lebak）讲话时的情景掠过了我的脑际，县长卡塔威查亚（Kartawijawa）坐在穆尔塔图里的对面，百姓对他恭恭敬敬，纷纷跪倒朝拜，然而内心里对他深恶痛绝，百般仇视。

"太幸运了，真主没有指令我当县长。"我更缓慢地说。

"我没听错吧？如果政府任命你当县长，你将怎么办？"

"我会拒绝。"

"你敢拒绝，这胆量是从哪里来的？"

"我有自知之明，我不需要勋章、亲王头衔、恭敬和朝拜。"我再一次缓慢而谨慎地回答。

父亲长叹一声，口中不住地嘀咕着什么，然后又说："简直不成体统（Dasar sudah mrojol selaning garu）[①]！"他低声说道，"去吧，见你母亲去吧。"

我没跪拜就离开了父亲。我感到他的目光一直在跟着我，紧盯我的后颈。我缓慢而坚定地向后厅走去。我发现母亲正坐在那，嘴里嚼着萎叶，她没有看见我进来。我从她侧面走过来，立即跪坐在她面前，吻着她的膝盖，什么也没说。

"你是谁呀？一进来就吓我一跳。"

"是我，母亲，我是您心爱的儿子。"

母亲用双手捧住我的头巾，将我的头抬起来。

"我为你祝福，孩子。我好像得到了神的启示，知道你要回来了。"

"事先没给您消息，请母亲恕罪。"

[①] 爪哇语 mrojol selaning garu 意为印尼语 keluar dari sela gerigi garu, keluar dari kebiasaan。——原注

"你是坐火车回来的？"

"是的，母亲。"

"先去洗个澡吧。"

于是，我去洗澡了。我打扮得整整齐齐后，从房间里一出来，就看见弟弟和妹妹们站在一定距离之外望着我，等我向他们打招呼。

"啊，是你们呀。"我说，"为什么一直站在那边？过来吧，你什么时候结婚办喜事？"

"哎，哥（Kanda），你呀，刚一回来就调侃。"

"这不是给你最好的祝福么？难道还要我替你找一个人？"

她转过脸去，羞答答地跑开了。

"还有你，学习怎么样？"

"真主赐福（pengestu），哥哥，有进步。"

我离开他们，又去见母亲。

母亲招一招手，吩咐我坐在椅子上。她嘴角还沾着一点点烟丝[1]。母亲似乎越发老了，她的白头发比黑头发更多。

"这些日子我一直在想啊，孩子，一直在想你的事情，总放心不下。你日子过得顺心吗？"

"真主赐福，还好，母亲。"

"我听到你的声音很清晰，不像我上次见你时那样。感谢真主，孩子。这里很多人议论你，人们说你当了新闻工作者（jurnalis），出版几千份报纸，整个爪哇岛各处都能读到你的文章，都写着你的名字。感谢真主吧，孩子。原来你想当医生，没当成；你又想当皮影戏艺人，也没成；如今，你成为新闻工作者，这和经商者一样么，孩子？"

"差不多，一样，母亲。"

---

[1] 有人嚼蒌叶后会用烟丝（tembakau sisik）抹嘴。

"这么说,除了你的仆人以外,再没有别人向你跪拜了?"

"我的仆人也从来不向我跪拜,母亲。"

"这么说来,你不向别人发号施令?"

"是的,母亲。"

"你是在当首陀罗,还是在当婆罗门呢?"

"二者同时兼任,母亲,我通过报纸既为别人服务,也教育别人。"

"你不后悔吗,将来当不成刹帝利?"

"不,母亲,真的不后悔。"

"后悔就是折磨(Sesal adalah siksa),孩子,千万别再选错路,你没有其他理想了吧?"

"至少,我已打消了当医生的念头,请原谅我,母亲,我还想当皮影戏导演。"

"你想做的事太多了,还要当皮影戏导演,你编的故事够用吗?"

"还缺一个故事,母亲。"于是,我向母亲讲述了东印度所具有的多民族特性;我打算建立一个与此特性相匹配的组织,然而尚未找到可以把各族团结起来的纽带。我还向母亲介绍了坦林·穆罕默德·塔勃里,也讲述了华商通过采用弱小商人联合之力而打垮欧洲大企业的故事。

"这么说,你的故事还没完。"

"请母亲指教,为孩儿祝福。"

"你自己比我更懂这些,孩子,我为你祝福。好好工作,当一个好的皮影戏导演。"

"多谢您,母亲。"

"你听见过杜鹃鸟之间互相你呼我应地啼叫吗?"

"听过,母亲。"

"相思鸟的叫声你也听到过吗?"

333

"听过,母亲。"

"它们总是一呼一应,有时也因为受伤或碰到灾祸而不能结伴成群,一只鸟独自飞来飞去,到处呼叫自己失去的伴侣。有时,它的伴侣真的不再回答它了,永远不回答了。每当人们听到杜鹃或相思鸟在孤独地鸣叫却没有回音时,心中就十分难过,感到生活是多么孤寂。你呀,孩子,可不要成为孤苦伶仃、独自啼叫的鸟儿。你没必要让所有人都伤心难过。我小时候就看见过一只杜鹃,每天早晨栖息在干枯的木棉树枝上,隔两个时辰啼叫一阵子。它叫呀叫,不停地叫着。是的,孩子,每天早晨都这样凄惨地叫着,一叫就是两个来月。后来,再也听不到它的叫声了,木棉树上没有了它的身影,附近也见不到它的踪迹,真叫人难过啊,孩子!"

"母亲曾经对我讲过这只杜鹃的故事。"

"这么说,你还记得。你不要成为那只孤苦伶仃、无人回应的杜鹃,莫去当没有故事脚本的皮影戏导演。没有了皮傀儡,演戏人还可以把故事讲给别人听,可没有故事……即使有了皮傀儡也演不成戏。"

我心情愉悦地离开了 B 县,带着母亲的祝福,也牢记她的叮咛:你不要一个人在家里叹息,至少有一位妻子可以陪你说话,倾听你的心声……

我从皮箱里取出哈吉·穆鲁克的手稿,在火车上仔细阅读起来。显然,这部小说非同凡响,给人耳目一新之感。

从这次旅行中,我得到了另一个启示:梭罗和日惹的各位土著民企业家,向来以悭吝闻名,为了社会生活更进步,为了即将成立的进步团体和组织,他们也愿意慷慨解囊,做出贡献。

于是,至善社一位成员的名字赫然浮现在我的心中:玛斯·贾伯夷·德威乔瑟沃约(Mas Ngabehi Dwidjosewojo)……

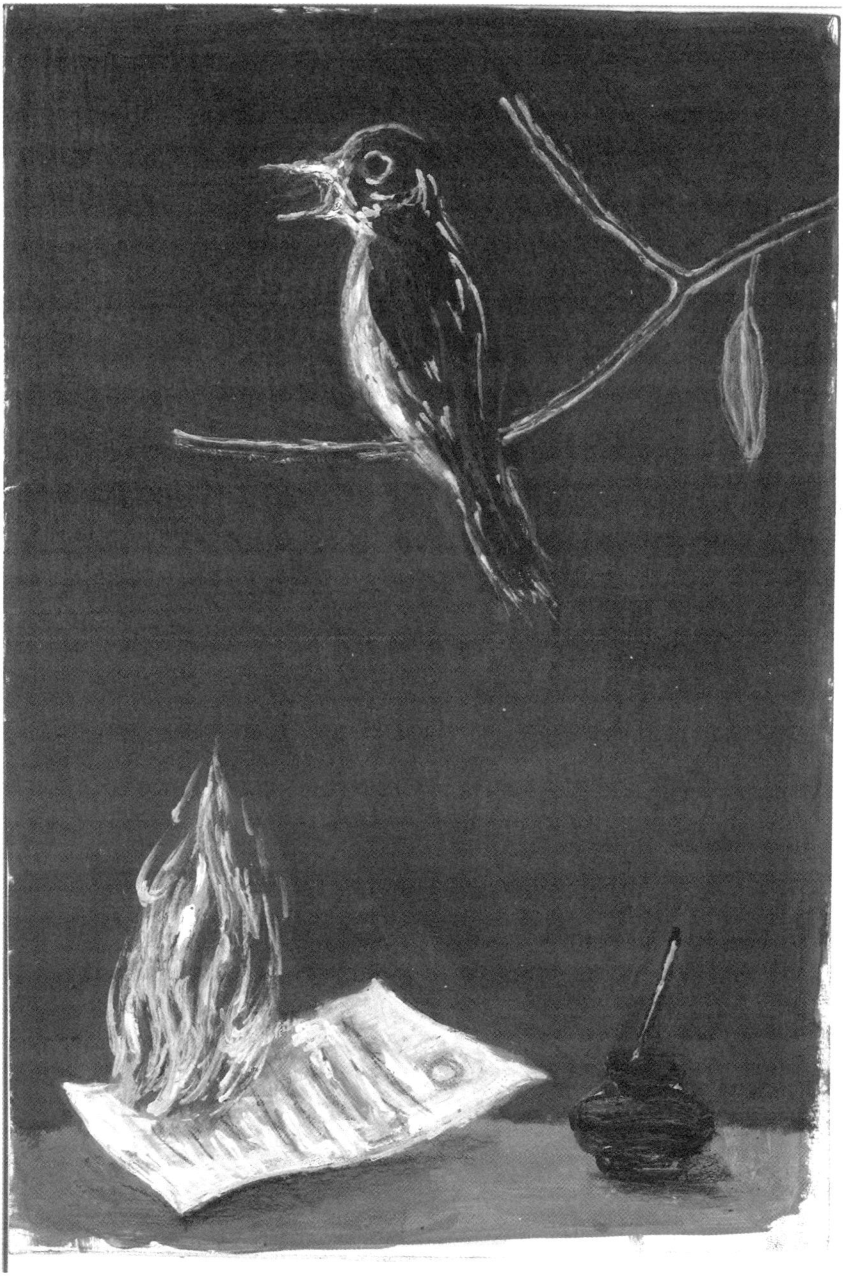

第十二章

在万隆的《广场》编辑部办公室桌上,一大摞信件已在等我启封,其中有三封是来自那位卡西鲁塔(Kasiruta)王公国的公主。她写的荷兰语具有宫廷气息,使人感到她平常是不会给别人写信的,或者她所受的教育本身就要求她运用具有宫廷气息的语言。

在我外出期间,她已经寄来了三封信,要求和我见面,也许想进一步了解联合抵制问题,也许还有什么别的心事。

我派人给她送去了我的回信。

送信人刚离开不到一分钟,一位身强力壮的小伙子便出现在我面前,大约比我矮两公分。他上身穿高领制服,下身围着打细褶的筒裙,头巾也裹得漂亮,乍一看像个乡镇士绅,可如果再仔细打量一下,尤其注意他的举止,他显然是一个衣着入时的农村青年。

"老爷(Ndoro),我叫马尔可(Marko)。"他一边说,一边低着头,双手交叠在腹前,"如果您不嫌弃……小人愿意前来为您效劳。"

"嘿(Hei),马尔可,我早就等你来了。到这边来,离我近一点,挺起胸,把头抬起来,一位武士可不是这样子。"

他微笑着抬起头。只见他神采奕奕,双目炯炯。尤其引人注意的是:长得十分英俊。

我从椅子上站起来,走近他,向他的脸猛击过去。他把身子向旁一歪,又把头向后一仰,躲开了我的拳头。我飞起一脚,朝他的腹部踢去,他纵身一跃,又让我扑了个空。

看来瓦尔迪真没选错人,小伙子机灵敏捷,善于避开突如其来的袭击。他的手脚没有做出大的动作,仿佛在原地跳舞一样。

许是久不练功的缘故,刚才这两下子,我便累得上气不接下气,可我根本没打到他。我住手了,气喘吁吁地站在他面前。

"很好,"我说。我没打听他的出身,也没询问他的住处,吩咐道:"每天都要把办公室收拾干净。"

几分钟以后,他便再也没有乡镇士绅的派头。他脱了高领上衣和筒裙,也脱掉了拖鞋,说不定这双拖鞋并不属于他,而是借来的。他穿上黄色斜纹布做的上衣和短裤,俨然就是刚进城的乡下孩子。他动作敏捷,把墙壁、家具和地板都打扫得干干净净。

"还需要干什么呀,老爷?"

"换上你刚才穿的衣服,然后来找我。"

我连一封信都还没看完,他已经来到我的面前,低头侍立,双手交叠在腹前。

"坐下。"我说,指着摆在我面前的椅子。

他毫不迟疑地坐了下来。

"这间办公室绝对不可以看起来脏兮兮。"

"是,老爷!"

"叫我'先生'(Tuan),就用马来语好了,你会吧?"

"会,先生。"

"你的任务是保卫办公室的安全,有特殊工作时就听我一人调遣。

你在哪里认识瓦尔迪的?"

"哪位是瓦尔迪老爷?"

"傻瓜!刚才领你来这里的那个人就是他。"

"我还不知道他的名字呢,先生,我只认识桑狄曼。"

"你早就认识桑狄曼?"

"三个月以来,我一直跟着他到处去。"

"你会看书写字吗?"

"用爪哇语可以的,先生,我还认识拉丁字母和阿拉伯字母。"

我抛给他一张《广场》日报,让他大声读给我听。他读的是一则关于至善社代表大会的消息,重音和断句都很准确,只有 D 和 B 这两个字母读起来仍然有较重的爪哇口音。

"好,你对这篇文章有什么看法?"

"文章语言欠准确,先生,不太贴切。"

"你上过什么学校?"

"我是自学的,先生。"

"从没上过学?"

"只读过乡村小学,先生。"

"毕业了吗?"

"毕业了,我把毕业文凭也带来了,如果您想查验的话。"

此时,卡西鲁塔王公国的公主出现在门口,一位仆人陪着她。我站起身,让马尔可出去,他仿佛一跃而起,瞬间就从办公室躲开了。

"午安,公主,请坐。"

公主身着丝绸连衣裙,手里拎一把黄色丝绸花伞。她坐在我面前的椅子上,神色自若,落落大方。她的仆人在办公室外守候着。她把伞柄钩在椅子扶手上,然后舒了口气。

她的身材修长苗条,肤色甜黑(hitam manis),容颜娇俏。乍看起来,她貌似"世纪末之花",除了肤色。可能她有葡萄牙血统。

"先生,我想向您请教关于联合抵制的问题,可以吗?"她用荷兰语彬彬有礼地问。

"公主真的需要了解这个问题吗?"

"我将会把您的见解带回卡西鲁塔去呢。"她回答道。

我注意到,她容貌纤秀,面部轮廓全都尖细分明。

"带回卡西鲁塔去?有什么用?"

她微微一笑,我捉摸不透她是什么意思。

"最近几天,我就派人把它印出来。公主何时启程回去?"

"您问得好,正因为此事,我才前来向您求助,他们禁止我回去。"

"他们是谁?"

"勃良安州的副州长先生。"

"副州长?"我忽然记起从前米丽娅姆问过我,是否真的有一位王公被流放到了苏加武眉或展玉(Cianjur)。

"公主看起来像印度人。"

她微笑着,大大方方地直视我,我端详起她的面容和身材时,她才羞涩地把脸转过去。

"公主和家人全都住在苏加武眉?"

"是的,先生。"

"可是,公主现在是在万隆啊。"

"我稍后就离开这里。奖学金到初中(MULO)[①] 毕业就全部用完了,必须立即回家去。现在,我正在争取得到副州长先生允许,以便

[①] MULO 来自荷兰语 Meer Uitgebreid Lager Onderwijs,即基础教育(pendidikan dasar)之后的中学教育(pendidikan lanjutan)。当时,初级中学教育刚有两年制课程,是三年制初中教育的先导阶段,三年制初中教育始于 1914 年。——原注

回卡西鲁塔去。他已经三次拒绝了我的请求，所以我才前来向您求助。我有权返回自己的故乡，无论如何，被流放的人并不是我。"

"请稍等片刻。"我说完，便去叫弗利斯保登，事不凑巧，他已经出去了。"公主，我们的法律专家不在，好，您就对我说吧，副州长拒绝您的请求，他有什么理由？"

"他只说：很遗憾，小姐，现在我还不能答应您。就这些，他没说别的。"

"好的，我将去拜见副州长先生。"

"非常感谢您，先生。"

"公主，您在勃良安已经多久了？"

"三年，先生，小学毕业后就住在那里。"

这时，我差点脱口而出：两年后，她才可以重返自己的故乡。但我不忍心这样做，况且这仅仅是猜测。据说，流放期只有两种：五年，或永远。

"公主，您会巽他语吗？"

"最近三年来，学过口语。"

"您会马来语吗？"

"当然会，先生，小学时就学过正规马来语（Melayu-sekolahan）和交际用语（Melayu pergaulan）。"

"公主，为什么您想把关于联合抵制的文章带到卡西鲁塔去？"

她向我投来疑虑的眼神。她的手不由自主摸向椅子扶手，寻找挂在那里的伞柄。我分析，大概是家人吩咐她这样做，而她自己也明白这样做的目的是什么。

突然她转移了话题："如果副州长先生仍然拒绝，那该怎么办？"

"我将亲自去拜见总督先生，请求他帮助解决。公主，您同意我这样做吧？"

"人们说,也只有您才能够做到这个程度。"

"万一总督先生也不同意,公主会不会对我失去信任?"

"我已经感激不尽了,先生,一辈子都不会忘记。"

"人们说,只有我才能够去拜见总督先生,这说法的实情是怎么回事呢?"

"请原谅,先生,我不知道是否属实,人们说您是总督先生的宠儿(kesayangan)。"

这类传言早就搞得我不好意思,离谱的说法越传越多,有什么办法呢。我只好向她解释事情的真相,传言并不是真的。

我们谈得很投机,话题涉及各种问题。面对这样一位姑娘真是开心,她没有性别偏见,自由开朗且勇于直言。她也确实是一位完美无缺的少女:她的容貌,她的胸部、臀部和腰部,甚至小腿和双脚,全都匀称标致。她的举止稳重端庄,显示出高度的自尊,可能她受过良好而严格的欧式教育。她可谓艳压群芳。也许欧洲影响极深,已深入她的血肉。不过,这些都是初步印象。

江山易改,本性难移,我又旧疾复发了。哎呀,你这女性崇拜者!我感到自己比世上任何人都更有权利摘取这朵鲜花。母亲,我已听从您的叮嘱,这朵花由我摘取。

"公主,您暂时就不要指望返回卡西鲁塔了。您不是懂马来语和巽他语吗?想必您愿意帮我们的忙吧?"

"我能给你们帮什么忙?"

"我早就打算出版一份女性专刊,由于实在缺少人手,至今未能如愿。如果请您一起来领导这个编辑部,不知您意见如何?"

她眼睛里充满了疑问,稍后说:"我什么工作都没干过,怎么能领导编辑部呢?"

"公主,您是否同意?这个回答才是问题的关键。"

"可我什么都不懂呀。"

"当然，开始时会有人指导您。"

她沉默了，陷入反复思量之中。

"当然啦，您现在还不能答复我。"我接着说，"让我来替您回答。公主，您同意助我们一臂之力，并无异议，对别人的指导也不反感。"我凝望她良久。

她也久久地注视我，随后低下了头。

"现在，您先回去，今天下午，等我请教了我们的法律专家后，我亲自去您的住处拜访。"

她迟疑地从椅子上站起身，向我鞠躬告辞。我送她到门口，把她交给了她的正在角落里坐着打瞌睡的女仆。

"大妈（Bi），"我用巽他语对那个女仆说，"确保要把年轻女主人安全地送到家。"

"一定的（Sumuhun），老爷。"

卡西鲁塔公主打着花绸伞走在前面，她的女仆尾随在后，两人头也不回地离去了。

回到办公室，我暗暗自喜，对自己说：行！明克，你成功了！她知道啦，你的眼神在将她作为女性而赞赏。你自己也清楚，她已经陷入你的情网之中。特·哈尔的话犹在耳边：不要利用你的出版物去追逐个人野心，切莫如此。接着，反驳声随之而起：这并非个人野心，不是！这是儿女情长。

瓦尔迪和他的一位朋友出现在我办公室里，他们是从印刷部门过来的。他这位朋友是印欧混血儿，我不知道他的名字。

"明克先生，"瓦尔迪首先开口道，"我带来了一位熟人，让我先给您介绍一下吧。"

原来，此人不是别人，正是道瓦赫尔。刹那间，米丽娅姆·弗利斯保登对我说过的话在我脑海里一闪而过。

"先生,您最初在南非工作,然后才去英国的吧?"

"您是从哪里知道的?"

"您身上受过伤我都知道,不过没听说在哪个部位。您直接从英国回来吗?"

我们三人没有互相谦让,各自落座。我从他的眼神看出来,他有些心神不定,瓦尔迪本人亦是如此。

"不,明克先生,我不是直接从英国回来。我从英国先去到多个国家兜兜转转,在印度被捕了,关过相当长一段时间。获释后,我发誓不再踏入英国的殖民地,于是我便回到了东印度。"

我差一点告诉他,米丽娅姆也在万隆。我没说出口。我想,说这些又有什么用呢?①

"我把埃杜(Edu)带到这里来,是想讨论一些问题。"瓦尔迪称呼道瓦赫尔的小名道,"埃杜,说吧,也许在某一问题上,甚至对许多事情,我们能取得一致的看法。"

于是,他说:"瓦尔迪告诉我,您有一个基本想法,即主张成立一个具有全东印度性质的组织。您和瓦尔迪一样,都不同意至善社的观点,我也不赞成仅具有单一民族特性的任何组织,我想听一听您本人对这个问题的基本想法,可以吗?"

他的这个要求令我心中不悦,我感到这样的提问方式里包含着某种傲慢。认为土著民没能力办报刊的正是他,说不定他从家门一出来就想教训人。再说,他这个混血儿与土著民组织有何相干?如果愿意,他可以去参加印欧混血儿的组织"红日协会"(Soerja Soemirat)。我以

---

① 道瓦赫尔即埃·弗·厄·道维斯·戴克尔(Ernest François Eugène Douwes Dekker,1879—1950),《人世间》第七章提到他当时是米丽娅姆的男朋友。

询问的目光注视着瓦尔迪，瓦尔迪急忙和颜悦色地解释说：

"明克先生，让我来解释一下事情的原委。"他望向道瓦赫尔，示意他不要继续讲下去，"埃杜在亲眼目睹了南非的状况后，产生了一个想法。这个想法可能会对我们有用。您知道，在南非有三个民族：英国人，荷兰人，还有土著民。此外还有一些亚洲人，比如，从爪哇流放到那里的斯拉梅尔人（Slameier）、印度人和阿拉伯人。英荷之间为争夺在南非的权力爆发了战争。的确，英国以它战无不胜的军队赢得了这场战争，但失败了的荷兰人仍然统治着土著民和有色民族，土著民依然在忍受着殖民者的压迫。"

"这已是人尽皆知的，瓦尔迪，土著民确实仍处于殖民统治之下。"我说。

"是啊，落后民族的命运就是如此。"

"这并非落后民族的命运问题，而是有人不允许土著民进步，不让他们受教育并取得进步。从内容到形式，这是与命运全然不同的两码事。"我说。

瓦尔迪不说话，道瓦赫尔接过话头，阐述个人观点。此二人也许意在将南非和东印度做对比。我已经看出瓦尔迪的用意，他的观点还涉及一个重大问题：政权。他俩之所以能结合在一起，似乎就是因为在这个问题上观点一致。瓦尔迪曾经对我说，南非的荷兰农民建立了奥兰治自由邦和德兰士瓦共和国，它们全都不受英国或荷兰统治。

"的确，荷兰人在那里建立了殖民地，可在东印度却不是这样，也许这就是主要区别。"他即将亮出自己的王牌，"然而它们的共同点更多：无论在南非，还是在东印度，荷兰人都建立了政权，无论是脱离了宗主国政权，还是没脱离……"

瓦尔迪和埃杜似乎在探讨两种区别甚远的政权，南非那边的政权是独立的，而东印度的政权仍受制于荷兰王国。荷兰人在南非建立自己的共和国更容易些,因为他们人数众多,而东印度的荷兰人却相对很少。在东印度,有一个阶层的人数比荷兰人更多,其先进程度也与荷兰人相差无几,这便是印欧混血儿阶层。倘若再加上土著民知识分子的数量,那么……

此时,我不由得想起了穆尔塔图里。从前,殖民者的报纸经常嘲讽他,说他是一个幻想家,妄想当上统治东印度各民族的"白人皇帝"(kaisar putih),以此摆脱荷兰王国的统治!

"我还没讲完呢,明克先生。"

"好吧,请继续讲。"

看样子,瓦尔迪和道瓦赫尔已经觉察到我不太愉快的心情,瓦尔迪小心翼翼地接着说:"正因为如此,明克先生,我们才应该用新思想纠正那些导致贵人社失败的因素,这种新思想已经被埃杜总结出来了。您打算听一听他的观点吗?"

"请讲吧。"

"那好,现在你自己来继续讲吧,埃杜。"

"是的,先生。"道瓦赫尔接过去说,"瓦尔迪已经向我介绍了贵人社失败的情况,我们的意见实际上是一致的。我们认为,贵人社的缺陷就在于它未能团结知识分子这个最先进的阶层,它企图团结的是政府中有地位的阶层。其实,这个阶层已经生活条件优渥,如果贵人社能继续存在下去,后果只会是保障士绅阶层的舒适生活,维护他们的权利。然而,一旦组织不能满足他们的愿望,更何况是只给他们增加额外的义务,那么,这个组织就垮台了。"

"起初,贵人社的确也有意团结知识分子这个最先进的阶层,"瓦尔迪解释说,"只是后来的发展没能达到预期。"

看得出来,他们两人想听我为自己辩护,但我一言不发。

"无论如何,贵人社的想法还是正确的,不仅正确,还须得到发展。

不过，关键在于：真正先进的知识分子阶层究竟包括哪些人？"道瓦赫尔继续道，"我认为这些人并非士绅阶层。明克先生，就我看来，在东印度，知识分子一旦在政府里当上官，就不再属于知识分子阶层。他们立即会被士绅普遍心理状态吞噬，变得僵化、贪婪、沽名钓誉、贪污腐化。所以，应该团结的对象似乎确实并非士绅阶层，也许反而该是本国完全不当官的人们。

"明克先生，那些没有国家公职的人们，我们可以把他们归入自由阶层（*kaum bebas*）。他们不对政府唯命是从，其思想和行动不必受为政府服务这个框框的限制。"

不担任公职，自由阶层——这种理解令我茅塞顿开。他们两人的观点是正确的。

"讲下去，先生。"

"的确，一个人越远离国家公职，他的灵魂就会越自由，一举一动也会更加不受拘束。因为这种人的头脑灵活，可以富有成效和创造性，拥有更多主动性，不会由于害怕丢掉官职而畏首畏尾，顾虑重重。"

"不在政府里任职的印欧混血儿太少了。"

"对不起，明克先生，使用印欧混血儿（*Indo*）这个专用词，听来有点种族主义的味道。如果用东印度人（*Indisch*）这个词不是更好些吗？意即：有没有东印度特性？'混血儿'似乎没什么政治含义，而'东印度人'却包含着政治意义。"

"我不太明白您的意思。"

"这正是今天咱们要讨论的，说不定您会同意我的观点。您已经有基本想法了，认为东印度具有多民族性质？我所了解到的这些，都是瓦尔迪告诉我的。"

"是的，我确实那样对他讲过，先生。"

"按照我的想法，咱们还是多少有些分歧的。我认为东印度并不是多民族的，东印度是一个民族，即东印度民族（bangsa Indisch）。也是根据这一基本想法，每一个东印度人，都属于东印度这个民族，不论他原本来自哪个民族，不论他是阿拉伯人、爪哇人、印度人、荷兰人、华人、马来人、布吉斯人、亚齐人、巴厘人，还是混血儿，甚至那些在东印度居住、在东印度死亡并且效忠东印度的纯血统外国人。这就是东印度的民族概念——东印度民族。"

多么惊人！似乎他自己并非印欧混血儿。一种融冶（peleburan），就像汉斯·哈吉·穆鲁克一样，他意欲将自身融入虚无。然而，这只能是一种想法罢了，在本世纪之内，绝对不会变成为现实。谁会愿意把自己融入东印度民族之中呢？无论土著民或印欧混血儿，还是其他外来民族，谁愿意？

"您说的东印度民族，将使用哪种语言？"

"每一位进步的知识分子必定都会说荷兰语。"道瓦赫尔毫不犹豫地回答，"荷兰语不仅可以作为交际用语和某种组织的通用语，且还是已经得到世界公认的科学与知识的语言。"

"这么说，您要把爪哇语和马来语排斥在外？先生，您可知道，光爪哇人就有两千五百万，马来人则有两百万，此外还有其他不少民族，他们都不懂荷兰语。"

"不错，一开始会遇到很多困难。然而，我们不得不这样做，因为这是必由之路。只有最先进的知识界才能承担起领导使命，其他人必须接受他们的领导。"

"您对萨敏派有何见解？"

"萨敏派？的确，有几个欧洲知识分子对萨敏派很钦佩。可是，没有知识分子的领导，他们将一事无成，他们是历史发展进程中最后的派别（golongan terakhir）。"

"最后的派别？"瓦尔迪惊讶地问道。

"萨敏派的理论是一种混合物,是政治和近似于宗教信仰的混合物。"

"信仰和政治?"我惊叫起来。

"欧洲已经把信仰和政治分开来了。"

"可是,萨敏派并不是宗教。"

"明克先生,在人类尚未像现在这样清楚地认识政治之前,一直把宗教和政治混为一谈,就像现在的萨敏派一样。萨敏派认为,政治就是信仰,反之,信仰也即政治。"

"但萨敏派并不是宗教组织!"我反驳说。

"当然不是宗教。不过,假如他们不是那么快就失去精神领袖[1],那势必会朝这个方向发展。从前时代,人们也是用这种方式建立并行使权力。正因如此,才有人认为,包括我在内也赞同这种观点:他们是来自发展进程之中的最后派别。"

"您真勇敢!哪怕仅仅是持有这种观点,甚至仅对这种观点表示附和,已需要足够勇气!"

"欧洲知识分子的勇敢传统不是已经在全世界被继承下来了吗?穆尔塔图里不已经把这种精神发扬光大了吗?为了知识分子的良知,穆尔塔图里本人不是自愿颠沛流离、潦倒终生吗?如果我没记错的话,您本人不也正是穆尔塔图里的一名崇拜者吗?"

"但那意味着自己还没站稳脚跟,就向敌人挑衅!"我喊道,"无视东印度的社会现实。"

"万事开头难。任何一种基本观念(pikiran-dasar)都不必顾虑现实状况,不是现实必须向基本观念低头,就是基本观念被现实毁灭。"

"然而,这不是一种团结方式,这只会引发无休无止的战祸。"我

---

[1] 指苏兰蒂卡·萨敏及八名萨敏派高层被殖民当局流放到苏门答腊,参见第一章。

直率地反驳他，"关于建立组织，您这种观点不正确，您甚至会将自己孤立起来，跟不上时代的发展。也许这在先进的欧洲行之有效，然而这里是东印度，不是欧洲，先生！瓦尔迪，你的意见如何？"

"他的观点确实太偏激。"瓦尔迪回答，"埃杜，你可从未对我讲过刚才这些观点。"

"实际上，咱们要谈论的是关于什么问题？谈个人见解，还是成立组织？"我问道，"如果只谈个人见解，最好写一篇理论文章，公开发表，个人负责。而要谈论成立组织的问题，就是为了大家的共同利益，不是为了当先知（nabi），凌驾于他人之上或在众人之中自命不凡。那么，到底什么共同利益能把东印度各民族结合在一起呢？"

"每一种新的观点和见解总会带着挑战性，"道瓦赫尔接着说，"新观点之所以诞生，正是由于对遍布缺点的既有观点进行了挑战。我们需要的不是成千上万个无所作为的组织，而是一个能够起到领导作用的组织，哪怕它只是一个小组织，但其指导思想无可置疑，被无条件接受。这样的组织就会成为东印度民族的大脑。"

"如果那样，安排一些知识分子沙龙活动就足够了，道瓦赫尔先生。就像欧洲的传统一样，不必搞什么组织。诚然，当今世界仍尊重那些为捍卫真理而甘愿自我牺牲的欧洲知识分子，然而请问在我们三人之中，或在整个东印度，有谁是这样的知识分子？"

此时，一位印刷厂的工作人员走进来，把一份清样交给我，这是我写的社论。我向道瓦赫尔表示抱歉后，仔细审阅了一遍清样，签上"批准"（fiat）字样，同意送去直接付印。我让那位工作人员回去顺便把桑狄曼叫来。

他走出办公室。不久，桑狄曼走了进来。

"周日版准备得怎么样了？"

"现在已经全部上机，明克先生。您明天可以休假了，周一也不必来上班，也许周二还可以休息。"

"谢谢你，曼（Man）。弗利斯保登先生回来了吗？"

"他已在办公室了。您可以离开万隆，现在就行。"

"好的，曼，我现在就走。如果你找不到我，那意味着我外出了。"

"祝您假日愉快，明克先生。"

桑狄曼走后，我向道瓦赫尔先生表示歉意，因为谈话必须就此中止。道瓦赫尔离开后，我去见亨德利·弗利斯保登先生。

弗利斯保登先生解释说，除非得到总督的特许，否则，卡西鲁塔公主是不能离开爪哇的。无需为此说明理由，总督先生有特权，他不受法律的约束，流放卡西鲁塔国的国王也是他行使特权批准的。公主不应受到她父亲案件的牵连，这一点毫无疑问。限制公主的这种做法其实是沿袭了东印度民族蒙昧时代的旧习。按照这一习惯，有血缘关系的亲属就要受到株连。

既然如此，就不必去找副州长的麻烦了。如果有可能，我直接去见总督先生。

我刚要离开办公室，汉斯·哈吉·穆鲁克便走了进来，他咧着嘴，露出一排已经残缺不全的牙齿，看起来他正处于兴奋状态。

"您看，明克先生，我特意到您这里来逗留片刻，因为后天我的船即将启程了。谁知道呢，临走之前，说不定您会送给我一个礼物？我的意思是说，您对我之前那份稿件的意见？"

"哎呀，您的稿件，我已经从头到尾读了一遍。令人满意，格调清新，不落俗套。很显然，您笔法娴熟，写作经验相当丰富。"他愉快地微笑着，但没有露出牙齿，"我承诺以连载形式将它陆续发表。果真如此，可能需要两年时间才能刊登完。"

"没关系。"

"哈吉先生,关于稿酬问题,怎么办?"

"只要给我一份杂志,证明已经出版,就足够了。"

"哦,您的真名实姓……我可以知道吗?"

"哈吉·穆鲁克,这个名字就已经足够了,先生。"

我以诧异的目光望着他。他把嘴咧得大大的,又露出那排参差不齐、残缺不全的牙齿,由于烟油沾染,牙齿黑乎乎。他咧着嘴想笑,但没有笑出来,因为并未如他所愿发出笑声来。

"听到您愿意发表我的小说,我太高兴了。"

"向真主起誓,哈吉先生,我还要把它出版成书(dibukukan)。"

"这是何等恩典啊,一切赞颂,全归真主(Alhamdulillah)。我真开心,能够带着这样美好的消息离开东印度。我今天就要去巴达维亚,先生,如果您也去那里,我们可以一路同行。我已经租了一辆英国制造的汽车,明克先生。"

"出租汽车?"

"我直接从巴达维亚预订的车。"

显然,哈吉·穆鲁克是一位富翁。此时我才知道,不仅在伦敦有出租汽车客运业,巴达维亚也已经开始了这项业务。自从第一辆汽车驶入东印度以来,不知又有多少辆汽车接踵而至。

我对他表示,我愿意与他同行去往巴达维亚,但是我先要到另一个地方去办点事情。他答应会等我,还说如果需要,他甚至还可以送我去那里。

就这样,他把我送到了卡西鲁塔王公国公主的寓所。

下午四点半。卡西鲁塔公主寄居在名叫多尔能鲍斯(Doornenbos)的一位荷兰人家里。我一见到公主,就把亨德利·弗利斯保登的话全部转告给她。和我们在办公室见面时情形不同,她总是低头坐着,一声不响，似乎不想看到我的样子。

她穿着一件棕色缎子晚礼服，与那甜黑的肌肤相得益彰。

"公主，找副州长先生已无济于事，我打算直接去见总督先生，明天或后天。莫要不高兴，我现在马上就去茂物。"

她这才抬起头，望一望我，然后又望向哈吉·穆鲁克。

"别忘了我们请您帮忙的事情。"我补充说。

"这么说来，你们是乘坐汽车到茂物去？假如你们没有异议，而你们的车又路过苏加武眉，能让我搭你们的车一起去吗？"

"当然可以！"哈吉·穆鲁克以长者的口气大声说。这时，我才第一次听他说荷兰语。"来吧，咱们可以立即出发。"

"可否让我先收拾一下，大约十分钟？"

哈吉·穆鲁克掏出金壳怀表，看了它一会儿，然后爽快地回答：

"为什么不呢？请便！我们会等着您。"

这位姑娘刚一离开，他便低声说：

"一般来说，混血儿都不像她这样温文尔雅。"

"她不是混血儿，她是土著民，是卡西鲁塔王公国的公主。"

"噢，我是第一次看到土著民公主。"他含糊不清地说，"我还以为她是混血儿呢。"

"她和家人一起被流放到勃良安。"

"无聊的故事。关于失去生活自由，所有故事都烦人。似乎这块殖民地的土地上再也没有比持续流放同类更辉煌的壮举了。其他人都在畅游世界，欢歌笑语；可是在这里，却有人在自己的国土上被流放。"

公主拎着皮箱走出来，哈吉·穆鲁克立即把皮箱从她手里接过去，然后我们上了汽车。

司机是一位年轻混血儿，佝偻着，看样子患有甲状腺肿大症。他坐在哈吉·穆鲁克身边，静默不语。我和公主一起坐在后面。

太阳已然西沉，汽车靠路边停下来。那位混血司机走下车，点燃车头的乙炔灯，然后降低了车速，继续赶路。

"公主，为什么不说话？"

"我该说些什么呢？"

"只要您想说，可说的话多着呢。您坐过几次汽车？"

"这还是第一次，先生。"

"高兴吗？咱们的祖先可从未有过这种体验。"

她以爽朗的笑声代替了回答。

哈吉·穆鲁克回过头来，问道：

"明克先生，您对我上次的谈话有何见解？关于混血儿群体？这个群体有功绩却默默无闻，您同意我的看法吗？"

"如果您把自己的见解详细写出来，一定能引起公众注意，经过补充或删改，您的见解将会得以完善。您把它写出来吧，怎么样？"

"也许这是最好的办法，"他说，"可能我太强加于人了。请原谅我，明克先生。"说完，他把头转回去了。

"这么说，如果总督先生拒绝我们，公主必定就愿意来帮助我们了。"我在对她施加影响，"万事开头难，久而久之，也就会得心应手。公主，别忘了——是使用马来语。"

"我想，我会很愿意的。当然，这也要由我父亲来拿主意。"

"好的，过一会儿之后，您就可以把自己的想法讲给您父亲听。"

车程一小时，汽车开到一所房子前。这所房子很简朴，坐落在大马路旁边。汽车刚开进院子，便即刻被一群人围住，人们从屋里倾巢而出，看见汽车停在这里，无不感到惊奇。

公主自己提着皮箱，甩下了我们，独自跑进屋去再也没出来。一位老人走出来请我们进屋。这位老人戴帽子，身着黑色呢子衣裤，挂着拐杖，还戴着一副眼镜。

我用马来语先自我介绍,我的朋友只是在一旁听着。那位老人频频点头表示听明白了。他挥手示意,请我们坐下,然后走进里屋,很久没出来。哈吉·穆鲁克时不时望向我,可能因为等得太久,他在向我表示不满。我佯装不懂。等待令人焦虑,偶尔不也会有好运气吗?

老人再次出现了,依然拄着拐杖,不过帽子戴得和刚才不同:不是端端戴在头上,而是稍向后倾斜。看样子,他的态度变了。他容光焕发,神采奕奕,直接用马来语对我们说:

"你就是《广场》报的总编辑?谢谢,孩子,谢谢!我没想到会是你。我听说,你明后天要去觐见总督大人。祝你顺利,孩子,祝你顺利!如果你愿意,请替我向总督大人问问,究竟出于什么理由,我们被悄无声息地流放在此地?孩子,请你替我问一声,你不会感到为难吧?"

"我会试一试,王公大人(Tuan Raja)。"

"你就称我为大伯(*Bapak*)好了。请问,这位先生是谁?"他问。

"我叫哈吉·穆鲁克,王公大人。"汉斯答道。

"今天请两位在寒舍暂歇,如何?"

我看了哈吉·穆鲁克一眼,他碰巧正在望着我。油灯光下,我看到了他疲惫的面容。

"哦,很遗憾,王公大人,后天,我的船就要起锚了;明天,我必须把一切准备就绪。"

"您要启程去哪里?"

"吉达,苏丹大人(Tuan Sultan)。请谅解,时间不多了,我们必须立即赶路。"

"真遗憾。孩子,你要去哪里?"

"我要回家,大伯,去茂物。"

"请你给我留个地址吧。"

于是，我把地址留给了他。

汽车疾驰着向北方而去。此时，坐在我身边的哈吉·穆鲁克还想尝试谈论混血儿群体的功绩。在确信我对此已不感兴趣之后，他才试图转移话题，谈论糖业的事情。我从他的谈话中得知，他认识许多糖业巨头。

"他们肯定都是大财阀（raja uang），也包括您在内。"

"我本人不是的，他们确实是大财阀。这有什么奇怪？全世界都想要爪哇生产的糖。尽管欧洲人自己坚持用甜菜制糖，可他们依然需要来自爪哇的糖。1909年初，也就是今年，先生，爪哇糖的出口量会比往年增加百分之十，台湾糖的产量仍望尘莫及。问题关键在于，荷兰人的管理水平无可匹敌，他们能把微乎其微的小事考虑得十分周全。"

"人们靠经商而致富并不容易。"

"只有商人才能发大财，明克先生。"

"我不这样认为。人们发财是靠逃税、投机、剥削或诈骗。对于这后三种行为，税务局的确无法进行监督。每一个富人都和逃税者并无实质上的差别。"

"那些美国的百万富翁，先生，依您之见，也是一样吗？"

"全世界都毫无例外，哈吉先生。逃税、投机、剥削、诈骗。"

"但这是带有指控性质的猜测。"

于是，我向他重复了一遍特·哈尔的话。那是在船上、马车上以及协和弹子房里，特·哈尔对我所讲的真实故事，还有他对范·柯勒威恩谈话的评论。

"可那并非商业，而是政治。"

"是的，通过搞政治来做买卖，通过做买卖来搞政治，两位一体（dwitunggal），造成了殖民地各民族的苦难。哈吉先生，如果您听说过道义政策，这项政策就充分说明了这个道理。道义政策的对象是土著民，而土著民依然穷困潦倒。"

"这些问题我还从未听说过！"

"替各个制糖企业打先锋，直接出面与土著民打交道的就是印欧混血儿。请原谅我这样直言不讳，他们是糖业的可靠工具，正是由于他们，土著民的收入至今尚未得到普遍提高。"

"这么说也牵涉到我本人了？"

"有可能。所以，当您书写混血儿的功劳时，请不要忘记他们的另一面。"

"您为什么不通过您的报纸把这些情况揭露出来呢？"

"这一天会到来的，先生。而且，您不久就会在吉达看到我的文章。"我信心十足地说。

"您真要这样做？制糖业搞半个世纪了，您可能会成为史无前例的第一人。而且，您会引发荷兰贸易协会（Factorij）[①]股价波动，该协会一直在资助制糖业。您可能招来很多敌人。"

"让我们等待这一时刻的到来吧。"

"咱们告别之前，明克先生，我想和您握一次手，向您未来的勇气致敬。"他向我伸出手，"请您不要忘记，爪哇的制糖企业比东印度的任何人都更有权力。"

说到这里，汽车已经停在我家门前。我邀请他进屋稍坐片刻，他拒绝了，并向我道别。我对不能去码头为他送行而表示抱歉。

汽车又轰隆轰隆地飞驰而去。

我呆呆地伫立在门口。在我面前，站着身穿晚礼服的米丽娅姆·弗

[①] 荷兰语 Factorij 最初指东印度公司设立的贸易站点，后逐渐专指 1824 年成立的荷兰贸易协会（Netherland Trading Society），即尼德兰贸易公司，参见第 34 页注释。

利斯保登。

"我还住在从前那个房间。"她说。

今天我从万隆出发之前,亨德利根本没说过米丽娅姆会到这里来。他们可能吵架了。

"为什么你看起来那样奇怪?你不是刚见过亨德利吗?"

"他没说你来这里。"我一边回答,一边迟疑地走进房间。看见她打扮得比平时更漂亮些,我越发迟疑了。"家里没出什么事吧?"

"没什么事。"她注视着我,双眸闪亮,唇边微带笑意,使我愈加迷惑不解。

"你告诉过他你要到这里来吗?"

"当然告诉他了。看来,你在为这件事担心。"说完她走进里屋,然后端着托盘走出来,托盘上放着一杯咖啡和一只玻璃罐,罐里盛满我爱吃的薄饼片。她一言不发,把这些东西摆在桌子上,接着又回到里屋去。

如果是平时,我会端起咖啡就喝。这次我却犹豫起来。我坐在安乐椅上稍事休息,脑海中却在不断思索,试图解开这个新疑团。

"你太累了。"她又走出来,拉过一把藤椅坐在我身边,"刚才你坐的是谁的汽车?是总督的汽车么?"

"不是的,是出租汽车,哈吉·穆鲁克雇来的车子。"

"他一定很有钱。你为什么不喝咖啡呀?"她端起咖啡递给我。我喝了约四分之一,她又把杯子接过去,放在桌上。"你肯定是从万隆直接来这里的。"

"稍后,我到车站去接你的丈夫。最后一班火车。"我说。

"不必麻烦了,他不会来的。"

"这么说,你确实是一个人来这里?"

"我可能会住几天,神经有些紊乱。"

"好好休息吧。我先去洗个澡。"

我洗完澡出来，发现她正在读一本书。她说话的声音还是那么亲昵："晚饭准备好了，我们去吃吧。"

我们去吃饭。她的神态举止就仿佛她是我的新婚妻子。

吃饭时，她突然开口道：

"也许因为我从小就吃惯了东印度饭菜，我才变得这样热情。所有东印度人看来都很热情。我更喜欢吃东印度饭菜。"

"你在家是吃东印度饭菜，还是吃西餐？"

"这要看亨德利喜欢吃什么了。他更喜欢西餐，方便又快捷，没那么多花样。"她说。

"你的意思不会是想说亨德利冷冰冰的吧？"

"亨德利怎么样？他喜欢自己的工作吗？"她突然转移了话题。

"岂止喜欢而已，他沉浸于工作之中。"

"我早就猜到了。他在荷兰也这样，从来没有假日，回家后还接着工作。有时我会生气，生气也没什么的，是吧？我们仍然过得很和睦，从来没吵过架。"

至此为止，一切都很明显了，他们的婚姻生活里出现了某种反常之处，正如我同她丈夫初次见面所察觉到的那样。按照欧洲人的风俗习惯，女人不随便对外人谈及自己家庭生活内情，男人更不会这样做。看来，米丽娅姆想要在我面前告她丈夫的状。

我很快把饭吃完，米丽娅姆也跟着放下了餐具。

我刚坐安乐椅上不久，她很快就过来了，坐在我身旁的藤椅上。

"我想和你谈一谈。作为朋友，我们从九年前就相识了。你愿意听我说，是吧？"

"如果谈你们夫妻吵架的事，我可不愿听。米丽娅姆，请原谅，我不能。"

"我们没吵过架。真的,我们有什么可吵的呢?"

"你们有什么难处,米丽娅姆?"

米丽娅姆·弗利斯保登缓缓地抬起头,犹疑地望着我,然后吞吞吐吐,欲言又止,说:"那个难处是在我们结婚一年后才出现的。"

"不是财务问题吧,是吗?"

"不是。问题来自亨德利。他干起工作来像牛一样,谁也拦不住,好像他的生活内容就只是工作和学习而已。他不爱惜自己,根本不顾自身健康。他工作太累,已经超过了身体的负荷。"

她沉默了,瞪着两只大眼睛看着我,仿佛在试探我的反应。见我在等着听她的下文,她摇摇头,咬住自己下唇的右半边,然后用手帕擦了擦。

"米丽娅姆,你在犹豫是否继续说下去。"

"确实,我突然犹豫起来了。"她无力地回答。

"需要我回避一下吗?"

"不,不需要,让我接着说下去吧。一天夜里,我发现他正面对办公桌坐着,两只胳膊撑在膝盖上,双眼紧闭。他不是在思考,也不是在工作,他身体掏空,虚弱无力。我说:'你太累了,睡觉去吧。'他仰起脸,以绝望的眼神望着我,说:'你去睡吧,米丽娅姆。'然后他就丢下我,走出去了,可能是去散散步,从午夜一直到将近天亮。"

"他有什么难处,不对你讲,米丽娅姆?"

"不需要说出来,我十分清楚。他已经对自己失去信心,跟我在一起,他感到自卑。我曾经鼓励过他,让他重振自信心,可他反而更消沉了,更加埋头于工作和学习。"

"你没带他去看医生?"

"已经看过四位医生,可谁都无能为力。"

听了她拐弯抹角的介绍,我能猜出亨德利患的是阳痿症,但我佯装不解。

"瞧，现在我已经三十岁了，可能与你同龄。"

我原来猜她比我年长三四岁，显然错了。

"我结婚晚，"她又说，"我丈夫想要孩子，可现在他已经绝望。他不再相信会拥有孩子。他已两次主动提出和我离婚，这是不可能的，我爱他。他是个善良而朴实的人，他相信自己能对社会做出贡献，并且热爱自己的工作，他也全心全意地爱着我。"

"你再说明白一点，米丽娅姆，我大概能帮你些什么？"

"或许，你知道哪些巫医（dukun-dukun）能治好他的病吧？"

"你指的是失去自信心这个毛病？"

"是啊，他忠厚朴实，真可怜。就算别人得了这种病，我也会十分同情。"

"巫医？"

"或者草药方剂（ramu-ramuan），也许你知道。"

"你是想说，你丈夫得的是阳痿症吧？"

她转过脸去，然后点了点头。

"你一定更能理解，不仅是他痛苦，我尤其难受。"

"我理解，米丽娅姆。至于找巫医或草药……我从来没想过这样的事。为了打听确切消息，肯定需要一段时间。他的病已经到了什么程度？"

"百分之百。"

"百分之百！这等于说，他根本不可能跟你生孩子。"

"你更明白。"

"这两周，我就会替你去打听治疗办法。米丽娅姆，去睡吧，祝你晚安。"

我走出屋子，先去关篱墙门，又回来把门窗关好。此时，米丽娅姆已不在客厅。我熄了灯，走进卧室。明天是星期日，我要去总督府，说不定明天总督并不在巴达维亚。蓦地，一阵窸窸窣窣的声音传入我的耳朵，我赶紧去拧门后的电灯开关。

我的天啊（Masyaallah）！米丽娅姆正站在房间正中，面对着我。

"你走错房间了，米丽娅姆。"我责怪她说。

"不，我没走错。"她毫不迟疑地回答。

"米丽娅姆，两周以内，我一定尽力帮你去找巫医或草药。耐心等，回你自己的房间去吧，你是我的朋友的妻子。"

"我不相信有什么巫医或草药，正因为这样，我才来找你。请原谅我！"

"米丽娅姆！"

"给我，我丈夫不能给我的东西。把你的种子给我吧。"

"米丽娅姆·弗利斯保登！"

"你作为我的朋友，就忍心不帮我这个忙？"

"我理解你的难处，米丽娅姆。可是，必须通过这种办法吗？"

"我不会从这里离开的，不。"

"那就让我搬去别的房间吧。"

她快步上前，抓住我的手。

"你不要让我难堪，明克，咱们从前已经是朋友了。"

"为什么是我，米丽娅姆？在万隆，不是有很多欧洲人吗？"

"与其受辱，我不如死掉更好。你也可以现在就杀了我。或者我自行了断。有什么分别？"只听见她呼吸急促，气喘吁吁。她面色苍白，两手紧握着我的胳膊，瑟瑟发抖，汗水沾湿她的面颊和脖颈。尽管夜晚空气是那么凉爽，可她的睡衣还是让汗水浸透了。

"米丽娅姆，别这样。以后，人们会怎么议论我们呢？"

"只要你不说出去，别人绝对不会知道。"

我摇晃着她的肩膀，说："清醒一下，米丽娅姆，你可要为你自己想一想。"

"我清醒地反复斟酌过。我只能来找你。"她直视我，眼里闪烁着泪花，"你是我的朋友，明克。你不答应我，就等于把我送进坟墓了。"

"你不给我机会考虑一下。"

"如果你从这扇门走出去，弃我而去，你就是羞辱我。"她的手仍抓住我的胳膊不放，眼光之中闪现出恐惧和紧张。

此时，亨德利·弗利斯保登的形象浮现在我脑海里。他对我那么好，对所有需要帮助的人，都是一样好。而在我眼前的这位，也是我的好朋友，自从过去相识，至今已有九年。

"你害怕了。"

"是的，我害怕。"我回答道。

"我也怕。"她说。

"你不害怕，米丽娅姆，你让人感到害怕。"

"你不珍惜我的坦诚，我相信你并无侮辱之意。"

"我从来没有过这个念头。"

她紧紧贴住我的身体，颤抖着，对于可能会突然到来的羞辱，她竭力压抑住自身的恐惧。她在我耳边喘着粗气，弄得我几乎什么也听不见。

"你别以为我是大街上的贱女人。远非如此！在你眼里，我是不是很可鄙？"

"不是的，米丽娅姆，你恰恰是一个敢做敢为的人。"

"可你却犹豫不决，好像我是一个毫无尊严的女人。"

我差一点就告诉她了，道瓦赫尔也在万隆，但话没说出口。我接着试图讲一个漂亮故事，分散她的注意力，缓解当前的形势。然而，故事并未出现在我脑海之中。我拉住她，邀她出去，可她很执拗地说：

"别把我从你的房间里赶出去，不要让我更难堪。"

至此为止，我面对着生活表层之下的复杂问题：人类基本的生理欲望唯有相关个人知晓。她来找我，勇敢而诚恳，我不知所措……"米丽娅姆！……"我再也没法继续跟她讲道理了。

第二天下午，范·赫乌茨在一座凉亭里接见了我。凉亭四周是一片绿茵茵的宽阔草坪。

"你已经很久没写小说了，"他寒暄道，"小说远比关于联合抵制的文章更有价值，那些文章很快就过时了。难道你会任由自己的笔名在人们心中就此永远消失吗？"

"显然，办报纸耗尽了我的时间和精力，总督先生。每天接连发生的事件忙得我应接不暇，根本没有可能再去构思小说。"

"这可以理解。依你之见，写关于联合抵制的文章是否有必要？啊，是的，你一定认为那是必要的，因为你已经写了并且发表了。先生，你这次找我，看来是有什么事情要办吧？"

"我只不过是来向您问问题的，总督先生。"

"你因为搞联合抵制而惹上麻烦了？"

"不是。"

"没麻烦或是还没惹上麻烦？"

"但愿不会。"我说。

"是啊，但愿不要挑起事端，引出新的乱子。你这次又带来了什么问题？"

我告诉他，卡西鲁塔王公国的公主想要返回故土。他全神贯注地听着，目不转睛盯着我。这头猛兽可能要发怒了，可也正是他要和我交朋友。他不会向我扑过来的，起码现在不会。

突然，范·赫乌茨击了一下掌。一位身穿白色制服、佩戴金色军衔标志的副官走了进来。

"去叫亨利古斯（Henricus）先生来这里。"

副官敬个礼，走了出去。

我知道亨利古斯先生的确切住址，因为他家和我家仅隔着几栋房子。如果他现在出发，几分钟内就能赶到这里。

"公主何必要回去？她在爪哇过得不是比在她的王公国更愉快吗？明克先生，其实这属于总督的个人事务。奇怪，为什么你来过问这件事呢？"

"这么说，我的问题该撤回？"

"最好不要再提。你还记得从前我在协和弹子房说过的话吗？统一东印度，令其领土完整，即使一个岛只有椰子般大小也不能丢弃！"

"请原谅，总督先生。"

"做事要适可而止，这样才是明智的。不久，几个月后，我的任期将满，一位新总督会来接替我。也许他会比我更好，但愿如此，也有可能恰恰相反。如果是后者，你便会遇到很多麻烦。本来你认为是一件不足挂齿的小事，可以轻而易举地顺手把它写出来发表，有可能我的继任者却会认为那件事非同小可，并非戏言。先生，你愿意记住我的这些忠告吗？"

"当然愿意，总督先生。"这时我才真正意识到，他的话是对我相当严厉的警告。

"明白事物的边界在哪里，非常重要。由于不懂边界，淳朴的人也会头脑发热、忘乎所以，甚至变得不可救药。噢，说说看，你是在哪里认识公主的？"

我告诉他，有一天，公主亲自来办公室找我，请求我帮助她，我这才认识了她。这时，我逐渐感觉到总督是正在对我进行查问。

"哦，是这样啊。"他说，"先生，你对她本人的看法如何？我的意思是,作为一个没有妻室的男人,你被她吸引了?"

"公主确实很有魅力。"

"如果你娶她做妻子,如何?或许,有这种可能性吧?"

瞧,我证实了传言:罗斯鲍姆总督就是用这种办法对付扎巴拉姑娘。现在,范·赫乌茨也想通过把她抬到婚床上(mengangkatnya ke atas ranjang pangantin)的手段逼迫公主就范,防患于未然。

"为什么你不说话了?她的教育水平足够高,可能会成为与你般配的生活伴侣吧?人们说,你想找个知识女性做妻子。"

"这问题来得太突然、令人惊愕,总督先生。况且,这种事涉及双方,并非我自己决定。"

"那么,你同意了,是吧?"

"我还没有考虑和斟酌过呢。"

"当然。不过,我认为你曾经考虑和斟酌过了,否则,你是不会专门来我这里替她说情的。即便是一位州长,不论他对公主一家如何同情,也不会到我这里来提出这样的问题。"

我看见亨利古斯先生由总督副官陪同着,从远处向这里走过来。

"你不仅出于好心,而且一定另有考虑,对吗?"

"即使如此,肯定也不是因为一位总督命令我这样去做。"

范·赫乌茨愉快地笑了,同时他从座位上站起身,接受亨利古斯先生和副官的敬礼。接着,副官退后了几步,总督和亨利古斯面对面站着低声交谈。随后,范·赫乌茨总督回过头对我说:"对不起,请稍等一会。"说完,他又继续谈话。我不知他们在谈什么,连一个字也没听清。

不到三分钟之后,亨利古斯先生便向总督躬身行礼,然后朝我点了点头,告辞而去。范·赫乌茨又走回来,坐在我的对面。

"你瞧,我没说错吧?"他突然微笑着说,"你和那个王室家族之间确实已经有了牵绊（ikatan）。"

总督的话听起来仿佛是无可申辩的指责。

"并不存在某种牵绊。"我反驳。

"那怎么可能！如果没有关系，公主和王公大人为什么现在正等着你回去呢？"

"等我回去？"我惊异地问道。

"你敢和我打赌吗？"他问，向我发起挑战。

"打赌！"我更加惊异地叫出了声。

"为什么不敢？我说：王公大人和公主正等着你回去。可能他们父女俩正在等待我的回音，是吧？啊，明克先生，在我任职期间，他们父女俩谁也不能返回故土。我的继任者也会像我这样做。你现在回去吧，不要让他们久等了。我建议你向那位回乡心切的公主求婚。"他站起来，向我伸出手，"再见，明克先生，祝你求婚顺利。你会成功的，就像你的朋友——我所希望的那样。"

接着，他以军人的姿态转身离去，没有再回头看我。

我也站起身，朝他的背影鞠躬致意，直至他迈着坚实的步子走出几十步远，我方才直起腰，离开总督府的大院。

走出总督府，我便能看到我家房屋前的一角。我没有回家，而是绕道向市场方向走去，因为我突然想起了弗利斯保登夫妇的事。仿佛事先已安排好的，一件富有戏剧性的事情发生了。

"先生！"一位华人青年向我打招呼。他穿着一身条纹布衣服。

我停住脚步，望向他。那位青年微笑着问：

"先生，您从前和洪老师（Encik Guru Ang）在一起过吧？"

一想到华人青年派与保守派之间的矛盾，我不禁警惕起来。

"先生，您忘了？我就是那个彭基（Si Pengki）。"他又说。

"彭基？"

"我曾经带您从老城区车站到我家探望洪老师,那时洪老师正卧病在床。记得么?"

"噢,是你呀,彭基?我认不出来你了!"

"洪老师如今在哪里?"

"走了,彭基,她回老家去了,三年前就离开了。你不在巴达维亚了吗?"

"不,先生。我在这里已经两年了。"

"你现在做什么生意?"

"我没做生意,先生。"他边说边扬起头,把我的视线引向一个店铺前挂的牌子,牌子上写有中文字,旁边还标注着几个醒目的拉丁字母,意思是"中医"(Sinse)。"我在那里工作,先生,我在学着给别人当帮手。"

中医!说不定,中医有自己独特的办法,能治好亨德利的病!我这样想。

"来坐一会儿吧。"他说,请我进到店里。

于是,我满怀希望,走进这间小药店。小店的门脸是玻璃橱窗,走入店里,首先映入眼帘的是一排陶瓷坛子,每个坛子上都贴着中文标签。

他请我在一张候诊木凳上坐下。他自己坐在我的旁边。

"你学习中医药很久了,彭基?"

"已经两年了,先生。给别人帮帮忙。您也许用得着?"

"用得着,彭基。我是有事才来这里,我的一位朋友病了,也许你知道有什么对症的药?"

"您最好把您的朋友带到这里来,先生,稍后让医生检查一下,他得的是什么病?"

我凑近他的耳边,低声告诉了他。油灯的光线十分暗淡,我看不清他脸上有什么表情。

"我替您把医生叫来。"

说完,他走进里屋。不久,他陪着一位留有长长白须的年长华人走出来。

"当然有这种药,先生。"这位老中医说,"不过,我不能不负责任,随便就把药开给你,事先必须把他的病因搞清楚。在这里,我只能给你写个条儿,如果你的朋友没有异议,他本人必须先到另一个地方去做检查。"

这样看来,他们这些人也有自己的一套规矩,我心里思忖。

"好的,您就给我写个条儿吧。"

这位中医走进一个小房间,伏案书写了些什么。他走出来把纸条交给我,连信封都没用。

"先生,你知道市场大门对面的那间竹屋吗?"我点点头。"必须把你的朋友带到那里去,下午五点以前,每天都可以去。"

"那是什么检查,先生?得这种病又治好了的人多不多?"

"这种病,一般是可以治愈的,先生。通常只是由于气亏内虚,除非元气枯竭、无法补偿,都能够治好。若身体羸弱过度,就……假如你的朋友认为,去那间竹屋有失身份,那么,我们也就无能为力了。"

在一间医疗卫生无保障的竹屋里行医,能取得什么样的疗效呢?若称之为方术或巫术疗法(kedukunan atau ke-powwo-an)必定更准确一些吧?然而,弗利斯保登夫妇需要的正是这样的法子。对于那些在沙漠之中饥渴难耐的人而言,一滴肮脏的露水也当攫取;甚至明知是海市蜃楼,还是要奋力爬过去。

我带着这位老中医写给我的便条,遵照他和彭基的嘱咐,急忙来到邮局,给亨德利拍了一封电报,让他立即前来茂物。

显然，范·赫乌茨没跟我开玩笑。在我家客厅里，米丽娅姆·弗利斯保登正在陪伴王公大人和他的公主。米丽娅姆见到我回来了，非常兴奋。她站在屋门口迎接我，把我带到客人们的面前。接着，她向我抱歉并告辞，回到她的房间里。

王公和公主，这父女俩站起身来迎接我。

"请原谅我们，孩子，事先没打过招呼，我们就来了。"

"没关系，大伯，你们就在我家留宿吧。"

"先行致谢，我们原本就打算要住在这里。"

"我感到不胜荣幸，大伯。米丽娅姆夫人会为你们准备房间，她是我朋友的妻子，碰巧她也正住在我家。"

我刚一落座，王公便开门见山地问："孩子，你刚才见过总督大人了吗？"

"没错，大伯。"

他双目熠熠发光，恨不得马上想知道总督的答复。

"您可以离开苏加武眉吗？"我小心翼翼地问。

"须获得许可，孩子，由县长批准。"

我这才明白亨利古斯先生是从哪里得知他来我家的消息。

我望着公主。她一直坐在那里，低头不语。

"您太累了吧，公主？"

"哦，我不累。"她略显慌张地回答。

"请原谅，让我先去看一看，房间给你们准备好没有。"说完，我向后屋走去。

米丽娅姆·弗利斯保登已经准备好两个房间。我家的两个仆人也在帮忙。客人们带来的东西已经搬到房间里。仆人告诉我，客人带来一篮子红鲤鱼和一筐菠萝蜜。

我和米丽娅姆又一起走出来，请他们父女俩去各自卧室歇息。只有公主进入房间了,王公依旧坐在原先的椅子上。

"王公大人,您不累吗?"米丽娅姆用马来语问。

"不累,苏加武眉距离这里才有多远呢?"他热情地笑着,笑得很勉强。笑容旋即消失在嘴角后方——嘴角紧绷着。

我从他的表情上看出,他似乎不喜欢欧洲人。

米丽娅姆见此情景,转过脸来望着我,不知如何是好。我向她点点头,她起身告辞,去准备晚饭。

"孩子,她是你的妻子?"

"不是,大伯。我刚才说过了,她是我朋友的妻子。她来这边给她丈夫找药,暂住几天。"

"我从来不接见(ditemui)一个女人,即便是欧洲女人。"

"请原谅,大伯。这已经成为欧洲人的习惯了,无分男女,双方平等相待。"

他仍然流露出不悦,尽管他在竭力压抑自己的情绪。他用食指不住地敲打膝盖,眼里透出焦躁不安。看来,他一直在米丽娅姆面前与这种情绪作斗争。

不久,公主穿着一身巽他风格服装走出来,坐在原来那把椅子上,依然低头不语。此时,我更加坚信:如果我娶她为妻,绝不会后悔。然而,为什么在父亲面前,她那种自然大方的神态就全然不见了呢?

王公望望她的女儿,又看看我。接着,他又把目光投向女儿,最后再一次转移到我身上。

"那么说,孩子,你一直过独身生活?"

"我工作太忙,大伯,甚至我已经恳求您的女儿来帮忙,运营女性杂志出版事务。"

"是啊,她对我谈起过这件事。"

"这么说,您愿意准许她?"

"对一个女人来说，这有什么用处和好处？"

"当然有好处，大伯。否则，我怎么会求她帮助呢？"

"你用意必定是好的，可世道不好。"

"要把情况变好，需要有人把工作做好，正因为如此，我才求助于您的女儿。如果听任情况持续恶化，对其他人也毫无裨益。应该有人去改变现状，您说对吗，大伯？"

"和那些来路不明的人交往……"

"她只和我本人来往，大伯。难道我也属于来路不明的人吗？"

"我不是那个意思。"他急忙解释，"不要生气，孩子。谁还不知道你呢？你的人品，你的言行，有谁不了解？可是，其他那些人……"

"没有人胆敢欺侮一位王公的女儿，大伯。"

"是啊，如果在卡西鲁塔，这话一点不假。然而，万隆并非卡西鲁塔。这里各种民族混杂在一起，像是……像是……啊，我应该说像是什么呢？"

"不会是像一堆垃圾似的吧，大伯？"

他突然咳嗽起来。

"苏加武眉起码比这里更安定些，孩子。那里的人知道尊重别人，也像卡西鲁塔那样，世道比较安宁。如果说有缺点，就是从来听不见鼓声（tifa）[①]。"

这时，米丽娅姆走出来，请各位客人去吃晚饭。

大家用晚餐时，谁也没有说话。直至吃完清口的水果，大家仍旧一言不发。

我们又回到客厅，只有米丽娅姆没来。公主依然不作一声，这是东印度女性在异族男子面前应该遵守的规矩。她还是坐在原处，她父

---

① 东爪哇的一种小鼓。

亲也不鼓励她说话。

"我说,孩子,你能告诉我吗?总督大人是怎么答复你的?"他小心谨慎地问。

"大伯,您认识亨利古斯先生吗?"

"不认识,孩子。"

"他是总督秘书处的一位高级官员,大伯。"

"我不认识他,孩子。"

"我在拜见总督时,他走了进来,在总督耳边窃窃私语了几句。他说:大伯和公主正在这里等我回来。"

"消息传得那么快,连总督都知道了?"他小声说,脸上流露出警惕的神情,"孩子,你怎么知道他们是在谈论我的事情呢?"

"亨利古斯离开后,总督先生告诉我的。"

"我的主啊!这么说,总督大人对我很恼火?"

"不,他没有恼火,他甚至笑起来了。"

他紧张的面容开始松弛下来。他长叹一声,接着,嘴里不停地叨咕起来。公主依旧低头不语,静坐一旁。看来,未出家门之前,王公便已叮嘱女儿,在外必须言行谨慎。

"这么说,总督大人愿意让我女儿返回故土?"他低声对女儿说。

此时,公主抬起头,注视着我。

"你听着,孩子!"随后,他对女儿说道。

"不是这样的,大伯。"我紧接着说,"总督先生没有准许。"

"他没有谈我们的事吗?"

"没谈。"

"我们究竟有什么罪过,或许说了吧?"

"也没说。"

"遗憾,孩子,你也没问一下我们有什么错。"

于是，我向他简单讲述了签署《简要声明》一事的真相和范·赫乌茨一统东印度领土的企图。我说，凡是总督不喜欢的苏丹、王公和部落首领，尤其是一旦发现有谁与他作对，就一定会受到他的惩治。除了真主本人以外，没有更高级的权力能够阻止他的意图。接着，我还向王公解释了关于过高的权利（exorbitant rechten），总督所拥有的特权，这是殖民统治者手中至尚无上的权力。

他聚精会神地听着，没有插话，也没有发问。

"今年，总督先生将要离任，可能继任者会执行新政策。届时，大伯的事情是有希望的。"

"今年，我看没什么指望。"然后，他用另一种语言对女儿讲话，语速快，声调高，我听不懂他在说些什么。只见公主点点头，但还是没有把头抬起。"你和总督大人就谈这些吗？"

"还谈到公主。"我说。这时，公主抬眼看着我。"谈论到公主结婚的可能性。"

"我的婚姻？"这位姑娘瞪大眼睛，望着我。

"为什么他非要干预我孩子的事？这与他毫不相干！"王公低声自语道，"我们是穆斯林。"他那衰老的脸上燃起了怒容。他抓起拐杖的弯把，使劲地紧紧握着。

"这件事，当然是大伯您的私事，请不要动怒，尤其不能让别人知道您对此事不满。否则，会惹出新的麻烦。"

"对，对。"他回答，然后又高声、快速地对女儿说了些什么。

公主站起身，对我点点头，走进里面的房间去了。

"总督有意把我的女儿嫁给谁？"他谨慎地问。他看我仍不回答，用嘟囔的语气继续说，"他们把我的女儿夺走了，带到万隆，放在荷兰人家里，千方百计地要把我的孩子变成荷兰人，成为异教徒。现在又想来干涉她的婚事。这还不够粗暴无礼么？真主保佑！"

"别这样大声嚷嚷,大伯。"

他安静下来。他眼神不定,到处游移。接着,他小声催促我说:

"说出来吧,孩子。他要把我女儿嫁给谁?"

"他没说要嫁给谁。他只说,卡西鲁塔王公国的公主已到成婚年龄。他不愿让公主返回故土,以免引起动乱(onar)。他就是这样说的。"

王公低声祈祷。我俯首表示同情。突然,他抬起头,久久地凝视着我,问道:"孩子,你也是穆斯林吧?"

"当然,大伯。否则,您和公主怎么愿意住在我这里呢?请您不要为此而焦虑,好好考虑,时间还是很充裕的。"

"从前也发生过类似的事情吗?"他急切又满怀希望地问。

"不仅是从前发生过而已。逼婚令(perintah perkawinan)也是政府手段的组成部分,以此控制土著民各位大人物们的子女。"

我向他讲述了扎巴拉姑娘及其父亲的事例。这位光彩夺目的年轻女性最终香消玉殒。他怔怔地盯着我嚅动的嘴唇,然后叹息:"我不愿让我的孩子遭受同样的命运。真主啊,保佑我的女儿吧。"

"我们手中没有任何权力,大伯。尽管如此,我们还是来得及想办法的。他们顶多不过来催促公主赶快出嫁,或者询问谁是她的夫君候选人。我一定会尽全力帮助您。好吧,大伯,天色已晚,我来送您去房间里歇息。"

他站起来,撑着拐杖,步履蹒跚地向房间走去……

我站在自己房间的门口,木然呆立。米丽娅姆的形象浮现在我眼前,在她的身影背后是我信赖的好朋友——亨德利·弗利斯保登。米丽娅姆,亨德利,你们不要让我的良心再受谴责了。我打开房门,立刻扭亮电灯。果不其然,米丽娅姆已经在我的床上了。

她爬起来迎接我。

"不能继续这样啦,米丽娅姆。"我说,"明天,你的丈夫要来,我刚才已给他发了电报。我希望那位中医能够治好他的病。"

"西医都不行，何况只是一位中医！"她轻蔑地说。

"你自己失去信心了。"

"我从未听说过，这种病能治好。"

其实，我自己也不相信。

"尽管如此，这一次的努力你们还没有尝试过。谁知道呢，米丽娅姆，继承悠久文明的那个民族，说不定对一切疑难杂症都记载了治疗方法。"我安慰她道。

"这是希望，不是现实。天不早了……"她抱住我，片刻之后，她的热吻就令我气喘吁吁。

第二天下午，我硬拉着亨德利·弗利斯保登到茂物市场对面的那座竹屋里去。

"为了咱永恒的友谊，先生，现在您就抛弃一切偏见吧！"我说。

其实他羞于去看病，毫无信心，必须强迫他去。米丽娅姆站在我一边，仿佛对那位中医深信不疑。于是，我们带着那张一文不值的薄纸，上面写着我完全不认识的中文，走进那座竹屋。

一位上了年纪的华人接待了我们。他的样子和我们平时看到的画中人物一样，须发皆白，美髯飘飘，头戴无檐黑帽，身高不过一米六，虽然长得干瘦，但身体刚劲有力。他双唇青紫，显示他爱吸鸦片烟。

看过我带来的纸条，他频频颔首，用马来语断断续续地说：

"哪位是来看病的人，先生？"

我指了指亨德利·弗利斯保登。

他没问亨德利叫什么名字，便把他领进一间四面不通风的小屋子。我紧跟进去。这位老中医也像正规医生那样，让亨德利脱掉上衣。然后，他躬身向我示意，叫我暂时回避。三刻钟以后，亨德利穿好衣服走出来。我们一起步行回家。途中先来到彭基的小药店,把刚才这位竹屋老中医开的药方交给了他。

彭基边看药方边点头,一面配药,一面说道:"如果这位先生能将就一下,按时去看病,先生,不出一个月,他的病就能治好。病因只是神经衰弱,由于缺乏保养而导致。"他把一瓶煎好的汤药递过来,说:"先生,抱歉,请您按时服药,一日三次,每次一汤匙。喝完这瓶药,您的病就痊愈了。"

前不久,彭基在我眼里还是个毛孩子,可他对自己的医术这么自信!

"该付多少钱,彭基?"

"等把病完全治好以后,先生,请告诉我们一声病好了,就行。分文不收。"

"不能这样啊,彭基。"

"这确实是我们的规矩(adat),先生。我只有一个要求,您给洪老师写信时,帮忙转达我对她的问候。我经常回忆起她。以后,如果我有机会回国学习,请您把她的地址告诉我。"

走回家的路上,我问亨德利刚才看病的情况。一提起那位爱吸鸦片、嘴唇青紫的老中医,他便浑身直打冷战。

"扎针治疗?"我后来问他。

"这么说,你已经知道他的治疗方法了?"

"曾经听说过一些。"

"他先在我肚脐下方两旁的穴位上扎了针,然后又在腰脊椎骨下部的两侧扎针。我估计,总共扎了有六针。我真害怕会感染。说来也奇怪,一点儿都不疼,有一种异样感觉,不是疼,而是酸胀。"

"针扎进去有多深?"我问。

"不太清楚。似乎只扎透了皮肤,可全身到处都有感觉。大概扎进去有一指深。"

"疯了。"

"是，让我们瞧瞧这位疯癫医生的扎针治疗到底怎么起作用。他说隔三天必须去扎一次。"

"您最好按时去。"

第二天一早，我和亨德利夫妇三人便登上了去往万隆的火车。我们出发前，王公和公主已经启程回家。米丽娅姆在靠车窗的角落里睡着了，这时亨德利凑过来，慢悠悠地对我耳语道：

"我真是感到奇怪，对于那位吸鸦片中医的扎针疗法，先生。"

"您不想再去治了？"

"我不是这个意思。我感到确实有了变化。"

"真的？这么快？"我不由得惊叫起来，致使处于半睡状态的米丽娅姆吓了一跳。

亨德利扭过头看了看妻子，没再继续说下去。

"你们怎么了？"米丽娅姆依然惊异，"你们在说什么？"她急切地问。

此时，那个车厢里只有我们三个人。刚才是我一直在注视着亨德利·弗利斯保登。此刻，却是他在斜眼看着我。他换了个位子，坐在他妻子身旁，说道：

"为什么这样吃惊呢，米丽娅姆？我们只不过在谈论那位奇怪的老中医罢了。"

"哦，亨德利！我以为你们俩人在吵架。"米丽娅姆舒了一口气，抱住她的丈夫。

我忙站起，转身回避。亨德利刚斜着眼睛看我是什么意思？他知道了我和米丽娅姆的事？可他佯装不知？我两腿发抖，身子摇晃，不得不握住座位的靠背，稳住自己。米丽娅姆刚才的一场虚惊以及她那焦虑的样子，弄得我自己尚未缓过神来。

看到我歪斜的身影，亨德利一把抓住我，扶我坐在米丽娅姆旁边。他本人则坐回到原来的位子上。我感到冷汗浸湿了我的身体。

见我们两人默默坐着，亨德利满面微笑，问道："米丽娅姆，你怎么不向明克先生表示最诚挚的感谢呢？不正是他为咱俩的幸福立了大功吗？"

米丽娅姆犹豫片刻，随后在我的脸颊上飞速吻了一下，她双眸晶莹，闪烁着感动和焦虑："非常感谢你，明克！"

然后，她一直朝车窗外望着，不再看我们。我脑海中充满无法消释的疑团。快到万隆时，亨德利才先开口："我每隔三天去一次茂物，就住在您家里，这样方便去看病。可以吗？"

"当然可以。"我说。

从车站出来，我和亨德利直接去了办公室，只有米丽娅姆一人独自回家。亨德利知道不知道我和米丽娅姆在茂物家里发生的事？对我的这两位欧洲好友，我真是深感愧疚。

半个月之后，王公一家邀请我去苏加武眉，并留我在他家里过夜。洗过澡，他带我到后院闲坐，摆出各式各样的马鲁古糕点招待我。我不知道其中任何一种糕点的名字，不过有一点我很清楚：没有一样是我喜欢的。

"孩子，"王公开口道，"督察官先生已来过这里，他问我的女儿何时出嫁，是否选好了女婿。如果还没有，要尽快把女儿嫁出去。孩子，你看怎么办？"

"大伯，您想必早有打算了。问题在于，您是否确实愿意让公主马上出嫁，此外，您是否已为她物色了夫婿人选。"

"作为父亲，我当然愿意把女儿嫁给卡西鲁塔的同族人，可是政府不允许她返回故乡,我也不知道究竟还要在爪哇住多久。我们在这里真是孤立无援啊。"

"确实不容易。大伯,假如让公主与非本族人结亲,您意下如何?"

"和谁成亲?可靠的人我一个也不认识。我担心,督察官先生还会再来催问。"

无论是谁,身处于我目前的境地,倘若具有良好的教养,此时此刻便会与我同感:实在不该待在王公身边,因为其实我本人希望能成为他的女婿。我感到这似乎是乘人之危,夺走他的孩子。我确实不该利用这个机会。

"您最好是自己去问一问公主本人吧?说不定她心里已经有了意中人呢?"我说。

"一个毛孩子(bocah)能有什么见识?况且还是姑娘家,她的见解有什么分量?"

"在万隆受过两年欧洲教育,还在安汶学习过七年,也许公主比她的祖先们懂得更多。"

"也许她懂得许多前辈不懂的东西,可她也不见得就了解前辈们知道的一些事。她更了解荷兰人的风俗习惯,远多于父辈的风俗习惯。"

"依我看,大伯,公主是个文雅、娴静、有知识的孩子,尤其可贵的是,她受过良好教育,也善于待人接物。我看到她对待父亲总是那么毕恭毕敬。"

"她受的是荷兰教育!只有在我身边时,她才会做祷告。我不相信,她在万隆,住在荷兰人家里时,也还坚持做祷告。"

"大伯,唯有真主才最了解人的心灵。一个人办事就要考虑到可能性、个人能力和需要。"我重复着我的宗教老师赛·阿赫马德·巴介奈德(Sjeh Ahmad Badjened)的说辞,"至于人类与真主的关系,唯有真主明了——真主和利害攸关的人,其他人不会知道,即使自己的父母也不例外。看起来在祈祷的人未必就与真主有所交流；或者相反，形式上不祈祷的人却可能与真主息息相通。"这些话也是巴介奈德说过的。

于是，我俨然一位渊博的宗教学者，开始引经据典并列举名词。我后来说："我相信，大伯对这些已有更深的了解。"

"是的，我从小就知道这些。"他说。

"所以说，研学宗教故事很有用。如果遇到相同的情况，可以把那些作为行动的准则。"

他俯首聆听，仿佛是循规蹈矩的小学生。我沉默了良久之后，他才用老迈的语调说：

"督察官先生来过后，我认真考虑了这件事。我反复琢磨，究竟谁适合成为我这个孩子的夫婿。没有其他人的面孔和名字在我心中浮现出来，只有一个人，孩子，只有一个人。可我担心一点，其他方面我都很放心。只有一点，那就是，我怕他瞒着我，娶我的女儿做二房或三房。"

"一位王公的女儿，一位公主，受欧洲教育，美貌（rupawan）。真不该去当二房或三房，大伯，更不要说去当第四房了。"

"这么说，你和我想的一样？"

"不但想的一样，而且是完全同意。"

他看起来很高兴，似乎得到了安慰。

"非常遗憾，"他接着说，"我未来的女婿本该按礼数登门造访，正式提出求婚。如果你置身于我的位置，或许也会这样认为。"

"当然。"我迅速回答。

"我身为人父，又是一位王公，若不得不去求女婿，人们会认为我有失尊严吧，孩子？"

"一切都由环境决定，无论一个人抱有何种期待。沙漠里不能行舟（bahtera），大海上无法骑骆驼。"

他脸上又浮出笑容,感到宽慰。他静默片刻,请我品尝糕点。他望向渐次暗淡的天际,四下环顾,拿过一盒烟叶,开始卷起烟来。我急忙从提包里取出一盒雪茄,这是我为他准备好的小礼物。

他笑逐颜开,诚挚地向我道谢,放下他已卷好的棕榈叶烟,想打开雪茄盒。我立即从兜里掏出一把小刀,替他把烟盒打开。他闻着雪茄的香味,高兴得笑个不停。谁都知道抽卷烟的人一般不喜欢雪茄。雪茄仅供高端人士专享。

"已经很久没抽过雪茄,除了上次在你家抽过一回。"

"如果大伯您真的喜欢,回去我再给您寄一些来。"

"谢谢你,孩子。谢谢你。"说着,他又举目望向天空。

远处,召唤人们做昏礼的大鼓沉闷地咚咚响了起来。他望着我干咳了两声。

"该做昏礼了,大伯。"

"孩子,请你到前厅去坐。让我做了祈祷再谈。"

"大伯,让我做您祈祷的跟随者(makmum)①吧。"我说。

做完昏礼,我们去客厅继续谈话。这间客厅十分窄小。其实这房子里的一切对一位王公来说,即使对尚在流放期的王公来说,也都显得过于简陋。大概范·赫乌茨并不太关心他的生活(后来我才知道,他在这流放地的条件与他的故乡相比,还强得多呢)。

王公沉默了好长一段时间。我自己一直在想着和公主成亲的事。显然,眼前的情况和白天一样,不允许我向王公启口求亲。

"谁都知道,"后来,他说道,"督察官先生登门拜访,不过是执行总督大人的旨意。你说对吗,孩子?"

"督察官不可能由着个人意愿行事。"我回答说,"况且总督先生已

---

① 指跟随伊玛目(imam)做祷告的穆斯林。

经谈起过这件事。"

"是的,督察官先生走后,我一直在考虑……"他欲言又止,犹豫不决。看来他正在下决心拿定一个主意。"我前思后想……"他又停住了,"请原谅,孩子,我老了,不知道上面究竟在搞什么名堂。我想……请原谅,孩子,我说出来你可不要生气。我想了又想,是的,如果,如果,如果你本人能够做大伯的女婿,该有多好啊!"

人间的一切幸福霎时降临在我身上。我一句话也说不出来。我昨晚做了什么好梦,使我今天如此幸福?我做了多少善事,因而得到真主如此巨大的恩赐?

"孩子,你为什么不说话?但愿你不要感到羞辱。"

"感谢真主,大伯!是的,感谢您对我莫大的信任。我真不知您是否应该这样信任我。是啊,大伯?"我神魂颠倒地说。

"依我看,没有谁比你做我的女婿更合适了。况且,你们已彼此认识。她不仅了解你,对你的人品和才华还分外敬佩。"

"大伯,如果我和公主结婚,人们会如何议论呢?您是被范·赫乌茨流放到这里的,而我已人所共知是总督的朋友和座上客。"

"孩子,这个问题我也考虑过。你通过办报纸惩恶扬善,为那些受大人物迫害的人们伸张正义,这些绝不会因为你和总督个人之间的交情而被抹杀。我据量过,现在的问题关键在于你自己态度如何。我去过你家,知道你并无妻室,安守本分,走在真主指引的光明大道上。"

他最后这番话为我个人打开了新生活的大门。王公希望我和公主尽快缔结良缘。

一周后,我去见范·赫乌茨时,他这样热情地鼓励说:

"在我离开东印度之前,没什么比听说你将和卡西鲁塔王公国的公主结婚更令人欣喜了。我祝贺你,明克先生。公主跟你十分般配啊!"

七天之后,我们举行了盛大的婚礼。我的双亲特地赶来祝贺。几位县长及其下属高级官员也出席了我们的婚礼。范·赫乌茨的一位副官坐着总督府的汽车,以总督名义送来一个大花环,还赠送给我和公主很多其他礼物。我所有的朋友都来向我道喜,米丽娅姆和亨德利也不例外。

至于婚礼本身,没有什么值得我多说。无特别之处,也没留下什么深刻印象,毕竟这已是我第三次结婚了。真的没什么,结婚似乎成为日常经验。尽管如此,还是有一些使我难忘的事,至少有如下三件:

第一,我的岳父,也就是王公大人,总是沉默寡言、闷闷不乐,因为没有他的同族人前来庆贺他女儿的婚礼。公主看来也是如此。大约超过一星期,这个家庭一直笼罩着一种永难弥补的空虚感。远离故土,远离同族人,隔山隔水,呼吸不到海边清新的空气,听不见熟悉的鼓声。

第二,由于这场婚礼,我遭到了讥讽:甚至他的妻子也是范·赫乌茨的赠与。这种讥讽令人心寒!更痛心的是,我只能听任流言蜚语到处传播蔓延,而无法予以否认和驳斥。在报纸上辟谣也不太合适。结果是哑巴吃黄连,有苦难言。更可气的是,讽刺挖苦绝不到此为止。谣言还有余波来找补其主体及构造。我收获了一堆绰号,比如"卡西鲁塔王公国驸马(*Prins van Kasiruta*)"——此绰号保留时间最久。其他比如"狗心(*Nalasona*)",后来被我的一位朋友纠正为"民心(*Nalawangsa*)"①。另一个绰号"马靴(*Haantje Pantoffel*)",意为马前卒(Si Jago Kasut),把我说成范·赫乌茨的狗腿子。再有一些,就不在此逐一赘述了。

第三件事给我留下了终生难忘的印象,情节如下:

---

① 原文在 Nalasona 后附有解释性词组 hati Anjing,在 Nalawangsa 后附有解释性词组 hati Bangsa。

我和公主坐在专门为新娘新郎准备的坐毯上，米丽娅姆和亨德利·弗利斯保登前来为我们道喜。我看到客人全部到齐，便离开坐毯，去会见客人。当走到弗利斯保登夫妇面前时，他们俩起立迎接我。

亨德利精神焕发，神采奕奕，他又一次和我握手。他紧抓着我的手不放，还伸出另一只手握住我的手腕说："明克先生，在今天大喜的日子里，我向你报告一个关于我俩的好消息。"他回头看了他的妻子一眼，米丽娅姆会意地点点头。"看来你的帮助已经开花结果。"说完，他又望了望他的妻子，米丽娅姆羞涩地把脸转过去。亨德利的话犹如晴天霹雳，在我头上炸响。已经开花结果了？

"我的帮助怎样啦？"我问。

"找个时机，我要去拜访那位疯癫的鸦片鬼中医。我将会送些鸦片给他，作为我们夫妻俩对他的感谢。还要谢谢彭基，你的那位中医学徒朋友。我送鸦片不只二两五两（tahil），我要送给他一公斤，明克先生。"

我握住他的手来回摇动，心里充满了喜悦。

他再次回头望向他的妻子。米丽娅姆接替他握住我的手。我看见她目光闪闪，激动不已。

"说点什么吧，米丽娅姆，别只是互相对望。"

"衷心感谢你的一切好意和帮助。"

"很遗憾，有这么多人看着我们，米丽娅姆，你本该送一个吻表达谢意。"

她脸上绽开了微笑，笑得如此真诚，我心中释然了……

第十三章

在整个东印度，土著民中只有几个人跟进官方对东印度经济状况的报道，我是其中之一。我要全面了解这个国家，那些报道很有帮助。

大型贸易公司依然掌握在欧洲人手里。爪哇沿海的中等规模商企渐渐开始易手，从土著民转移到华人手中，阿拉伯商人亦很快受到华商排挤，华商从爪哇沿海日渐向内陆发展。在爪哇，只剩以下几处地方能顶住华商的势力：梭罗、日惹、古突士、打横（Tasikmalaya）。

我思考着近来的经济发展，越发理解其中的奥妙。梭罗和日惹的中型商企向来是出了名的吝啬，如今却仿佛有意而为之，他们突然慷慨解囊，愿意拿出一大笔钱来帮助至善社。如果没有至善社，而有其他组织可望帮助摆脱以上排挤，他们也一定会给予资助。

至今，梭罗和日惹的蜡染布行业依然被土著商人掌控。每年销售额达几十万荷盾，金银器手工艺品的营业额还不计算在内。土著民商人会拼死争夺并守住蜡染布这一阵地。相反，唐格朗的草帽编织业已完全落入各华商手中，而且向拉丁美洲（尤指墨西哥）、法国（尤其是马赛）大量出口产品。梭罗和日惹不愿意经历与唐格朗相同的命运。

现在，看来正处于发展中的家庭工业是丁香烟（rokok kretek）。不过，我手头尚缺更精确的数字。在每一个大城市，丁香烟生产厂家快速发展，从桑给巴尔（Zanzibar）进口的丁香配料似乎愈来愈受到人们欢迎，因为东印度的丁香含油量过高，不太适合制作丁香烟。

我的宗教老师赛·阿赫马德·巴介奈德讲得非常有道理：

"先生，商业是一个国家的灵魂。尽管一个国家是块不毛之地，像阿拉伯半岛那样寸草不生，如果商业发达，当地民族仍会繁荣昌盛。尽管贵国土地肥沃富饶，如果商业萧条，那么其他一切也都随之萧条，民族永远穷困。商业繁荣可使小国变成大国，同样，商业衰落能使大国变成小国。"

这位阿拉伯人完全没受过欧洲教育，显然有相当贴切的实用知识，值得我重视和学习。他把自己的儿子们送到土耳其大学去深造，要求他们掌握多种现代语言。坦林·穆罕默德·塔勃里同意巴介奈德，甚至毫无保留地支持他的观点，补充说：

"先生，商人在人类之中最勤快，他们是最聪明的人，有时被人们称作买卖人（saudagar），千方百计做生意。只有蠢人梦想去当职员，因为可以不动脑子。瞧我自己，我就是一位政府官员，工作不过是被人使唤来、使唤去，像一个奴才！伊斯兰教先知一开始也当过商人，这决非偶然。商人知识渊博，通晓世事，懂得生活所需、明了事业及人情。商业把人们从等级中解放出来，不把人们区别对待，无论长官还是下属甚至奴隶，都一律看待。商人思维敏捷，将停滞改为流通，使瘫痪变成灵活。"

成为我关注焦点的依然是梭罗和日惹的蜡染布经销企业。在东印度，不仅生活在大巽他群岛（Sunda Besar）上的民族需要穿蜡染布花裙，而且在马鲁古群岛、小巽他群岛、新加坡、马来亚和印度支那也有人需要蜡染布，甚至在暹罗和南非还有不少于三万人讲马来语！在锡兰也有！冉·马芮心灵手巧，制作的东西非常精美，可他的生活处于拮据之中，原因在于他不会做买卖。

近几年来，欧美各国需要从东印度运去大量初加工的原材料，商业发展唤醒沉睡的乡村。钱，越来越多地离开城市，流往农村。在上层阶级里已有传闻：徭役将被取消，而代之以人头税（pajak kepala）。也就是说，无论对于地处何处的乡村而言，货币均已开始流通。

跟五年前相比，繁荣开始倍增。各类工厂召唤居民们离开日渐逼仄的水田和旱地，向它们出卖劳动力。

谁能不跟商业打交道？没有一个人能够这样！从降生之前直至年迈濒死，每个人都和商业往来紧紧联系在一起。从婴儿的襁褓到洗尸后用的裹尸布，无一例外。

这种思想始终在我的脑子里盘旋着。如果组织能把在商业领域里活动的人团结起来，效果会如何？他们不正是生活中最进步和最自由的人么？这种组织将在生活中发挥决定作用。从小村吏到总督，全部需要商品供给。无论一片菜叶还是一颗糖果，均有需求。那么，联合抵制厉害了！

于是，我越发频繁地拜访亨德利。他是一位耐心的好老师，他很忙，却用仅有的空余时间给我解释经济和法律方面的必备知识。两个月后，他实在没时间，建议我订购荷兰的相关书籍。

无论那些书籍是否运达，我的信心都已经生长起来：商人和企业家不受政府的行政职务限制，他们是自由人，他们从事商业贸易，始终在依靠自己的力量不断尝试，自力更生。他们有很强的活动能力，具备实用知识，是必须加以团结的独立人士。

一天下午，坦林·穆罕默德·塔勃里在他官邸的前厅接待了我。

"这么说，您同意如果建立一个组织，它应具有多民族特性，像过去一样主要使用马来语；它不来自士绅阶层，而来自商业界人士，是自由人、独立人士、信仰伊斯兰教的人组成？"

"当然同意，它的基础比贵人社更广泛。现在问题在于，是否有足够正直的人来管理财务？因为财务是这个组织的命脉所系，这就好像在一个家庭里，管钱的人至关重要，对吧？"

"如果由您来亲自掌管财务，如何？那么，安全性和能力方面有保障吧？"

"好，我本人来掌管。"

伊斯兰商业联盟（Syarikat Dagang Islamiyah）就这样诞生了，其纲领（Anggaran Dasar）和章程细则（Rumahtangga）均以马来语撰写，附有荷兰语和巽他语的译文，会址设在茂物。我的宗教老师赛·阿赫马德·巴介奈德担任主席，主要负责和商业及宗教相关事务，他的几个儿子，包括已从土耳其大学毕业的那个，都是组织的核心领导成员。

茂物的副州长欢迎我们成立这个组织。我们租了一间仓库，买了必备的家具，总部也设立起来了。

桑狄曼半信半疑地接受了新组织分配给他的任务，在梭罗和日惹两个地区进行宣传，这是他以前从事活动的两个老区。他这次提出的问题和上次向老组织提出的问题差不多。他问：

"我这个人是否也属于商人群体呢？"

"嘘——是商界（dagang），不是商人（pedagang）。"我解释道，"每个不在政府里生存而是自谋职业的人，都在从事商业（berdagang），以业绩进行交易（berdagang jasa）。无业游民、自由职业者、独立人士。够了吗？"

"好的，先生。还有，我是否配得上被称为一名伊斯兰教徒呢？"

"除了伊斯兰教，你不是没信过别的宗教吗？"

"至少，我祖先信奉的是这个宗教，世代传承，一直到我，先生。"

"这等于说，你已经有很大比例的伊斯兰教因素，你就是一名伊斯兰教的信徒。"

"就这样，我算合格了吗？"

"谁说你不合格呀？"

"事情并非如此，先生。作为一名宣传员，我很可能会碰到像那样的棘手问题。我家是梭罗本地人（tikyik Sala）[①]，几乎知道全城所有人，尽管并非每个人都熟悉。"

"关于伊斯兰教，他们当然会比你知道得更多。你是组织的宣传员，不是宗教宣传员。在宗教方面，你可以向他们学习。至于宣传方式，则必须由你自己安排。"

于是，伊斯兰商业联盟，简称伊商联（SDI），得到了政府批准，消息登载在政府公报上。桑狄曼出发了，没限定他什么时候回来，也没限定他的活动范围。传单夹在《广场》报里，造访了整个东印度的读者，包括马来亚、新加坡、印度支那、欧洲，也发到了身在吉达的哈吉·穆鲁克手里，尽管我在第一期并没有刊登《西蒂·爱妮传》。共散发七千份，遍及东印度、亚洲和欧洲。原因很简单，除了《火车头报》外，《广场》是东印度发行量最大的报纸，其读者数量与我平时阅读的报纸相比，至少多出三倍。

道瓦赫尔犹犹豫豫地来到了我的办公室，问道：

"伊斯兰商业联盟发表的那些观点，你是否已经深思熟虑过？其中关于东印度的概念考虑成熟了吗？"

"术语'东印度'会吓住许多人。"我回答。

"不过是因为缺少解说。"

"那个术语会令人联想到印欧混血儿（Peranakan Eropa），接着联想

[①] Tikyik 是爪哇语，意为从祖上起即生于斯长于斯。——原注

到基督教。"

"从今以后,咱们就把印欧混血儿叫做混血儿(Indo),其中具有东印度特性的那一部分人仍然称为'东印度人'(Indisch)。"

"伊斯兰和商业,这两个词比'东印度'一个词拥有更广泛的基础和更强的吸引力。我不是没有认真考虑过你的这些想法,而是觉得没有根基,不够明确,至少我现在还没看到,它只是一个理想轮廓,并非现实。的确,理想会变成未来的现实,然而,根基仍是当今的社会现实。"

"我并不是不同意成立联盟,更谈不上反对它。我的意思是说,长期以来,我们之间进行了那么多次讨论——至少已经有十五次了——仍然没能够确认这些想法:荷属东印度各民族应该联合成一个'东印度民族',据此,须为这个理想变成现实而奋斗,有必要成立一个为此而进行斗争的组织。"

"确实需要,但并不像你一直想要说服我的那样。未来民族叫'努山塔拉'(Nusantara)还是'东印度'(Hindia)?或者叫'印苏林德'(Insulinde),就如同你的叔爷给它取的名字? ① 我还根本没来得及考虑那个问题。生活在这个地区的多民族,迟早要融合成为单一民族。这不是将来可能发生的事情,对我来说,这是必然趋势。先生,只不过其方式并非通过一个组织的领导来实现,为此而需要的各种必要条件均应得到发展,其中一个条件是商业。"

"商业!"道瓦赫尔把嘴一撇,忍住笑。

"商业使各民族更亲近。"

"欧洲人到这里经商,先生,可他们离土著民更远了,他们甚至把土著民当商品来买卖。"

---

① Insulinde 意为东印度群岛,最早用它来称呼印度尼西亚的是穆尔塔图里。

"欧洲人来这里，可不是为了跟咱们做生意，他们带着枪炮来的。"

"不管带着什么武器，他们也是做生意。"

"如果现在我用枪指着你，抢走你的全部衣服，只给你留下一块遮羞布，然后给你半分钱，这必定不是做买卖。这是殖民主义欧洲的真正面目。"

"先生，你忘了，在他们的时代，枪炮也是经商工具。"道瓦赫尔反驳道，"至今在许多地方仍然奏效。如果像在东印度这样，征服了一个民族，然后让这个被征服民族成为商品生产者，甚至也把他们当成商品。"

"同一回事，先生。交易（perdagangan）之所以发生，不过因为利益相关双方你情我愿。只要没有这个条件，所发生的交换（pertukaran）就不是交易，而是恶行。"

"然而，在当今这个时代，即使最先进的国家，比如在美国，有许多方式和工具使你喜欢进行买卖。巨大的广告牌像海浪一样滚滚而来，人们受到威逼胁迫，如果你不买或不用他们的商品，你就要吃亏，或发生这样那样的状况。久而久之，人们相信他们的宣传，被迫或不得不购买他们的商品，因为已被彻底搞糊涂了。服装业就是这样，人们被逼着去购买并穿新款衣服，否则，就会被认为跟不上时代。"

看到我目瞪口呆地听着，一声不吭，他愈说愈来劲：

"咱们需要唤起东印度的民族主义。咱们需要有一个政党，它不只是社会性和商业性组织。东印度还从来没有过政党。长期以来，我一直想说的就是这个意思。"他沉默片刻，给我机会来静静地思索。

我心中浮现出特·哈尔的形象，是他第一个把民族主义（nasionalisme）这个词告诉给我，只不过在当时，我并不理解其意。今天，道瓦赫尔又充满信心地把它向我提了出来。

"我现在还不能回答你的问题，"我说，"关于商业和东印度民族主义的问题,我将会另择时机回应你。"

相反,我跟他讲了梭罗、日惹和打横的商业问题,告诉他唐格朗的竹篾编织业已经倒闭。我跟他讲了糖业问题、土地问题、一切靠商业接触才能得以生存的其他问题,如商业渠道四通八达,甚至已发展到了山顶上。商业发展已经使得货币在农村流通,即将取消的徭役会给土著民以更多自由。这一切将把土著民引向繁荣,引向进步和科学,有利于发展自己的利益。

我还接着谈到伊斯兰教,自从欧洲人一来到东印度,就出现了反抗殖民者的传统。只要殖民主义者继续统治着东印度,它将继续进行反抗。最温和的形式是:不合作,从事商业活动。这种传统应该恢复,加以引导,不可以毫无目标地放任自流。这种威力无比的光荣传统是为整个东印度民族造福的资本。

倘若万隆市的社会各界未发生轰动事件,我们这种交流思想的讨论将在一个星期内结束。轰动事件的根源还在于《广场》,马尔可背着我,偷偷地在版面上刊登了各种各样的奇闻逸事。忽然之间,这些耸人听闻的消息便轰动了万隆社会。

在几个月之内,马尔可表现出了非凡的才能。他原来是办公室的清洁工兼门房,现已自学了排字(handzet)①,一开始排大字,后来排普通字,速度还算凑合。他可以成为一名很好的排字工。可是,他还瞒着我学写报道,把写好的消息瞒着我,也瞒着瓦尔迪和桑狄曼,直接拿到印刷车间去排字。

有一天,他把写好的几张稿纸交给我,看来是匆匆忙忙赶出来的。写得真不错,但是登出来会有危险,于是我把它们扣下了。他从来没

---

① 荷兰语,用锡活字排版以供印刷。——原注

再问起过这事，可能以为他写得不通顺，不宜发表。他用这种方式来写有危险的内容，共有五六次之多。

第七次，我又把他写的东西扣下。他来找我，问究竟为什么把他写的东西扣下来不发。

我回答："马尔可，我非常钦佩你的精神、态度、活力和知识面。你要知道，你写的那些东西会导致我们的报纸被查封，导致我们原来的努力全部落空，无法达到我们所预期的效果。将来，你有机会发表自己写的文章，让人们去阅读，但现在还不行。"

"既然如此，先生，您能把稿子退回给我么？"

"不行，可能会给你招来麻烦。"

"那么，让我当着您的面把它烧掉。"

"不能烧。你写的那些文章很有价值，值得让大家读一读。"

"那么您说，该怎么办？"

"我亲自替你保存。听着，我对你说过：范·赫乌茨总督已经走了。倘若他还担任总督，也许每一次麻烦可以通过他而化险为夷。现在的伊登卜赫（Idenburg）总督，咱们大伙还不知道他想干些什么。人们说——这不过是一些传言而已——他决心要提高国家产值。他从未召见我，你本人也知道这些，甚至就连他举行就职典礼时也没给我发请帖，你知道这是什么意思吗？"

"不知道，先生。"

"好吧，我来告诉你：如果那些传言是真的，他要采取严厉措施对付所有被认为将会妨碍提高国家产值的一切言行。人们说，范·赫乌茨把过多的钱花费在战争上，必须用提高产值来即刻填补这笔亏空。反过来，他要削减军队，军队只花钱、不产出任何东西。你懂我的意思吗？"

"当然懂，先生。不过，我写的那些内容与国家生产毫不相关。我敢发誓,先生。"

看到他理解问题的方式,我忍不住哈哈大笑。他没感到难堪。我本来也无意羞辱他。

"可是,你的文章会唤醒人们对于国家官员的憎恨和不信任。"

"这本来就是大家的共同感觉,到处都能感受到。难道事实不是这样吗?"

"的确,这是各地的共同感觉,不过你无法验证它。我不怪你,何况政府总是偏袒他们自己的人,而不会向着你,因为那些人始终在维护政府的权力,使它得以延续。打个比方:一只海龟在和大海里的惊涛骇浪搏斗,这种情况下,你是愿意当海浪,还是愿意当被海浪颠簸的海龟?"

"我必须回答么,先生?"

"听你的便。"

"我愿选择当海浪,先生。"

"这不难,"我说,"假如这样,你就在我们的组织里努力干。你和你的伙伴们联合起来,结合成排山倒海的巨浪。"

他在我们组织里确实干得很不错,仿佛一只蚂蚁那般不知疲倦。不过,他对国家官员的憎恨已经成为了他人格的一部分。也许从小时候开始,在尚未具备自我保护能力的情况下,他就受到了国家官员的迫害。他瞒着我,在《广场》上登了一篇他写的报道:

有一位青年,出生在非贵族的富有家庭,毕业于荷兰高中。不久,他在一家私人企业里找到了工作。这位青年的名叫阿布都尔·慕伊斯(Abdoel Moeis)。每周两次,他从家里出来,穿着短袖白上衣、白长裤、白球鞋,戴着白帽子,骑着英国造的自行车,到网球场去。他和他的伙伴们——有欧洲人,也有印欧混血儿——

一起打网球。除了个性,他和那些欧洲人毫无两样。

一位土著官员看了非常忌恨,认为这位青年的穿戴和举止过于欧化。阿布都尔·慕伊斯对于别人心里忌恨自己却毫无觉察,依然我行我素。

似乎他并不想知道,土著官员在许多地方做出了这样的规定:凡是土著民,被禁止穿西服,即使已经改信基督教,也必须和祖先一样穿本民族的服装。在万隆,也确实从没有过这些规定。

那位土著官员由于无法按捺心中的忌恨,于是命令他的部下去教训这个不成体统的青年。

一天下午,当这位青年打完网球回家时,被几个人堵在半路。他们之间的对话全用巽他语:"谁允许你穿鞋的?"

"从没有过禁令。"那青年很生气地说。

"万隆的县长大人和副县长老爷穿过鞋子吗?"

"他们自己不愿穿。如果愿意穿,有什么错?"

那些被派来的人听了火冒三丈,开始威胁要揍他。其中一人逼问:"你竟敢诋毁县长大人和副县长老爷?"

年轻的阿布都尔·慕伊斯面无惧色,当即回答道:"如果他们自己不愿意穿鞋,难道我穿鞋就有错了?"

"住口!"

于是,他们立即动手对他拳打脚踢。结果他的衣服被撕破,自行车被砸烂,摔在一边,鞋子也不知被扔到何处去。那青年在暮色中爬到警察局去报案,警察局对此置之不理,那青年又只好从警察局爬回来,路上被行人发现了,才把他抬到医院。

马尔可写的这篇报道,和他以前写的几篇文章一样,显然是在发泄对国家官员的不满。于他而言,迫害事件本身是第二位或第三位的,或者只是作为一个起因而已。

警方看了非常生气。副警长拉姆勃特（Lambert）来到编辑部，把《广场》往我办公桌上一扔，指着一则用红墨水圈起来的消息，责问道："你允许刊登这种消息？"

"没错。"

"谁写的？"

"这您不必问。"

"好！你知道不知道，这种文章是对警察的诬蔑？"他的脸气得红里透紫。我请他坐下，他不肯坐。他紧握着两只拳头，叉着腰，仿佛在审问一名小偷。

"这么说，您不相信这条消息属实，事件已经发生了？"我说。

"先生，你是在诬蔑警察！"

"那么您是否知道确实发生过这样的事？"

"你是在诋毁我们的名誉！"他指责道。

"先生，您是在歪曲事实！"我回敬他的指责，站起身来，学着他的样子，也双手叉腰，对他说，"我没邀请您这样一位客人，在我的地方如此无理。出去！"

他没想到一位土著民敢向他——一个欧洲人，官阶很高的执法人员——进行挑战。他愣了一下，很快清醒过来，咆哮道："你要尝尝我这拳头的滋味？"他边说边扬起右手的大拳头。

"好好打一架，正好给《广场》添一篇报道！"我马上操起一根硬棕榈木的划线尺。

看来，拉姆勃特副警长的咆哮声把印刷车间的工人引来了，马尔可也在其中。他径直走到这位欧洲人面前，用马来语说："就是我本人跟大家把阿布都尔·慕伊斯抬到医院去的。我亲眼看到警察局没有理会这件事。先生，你想干什么？"

"还有这件事，现在发生的这件事，也应该在《广场》上登出来。"我对马尔可说。

"那当然了，先生！"马尔可头也不回地说。

"先生，您在这里打架并没有用。"我接着说，"您最好还是回您的警察局去。您可以跟我们打官司，那才叫懂规矩。"

看人越来越多，拉姆勃特转身离开编辑部。人们欣喜地起哄，跟着这位欧洲人来到大街上。然后，他们才返回车间里工作，兴致高昂。这件事本身并没有登出来，相关报道写好了，也是由马尔可亲自执笔。

马尔可的报道矛头指向非常明确：下令迫害别人的土著官员就是万隆的副县长。他通过自己的调查了解到，副县长只不过是接受万隆县长的指令罢了。可是在报道中，他并未提及县长的名字。

关于迫害事件的报道共刊登出两次，在社会上引起各种议论。有人责怪阿布都尔·慕伊斯，也有人认为万隆的副县长不对。士绅阶层毫无保留地站在副县长老爷一边，他们的意见一听就叫人恶心。来自农村的几位读者表示：阿布都尔·慕伊斯的行为本来就不妥当（尽管他们这些人也并不支持副县长）。对他们来说，穿西装就等于是弃绝祖宗的遗产和宗教，每一桩背叛祖宗的行为都应该受到阻止。

支持阿布都尔·慕伊斯的人们一般来说是知识分子，人数不多。鞋子有什么含义和用途？跟衣服没什么区别。如果人换了一件衣服，是否肉体和精神突然也改变了呢？假如人赤裸裸在河里洗澡，没有穿祖先的衣服，也不符合祖先的教规，他是否马上就忘了祖宗、丢掉了宗教？不管你穿什么衣服，衣服里面不照样是光着身子吗？

警方没有对《广场》提起诉讼。他们进行调查，逮捕了三名施暴者。与我们估计的相反：万隆副县长控告了《广场》。作为有贵族头衔"拉丹·玛斯"的人，又是一位县长家的公子、我享有受法律保护的特权（*forum privilegiatum*），因此对于土著民法庭传唤，我不予理睬。

在土著民法庭上,三名施暴者供认他们收到了来自万隆副县长的命令。审判不得不延期,因为土著法庭也无权传唤高级官员及贵族,他亦享有受法律保护的特权。

亨德利·弗利斯保登建议,继续报道那桩野蛮的事件。

通过这些报道,东印度的土著民开始懂得:鞋子不是什么神圣的东西,不再像皮影戏里说的那样,是属于神灵或修行者(pandita)的标志,不是必须崇拜的圣物。它不过是用来保护脚,让脚不要踩到蚯蚓、玻璃碴、刺、针、尖石子和狗屎。每个人都可能并可以拥有它,只要你有钱,就能买。东印度并没有颁布不许穿鞋的法律。鞋子和欧洲或基督教不是一回事,也并非一个人跟荷兰政府亲近的象征,因此,土著官员不必恨穿鞋子的土著民,不必下命令去迫害穿鞋子的人。

这是一桩小事件,非常小的事件!然而它反映出了各方面的问题。瞧,迫害事件还没有审理完毕,仿佛受人鼓动一样,鞋店被抢购一空,青年人的脚上穿着新鞋,公然在街上到处逛荡。新鞋磨破了脚跟,但他们时刻做好准备,防止土著官员迫害他们。再也没出现受到土著官员唆使的新肇事者。在一星期之内,再也没有发生由于穿鞋而受到迫害的新报道。

三名施暴者被关进监狱,各自被判三个月徒刑。副县长本人受到上司的批评。可笑的是,批评他的就是那位给他下命令的县长大人。

荷属东印度的法庭只敢做出这样的判决,马尔可一阵狂怒,破口大骂。这位农村青年来到我们报社工作才几个月,便对东印度政府失去了信任。他心中的憎恶与日俱增。

案件审理还未结束,我建议他有计划地开始学习荷兰语。他需要掌握精准的武器,以便在必要时,可以有效地使用它。不掌握荷兰语,他会变成一座火山,在杀伤敌人的同时,也会伤害自己的伙伴,甚至会连累自身。他接受了我的建议,开始跟瓦尔迪学习。

从教育和出身来看，这两个人存在天渊之别，如今面对面地坐在一起，一个教，一个学，把祖先那一套顶礼膜拜的习俗扔在一边，不去理睬。我看在眼里，心中无比感动。马尔可，这个农村孩子没有跪坐在地上，瓦尔迪也不觉得有失身份，他是一位拥有"拉丹·玛斯"头衔的贵族。他俩结成了朋友，平起平坐，仿佛欧洲家庭里的兄弟一般。的确如此，《广场》就是要消灭愚蠢的人为差别，而这些差别被蠢奴才们百般炫耀。马尔可，好好干！

万隆的副县长突然撤回了对《广场》的控告，然而，《广场》却没有收回对他的指责，从未撤销。

道瓦赫尔跑来向我们祝贺，也为了延续我们之间中断许久的谈话。

"瞧，先生，在外面的世界，人们已经征服了雷电，以之满足人类的需求，用来发动机器、火车、轮船和各类大型机械。电化学创造出新奇迹。而在万隆这里，东印度为数不多的大城市，居住在这里的欧洲人最多，人们还在吵吵嚷嚷地争论土著民可不可以和该不该穿鞋子的问题！鞋子是什么？不过是用皮革和麻线做出来的东西。民族主义概念还朦胧模糊，就像在星球背面那样遥远，这双鞋和民族主义之间的距离又何等遥远！"

"那么，现在，你认为时机还不成熟？"

"我们要更拼命工作，只为打好根基。"

"果真如此？你的主张会不会转向？"

"如果请您来帮助我们发展这个伊斯兰商业联盟组织，怎么样？"

"可我不是伊斯兰教徒。"

"发展这个组织，先生，也是为民族主义的产生打好基础。"

"不过，民族主义不能以宗教为基础。宗教是普遍的，适合每个人。民族主义是为本民族，与其他民族之间存在着界限。"

"基础是不会自行产生的，"我说，"所有的理想都建立在从前的基础之上。如果许多人同意这样做，有什么不对？这不也是通向民主的教育吗？民主将会教育人们，根据自己的未来利益和需要，自由地选择自己的组织，难道不是这样吗？"

"你说来说去，不正好说明你仍然和我的意见一致、我的看法没有错吗？"

"看法仍然一致，先生，不过时机未到。"

至此，我应该承认：长期以来，我对印欧混血儿群体的态度不够诚恳，甚至有戒心。血统和身世的成见使我不喜欢他们。他们是土著妇女的后代，这些妇女来自道德和社会地位低下的阶层。然而，在社会地位和权力等级方面，土著民无法达到与印欧混血儿群体比肩的程度。哈吉·穆鲁克最先开始令我态度有所转变。可面对这位道瓦赫尔，我的强硬态度不肯变得缓和。

在西爪哇北部沿海的几个城市，已经建起了多家分会，分会成员从四十人到一百人不等。在山区的各城市，工作确实开展得不够顺利。在打横、牙律（Garut）和苏加武眉，似乎有比较惊人的进步。牙律这个地名在历史上留下了一笔：伊斯兰商业联盟曾在那里举行第一次群众大会。是的，这次大会是应副州长要求而召集的。

公主，我的妻子，开心地在伊商联总部秘书处帮助工作。她是一位聪敏的机关工作人员。为了一份抵制行动的传单，她校订稿件直到深夜，印完后即刻向全爪哇各分会分发。整个爪哇！因为在爪哇之外的巨港（Palembang）、槟港（Pangkal Pinang）、棉兰（Medan）、马辰（Banjarmasin）、波索（Poso）和托吉安群岛（Pulau Togian）的本滕（Benteng），我们的组织才刚刚开始发展。

桑狄曼的才干也不遑多让。他一到梭罗，马上就开发那块早前他已经耕耘过的土地，并且播撒新的种子。在十五天之内，他向拉韦安

（Lawean）的一位最有名的蜡染布商人哈吉·萨马迪（Hadji Samadi）做了充分的宣传工作，并取得他的信任。最大的一个分会，仿佛从地球肚皮里吹出来的一个大气球那样，已经在梭罗地区出现了。

桑狄曼继续到日惹去宣传，在那里同样获得了成功。后来他多次去中爪哇所有中等城市，访问了爪哇、马辰和马都拉的土著民商人。他也去了泗水，成绩斐然。尽管在泗水建立的分会没有梭罗规模大，但占到了第五位，位居茉莉芬（Madiun）和图隆阿贡（Tulungagung）自发建立起来的两个大分会之后。

从巴厘岛传回来的消息没有指望。我们新发起的这场运动向四处发展，然而英勇的巴厘族一听到伊斯兰便不再愿意理睬。枪炮声停息下来没有多久，弥漫的硝烟在空气中尚未散尽。在凉爽和幽静的夜晚，加美兰乐器还未及给人们增添欢乐的气氛。这个民族正处在被征服的过程中，还不能做出新的贡献。兵营里传来嘻嘻哈哈的嘈杂声，在嘲笑那些被挫败的人们。

信件从各个城市飞来，凡有土著民手工业和商业活动的城市，都纷纷来信要求批准他们成立分会。书信往来很劳神，这当然成了我妻子公主的事。坦林·穆罕默德·塔勃里一到这里来，这项工作便变得更加繁重。

他刚在椅子上坐定，我便说："坦林先生，应该开一个大会来安排一下今后的行动。"

显然，他已备好其他回答："瞧，先生，我在巴达维亚工作，离茂物太远，这当然会妨碍组织的工作。让我单管巴达维亚分会怎么样？财务总管这个职务是否交回给理事会？"

于是，财务管理工作交由他人之手了。

在坦林的建议和努力下，主席赛·阿赫马德·巴介奈德在茂物建立起了从分会到支部的全部组织。他的工作便不再只是讲宗教课，而是负责茂物地区的整个宣传工作。我也成了宣传员,上述地区以外的宣传工作由我负责。

后来,我们经历了第一次考验。事情开头是这样的:照组织章程,阿拉伯人也可以成为合法会员。他们信奉伊斯兰教,住在东印度,除此以外的条件还有:他们是自由民、企业家、商人。组织章程的那些缺陷正好符合道瓦赫尔起初关于东印度民族的思想:只要是东印度的居民,不分民族,只要生活在东印度,在东印度谋生,忠于东印度民族和国家,他就可以加入组织。阿拉伯人几乎完全符合道瓦赫尔设想的条件,唯有最后一条令人怀疑。说它令人怀疑,因为不仅仅是阿拉伯人,还有其他民族的东印度人,比如印欧混血儿等,尽管他们承认自己是东印度人,但最后一个条件也不见得能拿出实际证据,证明他们想要并且能够忠于东印度民族和国家。

事情的后续发展如下:

为即将召开的大会拟订的纲领中提到,伊商联将促进东印度土著民商业发展,把小生产者从奸商和高利贷者的肆意剥削种解放出来,最大限度地筹集资金,建立各种企业,所有这些的目的仍是要保持土著民商业的地位,不受非土著民资本排挤。通过上述努力,挣得的钱将用于促进商业、手工业和文教事业的发展。

大会还没召开,一位土著民皮货商就跑到伊商联总部来告状:西爪哇的皮货业大部分被参加伊商联的茂物商人们所掌控。他本人受到排挤,如果不亏本降价,他的皮货就卖不出去。

"老爷(Juragan),你们建立伊商联,难道是要扼杀我和我的家庭吗?"他用巽他语问,"我的所有皮货同行都经历着和我一样的困难。"

"恰恰是由于伊商联,非会员的土著商人遭遇了困难,这是怎么回事?"

"伊商联会员抵制(memboycott)我们,老爷。他们都是阿拉伯皮货商。"

"你刚说的'抵制'是什么意思？"

"他们不收我们的皮货了，也不卖给我们制皮的原料。他们一齐去农村，用稍高一点的价格直接从农民手里收购生皮。我们再也买不到皮了。"

我去赛·阿赫马德·巴介奈德的家，连他家的门都没进去，更别说见他了。大门从里面锁着，我连屋前的院子都看不见！

不久，又来了一位经销土特产（hasilbumi）的商人，他也是土著民。"老爷，我来是受伙伴们的委托，他们都是经销土特产的商人。"他也讲巽他语，"我们不能再租用运货大车，我们也没法往车皮上装我们的货了。所有大车和火车车皮已经全被伊商联会员们包下了，他们全都是阿拉伯商人。我们丝毫不反对他们参加你们的组织，甚至我们当中也有两个人已成为伊商联会员。老爷，是您下的命令么，把大车和车皮都包下？这么一来，我们的日子可怎么过呀？"

的确，面对这些全新的问题，我措手不及。伊商联宗旨是促进土著民商业，现在效果恰恰相反。负疚感叩打我的心房，我只好再去登门拜访巴介奈德。我又吃了闭门羹，他不知所踪。

跟理事会其他几位领导成员一起，我租了一辆马车，去巴达维亚见坦林·穆罕默德·塔勃里。在那里，巴介奈德父子一个也没遇见。我们一直讨论到深夜，再也不能延长讨论了。第二天，人们还必须返回各自的工作岗位。

商量后的决定：通过各分会的全体会议来解决茂物问题。首先要大力发展非阿拉伯族会员。如果这第一次考验应对不好，伊斯兰商业联盟将会半途夭折。

宣传队伍还不够强大。我也到农村去，效果很好。在茂物之外的分会中，阿拉伯商人活动很突出，他们大批加入我们的组织。

在组织以外得出的非正式结论是：伊商联中的阿拉伯商人所从事的活动旨在对付华商。他们把土著民商人当成了"实验用兔"。一切问题的根源还在于有关抵制、意义、运用和方式的宣传。弄刀者死于刀下（Senjata makan tuan）。不可以继续下去了。制止！制止！至少东印度并非阿拉伯商人的天下。他们不一定能忠于东印度祖国和东印度民族。很可能，他们将来成了富翁，或赚够一定的钱以后，便回国去了。欧洲人和其他东方外国人也一样。

茂物分会的大会成功召开。土著民会员代表占大多数，可阿拉伯代表们发言振振有词、顺理成章，不得不把他们的意见接受下来。大会下午五点钟开始，中间暂停两次做昏礼和宵礼，一直持续到第二天上午九点钟，一个决议也没做出。

所有这些工作是在干什么？我还能坚持这样的工作吗？其他各处的现代化组织是否也这样？我从至善社那里可从未听到过类似的消息。按照理论而言，组织是利益相同者团结起来并处理相关事务的地方。伊商联会员们确实拥有共同的利益。不过，除了共同之处，我们每一个人还有些特殊的、隐藏在心里的想法。即使生于同一个家庭，每个人的禀赋也互有差异，何况是来自不同地区、不同国家、不同民族。此外，各人心中都有一些相当私人的梦想。

我已做好准备，当一名组织者，为把多民族变成单一民族而奠定基石。我愿意上演这场戏，既演婆罗门，又演首陀罗。在我的脑海里，我已经能够大致想象出未来的轮廓：我会面对何种问题、从事何种工作、调解何种矛盾、完成何种任务。显然，我要做的工作并不会比天底下任何事情更简单。皮影戏人物是死皮制作而成，全由人们按自己的意愿去绘画和装饰，而我导演的对象是活人，他们会有各自的反应。我把婆罗门和首陀罗的工作合为一体，既当先生又当学生，既当听众又当演讲人，既当呼吁者又当贩卖憧憬的宣传者，既当医生又当病人，既当心理学家又当没受过教育的精神病患者,既当组织者又当受人摆布的天真汉。所有一切都在自己的国家进行,都在生于斯长于斯的同一片土地上的同一群人中间进行。感觉上,我也会遭遇挫败。对于成功的组织者而言,活动范围不限于本国,也不限于本民族。我愈发对他们肃然起敬。

伊斯兰商业联盟旨在促进土著民商业发展,强化这个独立自主阶层的力量。如今此组织尚处于雏形阶段,内部已产生排斥土著民利益的力量。伊斯兰教作为组织的基础,显然为发生龃龉提供了契机。坦林·穆罕默德·塔勃里拿不出别的办法,除了一味叫他们和平协商,直至取得双方满意的一致意见为止。相反,双方一见面,只想着独占利益,反对分配和共享利益。

要走出这条死胡同,是否就必须关闭茂物分会,成立一个新分会?如果这样做,会不会为以后的工作开创一个恶劣的先例?

协商会议没完没了地开下去,已经持续一个星期。其他分会的一个会员也列席会议。他听得很不耐烦,离开会场跑来找我献策。他来自万丹(Banten)。

他说:"兄弟(Sudara)①……"坦白讲,被人称"兄弟",我禁不住感到吃惊。过去从来没有发生过这样的事。

"……我这样称呼你,你不会生气吧?我们在万丹,互相就用这个称呼来叫彼此。"

"这个称呼很好,兄弟。"我说,马上也用起了这个称呼。

他高兴地点点头,又说:"我叫哈桑(Hasan)。"

听到他的这个姓氏,我变得警觉起来了。他也看到了我脸部表情的变化。

---

① Sudara 是口语称呼用词,亦作 Saudara,有"兄弟"和"你"两个含义。

"没错,我是县长的一位堂弟,我的县长堂兄令你大失所望,我本人不同意他的看法,态度也跟他不同。我听到三年前发生的那件事,心里的确感到十分遗憾。可惜我是后来才听说的。我来是想提个建议,希望你能考虑接受。"

"每一条建议,尤其是会员本人的建议,肯定受到热烈的欢迎。请讲!"我回答。

"兄弟,咱们的组织是土著民组织。"他说,仿佛正在那没完没了的会议上讲话,"根据教义,凡穆斯林皆兄弟也。意思是说,一个穆斯林不准为难另一个穆斯林,反之亦然。假如一个穆斯林妨碍了另一个穆斯林的利益,那么,应该受到什么样的惩罚呢?我不太清楚。是的,兄弟,这很难办。即使同父同母的亲兄弟,也不乏互相争斗、至死不和。自从我们的亚当先知第一代起,就已经发生了。如果一个穆斯林和另一个穆斯林发生了冲突,我们不能说他们已不是信仰同一宗教的兄弟。可咱们订有准则:这是一个土著民组织……"

我把他带到大会里,让他作为万丹代表发表意见。他声音洪亮,讲流利而标准的马来语。他一演说起来,仿佛一头雄狮在沙漠中吼叫:

"我们这个组织,作为土著民组织,诞生在东印度的土地上,并不是谁都可以加入进来损害土著民利益的一个组织。任何人,任何民族,不管他是不是伊商联会员,都没有权力损害土著民的利益,无论商人、农民或手艺人。如果分会通过自己的方式方法,有意采取损害土著民利益的措施,那么,这样的分会便不再是伊商联分会,因为已经违背了共同制订的章程。中央领导层完全有权不承认这样的组织,甚至整个东印度的伊商联组织可以共同采取措施,对这样的邪恶分会(cabang durjana)采取措施。我相信,各位兄弟,中央领导委员会将毫不犹豫出台命令。"

对抗减弱,后来平息了。这段经历告诉我一个相当简单却根本的道理：人在组织里，不仅要善于平息矛盾和进行某种妥协，而且为了坚持原则至上，必要时也必须敢于采取措施，不能害怕失去会员，失去兄弟，甚至就算失去一两个分会，在所不惜！

组织里出现的第一次混乱得以安然平息。巴介奈德一家子全部退出了组织，就像我本人、瓦尔迪和吉普多离开至善社一样。

《广场》的发行量持续上升，纸张和文具的进口量也愈来愈多。火车车皮暂时被某些伊商联会员包下来，这件事加速了供铁路职工阅读的专刊出版。显而易见，订户是一些忠实的读者，他们友好、具有批判性、经验丰富，也自然地提出了许多建议。

作为教师指南的杂志受到教师们的热烈欢迎，他们利用课余时间进行阅读和写作，以至这本杂志不得不采用学校里教的规范马来语。我们摘登了外国先进的教育实践和理论，使教师们看到了先进国家的情况：先进民族是如何被塑造成型并且形塑自身，年轻一代怎样接受民族主义教育以及拓展对于未来时代的理解，他们在学校和社会生活中如何学习和实践科学，科学进步和工业发展如何影响着交际形式和内容的变化……

供女性阅读的杂志首先得以出版，某种自豪感油然而生：这是有史以来第一本女性杂志。当荷兰王太后艾玛（Emma）有意对其予以嘉奖时，噗（puh）！那些赶不上时代列车的蠢货怒不可遏。他们串通一气，横加指责，进行阻碍和构陷。这毫不奇怪，任何一个人只要获得成功，那些愚蠢的家伙们都要反对。公主和其他三位女性协助出版了这本杂志，她甚至亲自去到万隆的印刷厂。因此，我们常常寄宿在弗利斯保登家里。公主并不知道当时弗利斯保登家面临的问题，她很快和米丽娅姆变成了好朋友。她没有发现我和米丽娅姆曾经的私情。有几次，米丽娅姆还帮助公主编写了几篇短文。

在事业不断扩大和发展的过程里，焦虑不安时时刻刻地搅扰着我和米丽娅姆·弗利斯保登。米丽娅姆肚子里的孩子到底是谁的呢？那婴儿出生以后会怎样？会长得像谁？像我，像米丽娅姆或者亨德利？像土著民，像混血儿，还是像纯血统欧洲人？

我发觉亨德利经常偷偷地看他的妻子，偶尔也会看看我。为什么？只是没有根据的猜疑？通过米丽娅姆的眼睛，我也看到了她忐忑不安的心情。她亦不断地偷偷注意我和她丈夫的表情。我心底百般焦虑，我自己知道得最清楚。

那么，公主呢？尚无任何迹象表明我俩的爱情已播下什么种子。她一天到晚埋头工作，觉得很愉快。面对文案工作的时候，她完全埋头于抽象世界里，忘掉了周围的现实。有时她并不能意识到她是我的妻子——这是属于她的社会地位。当她苦思冥想时，双眉紧锁，双目大睁却视而不见，只有第三只眼（mata batin）在捕捉未知世界里的各种意义。假如听到她深深吸气，胸部挺直，那就意味她的慧眼无法穿透耸立在她面前的高墙。于是她那双大眼睛忽闪着，四处寻找她的丈夫。当她找到我时，便马上温柔地向我撒娇：

"哥（Mas），这篇文章我写不下去。"

于是，我凑到她身旁，她把问题说给我听，我和她互相交换意见。更多时候，我是在欣赏她的美妙面孔：长圆脸上有一双大眼睛，鼻梁高挺，嘴唇丰满。

"哥，你根本没听我讲！"她用荷兰语抱怨，因为这是我们的家庭用语。

倘若我去捏她丰满的嘴唇，她就拧我的大腿作为报复。

"坏习惯，捏人家的嘴唇。"

人们说，厚嘴唇是一种标志，这种人喜欢肉欲的享乐。薄嘴唇的人如何呢？我还没听说这方面的评论。

她知道，我没注意听她讲，而是沉浸在绵绵情意之中。她拧一把不够，就再拧一把，一直拧到我注意和她继续讨论问题。

某天，更确切地说，有一个晚上，发生了如下对话："哥，这篇文章有点怪，跟你说的截然不同。它说贵人社不是东印度第一个土著民组织。它说，第一个土著民组织是上世纪末在卡朗安雅建立的至圣社，直到现在，他们已经拥有了女子学校、合作社和互助银行。"

我跟她解释了现代组织和传统宗亲会的区别。不错，至圣社是在上世纪末成立的，创始人是卡朗安雅的县长，名字叫提尔托·库苏莫。各位会员是他本人的下属士绅，他们不是根据自愿原则、在共同利益的基础上建立起来，而是以县长大人的权柄（kewibawaan）为基础。此人现正是至善社主席。现代的特征是有独立意志的个体出现，这种人有自我意识，不会因为敬畏上司就不敢表达自己的意志。这种个体在社会中是独立自主的，他不是社会的附属品，而是社会中起决定作用的因素之一……我的冗长说教其实也在为自己澄清思想。我越想越多，越讲越长。她低头聆听，俨然一名因愚笨而听话的学生，岂知面前的老师也不太聪明，不太听话。

此类冗长讨论和长篇说教愈来愈经常发生，久而久之，我们的师生关系在起变化，她不再像严师面前唯唯诺诺的听话学生，她开始和我一起平等地讨论问题。先是提问，当她不同意我的解释时，便反驳，辩论当然不可避免。其实，结果与以前差不多：她也知道，她的丈夫比她要高明一些。她自愿认输。她不是向严师屈服，而是对爱她并始终迷恋她的丈夫做了妥协。

生活如此甜蜜，爱情、工作、夫妻生活、争论，仿佛一环套着一环，无休止地延续下去。月复一月，光阴在不知不觉中流逝。

后来，当我去万隆时，我特意安排了晚上到弗利斯保登家做客。

我发现，亨德利正在客厅里焦躁不安地来回踱步。

"出什么事了,亨德利?"我问,我俩已不再用"先生"或"您"这类称呼。

"过来!"他说,把手搭在我的肩膀上,领我到里屋去。

我们进入一个房间,里面挂着齐肩高的白布帘子。

"是你么,亨德利?"帘后传出的是米丽娅姆的声音。

"是的。碰巧,明克也来了。"亨德利回答。

"是你,明克?"米丽娅姆又说。

"是我,米丽娅姆,晚上好!"

"请你们两个人坐在那边,谁也别离开我!"她不说话了。

只听见她急促地喘着气。沉默,紧接着传来一阵痛苦的呻吟。为什么亨德利要把我带到他妻子的产房里来呢?

"别抬屁股,夫人。"一位女性的声音说,"因为这样,婴儿出生可能撑破会阴。小心,脚别动,腿将来还能好看,不会患上静脉曲张。"

米丽娅姆继续喘着粗气,然后是痛苦的呻吟。又过了一会,米丽娅姆反复叫喊起来:"你们还在吗?啊,上帝!"

"忍一下,夫人。"传来另一位女性的声音,"这样不是更舒服一些吗?好,深呼吸,积蓄一点力气,稍后使劲。"

突然,米丽娅姆问:"明克,你妻子怀孕了吗?"

"还没有迹象,米丽娅姆。"

我瞟了亨德利一眼,只见他神色不安,他脸上再次浮现出我无法理解的各种表情。

"亨德利,为什么你不说话呢?"突然,米丽娅姆无力再说下去,痛苦地呻吟。

"我和明克还在这里呢,亲爱的。"

宽阔的房间里充满了米丽娅姆的叹息和呻吟声。白墙以及漆成绿色的铁艺花饰蚊帐顶,仿佛在米丽娅姆的呻吟声中摇摇欲坠。

"你能想象我有多痛苦么,亨德利!"

"比你预料的还痛苦,亲爱的,坚强点!"

然而,亨德利自己并不像在办公室时那么坚强。作为法律专家,在帮助那些受到殖民政府官员和土著官员欺侮的老百姓时,他坚强不屈。不过现在,他焦急而惶恐,等待他的孩子降生……是他的孩子吗?如果不是他的孩子,那又是谁的?是我的孩子还是他的孩子?也许男性的本能吧,我在内心深处希望那个孩子是我的,是我的种子,是我的血肉。

"好,疼痛一阵比一阵紧了吧,夫人?"一位女性问,说一口纯熟的荷兰语。我听出这是一位纯血统荷兰女性,刚到东印度,还没住多久。"对,对,每隔十秒钟阵痛一次。现在你就深呼吸一次,憋足气,使劲。来呀,夫人,开始!"

"嗷(Auw)!上帝!"

"继续!夫人,继续!别抬屁股,也别抬腿。"叹息、呻吟和气喘吁吁停止了。

"别抬屁股,别抬!会撑破会阴的。深呼吸,夫人,快了!"

"亨德利!"

"我在这里呢,亲爱的。"

"为什么你不说话呢,明克?"

她不知道,我胸口憋闷,跟着她一样受苦:"我在祈祷你们母子平安,米丽娅姆。"

"你不为我祈祷么,亨德利?"

"我当然为你祷告,甜心。"

再也听不到白布帘后边的米丽娅姆的声音了。

"对,就是这样,夫人。行了,别说话了。憋住气,把全部劲都使出来。现在别留着劲了。继续使劲,夫人,使劲,使劲!"

"呜——呜——呜——呜——"

我知道,米丽娅姆正在忍受着分娩的疼痛。啊,女人,你在痛苦中分娩出新的生命。可以想象,母亲生我时也是如此,也和米丽娅姆一样感觉痛苦。啊,女人,你忍受着痛苦,把新生命带到这个世界上。婴儿在你肚子里孕育了九个月,你盼望他早日降生。母亲,请宽恕我的罪过!请您也为这新生的婴儿祈祷!有人编造说,分娩时死去的母亲将变成鬼,名字多达几十种。这些人太可恶了。我要诅咒他们。女人生孩子时忍受痛苦,冒着生命危险。孩子如果不尊重母亲,该多么卑鄙!你呀你,米丽娅姆,生孩子使你身体多处被撑破流血,将损坏你少女时期体型的美,痛得你浑身冒冷汗。你痛苦地呻吟,为了婴儿差点断送自己的性命。真主啊,保佑她吧!宽恕她的一切罪过!她有过各种各样的幻梦,最不体面的梦,最好高骛远的梦,请原谅她的罪过吧!真主啊,没有女性便没有人类的民族,没有人类的民族便没有人来赞颂你的伟大。女性流血、流汗、痛苦地呻吟,从自己的身体上分离出血和肉。女性孕育出生活,对你的颂扬才成为可能。

听说那位扎巴拉姑娘在临终前嘱咐过,一定要教育她的儿子尊重女性。我越发肃然起敬。米丽娅姆,你一切安好,我在祝你平安。你不要离开我们。生活是美好的。继续使劲,把你的孩子带到这生活里来。不能死!不要死!千万别死!

白布帘后的婴儿啼哭把我从沉思中唤醒。一个新的生命降生了。我挺起身,呼吸着万隆清晨的新鲜空气。我还听到了帘后呼哧呼哧的喘息。

"男孩!"传来了助产士的声音。

"啊,上帝!我的孩子还好吗?"米丽娅姆呼唤着。

"健康得就像水中鱼,夫人。"

"四肢五官健全吗?"

"完美,夫人。"

"谢谢。啊,上帝啊!"

"镇静,夫人,一切都好了!"

婴儿继续哭,拼命地哭,逼着有听觉的人都听他啼哭,要求别人疼爱他。我只能听他哭……这婴孩怎么不要命似的使劲哭?像谁呀?冷汗浸湿了我的全身。

亨德利站起来,没有迈步走到白布帘后面去。他转过身,看看我,然后又坐下了。

亨德利和他的妻子都是我的好朋友。现在是决定我和他们之间关系的重要时刻。

究竟是谁的孩子?我真恨不得亲口去问一问这婴儿。

"先生。"忽然之间,亨德利再次称呼我"先生"(*tuan*),"您也掉泪了?"他的眼睛里流淌着热泪,问道。

"是的,亨德利,为所有正在分娩的女性落泪,为所有正在出生的婴儿落泪。"

他掏出手帕揩拭着眼睛。我也和他一样。

"先生,您希望有孩子吗?"

这句话简直比晴天霹雳更吓人。我百感交集,匆匆回答道:

"生儿育女之时,女性分外光彩照人,亨德利。这太令人动容了。你去看一看吧,亨德利!我在这里等你。"

他凝视我片刻,然后站起身,迈步走向白帘子后边,去看他的妻子。我坐在这边等待,竖起耳朵听着他们的谈话。

"亨德利,"我听到米丽娅姆在说,"这是你的孩子,是你期盼已久的孩子。"

"他像棉花一样白,先生。"助产士补充道,"我们向您表示祝贺,也向夫人表示祝贺。您可别碰他的鼻子,先生,婴孩的骨头还不够结实。真正的罗马型鼻子,不是古希腊型。"

我心里情不自禁感到一阵空虚。世间只有两个人(insan)知道为什么。他不是我的孩子。我像热锅上的蚂蚁,坐不住了。我想逃跑,从这个房间里逃出去。

"明克,你不过来吗?"

"当然,米丽娅姆。如果你准备好了,立即。"

"来,我准备好了。"

我犹犹豫豫地走到了白布帘后面。一位欧洲助产士正在一只大盆里清洗那个啼哭的婴儿。一名护士正在把纱布和药棉收起来,上面的污迹是一位母亲的血。婴儿啼哭着。米丽娅姆在毯子里躺着。亨德利给他的妻子梳着头发。我说不出那是一股什么味道,浓烈地充塞在我的肺部。

米丽娅姆无力地摆着手,叫我靠近一些。我握住她发烫的手说:

"祝贺你,米丽娅姆。我替你感到幸福,你生了个儿子。"

"他也是亨德利的儿子。"她说。

"我也向你祝贺,亨德利!"我把手伸给亨德利。

"谢谢你,明克。"

"一切安好,请允许,我要出发去办公室了!"没等他们回答,我就离开了他们。

我像逃跑一样走出那间屋子,心中满怀空虚和失落。那不是我的孩子。现在我多想要一个孩子!长期以来,亨德利渴望有个孩子的那种煎熬转移到了我身上。

"快!"我催促马车夫。

马车向我的办公室驶去。

我面对桌子,在低头沉思。我依然想着那婴儿,想着米丽娅姆和亨德利。桌上的信件已经积压了一堆，我拿起最上面一封，看起来字母"r"笔迹很眼熟。谁写来的信？我懒得去猜，把信封拆了开来。信纸上的"r"与信封上写得一样，我早就认得这种笔迹了。

"先生，"信上写道，"范·赫乌茨总督已经退休，他再也不会回来了。在爪哇这块土地上，已没有人再能保护你。你不再是总督先生的宠儿（anak emas）。你小心点，先生，别多事。停止你的一切活动，解散伊斯兰商业联盟。收到这封信后不听劝告，我们要对你采取行动。"

信的末尾没有签名，落款是大写的印刷字体："铁夹子"（De Knijpers）①。

无论哪种匿名信，我当时都无心处理。我叫马尔可过来，把信拿给他看。

"读一读！"我说。

他读着。

"看懂了吗？"

他点点头。

"信上用的荷兰语不算难吧？"我问。

"至少我能看懂，先生。"

"好。你有什么要说的？"

"搞定（beres），先生。不必担心。"

"如果他们有枪怎么办？"

"不会的，先生。如果他们有枪，就没必要寄这样的匿名信。"

"你怎么知道？"

"他们会直接过来并采取行动。"

"你怎么会知道？"

---

① 荷兰语，印尼语意为 Para Penjepit。——原注

"凭我的经验，先生。如果有武器，他们就是殖民政府的人，或者是靠近殖民政府的人，他们穿制服。"

"马尔可，这件事交给你来处理。"

"当然，先生。"

"如果他们有武器，你也能对付？"

"搞定，先生。"

我继续读我的信件。没有一封是有意思的信，全都空洞无物。我到底想找什么样的稿子？我叫瓦尔迪来帮我处理信件。我告诉他，我今天没心思干活。

我坐火车回茂物去。

心中的空虚和失落越发强烈，使我的精神世界感到窒息。车窗外，自然景色交替闪现，轮番指责我：

"米丽娅姆也不给你生个孩子。"

"梅也没生过。"

"还有她，她，也没有怀孕。"

我咬着嘴唇，直到感觉嘴唇快要破裂了。是我患有不育症？我从未做过体检。我从来没生过病，伤风感冒也几乎没得过。没想到我有这个可怕的毛病……我真的患有不育症？亨德利·弗利斯保登长期以来遭受的痛苦落到我身上了？

我见到公主时，她正在认真地阅读着伊商联的来信。

"哥，你回来了！身体不舒服？"

我没答话，直接一把搂住了她的脑袋，拼命地亲吻她。内心的空虚和失落不停追赶着我，急待填补，我感觉简直要发疯了。我是多么盼望有自己的后代啊！

公主尽力挣脱，推开我。

"你这是怎么啦？"她不满地说，"放开我。这里还有专门给你写的信呢！"

"管它什么信！"

"你先听听！"她继续在我怀里挣扎着，说道："刚才有人来过了，三个人，全是混血儿，说是来找你的。他们没留下姓名，威胁了一通，他们自称'铁夹子'。"

"管它什么铁夹子呢！"我反驳说，"你听我说！"

"什么事，哥？"她问。我狂吻着她。

"公主，你给我生个孩子！"我把她抱在怀里。

"你刚才遇见谁了？回来就这样疯疯癫癫的。"

"你给我生个孩子吧！"我把她拉进了房间。

第十四章

伊斯兰商业联盟在发展，其组织扩展到了爪哇以外各岛几乎所有的沿海城市，会员超过五千人。新闻记者已经几次来到总部办公室或我家里，采访这个组织的相关情况。此后不久，欧洲各大城市的报纸上登出了这样的消息：在爪哇已经出现了一个资产阶级的组织，这是即将到来的一场东印度民族主义运动的开端。

姨娘从巴黎来信说：

> 我已听说了你的活动。你对民族而言越来越举足轻重。千万要多加小心，切莫头脑发热，忘乎所以。孩子，危险离你越来越近了。不要忘记我的叮咛，起用一些能够保卫你安全的人。别忘了，孩子。我不放心。

马尔可已经从乡下叫来了几位伙伴，帮助他工作。不出所料，伊商联自从在国际上被报道出去以后，受到的各种威胁也在逐渐增加。相反，梭罗和日惹的富商阔佬专为此事来到总部洽谈并且捐款，为总部提供了数目可观的活动经费。

我买下了一幢二层的柚木楼房,它坐落在巴达维亚的克拉玛特(Kramat)大街①。我把它改造成《广场》招待所(hotel *Medan*),其季节性任务是给将要启程到圣地去朝觐的未来哈吉们提供一处容身之所。楼下,我们开设了一家经销办公室和学校文具用品的商店,这里也成为巴达维亚的《广场》出版物流通中心。

坦林·穆罕默德·塔勃里安排了固定时段在那里办公,处理组织所需要的各种事务。他刚在那里工作两个星期,他的上级便警告他,不让他参加我们的组织活动,逼他做选择:公职或组织。他已为政府效力二十五年有余。他言辞恳切地表达歉意并请辞相关职务,仅保留一般会员资格。我们十分需要他,可并无万全之计,只好同意了他的请求。一个组织总不能完全依靠某一两个人。

伊商联理事会计划购买一条海轮做出租生意。申请刚刚提出来,殖民政府马上就暗示不予批准。从前,当殖民政府扩张势力范围的时候,阿拉伯人和华人的海运公司因运送殖民军而发了大财。而今,殖民政府要求他们倒闭,他们不得不在香港或新加坡以低廉价格抛售他们的商船。荷兰皇家船运公司(KPM)②一步一步地排挤异己,成为东印度海域无可匹敌的航运垄断者。

有人建议购买印刷厂。没有人比我更了解这方面的情况,这类工厂已办得过多,现在开工不足。东印度对读物的需要量实际上已达到了饱和状态。

创办学校的建议也面临无法解决的困难。一部分人主张办学以宗

---

① 如今雅加达"金黄瓜"出版社(Penerbit "Timun Mas")所在地。——原注
② KPM 来自荷兰语 Koninklijk Pakketvaart Maatschappij(印尼语 Maskapai Pelayaran Kerajaan),尤指在东印度岛屿之间运营的皇家船运公司。——原注

教教育为根本，另一部分人主张通识教育，双方争论不休，达不成一致意见。如果不用伊斯兰教从小教育孩子，我们组织名称里"伊斯兰"这个词还有什么意义？对孩子进行通识教育也不可忽视，甚至更重要，不但能为他们进入技术要求愈来愈高的新时代做准备，而且也利于更好地理解伊斯兰教。没有一致意见。最后，只好把那些捐款用来帮助私立学校，土著民开始在各地建立许多此类学校，其中包括拉丹·黛维·萨尔蒂卡夫人在芝扎伦卡（Cicalengka）、万隆创办的女子学校，至善社和乐善社（Jamiatul Khair）创办的几座学校。另外部分捐款用来资助开展有关法律的事务。

伊商联依然没有能力创建自己的学校。

在各大城市里，青年之间的械斗已经发生，一方是打着"铁夹子"旗号的印欧混血儿，另一方就是伊商联的马尔可和他的伙伴们。马尔可本人曾卷入与铁夹子的械斗。铁夹子一伙备有连环铁棍（rotikalung）作为武器。马尔可的一位伙伴被这种武器打倒，断了几根肋骨，而铁夹子们扬长而去，不留踪迹。

没有报纸报道这类事件，包括《广场》也没发消息，目的是为了不让打架斗殴蔓延开去。

伊商联理事会讨论后得出结论，混血儿的破坏活动不仅仅出于嫉妒心理，而且更有甚者，他们根本不愿看到土著民有任何进步。

道瓦赫尔最近一次来访时，对此表示懊恼，他认为打架斗殴的确是胡作非为（ngawur）。

"这是活生生的事实，道瓦赫尔先生。"我回答他说，"如果像你所希望的那样，把印欧混血儿团结起来，他们将采取的第一个行动便是：镇压土著民，像在南非德兰士瓦共和国和奥兰治自由邦所发生的一样。为压迫而压迫，作为内在本性，他们不愿自己血管里流着土著民的血。

他们在内心里怨恨自己不是纯血统欧洲人。"

"你这种看法过于极端了。"他不高兴地回应,"人间不是天堂。坏人永远都会有,并不只存在于印欧混血儿群体。先生,说到东印度人,并不是混血儿。对了,咱们一致同意使用东印度这个概念来称呼东印度的所有民族吧……?"

"我的意思确实是指混血儿群体。"

我和他的那次讨论没有任何结果。

我自己几乎一无所知,搞不清什么事成为了上层的议题,不了解伊登卜赫总督周围情况。总督秘书处的官员再也不来我家了,伊登卜赫本人也从未召见过我。

这种闭目塞听的状况不可以再持续下去了!

桑狄曼在中爪哇和东爪哇完成了任务,刚回到巴达维亚。我要求他在总督秘书处找个差使干干,当男仆(jongos)或园丁之类。这个计策受挫了。马尔可也没能得到这份差使。干冬墟副县长把他的侄子推荐给我,他被选上了。干了三个月,露出马脚,在翻寻并阅读文件时,被他们当场抓住。他们知道他会荷兰语,辞退了他。后来,他们逼副县长退休,送他回乡下。

我通过瓦尔迪去问道瓦赫尔,他是否愿意跟铁夹子们取得联系,缓和一下局势。他显然在我问他之前就已经做出过尝试了。我从他那里获悉:恐怖团伙头子不是别人,正是罗伯特·苏霍夫。后来,我还从他那里得知:这个团伙的行动并不像我当初估计的那样,仅仅是被仇恨和种族主义情结(komplex rasial)所推动。铁夹子从一个背景不明的机构获得资助。他们的任务是:阻止欧洲人以外的任何人在东印度成为大企业家。现在真相大白:在和他们之间发生的任何一次冲突里,被逮捕和关押的始终是土著民。

在整个西爪哇,哪里有伊商联的活动,哪里就会有铁夹子们出没。

越是小城市的人，就越怕他们。他们经常来自巴达维亚和万隆，被派往各小城镇，用匕首和连环铁棍作为武器。他们大多是安汶和万鸦佬的印欧混血儿，也有爪哇的印欧混血儿。

像这样的情况在中爪哇和东爪哇还没有出现。梭罗分会表示，一旦发现铁夹子在他们那里活动，莽古尼加兰军团将会毫不留情地采取行动，以生命为代价消灭他们。莽古尼加兰军团给我们派来十几名战士，以便主持剿灭行动。械斗越来越频繁地发生，可是报纸上从来不报道。无论铁夹子怎样调动力量，他们仍将在人数方面落败。穿便衣的荷兰殖民军也上场给印欧混血儿们撑腰了。

我别无他法，只能去谒见副州长，请他注意事态发展。我向他呈递了一份清单，列明事件发生的时间和地点，并提出如下恳求：

副州长阁下，按照本会纲领及章程，本会绝无肇事意图。本会增进土著民福祉与繁荣，目的实为帮助国库增加收入。为此，我们恳请阁下干预，限制"铁夹子"的活动。我们承诺，从未主动挑起过事端，保证今后也不会先发制人。我们仅是自卫。

伊斯兰商业联盟

勃良安副州长听我读着信件，只是不住地点头，一言不发。我来时，他跟我握了握手，我走时，他又跟我握了握手。

必须自己寻找应对办法：在凡是有伊商联的地方，我们开展起自卫活动训练。马来武术（pencak silat）发展迅速，规定是不使用武器。

政府依然不采取措施保护我们，我们便只好自己保卫自己。

发生过一次大规模冲突，地点在万隆火车站，时间是在我有次下火车的时候。马尔可到车站来接我，叫我先躲在车厢后，不要从出站口离开车站。铁夹子团伙已经等在出站口外,他们疯狂叫嚣:"谁是明克?他的狗嘴在哪儿(mana moncongnya)?把他拖过来!"

这帮歹徒不识时务。他们不了解我与铁路职工的关系。这些日子,我已通过杂志获得铁路工人们的信任。车站职工赶他们走,他们不听,反而跟工人们动起手来。一场斗殴开始了。铁路工人操起各种铁工具,不仅自卫,而且主动攻击,把他们打得头破血流。一队警察开过来,把双方团团围住,可不知该如何下手。警察决不会抓那些铁夹子,也不好对铁路职工下手,毕竟铁路职工是在维护自己的工作场所。

双方继续搏斗着。铁路职工们用铁撬棍和大铁板子将铁夹子一个接一个打翻在地。结果可想而知,不得不把一批受伤者抬进医院。

这次事件也没在报纸上公开报道,却煞住了铁夹子的行动。

伊商联能够放心地舒口气了。根据记录,我们不再努力尝试去搞大项目,那会被认为是抢夺欧洲人的地位或排挤欧洲人成为大企业家。

安静下来以后,我开始思考:究竟什么原因,姨娘从前的企业没遭遇过别人的骚扰?也许由于伊商联的活动规模太大,而姨娘是不声不响、在不惊动欧洲人的情况下进行经营?

我问弗利斯保登,他也回答不了我的问题。

"这是个新问题,"他说,"书本上没有的问题。必须研究发生的事件及肇事者的动机。咱们应当仔细研究。错误结论会惹出大麻烦。"

他已几次提出邀请,要我顺路到他家坐坐。他说,米丽娅姆想我了。近来,我确实一直没去看她。米丽娅姆的欢迎仿佛一把利剑直刺我的心窝。我知道她并无恶意。可对我来说,这却是难以忍受的折磨。

"公主怀孕了吗?"她问。

我的妻子仍不见有怀孕的迹象。我面临一个新的私人问题:难道我是一名有缺陷的男性?同时还是位女性崇拜者?

越来越多的工作使我忙到忘记了个人烦恼,我把生儿育女的心思全部放到伊商联身上。它就像我的孩子一样,需要我没完没了地抚养、照料和保护。

在国际上已听不到关于伊商联的报道,但这无碍于它的成长。它如今已是一棵参天大树,拥有五万多名会员。欧洲人在东印度也从来没有建立起这样庞大的组织……

为了对付铁夹子们,在整个西瓜哇,练习自卫功夫蔚然成风。伊商联继续帮助土著民私立学校。要求伸张正义的申诉书堆满了亨德利·弗利斯保登律师的办公桌。《广场》发行量继续攀升,尽管没有从前那种突飞猛进。团结友爱(setiakawan)已深植于组织成员们之间。在有伊商联组织的地方,土著民商业开始兴旺。土著民从前为利益你争我斗,而今代之以众志成城(seia-sekata)。

铁夹子突然中止活动,仿佛被一场台风刮跑了。这意味着他们将会其他形式出现。

无论怎样,我们的组织没有遭到破坏,经受住了第二次考验。

为了从近距离看一看组织发展的实际情况,我在爪哇进行了几次巡视(turne)。要么是桑狄曼,要么是马尔可,他们两人中总有一人与我同行,保护着我。他们俩都不愿意离开我,让我一人单独行动。于是,我俨然像一位殿下(maharaja),正在巡视疆土,走到哪里,哪里便出现迎接我的热烈场面。看起来不错!穆尔塔图里曾经梦想成为东印度的白人皇帝,可惜他没能看到人们热烈欢迎我的场面,各处皆如此!

不要忘乎所以!我在心里一再告诫自己,提醒自己。称颂背后藏灭亡,生机背后是死期,兴旺背后有毁灭,团结背后必分裂,赞羡背后存诋毁。因此,最保险的道路是中庸之道,不要在称颂过后遭到彻底的毁灭。中庸之道——通向永恒的途径。

为了组织能继续发展，我们必须为它奠定新的基础。这不是目的，只是一种手段，它并非终点，而是起点。每到一地，我必须拒绝任何头衔和跪拜。咱们向人人平等的社会前进，在那样的社会里，每一个人都具有相同价值。

"兄弟，为什么你还在使用'拉丹·玛斯'的贵族头衔呢？"我问自己。

"只是为了享有法律上的特权，不让别人随便把我拉到土著民法庭上去诬告我，而我自己毫无申辩的权利。"

"兄弟"（Sudara）这称呼，根据哈桑解释，源于"同胞"，一母所生，同奶抚养（se-dara, se-susu, sepenyusuan）[①]。"兄弟"将取代一切称呼。凡是穆斯林，互为兄弟。

每次外出巡视，我都不让公主跟随。她有几次提出要跟我一起去，无论是马尔可，还是桑狄曼，都不答应她的要求。他们甚至还从万丹调来七名武艺高强的武士，守卫我们在茂物的住宅。他们不想让我们夫妇两人遭受不安全的威胁。

我每一次外出巡视时，总会发生这样的事，有时一起，有时在不同地方甚至一连三起：接待我的人提议要把最漂亮的女儿嫁给我，理由是要我为他们家族传宗接代。这种情况之下，我便好为人师，给他们讲一讲道理：在生活中，决定人们事业成败与否的因素不是血统（darah），不是世系（keturunan），而是周围环境的教育和本人的毅力。成功不是众神的恩赐，而不过是苦干和勤学的结果。关于世系和血统的错误观念，已在爪哇文学和爪哇人的生活中根深蒂固。堪忧。《罗摩衍那》和《摩诃婆罗多》这两部史诗没有给人们指出通往现代世界

---

① 此处系意译。

的道路，至今反而成为负担妨碍。那些说教延续数个世纪，已不符合当今生活的现实。它们没有教会人怎样种水稻，怎样盖房屋，人们也不懂得如何出卖自己制作的产品。它们只是一味教人如何征战，翻来覆去地教人去做各位神灵的情人①，离人类愈来愈远。

赫勃特·德·拉·柯罗瓦副州长先生曾经说过："这是个可怜的民族，我见犹怜。这个民族梦想着会出现一面大铜锣，如同弥赛亚②、伊玛目·马赫迪（Imam Mahdi）③、正义之王④。他们一等再等，不见踪影，始终没有出现过能扭转乾坤并且改变思想世界的力量。每当出现这类戴正义之王面具的人，无论其来自何方，以何种装扮粉墨登场，总是受到欢迎和接纳，不久之后，人们便又陷入被动等待之中，不厌其烦地期盼下一个戴着正义之王面具的人。"

如今的"正义之王"不是明克，也并非其所为之事。他至多是爪哇一整套加美兰乐器中的一只小鼓，欢快地打着拍子。⑤

无论到哪里巡视，我总会遇到各种稀奇古怪的思想模式，这类思想缺乏依据，脱离了最简单的现实。例如：

"兄弟，我的想法是这样：我们分会最好别再接受新会员，因为已经到了那个神秘数字……"

"那为什么就不能超过那个数字呢？"

"9是最完美的数字，兄弟。再增加一个，便到达了没有数值的0，

---

① 此处系意译，原文为 sekodi wejangan agar jadi kekasih para dewata。
② 基督教中的救世主。
③ 伊斯兰教中的救世主。
④ 爪哇神话中的救世主，参见序言第4页注释。
⑤ 在《人世间》第十一章，米丽娅姆给明克的信中写道："……各种乐器都是为锣声的出现作准备的。这是爪哇音乐的演奏方法。"她鼓励明克要成为那面"锣"。明克回信说，自己甚至连当"鼓"都未曾梦想和考虑过。

人们又得从 1 开始。"

又如：

"兄弟，我们分会下月不能开会，因为在下个月找不出一个合适的吉日（pasaran）[1]，而尽是倒霉的晦日（naga-dina）[2]。"

"兄弟，你听说过关于罗马帝国的事吗？"我问。

"没有。不过，我在看戏时听说过罗马这个地方。"

"兄弟，你说过的罗马，从前叫君士坦丁堡，或者现在叫伊斯坦布尔，过去被人称作东罗马。罗马帝国是古代意大利，它的首都叫罗马。瞧，罗马帝国在人类历史上大约有八百年的光辉历史，罗马人从不推算日子的凶吉。"可能我说得不对，但我是这样跟他们解释的。我不得不跟他们再介绍一点关于罗马帝国的情况，关于朱利乌斯·恺撒。他是位了不起的君主，世界各国的最高掌权者都用他的"恺撒"之号，如俄国沙皇的"沙"（Tsar）也来自"撒"这个音[3]。

在另一个分会，我还遇到这一类"爪哇主义"（javanisme）[4]：

"在分会这里，兄弟，不可能出现铁夹子那些捣乱分子。他们哪敢在我们分会活动？我们有十几名会员是刀枪不入者。那些该死的捣乱分子，谁不识时务，就会被打得粉身碎骨！"

我不得不耐心谨慎地向他们解释，在现代，不再佩服那些刀枪不入的人。咱们提倡现代民主生活，每个人跟其他人一样，无非凡之处，没有离神仙远近之分，不再可能成为神仙的情侣。

"瞧，兄弟，如果那些人真有超乎常人的刀枪不入之功，咱们就

---

[1] 爪哇语，根据爪哇计算方式，一个集市日由五天组成。——原注（pasaran 直译为集市日。——重校注）
[2] 爪哇语，根据每计算五天和一周七天而得出的特定不吉利日子。——原注
[3] 此处系意译，原文为 kaisar atau tsar。
[4] 爪哇主义的大致意思是：心术（kebatinan）。——原注

不会一直败给荷兰殖民军。我并非不相信那些练出来的硬功夫,有些人是要比普通人强一些,我相信。但是在现代,他们的地位和魔术师(tukang-sulap)差不多。一个人就算本事再大,也离不开土地、自然和同类。现在,由社团组织来处理共同利益,它为了共同利益把人们团结在一起。"

这种解释似乎说服力不强,因为没提出什么惊心动魄的东西。然而,爪哇主义对探索现代民主并奠定其基础来说,也相当危险,每一种想成为人神(manusia dewata)的倾向,都会阻碍通往现代民主方向的努力。在几个世纪的殖民主义精神中,爪哇主义已经根深蒂固了,我的解释触及其形式、内容和表现,因此,必须采取小心谨慎的温和态度。

请原谅,也许我用"爪哇主义"这个词令人不解,别无他法,我找不到另一个更确切的词。这并不等于说,每个爪哇人都是爪哇主义者,或者反之,每个爪哇主义者都是爪哇人。事实上,许多印欧混血儿显然也是爪哇主义者。

在生活的每个角落,都存在着爪哇主义的影子。至于语言的力量,从各种咒语可见一斑。语言被认为不是社会和经济生活的产物,而来源于超越人类之上的那些力量,不是用以标记某种事物的社会共识,不是一种符号代表一种意义,而被视作一种神秘的缩写词,不受语义约束,脱离于词源学,流落在自身意义之外。我的民族啊,这个民族遭科学发展抛弃,被欧洲的胜利者所隔绝,简直像珍稀动物一样,生活在殖民主义的自然保护区里。

有一次,在某分会的一个支部里,一位领导人曾这样向我解释:

"兄弟,试想:人们讽刺我们,我们确实无言以对。他们说,伊斯兰商业联盟名字里的'联盟'(Sjarekat)这个词来自爪哇语的两个词:sare 和 jepat,意思是'睡觉'(tudur)和'挺立'(tegang berdiri)。因此，他们说联盟的活动是换床换妻，这简直是魔鬼集团。兄弟，你说，我们该怎么回应他们？"

我外出巡视，不仅收获了一部分成功和尊敬，也踏入爪哇主义的广袤丛林。手中有无照路的火把呢？有，小而且微弱。我自己知道得十分清楚：我掌握的科学知识不足以胜任这种工作。有时我想：谁愿意干这种奇怪的工作？至今只有我一个人。我完全可能迷失在爪哇主义的广袤丛林里，手中的火炬将会熄灭。假如我只依靠自己浅薄的知识去工作，那么这个事业就会变成微不足道的个人努力。正是由于这种爪哇主义的伤害，最大的危险便是失去同情和信任。

赛·阿赫马德·巴介奈德不能够以宗教教义为基础进行解释。他不了解爪哇主义，他只懂得信仰、迷信、虔诚和叛教。他曾讲过，有一个派别想要把宗教从迷信、神秘和历史负担中解脱出来。这个派别在阿拉伯国家活动，直到现在，我对它一无所知。

在这种工作里，人们只能摸索着前进。没有成功的先例——开拓工作必将留下许多错误。错误，是的，必然如此。

数字、日子、钟点、人名、年代、月份、风向，在爪哇主义中都被赋予意义，把这些因素结合起来推算及预测将要发生和不会发生的事。人们从不去衡量推算和预测正确与否。预测在不断地进行，全都来自一个根源：与事实背道而驰，不思考，和萨斯特罗·卡西尔账房先生一样[1]，对无穷无尽的苦难逆来顺受，彻底向神秘主义投降，不做任何反抗斗争。头脑一旦被神秘主义所掌握，便像假牙一样，确实不会被磨损。

试想，如果一个人的脑子被爪哇主义锈住了，他不以自己脑子生锈为耻，反以为荣，如何引领他？办法只有一个：尊重他，小心翼翼

---

[1] 见《万国之子》第六章。

地去除他的愚昧无知，今年去掉一点，明年再去掉一点。何年何月才能清除干净？我亦不得而知。

八马兰（Pemalang）分会主席凑巧是我小时候就认识的一个熟人，他比我大两岁。

"老弟（Dik），"他跟我说，"为什么咱们非得用马来语呢？"

"在讲爪哇语的地区召开分会会议，当然不一定讲马来语。但是，如果召开联盟代表大会、中央层级的会议或与中央相关的会议，就不得不用马来语。"我回答。

"为什么爪哇语必须给马来语让路呢？"

"取其实用性，老兄（Mas）。如今，不实用的东西会被淘汰。爪哇语就不实用。爪哇语的等级用来表示说话人地位，是矫揉造作的语言，马来语更简单。我们的组织不需要显示个人地位，凡是会员，一律平等，没有谁高谁低之分。"

"可爪哇语更丰富，更华美，因为有那么多爪哇语的文学遗产。"

"您没说错。在爪哇族统治努山塔拉的时代，据说外交用语也是爪哇语。那个时代早已成为过去，改朝换代以后，需要也变了。当外来民族统治努山塔拉时，外交用语不再是爪哇语，而是马来语了。咱们的组织不是爪哇一个地区的组织，而是东印度整个地区的组织……"

"但是在会员里，爪哇人更多些。"

"爪哇人学马来语并不太困难，相反，其他民族要学会使用爪哇语需要经年累月才可以。咱们采取的是实用原则。爪哇的盛世荣光已时移事往，放开头脑吧。为了东印度的团结，爪哇人做出让步，又有什么不可以的呢？"

"可是，在爪哇以外的地区，没有什么能称得上是历史遗产。"

"哇！各地区都有的。再说，咱们并不是要照顾好过去。现在的时代是现代，只知道算计有用或无用、进步或停滞的时代。一切都要经过考虑。"我在心中祈祷，但愿他不要强迫我回答什么叫"现代"。

我们争论了很久。他的爪哇观念太强，我说服不了他。要怎样？要他服从组织的章程条例？然后呢？唯一办法是分享，组织方能平安无虞。

顺访八马兰成为我的习惯，每次去都要继续上述辩论。我这位老朋友，尽管小时候受过欧洲教育，但不愿甩掉历史包袱，解放自己。这种包袱反而成了民族的伟大和骄傲。几个世纪以来接连败北的民族，丢失了一切：海洋、陆地以及自己。所剩仅有历史包袱，而我也想要夺走它。

并非所有努力都有成效。看上去奏效的也未必在我预料之中。人有千面，心有千变。

之前曾提到过黛维·萨尔蒂卡，后来我们亲自见了她，事情是这样的：

某一个宁静的晚上，公主跟我说："哥，你瞧，有人要求我们写一篇简单介绍黛维·萨尔蒂卡的文章。"

这使我回忆起扎巴拉姑娘写给梅的信，其中谈到黛维·萨尔蒂卡：

> 我钦佩这位巽他姑娘坚忍不拔的精神。她没遇到多少阻碍，她利用她的自由，在严苛环境中进行活动。亲爱的朋友，你说只要我愿意，我也能像她一样自由。说起来多么美好！

这封信是在我和洪山梅访问她以前写的，时隔已久，要点依然鲜活：一个人应采用什么方法、经由何种途径、具备怎样的品格，才有可能穿越这片广袤丛林，抵达现代。梅直接投身于组织活动，扎巴拉姑娘在犹豫迟疑中传承着书写的永恒价值，黛维·萨尔蒂卡则建立了女子学校。那么，公主呢？她是东印度参与主编杂志的第一位土著女性。起初，她并没有这个理想。她是一位美少女，有教养，成为我的妻子，这种客观条件使她从事起这项工作。人们说，女性生活始于洞房。历任东印度总督都认为：女性必须被噤声，办法就是把她们送进洞房。显然，公主遵循了旧模式，并未按照老套路进行：结婚、离婚、独居，然后成为自己想要成为的人。

"你有什么想法？"我问。

"哥，你拿主意吧！"

"学着点，自己拿主意。"

"还不行，现在还不行，我的经验不足。"

"去见一见黛维·萨尔蒂卡，你将会获得很多素材。"

采访工作尚未由土著女性来做过。她还不太敢去做。我向她建议，先拟订一个采访提纲。她照我的话做了。尽管已拟就采访提纲，她依然犹豫地说：

"不知人们会怎样议论？一名陌生女子，去有地位的官宦之家，问这问那，打听私事……"

她的犹豫有道理，对我们这个家庭而言，存在很多风险。必须采用其他方法。我动员几名男士间接去了解这位受人尊敬和钦佩的女性，结果弄来的材料不能用，都是些夸大其词的东西，不合情理。正如演皮影戏的行话所说：不惊人，不精彩，不值得关注。

一想到文章不能令读者满意，公主就感到沮丧，为什么自己没有能力做到呢？不如意的事一件接一件，其根源在于其他忧虑：从结婚到现在，她一直没怀孕。我始终留意她的情绪状态，更何况她经常陷入沉思，内心惶惑不安。我建议她去苏加武眉疗养，她总是用一个老借口推托，说还有许多工作未完成。

为了抚慰她的心，我带她去了黛维·萨尔蒂卡家里。

拉丹·图孟公·萨斯特拉威南昆（Raden Tumenggung Sastrawinangun）是黛维·萨尔蒂卡的丈夫，尽管其言行举止都显示出他是一位地地道道的巽他人，但并不倨傲。我们谈话过程中，他不怎么插嘴。

临结束时，黛维·萨尔蒂卡表示她想办一所纺织学校，提高芝扎伦卡的纺织技术，因为这里的纺织品在整个勃良安地区已颇负盛名。

"如果时机和资金都有，为什么不把这座学校办起来呢？"公主问道。

"还在为资金而拼搏。"

"我们准备提供帮助。"我说。

"这是真的么，先生？"

"当然是真的，"公主接过话头，回答道，"尽管不能资助全部费用，不过可以资助急需的那一部分。"

"先谢谢你们。姑娘们需要接受教育。将来，她们需要教育自己的孩子，不仅教他们文化，还要教他们工作。"

长期以来，公主最害怕听到"孩子"（anak-anak）这个词，她看上去面色阴沉。这个词好像指向了她，她至今还没有怀孕的任何迹象。

我们回到家里，公主没有把采访报道写出来。我始终小心翼翼，故意不谈有关孩子的事，然而，她自己却偏偏离不开这个话题："我们将提供资金，帮助别人的孩子。可真主尚未把孩子恩赐给我们。"

"有什么区别？在这个世界上，哪里的孩子都一样。"

她注视着我，琢磨我的心事，接着讲："我多么盼望能生一个帅气的男孩，像你一样神气又聪明，还要比你勇敢，不仅敢于胜利，还要敢于失败，敢于走弯路。每一天都让你把他举上举下逗着玩，心满意足。"这是她在给自己许愿，也是在安慰她的丈夫。

"我们会有这样一天！"我不知这样回答她多少次了。

难免，她有时会觉得我是在讥讽她。为了让她心平气和，我不得不想方设法安慰她。

在旁人眼里，我们的婚姻美满幸福。我也要使自己相信：我生活在幸福婚姻之中。我的妻子很会照顾丈夫。不管来自哪个阶层，籍贯在何处，对一个土著民来说，这已经足够了。

日子一天一天地过去，关于黛维·萨尔蒂卡的文章，连一个字也没有写出来。某天下午，我们正在客厅里坐着，伦德斯玛（Lendersma）家的孩子溜进了我们的院子，他跟往日一样，玩得浑身很脏，不过这孩子有种招人喜欢的伶俐。

"瞧那孩子，他正想办法呢，想吃橘子，但又不想爬树。"我说。

她不想看，甚至扭过脸去。

"你为什么看起来不高兴呢？"我问。

她坐着一动不动，像一尊雕像。我默默凝望她，她显然心里想着什么。良久，她忍不住，终于爆发了，说道："哥，你那么盼望有孩子，我只好让你再娶一个妻子。我接受，哥！"

"你会有孩子的。"我说。

"这不是由我来决定，有孩子或没孩子，早生或晚生。"

"我们结婚还不到两年，你何必为孩子过于发愁呢？"

"不是你自己说的么，让我赶快给你生孩子？"

"请原谅。咱们别有意吵架，好不好？"

她这才抬起头，盯着我，低声说：

"你是男的，由你决定。"

"我不想再娶。"

"我愿意让你再娶。"

"为什么必须吵个没完呢？"

"每次说到孩子这事，你总是故意话中有话，我受不了。"

"如果是这样，咱们再也别提孩子的事，好吗？"

"有时候，你不仅用嘴说，你的目光也在说。"

"你累了，工作太多，休息一下吧。到苏加武眉去休养些日子，如果你想。"

我跟她说过好几次，叫她去检查一下，也许我们身体有什么毛病。她每次都拒绝，认为生儿育女是真主的安排。

有一天，去编辑室之前，我特地去找一位德国医生，请他帮我检查身体。我的心脏砰砰直跳，担心自己无法生育。我走出诊室时，长期以来的疑虑终于清楚了：其实我自己患有不育症。医生说，这种病也许会拖很长时间，也许无法治好。医生可能会误诊。诊断结果令我步了弗利斯保登的后尘，到茂物市场附近去找彭基。彭基的师傅又撕了一小片纸，在上面写上一些让人难以置信的文字，不放入信封就交给我：

"如果这一次，那位中医不能令您满意，见谅，先生。"

这位在竹屋里开业的中医，因抽鸦片过多而嘴唇发紫。他没马上把我领进检查室。他跟我谈话，讲着结结巴巴的马来语，我很难听懂。他仔细观察我的眼睛，未经允许就检查我的头发。头发！他从我头上拔下几根头发，接着从我小腿上拔下几根汗毛。这种发疯似的检查持续很久，一面还不断问我的经历。然后，他才把我带进检查室。

房间里是潮湿的土地面，竹墙上到处都是窟窿眼儿。他叫我把衣服全部脱光，他自己离开了房间，留下我一人赤条条地躺在竹榻上，没有席子，没有褥子，那个破枕头看起来叫人恶心，更别提垫在脑袋下边了。过了一会，他和另一名比他年轻的人一起，又走进房间。

他们两人热烈地争论着，我一个词也听不懂。

那位较年轻的中医开始按摩我的髂腰肌群，突然问："背部是否经常感到疼痛？"

"从来没有。"我答。

他检查我的会阴部分,直到睾丸四周及阴囊,拔下几根阴毛,仔细察看尖端。他让我趴下,检查我的脊梁骨。这种古怪的查体进行了很久才算完。终于,他允许我穿上衣服。

他们两人已不再说话。

他们把我带到候诊室坐下。抽鸦片的中医写了一个小方子,交给彭基。

"好啦,"彭基叹一口气,说道,"先生,您的唯一出路是祈求造物主(Yang Membikin Hidup)!"

晴天霹雳。我回家没有告诉我的妻子,想要孩子的事至此熄火。作为一个男性,我感到了受挫。至少在近几年之内,我不会拥有自己的后代。

现在,我自己经常感到困扰:如果将来没有一个孩子继承我的成果,我为谁辛苦为谁忙?多元民族或者单一民族,若知道日后的民族肌体中并无我的血脉流淌,这还有什么意义?

我的失落感无可慰藉。空虚,无限空虚!每天流一公升汗水,也不能消解它。每天吃一斤蛋白质、一斤矿物质和糖,也产生不出足够力气承担它。寻欢作乐,得过且过,生死置之度外。内心的声音要求我对此予以重视。安静!你住口。别说了。

我不知度过多少寂寞的夜晚,眼前浮现万紫千红,凋谢之后未结出果实。大约有一个多星期,我没到万隆去。

亨德利和米丽娅姆带着婴孩来看我,他们以为我病了。他们没在我们家过夜,而是搭乘末班车回去了。

送他们去火车站之前,米丽娅姆对公主说:"怀孕太早,本来就不怎么好。"

他们离开后，没过几分钟，又来了一个人，身体高大，是印欧混血儿，还跟着四个人。他脸上毛发丛生，仿佛皮肤每天施肥。他没做自我介绍，坐定后我才认出他：罗伯特·苏霍夫。

"嗯，现在你要干什么？"我首先问他。

他瞪着我。

"说吧！"后面一位随从开口道。

"我至少已收到过你的几封信，认出是你的笔迹，从字母'r'的写法。这种信不值得在意。"

"你先挑事！"突然，他指责我说。

"我们在沃诺克罗莫一起开的头，你想在何处收场？"我问。

此时，公主手中拿着卷宗从里面走出来。

"你的部下开始给我们捣乱，在巴马布（Pameungpeuk）地区。"

"我没有部下。我们不是非法的帮会组织。我们的组织得到了政府的正式批准。如果你还认得字，你自己不妨去查阅一下政府公报。"

"不管怎么说，你在妨碍印欧混血儿阶层。"

"好，说出你的全部理由。稍后，我会带着这些去跟副州长会面。如有必要，谒见总督。"

"不知天高地厚！东印度是我们混血儿的天下，是非黑白，盛衰成败，我们说了算！"

"公主，你听他们说的什么话。"我对妻子说，她站在那里监视着他们。我朝她使个眼色，她明白我的意思，把那些卷宗放在办公桌上，走进里屋去。

我向大企业家们学习，利用职权买了一支柯尔特左轮手枪作为自卫武器。我和公主早就约法三章，只有在我来不及还手的情况下，她才能使用它。公主心领神会。稍后，她手里拿着枪，又从里面走出来，在一张高脚椅子上默默坐下来，监视着这些不速之客。

437

"公主，这些先生们想要了结一桩案子。"我宣布说。

"要了结一桩什么案子？"我妻子问。

"你问他们吧。"

"先生们，你们要做什么了结？"公主向罗伯特·苏霍夫问道。

各位来客的注意力如今集中到公主身上。他们吃了一惊，那副不可一世的样子消失了。我站起身，找了一张离他们远一点的椅子，坐下来。

"别耍弄那玩意。"罗伯特·苏霍夫警告。

"你们要了解什么？"公主重复问。

"我们也会耍弄那玩意！"苏霍夫再次警告。

"你们想要了结什么？"公主第三次问道，"未经我允许，不许进入我家。你们的来访结束了，否则别怪我这手枪不讲情面。我数到三，一……"

来客们你看我，我看你，面面相觑。

"二……"

他们站起身来。

"三！"公主开始扣动扳机。

枪声打碎了沉静，五个人拔腿就逃。子弹并没有打中任何人。公主又朝屋外放了第二枪。他们只顾狼狈逃命。

他们消失在我们的视野之外。我们还站在那里，仍心有余悸。枪声引来了几个负责总督府治安的士兵。他们问发生了什么事，并当即对我们家进行了闪电式搜查，扣留了我们的手枪。他们离开时，给我们留下一张扣留手枪的收条。

士兵们走后好几分钟，我们的恐惧感还没有消失。我们互相对望，不知所措，仿佛是两个在森林中迷了路的孩子。

"你竟敢开枪，公主。"

"与其我丈夫有不测,还不如把他们打死。"

"从万丹来的武士们去哪里了?"

"有几个人回去了,准备换新人来。留下几个人,我叫他们送亨德利一家到火车站去了。"

"咱们将会失去那件武器。"

"咱们什么也不会失去!"公主回答。

我从背后按住她肩膀。她在高脚椅子上坐下来。我张开双手,搂住她的脖子,从背后低声问她:"你是什么时候学会了射击?"

她久久不作答。此刻,我依然很钦佩她。一般说来,土著民害怕火枪,甚至摸都不敢摸。她告诉我说,他们家族的近亲,凡是十岁及以上的人,每个星期天下午都到森林里去练习射击,这是她父亲的命令。拥有火枪?这有何难?只要到警察局办个手续,证明确实不是坏人,就可以拥有武器。几支枪而已,只要你买得起。

她说得轻描淡写。为什么范·赫乌茨要对她父亲采取行动,原因不说自明。她的父亲,我的岳父,显然曾经有过一番谋略策划。

当天上午,我们离开了茂物,直奔苏加武眉。我对我的岳父倍加尊敬。他看到我对他的态度,也感到很惊奇。

"岳父大人,公主似乎需要休息几天。她工作太劳累,一回到家就没完没了地干活。我们将在您这里住两个星期。"

显而易见,我本人不能全天候陪同她住在苏加武眉。回到茂物之后,总督府的安保人员对我进行了调查,而他们对罗伯特·苏霍夫则什么都不做。我的罪名是:总督府在手枪射程内。另外,我不应该拥有武器。他们花费大量时间,反复探寻我要谋害总督的动机。

我辩驳:"不可能。前任范·赫乌茨总督甚至经常召见我呢,想跟我交朋友。"

"正是出于这个原因,先生,由于新任总督大人不对您示好,也许您的小心眼受伤了。"审查人说道,他在这方面并没有决定权。

"先生,如果这种指控和推测成立的话,我也该对您本人那么做了。有什么区别?"

"但是,住在总督府周边的每一个人,如果拥有武器,必须向保卫队报告。"

"我从来没读到过这种规定,可以把文件拿给我看吗?"

"不管怎样,您已经在总督府附近开了枪。我们收缴您的武器。"

"好吧。我稍后会向有关当局申诉。我拥有枪支是合法的,至少许可证在我手里。"我拿出枪支证明给他看,包括我有几颗子弹都写得很清楚,"那两颗子弹用了,我向警察局报告过。"

审查没有继续下去。通过警察局,我要回了我的手枪。

形势日趋明朗:不只是我,尤其那些没有自卫能力的土著民,将成为罗伯特·苏霍夫集团的打击目标。没办法。这一次事故使我周围的人,其中许多人我并不认识,和我愈来愈亲近。土著民之间的关系日益密切,其导致的结果清晰可见:"铁夹子"解散了。代之以原班人马换个新名号:"反土著"(TAI)。不知这是什么意思,按最后两个字母猜,大概包含"反对土著民"(Anti Inlanders)[1]之意。这个缩略语存在一种可能性,就是和我针锋相对,因为我在《广场》的社论中经常用缩略语"反联盟"(TAS)[2]。

我没有子嗣的烦恼消失了。即使在这个殖民地国家,也必须树立公正原则。如果我们土著民自己不起来行动,还有谁来安排和建立这一原则?因为公正是人类事务的特质,只有人类才能建立起这个原则。荷属东印度的法律本来是保护个人财产和生命安全的,但这只能对懂

---

[1] 荷兰语,原文附有印尼语 Anti Pribumi。
[2] 意为"反对伊斯兰商业联盟派"(Tim Anti Sjarikat)。

法律和具有法律知识并能运用它的人才生效。不懂法律的那些人，正好是它的靶子。

　　伊斯兰商业联盟，你继续前进吧！明克，你也要继续前进！将细小的个人情绪抛开，既然有了良好的开端，你也必须要善始善终……

第十五章

至善社继续安稳地活动着,它得到了道义派(golongan ethisi)的支持。伊登卜赫总督亲口许诺,他们建立起来的学校,只要按正规课程教育学生,都可以得到补助金。至善社不像伊斯兰商业联盟那样历经坎坷,他们暂时未发起什么行动。

1911年,据说会有更激烈的动荡。坦林·穆罕默德·塔勃里得到指示,彻底放弃伊商联会籍。

"作为一名穆斯林,我当然要声援伊商联。"他回答道。

政府采取了行动,让他离职退休。巴达维亚的所有荷兰语报纸都刊登了这条消息。

"有什么办法?"他评论说,"政府总是猜疑,万一我会运用自己的威望来帮助伊商联。他们大权在握,有权对我采取行动。"

他失去了职位。《广场》没有"人事调动、擢升与罢免"专栏,所以未刊登此消息。坦林退休时获得一份"补偿":不可在组织中处于活跃状态。这个警告始终在威胁着他。

至善社已经建立了三所学校,伊商联却连一所也未建成,仍维持以前的方针：只用经费支持私立学校，包括至善社兴办的学校。

至善社做出了榜样，社会上掀起一股办学热潮，争先恐后地兴办私立学校，按政府规定的课程教育学生。当时，学校的校长全部是欧洲人，思想开放一点的老师常跟校长吵架，他们受到了鼓舞，想自己办学，或者与至善社合办。在这个时期，对于那些课程不符合政府规定的学校，尤其是没有教荷兰语的学校，人们都不屑一顾。乐善社和中华会馆办的学校，也不受重视。

办学风潮之所以一浪高过一浪，其推动力在于道义政策的实施。后来出版了一本扎巴拉姑娘的书信集《光辉的未来》(*De Zonnige Toekomst*)，编者是一位名叫范·阿伯仑的道义主义者。[1] 道义方式（Gaya Ethik）成为时髦口号。一些受过教育的上层女性拿到这本书后，手不释卷，赞誉不绝。后来，这本书的部分内容被译成英文和法文，发行到了英国和法国，影响日渐扩大。道义派人士认为，扎巴拉姑娘是他们努力所取得的最大成果。而反对派认为：这不过暴露出范·阿伯仑的野心罢了。他无非是想飞黄腾达，企图进入莱斯威克总督府。他们说这是不可能的，范·阿伯仑太感情用事，并非强悍之人。更重要的是：他未处于上议院的顶层。

无论在正式场合还是在非正式场合，欧洲人始终对此事有争论。

其中一种意见：你们究竟想要通过扎巴拉姑娘的书信来干什么？一味吹捧，是否因为你们自己写不出这么好的文章？另一种反对意见：那些可能并非扎巴拉姑娘的亲笔信，说不定就是范·阿伯仑自己写的！有没有监督委员会？整理出来的这些书信来自哪些人的收藏？五人或七人？难道她生前就只给这五至七人写过信吗？

赞扬派的动机十分明显，目的是要证明道义政策的正确性。反对

---

[1] 见第二章。

派的动机则不甚明了。

书信集仅由五六位收信人提供的信件组成,这一点确实成为反对派的有力论据。他们嫉妒范·阿伯仑,说写给范·阿伯仑夫妇俩的信最多,其中充满了赞美之词。这说明扎巴拉姑娘依赖他们,依赖欧洲,依赖荷兰。反对派还说,发表《光辉的未来》,目的是为了抬高范·阿伯仑夫妇自己的身价,说明他们受到土著民知识分子的爱戴。

我从头至尾读完了那本书。我觉得范·阿伯仑的做法有失偏颇。在我的柜子里,放着扎巴拉姑娘写给洪山梅的大约八封信。它们不是调子都那么高。当她谈到她个人时,她的调子确实有点沉闷。然而,每当谈论公共事务,她甚至是热情洋溢的。我估计,她至少给黛维·萨尔蒂卡写过两封信。我和公主去采访她时,她曾提到从扎巴拉收到过信,不过她从未回信。据我所知,收到她的信最多的是她自己的哥哥。实际上,她从她哥哥那里学到了不少东西。然而,书中已发表的信件里没有一封是写给她哥哥的信。

瓦尔迪证明说:他在荷兰的朋友们,无论他们是否参加东印度学生联合会,都知道她在荷兰有好多笔友。荷兰的妇女组织集会的时候,她们曾经宣读过她的信,那些信并没有都在这本集子里出现。

我完全明白并理解不喜欢这本书的人们。这本书公开发表的信件之中,几乎没有任何激烈的内容。她是一位忧国忧民的人,她也曾有十分激烈的主张。在《光辉的未来》一书中,仅公开了一点具有她个人传记性质的事情,而那些才是最吸引人的地方。过多的悲叹和呻吟,不能代表写信人的特点。这些多愁善感的议论有没有可能是范·阿伯仑本人制造出来的呢?

无论是支持者,还是反对派,都没有人提出成立机构,对此做进一步调查。

在欧洲人和印欧混血儿的道义主义者中,出现了一个宣传扎巴拉姑娘的运动。他们以三宝垄为中心点。他们意图实现这位不凡女性的生前梦想。扎巴拉委员会在爪哇的几乎所有大城市里都冒出来了。两个月内,已经筹集到一批资金,足够创办一所学校。他们把校址选在南望。

他们派一个筹备组到南望去选择地点。中爪哇的督学、负责教育的土著民最高官员卡米尔(R. Kamil)正式为这所学校奠基。主张道义政策的人们竖起了一块纪念碑。只是没有勇气喊出这样的口号:扎巴拉姑娘万岁!总督万岁! ① 道义政策的含义十分深远:瞧,东印度前程似锦!穆尔塔图里描绘的阴霾时代已成过往。经营种植园的资本家们,快来投资吧!广阔的土地正在等待着你们!你们把失业者派到这里来吧!土著民知识界已经全心全意地投入殖民政府的怀抱。机器还没有取代工人。请来吧!为伊登卜赫总督欢呼——好,好,万岁! ②

另一方面,中华会馆神不知鬼不觉地在爪哇各地默默建起了数量更多的学校。经过十一年的教育活动,这个组织培养出一批现代的年轻力量,他们的心并不向着东印度,而向着中国,或者向着全世界。改良运动在中国国内蓬勃发展。中华会馆(THHK)学校的毕业生们,尽管人数不多,哪怕是一两个人,受到了激励,愿意为这种运动做出贡献。

乐善社似乎不像初创时期那么进步了。它的主要领导人,一位名叫沙夏夫(Sagaf)的阿拉伯人,到我家来过两趟。他解释说,不再指望从阿拉伯居民处获得资助,可望继续得到的帮助反倒来自伊商联。现实令人羞愧,他感到不好意思。

至善社像一头老牛,慢吞吞地走着,但它总算在前进。伊商联一

---

① 原文为荷兰语。
② 原文为荷兰语。

直没建立起自己的学校。

在商贸和进步方面,华人占了绝对优势,给阿拉伯人和土著民带来压力。那些印欧混血儿更喜欢当兵或吃空饷,他们落后了大约半个世纪。

在上层人物中,已出现了恐惧情绪,因为华人的进步破坏了殖民地社会的平衡。伊商联自己阵营内部也开始警惕起来,在不断进行激烈竞争的东印度社会里,注意不让自己的组织被任何阶层蓄意利用。在某些地方,已出现过这种不良倾向。伊商联资助建立起来的自卫团,在没有"铁夹子"挑衅的情况下,受到某些人煽动,对付华人阶层。煽动者中有几个是加入伊商联的商人。他们以为把华商打垮以后,生意将只会落入自己手中。这股风四处刮,从勃良安一直吹到中爪哇和东爪哇。我向他们呼吁,受压迫的各阶层应该和睦相处,但这无力解决人们心头迫在眉睫的经济竞争幻觉。一些地方的伊商联分会以各种各样的名目,把一些年轻人集合在一起,学习掌握攻击和防身武术。

华人秘密帮会组织已有好久不进行活动了,这股仇视华人的情绪刺激了他们,使它们在各地复苏起来,尤其是在沿海一带,其中一个最强大的帮会自称孔星会(Kong Sing)。

各族群居民之间的竞争令印欧混血儿们暂时退出了舞台。幕后策划者依然未变,仍是东印度殖民政府,具体是伊登卜赫总督阁下。阿拉伯居民似乎从公开竞争中退隐,间接靠拢伊商联。为此,我一再口头提醒各分会和各支部,警惕,别让某些个人或某些集团利用我们的力量来打击他们的对立面,打击其他集团或其他个人。

一个新事件发生了,其声势浩大,影响深远,席卷了整个东印度的生活:

1911年10月10日,在中国的湖北省爆发了武昌起义。当时,他们的领袖孙中山正在国外。孙中山,号逸仙,或者叫孙文博士,是一名学者和政治家，据说曾经在菲律宾生活，帮助过菲律宾民族反抗西班牙人的起义。他起初住在东京，日本应中国皇帝的要求，把他驱逐出境。后来，孙中山逃亡美国，在科罗拉多州的丹佛大学任教。其后又绕道英国，潜入中国，领导武昌起义。革命席卷差不多整个中国，推翻了满清王朝，定都南京，建立共和国。①

在巴达维亚，《新报》（*Sin Po*）出版了，引导东印度的华人民族主义者统一思想行动。《新报》出版三个月后，已有力量排挤《广场》。《广场》发行量下滑了百分之五。华人正迈开大步继续前进，他们在商业上对土著民的挤压已成社会现实，没办法否认。在组织能力、商业知识、团结一致、眼明手快、无条件信任其组织等方面，他们的优势均得到了反映。

我们进入一个新的阶段，标志是通过报纸引导读者的思想，组织本身并不公开出面。倘若报纸办不下去，从这个世界上消失了，组织的领导权就会随之消失。

《广场》必须活下去，维持生存。至今，尚无其他报纸能够在土著民生活中起引导作用。

编辑人员建议《广场》向《新报》学习，《新报》采用小号字体排印，版面排得比较满。我坚持维持现状，因为情况不同。《新报》读者是华人，他们有钱买得起眼镜。《广场》读者则不能。我们应该通过其他途径来提高竞争力。技术改进也不可能，因为我们在印刷技术方面已做了最大改进。我们绞尽了脑汁，无能为力。《新报》使用两种文字出版：马来语和中文。有迹象表明，它将会继续排挤《广场》。华人读者一个接一个退订《广场》，开始改订《新报》，有时一个城市的读者集体这样做。《广场》招架不住了。

---

① 以上内容包含了各种传闻，并非确切的历史事实。

弗利斯保登认为自己无权干涉编辑事务。尽管如此，他向我们指出，《广场》的工作方法被《新报》全盘照搬。若我们请欧洲法律专家做顾问，他们就聘用欧洲的退休警长，这些人不仅精通法律，而且熟知东印度政法界的具体情况，懂得如何发行和怎样寻找消息来源。《广场》比不上《新报》的一点：他们能从国外多种消息源获得消息。再者，他们资金充裕，能买到新闻。照此下去，《新报》再继续办五年，也许东印度所有华人居民都将成为支持中国的民族主义者。除非是老一代顽固派，他们已经没有能力改变自己的观点和立场。

与此同时，殖民主义的报纸不厌其烦地报道各地关于扎巴拉姑娘的活动，大吹大擂，为道义政策歌功颂德。《广场》和《新报》没有加入这个行列。我自己认为，在东印度的道义政策派已经达成共识，要把那些活动纳入他们的宣传轨道，掀起一个运动，帮助范·阿伯仑竞选1914年的总督。即使他当不上总督，至少也会支持自由党（Partai Liberal）。然而，反对派扬言：总督不是社会职务，而是政治地位。道义政策派正在做美梦：如果当选总督是一位彻底的道义主义者，那么他们个人也将会平步青云。

在桑狄曼和其他几个人的保护下，我和公主到布洛拉（Blora）去休假，顺便探望亲戚。

布洛拉的县长是我的叔祖父，见我娶了一位公主为妻，感到无上光荣。

叔祖父和叔祖母老两口在后厅接见我们，刚坐定，便开门见山把问题摆到了桌面。

"孩子（Gus），你前脚刚到，副州长后脚便派人跟来。可能你也猜得到，不必为此吃惊：在我们这个县里，不允许伊商联活动。"

"我不感到吃惊，我能够理解，爷爷（Nenenda）。"

"很好。如果你要举办活动的话,或许你应该住在客栈,而在这里没有好客栈。这样一来,你住在其他官员家,他和我一样,也会受到警告。"

"我懂您的意思,爷爷。"

"还有,你要明白,你住在这里期间,不能跟你们组织在这里的分会进行联系。"

我的叔祖母,拥有"拉丹·阿尤"(Raden Ayu)贵族头衔的老太太,默默地认真地听着,双眼几乎一眨不眨。公主也侧耳倾听我们的谈话。

其他人未被允许参与我们这次会面。

"不管怎样,我本人想要了解你们组织的情况,越详细越好。"叔祖父说。

"但是,这已经属于我们组织的宣传活动。最好不说。"我不同意。

"不一样的,就当是孙子跟爷爷说个事。"

"可那仍然是一种组织的活动,因为我肯定要夸我们的伊商联。"

"好,好,也是组织的活动。"这位县长重复着说,"那你就讲点别的事给爷爷听听吧!但凡讲到伊商联的地方,你就别夸它,也别说起来没完①。"

他捧腹大笑,我亦忍俊不禁。这还是第一次,我在一位县长面前笑出声。出乎我预料,叔祖父不但不责怪我,反而哈哈地笑个不停。后来,叔祖母也跟着笑起来。只有公主左看看右看看,不理解我们在笑些什么。就像我从前给洪山梅当翻译,如今,我也同样为我的现任妻子当翻译。

叔祖母咯咯地笑不停,她看到我在做翻译,不禁觉得我干的事很

---

① 此处系意译,原文为 dan juga tidak menjadi perokok(也别抽烟)。

好笑,我娶的妻子总是不懂爪哇语。我百分之百明白她的笑点:不懂爪哇语就等于不懂文明(peradaban)。

看到大家都在笑,公主也笑了,她觉得只有自己不明白原委,有点滑稽。

突然,叔祖父停住了笑。他看到一位孙媳妇胆敢在他面前放声大笑,不掩面低头,也不放低声音。他皱着双眉,注视着公主。

叔祖父表情的突然变化,使我我情不自禁想起了滑稽演员的某种拙劣表演,根本不能逗引观众发笑,相当可悲。

公主止住了笑,听我给她翻译。当她了解全部原委后,她无视任何人,笑得最厉害。

眼见孙媳妇开怀大笑,笑成一团,叔祖母再次受到新一波笑浪的冲击,笑到无法自控。我也一样,最后县长大人也笑了起来。

大笑平息,饭菜端了上来。叔祖父想利用这个机会缓和一下气氛,以便能引领局势。

他对我说:"你可以开始了!"

我讲述着:自从中华会馆成立以来,东印度居民各族群的繁荣出现了龃龉。除了纯血统欧洲人以外,东印度的其他族群在进步和繁荣方面都被华人超越。

"面对这一切,伊商联该干些什么呢?"叔祖父问。

"万分抱歉,在这个县里,我不会谈论关于我们组织的情况。"我向他解释说,我必须尊重他的职位和上级为他做出的规定。

后来他又问道,对于扎巴拉委员会的活动,为什么大家议论得那么热闹。在布洛拉,人们也在热烈地谈论着。

我告诉他,人们猜测,这个运动是为了抬高范·阿伯仑的地位,让他当总督。

"可是,那位扎巴拉姑娘是谁呀?"他又问,"她不就是我们邻县南望县县长的亡妻吗？"

"没错，爷爷！"

"既然他的妻子死在他的手里，为什么不是她的丈夫为她来建立那种学校呢？"

"土著民，就算是自己的丈夫，也不理解那些理想。爷爷，一般来说，只有欧洲人或者其他外国人能够给予那些理想高度评价。过后，土著民才忙着搜寻其意义。"

"怎么一个女人能达到这样受欧洲人尊敬的程度，比一个男人更受尊敬呢？"

现在，我的叔祖父像一位听话的小学生，在老师面前专注聆听，忘了有关伊商联的禁令。作为县长，他管辖着全县约五万人。伊商联若把会员家属也计算在内，已经是七万会员的组织。况且，布洛拉县的五万居民不见得都听我叔祖父的命令。显然，萨敏派那些人就抵制来自政府的一切法令。

我向他介绍了扎巴拉姑娘的理想。叔祖母也在一旁仔细听着。我这样结束我的介绍：扎巴拉姑娘对她妹妹讲，要教育孩子尊重妇女，不要像那些有钱有势的爪哇男人，把妻子视作家庭的装饰品，需要时又亲又疼，不需要时便一脚踢开，根本不在乎其去向。

"她必定是一位仙女，孩子。"叔祖父插话道，"她的思想都传到荷兰去啦！"

"不仅如此，爷爷，她去世以后，她写的信还被译成英语和法语，传到了英国和法国。"

"孩子，英国和法国在什么地方？"叔祖父问。

"爷爷，英国在荷兰的西边，是这个世界上最大的帝国，统治着全球的八分之一。法国在荷兰的西南部，这个国家也比荷兰大得多。"我接着向他解释道。

叔祖父饶有兴味地听着。他想更多地了解他的侄孙,了解世界,了解事实真相。他完全把不准打听伊商联情况的禁令忘到了脑后。

"我早就听说,用扎巴拉姑娘之名建学校,颂扬南望县县长的妻子。我不明白,为什么那位县长自己不先开始这样做呢?"叔祖父问我。

"如果不是别人赞扬她,可能那位县长本人都不记得曾经娶过她了。因此,现在这位县长经常被人嘲讽。欧洲人讽刺他,土著民知识分子也讽刺他。"

"一位县长沦为讽刺对象!如果不是在战争形势下,这种事不会发生!"叔祖父评论道。

"爷爷,假如别人像那样讽刺您,您的感受如何?"我问他。

"如果沦为讽刺对象,当县长还有什么意思!不如下台算了,上山去修行(bertapa)!"

"爷爷!"

"什么事?"

"为了尊重女性,爷爷,您也建立一所女子学校,怎么样?不要欧洲人的帮助,由您自己亲手创办,这不也挺了不起么,爷爷?"

"你的花样真多!"他回答。

"不是花样多,爷爷,只是一种花样。如果您那样办了,您的名声一定会超过南望县长。"

"我对你奶奶很尊重的,和别的县长对待他们的妻子不一样。"

"爷爷,您不为尊重女性而这么做,那就基于我的请求而做,这不也很好吗?"

"你可以自己建立这样的学校,你们伊商联有的是钱。"

"我不会在您的县府里谈论伊商联的事,爷爷。如果您按照扎巴拉姑娘的理想,建立一所女子学校,尽管您是在我的请求下建立的,社会上层也会非常尊敬您。"

"你这孩子，花样真不少。我要看看，你是否也有本事建起来。"

"我当然可以，爷爷，什么时候都行。目前的问题是，您能不能做到呢？"

"你在向我挑战？"他笑着责备我。

"也可以这样理解。"

"你爷爷到哪里去弄钱建这种学校呀？"叔祖母插话说。

"只要有愿望，钱的问题不难解决吧？"我接着用马来语对公主说："公主，你说是吧？"

"什么是不是？你们说的爪哇话，我一句也没有听懂。"

我不得不把我们谈话的要点翻译给她听。

"孩子，你的意见呢？"叔祖父用马来语问道。

"如果想办，爷爷，钱是可以想办法的。"公主回答。

"哎呀，你只会帮你的丈夫说话。"

"如果爷爷同意，我将非常高兴，并且感激您。"公主说。

"这是真的么，公主？如果是真的，那你为什么要感激我呢？"

"爷爷，像我这样受过现代教育的人，任何人都切身体会到男人不那么尊重女性。看到那种情况，我就觉得好像是我自己受到了侮辱。"

"你的丈夫不是从来没有看不起你吗？"

"从来没有，爷爷。相反，他从内心尊重我。"

我马上接过他们的话头，告诉两位老人，公主是多么勇敢，她毫不畏惧地开枪，把那些"反土著"捣乱分子赶走了。

"你会开左轮手枪？"叔祖父问，又惊奇又钦佩，"你？"

"他们逃跑了，再也不敢上门了，爷爷。"公主回答。

"我的孙媳妇会开左轮手枪，赶跑捣乱分子！"说着，叔祖父直摇脑袋，"你？"

"为了把他们赶走而已，爷爷。"

"公主，你保护了我侄孙的安全。你奶奶不敢这样做，她一见左轮手枪，就浑身发抖。你是哪里来的这股胆量？"叔祖父用马来语问公主，他看了叔祖母一眼。叔祖母不懂马来语。

公主没有回答。她只是微笑地望着我，想让我替她回答。

"行了，爷爷，那不重要。现在重要的是，女子学校应该怎样才能建立起来？如果您不同意是为了尊重女性，或者出于我的要求，那么，您也许会同意：为了公主而建，她可是参加主编杂志的第一位土著女性，她已经保卫过您的侄孙啦！"我再次劝说叔祖父建立女子学校。

叔祖母拍拍我的大腿，意思是我应该把这几句话翻译给我妻子听。

公主不好意思地听着，她抬起头来，用马来语说：

"爷爷，不能说因为我或者是为了我。如果能得到您的允许，我是否能讲一点我的想法？"

"好，讲吧，公主。"

"我已读过《光辉的未来》这本书。最吸引人的是，当南望县长向她求婚时，他说他的妻子（istri）在去世前曾经叮嘱过他，让他娶扎巴拉的'爪哇之花'（bunga Pulau Jawa）为妻。我丈夫说，如果一位县长说到'妻子'这个词，即指正室。他们结婚了。扎巴拉姑娘过门到南望县，她到了才发现，在那里迎接她的是一个六个月大的婴儿，还有几位妾。爷爷，读到这里，我掉下了眼泪。像她这样一位有远见卓识的妇女也被坑骗。不，不是受骗，而是有一种东西使她无能为力。我不愿意其他女性也像她一样上当受骗。因此，爷爷，如果您建立一所女子学校，我将对您十分感激。"

叔祖父轻声笑了，说："我原本想听你们讲一讲伊商联的事，现在却谈到其他问题。公主，你的丈夫从小就花样百出，现在长这么大，还是花样不断翻新。"他回过头看了看叔祖母，自己又用爪哇语重新说了一遍。

"是啊，如果有能力，建一所这样的学校有什么不好？"叔祖母说，"如果女人见多识广，不只是扎巴拉姑娘一个人而已，将来她们就不会再轻易上当受骗了吧？"

我们缄默不语，听着两位老人说话。我心里明白，其实故意没跟他们讲：扎巴拉姑娘自己也明白，求婚者在欺骗她。她更清楚地知道，在求婚者背后是其长官的命令。她知道，她不得不接受这种羞辱，这是她本人踌躇不决的恶果。她走入那个地狱，是出于对父亲的敬爱和孝心，她看重这些多过于自己的梦想。

"我不是从没有骗过你么？"叔祖父似乎多心了，对叔祖母说。

没有回应。这次谈话也并未达成一致结论……

翌日，布洛拉分会来信要求我找机会与他们见面。考虑到不要违反别人给叔祖父的规定，我回复说，我可以在炽布（Cepu）火车站跟他们会面，时间定在上午九点钟。

第二天，在炽布火车站，我见到了我们的会员。他们不是一两人，而是二十一人，包括炽布支部在内。我们谈到很晚，不得不在那里过夜。我们是在球场见面的，正好那天没人去踢球。这次会面是当地第一次举行露天公开集会。没谈什么重要事情，他们只想和从总部来的人见见。其次，他们想把炽布支部扩展为炽布分会。我们之间既讲马来语，也讲爪哇语。

在桑狄曼的小兄弟们保卫下，公主留在客栈里。

在这次会面时，我跟他们讲，尽管已经研究了关于联合抵制行动的事，但未经总部同意和授权，还是不要采取这种措施。我也不愿意他们去打扰萨敏派的活动。如果他们近期不能帮忙，须保持沉默，别跟随士绅阶层去欺辱他们。

从这次旅行中，我获得了更为重要的东西。当我回到客栈时，夜阒人静，公主已经入睡。蚊帐敞开着，而她搂着抱枕，睡得正酣。我发现枕头底下有写满字的纸片。我轻轻地把那些纸片抽出来，在壁灯下读着纸上字。文章用荷兰语写的，这是一篇关于《光辉的未来》的读后感。

她写的不仅限于体会，而且还有对南望县长的抨击，说他在向扎巴拉姑娘求婚时骗了她。文末署名是：黛黛·玛丽娅·芙蒂玛·德·索萨公主（Prinses Dédé Maria Futimma de Sousa），可这个名字又用笔涂掉了。我把文章放回到她的枕头底下。

我在她身边躺下，脑子在不断地揣度：我的妻子是否在荷兰杂志上发表过文章？她可从来没跟我提起过。她参加编辑杂志的工作经验锻炼了她，使她有勇气背着我那样做。临近入睡时，我暂时得出结论：她确实在给荷兰杂志写文章。扎巴拉姑娘的那本书可能给了她勇气。

这个暂时得出的结论反倒使我无法安睡。她为什么从不向我提起写文章的事？她是否可能还写过其他方面的文章，目的并不是要拿去发表？我又爬起来，到处翻腾，寻找有无其他草稿。我把箱子都翻了一遍，什么也没找到。

但愿她没有泄露过关于伊商联内部的秘密，不管自觉还是不自觉，她那种不声不响的举动令人生疑。出于何种动机？仅为了练习荷兰语，肯定不可能。也许怕我阻拦她？也不可能。

我必须密切关注这一事态发展。

第二天，我回编辑部上班。在一张荷兰语报纸上，我无意中读到公主写的那篇文章，文章末尾没有署名。几天后，抨击文章纷涌而至，如暴风雨一般，矛头全部指向南望的县长。

我假装不知道。现在我才明白，公主暗暗感到失望，《广场》没有为扎巴拉姑娘写文章。我继续佯装不知。她本人也神情自若，装出一副没事的样子。然而，对南望县长的谴责一浪高过一浪，一天比一天激烈。

我做过尝试,想跟她谈谈那篇文章,此乃喧嚣之源。她不言不语,仍然装作毫不知情。我又做了第二次试探,这时她才问我说:

"我也想读一读那篇文章。"

"你怎么还没有读过?"

"还没呢。"

我把那篇文章的剪报给她看。我们两人是在演戏,我继续说:"文章作者肯定是一位女性,而且不是一般女性。从她对扎巴拉姑娘的丈夫气恼来看,可能她也恼恨自己的丈夫,如果她已经结婚了。无论如何,她肯定是一位聪颖的女性。聪颖,就一位女性而言,显得分外美丽。如果她本来就长得漂亮,她将会成为女性中的一颗明星。"

她没读那张剪报,而是在留意听我说话,问道:"哥,你怎么会有那么多猜测?"

"你自己怎么猜?"我反问她。

"如果依我看,作者必定是一位上了年纪的印欧混血儿,在他的婚姻感到失望。他活在幻梦中,梦想拥有扎巴拉姑娘那样的伴侣,他眷恋她、善待她,尊重她的人格、知识和荣誉。"

她正把我想象成一位上了年纪的印欧混血儿。

"可我还不算上年纪。"我反驳说。

"拿你当例子,确实并非我本意。"

"但是,你还没读过那篇文章。"

她哑口无言,明白了,我知道她事先已读过那篇文章。不仅读过,甚至还是她亲笔写的。

"我已经联系过那家报纸的编辑部。"我说,"正巧是我的好朋友。我问他,那篇文章作者是谁,他不愿意说明。我走进他们的印刷车间。一位排字工人把完整无缺的底稿拿给我看。可惜,上面没有作者的署名。我倒要问,你是什么时候读到这篇文章的?"

"从这剪报上读到的呀。"

"刚看两行,你就能发表自己的意见了。"

"我确实读得快。哥,你没太留意,我不是才看了两行,已经看完整篇文章了。"

"可你还没打开剪报呢。"

她又一次无言以对。

"公主,你事先读过这篇文章,为什么不想让人知道?"

"我不是也可以跟自己的丈夫开个玩笑么,哪怕就这么一次?"

"当然了。"

"是的,其实我已经读过了。"

"但是,我从没把这张报纸带回来过。"我边说边笑,"咱家也没订阅这份报纸。说吧,你是从哪里看到的?"

"炒花生的包装纸。"

对话至此,我不可能再继续追问。前天,我们确实买过炒花生并且用报纸包着。我没有办法让她自己承认,我也没有权利逼迫她承认。这是她的个人权利,现代人的某种隐私。她不愿让别人知道那篇文章是她写的。我尊重她的做法,不干涉她的个人私事。

谴责南望县长的声浪未见平息。三个人拿着签名的稿子到编辑部来,要求《广场》发表。他们是南望县的中层官员,此次攻击把南望县长不光彩的行为按照年月日逐条罗列出来。

《广场》有何必要也加入闹哄哄的谴责者行列?如果受谴责者因此倒台,究竟会对谁有利?几位新的县长候选人至今还没获得任命吧?荷兰高级官员不是早就表扬夸赞过他们吗?

在南望县,谴责纷至沓来,县长束手无策,根本没有任何手段保护自己,病倒了。呜呼!这是道义政策派玩的一套把戏:谴责县长是为了肯定扎巴拉姑娘；肯定扎巴拉姑娘是为了抬高范·阿伯仑；抬高范·阿伯仑是为了让他当总督……

"铁夹子"已从世界上消失。"反土著"开始出现了，尽管还羞答答的，不敢放肆活动。社会上对于印欧混血儿产生了厌恶情绪。道瓦赫尔也许能理解我的感情，他好久没来了。瓦尔迪到编辑部来的次数也愈来愈少，他和道瓦赫尔变得更加接近。《广场》的读者仍不断被《新报》拉过去。如果这种趋势持续下去，《广场》迟早要倒闭。

编辑部全体员工决定加入声势日隆的谴责活动，公布来自南望县的报告，即便不太激烈，也不太详细。我不赞成。应该另辟蹊径，遏止《广场》发行量的下滑。

显然，正确的解决办法是间接地从我岳父那里找到的。有一次我去见他，他问："你前几次带来的那位朋友去哪里了？"

"您说开汽车来的那人？"

"嗯，他说要去吉达。"

"啊，他叫汉斯·哈吉·穆鲁克。"

"对，对，哈吉·穆鲁克。他怎么样了？"

我和岳父的这段简短对话使我想起了一位印欧混血儿，他的文章言简意赅、引人入胜。我发电报给马尔可，叫他现在也到茂物来。

我和岳父一起回到茂物。两小时以后，马尔可乘坐出租汽车赶来了，我把《西蒂·爱妮传》的一部分稿子交给了他。

"马尔可，都拿去排字，作为连载小说刊登出来。别丢页，别弄坏稿子。不会有替代品了。你要像爱护自己的生命一样爱护这份稿子。"

"是，先生！"

"你懂我的意思吗？"

"我一定保护好这份稿子。"

"行了,你现在就回万隆去,今晚就动手准备。"

如此一来,我呈现了这些混血儿们好的方面,正是在混血儿威胁我们的时刻。这篇小说能平衡人们对印欧混血儿的坏印象。这样的小说即使在荷兰语中过去也从未有过。

不出所料,故事连载了一个星期,人们就给迷住了。订户并没有增加,但已经不再减少。书报摊上的报纸零售量成倍增加,尤其在有糖厂的城市和甘蔗种植园地区。我们连载了三个月。那篇故事还没登完,就有人来信问,作者哈吉·穆鲁克究竟是什么人,因为他写的是甘蔗种植园里印欧混血儿的生活,不像作者的名字那样具有伊斯兰教色彩。令人遗憾:作者本人不想为人所知。

一家殖民主义的报纸做出猜测说,从故事背景看,哈吉·穆鲁克是一位印欧混血儿的笔名。这家报纸夸奖了一番《广场》,说《广场》已得到了一位混血儿文学家的信任。印欧混血儿始终把弗兰西斯视作大师级文学家,而这位混血儿作家完全可以与他相媲美。

这些赞扬之词控制住了"反土著"对《广场》的破坏活动。我们暂时可以松口气了。报纸的订户开始上升。

"印欧混血儿始终是一个动摇不定的阶层。"亨德利·弗利斯保登评论说。

"亨德利,你自己可也是一个印欧混血儿。"我提醒他。

"是的,但我不属于他们那个阶层,他们的生活完全取决于东印度经济的兴衰。只要经济对欧洲大企业不利,也就是说,对殖民政府不利,他们就火冒三丈(galak)。如果有利,他们便温顺听话(jinak)。明克,不知你最近是否已经注意到,糖业辛迪加究竟要干什么?"

一个新问题又摆在我的面前。糖业辛迪加准备要降低土地租佣金,在十八个月之内,从每巴胡(bahu)① 土地一盾三十分降到九十分。

此事不仅限于报业工作范畴了。

我召集伊斯兰商业联盟中央领导层成员开会,讨论这个新问题。我在研究了现有材料的基础上,向他们解释,灾难将要降临到种植甘蔗农民的头上。我首先讲到的糖业受害者是温托索罗姨娘,后来又罗列一连串名字,如:特鲁诺东索、帕依纳、萨斯特罗·卡西尔、弗莱肯巴依(绰号普利肯博),他们现在普遍面临着一个亏损的新问题。糖业生意无论在国内国外都兴隆发达,利润成倍增加,而土地租佣金却要从一盾三十分降低到九十分。

正如特·哈尔所说的那样,支持糖业辛迪加企图的新条例即将制订出来。甘蔗的种植面积愈来愈大,农田的面积愈来愈小,糖厂和甘蔗种植园容纳不了那么多无地可种的农民。"反土著"显然又该接受新任务了,保证糖业辛迪加的新措施得以成功实施。

一场新斗争即将进入生活之中。我必须做出解释,说服伊商联的核心领导成员。事实上,他们并没有认识到,农民的利益即是他们的利益。他们认为,即将冲击到农民的亏损,并不会危及独立自由的企业家、自由职业者阶层和商人们的利益。

"农民手里的钱少了,商业利润也会随之减少。"我在会上这样说。

他们依然不理解我的意思。他们想,只要手艺人继续工作,只要车间和工厂里的工人继续工作,只要士绅阶层的人数不减少,他们的商业就不会受到影响。

"农民阶层的利益跟我们没有关系。"另一些人反对说。

"可是,那些农民是我们自己的兄弟,是我们本民族同胞,难道我们能眼睁睁看着他们受欧洲、阿拉伯和华人大企业的任意剥削,把土

---

① 每巴胡等于7096.5平方米。

地和钱财从他们手里夺走吗？如果各位先生任由这种事发生，便是认可剥削，与罪恶同流合污！难道这符合伊斯兰的教义吗？我们作为穆斯林，如果无动于衷，任其猖獗，难道不感觉羞愧吗？"

"但他们是欧洲人、阿拉伯人和华人。他们势力强大，我们怎能挡得住？"

"难道他们势力强大就合情合理了，他们的做法就不能反对吗？"

会议争论的结果完全出乎我的预料：领导核心层分成两派。伊商联从内部分裂，以我为首的一派称另一派是"伪善者"（munafik）；另一派叫我们"扯淡派"（Ngawur）。他们沿用老名字伊斯兰商业联盟。我们做出让步，改名自称伊斯兰商业联合会（Sjarikat Dagang Islam）。

亨德利·弗利斯保登跟我解释说：在一个组织的发展史上，组织分裂是很自然的事，是不可避免的事，何时何地都会发生。

"这是一种过滤，自然而科学，不必为此感到伤心。"他毫不犹豫地说。

我也使自己相信不必难过。组织分裂意味着什么？这意味着我们必须努力工作，反对糖业辛迪加做出的决定，站在农民一边。分裂反而使我们斗志昂扬。我们投入相当多资金，为整个东印度印刷了通告和指示，散发到承认我们领导的各个分会和支部。

桑狄曼、马尔可和他们的部下全都动员起来了，被派往爪哇各地，去各分会直接面谈。通告不便通过邮局来邮寄，由他们随身带去。我后来得知，他们长途跋涉，完成了任务，各类交通工具都用过：自行车、马、火车、马车、步行……

如果糖业辛迪加继续贯彻他们的意图，我们所谓的"扯淡派"伊商联就要立即采取全面的联合抵制活动。

哈吉·穆鲁克从吉达来信，用婉转的语气写道：

明克先生，我真心为你们的事态发展感到不安。糖业辛迪加的权力在殖民政府之上。我希望你不要坚持己意。我认识许多糖业大佬，我确实不站在他们一边，但我更怀疑你们的力量。

我感到莫大幸福和荣幸，贵报刊载了我写的《西蒂·爱妮传》。我不希望您迈出新的一步，但愿您只是说说而已。如果您当真要采取行动，明克先生，请您把我的底稿保存好，因为至今尚未全部连载完。

如果您一定要实现您的想法，那么，我只能从远方祝您平安。我不能为您做更多的事。不错，您是站在正确的一边，然而，要获得胜利，必须具备一定的条件。

我没有给他回信。通过印度洋的风与浪，我倾诉心声："哈吉·穆鲁克先生，您会知道的，在东印度，像我们这样的弱者已经拥有了武器，这武器名叫：抵制。您将会见证我们怎样运用这个抵制武器来对付他们。静待良辰，哈吉先生，您会听闻来自这片南方国土的震颤。全世界亦将会震惊：几万名伊商联会员行动起来，使糖业辛迪加倒闭，让全世界没有糖吃。"

针对南望县长进行抨击的声浪与此相比，其意义已黯然失色。无论如何，那不过是一个人和一个家庭的问题，几万个农民及其家庭远比这更重要。只要糖业辛迪加一意孤行，联合抵制的铃声就会拉响，那是他们的丧钟。东印度的殖民军没能力保护糖业辛迪加的利益。伊登卜赫总督要增加国家收入的计划将会飞去热带上空的九霄云外。

姨娘从巴黎来信了，轻声快语：

孩子，你是个好孩子。你替我向糖业报仇雪恨了！

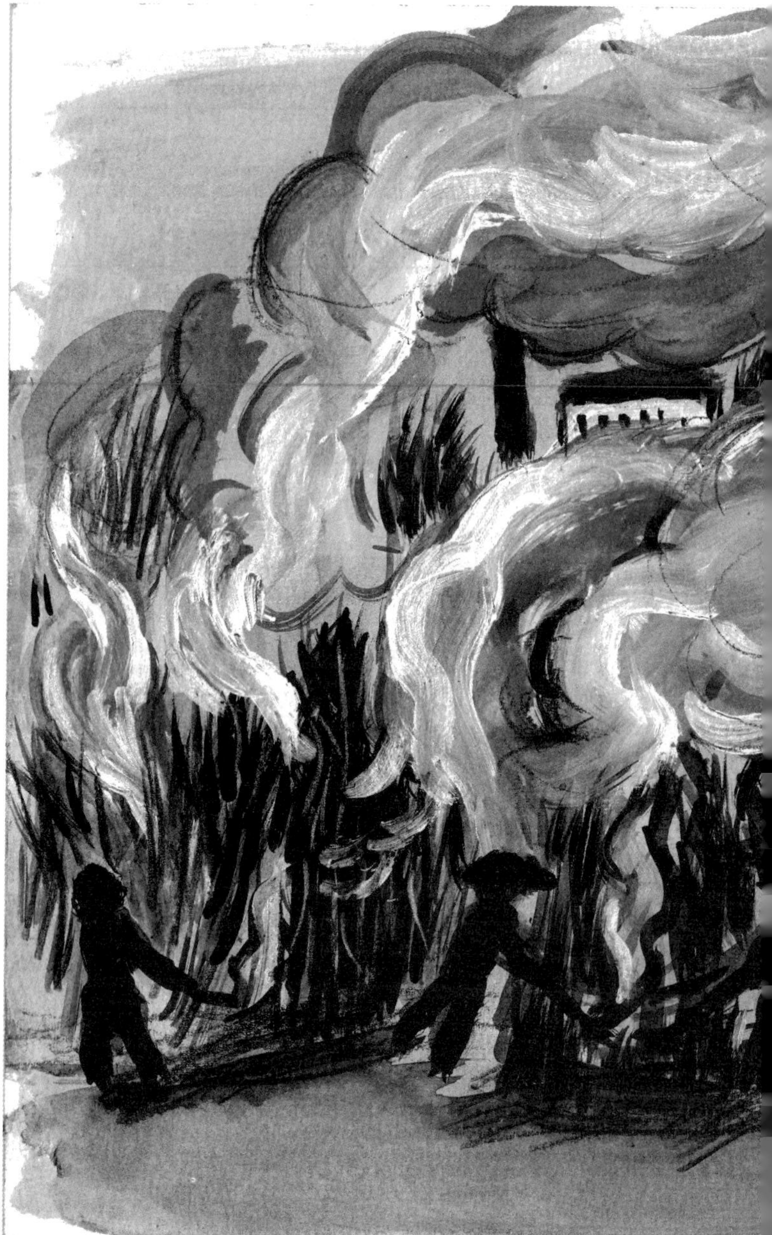

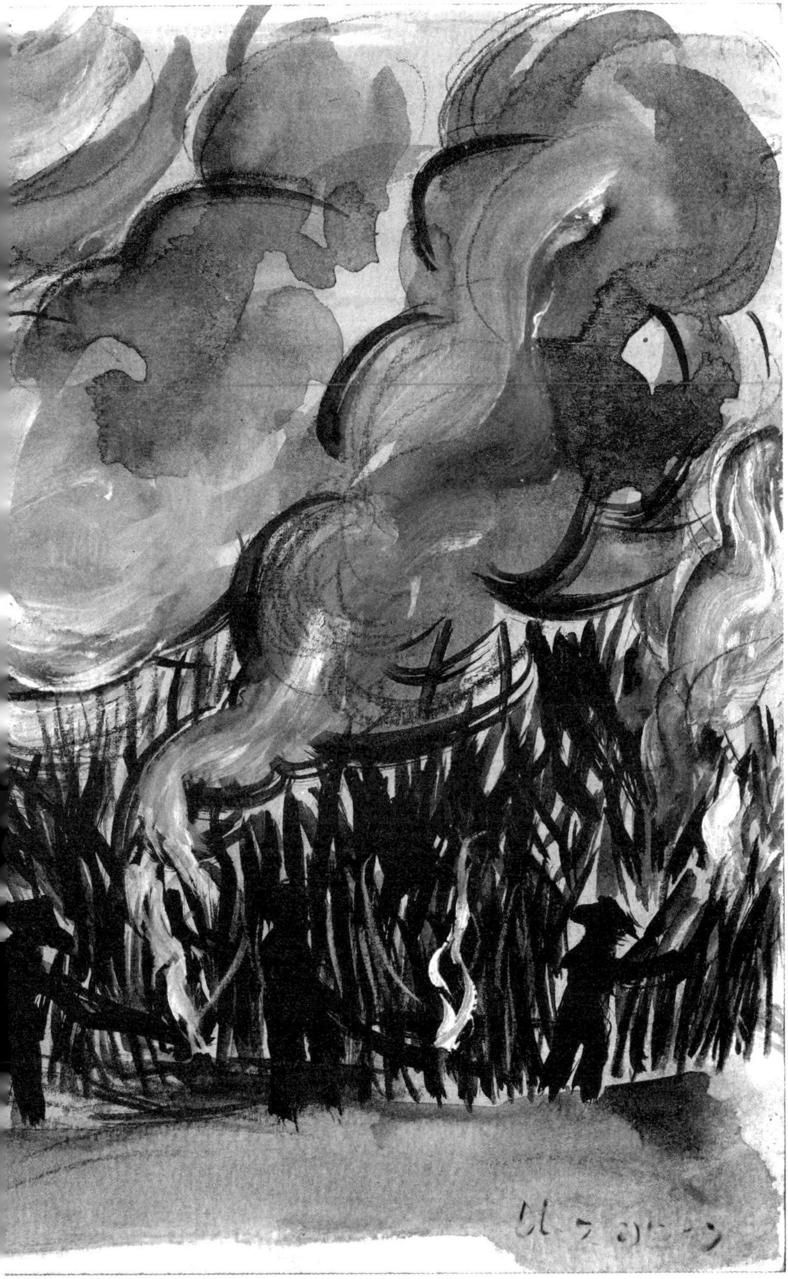

那将会是多么美好的明天啊……不，我和同道者不再犹豫。扎巴拉姑娘为我们提供了例子，迟疑不决会带来何种下场，人将会沦为迟疑不决的牺牲品。如果注定要成为牺牲品，那就先战胜迟疑不决！

第十六章

母亲急匆匆地来到编辑部。她说:"你心里又在琢磨什么名堂?孩子,我的孩子!"

我把她带到弗利斯保登家里。

"你父亲十分担心你的人身安全。孩子,跟我说实话,我回去好告诉你父亲。"

"母亲,什么事让您这么焦虑不安,急得就像被台风追着一样?"

"你心里更明白。应该由你来跟我解释。"

"父亲说什么了?"

"他说,孩子,你们的组织……在咱们那个地方,在其他任何地方也都一样,忙着要干什么!他说,都在按照你的命令行动。人们成群结队去找伊商联的领导人,听他们传达你下达的指示。孩子呀,我的孩子,你到底要搞什么名堂?"

弗利斯保登正在办公室。米丽娅姆故意走开,不打扰我们。母亲忘了自己在欧洲人家里。她不看家具摆设,不关心房主何人,全然不顾周围环境。她眼里只有她的儿子。

"母亲,您不是祝福我当一名皮影戏导演么?我编了一个故事。您也知道,我既当婆罗门,又当首陀罗。我不需要鞠躬和跪拜。而且,我不再是独自啼叫的杜鹃,没回应。"

"可其他人能使你处于危险境地,孩子。"

"不是他们使我处于危险境地,母亲,而是我自己在冒险,并把他们也置于危险境地。他们正在自愿面对危险,不是因为我,而是因为……"我把那些危及农民利益的事给母亲讲了一遍。

"从来没有人为农民的命运忧虑过,只有你自己在给自己找麻烦。自古就无人为农民着想。农民历来听从上司命令,上司的存在就为了发号施令,对上司来说,农民就应该听话。"

"这些是谁定下的规矩,母亲?"

"人中龙凤,掌权的人上人规定的。你看过的皮影戏故事里,你见过农民吗?从来没有过,演的全是帝王将相和世外高人。越是接近土地工作的人越没有尊严,自身毫无荣光可言,谁都不会为他们着想。"

"但是,母亲,我不是给您讲过法国大革命的故事吗?"

"一个美丽的传说,孩子,我的孩子。"

"母亲,在中国,慈禧太后已经被推翻了。他们不需要皇帝了。"

"在中国?那些华人?有什么意义呢?那些不会讲爪哇语的华人?不懂爪哇礼仪的人?"

"啊,母亲,母亲!别看不起其他民族。咱们爪哇只是沧海一粟,各民族都有伟大之处。"

"我当然信你,孩子。不过你错了,你不当爪哇勇士,放弃勇士的身份,这是你最大过错。"

"我不能跟着去欺辱那些和土地打交道的人们,母亲。"

"你自己远离土地了。"

"母亲,您还记得吗?从前,您给我讲过勇士毗湿摩[①]的故事。他在战场上阵亡,母亲,可您跟我说,每一次他的尸体接触到土地,他便能复活,复活以后又继续战斗。死亡、复活、战斗!只要一触地,就会再次发生。"

"孩子,你为什么提起毗湿摩?"

"他永远活着,母亲。只要不离开土地,生命永恒。我所说的土地就是农民。母亲,就是这些农民。"

"这跟毗湿摩没关系。孩子,你听着,我带着你父亲的嘱咐来的。"

我默默地听着,眼睛不住地看着房间里的陈设。简单的家具是欧洲产品,长柜子里放着中国漆器、瓷器和陶器。从阳台上传来米丽娅姆孩子的哭声。这一切均未进入母亲的关注范围。

"不要琢磨我跟你讲过的那些事,别在意我。关注一下你父亲的担忧,孩子。"

我想带母亲回到茂物的家里去,但她不愿意。她要听我的回答,好马上回去见父亲。

"我给父亲写一封信吧?"

"写吧,孩子。不过,我还是愿意听你亲口讲讲信的内容。我可以看你说话时的表情。"

"您究竟在为谁担心?为我担心,还是为我父亲担心?"

"为两人都担心,因为这些事会给你们父子俩带来麻烦。"

"父亲有没有从上级那里收到什么指令?"

"我怎么知道?你肯定知道得更清楚。"

我不愿多说。

"你从来不关心我,孩子,我的孩子。只是跟我说说话,你也不愿

[①] 《摩诃婆罗多》的主要人物之一,自愿被阿周那所杀。

意吗?"

我站起身,呼吸着从窗口进来的新鲜空气。母亲以为我不理睬她。

"孩子,你过来,坐在这里。别这样撂下我一个人。"

我又走到母亲跟前,在她身边坐下来。

她说:"好,现在讲吧,你究竟要干些什么?"

"因为父亲只听从他上司的命令,母亲,我没法跟他谈。"

"难道跟你母亲也不能讲?"

"不过,母亲,您的儿子仍旧想做那些他愿意做的事,我要讲的就这些。"

"好。既然这样,你就给你父亲写封信吧。"

"不必写了,母亲。您替我转告这些,就够了。"

此刻,母亲沉默了,凝望着我。极度的失望突然使她愁云满面。她慢慢抓住我的手,问道:

"我懂,孩子。长期以来,你多么渴望成就自我。难道你愿意你的父亲被撤职吗?"

"与我无关,母亲。如果父亲被撤职,不是由于我的缘故。并不是这样。"

"那么,是谁造成的呢?"

"由于他有上级,上级有权撤他的职。"

"你心意已决?"

"如您亲眼所见。"

"你不再犹豫了?"

"不,母亲。"

"将来你不后悔?"

"不后悔,母亲。"

"你是一呼百应的杜鹃鸟,真的?"

"我是。"

"你不改主意了,孩子,我的孩子?"

"不改,母亲。"

"你的腿别打战,你的声音别发抖。"

"我很坚定,母亲。"

"看到你父亲被革职,你不要眨眼睛(berkedip)。"

"我不会,母亲。"

"我明天回去。孩子,你的母亲仍然为你祈祷,祝你平安,孩子。"

在我的一生之中,不知多少次,我重复着这一套动作:我向母亲跪拜,我亲吻她的膝盖。

"宝贝,我的孩子。"

"母亲。"

"你还记得你母亲从未禁止你么?"

"我一向把这看作是我的护身符。"

"你向你母亲的跪拜已经足够。孩子,不必再拜了。以后,你别向我跪拜了。起来吧!"

"为什么我不可以再向您跪拜了,母亲?"

"你已经长大成人,有了自己的主见。让你的孩子将来跪拜你。"她说话的声音缓慢,语调沉重,像所有母亲对她们的孩子一样,忧心忡忡。

我从地上爬起来,抬起头,看见米丽娅姆正上阶梯要进门。她看到这种情形,没有进来,又退了出去。她手上端着托盘,回厨房去了。

我们两人谁也不说话,面面相觑。母亲最后一句话真扎心:让你的孩子将来跪拜你。我的孩子不必向我跪拜,母亲。我想跟她说:不需要。话到嘴边,我说不出来。我眼前浮现出亨德利和米丽娅姆从前孤寂无依的情景,他们为没有孩子而苦恼。后来,万隆的德国医生也对我说过：你没有生育能力，你的精子太弱。接着是在中医房间里被检查的场面：茂物市场对面，我躺在一间竹屋里，那位抽鸦片的中医……不，母亲，您听我说，我将来没有孩子，没有人跪拜我。即使有孩子，我也不要他那样做，我不允许他那样做，因为他已经成就了自我。在所有善行中，他是我的朋友；在所有恶行里，他是我的敌人。

第二天，我叫马尔可把我母亲送回了家。

送母亲回家前的晚上，在讨论母亲说的那些话时，无论马尔可或桑狄曼都能令我信服：所谓人们成群结队去找伊商联的领导人这件事，不可信。更接近实际情况的可能性是：殖民政府和糖业辛迪加已经知道了伊商联对他们的态度。不知他们是从哪里获得的情报。

这是1911年。

在伊斯兰商业联盟内部，在我的心里，都发生了巨大的变化。除我们以外，殖民政府也在紧张地行动着。

登载《西蒂·爱妮传》以后，《广场》的发行量再次增加。桑狄曼和马尔可都没有估计对，我母亲所说的显然真的愈来愈成为事实。在有种植园和糖厂的地方，成百人去找伊商联的领导，要求加入伊商联。他们不只是商人、企业家，现在还扩大到农民、政府官员及士绅、手艺人、海员、医院的药剂师和化验员。后来，铁路工人也来加入我们的组织。伊商联飞快地发展壮大，会员超过了原来的三倍。

"反土著"不见有什么动静。不过，从其尸体（bangkai）上又长出了一个新东西。

茂物的黄昏时分。

我和公主正在院子的花园里坐着。离我们稍远的长凳上坐着一人，面向大路。他是一位从万丹来的武士。

一辆出租车在大门口停住,从车上走下来一位先生,他戴着眼镜,身穿白色高领上衣和白裤子,脚上穿着黑鞋,没戴帽子。他身体结实,手持一根籐杖,健步走近我们,先躬身向我们行了个礼,用荷兰语问:"下午好。我可以在这里坐一会儿,跟您聊聊天吗?"

我一面请他坐下,一面向保安人员使了个眼色。他正跷着脚坐在院子的角落里,两只眼睛一直聚焦在我们身上。我看见那位武士点了点头,搬起长凳,在离我们更近的地方坐下。

"自我介绍一下,先生,我叫庞厄玛楠(Pangemanann),名字末尾有两个 n 。"

"很高兴认识您,先生"。我说。

公主站起来,向客人欠了欠身,告辞进屋了,不再出来。

"先生,我早就想和您认识了。"他彬彬有礼地说。

我留心看了庞厄玛楠一眼。他显然是万鸦佬人,年约五十岁。他把我看作与荷兰人有同等地位的爪哇人。作为万鸦佬人,他对我这样毕恭毕敬,不免过于做作,这引起了我的注意。更引人注意的是,他的名字末尾有两个 n 字母,他觉得需要特意加以说明。

"先生,我是您的仰慕者之一。"他又说,"像很多人一样,先生,我经常阅读《广场》,因为您写的评论文章很吸引人,尤其是最近,自从《广场》刊登《西蒂·爱妮传传》以后,真称得上无可争锋。当然,我不会打听它的作者哈吉·穆鲁克是何许人也。"

他讲的荷兰语很流利,语速快,听不出半点马来语口音的影响。我必须耐心听,想弄清他到底要来干什么。再一次,我警惕地打量着他。他把那根籐手杖夹在两条大腿中间。他脸上没有留胡须,看起来有一副被太阳晒得黑红的脸膛。他可能经常外出,有可能是一位种植园的雇员。

"哈吉·穆鲁克的作品何时刊载完毕?"他问。

473

"可能还要六至八个月。"

"就马来语小说而言,篇幅真是够长的。"

"看来您很爱读。"

"凡是能在写作中表达自己思想感情的人,我都很钦佩,先生。谁都有权写文章自我表达。如果这故事用官方马来语写,像弗兰西斯的《达西玛姨娘》那样,也许就不会如此生动。"

"这么说,您不赞同用官方马来语?"

"不是这个意思。没有人用官方马来语说话,政府官员自己也不。因此,您完全有理由,在主编《广场》时一直用那种生动的马来语。"

"谢谢您,名字末尾有两个 n 的庞厄玛楠先生。"

"其实,我来是为了一件事,对您也许不足挂齿,可对我本人却至关重要。"

这时,他才想说明意图。我加倍警惕地听着,说不准,他可能也是印欧混血儿那一伙的……

"先生,在空余时间,我也喜欢写小说,用的也是马来语,不过并非那种生动的马来语,而是学校教的正规马来语,也就是官方马来语。"

毫无疑问,他是政府的人,我想。

"啊!"我大声说,"您都发表在哪里?"

"从未发表过,先生。始终犹豫不决,一直到这把年纪,从来没感觉到满意。我只保存着一篇作品。"

"为什么犹豫不决并且不满意呢?"

"原因不止于此,和弗兰西斯相比,先生,我自愧不如。我非常了解他,无论在他年轻时还是直至年迈……弗兰西斯是一位故事大王!真主的意志,把他先召回去。如今,他已不在人世,出现了新的故事大王。我研究了其语言风格和用词,尤其从故事所描写的主题看,《西蒂·爱妮传》显然并非您的大作。"

"当然不是啦。"

"这样的,先生,如果《西蒂·爱妮传》登完后,您是否愿意刊登我的作品?确实,不像哈吉·穆鲁克的故事那般精彩。"

"难以承诺。"

"那当然了,完全能够理解。您还没仔细读过我的作品。我的意思是,您读过并做了适当的考虑以后,再给我答复。"

"您把稿子带来了吗?"

"下一次,我会把稿子送到万隆去交给您。"

"什么内容,先生,我可否先问一下?"

"关于'毕冬'[①]的故事,先生。"

"您的意思是,勒农戏(Lenong)[②]故事?"

"我想要改进勒农戏故事的缺点。"

"改进?勒农戏演员都不识字,他们看不懂您的故事脚本,您怎么改进勒农戏?是的,弗兰西斯写了《达西玛姨娘》的勒农戏脚本,想改进勒农戏,可是他从未成功过。"

"只要勒农戏演员不识字,我的努力肯定也不会成功。不过,我们两人已经做过尝试。"

"一定会很有意思。遇到一位作者,这本身就很有意思。如果能读到您的作品,那就更不用说了。我等着您的那份稿子。"

他显出十分开心的样子。突然,他把话题一转,谈论起别的事:

"先生,听说关于'铁夹子'的消息,真令人担心。有人说,后来又出现了'反土著'。先生,那些捣乱分子又在搞新花样,现在冒出了

---

① 参见第24页注释。
② 雅加达地区的传统戏剧形式。

'鞭子'（De Zweep）①。据说还是那帮子人，不过团伙已不像从前那么大，现在小多了，只剩下几十个人。还听说，打击面也不再像以前那样大了，仅限于针对特定几个人。"

"很有意思。"我评论道。

"很没意思！"

"他们要打击的对象估计是些什么人？"

"那怎么知道，先生？当然是他们不喜欢的那些人。"

"而且，还跟以前一样，警察不会抓他们的人。或者，即使抓了，走到半路又放了。"

"完全可能。啊，天不早了，先生，我该告辞了。过几天，我到万隆去见您。"说完，他站起身，跟我握了握手，道"晚安！"。然后，他迈开矫健的步伐，离开了我们家的院子。

那天晚上，我研究了从产糖区送来的几份报告，既有分会反映的情况，也有读者来信。在这些报告的基础上，我迅速写了一篇文章，指出怎样公正地处理那里的问题。我这篇文章为反对糖业辛迪加的联合阵线奠定了第一块基石。

我这篇文章其实说不上重要，只是告知那些不知情的读者，受糖业控制的人们如何生活。比如，凡是吃糖厂甘蔗的孩子都要受到看管人员的惩罚。他们把孩子关起来，虐待他们，而孩子的父母必须向糖厂交一盾罚款才能领回孩子。孩子吃一根甘蔗罚一盾，他们的父母给糖厂干一天活最高的工钱才七十五分！主要问题还不在于这一盾的罚款，而在于他们迫害孩子的做法。孩子拿糖厂的甘蔗吃，是因为他们缺食、缺糖，他们吃的甘蔗长在他们祖先的土地上，说不定那土地原来就是他们双亲自家的地，被糖厂强迫租用去才种上了甘蔗。

---

① 荷兰语，印尼语为 Si Cambuk。——原注

这篇文章还没写完，公主叫我去吃晚饭。此时，她问："哥，刚才那人是谁？"

"他叫庞厄玛楠，名字末尾有两个 n。"我回答道。

"我第一眼看到他，就不怎么喜欢他。他的名字拼写怪里怪气的，末尾两个 n 字母。他来干什么？是想要威胁我们吗？"

"似乎是来威胁我们。现在，那个团伙名叫'鞭子'。"

"他们再来捣乱，我就真向他们开枪。"

"是否已经有必要这样做？"

"与其他们先动手，不如我先动手。"

我认为，她说这些话只是出于气愤。

三天以后，我那篇触及糖业权力的文章发表了。就在那一天，报纸出版后几个小时，庞厄玛楠带着他的稿子《毕冬》(*Si Pitung*)来到我的办公室，坐在我面前。我细看他，显然他不时在斜着眼睛瞥视我桌子上的一封信，信还在信封里，信封的每个角上都画着红色条纹。

也许，他认出了这种信封。他犀利地瞟了我一眼，把稿子交给我，说话彬彬有礼：

"希望您会喜欢这份稿子，愿意登载它。"

"您家里有没有留底稿？"

"很遗憾，没留底稿，先生。无论怎样，稿子在您手里是不会丢失的。"他又瞥了那个信封一眼，随后回过来看看我。

我回望着他，报以镇定自若的微笑。那是一封"鞭子"寄来的恐吓信，信中说《广场》登载了一篇文章，关于缺糖少食的孩子们偷吃甘蔗后要被罚款并受到虐待。如果不撤回这篇文章，他们会采取行动。《广场》还必须声明：这篇文章的内容纯属无稽之谈（isapan jempol），从未有过那种事情。信的末尾写着："鞭子"，另附一个签名，那是一个纯属欧洲人的名字。

庞厄玛楠似乎有想要谈论那封信的意思，可他没有那样做。突然，他很快地改变了话题。

"我看您确实很坚强。"

"没什么可害怕的，先生。究竟有什么叫人害怕呢？"

"呵呵，不怕。您在工作中百折不挠。坚强的人应该受到尊敬，这就是我尊敬您的原因。"

"您从哪里看出我坚强？"

"从您的态度。"

"您似乎已看到我面临危险，或者，您本人可能就对我构成了威胁？"我开玩笑地问。

他放声大笑。今天，他没带拐杖，衣裳洁白，只换了一双棕色鞋。和上次不同，他没戴帽子，因此可以看到他的头发，像玉米须子一般，还根本没有白头发，用头油梳得亮光光。

"有幸聆听您的谈吐，有风度，有魄力，不含糊，刚正不阿。"

"先生不愧是位文学家，说起话来，字字用心，不多不少，恰到好处。"我称赞他说。

"不错，写作是我的爱好，先生。您能给我写一个收到稿件的收据吗？我还有其他事。"

我给他写了一张收条。他接过去，告辞了。临走时，他说：

"祝您获得最大的成功！"

我没有把他送到门口。我开始处理刚收到的来信。此刻，我突然听到跟前一阵咆哮声：

"你收不收回那篇稿子？"

我立即站起身来，只见三个印欧混血儿矗立在我面前。他们把各自的手藏在身后。最前面那人，我从上个世纪就认识他了：罗伯特·苏霍夫。

还没等我开口回答,噼里啪啦的打人声就开始了。我眼前一阵昏黑,两眼直冒金星。他们不停抽打着我的脸和身体,踢我的嘴。我感到嘴里发咸,流血了。

不知挨了多少皮鞭,不知有多少条鞭子在抽,我被他们打得晃晃悠悠,我听见自己撞在椅子扶手上,摔倒在地,后来……便不省人事。我听到的只有内心在呼喊:

"我不收回,不收回,决不收回!"

当我苏醒时,我听到周围嘈杂的人声。不清楚是谁。也许是苏霍夫和他的同伙!我尝试辨别那些声音,第一个能听出来的声音是亨德利在说话:

"他的眼睛怎么样,大夫?不会被打坏了吧?"

"看来他需要治疗一段时间。"

我想说话,可嘴唇不听使唤,动不了。习惯已成自然,我抬起手,去摸自己的嘴唇。摸不着了,摸着的只是上了药的湿纱布。这时,我开始闻到了药的气味。

"明克!"我听得出,那是米丽娅姆的喊声。她声音清脆。

我动了动手,只感到一只柔软的手把我的手抓住,抚摸着。我还感到那只手上戴着一只光滑的金戒指。我一丝光亮都看不见,眼睛也被纱布蒙上了。

"先生,"传来了马尔可的声音,"事情发生得太突然了,那时我正在印刷车间。桑狄曼最先听到外面的声音,他探出头去看您的办公室,他们正在打您。他抄过一把打字锤(martil setter),朝他们其中一人扔过去,击中那人肩膀,他们逃跑了。桑狄曼追过去,他们各自跨上备好的马,一溜烟跑没了。"

我虚弱地点一点头,接受了他的歉意。接着,我又动动手和指头,做手势叫他们给我准备纸和笔。他们明白了我的意思,交到我手里。

我写道：

> 一切工作继续进行。仔细研究从产糖区送来的每一份报告，符合我们宗旨的，就登出来。注意安全。把我送回茂物去。

"明克，对这次事件，你要忍气吞声？"亨德利问我，"我觉得如果再沉默下去是不对的，我们应该开始采取行动。"

"对，开始公布这种恐怖暴行。"我写道，"不过，要比从前更多注意安全。亨德利，米丽娅姆，你们也要注意自己的安全。"

"谢谢你，明克。"

米丽娅姆和桑狄曼用出租车把我送到茂物。米丽娅姆坐在后面照顾我，桑狄曼坐在司机旁边指路。

"司机是印欧混血儿吗？"我在一张纸上写道。

"嗯。"米丽娅姆在我裹着纱布的耳边回答。

"多加小心，米丽娅姆。"我又写道。

"别担心，"她低声说，然后吻了吻我脸上没有敷纱布的部位，"桑狄曼带着武器呢。"

她不再说话，不断地抚摸着我的手。

在途中，母亲、姨娘和公主一齐在我的脑海里浮现，这是我一生中碰到的三位非凡女性。接着，便浮现出洪山梅的形象，苍白、瘦削、一双凤眼，仿佛她是特意来看望我。我躺在车里，软弱无力，像一个可怜虫。她好像在细声细气告诫我："明克，你要懂得，这只是一个开头。"我点点头，表示心领神会。后来，我又看见许阿仕在向我招手。很快，他就消失了。无论如何，伊商联已经震动了世界。他们说：东印度的资产阶级已开始兴起。如今，这一切的导演正遍体鳞伤地躺在车里，由一位欧洲妇女护理着。

突然，我的心脏在急速跳动。一个想法进入了我的脑海：糖业辛迪加把我弄成这副模样，他们不知该怎么高兴和满足呢。这一想法使得我非常恼火。我想象不出他们的模样。

"明克，你的脉搏加快了。你在想些什么呀？"

我摇摇头。

我感到出租车停下了，一定是到了我在茂物住宅的前院。

米丽娅姆搀扶着我下了车，又扶我上台阶。

"公主！公主！"她大声喊。

顷刻，我听到有人跑了过来，并且惊声尖叫：

"哥，出了什么事？你怎么弄成这样了！"

我感到她抓住了我的手，正在把我扶进房间。

"他还不能说话，公主。他的眼睛还不能睁开看人。他是被鞭子们打的。"

"鞭子！"公主在我耳朵的纱布外面低声说，"我必须开枪打死庞厄玛楠那家伙！"

"别冲动，公主！"

"我相信，总有一天，我要开枪打死他们。"

"别想那些事，公主，看在上帝的面上。别让明克心烦意乱！"米丽娅姆祈求道。

她们两人把我领到床上躺下来。

室外，我听到桑狄曼正在给万丹来的武士们布置任务：未经公主允许，谁也不许进院子。如果有人不听劝阻，便揍他，一直揍到他听话为止！

下午，亨德利来看我，他叫用人带了药酒。他径直来到我的床前，告诉我，一切工作都按我的指示在正常进行。他还转达了来自编辑部的叮嘱，让桑狄曼赶快回万隆去。

481

按照我妻子的报告,《广场》登载了这次迫害全过程的消息,巴达维亚和万隆的报纸纷纷摘要转载,并且提到了肇事者的姓名。各地的伊商联会员愤怒了,要求报复。我写了一个指示,交给总部,要求他们阻止下属各分会,不要对鞭子集团采取报复行动。他们不过是别人的工具,无关紧要,关键问题依然是对付糖业辛迪加。我们必须取胜。

亨德利·弗利斯保登已把处理这次事件列入自己的工作。肇事者已被拘留,等我康复之后,将会开庭审理。

一天下午,道瓦赫尔专程来探望我,对我遭受的不幸表示慰问。此时,包在我嘴上的纱布已经去掉了,尽管我的嘴唇仍感觉起来肿得很厚。

"瓦尔迪哪里去了?"我问。

"他最近不在万隆,也许是为了建立组织,外出宣传去了。"他回答,不置可否地说道,"如果他知道的话,一定会马上来看您的。"

"没什么,宣传肯定也非常重要。"

这时,尽管我的眼睛还被包扎着,我心里却十分清楚:他和瓦尔迪并不反对糖业辛迪加。不但没有反对的行动,心里想的也跟我不同。对他们来说,东印度民族主义更为重要。

我心中并不为此而感到不悦。

法庭审理得快,和稀泥(encer)。肇事动机仅在于,罗伯特·苏霍夫不喜欢《广场》的特定文章。为什么不喜欢?没原因,就是不喜欢。

我已尝试把问题谈得更深入些,而法院竭力把问题限制在这次迫害事件上,其他免谈。

罗伯特·苏霍夫及其同伙们被证实犯下了蓄意迫害他人罪。苏霍夫被判处徒刑四个月,他的随从被判处徒刑三个月。到此为止,事情被认为已经了结。

对我本人而言，问题尚未完结。

在他们蹲监狱的时候，我接连发表了几篇文章介绍产糖区的情况，内容更加广泛。在几处地方，开始发生烧毁甘蔗种植园的行动。这类运动从西多阿乔地区开始，这是姨娘的出生地，我的故事就是从这个地方开始的。有一位伊商联的会员，他是实验室的工作人员，是他教给别人这种放火方法：在最热的天气，只需一人在深夜钻进甘蔗园，把磷粉洒在打下来的甘蔗叶子上。第二天中午，烈日一晒，磷粉自然就会点燃干枯的甘蔗叶。只要看守人员稍有疏忽，火势一大，就难以控制。等到火烧大了再来救，至少四分之一公顷的甘蔗已经烧得精光。而一公顷里剩下的甘蔗，也没法再用来榨糖了。为了把火救灭，就不得不动员全种植园的劳工。点一把小火给他们造成的损失，一点也不亚于他们镇压农民暴动所花的费用。

短期内，糖业大佬们并不了解此类火灾的底细。一个月时间，在中爪哇和东爪哇，共发生这样的火灾二十起。他们不得不召开紧急会议，会后采取的措施是：加强防卫。后来，放火事件确实停止了，不是他们加强防卫的结果，而是因为雨季来了。

各种报纸，尤其马来语报纸，越来越多地登载甘蔗种植区的消息。印欧混血儿团伙没再来捣乱，也许因为他们的头目正在坐牢。

接着，又来了一次考验，最严重的考验。

一天中午，有位上点年纪的人来到我面前。他的衣服皱皱巴巴，戴一顶黑色无沿编织帽，和下面露出来的头发连成一片。他是一位亚齐人，名叫德古·加米伦（Teukoe Djamiloen）。

"我实在没有别的法子，不得不到这里来。"他讲的是亚齐地区的马来语，"我漂泊多年，先生，从到处听来的消息判断，只有您可能帮我，所以我来了。说不定是真主指给我这条路。"

我注意到他的皮肤干枯，缺少脂肪，一举一动较为拘谨。他看似东印度南部地区人，年纪约四十五岁光景，满脸长满胡须，大概有一星期没刮了。

"先生，找我有什么事？"我不耐烦地问，因为他说话方式客套又啰嗦。

"起初，我还安慰自己，待在这勃良安地区也没什么，因为朱特涅婷①也是被发配到这里。可随着日子一天一天地过去，我再也不能这样安慰自己。我感到，先生，我遭到了不公正的对待。无论白天还是黑夜，先生，我心里愤愤不平。"

"您到底有什么事要说？"

"唔，先生，在亚齐战争结束前，荷兰殖民军就在一处空地（blang）把我给抓住了。"

"什么叫'空地'？"

"一块原野，先生。他们把我围起来，然后揍得我半死。我的几个伙伴被他们打死了。我受了重伤，被他们抓住。先生，不管怎么说，我总算活下来了。那时，朱特涅婷已被他们在森林里抓住，立即流放到勃良安这个地区来。他们把我和几位伙伴关进了监狱，关了五年。放出来以后，我在科塔拉贾（Kotaraja）住了大约四年，成了家，和一个新娶的妻子生了一个孩子。有一天，科塔拉贾市的督察官传唤我。他们只问一句话：'你是德古·加米伦吗？'我说：'是。'他们就把我带到码头，押送上船。我什么也没带，一直把我送到爪哇勃良安地区，在这里把我放了。"

---

① 朱特涅婷（Tjoet Nja Dhin 或 Cut Nyak Dhien, 1848—1908），亚齐游击队领袖，印度尼西亚民族英雄，旧译朱月婷。她是坚强的抵抗者，两任丈夫均在亚齐战争中牺牲，第二任丈夫是亚齐游击队的创建者、传奇领袖德古·乌玛尔（Teuku Umar, 1854—1899），在他阵亡后，朱特涅婷接过了抵抗运动的领导权，战斗至 1901 年被俘。

我带他去见弗利斯保登,叫他重复一遍刚才的经历。

"真野蛮!"亨德利控制不住自己的愤怒,站起来吼着。他气得两眼冒火。

"后来您是怎么生活的?"

"为活命,啥都干。先生。各种生计都试过,先生,但没有一条不是通向监狱的。"

"受过审讯吗?"

"受过几次审。"

"你在法庭上受审时,他们就没触及过这事么,未经法院判决就把你流放到这里?"

"从未谈到过。"

"您能证明您说的话都是真的吗?"我问。

"我是亚齐人,先生,出身名门贵族(seorang teukoe)[①],在战场上拼杀十五年有余,何必欺骗你们?"

"请原谅我们,您别生气!"我说。

"说假话和骗人有什么用?我的身体还硬朗,脑子还能思考。是的,我抢过东西,打过架,揍过人,偷窃。可是,说假话、骗人,先生,我生来就不会。我是一个真正的亚齐人。"

"好。"亨德利说道。他拿出一张纸,开始一个接一个地向他提出问题。

两个小时过去,提问结束了。亨德利叫德古·加米伦明天再来,他还要继续面谈。

"您见过朱特涅婷吗?"我问。

"我从来不知道她住在哪里,先生。再说,您看我这副样子,我怎

[①] 此处系意译,teukoe(即 teuku)是亚齐地区贵族公子的称号。

能去找她?"

"够了,您可以走了!"

他犹豫着,还不想走。

"您要去哪里?"我问。

"如果可以的话,就让我给你们编辑部看门吧。"

他无处容身了。

亨德利对我使个眼色,点点头。他相信德古·加米伦说的是真话。这就意味着,德古·加米伦的请求被接受了,他成为马尔可的手下。

他刚一离开,我就问亨德利:

"亨德利,这可能吗?一个督察官,不经过法律程序,就可以把一个人流放?"

"这不是已经发生了么?不只在东印度,其他殖民地也发生过这种事。并非绝无仅有。"

"难道当事人就没有一点为自己辩护的权利吗?"

"有,只要有人审理他的案子。"

"由于钱的问题,他没法进行自我辩护?"

"是的。明克,你瞧,根据法律,唯一有权可以任意处置人的官员是总督。关于过高权利或特权,你知道得清楚,仅有总督享此特权。有些时候,因为地方官员是权欲狂(gila kekuasaan),或者因为他们根本不知道自己的权限范围,或者就是他们受了地方王公的贿赂,他们认为自己可以延申上述权利,并且使用它。那些地方官员使用特权时,从不请示真正具有这个权利的官员——总督。过去情况一向如此。"

"咱们将采取法律行动,不是么?"

"可以采取法律行动。在这场官司里,科塔拉贾的督察官肯定要输。但他并不会怎么样,他将不会受到法律的惩罚。"

"即便他犯了法?"

"即便他犯了法。因为他也有权向上级请求职位保护。只要他提出申请，上级总会批准的。"

"如果那样，公之于众。"

"没有更好的其他办法了。"

我和亨德利这样讨论之后，便把德古·加米伦的情况在《广场》上登了出来。有关方面马上传唤我，开始进行初步的调查工作。他们并不调查那位亚齐人反映的情况是否属实，而是调查我们为什么要公布这件事。调查还没有结束，副州长便召见我，问道：

"明克先生，你怎么能相信会发生那样的事件？"

"当事人如今就在我那里，副州长先生。我可以把他带来见您，我想，这样做也许更好。"

"把一个疯子带来见我，有什么用呢？"

"如果他是疯子，就不会被流放了，先生。"

"你说他不是疯子，你敢提供证据吗？"

"为什么不敢呢，副州长先生？"

"小心，你这条消息已经成了上级谈论的话题。你最好在事态没扩大以前收回这条消息。"

"《广场》将做出更详尽的报道。"我说。

"最好不要这样做，先生。世界不会到今天为止就停下了，来日方长，生活如此美好！"

告别时，他把我送到门口。

德古·加米伦的案件在继续。

最近以来，《广场》取得了胜利，我们全体编辑部人员，包括弗利斯保登在内，都感到精神振奋。糖业辛迪加没敢把土地租金降下来。[①]

---

① 几年后，土地租金价格仍按原计划被降低。——原注

副州长只是给了一个非常客气的警告。鞭子集团的几位肇事者仍旧在监狱里蹲着。伊商联在继续扩大，会员猛增到原来的三倍。

对我而言，世界的大门已经打开，一切阻碍排除，它们羞怯地自己逃走了。《广场》日报和《广场》周报发行范围越来越广，深入人心，在读者心中播下种子，日后必将生发新苗。

哈吉·穆鲁克的连载小说即将接近尾声，接下来准备刊登《裴玛娜姨娘》（*Njai Permana*）的故事，讲的是农民之苦和土著官员的舞弊行为。几年前，政府给农民重新分配了土地，然而土著官员们继续贪污，把土地据为己有，或者私自卖出牟利。这部小说是我自己的作品。我在一个真实事件的基础之上，结合扎巴拉姑娘的理想而写成，关于女性应该享有平等的权利，也就是：可以向丈夫提出离婚。而现在的事实是，只有丈夫可以随心所欲地休掉妻子。

关于这个问题，我愈写愈多，以至于忘掉了还有许多其他重要的事情在等待我。

这时，我在前面讲过的最严重的考验降临了。

在万隆火车站，我刚一下火车，就见到了一起来迎接我的桑狄曼和德古·加米伦，他们两人满面愁容。桑狄曼背着一个大包袱，眼神透着焦虑。

"我只来得及带出这些东西，先生。"桑狄曼先开口说道。

"什么东西？"

"您柜子里的文件卷宗。"

"你带到这里来干什么？"

"我们全部被从印刷车间和编辑部里赶出来了。"

我想，"鞭子"又采取行动了。

"双方没有打起来吧？"我问。

"先生，怎么可能打起来。他们都配枪，是警察！"

"今天是警察在赶我们？"我难以置信地问，"他们为什么要赶我们？有什么理由？"

"他们只是赶，没讲什么理由。咱们的编辑部被上锁，被贴封条（disegel）。我措手不及，只把这些文件抢了出来。"

我们来到纳里磻街一号。编辑部已经被封，马尔可在台阶上坐着，垂头丧气。

"你们回去吧，保管好那些文件。"我吩咐道。

我跳上马车，直奔副州长官邸。他办公室里并没有别人，可他不请我进去。我几乎忍耐不住了，想用手砸或用脚踢他的门。副州长从办公室里走出来，假装没看见我在门外求见。他走进去时，看到我，又装模作样不理我。够了！不用再问了，封报馆是他的命令，他亲自下令！

未经传唤，我就敲了门。他点点头，启齿微笑，请我坐下，他自己却站着。我坐下后，他假装很忙，走了出去，故意做给我看，仿佛我并不知道一个副州长该有多忙。

现在，我坐在他的办公桌边，等着他。他的桌上没有信件，没有法律文书，也没有辞典。什么都没有。玻璃柜里陈列的装饰品是陶器和收藏的各种烟斗。眼望着这些东西，我才意识到，这整个房间都充斥着一股烟味。

他是否在惩罚我？因为我敲了他的门，没经过礼节性传唤？见鬼！我的事情也非常重要。《广场》停刊会导致伊商联内部思想混乱，维护正义之举将中断，毕竟仅有《广场》具备能力，自担风险这样做。

五分钟过去了，他还没回来。干（Keparat）！你为什么躲起来？还是你根本没这权力？你胆怯了吧，副州长先生？

一名听差进来，把一杯水放到桌上。然后，他推了一下那个玻璃杯，让它远离我。他走出办公室，消失在门外。又过了五分钟，勃良安的副州长才露面。我没看见他的脸上和脖子流汗。他忙什么呢？他正在忙着的事情，有可能只不过是把烟斗放进嘴里，再从嘴里拿开，如此而已。此刻，他咬着烟斗说话，有点含糊不清：

"请原谅，明克先生。"

他把烟斗拿在手里，然后坐下来。他端起杯子，一口气把饮料喝完。他内心是多么恐慌！他需要借助东西使自己镇定下来。

他坐下来，还没有说话。他正在慢慢地挖净烟锅，把烟灰抖进烟灰缸里，然后装上新烟，划了两三根火柴，将烟点燃，缓缓地吸入，然后再不慌不忙地吐出烟圈。这时，他才开口说：

"肯定有重要事找我？"

"岂止重要，"我回答，"《广场》被封是什么原因，副州长先生？"

"为什么你不写信来问？"

"当面问更好。封报馆也不是通过写信做的。那就这样，面对面。"

"什么时候开始封报馆的？"他眨巴着眼睛望向我，活像一个被观众看腻了的小丑。

"我想是在您下命令后马上去封的。"

"噢，是吗？封报馆的人是这么说的？"

"是我这样说的，先生。"

"噢，是这样！那么，您的意思是……"

"我的意思是想问：您有什么理由？为什么要封我们的报馆？"

"噢，原来如此。明克先生，你只想问问什么理由？"

"如果那个理由能站得住脚，是的，我就想问这事。"

"你还记得关于德古·加米伦的消息吗？"

"您的意思是说，您有意把我变成勃良安地区的德古·加米伦？"

"不，"他慌张地回答，"我的意思是，关于那条消息，我已警告过你。这不很清楚吗？"

"非常清楚。那条消息显然一点毛病也没有。没有人反驳。"

"尚未有人反驳,明克先生。"

"好,就算是这样,副州长先生。可是,《广场》已经被封了。"

他沉默了片刻,拿过杯子,没喝成,杯子空了。他抽烟斗,火已灭了。他划亮火柴,一面点烟一面抽,迅速把烟吐出来。

"那么,我倒想听一听,您能把我说服的理由。"

"我已经警告过你。"

"那不是理由。寄十封匿名信来警告我,也构不成一个理由。"

"明克先生,您的意思是把我这个副州长等同于十封匿名信?"

"咱们彼此都明白,没人打那样的比方,除了您自己。"

"好。受到警告以后,您的观点如何?"

"我的观点?当然,政府要调查科塔拉贾市的那位督察官。"

"那么,您是要在政府和科塔拉贾的督察官之间挑拨离间?"

"这是您的想法,我可没这么回答。再说,我来这里见您,没有传票,这可不是接受调查。副州长先生,我是来请您解释,为什么要封闭《广场》。"

"明克先生,你真的知道《广场》被封了?"

"那还有错?"

"你自己亲眼见到了吗?"

"不必亲眼看到。"

"如果是这样,不妨自己先去看看,您千万别弄错了。"

"显然,您不想给我一个理由。那也好,请允许我去面见上级部门,先生。"

"你会去哪里?"

"我想,那是我自己的事情。在您之上,最高还有三级。"

"太冒失,难道您不这么认为?"

"不。"

"别被怒气冲昏头,明克先生。你看,我收到许多请求,要我在我的管辖范围内行使权力,冻结你所掌控的一切事业。"

"哦,我有进展了。您只是接受了第三方请求。第三方大概是谁?"

"我不可以告诉你,明克先生。如果我可以问一问,您在商业银行的资产负债表如何?"

无中生有的理由。我们在银行的账目够平衡,收入大于支出。看来,有必要教训这个人。于是,我回答道:

"或许银行欠我们的钱太多了?"

他得意地笑着,频频点头,在桌子上反复敲打着他的烟袋锅。

"那么,这就是回答?"我问。

"大概是这样。请你去商业银行处理一下。"

"可是,商业银行事先并没跟我们谈过,无权要求封闭报馆。我们是他们的顾客,他们也是我们的顾客,盈亏表不会永远平衡,不平衡是经常发生的事。"

"请您先到银行去。"

他已经不想再谈下去。我直接去了《广场》的职工家里。显然,他们的住家也已被查封。他们站在门外,东西一堆一堆地散放在树底下。我去的时候,他们全都站着迎接我。但是,我不能对他们具体许愿。我建议他们暂时先到亲戚朋友家寄宿。

副州长企图从商业和公众信誉方面搞垮《广场》。只要我一离开,他便会马上给商业银行打电话,指示他们,等我到了银行,必须怎样对付我。如果他确实是想要那样做,真真正正就等于揽镜自顾,所见皆是自身的愚蠢。

去银行之前,我首先想起了亨德利·弗利斯保登。我又回转身来告诉《广场》的职工们,叫他们暂时寄宿在亨德利家,统统都去!

我步入商业银行，几名职员当即停下手里工作，特别地看着我。然后，从里面走出一人来迎接我，把我径直带到经理特马滕（Termaaten）先生面前。他请我坐下，说：

"明克先生，我们银行只为顾客服务。当我们的顾客和其他顾客或银行以外的其他单位发生私人纠纷时，银行采取中立态度。你理解我的意思吧？"

"非常理解，特马滕先生！"

"我们保护顾客的利益，顾客信任我们，我们保证他们的利益不受外界干扰，不管干扰来自何方。除非，是的，肯定有例外，如果有法律做出其他明文规定。即使如此，我们也会权衡能不能接受。若不接受，便只有两种可能：法律做出让步，或者我们银行关门，迁去别的国家。"

"谢谢您，经理先生！"

"我们并不想打听《广场》和副州长之间究竟发生了什么。"

他停止了谈话，向一位职员摆摆手。

那位职员走过来，把账簿交给他。他打开账簿，摊放在桌上，说：

"瞧，明克先生，你可以自己看，《广场》在收支平衡栏目中尚有盈余将近一万盾。这个数字只能让你和银行双方知道，第三者，除非得到你本人的允许，无权过问。"

从商业银行出来，我找了一家简朴的小饭馆，径直走进去。我在一个角落里刚刚坐定，同时看着店主怎样给顾客准备点菜，一个人便坐到我身边。

他咳嗽了一声。

我脑中还在忙着想刚才的事，副州长以为他的权力至高无上，岂知权力错综复杂的美妙，我不禁为之感慨。根据法律，他显然无权干涉银行。绝妙至极！

坐在我旁边的人又咳嗽了一声。

我看了那人一眼,这才认出他不是别人,而是那位名字末尾有两个 n 的庞厄玛楠。我吃了一惊,当即警惕起来。在距离我们两人不远处,必定早就布置好了"鞭子"集团的打手。我后悔没叫桑狄曼或马尔可同行。事到如今,没有其他法子,我只好自己来应付他们。

"噢,庞厄玛楠先生!"

"中午好,明克先生!我老远就看见您了,所以一直跟到这里!可惜,我已经吃过饭了,不能陪您一起吃。您点的饭菜暂时还没准备好,先生,我们随便聊几句,您不会介意吧?"

"请!请!"

"您认为我写的《毕冬》故事怎么样?"

"您的叙述方式确实接近弗兰西斯。"

"我本来就是向他学的,尊他为师。"他解释道,"这么说,您准备发表我这部作品?"

"当然,"我说,"不过还需要时间,哈吉·穆鲁克的《西蒂·爱妮传》登完以后,还有一部作品要发表。"

他听后故作失望。无赖(Buaya)!

"想必是一部更吸引人的作品。"他在探我的口风。

"啊,那取决于读者的口味和需要。"我嘴里回应,心里在反复考虑,不知道他这番开场会如何收尾。

"先生,贵报登载的关于德古·加米伦的消息真吸引人。如果没有您的报道,整个东印度的人肯定不知道,有些欧洲高级官员竟敢无视法律,肆无忌惮地为所欲为。我很清楚,那种行为与欧洲人的良心背道而驰。"

"为什么背道而驰?"我问。

"我在欧洲生活过很久,先生,我作为欧洲人的时间够长的了。我知道，没有法律，欧洲人便不能生活。从孩提时代起，欧洲人就被教育要守规矩，法律也延续了守规矩的教育。他们确实有很多关于法律的理论。至少可以这样说，正是法律使得欧洲繁荣至今。可是，当欧洲人一离开欧洲大陆，在许多情况下，他们便忘掉了从小受过的家庭教育和法律教育。"他沉默片刻，装出惊奇的样子，"为啥在饭前说法律问题？瞧，我看要给您上菜了。喂，给我来一杯咖啡牛奶！"

他留意看饭馆的服务员怎样招待我。

"祝您用餐愉快，先生，请吧！"

我慢慢吃着，食欲因为这家伙而消失了。再者，我不敢吃得太饱。吃个差不多，以便能够应对马上可能发生的搏斗。我一面吃，一面想办法，怎样在不引起他怀疑的情况下往外看。

他缓缓啜着咖啡，暂时没看我。他仿佛在自言自语，咕哝着道："开这样一个小饭馆，招待每个来店的顾客，招待每一个口袋里有钱的人。为什么人们要那么辛苦寻找生计呢？然而，不是只有生活才重要吗？哼！"他一个人呼着气，说道："还有更重要的东西，尤其对于那些怀抱理想的人而言，必定如此。可这种人不多，不多！近乎没有。但还是有的。"

他又注意起我来了。

"为什么不吃完呢，先生？没胃口？"

"我不能吃得太多，先生。"

"或许是倒胃口了，由于我说起法律问题？"

"不是。"我站起来，换了个位置，在他对面坐下，可以看到外面大街上的情况。

庞厄玛楠好像是自然地转过头，向后方大街上望去。

"您似乎喜欢看大街上车来车往的景象。"他说。

"是的，先生，活动的事物一直吸引着我的注意力！"

"您不觉得无聊吧,如果我们谈论法律,是吗?"

"看来您是这方面的一位专家。"

"略知一二。"

"您在欧洲住过几年?"

"大约九年,先生,在法国。"

"美丽的国家,传说之中的国度。怪不得,您喜欢法律。您的名字末尾用了两个 n 字母,或许也是这个原因吧?"

"您真会猜。我名字的最后音节读'楠'(nan),若只有一个 n,法国人会把我的名字读成'囊'(nang),所以我就做 n 字母双写,让末尾音节仍读作'楠'。"他开心地笑着,自得其乐。

"可能您也喜欢实施法律,不仅是喜欢法律而已。"

他又笑了,既不肯定,也不否定。

他突然说:"关于科塔拉贾市督察官的做法,您个人的看法是怎样的?"

"谈到法律,您比我更内行。我总觉得有点别扭:荷兰人自己制订法律,荷兰人又自己把它一脚踢开。这并非代价高昂的笑话,对吧?"

"我觉得,确实是代价高昂的笑话。"他摇了摇头,又问,"那么,您对总督的特权有什么个人看法?"

"这就是您最终要问的?那不就是把他置于法律之外吗?或者更准确地说,将他置于法律之上,就像自古以来的爪哇国王们那样?那些特权不也使得他等于爪哇的国王们?是的,先生,这不就意味着在东印度,自古至今并没有进步吗?"

"但是,在总督之下有法律存在,在爪哇的国王们之下可并没有什么,空空如也……是的,大概像什么呢?"

"如果说空空的,大概夸张了。"

"并不言过其实,先生。没有实在法(hukum positif),没有可作为绝对准绳的成文法（hukum tertulis），以之作为所有人的准则，每个官员就可以随心所欲。"

"是的，就像科塔拉贾的督察官一样。"我说。

突然，他停住话，不再往下说了。只见从大街那头，走来一位打伞的女子。伞下的她，身穿套头绸上衣和蜡染布裙，脚穿天鹅绒拖鞋，后边无人跟随。这是一个奇怪的场景。她撑一把斜纹布黑洋伞。我想，从她娉婷的步履看，她本该撑一把小巧玲珑的花绸洋伞。她手上挎着一个比较大的皮包，缓步而行。我看到一辆自行车擦过她身边，她停下了脚步。毫无疑问，骑自行车的人是桑狄曼。然而，当那位女子停住时，他并没有停车或者下车来。他继续往前蹬着车，从我的视野中消失了。那位女子继续走路，步态婀娜多姿。

我认出了那只饰有玫瑰花图案的皮包，我留神细看，想象伞下人的身材。我的心扑扑跳。可为什么桑狄曼只向她瞥了一眼，并没下车来跟她打招呼呢？难道他没认出她是公主，就是我的妻子吗？

我不再听庞厄玛楠的絮叨。如果那位女子真是我的妻子，她不带保镖，到万隆来干什么？这时，她已消失在我的视线范围里。

我站起身，叫饭馆的服务员过来算账，并向那位不速之客告辞。他也从位置上站起来了。就在那一刻，正当我的手要把钱放在饭馆服务员手里时，砰！砰！传来了两声左轮手枪的枪响，接着是一片沉寂。原本在我手里的钱，自行落在饭馆服务员的手掌里。

"开枪了。"庞厄玛楠低声说。

他不再搭理我，把二十五分钱（setalen）往桌子上一放，匆匆走出饭馆，不知去向。我也走出了饭馆，向枪响的方向匆匆走去。我没看到那位貌似我妻子的女性。路边，有三个人横卧在地上，两人躺在血泊里，另一人没有受伤的迹象。庞厄玛楠赶到现场，他正在躬身查看倒在血泊中的人。我到达那里时，那三人之一已经死亡，枪弹正好击中他的心脏。另一人挣扎着要坐起来。我眼睛刚扫过去，立即认出了这个在动弹的人：罗伯特·苏霍夫。

我连忙遮挡自己的脸，意识到这是"鞭子"正在附近有行动。除了这三人外，人们不知道他们还有几个同伙。

看来没受伤的那个人蹬了蹬腿。

庞厄玛楠大声呼喊，叫人赶快去抢救，这才走过来几个人。他叫他们去找担架，叫其他人去报告警察，接着，他查看那个身上似乎没受伤的人。他解开那人的衣服，才发现那人腰部中了一把飞刀（pisau lempar），扎得很深，只有刀把露在外面。周边仅一圈血迹，不明显。

我迅速离开现场。我的眼睛疯狂寻找打斜纹布黑洋伞的女子，或者骑自行车的桑狄曼。这两个人都不在现场。距离杀人现场几十米处，有个男人蹲在路边。他把筒裙拉到肩膀上面，只露出面部。怎么可能有人在听到两声枪响以后，还敢停留在离现场几十米远的地方蹲着？从侧面可以看到他的脸，我认出了那人的侧面：马尔可！他掉过脸去，避开我的目光。他站起身来，一边走，一边裹筒裙，在卖点心的小摊上找到一张桌子，走到桌子后坐下来。

好，我知道你在什么地方。可打黑洋伞的女子和桑狄曼在哪里？

我往前走啊走，大汗淋漓，不能这样继续走下去。我直接走进了出租汽车的地方，这间营业厅在车库最右边部分，车库由十九间车棚组成。

我已认识梅耶霍夫（Meyerhoff）先生，他是这间租车行的老板。

"需要用车，明克先生？"

"没错，先生。"

"请便，用哪辆车都行。租用一整个星期也可以，只要司机的食宿有保障。"

"看来，五辆车已经租出去了。"

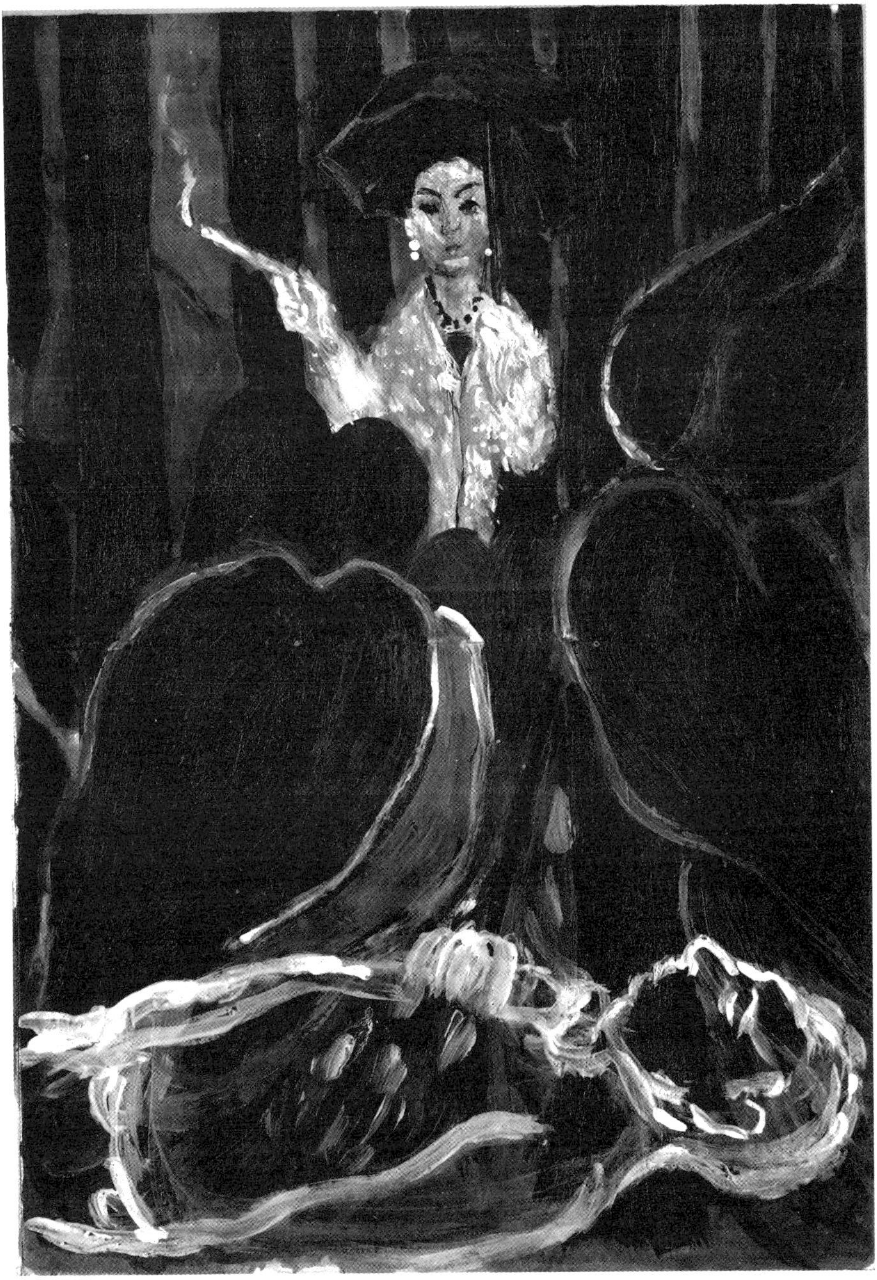

"今天租车的人并不多，先生。"

"有租车去巴达维亚方向的，可能吧？"

"有的，先生，有三位。一位在今天大清早，一位在两三个小时以前，还有一位刚租走。"

"噢，海尔弗丁克（Helferdink）先生也许已经先出发了。"

"在海尔弗丁克先生之后，是一位土著民，先生，他租用了五个小时。"

出租车已经在路边准备停当，我告辞，坐进车里。

"先生，祝您旅途愉快！"

司机是一位中年混血儿。我叫他先环城走上几圈。我还是没有找到撑黑洋伞的人。稍后，我顺便在副州长官邸停下来，然而，办公室的大门已经关了。出租车又驶向弗利斯保登家，他们全都不在家，不知去哪里了。这时，我叫出租车在一家大商店门口停下，急急忙忙进去买了把马刀。我付了钱，往腰间一插。

"去茂物！"我对司机吩咐道，"你叫什么名字？"

"鲍特金（Botkin），先生。"

"俄罗斯后裔，也许？"

"没错，先生。"

我递给他一包烟。他接过去，没回头，点点头，咕噜了一句话。他一只手掌握着方向盘，另一只手抽出一支烟，放在嘴里。我帮他把烟点燃。他抽了几口，烟很快从鼻子和嘴里喷出来。

我坐在后排位置的角落里注视着他，心想：鲍特金，我不怕你跟我耍花活，你应该把这辆车直接开到我家门前。倘若他中途停车，那就是危险的信号。

这次不到几个小时的路程是紧张之旅。鲍特金没在中途停车，一直把我送到家里。我叫他停在我家大门外，付了钱，给了小费，他开走了。

　　我留心查看着大门附近的土地，没发现有其他车辆走过的痕迹。走进院子，显然也没有车开进来过。来到前廊时，我才听到了嘈杂的人声，抬头一看，客厅里挤满了人：亨德利和米丽娅姆夫妇俩，一位土著男人及一位妇女——我不认识她，她也许是他的妻子，还有他们的孩子。

　　我的妻子出来迎接我，用责怪的口吻说：

　　"瞧，这么多客人等你！你这时才回来！哥！"她笑得那么甜美，跟往常毫无异样。她用手指弹去我衣服上的尘土。她往常也这样做。

　　我敏锐地直视她的眼睛，她避开了我的目光。这和平常不一样。我迅速摆出一副堆满喜悦之情的笑脸，欢迎我的客人们。可是，这位土著民以及他的妻子和孩子们是谁呀？

　　"你把我忘了吧？"他开口道，"班吉·达尔曼！"

　　他投入我的怀抱，我们两人互相拥抱着。

　　"这是我的妻子。瞧，孩子都生下四个啦！"

　　他的妻子是一位印欧混血儿，生完那四个孩子，身材已经胖到走样了。说不定，她从前非常漂亮，引人注目。

　　还好，班吉·达尔曼能克制住自己的感情，重新坐到位置上。我和他妻子握了握手。她点一点头，微笑着。

　　我跟所有客人说，对不起，需要进去换一换衣服。

　　一进到屋里，我马上打开大衣柜，把放在最下层的我妻子的鞋一双双仔细地检查了一遍。我发现公主的一双天鹅绒拖鞋上有一薄层尘土。是的，那双天鹅绒拖鞋！这只饰有玫瑰花图案的黑皮小提包，采用这种颜色的皮子制成，正是我稍早在万隆亲眼见过的。我打开包闻了闻，里面确实有一股可疑的气味——火药味。可能只是我自己的幻觉。那把黑斜纹布伞又在哪呢？平时放在柜子的角落，可现在没见着。

501

我关上大衣柜的门，在柜子顶发现了那黑布洋伞。

我仔细检查那把伞，非常显眼，伞上有三个洞。

我打开放钥匙的箱子，取出其中一把钥匙，去开小衣柜的门。左轮手枪在里面，不过挪动了地方。而枪里的子弹只剩下一颗！

我跌坐在褥子上。我的妻子卡西鲁塔国公主，她一个人竟……不，我没有权利去指责她。

公主走进房间，直接来到我身边："那么多客人在外边呢，你不舒服么，哥？"

我凝视她的眼睛，再一次，她避开我的目光。

"你刚才去哪儿啦，公主？"

"上街去啦！"

"你经常上街？"

"不经常，今天碰巧想去。怎么啦？你似乎不放心我？"她跟往常一样，语调温婉。

的确，她越显得镇定自若，我越怀疑她。

她挽住我的胳膊，把我推了出去。刚和客人们坐在一起，我才意识到我并没有换衣服，出来时也没把房门关上。我又想再返回房间，可公主还在里面没有出来。

"你们是几点钟离开万隆的？"我问弗利斯保登夫妇俩。

"没看表。《广场》工作人员成群结队去我家，我们就来这里。没有我们三人的地方！。"

"大约四个小时前离开的。"米丽娅姆补充说。

我妻子从房间里出来，告诉客人们，房间已经准备好了。他们去各自房间换衣服和休息。

我又回到房间里，重复进行我的检查。这时发现，伞已放在原来的地方。那双天鹅绒拖鞋干干净净，鞋上没有尘土。手枪里的子弹也恢复原数，一颗不多，一颗不少。刚才数错了？

或许公主也对我产生了疑心，连忙追进来，仔细查看着大衣柜，又看着小衣柜。

"我太累了，公主。"我说。

"喝橘汁怎么样？我去给你准备一杯。"

我坐在床褥边上。她站在离我稍有一点距离的地方。

"你最好给我按摩一下脖子。我感觉脖子僵硬、酸痛。"

她走了过来。

"你把两条腿都朝那边，让我从背后给你按摩。"

我照她的吩咐做了。她开始给我按摩脊背。

"你刚才是自己回来的，还是桑狄曼送你回来？"

"桑狄曼？他在茂物吗？"

"噢，是的，他在万隆。现在，为什么我的记性这样差？"

"你确实太累了，你的脖子发烫。睡吧，待会儿我对客人们说一声抱歉。"

我躺下来。在她走开前，我抓住她的手臂，发现其中一只手臂背面有一道划痕，长达二十厘米。

"你这只胳膊怎么啦？"

她娇滴滴地微笑着，想以此来安慰我，说道：

"在街上，不小心给钉子划破了。"

"街上哪个路段有钉子，把我妻子的胳膊划破了？你还没来得及上药？近几个小时，你匆匆忙忙的吧？"

"你对我的疑心越来越重了。"

她搂住我，拥抱我的身体。我在她耳边低声问：

"你从哪里弄来三颗子弹？"

"没有三颗子弹。我胳膊上没有划痕。没有匆匆忙忙的问题！"

503

我把她搂得紧紧的，以至于能听到她急促的喘气声。

"那么，有的是什么呢？"我问。

"我心中只有我的丈夫、我的领导。我不愿让任何人对他的身体造成伤害，更不能伤害他的眼、他的嘴、他的脸。"

"这么说来，确实是你杀了人？"

"没什么。"她越说越喘不过气，"我心中只有我的丈夫，放开我。"

"不，你先回答，我再放开你。"

"我是不是得高声尖叫：我心中只有我的丈夫？你呀，哥，娶了卡西鲁塔的女人，可还不知道她们的脾气。"

我把她抱上床。

"卡西鲁塔的女人脾气怎么样？"

"她会杀死不忠的丈夫。她也会杀死不忠于她所爱丈夫的人！"

"你杀了他们。"

"我什么也不知道。我知道的是，我只有我的丈夫。不要再反复问我。"

她从我的怀抱里挣脱，跳下床，走出了房间。

当天剩余时间里，我真没能再找到机会，近距离向公主发问。

晚上，所有客人聚集在客厅闲坐。我和班吉·达尔曼老友重逢，由于弗利斯保登夫妇在场，我们不得不压抑一点自己的感情。我从他的眼神看出，他有很多话要跟我说。

弗利斯保登自己好像也有很多话要跟我说，因为班吉·达尔曼夫妇在场，也不好意思开口。

天色已晚，谁也没来得及谈到重要事或个人情况，大家回到了各自的房间。

夜深人静的时候，公主才是真正属于我的。我和她并排躺着，身边没有任何其他人。外面狂风呼啸,我不再迟疑。

"好,现在全讲出来吧。"我提议道。

"我全都讲完啦,"她回答,装作昏昏欲睡的样子,"现在,我可以睡觉吗?"

"还不行,我刚知道,你很顽固。"

她开心地笑了。

"哥,我的丈夫正因为我不听话才喜欢我,对吧?"

她不知道,我作为她的丈夫,睡在杀人犯身边,心里何等不安!

"别人没准备反抗,你就开枪把别人打死了。"

"我只有一个丈夫。我的丈夫工作千头万绪。我的首要工作是照顾我丈夫。我开枪的时候,他们正处于要发起攻击的状态。他们必然知道该怎样自卫。我只有一个丈夫,不想失去他。"

显然,我的妻子是一个经过打斗训练的人。自幼,她父亲训练她怎样对付范·赫乌茨的士兵。如今真相大白,与我交友的总督先生为什么拒绝她返回故国的请求。我也终于明白,为什么她想深入了解联合抵制运动,亦是要为她的小王公国尽一份绵薄之力。

一瞬间,我脑海突然浮现出我两位已故妻子的形象:"世纪末之花"安娜丽丝和洪山梅。她们两人都具有迷人的崇高品德。时移事往,她们在我心中的形象愈加光辉。甚至到梅去世以后,我才知道她是色盲。我现在这位妻子也是不凡之人,我应读多了解她、多关心她,可不能像我对待梅那样,斯人已逝,追悔莫及。但我又想到,她是一位杀手,杀人不眨眼,现在还不知道谁会是下一个牺牲品,这令我有点胆怯,不敢太亲近。

这些思想斗争必须尽快结束。我应该尊重她的立场、她的态度。

我抱着她,抚摸着她的头发,低声问她:

"你爱你的丈夫如此之深?"

505

她也在我耳畔低语:"卡西鲁塔人说,鸡蛋是完满无缺的整体。在这完满无缺的整体中,一直孕育着生命的幼芽。"

我不知道,这确实源于卡西鲁塔王公国及其土著民,还是来自她自己的脑海。

"而生活的胚芽意味着两颗子弹。"我这样打断了她的话。

《广场》被封以后,你准备怎么办?"

经她这么一问,我想跟她亲热的那股劲儿消散了。在我的脑海里出现这样一幅图画:公主在大树后躲躲藏藏,把她的手枪瞄准着勃良安的副州长。

"明天我将去继续交涉,公主。"

"我觉得这样最好了。你担心我会插手你的事情。"

她采取行动以后,心里毫无负担,平静如常,好像什么都没有发生过一样,说不定之前她就曾经实施过谋杀活动。我寒毛直立。我娶了一名杀手为妻,这是真的么?我自己被蒙在鼓里?

"我有点头晕,公主。"

她下了床,给我倒水,拿来阿司匹林。我接过她手中的水和药,一饮而尽。然后,我紧裹了毯子,假装睡觉。我怎么也睡不着!有一种距离感生长起来,在把我和她分开,使我离她愈来愈远。正因为她爱我,爱得越深,条件越高。

班吉·达尔曼回泗水去了。我们没能成功复原从前的亲密情谊。

我和公主以及弗利斯保登一家回万隆去。我本人直接去求见副州长,只得到了如下答复:本周之内,副州长不接待客人。既然如此,我只好再去州长秘书办公室。那里的人假装不认得我,他们还装模作样,似乎从来就不知道,在万隆有一份报纸名叫《广场》。

那一天,各家报纸上没有报道枪杀鞭子集团成员的消息。我和公主也若无其事，佯装对事情一无所知。装（Pura-pura）！就像勃良安的副州长以及州长秘书办公室那些人一样。演戏！无论是我们，还是他们。

好吧，先生们，我们的戏就这样继续演下去吧！

桑狄曼一露面，我就马上用出租车把他送去连旺（Lembang）。途中，我凑到他耳边悄悄问他："公主都跟我讲了。问题是，桑狄曼，你怎么会让她参加这种危险的行动？"

他不回答。他的目光平静地投向前方。因此，我变得更加难受。

"如果你本人和你的小伙计们一起去，我可以理解。可是，如果这个案子被警察追查出来，该怎么办？"

他仍旧一声不吭。

"为什么你不回答我的问题呢？"

"我该回答什么，明克先生？我不懂您的意思。"

昨天是公主，今天轮到桑狄曼，他们在跟我演戏。我被蒙在鼓里。我觉察到在我周围，筑起了牢不可破的坚固堡垒。所有人都想对我隐瞒真相。

"枪击发生时，你在哪里？"

"先生，什么枪击？"

"《广场》被封第一天，你在什么地方？"

"在火车站迎接您。后来，帮职工们搬家到弗利斯保登先生家里，一直忙到下午。"

"那么，马尔可呢？"

"他一直跟我在一起，帮他们搬家。弗利斯保登先生离开前，甚至把他家的钥匙交给了我。不知他去哪里，显然是去茂物。所以，我真不明白您刚才的问题。我倒听说是有枪杀事件发生。我真的一点也不知道来龙去脉。"

507

愚蠢的回答,来自一位正在做戏的新闻记者。

"我刚知道,竟有新闻记者不想打听真相。"我抱怨他说。

出租车回到万隆,后来又返回连旺。对于已经发生的事情,我依然一无所获。好吧,暂时我只好认输。

后来,我又试着多次问马尔可,回答同样如此。

为什么一定要伤脑筋去想那件事呢?如果他们认为那是自己的私事,不必让我知道,好吧,我不需要知晓。至少,他们那么做,是出于爱惜我的生命。

就这样,从此以后,我一直把手枪带在身边,不再放在柜子里。因为,从那时候起,我本人说不定在迫不得已的情况下也需要开枪……

第十七章

罗伯特·苏霍夫没死。子弹穿过肩胛骨，留在锁骨下面。医生成功地把子弹取出来了。他的两个同伙已经死去：一人被子弹穿透心脏，当场毙命；一人腰中飞刀，两天后丧生。那是一把磨得发亮的黄铜飞刀，制作方式特殊，击中人以后不会流出许多鲜血。有可能投掷者是桑狄曼，而开枪的人肯定是公主。我估计，马尔可本人以及他的多名手下被委派在现场周围放哨。

不难猜到，警方注意力集中在我身上。暗探（mata-mata）将一直盯梢。

桑狄曼曾经提醒我：庞厄玛楠不是别人，而是巴达维亚市中心区（Batavia-Centrum）的一名警长。如果此话当真，那位庞厄玛楠一定知道得很清楚，枪杀事件发生时，我和他在一起。假若桑狄曼的警告属实，显然，警方和"铁夹子"、"反土著"或"鞭子"之间存在紧密关联。因此，殖民政府除了拥有所谓的执法力量，在法律之外还有其他力量在活动着。

就目前情况而言，我应该认为桑狄曼的提醒即事实真相。必须提高警惕，必须意识到自己处于十面埋伏之中，随时随地有发生危险的可能。倾谈与微笑，这是与政府高官们的正式往来。而在法律外，面对其他高官时必须以牙还牙，以眼还眼。

惟其如此，我们的戏才能继续演下去。无论愿意或不愿意。学校教育从来没教过：这就是人类世界的方式。似乎自我出生之前，直至人世间崩溃（pecahnya bumi manusia），始终都这样。也许，生活规则就是如此，应对方式也必须如此。

《广场》停刊十天，订户减少了四分之一。我自己写的连载小说《裴玛娜姨娘》并不能把读者吸引住。

然而，伊商联的组织在继续扩大。会员数目已超过五万。它在东南亚成为人数众多的大组织，国际上又开始报道关于它的各种消息。

在这种新的发展形势下，梭罗分会一再呼吁，要求得到领导核心的重视。咳，领导核心！现在，谁是领导核心？组织最近发展迅速，人们开始提心吊胆，一个一个往后退缩。弄到最后，真正称得上核心领导的人只剩下我自己。还有未经正式任命的秘书：公主。

客观形势不随主观意志而转移，发展本身在起着决定作用。

在严密保护之下，我不得不带着公主到梭罗去。

我们到达了拉韦安（Lawean），进入哈吉·萨马迪家的前院，这个院子四周被高墙环绕着。有一大帮人闲坐在那里。

哈吉·萨马迪本人还在屋子里忙着工作。这些人请我们坐下来。

一位秘书正在忙着登记出席者的姓名，这显然也是组织的未来会员名单。

他没料到从茂物来了这么大规模的访客团，而且就是我本人站在他面前。他不免吃惊，用结结巴巴的马来语跟我开始说话。我用爪哇语回答他，这样对他更方便些。于是，他也讲起爪哇语来，说道：

"拉丹·玛斯，为什么您不先说一声要来呢？可惜，我们没做好充分准备。不过，没关系，托真主的福，您和您的妻子安全无恙。"

按土著民的习俗，他们把公主请到后排就座。尽管心里并不高兴，但她仍然学着爪哇贵族妇女的样子，报以甜蜜的微笑，目不斜视，看着自己的脚下——她不过是在演戏罢了。

我提醒说，不必称呼我的贵族头衔。此后，他改用马来语"先生"（Tuan）来称呼我。

"先生，您亲眼看到了，"他开始说，"每一天，人们络绎不绝来到这里，要求成为我们组织的会员。真主给他们指明了道路，和他们的穆斯林兄弟们团结起来。"

我们两人走到了做记录工作的秘书跟前。他登记每个人的姓名、地址、年龄、职业、教育情况、性别，并从每位申请者手里收取二分半的会费。两分半！换句话说，只是至善社入会费的百分之一！伊商联的章程里规定：会费是二十五分。哈吉·萨马迪自作主张，把入会费降低到章程规定的十分之一。

他回到自己原来的椅子上，开始跟我解释说：

"请原谅我，事先没有请示，就把入会费降了下来。"他自信地说，"兄弟（sudara）肯定会责怪我。"现在，他用起"兄弟"这称呼来了。

我不答话。无论谁和商人或企业家经常来往，就会知道他们思想里有一个固定模式，即通过尽可能安全的渠道，争取最大数量的顾客。我想，坐在我面前的这位分会会长亦是如此。他完全违反了组织章程。二十五分入会费，确实高了一些。如果一个林吉特，不少人更付不起。费用之高反倒成为了测试，二十五分是普通人一天的伙食费，看你是否愿意拿出这么多钱来成为伊商联的会员。问题不外乎是否心诚。

我是这样猜想的：面前的这位伊商联分会长是想公开合法地利用这个组织，为了使全社会贴近他的企业。

511

"如果总会不同意我这样做，就意味着我将必须自掏腰包，补足少缴的会费。"他见我没表态，补充道，"兄弟，看来您还不太愿意回答。"

"兄弟，你肯定有财力补缴得起缺额，但这是违反章程。"我说。

"他们付不起二十五分会费。难道他们就因此无权成为会员吗？仅由于财力不足就被拒之于门外，这太不公道了吧？"他答道。

"哈吉兄弟，你想想，假如各分会可以根据自己的想法和理解来改变总会章程的特定部分，久而久之，总会章程就会失去作用，这意味着组织本身也将自行消失。"

"每个分会或所有分会，对那些规定的感觉不可能完全相同。就我们梭罗分会来说，二十五分入会费比较高。在比我们更贫穷的地区，必定感觉尤为沉重。"

显然，二十五分在梭罗地区算不了什么。这个地区很繁荣，因为货币流通充足顺畅，企业都掌握在土著民自己手里。手工业有生存和发展的机会，农业也不逊色。

"我们应该学会，在自愿的情况下执行自己同意的规定。"我说。

商人和企业家都是能说会道的人物，哈吉·萨马迪也不例外。他谈笑风生，双手不停比划，眼睛神采飞扬，此时根本无需用手指去摸头巾来缓解尴尬。他辩解道：

"在整个爪哇，尤其是在梭罗，我们仍能把商业掌握在土著民手里。这样不仅为保持现状，甚至还必须发展下去，消费者和生产者以及其他商人之间的关系理当珍视，通过一切正规并且合法的途径……

"我们不愿意，哪怕只有一个人，更加相信非土著民商人。每一个不信任的人，都将会使得人们对于我们的信任丧失。"

他又继续说：

"我们自己的商人们也最好不要跟外来商家去洽购原料。伊商联梭罗分会内部已成立了一个专门机构，以便不再从华商手里购买原料，而直接到泗水去找欧洲大商人订购原料。我们正在想方设法,自己从德国购买颜料,从巴达夫石油公司直接购买蜡,从英国购买白布,从日本购买制作注蜡铜壶所需要的铜片。通过这些措施,我们大概能把价格控制住。更重要的是:培育我们自己经营企业的信心,不让他们和我们自己人从中投机,牟取暴利。"

我越听越感到,这位分会会长满脑子是商业问题,而且并非一般商业,仅限蜡染布生意。

"降低一般人的入会费,我是有意这样做。不过,对于各位小商人来说,他们的入会费仍旧是二十五分。按照我们的标准,中等商人和大商人的入会费是五至五十荷兰盾。我始终坚信,每一分钱在每一个人手中的分量不同。为了赚到一分钱,每一个人所需时间和所需要经过的路程也不同。"

他侃侃而谈,确实叫人钦佩。

"领导兄弟随时可以检查组织在这里的账目。收到的每一分钱全部入账,都是有着落的。"

没等我表示同意,他拍了拍手掌。

只见一个人抱着账本走到哈吉·萨马迪跟前。此人穿一件条纹布上衣,筒裙很长,一直拖到擦得锃亮的地板上。哈吉·萨马迪从此人手中接过分会的账本,他们也说着爪哇语。

他比刚才更熟练地解释着一排一排的数字,那些数字仿若士兵队列。分会登记在账本里的财产总共有两万七千荷兰盾。

我更感到奇怪,哈吉不戴眼镜就能这么快地读出那些数字。我指着一段明细表,问道:

"这是一笔什么收入,兄弟?"

"这个?"他停顿良久。他不读,而是把秘书拉过来,叫秘书给我解释。

秘书大声读出那笔收入的明细。哈吉分会长点头，表示同意。

"领导兄弟，这位是我们分会的秘书，名叫拉丹·贾伯夷·梭斯罗考尔纽（Raden Ngabehi Sosrokooornio）。"

我跟这位秘书握手。

"所有那些钱，如今在哪里？"

"全部投入交易里去了。"

"我的主呀！"我呼喊着，"如果只把会员当作融资来源，那会员们能得到些什么？这一切做得对吗？"

"在初始级别，凡是会员，都能以更低的价格，购买加入我们分会的企业所发售的各种产品。"

"天哪（Astaga）！"我喊道。

"怎么啦，领导兄弟？"

显然，梭罗分会把伊商联当作一个自愿入股的责任有限公司。人们自愿入股，还自愿不拥有作为事实依据的股票。

"可这是一个商业公司，并非我们纲领和章程中所指的组织。"

"瞧，领导兄弟，大多数人很显然欢迎我们这种做法。您自己亲眼所见，每一天，人们络绎不绝到这里来，要求加入我们分会。我们梭罗分会有什么做错了？我们将会发展得更好，我们肯定相信这在将来会实现的。如果总部领导不同意我们的做法，那我们该怎么办？我们将把那些人引向何方？梭罗人世世代代爱做买卖[①]。他们懂得自己的需求。"

"原来，哈吉兄弟，你希望我们来这里，是为了肯定你们的这一切做法？"

"不完全如此。我们希望您亲自来看看实际情况，以便于日后进行

---

① 此处系意译，原文为 Orang Sala berdarah dagang。

考量。到1912年底，我们的会员将发展到二万五千人。这可不是一件小事。而且，这必将成为现实。"

梭罗分会想让我面对这一事实，所有一切是在不通知总部领导的情况下，分会自作主张。无论如何，这是个大问题，不能不注意，不能不认真研究。仅是在梭罗，就有二万五千名会员。他们渴望有人来领导他们，不只是简单地需要低廉价格，也不只是缘于穆斯林之间的兄弟情谊。也许，他们希望得到的东西比有人领导他们还要更多。

如此重要的问题，不可能在一两个小时内解决好。我故意把它暂时放在一边，要求和分会的所有领导人开会一起讨论解决。

我召唤申请加入分会的一个人。

碰巧，他不是商人，而是农民，他穿着不长不短的裤子，头戴斗笠，显而易见。他的两条腿成天泡在泥水里，从未用肥皂洗过，因此很粗糙。他低头弯腰地走过来，趴跪在地板上。

我瞥了主人一眼。看来他对此并不感到有什么不妥之处，反而招招手，叫他靠更近一点。我想把他叫起来，让他坐在椅子上，可那不是我的椅子，也不是在我们家。讨论移风易俗的问题仍需要时间，还是别去伤主人的感情吧。

"你叫什么名字？"

"克里约（Krio），老爷（ndoro）。"

"克里约，不要趴跪着，站起来吧。"我说。

他的眼神惊慌失措。他挪动着他的几个手指头，显然犹豫。最终，他依旧趴在地上。

"恕罪，老爷，这样趴着更好。"

"你想加入伊商联？"

"没错，老爷。"

"站起来。"我吩咐道。

听到我的声音比较强硬,他站了起来,两手交叠在腹前。

"你从事什么职业?"

"农民,老爷,有时也当苦力。"他回答,一面动弹着两只大拇指。

"别总叫我老爷,叫我兄弟。"他不回应。我又问他:"为什么你要加入伊商联?"

"所有邻居都已经加入了,他们经常和其他会员一起聚会……"

"他们都讨论些什么问题?"

"我没资格参加,所以不知道,因此我也想成为会员。"

我向他摆摆手。他退了下去。

他的回答足以说明问题。人们需要有一个地方,与其他人相聚,让自己成为大团体一员。没有关于价格折扣的问题。确实,他们需要来自大组织的保护,他们需要领导。

哈吉·萨马迪一再挽留我们,请我们住在他家。盛情难却,我们只好答应主人的请求。

那天晚上,我和梭罗分会的领导人会面。他们总共有十位领导人,一个一个向我作介绍。有一位青年,头戴一顶白色哈吉帽,坐在离我几米开外的地方,两只眼珠不停转着,一会儿看看我,一会儿看看前面的庭院。他的身材浑圆,其实个子并不算矮,只是因为粗壮,才显得不高。他始终把两只胳膊肘撑在膝盖上。他没有像其他人一样穿蜡染布筒裙,而是裹着一条纱笼。

我尽量和颜悦色地向他们解释:组织的宗旨,决不是要从愿意组织起来和学习怎样组织起来的人们那里获得资金,绝不是为特定一伙会员的需要而筹资。分会使用收缴的会费去购买制作花裙的原材料,这无可非议,但这不是我们的目的。我们的目的依然像在纲领中所阐明的那样:团结一致,培养自力更生的信心,在共同事业中建立兄弟情谊，在面对共同困难时协调步伐，为了共同利益，构筑共同资本。因此，如果出现一小部分人，不征得大家同意，对共同利益自作主张，这是不被认可的。

他们尚未具备理解民族主义的条件，因此，我暂时没跟他们谈及民族主义问题。他们处在忙着经商的层面，还没有见识外部世界。讨论有关民族主义的话题，需要经过较长时间的教育。

虽然如此，他们已仔细研究过关于抵制的来龙去脉。然而，在梭罗这个地区，还没有必要使用这个武器，一切经济生活全都掌握在土著民自己手中。

时针指到九点时，我才开始介绍东印度民族主义的基础，并不使用专门术语来讲。我没有根据道瓦赫尔的理想去讲，也不是介绍我们一两位伟人的设想，而是基于我们祖先早就有的素材做解释。这些基础是：决定东印度生活的是土著民中产阶层；伊斯兰教是建立兄弟情谊的基础；独立事业和商业是共同的生活基础。只有团结起来才能产生东印度的民族主义。这种团结的范围不仅局限于爪哇民族，不只局限于东印度，而且还包括所有讲马来语、信奉伊斯兰教和具有独立思想的其他民族。

梭斯罗考尔纽用很快的速度把我的话记录了下来。

那位戴哈吉帽、穿纱笼、坐在稍远处的年轻人，搬凳子靠近我们，以便听得更清楚。

"喂，过来，坐近点！"我向他招招手。

等他坐近以后，我看他看得更清楚了。他很壮，高个子，浑身是一块块鼓起的肌肉，手指粗得像挨把长着的香蕉。

"兄弟，你叫什么名字？"我问他。

"哈吉·米斯巴（Hadji Misbach）。"他回答。

我们互相介绍以后，我还把和我随行的人向他一一做了介绍。我看见他那壮粗的手指时,心想如果用欧洲的问候方式跟他握手,我们的手非被他捏碎不可,还是用伊斯兰教方式向他问候为好,两人的手互相轻轻触碰,然后在各自的胸口抚摸一下。

我向他们解释说,仅在暹罗,就有三万人讲马来语。在马来亚,除华人外,都讲马来语。在新加坡,在菲律宾,在东印度群岛本身,可以说人们都懂马来语。

"因此,兄弟们,咱们民族不只是爪哇族,用刚才说的标准来衡量,还包括其他许多民族,远大于人们通常所说的东印度民族①范围。至于究竟该怎么命名,我自己也还不知道,也许需要采用一个新的名称。爪哇族是这个大民族中的一部分。"

我理解,他们对于我给他们讲这类事情并不太感兴趣,因为没有包含可以赚到钱的许诺!因此,必须在这个问题上加把火:

"就梭罗这个地区来说,企业和商业已经十分发达。兄弟们,伟大的真主已经恩赐你们足够的衣食。如果我们的民族能发展成这样一个大民族,它包括东印度群岛以外的各民族,并且企业和商业都掌握在我们土著民自己手里,那情况该如何?不妨设想一下吧,兄弟们,我们将会获得怎样的繁荣,真主又将怎样赐福于我们!而所有这一切,只有在我们伊商联也发展到了那些遥远地区,发展到整个东印度群岛、甚至东印度群岛以外地区之后,才可能会实现。没有伊商联的努力,那一切便只能是梦想。伊商联将努力训练一支宣传队伍,派遣到上述各地区去进行宣传。"

他们开始对我的讲话感兴趣了。其中一人打断我的话,提出要求,可否把民族主义问题写下来,阐述得更加清楚和详细些,以便深入研究并加以发展。

---

① 原文为 bangsa Indisch atau bangsa Hindia。

我答应他一定这样做。

"如果东印度的民族主义得以实现，打个比方，咱们现在的工厂只有五间房子这么大，随着民族范围的扩大，它将得到相应的发展，可能咱们的工厂将会变得和咱们的城市一样大，就像在欧洲和美洲已经发生的那样。"

接着，出现了一场争论，奇妙的是，大家只讨论了东印度各族的团结问题，大致应该怎样努力和实现这种团结，却没有一个人提到荷兰在东印度的政权。

我说："再设想一下，如果整个东印度都像梭罗这样，一切掌握在土著民手中，那就不会再有什么'铁夹子'、'反土著'、'鞭子'之类的团伙冒出来了，因为所有一切都由咱们自己决定。到那时，政府也必须依赖咱们，依照咱们的意愿而行事。"

我看到，他们的眼睛里充满理想主义的光芒，仿佛在告诉我，他们领会了那些话的真谛：到那时，政府将服从我们。他们将不敢用武力来镇压我们，不再敢轻易发动巴厘战争，不再敢肆意镇压蒂博尼哥罗（Diponegoro）、伊玛目·朋佐尔（Imream Bonjol）、特鲁诺佐约（Trunajaja）、特鲁诺东索（Trunodongso）、苏拉巴蒂（Surapati）[①]。我

[①] 特鲁诺东索是《万国之子》中反抗糖业剥削的西多阿乔农民，其他四位也都是反抗荷兰殖民统治的历史人物：蒂博尼哥罗（Pangeran Diponegoro，1785—1855），日惹苏丹国王子，领导了爪哇大起义（1825—1830，又名蒂博尼哥罗起义）；端古·伊玛目·朋佐尔（Tuanku Imam Bonjol，1772—1864），苏门答腊的伊斯兰教帕德里派领袖，在帕德里战争（1803—1837，又名米南加保战争）中与米南加保贵族和荷属东印度公司作战；特鲁诺佐约（Trunajaja 或 Trunojoyo），马都拉王子，领导了马都拉和望加锡人起义（1674—1679，又名杜鲁诺佐约起义），反抗马打兰王国和荷兰人；翁东·苏拉巴蒂（Untung Surapati，1660—1706），出生于巴厘岛，童年沦为奴隶，后来成为荷属东印度公司的雇佣兵，1683年领导了土著雇佣兵起义，他阵亡后，追随者坚持战斗至1723年才被完全镇压。

们团结起来,伊商联足够坚韧和强大,必能战胜他们。

作为结束语,我对他们讲,梭罗分会领导的不正确做法应当予以改正。别让会员们对我们失去信任。他们需要有一个明确的领导核心。

时钟打了十二下,我们的座谈会才结束。

从梭罗回来以后,我马上制订了一个新计划,准备把伊商联扩大到东印度群岛内外所有讲马来语的民族中去。在这篇文章里,我还增加了讲马来语的锡兰和南非各民族。我暂且将以上所有这些命名为大马来族(Melayu-Besar)。

我把写好的计划印了出来,散发到伊商联的各分会和各支部去。

伊商联决定,把《广场》作为指导整个组织的机关报,此举令该报发行量急剧增加。尽管如此,《广场》仍然赶不上《新报》,那是流亡海外的中国青年民族主义者们办的机关报。

不公正事件屡屡发生,如今不仅是弗利斯保登在万隆的办公室里收到诉讼,伊商联各分会也不断收到告发信。他们把这些信件转给总部。亨德利忙得不可开交,不得不找几个法律助手。

处理此类事情,伊商联领导层也就只剩下我自己了,已经制订出明年(1913年)的计划。因为在接受现代教育和宗教教育问题上不再有争议,所以从明年起,凡有能力的分会应该办学,上午开设现代教育课程,下午增加宗教课程。参照欧洲小学的课程表,我亲自给我们办的学校制定了课程表,取消荷兰历史课,代之以东印度历史,荷兰语课程每周减少两小时,改为马来语。

我们在茂物举办了为期两个月的宣传培训班。爪哇的各分会都派来了学员。我、桑狄曼,有时是弗利斯保登,为他们讲授法律知识课。两个月过后,他们带着新的给养,回到各自的岗位上去。

这些宣传员总共有六十名,他们将回到各地去进行宣传。他们从茂物带去整顿组织系统所必需的知识。效果很好：入会人数猛增，不仅在梭罗，也在所有地方！还包括爪哇以外的地方。也许，我可以总结说：从活生生的现实来看，准备好组织工作的根基没错，符合各民族迫切要求组织起来的期冀。只要一名宣传员访问过相关地方，进行了宣传活动，一次大运动就可能发生，声势浩大，覆盖成千上万人，包括东印度各民族及东印度以外地方讲马来语的民族。

姨娘从巴黎来信了，她写道：

> 孩子，我做梦也没想到，你搞的运动竟这样声势浩大、汹涌澎湃。你做出的成绩比我当初预计的更伟大。我生活在远离你的地方，听到这样的好消息，感觉生活如此美好。

梅萨洛也给我来信：

> 叔叔，我已在法国报纸上两次读到关于您的消息。我知道，您正在领导着一场伟大的运动。是的，您的民族需要您。每当我想起您，我总是十分感动。您已到达了您自己渴望的事业巅峰。叔叔，祝福东印度有光辉的前途。祈求真主赐福于您，前途光明！
> 我已在巴黎社会上出头露面，在一个小小的范围内成了一名小歌星。
> 叔叔，我总是回忆起心地善良的您。现在，爸爸经常生病。冉妮蒂，我的妹妹，长成了一个小可爱，很讨人喜欢。妈妈仍很健康，工作勤奋，还和从前一样。
> 还没呢，叔叔，我还没有结婚。暂时，还没有这种想法……

罗诺·梅莱玛从来没有给我写过信。

自从我离开泗水以后,我父亲第一次给我写信:

> 吾儿,数年以来,我常独自默默思忖,我该如何做人,我又当如何对你。你母亲数次见你,带回音讯每每令我吃惊。我苦思冥想,不得其解,因而夜不成眠,日不思饮食,为时已久。儿之思想、儿之行为、儿之理念,为父尚不能心察体会,如今只能作此决断:为父站在吾儿一边,孩子,推心置腹,肝胆相照。吾儿可谓吾之师也!在管辖区内,为父愿意暗中庇护伊商联。
>
> 吾儿,愿真主赐福,吉星永照!

哈吉·穆鲁克从吉打来信写道:

> 明克先生,我从荷兰获悉,糖业辛迪加不得不取消降低土地租佣金的打算。我所说的这事绝不会有错。祝贺您。过去从未发生过这种事,土著民反抗欧洲人的意愿而获胜。您的行动证明,土著民完全有这种能力。不过,明克先生,我奉劝您一句,您千万别忘了您这位老朋友的忠告:他们不会就此善罢甘休。我的意思是说,他们不但对土地租佣金问题,而且对您本人,不会就此善罢甘休。您要小心,加倍小心!

他说得没错,取得的胜利越大,人往往越容易疏忽(kelenaan),疏忽就是祸根。我不能过高估计自己的胜利。

作为连载小说,《裴玛娜姨娘》已经刊登完毕。来信作者清一色全部是男人。他们责问:如果怂恿女性去争取离婚权,男人的地位未来会怎样?这故事岂不是把人引入歧途?难道这不违反教规吗?

这也是一个相当重要的问题,暂时还提不到日程上来。

而这个故事之中的土地问题，并没有获得我所期望的反响。

没关系。

组织的问题已如此迫切，以至于必须重新改组核心领导层，成员应精明能干，正直无私，更重要的还在于：要敢作敢为。我本人已经下定决心，做一名总部派出的宣传员，到各地去宣传，足迹遍及荷属东印度区域及其以外的地方。

梭罗、日惹以及其他一些城市的土著民商业可以得到发展和延续，我召集这些地方的伊商联分会主席到茂物，开了一个小型会议，商讨关于核心领导层和更大范围内的宣传规划。如果把这次会议的详细进程记叙出来，读者肯定会感到腻烦。仅抄录决议要点如下：一、会议同意我外出开展宣传工作，但必须在妻子的陪同下；二、同意我本人的提议，由梭罗分会长哈吉·萨马迪来代理伊商联核心领导层总负责人的职务，即代任我的职务。

当晚，我草拟了移交书，并由会议当场做修改，便举行移交仪式。从那时起，伊商联总部便由茂物迁移到了梭罗。

会议结束前，还研究了我将去的那些地方的情况，包括新加坡、马来亚、暹罗和菲律宾。会后，各分会的领导人又回到各自的地区。

在弗利斯保登的帮助下，桑狄曼和马尔可将会继续出版《广场》的工作。

为什么我要选择到爪哇以外，甚至到东印度以外的地方去执行宣传任务呢？这里有我个人的原因，不交代清楚就显得不够诚实。最近以来，鞭子集团三个成员被枪击始终是我的一桩心事，始终令我不得安宁。假如真是与我亲近之人所为，"鞭子"必定有机会和办法实施报复，方式可能是合法的和公开的，也可能是非法的、不公开的或隐蔽的。假如他们告到法庭上去，那我们伊商联的名声可能会受到诋毁，组织有可能被摧垮。

因此，我做出两个决定：一是离开爪哇，离开东印度，去做宣传工作；二是把全部组织工作移交给哈吉·萨马迪。如此这般，一旦我和我周围的人牵连到一场官司中去，整个伊商联组织不致遭到破坏。

我跟弗利斯保登也不敢谈论那起枪杀事件。我不能让他知道我已经知道的情况。当事人没有一个愿意向我揭开秘密的帷幕。我心中无所适从。我忙于思考和日常工作，实际上疑虑重重，骗不了自己。

一天下午，我告诉马尔可、桑狄曼以及他的同事们，在将来一段时间里，《广场》将由他们负责出版。布置完工作，我对我妻子说："公主，我们将到遥远的地方去执行任务。"

"你的意思是，我也跟你一起去？"

"当然，你不是我的妻子么？"

"他们会让我离开爪哇岛吗？"

我愣住了。事先，我没考虑到这一点。

"唉，哥，肯定已经忘了。"

"不要提你是公主，王公之女。你就只说是我的妻子。如果你同意，我们不妨试试。"

"需要我的同意？"她问，"我一向唯丈夫之命是从，难道不是么，哥？"

"你不是玩偶，公主。"我说，"你是我的妻子。我完全尊重你，就像尊重我自己一样。我应该征得你的同意。"

"我当然同意，哥。带我走吧，去任何你喜欢的地方，你喜欢去多久都行。"

"不，这不是我所需要的回答，尽管你出于自愿，我很感激你。我需要你跟我讲心里话。"

"我同意。"她认真地说。

我凝视着她的面容。她看上去并没有开玩笑时的那种微笑,她没噘着嘴,眼神十分平静。她没看我的眼睛,笔直地坐在椅子上。她的视线盯住门口,眼睛一眨不眨。

看她这副神情,我不得不再次坚信,这位忠贞的女性自小就受过格斗方面的训练。假如她的父亲——王公国的国王,不被流放,仍与其人民在一起,她肯定随父征战疆场,直面胜负与生死。

"你会不会骑马,公主?"

她嫣然一笑,显然正在思念故土,眷恋着往昔。

"我们必须学会骑马,驰骋草原,进入灌木丛,穿越森林……"

"谁规定你们这样?"

"当然是我的老师。哥,你会不会骑马?"

"可能不如你,我只是骑过马而已。"

她欣喜地笑着,握住我的手,忽然之间,她亲吻着我的手。我忙把手抽回,纠正她说:

"应该我亲你的手才对。"

"我可不是欧洲女性,哥,我是你的妻子。我不需要男人们称颂,也不需要我丈夫的夸奖。而你,是一位马鲁古女性的丈夫。"

"对马鲁古的女性来说,丈夫是什么意思?"

"丈夫,是她们的星星、月亮、太阳。没有这些,世界将毁灭,她个人不也包括在内吗?"

"卡西鲁塔的女性想法古怪。"我打断她的话说,"你真的同意吗?我是问,以你个人名义,而不是以作为我妻子的名义。"

"同意。"

"既然如此,就收拾行装。"

她开始去做出发的准备……

在荷属东印度疆域内外旅行，需要办理一系列途中所需的文书证件。在此期间，《广场》一切工作全部由桑狄曼及他的同事们负责。亨德利·弗利斯保登依然是法律顾问。

突然，有什么事情发生了。当到梅耶霍夫先生那里去租车时，我才了解到此事。

"很遗憾，明克先生，这次我没有车租给您。您自己去瞧，车库里空空的，所有的车全部包出去了，一星期之内没有车。"

"包得真彻底。"我说。

"您找海尔弗丁克先生也没戏。所有汽车都租出去了。今天，您只好坐火车回去了。"

"一共包了二十五辆出租汽车！之前从来没发生过这种事情。到底是谁包的，先生？如果您不介意，我可以问问吗？"

梅耶霍夫只是笑了笑。

刚返回茂物，我便得到消息，巴达维亚最好的出租汽车也都被包租了。从万隆、巴达维亚包租的最豪华车辆全部在同一个车间里检修。万隆和巴达维亚两地最有经验的汽车修理师傅全调到了这里。接着，一切变得十分清晰：总共八十辆豪华出租车被总督秘书处包租。伊登卜赫总督大人将要外出游览……

我给万隆拍了封电报，告诉他们关于总督准备出去旅游的事。去哪里？目前不清楚，谁也不知道总督要到哪些地方去游览。至少这是确定无疑的，他们把所有出租汽车要包租一个星期。

近期并没有节日盛典，却这样忙碌，引人怀疑。谁也不说，他们是在忙些什么。

翌日，在万隆，桑狄曼和马尔可正热烈地讨论马尔可写的一条消息：总督的队伍由八十辆出租汽车和十辆私人小汽车组成，浩浩荡荡，驶向东方，一直驶向东方……

到了中午，消息才变得更加明确：伊登卜赫总督带领几百名高级官员和警卫人员，直奔向南望。

下午，消息进一步明确：他们去吊丧。

一位总督，带着那么多政府官员，为吊丧而奔赴中爪哇！当地有人死了？

晚上，我没有回家，目的是为了进一步弄清事实真相。原来，南望县的县长过世了。他的名字叫佐约亚迪宁格拉脱（Djojoadiningrat），他是已故扎巴拉姑娘的丈夫。

第二天，天刚蒙蒙亮，新闻界马上忙碌起来，尤其是来自道义派的记者们。他们感到不可思议，一位总督为什么要跑那么远去给一个土著官员吊丧？前不久，这位土著官员曾被公共舆论如同疾风暴雨一般抨击谴责。记者们马上在脑子里得出了结论：吊唁是一次政治行动，意在扑灭道义派欲推举范·阿伯仑担任新总督的幻梦。

总督亲自去吊唁了，全爪哇的县长们不管心里愿不愿意，也出发去往南望。新闻记者们更是坐上二流或三流的出租汽车，朝向南望县城飞奔。可以想象，简陋的南望县城，从前没来过一辆汽车，如今一下子开来了一百多辆！人们蜂拥而至，来到清真寺对面的广场，与其说是参加追悼会，倒不如说是来看热闹，围观那么多的汽车：这些车不用马拉，可比马跑得更快！一辆辆汽车屁股后面冒烟，尘土飞扬！喇叭嘟嘟，马达轰隆，前面还装有黄铜做的乙炔灯，油光锃亮。

《广场》编辑部亦不例外，我们也在紧张地工作着。在讨论中，马尔可坚持说：

"我们可不能让这次事件就此无声无息地过去。"

"总督在竭力恢复南望县县长的好名声。我们要采取些措施，不过也不必大张旗鼓。"桑狄曼接着说。

我只是在一旁听着他们争论。

527

"我们也抨击过他,虽然没有直接批评。我们并不是向他进行人身攻击,不过是批评他不当的言行。看到总督去为他吊丧,我们可不能畏缩。"

"是的,但不必采取激烈的行动。"

"为了恢复南望县县长名誉,总督使用的是税金,请计算一下八十辆出租汽车要花多少钱?其他费用更不消说,可能是租车费的十倍。即使他自己掏腰包,我们也要表示我们的态度。"

这次总督的吊丧活动的确包含着政治意义。他骗不了谁,只有少数没头脑的人会这样想:总督在向死者哀悼。总督的真实意图是,掐灭道义派得意忘形的幻梦。总督想要稳住他的宝座,不希望有人来动摇它。至少他这次隆重吊唁,也是做给伊商联看的:荷属东印度政府的最高行政官非常尊重土著官员。因此,伊商联不要对他们轻举妄动,你们,小心点!

再过三天,我便要远行。那天晚上,我应该向他们告别。我把《广场》日报和周报的领导工作全都移交给了马尔可和桑狄曼。以后,将由他们来裁决一切出版事务。至于怎样看待总督的这次吊丧之行,我也不下结论,交给他们去判断。

回到茂物,一进房间,看到桌子上放着一封信。这是公主留下的,她说:非常非常抱歉,在离开爪哇岛、出远门之前,请允许她在苏加武眉住一两个晚上。希望我也马上能够跟去。

再过两天之后,公主,我会去的。我将利用最近这两天时间,向知已好友们告别。尤其是坦林·穆罕默德·塔勃里,稍后去巴达维亚时,我一定会亲自去向他告辞。

我看到,手提箱都已准备好了,装满东西后放在床底下,全部上了锁。我们所做的准备,是要进行一次长途旅行。如果可能的话,我们还想到欧洲去。

在茂物，我向一位又一位朋友道别，疲惫不堪，回到家时，天已经很晚了。我踏进房间，倒头便睡下，浑身舒畅，安然无忧。

上午九点钟，一位报童送来了《广场》。我还没去冲凉，刚泡的咖啡才喝完四分之一。今天的《广场》日报似乎不怎么吸引人。也许因为它并不是我本人的工作成果。消息选择不同，文章口味有差别。

我懒洋洋地坐在椅子里，缓缓伸手去拿《广场》，慢悠悠把报纸展开。我的眼睛漫不经心地掠过一篇文章，刹那间，我全部神经都绷紧，立即从凳子上跳起，禁不住怒目圆睁，一声惊叫无法控制地脱口而出，就像一只中了箭的猴子：

"蠢货（Gwoblok）！"

听到我的叫声，保卫我的万丹武士们连忙跑过来。我双手颤抖地捧着报纸。

"老爷（Juragan）？"武士队长在门外报告待命。

我向他们挥挥手，叫他们离去。

我的双脚不由自主地动起来，在客厅里不停地踱来踱去，活像一只被关在笼里的大熊。我尝试使自己冷静一点，做不到。我的两只手疯狂颤抖着。我一面徘徊，一面反复重读我手里的文章。我不会判断错误。

"傻瓜（Bwodoh）！笨牛（Kwerbau）！"

那几个小伙子发动了针对伊登卜赫总督本人的粗暴攻击。白纸黑字印出来，正四处散发。此刻已经无法挽回，无法阻止。他们写这种粗暴的文章，不知究竟要达到什么目的？

"蠢货！"我心痛地咆哮，仿佛自己的身体被箭射中了。

我跑去洗澡间，匆匆忙忙冲了凉，而后走进房间，去穿昨天脱的衣服，因为箱子或衣柜全都锁着。放钥匙的小盒子也锁着，钥匙被公主带走了。我不知该穿什么，把头巾往头上一裹，穿上一只拖鞋……

529

啊？另一只拖鞋，你藏到哪里去啦？为什么你也跟着添乱？会不会是邻居家的小狗把你藏起来了？或者叼走了？

"皮娅（Piaaaaah）！①"

那个女用人急匆匆地跑过来，她头发蓬乱，还没来得及梳好。

"拖鞋！我的拖鞋在哪儿？"

她爬到床下去找，没找到。她跑出屋外，去前院、后院找了个遍，也没有找到我的拖鞋。

我的精神太紧张，把自己折腾得筋疲力尽，最后坐在安乐椅上，蜷缩不动。若不是外面太吵闹，我才没兴致去理会他们。我心里依然在为《广场》懊恼。总督去给南望县县长吊丧，行文中既不称呼他的官职，也不提他的学衔，只用"老家伙"（kyaine）这个词一骂到底。外面愈吵愈烈，我这才把视线投向窗外。

我呆住了，像是被钉在安乐椅上。

开来了一队警察，把万丹的武士们召集在一起。只听见有人在用马来语呵斥，发出威胁：

"其他人在哪？小心，别撒谎！总共十五人，对吗？小心你们的脑袋！"

武士们统统被赶到一棵大树底下，三个警察，端起卡宾枪，监视着他们。

我看到一个警长向屋里走来，后面跟着六名部下。在墙院外面，几十名警察拉开距离，把我家团团包围住。

瞧，他们是抓我来了。

他们的脚步声愈来愈清晰。那位警长已开始登上台阶，来到前廊

---

① 这位用人的名字为 Piah，前文的 Gwoblok、Bwodoh、Kwerbau 实为 Goblok、Bodoh、Kerbau，连写的 a 和加入 w 表示此时明克的发音变形。

底下，敲击着我的窗户，没经我允许，便进到屋里来了。

此刻，我依旧坐在安乐椅上。

一位民政官员在我面前停住脚步，彬彬有礼地向我致敬，然后说：

"奉女王之命，为了正义，我拘留您。"

他掏出一张命令书，把它递给我。

命令书来自法院办公室，命令将我作为人质（menyandera）扣押起来。作为人质扣押！债务！我们民族之债，以我个人的名义，这比德古·加米伦的境遇更糟！

读完这张命令书，我望向那位警长。

"您明白了吗？"那位警长问。

我端详他的眼睛、鼻子和脸颊。对，他不是别人，他是庞厄玛楠，名字末尾两个 n 字母。

我点点头。

"不要发火，先生。您持有手枪作为武器，是吗？"

"不是自动手枪（pestol），是左轮手枪（revolver）。"我回答。

"对，左轮手枪。"他没有回头朝自己的部下看去，直接命令他们对我搜身。

我还没有从椅子上站起来。他们并未从我身上搜出手枪来。

"您把您的武器保存在哪里？"

"在卧室里。在枕头底下。"

"去把那件武器拿来。"他用马来语命令他的部下。

"先生，您还认得我吗？"他用荷兰语问我。

"庞厄玛楠。"我一边回答，一边站起身。

他向我敬了个礼表示尊敬，伸出手表示友好，说道：

"拘留我钦佩和敬仰的人，对我来说真是不愉快的差事。此人已开始改变东印度的面貌。"

531

我向地板上吐了一口唾沫。

"没办法，我只能这样做。您的确有权利侮辱我。我依然尊敬您、钦佩您，也别无他法。"他转过身去，用马来语命令他的部下："你们统统出去！"然后又用荷兰语说："先生，我今天把您带走。您再也不能回到这个地方来了。"

"今天不行，我正在等我的妻子。"我说。

"您的妻子？是的，公主不能跟您一起走。她还没被允许离开爪哇呢。"

"这么说，要带我去爪哇之外？"

"还没，现在还不这样做。收拾一下您的东西，先生，您认为必要的东西，现在就去吧。"

进入我房间的警员把手枪拿了出来，交给他。

庞厄玛楠从枪壳里抽出一张武器证明书，阅读之后，数了数子弹的数目。

"子弹一颗也没用过。"他高声地自言自语，"不会有额外的麻烦。您为什么不询问拘留您的理由？"

我摇摇头。

"欠债不还，您被作为人质扣押。"

"欠债？"

"您已经多次收到催还债务的警告信，可您没给过答复。"

"警告信？"

他掏出多封催债信的收条。签收人是图书设计者道尔夫·博姆皮耶斯（Dolf Boompjes）。他是我曾经提拔的一个孩子。即使不拘留我，我也没可能偿清这些催债书所提及的债务。

他俯视着我，小声说：

"这是您的民族用您的名义欠下的债。"他干咳了一声，又说，"先生，我这样说不是为了安慰您，您已经尽力做了一切事情。"

他说的话使我垂下了头。我下意识地从口袋里掏出手帕，揩拭着脸。他把脸转了过去。

"是呀，权力有它自己的心脏和脸面。它不过是根据需要而制订的一层层道德规范罢了。请您原谅我本人。您是不会原谅我的，我理解。不过，我已经请求过您的原谅了。"

"要把我带去哪里？"

"噢，您别忘了，容我提出一个简单的请求，希望先归还我的稿件《毕冬》。可惜，您还没来得及发表它。"

我打开存放稿件的柜子，从一堆稿件之中取出了他的稿子。我轻轻拍打了几下，抖去可能落在稿件包装纸表面的灰尘。我把那份稿件放在桌子上，一页接一页地检查着。

"希望您归还我写的收条。"

他从衣服最上面的口袋里拿出了一张纸条，交给我。

"再检查一下页码。"我诚恳地要求。我仔细查看过收条，然后撕碎了它，又说道："稿子上没有任何一丁点勾划痕迹。"

我任由他们一直站着，而我自己则坐在写字台前给我的妻子写信。当我偷眼看他们时，发现庞厄玛楠未经我邀请就已经坐在椅子上了。

我写道：

公主，咱们分别的时刻终于到来了。此刻，你还是我的妻子，因此你有义务认真听我说，我多年的心血已毁于一旦。你将会亲眼看到向我投来的所有明枪暗箭。你尚年轻，不必为你丈夫把自己的生活都赌上，我前途未卜。感谢你给我的爱和为我做出的牺牲，我作为你的丈夫，感到非常幸福，因此对你十分感激。就让我把我们之间这段短暂的幸福回忆带去茫茫的未来和远方。你可

533

以把我现在写给你的这封信，视作我们今世的离婚书。请你再结婚吧，找一位不需要你做出如此之多牺牲的男性。你还非常、非常年轻而美丽，聪明伶俐，有教养，坚韧不拔和大胆勇敢。今年，你还不满二十岁。

此刻，你还是我的妻子。请你照我的话去做。你把这封信拿去给主管伊斯兰风俗的教长看，这是我休掉你的证明。再见了，我心爱的人！请你一定把人世间这杯生活的美酒喝干。莫让青春虚度，去追求像蓝天一样崇高的理想吧！去夺回你的一切权利吧！向米丽娅姆和亨德利问候。向王公岳父大人致敬。请接受我对你们的衷心祝愿！代我向桑狄曼、马尔可、加米伦、瓦尔迪、道瓦赫尔、吉普多以及向各分会、各支部和全体伊商联的会员问好。

庞厄玛楠已跟我说，我不会再回到这个家里来了，将会离开爪哇。因此，你不要对我们这次离别过于伤心。现实对我太残酷了。长期以来，我对现实也毫不手软。面对现实的残酷挑战吧。噩梦勿扰，长夜好眠。

明天，走进这个家的时候，你将知道，你的丈夫已被带走了。他不知要被带向何方，也不知要被羁押多久。你丈夫的财产已全部归你所有。在此，我一并给你写一份委托书，授权你去银行把我的一点积蓄取出来。希望银行不要冻结它。公主，勇敢地生活下去吧！不要流泪，也不要想我。因为当你读到这封信时，我已经变成了曾经当过你丈夫的人。祝你平安！公主，再见！

"皮娅！"我呼唤着。

女用人出现在我眼前，她已吓得浑身发抖。

"过来，靠近一点！"

她颤抖得更厉害，但还是走了过来。

"听我说，我要离开家了，不知道去哪里，也许要去很远、非常远的地方。你就住在这里，一直等着你的女主人（majikanmu）回家。"

"是，老爷！"由于颤抖，她的声音微弱得几乎听不见。

"那些万丹人，叫他们都回各自家里去。替我谢谢他们，也谢谢你，把仓库里那只铁皮箱子拿过来。"

"先生，盛放大米的那只破铁皮箱？"

"盛放大米？"我抛开自己的惊讶之情，继续说，"把它拿来吧！"

她像小跑一样离开客厅，到后面去了。再一次出现时，她颤抖得不那么厉害了。她手里提着一只旧铁皮箱，棕褐色，箱子上愈是凹凸不平的地方，愈是覆盖着浓重的铁锈。

"先别走开，皮娅，我还有事。"

"是，老爷！"

我把一包包的文稿从柜橱里取出，放进箱子里。

"皮娅，替我把毛巾、牙刷和牙膏拿过来。"

她跑到后面去，回来时已不再发抖，手里拿着我要的全部东西，还拿来了未及熨烫的内衣和公主用的一条毛巾。

"你把女主人的毛巾拿来做什么？"

"带上它吧，老爷。您就带上一件我女主人的东西吧，就一件而已……"她的声音突然断了，情不自禁地不停抽泣。一言不发，她把那条毛巾塞进了我的箱子。

"别哭，皮娅。你听我说，女主人没回来之前，你别离开这里。不要接待任何来客。"

"是，老爷，我不离开这里。"

"无论怎样，我想听你发个誓，当着我和这些先生们的面发誓。"

突然，她跪坐（berkongkok）在我脚边。她的声音低低的，包含着不满：

535

"老爷,您忍心要我发誓?为我的主人、我的领导(pemimpin)[①]发誓?我是一名伊商联会员,难道这还不够吗?"

"皮娅!"我再也无法抑制自己,潸然泪下。皮娅是我们家的女用人,她也加入了伊商联!她是第二名女性会员,置身于五万多名男性会员中。我把她扶起来。

"作为一名会员,你为什么向你的领导跪拜?"

"我感觉到,老爷,您要去很远的地方,再也不会回来了!"

"好,皮娅,我不要求你发誓。你站起来吧。明天,你把这封信交给你的女主人。"

"是,老爷!"

"如果你心疼你的女主人,你就继续跟着她。"

"请把我女主人的那条毛巾保管好,老爷。您有义务,应该始终挂念着她,您是我的领导,她是您的妻子,她也是我的领导。"

"我会一直怀念她,皮娅!"

我向庞厄玛楠瞥了一眼,他正在擦眼泪。他察觉到我在看他以后,马上掩饰自己的感情,问道:"先生,准备好了吗?"

"皮娅,我不能给你留下什么东西。所有钥匙都在你女主人手里。我身边只有……"我的手在自己衣服口袋里摸索着,兜里只有一些零钱,大约三荷盾二十五分。我把钱全部掏出来,交给她,说:"给你,皮娅,收下吧!"

她接过钱,然后,又把钱重新放进我的口袋里。

"您需要这些钱,在路上用。"她说。

"不。"

[①] pemimpin 的词根/根词是 pimpin(搀扶,引领,指导),同时包含多个意义:领袖;上级;指导者;主持人;引路人……

"您需要它。"

"如果你不要，就给那些万丹人。"

"他们也不要，老爷。我们大家应该帮您。您给我们留几句嘱咐吧，我牢记一辈子。"

"好，皮娅。我希望你当伊商联的宣传员，号召所有女性加入组织，你引导她们。"

"我会牢牢记住，照您说的去做。"

"我走了，皮娅。"

"您永远在我的心中。"

我不能自己，一边走下台阶，一边回头看她，与她惜别。这时我才发现，她原来是一颗被埋没的珍珠。这是公主教育她的结果。

我没意识到，我的脚上没有穿拖鞋。

1975 年 布鲁岛

重校后记

罗杰

《足迹》是印尼作家普拉姆迪亚的宏篇巨著"布鲁岛四部曲"第三部，首次出版于1985年，迄今，已经被翻译成二十多种语言文字，跟随第一部《人世间》和第二部《万国之子》，进入世界文学经典名著之列。这部小说篇幅伟长，为四部曲中最厚重的一本，作者不惜笔墨，刻画了主人公明克在巴达维亚十余年间（1901—1912）个人生活、事业发展、爱情婚姻、命运浮沉等多方面经历，展现出20世纪初期荷属东印度社会的全景式画卷，以及时代潮流的变幻莫测，将历史事实与文学虚构巧妙融为一体，极其生动地诠释了"人在历史中成长"。1989年5月，《足迹》中译本由北京大学出版社首次出版，是全球范围内最早的两种译本之一，如今全部译文经过重新校订，与中文读者再次相见。自中译本初版问世到现在，已相隔三十五次春去春又回，是为三十五周年纪念。

1980至1988年，哈斯塔·米特拉（Hasta Mitra）出版社陆续推出"布鲁岛四部曲"，其中《人世间》和《万国之子》于1980和1981年出版，《足迹》则和普拉姆迪亚编写的《先驱者》（*Sang Pemula*）于1985年同年出版。《足迹》是一部典型的成长小说（Bildungsroman），以土著青年明克为主角及叙述者，置身印度尼西亚民族的形成这个主要历史背景，而《先驱者》是围绕明克的历史原型拉丹·玛斯·蒂尔托·阿迪·苏里约（Raden Mas Tirto Adhi Suryo，1880—1918）生平经历的"扩展版史论集"。普拉姆迪亚有意把关于同一历史人物的文学创作和历史勾陈一起呈现在读者面前，使两者构成互文关系，如果读者进行对照阅读，将会更全面地了解"文学现实"和"历史现实"的异同。因此，《先驱者》可以视为《足迹》的平行文本。该书大体分两部分，第一部分是蒂尔托·阿迪·苏里约的生平事迹及主要贡献——民族新闻事业之父（Bapak Pers Nasional）、妇女解放运动发轫者（Motor Gerakan Emansipasi Wanita）、民族主义运动先锋（Pelopor Gerakan Nasional）；第二部分收录其生前撰写的十二篇非虚构作品，及三篇小说——《拉特纳姨娘的故事》（*Cerita Nyai Ratna*，1909）、《金钱夺妻》（*Membeli Bini Orang*，1909）、《布梭诺》（*Busono*，1912），《布梭诺》是印尼文学史上第一部反映早期民族主义理想的自传式小说，1912年于作者创办的《士绅论坛》连载发表。

作为真实历史人物的蒂尔托·阿迪·苏里约出于知识分子良知而"过于坚持维护小民"，被殖民统治者流放异乡，1918年12月7日，年仅38岁的他与世长辞。"布鲁岛四部曲"里，21岁的"万国之子"明克从泗水来到巴达维亚（今雅加达）求学，此后，他的故事尽在《足迹》之中。而作为作者的普拉姆迪亚在印度尼西亚民族革命时期，因参加独立斗争被荷兰殖民者逮捕入狱，在独立后的苏加诺统治时期，因捍卫华人的权利、为之发声而再度入狱，到"九三〇事件"，左翼立场的普拉姆迪亚第三次被拘押，苏哈托"新秩序"政权把他流放至布鲁岛（1969—1979）。"布鲁岛四部曲"正是普拉姆迪亚向狱友们口述的故事，被流放者处于艰苦的生存环境、朝不保夕的精神状态，这些故事抚慰了他们痛苦的心灵，同时在一定程度上给予听者和口述者努力活下去的期冀。1973年后，故事终于有机会转化成文字，然而，文稿随时会被守卫没收并且不知所终，于是普拉姆迪亚用一台老旧打字机，将每一页文稿写两份，一份偷运往岛外，另一份亲自存管。1979年，他最后一批被释放，回到了雅加达，千辛万苦才得以保全的文稿中就包括这四部小说。普拉姆迪亚被"新秩序"政权软禁至1992年，尽管作品在出版后很快遭到封禁，但它们仍然释放出强大生命力，随着各种语言译本的不断增加，跨越了地域和语言藩篱，自由地翱翔在人世间。当异国读者阅读这些故事，为其中的人物感动叹息，文本内外的历史与现实、来自不同时代的人物也彼此映照、叠加，形成了多重影子，自然产生一种恒久的张力，这或许就是"布鲁岛四部曲"的魅力源泉。

《足迹》里，明克在医科学校（STOVIA）学习六年（1901—1907）后退学，蒂尔托·阿迪·苏里约也确曾在此学习六年（1894—1900）后退学；《足迹》第十六章，罗伯特·苏霍夫等暴徒闯入《广场》编辑办公室，逼迫明克撤下替爪哇农民鸣不平的新闻稿——根据《先驱者》考证，这是真实事件，为首的肇事者是意大利后裔、青年记者多米尼克·威廉·贝雷迪（Dominique Willem Berrety），此团伙自称"鞭子"（荷兰语De Zweep，印尼语Si Cambuk）……面对小说文本的各种细节，校订者也置身于读者的行列。若说全书哪一处给校订者留下最深刻印象，当属第九章明克收到冉·马芮从法国寄来的信件，获知自己办的报纸引起法国新闻界人士关注，他激动不已。明克禁不住回忆起这位昔日的忘年交好友不仅教给他法语，还启发他认识自己的民族和周围环境，认识知识分子的使命和立场，教会他如何把"殖民主义欧洲"和"自由欧洲"区分开来……当重校工作接近了尾声，至全书最后一句话，校订者难免心生感慨——"我没意识到，我的脚上没有穿拖鞋。"这看似平平无奇的文字，如果放入整个四部曲的语境，则蕴藏着不尽深意。读者回看《万国之子》第六章，普拉姆迪亚通过描写火车上乘客们穿皮鞋、拖鞋、凉鞋或光着脚，身处不同等级车厢，生动地再现了荷属东印度社会的种族与阶级之别。而明克身为一位日常穿皮鞋的爪哇年轻知识分子，拥有"拉丹·玛斯"贵族头衔，可当他一旦沦为过高权力的受害者，立即就如同他平生关注和声援的爪哇农民一样，赤足而行，命运多舛。

《足迹》全译文重新校订所主要依据的印尼语版本是兰特拉·迪潘塔拉（Lentera Dipantara）出版社 2015 年 8 月第 11 版《足迹》（*Jejak Langkah*），部分内容分别参阅以下三种版本：哈斯塔·米特拉出版社 1985 年的印尼语首版；企鹅出版社（Penguin Books）1990 年的英译本（*Footsteps*），译者为马克斯·莱恩（Max Lane），即《万国之子》中译重版的特邀前言作者；维拉·卡尔雅（Wira Karya）出版社 1986 年的马来语首版。重校工作包括逐字逐句核对印尼语原文及中译文，必要时参阅其他版本，对译文进行润色、优化；订正误译或不通顺之处，重译了部分词句段落；新增注释以方便读者理解历史背景和文化语境。校订者对原译文的调整、改动或新增内容遍及每一页，共计达数万字。本次重校工作由罗杰负责，此外，谢侃侃为部分专有名词的译法提供了参考意见。其中的不足之处，恳请专家及读者不吝指正。

2023 年初春，《万国之子》全译文校订完成、《足迹》重校即将启动之际，梁立基教授永远离开了我们（1927—2023）。他曾是上世纪 80 年代"布鲁岛四部曲"译介工作主持人，为前三部中译本初版撰写了前言。同年深秋，黄琛芳教授永远离开了我们（1931—2023），他是

"布鲁岛四部曲"译介团队成员，担任前三部中译本的校译者。而在此前，永远离开了我们的译介团队成员、中译本译者还有：居三元（1937—2005）、孔远志（1937—2020）、张玉安（1945—2021）。

筚路蓝缕，前辈们开拓的译介及文化交流成果不可磨灭。"布鲁岛四部曲"中，《人世间》《万国之子》《足迹》经过重新校订，现已再度呈现于读者面前。2025年，适逢普拉姆迪亚百年诞辰，第四部《玻璃屋》即将首次面世，留下新的"足迹"……

2024年5月19日 北京大学

附 录

中译本初版前言[1]

梁立基

1980年代初,印度尼西亚著名小说家普拉姆迪亚·阿南达·杜尔发表了他在布鲁岛拘留营期间创作的历史题材长篇小说四部曲的头两部《人世间》和《万国之子》,在世界文坛上引起了巨大反响。这两部小说艺术地再现了19世纪末印度尼西亚民族觉醒初期的历史过程,评论界认为"可列为世界名著而不为过誉"。

五年过去了!但早已完稿的后两部《足迹》和《玻璃屋》却久久没有问世,人们正翘首以待。现在《足迹》终于像越过急流险滩的勇士那样,冲出峡谷与读者见面了。这是印度尼西亚当代文坛上一件可喜可贺的大事。

比起《人世间》和《万国之子》来,《足迹》向我们展示的历史画面更加壮观伟烈,更加激动人心。如果说在前两部小说里,主人公明克还处于民族觉醒的自在阶段,到了《足迹》里,他已开始进入自为阶段,故事背景也发生了巨大的变化。小说一开头,明克就向自己的

---

[1] 本文系《足迹》中译本初版(北京大学出版社,1989)的前言,题为《民族觉醒时代留下的足迹》。我们把它收入本次修订再版作为附录,以纪念前辈们推动中国与印度尼西亚文学与文化交流的努力。

昨天告别,开始踏上民族解放的新征途。他说:"步入巴达维亚(今雅加达——引者)的界域——跨进20世纪。19世纪,你也一样!再见了!"① 这句简单的话点明了整个故事的舞台中心开始转移,从商业中心的泗水转到政治中心的巴达维亚,从19世纪过渡到20世纪。这一转变具有划时代的意义,因为印度尼西亚民族觉醒和民族解放运动的起点正是在20世纪初的巴达维亚。

20世纪初,西方进入帝国主义阶段,印度尼西亚成了西方资本的重要输出地。现代资本主义的生产方式要求印度尼西亚的荷兰殖民当局在殖民政策上做出相应的调整,尤其需要发展现代基础设施和培养掌握现代文化知识的人。与此同时,荷兰本土具有人道主义和自由主义思想的开明人士,也大力敦促政府改善殖民地人民的可悲处境,发展那里的经济,提高殖民地人民的文化水平。在这样的形势下,20世纪初荷兰殖民政府宣布对印度尼西亚实行"道义政策"。所谓"道义政策",就是说荷兰宗主国由于从印度尼西亚榨取了巨额利润而对该国负有"道义上的债务"。现在必须还债,在印度尼西亚搞些经济建设,兴办现代学校,使土著民"文明进步"。实质上这是一项为西方资本服务的新的殖民主义政策。不过,这一政策的实施必然会给印度尼西亚的殖民地社会带来巨大变化。其中一个具有历史意义的变化就是新型知识分子阶层的出现。这批新型的土著知识分子大都出身于贵族地主和地方官吏家庭,但接受的是西方资产阶级现代教育,他们是最先受到西方文化洗礼的印度尼西亚人。他们中间的先进分子,在受到西方文化的民主、科学思想的启迪和鼓舞后,开始用新的眼光重新认识自己的民族,积极探索自己民族的出路,这也就是印度尼西亚民族觉醒的开端。明克可以说是这一民族觉醒的先驱者和杰出代表。他在《足迹》

---

① 此处根据重校后的译文修改。